【叁】

诛仙

萧鼎

著

四川文艺出版社

CONTENTS

目录

第一章 ■ 天鸿城

鸿蒙一城九十州，这一城，便是天鸿城。

位于鸿蒙主界腹心之地，广袤内海之滨，以一城当一州，聚集鸿蒙诸界无数精华的巨都名城，从数万年前天妖王庭时代就已经屹立于世，见证了人间无数沧桑变迁，见证了风起云涌，见证了血流漂橹。当时光流逝、故人已去，只有这一座有史以来最伟大的城池，依然安静地矗立着。

这一天，正是黄昏。

夕阳西沉，晚霞满天，倒映在蔚蓝的内海海水上，折射出瑰丽诱人的光彩，令人目眩神迷。淡淡余晖，远远地照着那座一眼望不到边际的海滨巨城。

当金色的光辉在阵岛之上再度亮起，庞大而带着远古苍莽气息的金光如火山一般喷涌而出，那一座不知经历了多少风霜雨雪、时光磨砺的上古传送法阵中出现了一群人。

沈石与杜铁剑，还有那只形影不离的小黑猪，就站在人群之中。

这个上古传送法阵，是专门沟通黑河界与鸿蒙主界的通道，当金色的光辉渐渐散去，周围的气息稳定之后，人潮顿时散去。沈石往外走了几步，转头望向周围，发现自己此刻身处一个占地面积很大的岛，呈月牙状，正在内海之中。沿着这座海岛边缘，每隔数十丈便有一座上古传送法阵，远远看去，几乎每一座法阵都是占地二十亩左右的大阵，金光闪烁流转，那是神奇的金胎石的光泽。

甚至就在他们此刻所踏足的脚下，这一大片法阵所围拢的半圆形的广场上，竟然也都是金光闪闪，尽数是金胎石所制成的石座。

海水碧蓝清澈，一波波轻柔涌上阵岛边缘的沙滩又缓缓退去，让人有时候忍不住会想，千百万年以来，这里是不是一直都是这副模样？

阵岛广场之上，随着沈石他们的走出，不时还能看到周围那一圈的上古传送法阵中金光此起彼伏，仿佛置身于一个奇幻而诡异的所在，也许过不了多久，当苍莽气息再起的时候，又会有一群修士从另一个异界来到这里，前往那座不远处的名城巨都。

是的，天鸿城就在不远处，或者准确地说，是阵岛在天鸿城这座巨城的西侧城外的海中。一座白色如玉石所砌的长桥，横跨数里海面，如一条白色巨龙般将阵岛与海岸连接在一起。

杜铁剑带着沈石向那座跨海长桥走去，桥面极宽敞，竟有数十丈，怕是就算有千百人在此同行，也不会感到特别拥挤。两侧栏杆上浮雕美画，栩栩如生，一看便知乃是大匠手笔，风、霜、雨、雪仿佛也不能退去其中功力，相比之下，只有脚下所踏足的那些玉石桥面，或许因为走过的人实在太多太多，磨损痕迹随处可见，显得老旧破败了一些。

夕阳余晖落在白玉长桥之上，海水在桥下轻轻涌动，美如画卷，又似人在画中。

杜铁剑带着沈石走到一侧栏杆边，扶栏远眺那夕阳晚霞、灿烂余晖的美景，道："你之前可曾来过天鸿城？"

沈石摇了摇头，一边震撼于这瑰丽的奇景，一边老实说道："没有，这是第一次过来。"

杜铁剑微笑一指远方那海平面尽头处的夕阳，还有自己身旁这一座桥梁，道："天鸿城是鸿蒙第一名城，城中繁华无尽，又有驰名天下之天鸿十景，这一处'龙桥落日'，便是其中之一了。"

沈石点了点头，望着这天地美景，忍不住也赞叹道："果然名不虚传，真是大开眼界。"

杜铁剑微微一笑，轻拍他的肩膀，带着沈石继续向前走去，同时口中道："当初我年少时，第一次来到这里，也差不多跟你现在一样的心情。"

两人一路走去，龙桥上光影转动，一座雄伟浩瀚的城池，在远方大桥的尽头渐渐显露出来。

首先映入眼帘的是高耸而雄伟的城墙。

"高逾百丈，横亘万里。"

所有的书卷上，描写天鸿城城墙的时候，都有这么一句话。

而如今，沈石终于看到了，如每一个第一次到达天鸿城的人一样，被这无比壮观、几乎超出了想象极限的城池所震撼。

他们越走越近，那座城池在夕阳的余晖中也渐渐清晰，青灰色的巨大城墙直插云天，同时向着周围延伸而去，一眼看不到尽头，仿佛就这样一直延伸至这个世界的尽头。

天地苍穹，仿佛都被这一道巨墙分成两半，一半城外，一半城内。

杜铁剑的声音依然在沈石耳边轻轻回响，平淡而略带慵懒，又有几分感叹，对他随口讲述着这座名城巨都那些脍炙人口的伟绩。

"那城墙是几万年前，天妖王庭时代那些妖族修建的，也不知当年他们用了什么法子，总之如今仍然屹立不倒，也是令人惊叹。当年那些王庭妖族穷奢极欲，做了无数匪夷所思的怪诞之事，这座城墙就是其中之一。

"它曼延万里，将犹如一州之大的天鸿城整个包裹起来，故名'长城'。"

"万里长城吗……"沈石怔怔地看着那震动人心的雄伟城墙，只觉得自己在这城下简直就如一只蝼蚁般渺小而脆弱，心中又想到当年修建了这般奇迹建筑的正是妖族先人，一时间心情有些复杂。

杜铁剑看着这座伟大的城墙，虽然眼中也有赞叹之意，但却是淡淡冷笑了一声，道："长城虽雄伟，旷古绝今，但从未真正有过防御之能，只不过是昔年那些天妖王庭历代妖皇的玩耍罢了。如此庞大高耸不过只是花架子，当年人妖之战最后决战于此，长城虽坚固高大，但万里之长处处皆是漏洞，半点防御都没有，便被我人族大军直接杀入城中，直捣妖族皇宫去了。"

沈石默然，杜铁剑说着也是哂笑，领着他一路走去，又对他粗略说了一番这天鸿城中的大致情况。

天鸿城一城当一州的说法，由来已久，在鸿蒙诸界中流传极广，深入人心，自然有其道理。其中虽有夸张之处，但还真是差不多的。

这座名城巨都，确实是极其庞大，远胜过世间所有的城池。

以万里长城为界，包揽了巨大的土地，其中甚至还有两条绵延起伏的山脉。之前天妖王庭时代，这城中聚集的多是王庭妖族，如今自然已是人族天下，并且随着万年时光过去，这城池非但没有衰弱，反而越发繁华兴盛，无数人族从四面八方会集于此，说是聚拢了天下精华也绝不为过。

时至今日，居住在这座天鸿城中的人口早已不可计数，有人说过这一城人口数倍于普通一州之地，甚至在长城之外的那些地方，如今也有无数新旧屋宅，曼延而去，形成了一片片阔大而繁华的地方。

为了方便，人族将这座巨城粗略划成了四块，以青龙、白虎、朱雀、玄武四相而命名。青龙区乃是天鸿东面，那里的主体是一座高大雄伟的青龙山脉，在天妖王庭时代正是妖族的皇宫帝室所在，如今已经化为一片废墟迷宫。传说因为昔年大战太过血腥，冤魂野鬼无数，又被灭亡的妖族布下恐怖的怨毒血咒，所以整座青龙山脉都无法住人，偏偏昔年妖族皇宫里天材地宝无数，珍罕重宝遍地，所以千百年来不知引来了多少前往其中探险寻宝的人族修士。

除此之外，北面是白虎区，西面是朱雀区，皆是繁华所在。尤其是白虎区中商铺无数，汇聚成天下第一繁华坊市，连鸿蒙第一商会神仙会的总堂大店，也正是在此。此地汇聚了无数灵材，无论你听过的还是没听过的，想到的还是没想到的，都能在这神奇的地方找到，前提是你要有足够的灵晶。

传说在天鸿城里，有这么一句俗话：有了灵晶，就有了一切。

除了这三处外，还有最后一处是南面的玄武区，却是隐隐有些与众不同，据说那里高门林立，世家大族云集于此，藏龙卧虎、深不可测，风光幽静独好，是天鸿城中最安静的所在。

说着说着，沈石与杜铁剑已然走到了长城之下。

一路上走过的地方，城墙之外的道路两侧，沈石看到了连绵而热闹的屋宅楼宇，与普通城中的景象无异，显然是人口实在太多，连阔大无比的天鸿城都无法容纳，干脆就住到了城外。

而在前方不远处，一座仿佛永远都敞开的城门洞开着，吞吐着无数来来往往的过客。

沈石看了一眼这座巨大的城门，忽然没来由地想到，万年之前，人族大军围攻天鸿城的时候，有多少人是从这里冲进了城中？城门边上，青灰色的石墙沉默不语，那些模糊残留的痕迹，仿佛早已湮灭在岁月之中。

他就这样，在夕阳余晖里，平生第一次走进了这座天鸿城。

进城之后，杜铁剑领着沈石并没有直接前往回海州的传送法阵。人族所建的那些法阵只能跨州传送，此刻夕阳西沉，天色已晚，按照杜铁剑的说法，只有明日清早再去了。

杜铁剑明显不是第一次来到天鸿城，看起来对这片地方很是熟悉。在渐渐暗下来的暮色中，杜铁剑带着沈石在街道上左拐右拐，很快便离开了大道，拐进了一条窄小又偏僻的小巷子中。

沈石心中有些疑惑，带着小黑猪跟在这位杜师兄的身后，只见杜师兄脸色平静，但眼神却渐渐亮了起来，看着居然似乎有些兴奋之意，脚步也隐隐加快了些，让小黑猪在后头抱怨一般地哼哼了几声。

小巷子地面是石板砌成的，虽然窄小，却很干净，两侧没有几户人家，但高墙耸立，倒像是大户人家的后院所在。正当沈石胡思乱想的时候，杜铁剑却一下子停下了脚步，在前头一扇窗口前站住了。

没有门，只有一扇临着小巷的木窗，而且还是关着的。

周围很安静，天色又暗了几分，让那扇木窗看着有几分模糊不清。

杜铁剑双眼明亮，走到那木窗前，在沈石诧异的注视下，小心翼翼地在窗口上敲了三下。

"啪啪啪！"低沉却清晰的声音回响在这条巷子中。

木窗纹丝不动。

沈石正有些疑惑，只见杜铁剑微微皱了皱眉，然后又伸手敲了两下。

木窗仍是一动不动。

难道是杜师兄想找的人不在？沈石心里这般想着。

杜铁剑等了一会儿，发现这窗子还是没反应，他想了想，把自己那柄黑剑随意往旁边一放，然后以一种令人惊诧的耐性，开始一遍又一遍地敲打窗口。

良久，突然"吱呀"一声，那木窗被人猛地推开了。

一股淡淡的异香随着木窗的打开飘散开来，弥漫在小巷里，沈石的脸色忽地微微一变，这气息他竟有些似曾相识的感觉。

那是酒香的气息。

一个恼火的声音从那扇木窗里传了出来，怒道："混账，你烦不烦，不知道老子只有白天卖酒吗？这时候不做生意了！"

从见面到现在，在沈石眼中一直都是强势无比、气度过人的杜铁剑，此刻脸上竟然露出几分赔笑之意，对着那木窗里的人呵呵笑道："我这不是有事来迟了吗？来来来，认识这么多年了，再卖点？"

"不卖！"

杜铁剑笑道："你不卖我就一直敲到天亮了。"

"你……"窗口中的那人似乎气结，但好像又拿这光头男子没办法，絮絮叨叨抱怨了一阵，大意就是当年年少无知，认识你这个倒霉催的，一辈子倒霉云云，杜铁剑也不生气，笑嘻嘻地站在窗口，从怀里摸出几个灵晶丢了进去。

里面的人没好气地道："要什么酒？"

杜铁剑明显地吞了口口水，道："你这里最好的……花雕？嗯，石井也不错，要不……"

话说到一半，忽然只听那窗里人打断了他的话，道："我最近酿了一种新酒，颇有新意，与以往不同，味道应该是极好的，还没拿出来卖过，你要不要……"

杜铁剑一下子身子贴前，大喜过望，看过去连那光头都亮了几分，在夜色中更加显眼，笑道："要要要，你这家伙别的本事不行，这酿酒的手艺绝对是天下无双，快给我来点！"

"哼……"那窗里人哼了一声，虽然意似不屑，但不难听出声音里还是有几分自得之意。

过了片刻，一个青翠碧绿的酒葫芦从那木窗里忽然被抛了出来，杜铁剑一把接住，急不可待地拔开塞子，顿时一股清香飘了出来。哪怕沈石站得稍远也能闻到，隐隐觉得与之前的酒香果然有些区别，醇厚之意稍减，清香之味胜之，虽未饮而有醉意，如风过竹林，一片青翠，清幽而雅致，沁人心脾。

不知不觉，竟口生甜津。

杜铁剑深深吸气，双目微合，仿佛这一闻之间，人已半醉，忍不住吐气开声，赞叹道："这味道，不喝就知道是好酒啊，好家伙，这手艺越来越好了。"

那窗里人嗤笑一声，自矜道："废话，这还要你说？"

杜铁剑笑道："这酒与众不同，叫作什么名头？"

窗里人停了片刻，道："竹叶青。"

第二章 ■ 自省

入夜。

长城之巅直入云天，虽是百丈，但站在城头向下望去，便只觉得长城内外屋宇楼阁皆如蝼蚁，月华洒落，星辉皎皎，如在仙境。有大风从远方海面吹过，几乎令人疑在九霄云中，飘然如仙，又或恐身如浮尘，随风飘出这阔大城墙，粉身碎骨。

一轮明月升起，皎洁光明，于长城之上看去，竟仿佛比平日所见大了十倍，如巨大之光轮，伸手可及。

月照人影，人在月中。

而恍然之间，回头偶望，又只见长城之下，天鸿城中，虽是入夜时分，入眼处却是万家灯火，煊赫光亮，一望无际，光华挥洒无穷无尽，绚烂无比，繁华不输白昼，这宏伟巨都，仿佛从不入眠。

一声略带慵懒与满足的轻叹在沈石耳边响起，杜铁剑的声音淡淡传来，道："这上面的是'长城揽月'，下面是'不夜之城'，同样也在天鸿十景之列。"

沈石点了点头，情不自禁地赞叹出声。此时他与杜铁剑却是来到了长城之上，在这百丈高墙之巅，领略了一番天鸿奇景，可谓是大开眼界。

傍晚时分，杜铁剑去那个偏僻小巷里买了一葫芦竹叶青酒后，看着天色，两人是要在这天鸿城过上一晚，明日才能继续前往传送法阵，一路再传回海州流云城了，于是杜铁剑便带着沈石上了这百丈高城。

出乎沈石意料的是，在这夜深时分，这长城高墙之上居然还能看到不少人影，当然因为长城巨大无比，那些许人影自然而然便分散开来，彼此距离很远。

或许，那些人也有各自不同的际遇与心情吧。

杜铁剑席地而坐，背靠石壁，看着天穹之上那一轮巨大明月，葫芦一抛又接住，呵呵一笑，往嘴里又是灌了一大口，然后微闭双眼，半晌摇头，叹息道："好酒啊……"

随后他看了沈石一眼，笑道："你要不要来一口？"

沈石犹豫了一下，没来由地忽然想到了过去与老白猴喝酒的情景，心情微微一黯，但随即点了点头，道："好。"

绿影一闪，那碧绿色的酒葫芦丢了过来，沈石一把抓住，凑到嘴边喝了一口。片刻，一股清甜酒香仿佛从舌尖掠过，施施然直入喉管，暖洋洋中却又有一丝清凉冷意，令人心头一跳，其中滋味，醇美而难以言表。

沈石走到杜铁剑身边，将酒葫芦还给了他，笑道："这酒当真是好滋味。"

杜铁剑哈哈一笑，用力一拍沈石肩膀，笑道："不错吧？我看上的美酒，那都是不差的。可惜这等好酒天底下也只有天鸿城这里才有，等明天咱们回山之后，就有一段日子喝不上喽。"

说罢，他轻轻摇头，看着颇有几分遗憾之意。

在他们两人身旁，杜铁剑那柄黑色巨剑随意地倚靠在石壁栏杆边，而小黑猪不知何时悄悄走到这把巨剑旁，上下打量着，偶尔还试探着伸出一只小猪蹄在剑身上这里碰碰，那里摸摸，似乎对这把黑色巨剑产生了一点兴趣。

杜铁剑又喝了一口酒，眼神中似有醉意，若有所思，忽然开口道："沈师弟，你今年多大？"

沈石道："十九岁。"

杜铁剑点点头，似在心算，片刻后道："嗯，差不多，三年前你……失踪的时候，是在青鱼岛上最后一年吧，那时候的境界是？"

沈石苦笑了一下，欲言又止，最后还是平静地道："和现在一样。"

杜铁剑似有几分意外，转头看了他一眼，默然片刻之后，摆摆手道："那些事以后再说吧，不过你现在境界确实低了，回山之后可得勤奋修炼才是。"说到这里，他像是想起了什么，顿了一下，然后淡淡地道，"这几年在年轻一辈的弟子中，听说是连着出了几个厉害人物，深得门中长老看重，算算年纪，好像都是和你同年拜入山门的那一批新人呢。"

沈石心头突然一紧，抬眼看向杜铁剑，却发现这位大师兄仰头喝酒，并没有继续在这上头多说的意思。尽管心中有所预料，但连杜铁剑都这么说了，想必这三年来，那些曾一起在青鱼岛上的少年天才，都是勇猛精进了吧。

他心中没来由地有些烦乱，隐隐还有些沉重，又过了一会儿，忽然听杜铁剑好似叫了他一声，沈石从自己的胡思乱想中惊醒，答应道："啊，什么事，师兄？"

杜铁剑凝视他片刻，不知是不是沈石的错觉，又或是天上明月耀眼光华的倒影，有那么一瞬间，杜铁剑的双眼竟亮得仿佛能刺透他的心底，不过转眼间那光芒便散去，似乎从未出现过一般，随后只听杜铁剑平静地道："沈师弟，你怕不怕死？"

沈石一怔，对这个没头没脑的问话一时间有些反应不过来，愕然看向杜铁剑，杜铁剑笑了笑，喝了口酒，自顾自地说了下去，道："生死之间，自有大恐怖，有灵之物皆畏之，也没什么好奇怪的。只是我们修道之人，除却天赋根骨、灵材修炼之外，心性亦是不可或缺。怯弱者纵有天资绝世，灵晶万斛，也是走不了太远的。"

沈石凝视着他，沉默了很久，然后轻声道："师兄可是说我？"

杜铁剑仰首望天，淡淡道："这八日你我同行，多有闲聊，我虽不能断定师弟你天资如何，但只看你年纪轻轻却是博览群书，见识非凡，特别是在各种灵材辨识诸般见闻上，连我也自愧不如。这等天赋，实在罕见，若能修持心志，日后前途当更加远大。"

沈石慢慢低下了头，没有再说什么，杜铁剑看了他一眼，淡淡一笑，闭上了双眼，没过多久，一阵细细的鼾声响起，却是已经沉沉入睡了。

旁边的小黑猪转头看了这边一眼，似乎对这个睡着了还打呼噜的家伙有些不满，瞪了杜铁剑一眼，不过它似乎越来越喜欢那把黑色的大剑了，片刻都不愿离开，一直依偎在巨剑旁边。

沈石缓缓站起，慢慢走到了那高大的城墙边上，凭栏远眺，只见远方夜幕之中，月光皎洁，洒落人间，连那片茫茫海面，都仿佛变成了银白之海。

我怕死吗……我……怯弱吗……

沈石回想着，杜师兄毫无疑问是得到南宫莹回报天剑宫，然后再通知凌霄宗的消息后，才一路赶来的，在此之前自己和这位道行高深、性子疏狂的大师兄并没有任何交集来往，所以他对自己的印象，必定就是这几日了，确切来说，或许应该就是在断月城中他见到自己的那一幕。

自己当时被玄剑门三人以及南宫莹围住的模样，真的有些软弱吗……

他的手掌轻轻摸过坚硬而粗粝的石砖，眼神平静而清澈明亮，安静地回想着，自省着。

从十二岁那年开始，离家出走，与父亲离别多年，独自一人在青鱼岛上修炼，他自认为一直都是坚定自强，哪怕是意外到了妖界，但是三年间，他小心翼翼地坚忍生存，面对妖界那等残酷的内斗厮杀，生死关头几番挣扎，无论是老白猴、石猪甚至其他的妖族，都没有说过他贪生怕死。

可是大师兄为什么会这么说呢……

又或者，自己是什么时候忽然改变的呢……

他的眼神慢慢有些黯淡下来，像是想到了什么，手掌不由自主地轻轻抓紧，也许……是老白猴和石猪吗？

难道在看到了它们两个死去之后，自己突然间软弱了下来，连自己都没发现吗？

沈石安静地站着，站在这百丈高的长城之上，迎着内海吹来的凛冽劲风，一直这样沉默着。

月华如水，照人无眠，人影独立，似在月中。

翌日。

晨光落下，黑暗退去，新的一天开始了。

杜铁剑打了个哈欠，悠悠醒来，伸着懒腰站起，随即看到前头石壁栏杆那一侧，沈石站在那里眺望远方，一动不动。

几滴晨露，打湿了他的衣襟。

杜铁剑若有深意地看了他一眼，没有说什么，回头一看，却发现那只小黑猪不知何时居然抱着自己那柄黑色巨剑在旁边呼呼大睡，嘴角张开还流出了一丝晶莹的口水，滴落在黑剑剑鞘之上。

杜铁剑顿时一呆，饶是以他的心性阅历，看到这一幕也有种无语的感觉，正在这时，只听后头脚步声响起，沈石走了过来。

杜铁剑转头对他笑了一下，道："你这只小猪倒是有趣，平日里我这把大剑也算有些杀气，寻常妖兽都是不敢靠近的，偏偏它好像一点儿都不在意。"

沈石笑着点点头，走过去踢了一脚小黑猪，将它叫醒，然后带着睡眼蒙眬的小猪向前走去，这一日便要回转山门了。

只是在走到那高耸陡峭、从地面一直延伸到墙顶不知多少层的石阶边时，沈石忽然道："杜师兄，你说这里的石阶和咱们凌霄宗的拜仙岩像不像？"

杜铁剑看了一眼，失笑道："你别说，还真有点像，不过这里的规模气势可是比咱们那儿大多了。"

沈石微微一笑，知道杜铁剑说的确实是实话，长城石阶陡峭高耸，普通人根本无法攀爬，能上到长城顶上的，都是有道行在身的修士。

他向下走了一层，然后道："当年走拜仙岩的时候，其实在石阶上，我也曾紧张害怕过。"

杜铁剑看了他一眼，眼中忽然有了几分淡淡笑意，但口气还是平淡，应了一声，道："哦？"

沈石平静地道："现在想想，其实那时候我也有些怕死吧，不过……现在我可以一个人，慢慢地走下去了。"说着，他一步一步地向下走着，风从他身旁吹过，衣襟飘舞，仿佛带着几分威胁，但他的身子一直很沉稳。

杜铁剑随意地走在他的身旁，扛着巨剑，过了一会儿，微笑道："正是如此。"

沈石脚步微顿，忽然转向杜铁剑，弯下腰，正色凝神道："我才智浅陋，或不如旁人，但向道之心，断无懈怠之意。师兄天纵之才，慧眼明目，昨夜点醒于我，小弟铭记在心。日后修道，恳请师兄继续指点，解我愚钝。"

杜铁剑深深看他一眼，忽然哈哈一笑，摇头嗤笑，但神色间并不见烦恼，反而是随手一抓，扶住沈石，笑道："悟性不错，脾气也好，居然还肯低头，这一点可比我强多了。哈哈，走吧走吧，日后事日后再说！"

话音未落，人影飞起，却是他带着沈石直接向下方坠落而去，飘然如风，快如闪电。

只是片刻之后，石阶之上，忽然响起一阵恼怒至极的哀鸣，半空之中，杜铁剑愕然回头，突然老脸一红，带了几分尴尬，道："啊，糟糕，只顾着潇洒，忘了那只小猪了……"

第三章 ■ 询问

天鸿城为天下重心，万世之名城巨都，光是通往异界的上古传送法阵就有十七座，更不要说如今那些跨州传送通行的普通传送法阵了，要知道，就连掌控传送法阵的神仙会的总堂，都在这天鸿城中。

凌霄宗所在的海州位于鸿蒙主界的南方，濒临沧海，与天鸿城隔了十几个州，路途不下千万里。换句话说，杜铁剑与沈石必须要乘坐十几次传送法阵才能够回到海州。不过相比这中间的遥远路途，这点麻烦可以忽略不计。

沈石十二岁那年，从阴州离开前往凌霄宗时，平生第一次乘坐传送法阵，那一次是吃了很大的苦头的。不过时过境迁，虽然他在妖界被耽搁了三年，但终归还是有一点道行在身，对传送法阵的耐受力大大提高，再没有以前的狼狈景象，不过影响还是有的，连续乘坐数次之后，他还是需要休息一下。

相比之下，杜铁剑就轻松太多了，一直都是一副行若无事的模样，甚至就连沈石身边跟着的小黑猪，不知为何，居然也是一副轻松的模样，令沈石无语。

走走停停，连休息带传送，清晨从天鸿城出发的他们，到了下午时分，终于回到了海州流云城。

流云城繁华一如当年，虽然在见识过天鸿城举世无双的名城景象后，流云城给人的感觉便小了许多，逊色不少，但是这座城池却让沈石有一种意外的亲切感，哪怕……其实他真的是只来过这里一次而已。

十几次的传送，让沈石看起来有几分疲倦，不过杜铁剑并没有休息的意思，而是径直带着沈石向城外走去，看他的样子，是准备立刻回到那个凌霄宗去。

沈石对此自然不会有什么反对，不过这里毕竟是流云城，是海州，是天下四正之一凌霄宗的核心地盘，纵然海州地界上修真门派林立，但是哪一家不是仰凌霄宗之鼻息？而杜铁剑身为凌霄宗掌教怀远真人的大弟子，年青一代弟子中声势最盛者，在这流云城中才走了没多远，就有好几拨人认出了他，纷纷过来打招呼。

这其中既有其他修真门派，也有普通散修，甚至还有本城中一些商铺势力的首领、掌柜等，一个个对这位前途无量的杜铁剑都很亲近热情，也让在一旁的沈石初步见识到了自己这位杜师兄之前从未展露过的另一面人脉。

只是说人脉，看起来又不太像，热情亲切的都是别人，杜铁剑自己倒是没有做出眼高于顶的样子，对每一个过来打招呼的人，他都是一副大大咧咧、哈哈一笑的模样，三言两语便打发了，一路下来，竟然没有一个人是跟他有所深谈的。

沈石安静地站在一旁，在杜铁剑与别人攀谈时从不插嘴多话，只是平静地看着，偶尔眼中会掠过若有所思的表情。

杜铁剑偶尔也会看他一眼，但见他沉默不语，也并没有与他多说什么，只是经过昨晚在天鸿城长城之巅上望月沉思一整夜后，他隐隐觉得这位沈师弟似乎已经有了些许的改变。

出了城，直奔沧海，在看到那碧波荡漾、广大无边的大海时，周围的人迹也渐渐减少，海面远方云雾缭绕，如梦如幻，似有仙山矗立。

杜铁剑回头看了沈石一眼，脸上那丝笑意收起，正色道："沈师弟，我们回山了。"

沈石眺望远方，默然片刻，然后重重地点了点头。

杜铁剑手一招，黑色巨剑陡然飞起，倒悬于三尺空中，杜铁剑随手一拉沈石，连带着小黑猪一起跃到剑上，然后剑诀一引，黑剑缓缓抬升，剑身两端，忽有隐隐风雷之声，如一艘巨船驶过，向着无尽沧海飞去。

过往日子里，沈石也见过其他修士驱使法器御空而行，比如王亘，比如甘文晴，还有其他一些道行高深的修士，他们无一不是身形潇洒、飘然如仙，但是没有一个人会像杜铁剑一样，御剑飞行居然飞得如此震撼。随着他们速度的加快，黑色巨剑在空中不时发出雷鸣般的锐啸，仿佛狂暴的凶兽对着沧海天穹咆哮一般，张狂无比。也幸好是在这渺无人烟的沧海之上，若是在人烟稠密的流云城中，那动静就实在太大了。沈石这才多少明白了这位杜师兄为什么要到城外才肯御剑的原因。

隆隆雷声轰鸣在沧海之上，惊扰了无数海鸟、海鱼四散而逃，而腾云驾雾间，沧海深处的那一座巨大仙山，终于再一次出现在沈石的眼前。

离开三年了，沈石终于再一次看到了金虹山。

有那么一刻，他甚至有种仿佛回到了十二岁少年时的感觉，当年的王亘在拜仙岩上，带着他们曾经仰望过这座雄伟名山，而这一天，杜铁剑却是带着他直上云霄，穿过无数楼宇殿堂，越飞越高，速度越来越快。

不知不觉，沈石忽然觉得自己的呼吸有些艰难，周围的温度正在急剧下降，如置身在寒冰之中，脚边的小黑猪发出几声低低的哀鸣，而在那黑色巨剑的边缘处，赫然已经凝结了几分白色冰晶。

然而眼前的金虹山，苍翠依旧，山势雄伟直入云天，竟然仍是看不到山巅尽头的模样。

几许钟鼓清音，几许鹤鸣龙吟，忽然从云霄之上传下，令人精神一振，片刻之后，便只见一片云海茫茫，如沧海倒悬于高天之上，无边无际，而黑色巨剑正带着他们向着这片深不见底的云层冲去。

小黑猪发出一声有些惊恐的鸣叫，沈石脸色也有几分苍白，不过神情依然平静镇定，双目炯炯，直视前方。

"呼！"

一声大响，他们已进云层，瞬间只觉得耳边狂风大作，一片白雾茫茫，似乎除了白色云雾如絮般遍布周围，其他什么都看不到，前行的速度越发狂野，似乎要撕裂一切。

下一刻，瞬间已至！

如无声惊雷轰然而鸣，眼前陡然一亮，刺眼的光芒如万丈金虹，照耀无尽天地。

黑色巨剑从云层深处飞跃而出，如一尾黑色巨鱼跳出海面，在无尽高空中划出一道黑色耀眼的波痕，甚至还从云海中带起了一道云雾之气随之挥洒，如水花溅起，散于天地之间。

耀眼金乌悬挂于西天之上，光芒万丈。云海之上，一座巨峰突兀而出，傲视天地，更有一道贯天长虹，金光灼灼，闪烁璀璨，挂于峰顶，望之如仙境洞天，震撼人心。

金虹名山，正在眼前。黑色巨剑至此，速度稍减，向着金虹山缓缓靠近，云海之上气温颇低，沈石道行不够，此刻身子有些微微颤抖，但是他恍若不觉，只是凝视着远方那座仙山之巅，还有雄峰之上的仙家殿堂。

巨剑靠近了金虹山，约莫还有百丈的距离，杜铁剑忽然停顿了一下，虽然眼前一切如常，无形无色，但沈石明显地感到了黑色巨剑似乎有所凝滞，而下一刻，一股庞然巨大的神念似乎与这仙山融为一体，横扫过他们的身体。

那神念是如此磅礴浩大，几乎令人生出一种屏息的感觉，而杜铁剑神色郑重，但什么动作都没有，只是安静地站在前方，任由这神念扫过。

片刻后，这浩瀚神念消失而去，那股凝滞感也随之而散，杜铁剑点了点头，对着那金虹山深处拱了拱手，也不知是对什么郑重见礼，这才重新催动了黑色巨剑，继续向前飞去。

金虹山山顶古木苍翠，于云雾间修建了数座殿堂，又有不少楼阁点缀其中，但是与庞大的山体相比，仍然显得渺小。可直到杜铁剑带着沈石落到地面之上，沈石才发现这里的建筑其实相当雄伟高大，别的不说，光是眼前这一座牌匾上写着"云霄殿"的大殿，看上去便高五十丈以上，宽阔雄伟，气势不凡。

云霄殿周围松柏成林，一条青石路通向松林之外，两只兽纹四脚大铜炉放置于殿外平坦的青石平地上，袅袅轻烟悠悠飘起，更为这片没有人迹走动的林中大殿平添了几分幽静。

杜铁剑看了那大殿一眼，对沈石道："这里是我师父怀远真人平日静修之地，少有人来，所以这般清静。待会儿我进去通报一声后，他应该会向你询问些事，你老实回答就好了。"

沈石点了点头，道："是，我明白了。"

杜铁剑不再多言，让沈石在殿下等候，自己走上那三十六层石阶，到了云霄殿外，推开了厚重高大的殿门。

当他打开殿门，目光望向里面的时候，忽然身子一顿，似乎看到了什么，脸上掠过了一丝惊讶之色，随即还是走了进去。

沈石在殿外安静地等待着，心底隐约有些紧张，但更多的还是一种莫名的期待与一点激动，如今正在这大殿里面的人，便是站在鸿蒙修真界顶峰的仙人吗？

杜铁剑进去没多久便走了出来，站在石阶上向沈石招了招手，沈石走了过去，杜铁剑耸耸肩，道："你自己进去吧。"

沈石一怔，看了杜铁剑一眼，他本以为杜铁剑也会跟自己一起进去的，但是没想到那位怀远真人似乎并没有这个意思。怀着几分忐忑的心情，他深吸了一口气，走进了那扇半掩的高大殿门，身影消失在殿门阴影之中。

杜铁剑伸了个懒腰，在石阶上坐了下来，随手将黑色巨剑放在身旁，居然也没有完成任务后就此离开的意思，看他的样子，倒像是有几分看守殿门的模样。

看了一眼石阶下那条青石路径远方，只见松林幽幽，几声鸟鸣传来，杜铁剑默然片刻，忽然淡淡一笑，这时又听见旁边传来叫声，他转头一看，却是小黑猪不知从哪里钻了出来，头上粘了几枝松针，似乎刚才跑到了那片松柏林中，嘴上叼着一根半尺长的红色小草，在那里嚼个不停。

杜铁剑哑然失笑，看着小黑猪转了两圈，似乎因为看不到沈石而有些焦急，便向它招了招手，笑道："你那主人进殿去了，一会儿就出来，咱们在这里等等吧。"

小黑猪闻言跑了过来，蹦蹦跳跳地到了石阶之上，看动作虽有几分笨拙，但速度不慢，看着也很可爱，杜铁剑笑着伸手想去摸摸它的脑袋，小黑猪却是哼哼两声，一闪身避开了，然后一屁股坐在那把黑色巨剑的旁边，趴在地上，悠闲自得地嚼着口中的灵草。

杜铁剑笑着摇摇头，没有再说什么，松柏成林，幽然无声。

沈石走进云霄殿后，只觉得眼前先是微微一暗，然后便看见了八根巨柱耸立于殿堂之上，以八卦方位支撑大殿，殿内一片平坦，金砖如镜，隐约竟可倒映人影，而殿堂深处，几许烛火静静燃烧，火光之下，数个木色朴素的蒲团摆放在地上，有两个人坐在那里。

沈石吃了一惊，不知为何这里竟有两人，但在他进殿之后，那远处的两道目光似乎就看了过来，虽无形无质，但沈石觉得自己竟然有一种瞬间被看透的感觉。

他屏住气息，忍住心头那丝激动与忐忑，快步上前，在离那两个人两丈之外跪倒在地，轻轻磕头，道："弟子沈石，见过掌教真人，和……"

后面的话，他停滞了一下不知该如何称呼那位，片刻之后，只听一个沉稳温和的声音响起，语气平静似乎无忧无喜，淡然道："老夫怀远，这位是本门师叔祖火烨长老。"

沈石身子一震，连呼吸都在瞬间停滞，脸庞贴于地面，半响都没抬起。哪怕他之前已有所准备，也万万没想到自己迎来的竟是这样两个高山仰止般的大人物。

怀远真人乃是宗门掌教，名动天下，这个就不用说了，而那火烨长老的身份更是非同小可，乃是凌霄宗唯一修炼到天罡境的元老，论辈分更是怀远真人的师叔，说是凌霄宗镇山之宝也绝不为过。

而此时此刻，他们两个人却都坐在了自己身前，那种无形的压力，仿佛比金虹山外九霄云层之上的冰寒都更强大。

火烨长老并没有开口说什么，过了一会儿，只听怀远真人平静地道：

"起来吧，我们有些话要问你。"

沈石深呼吸了几下，勉强控制住自己的情绪，然后轻轻爬起，抬头看去，烛火之下，两个蒲团之上，左边一人身着道袍，眼若明星，气度俨然有道骨仙风之姿，望之似神仙一流，显然正是怀远真人；而坐在右边者稍微靠后些，身子大半隐在阴影之下，只能约莫看到满头白发，容色苍老。

沈石不敢多看，恭谨地站在一旁，而怀远真人用奇异的目光看他一眼之后，没有任何的废话，径直道：

"这三年，你究竟是到了何处？"

沈石身子顿时为之一僵。

第四章 ■ 井底之蛙

不用多想，沈石也知道自己去过妖界的这种事必定是一个可以震动鸿蒙诸界的消息，因为在他过往读过的那么多人族典籍书卷中，从来没有任何关于这方面的痕迹。

一想到这个秘密就在自己身上，当沈石想要开口说出来的时候，虽然早有心理准备，但仍然没来由地感觉到一股沉重的压力。

云霄殿内一片宁静，在问出那句话后，怀远真人与火烨祖师都没有再多说什么，沉静安稳地坐在那里，目光落在沈石的脸上，将他的神情看在眼中。沈石几乎只是在片刻之际就已经将心思收敛，恢复了平静，曾经在他脑海中荡起涟漪的那些过往画面，忽然像是失去了生气从而变成了灰白色的纸片，与他再也没有任何的关系。

他从容而漠然地和自己过去的三年一刀两断。

低沉但清晰的声音在云霄殿中开始回响，沈石跪伏于地，神色平静地开始讲述，一点一滴，除了有意识地隐去了天冥咒这一块，连带着将小黑猪吞食了那两颗怪异珠子的事也略去不说。

妖界见闻，事无大小，他都一一据实说出。

当那个"妖界"的字眼第一次从眼前这个少年口中吐露出来的时候，怀远真人与火烨祖师都是同时色变，哪怕以他们这样的境界修行，在陡然听到沈石去过已经隔绝万年的妖界后，也是震惊不已。

但是他们毕竟不是凡人，无论是眼光还是道行、阅历乃至心性都非同一般，很快便镇定了下来，在彼此对望了一眼之后，就都恢复了平静，然后耐心地听着沈石说了下去。

沈石不知道自己到底说了多久，只是觉得好像突然有许多画面一下子纷纷扰扰涌上心头，他这才知道，原来这三年里他看到了那么多的东西，然后又在此刻一一讲述。

那是一种很微妙的感触，每说一件事，每说一个人，隐隐都会有一种那些东西与自己就此剥离斩断的怪异感觉，曾经压在心头的沉重也渐渐消散。可是没来由地，沈石却忽然想到了多年前自己还在阴州西芦城中时，还是少年的自己跑去找那个屠夫，尝试着去屠宰牲畜刺刀见血的时候，仿佛就是这样的心情。

他心底有些困惑为何会有这般怪异的感触，但是这点微小的困扰在眼前这两位如高山仰止般大真人所给他的压力面前，根本不值一提，他很快便淡忘了。

过了很久，沈石的声音不知何时在云霄殿中停歇了下来，他讲完了该说的话，然后觉得自己有一些口干舌燥。

前方蒲团上，怀远真人与火烨祖师都没有开口说话，两个人都安静地坐在那里，火烨祖师更是合上了双眼，仿佛在沉思着。

他们二位没有开口，沈石便不敢起身妄动，只是跪得久了，哪怕他身躯比常人强横些，还是隐隐觉得膝盖和腰身有些开始酸痛起来。

不过就在这个时候，忽然在他眼前，一个朴素圆形的蒲团无声无息地从地面滑了过来，在他身前一尺处停下，然后他便听到怀远真人那浑厚低沉但温和的声音平静地道：

"坐下说话吧。"

沈石迟疑了一下，向两位低声道谢，然后跪坐在蒲团上。

一道目光扫过，虽然沈石低眉顺眼没有抬头，但是那扫过身躯的感觉竟是如此清晰，就算不能肯定是前面两位大真人中的哪一位，不过沈石下意识地觉得是怀远真人，最初见面的那一眼，怀远真人奇异的犹如包含有繁星万点的双眸给了他极其深刻的印象。

或许，那会是一种自己听都没听过的绝世道法吧。

然后，他听到怀远真人再一次开口：

"三年前，青鱼六岛中的妖岛突有异变，金芒冲天，声势巨大，也就是在那一日，你于妖岛上失踪，宗门曾派人于周围海域包括附近海岛上几度仔细寻觅，但都没有你的消息。想不到，居然会是这般缘故。"

怀远真人淡淡地说着，脸上神情并没有太多变化，但眼神里似乎还有几分感叹，道："当年那异变金光与众不同，乃是金胎石所独有，在此之前，本门上下从不知晓在妖岛之上居然还有那个微小法阵存在，是以事后着力追索，但是金胎石法阵已然尽数损毁，又因在过往从未有人发现过这等与众不同的小型法阵，所以前些日子听说有人传回你的消息，我与火烨师叔商议之后，便令铁剑秘密前往将你带回，这其中缘由，便是如此。"

沈石跪坐在蒲团上，过了一会儿，见那怀远真人似乎并没有继续说话的意思，迟疑了一下后，低声道："您的意思，是不想此事外泄吗？"

那一双似有星辰起伏的眼眸中仿佛有一丝星光忽然闪烁了一下，片刻后又恢复了平静，怀远真人看了他一眼，声音平和地道："哦？你为何会这般想？"

沈石默然片刻，低声道："弟子愚钝，以为……金胎石乃上古奇物，所用之途只有上古传送法阵，万年之间从未听说有额外法阵出世，而本宗山门里居然多此一物，等同多出一界，如家门后院。"

一个或许是全新的异界，里面或许蕴含有无数天材地宝、修炼灵材，价值之大，根本难以想象。

怀远真人微微颔首，淡淡一笑道："不错，当初令铁剑暗中找你回来，所为便是如此，我当初确实是怀疑你可能被传送至某个从未被人发现的异界去了，只是全然没想到，你去的居然是妖界……"

就在这时，从一开始就坐着没有开口的火烨祖师突然睁眼看来，道："关于妖界，你所说的可全数属实吗？"

与怀远真人平和浑厚的声音不同，火烨祖师的声音似有余音回荡，如风雷激荡，震动心魄，只听得沈石心头一阵烦恶，差点都难以坐稳。幸好这时一道醇和之力从旁涌来，如春风细雨在他身上掠过，顿时将他悸动的心魂安定下来，正是怀远真人挥了挥手。

沈石心中震骇于这两位大修士令人惊怖的道法神通，不敢有丝毫怠慢，恭谨俯身答道："句句属实，弟子不敢有丝毫虚言。"

火烨祖师转头看向怀远真人，只见怀远真人缓缓点了点头，似乎是在肯定什么，火烨祖师便没有继续怀疑，但他苍老的脸上有一丝凝重，沉声道：

"那只猴妖所说妖族孱弱之事，不可信。"

沈石愕然，怀远真人似乎也有一丝疑惑，道："师叔，你的意思是？"

火烨祖师端坐于蒲团之上，道："按他的说法，三年中此子一直都在黑狱山脉之中，从未去过妖界其他地方，而平日与他交谈的几个妖族，也都是一辈子在那广大的黑狱山中，可是如此？"

最后一句，他是看着沈石问的，沈石犹豫了一下，随即点了点头，事实确实如此。

而坐在一旁的怀远真人似乎已经想到了什么，皱眉道："师叔，你的意思是黑狱山外的妖界其他地方，也许妖族的实力并非如此弱小？"

火烨祖师沉默了片刻，道："妖界情况究竟如何，我也不敢断言，但以我看来，以万年之前妖族之强，断不可能沦落至这般窘境。还有，以我看来，那猴妖还是阅历不足，所知的多半是从那些书卷典籍上凭空看来，并非亲眼所见。"说到这里，火烨祖师双眼微微闭上，随后淡淡地道，"那猴妖说它们天妖王庭末世时，那几大天妖的境界相当于我们人族修士的元丹境？"

沈石点头道："是。"当日老白猴对他说这些话的时候，他可是记得清清楚楚的。

只见火烨祖师摇摇头，神色间带了几分不屑，淡然道："井底之蛙罢了。"说罢，他这一次却是完全合上了双眼，不再多说。

沈石愕然，一时间有些不知所措，不过幸好怀远真人看起来并没有什么太大的架子，笑了笑，对他说道："那猴妖太小看它们妖族的先祖了，当年天鸿城人妖两族最后决战的时候，那几位天妖……"他目光微微有些飘忽，仿佛回想起了曾经的故事，然后淡淡地道，"那几位天妖，是我们人族用无数修士的性命，硬生生堆死的。"

第五章 ■ 松林

云霄殿中安静了一会儿，火烨祖师闭目不语，怀远真人微微叹息，似有感叹之意，而沈石则是一时不知该说什么才好。

过了一会儿，怀远真人回过神来，又细细询问了沈石一番，包括他如何脱困，又是如何去往归元界的，沈石都一一作答。当听到妖界之中居然也有类似的微小传送法阵时，怀远真人与火烨祖师的脸色同时凝重起来，不过随后在沈石肯定地表示那法阵在发动之后确实是粉碎了后，他们两人的脸色才轻松了一些。

怀远真人看向火烨祖师，皱眉道："难道这种奇怪的微小法阵只能使用一次？为何一旦运转之后便会直接损坏？"

火烨祖师面上也有思索之色，显然这上古遗传下来的金胎石以及神秘的传送法阵，哪怕他如今已是站在人族修真界顶峰的那几个人之一，也并没有完全了解。

怀远真人沉思一会儿后，转头看向沈石，道："不过既然那妖界法阵已然损毁，至少暂时应该无忧，你这三年在妖界的经历，实在太过诡异，一旦宣扬开去麻烦甚多，其中颇有牵扯，需要从长计议。再过一年便是十年一度的四正名门大会，到了那时我会与其他三大掌门私下协商此事，不过在此之前，此事还是不可外泄，你明白了吗？"

沈石点了点头，道："弟子明白了。"不过他随即顿了一下，带着几分犹豫，道，"可是若是有人向弟子问起这三年的情况，弟子该当如何回答？"

怀远真人想了想，道："回头我会让铁剑将你安置在宗门里，具体事宜，他会告诉你的。"

沈石点头答应，怀远真人又道："你先下去吧，出去的时候叫铁剑再进来一趟。"

沈石恭恭敬敬地又对这二位德高望重、高山仰止的大真人磕了一个头，然后安静地转身走了出去。当沉重的大殿木门再度合上的时候，火烨祖师忽然淡淡地道："你觉得此子所言尽数属实吗？"

怀远真人沉吟了片刻，眼中那奇异的星辰微微闪动，随后道："他言语中或许还有些许未尽之处，但所说不假。"

不知为何，火烨祖师虽然道行、辈分都比怀远真人高，但对这位掌教师侄的断语却是十分信任的样子，听了怀远真人一席话之后，点点头就没有继续在这个话题上纠结，反而是少见地轻叹了一声，凌霄宗上下无数门人弟子，也只有怀远真人能够看到这位为无数人敬仰如天神的老祖宗会有这般感叹感怀的模样。

"想不到老夫有生之年，居然会有机会听到妖界那边的消息。"

怀远真人脸色显得有几分凝重，道："妖族强悍，乃是我人族第一大敌，只是被那阴煞海分隔万年，时日太长，所以如今天下人才渐渐淡忘了。此事非同小可，或许不该等上一年，我现在就向其他三正名门发出邀请如何？"

火烨祖师嗤笑了一声，看起来颇有几分嘲讽之意，不过显然不是针对这位和自己关系不错的掌教师侄，淡淡道："你要这么做了，镇龙殿与天剑宫那边什么反应不好说，元始门那里会怎样，你会想不到吗？"

怀远真人默然片刻，苦笑一声，摇头不语。

推开云霄殿的大门走出来的时候，明亮的天光落下照在身上，让沈石的眼睛微微眯了一下，然后他就看到杜铁剑懒洋洋地坐在石阶上，身旁地上放着他那把黑色巨剑，除此之外，周围一片安静，似乎这云霄殿附近平日少有人来，半天也没看到其他的人影。

杜铁剑像是感觉到了身后的动静，转过身来看了一眼，见沈石走了过来，在自己身旁坐下，便笑了笑，道："怎样？"

沈石想了想，道："还行。"顿了一下，又道，"掌教真人叫你进去一趟。"

杜铁剑"哦"了一声，站起身来，抓起那柄铁剑，向云霄殿走去，走了两步后他像是想起了什么，又转身向石阶下方的那片幽静却广大的松柏林中一指，道："你那只小猪刚才还在这儿，不过现在又跑到林子里头玩去了，我叫都叫不住。"

沈石呵呵一笑，道："那小东西就是这样，不用理会它。"

杜铁剑笑着点点头，看了沈石一眼，道："你在这里等我。"

沈石点头答应，然后看着杜铁剑再度走进了那座大殿，随着那沉重的大门缓缓在他身后关上，云霄殿外的石阶附近，很快又陷入了一片寂静。

这座林中大殿，这片幽深树林，似乎一直都是寂静的，飘然出世，不沾人间烟火。沈石往那林中看了一眼，树影重重之中并没有看见小黑猪的身影，也不知这会儿跑到哪儿去了。

在那片树林深处，不知有多少松柏挺直矗立，青翠苍劲，甚至有些老松树围要数人合抱，也不知在这金虹山上生长了多少岁月。不过与普通树林不同的是，虽然这片松柏林茂密繁盛，但林中除了松柏大树之外，几乎看不到生有倒刺的讨厌的灌木荆棘，最多就是一些青苔、小草长在林间空地或是裸露出地面的树根间隙，让这片林子看上去显得十分空旷。

大树与大树之间往往都相隔一段距离，或远或近，各不相同，不过已经足够宽敞通行，只是林子中同样是一片寂静，只有偶尔从树林深处传来几声不知名的鸟鸣声，为这里添上几分生气。

一个与周围那些不知生长了几百年、几千年的松柏比起来显得十分渺小的黑色身影，就这样有些突兀地出现在这片树林中，在这些参天大树间行走着，闻闻这棵松树，嗅嗅那棵翠柏，对周围这陌生但明亮的环境显得有些好奇与兴奋。

小黑猪的嘴里不时发出哼哼的叫声，同时口中还在不停地咀嚼着，隐约可以看到一根被它咬掉了大半的灵草，也不知道它是从哪儿找到的。小黑猪只见这片林中松柏交接，清新肃然，似乎觉得十分舒服，虽然不知道为何会有这种感觉，但是小黑猪看起来很是喜欢这里，走着走着，居然好像有几分倦意涌上来，打了个大大的哈欠。

正当它左看右看，想找一个好地方睡一会儿的时候，忽然它的小猪脑袋猛地一抬，看向前头松林更深处，那里古木大树更多更密，光线也比外头似乎稍微暗淡了一些，除此之外，便什么异状都没有了。

但是小黑猪却好像感觉到了什么，忽然有些犹豫的样子，刚刚才生出的那点睡意转眼间似乎烟消云散。

松林之中，一片寂静，仿佛一瞬间，突然一切都沉寂下来，连那些原有的清脆鸟鸣声都消失不见了。

小黑猪盯着那片林子深处，站在原地一动不动，同时头上两只耳朵慢慢挺起，似乎渐渐有些畏惧之意，甚至开始有所警戒的模样。

过了片刻，小黑猪悄悄地向后退了一步。

林中仍是一片寂静。

小黑猪突然转身，掉头就跑，四蹄翻飞，如离弦之箭，嗖嗖嗖几下就蹿出老远，一路向林外方向跑去了。

转眼间，那个小小的身影就跑得老远，在这片松林中消失了，而林中深处，那片幽静阴暗的树影中，依然什么动静都没有，只是偶尔有一阵清风吹过这片密林，树影摇动，那片阴影也随之闪动了几下。

隐隐约约，一道遥远而低沉几乎细不可闻的吐息声，在幽幽密林深处响起又落下，片刻之后，这片松柏密林又陷入了那仿佛亘古不变的沉默寂静中。

一道黑影"唰"的一下从那片松林中蹿了出来，把沈石吓了一跳，随即才发现是小黑猪一路跑了过来，几下蹦蹦蹿上了石阶，然后在沈石身旁趴了下来，身子紧紧地靠在沈石的腿边，埋着头，似乎有些疲倦的样子。

沈石看了它一眼，感觉到小黑猪的样子似乎有些奇怪，摸了摸它的头，道："怎么了？"

小黑猪低低哼叫了一声，只是用头蹭了一下沈石的掌心，并没有更多的表示，沈石皱了皱眉，刚想开口再说些什么的时候，只听背后云霄殿大门一声低沉响动，沈石连忙站起，看见杜铁剑从那里走了过来。

沈石迎了过去，杜铁剑看到他，脸上带了一丝笑意，道："久等了，沈师弟。"

沈石摇摇头，道："杜师兄，掌教真人可有什么吩咐吗？"

杜铁剑笑看着他，轻轻一拍他的肩膀，道："放心吧，从今日开始，你又是我凌霄宗门下弟子了。"

沈石长嘘了一口气，在这句话之后，他才算是真正放下了心中的担忧。杜铁剑一边带着他向殿外那条青石路走去，一边向他说着以后对他的安排："今后你就直接在金虹山上修行，兄弟，千百年来，未至凝元境而上金虹山成为亲传弟子的，你可算是第一人了。不过不管怎样，当务之急，你还是要尽快突破境界，修炼到凝元境，知道吧？"

沈石点了点头，这些日子的经历早已清楚明白地告诉他，不到凝元境的修士，几乎等同于蝼蚁，毫无地位可言。

杜铁剑一边走着，一边又道："此外，这三年里你的经历究竟如何，师父让我也不要多问，只是要我告诉你，此事需得保密，若有人问起，你需要如此答话，就说三年前你在那妖岛上……"

点点碎语声音压低，是杜铁剑在对他低声叮嘱，沈石一边仔细听着，一边缓缓点头。而在两人身后，小黑猪亦步亦趋地跟着，眼看走出一段路后，它忽然又回头看了一眼那片松林，身子微有迟滞，眼中掠过一丝奇怪而复杂的神色，似有几分畏惧又有几分好奇，但最后还是加快脚步，跟上沈石的步伐，走出了这座密林深处的大殿。

第六章 ■ 洞府

金虹山傲立于沧海之中，于万年前被凌霄宗开山祖师甘景诚看中，在此开山立派，就此奠下了传承万年修真名门的根基。时至今日，凌霄宗名列天下四正名门之一，实力深不可测，宗门内高手如云、天才云集，为天下所敬仰，而金虹山同样号称鸿蒙南方第一名山，是鸿蒙主界中屈指可数的顶尖灵地。

整座金虹山庞大无比，在山脉周围更有成百上千个大小不一的岛屿分布在周边海域，如众星捧月一般，簇拥着这座海中仙山。按照凌霄宗多年传承下来的规矩，新入门的弟子都要去青鱼岛修炼，只有天资聪慧能突破到凝元境界的弟子，才会被真正收入山门，踏足金虹灵山，被凌霄宗承认是亲传弟子，从此才算是真正踏上了修仙大道。

万年基业，无数代人的经营，金虹山如今自然是诸多事项一应完备，那些道行高深、德高望重的元丹境大真人自然是宗门里顶尖的人物，所居之处也是与众不同，虽说不能尽数，但金虹山最高处也是灵气最充沛的三分之一的山顶所在，几乎都是这些大真人清修的洞府，当然也有一些重要的殿堂楼宇。

除此之外，中间那大片大片的山峰所在，多有亭台楼阁诸多殿堂，包括宗门里各大堂口主殿以及众多场所建筑，层层叠叠都在此处，是平日里极热闹的所在，也是凌霄宗宗门里所有人的活动重心。

至于最下方那三分之一的山峰上，同样是清秀苍翠的山体，修建有为数众多的洞府居室，是凌霄宗门下数以千计的亲传弟子生活起居和日常修炼的所在，无数条或大或小的山道小径将它们一一连接，从四面八方通向金虹山的高处，在这片灵气充沛又安宁的灵山胜境中，各自修行着，在只属于自己的修仙大道上奋勇前进。

"金虹山上无弱者"，这是不知多少年前流传下来的一句老话，能够踏足这座灵山上的人，至少也都是凝元境的道行境界，而名列天下四正的凌霄宗弟子，他们的道行又几乎都会比相同境界的散修要强上许多，所以这句话也早已深入人心。

沈石早年曾在金虹山下的青鱼岛上修炼过五年，对宗门里的情况略知一二，加上这一路从山顶走下，杜铁剑也对他粗略说明了一下金虹山上的情况，所以心里也略微有底。

不过这一路走下来，在山顶的时候还不觉得，一旦下到灵山中段，随着殿堂楼阁的增多，身着凌霄宗门人服饰的弟子顿时多了许多，不消说，每一个至少都有凝元境的境界，更有少数神魂自敛、气度不凡的弟子，隐约已有神意境的风范，随便带一个到宗门外界去，只怕都是强横一时的人物。

而也就是在这走过的过程里，沈石终于见识到了杜铁剑在凌霄宗宗门里的地位，几乎所有的凌霄宗弟子都认识他，问好和打招呼声不绝于耳，连那些看着道行高深的神意境弟子也是如此，而杜铁剑看上去一副大大咧咧的样子，哈哈笑着，都是随意招手，轻松走过。

这中间当然也有不少人注意到了跟在杜铁剑身旁的沈石，在没费什么气力看出沈石的境界还是炼气境的时候，许多人眼中都露出了几分惊讶，不过或许是杜铁剑的面子够大，镇得住场面，虽感惊讶，一路上却没有哪一个人走出来特别询问。

至于跟在沈石身后的小黑猪，也是被许多人看到，不过几乎没人会多看上一眼，豢养妖兽为宠物对于修士来说，也算不上是什么特别稀奇的事，就在这金虹山上，一路走来，沈石也看到了不少人带着外形比小黑猪更古怪的宠物。

就这样，杜铁剑带着沈石走过了这片热闹繁华的山体中段，顺便指点了一些重要的堂口建筑殿堂外，就带着沈石到了占地最大，同时也是多数凌霄宗弟子休息起居的山体下段。

这里同样是风景秀美，从山道上远眺，可以看到远方沧海茫茫、碧波荡漾，众多岛屿如珍珠一般镶嵌在美丽的海水之中，清新海风迎面吹来，直令人心胸一开，不愧为仙山名门的所在。

杜铁剑似乎心中有数，带着沈石沿着山道走去，一路上可以看到有许多洞府门面，显然凌霄宗这里已经十分看重修炼之中各自的隐私，随便哪两个相邻的洞府间，距离有数十丈，与当年在青鱼岛上那一大排紧紧靠在一起的洞府截然不同。而到了这种洞府集聚的地方，周围顿时又清静许多，人影少见，古木青松之间鸟鸣幽幽，石门紧闭。

只听杜铁剑在前头道："如今本门在山弟子的人数，已经超过两千人，皆有各自洞府，山上的规矩与青鱼岛上又有不同，刚才路上我也差不多跟你粗略说过。虽说你情况有些特殊，但恰恰因为如此，更容易引来非议，所以日后该怎么做，你可想好了？"

看着杜铁剑转头看来，沈石轻轻点了点头，神色平静道："多谢师兄提点，我想我知道该怎么做。"

杜铁剑看了他一眼，微微颔首没有再多说什么，带着他又走了一段山路，便来到一处山谷前，在一处洞府外停了下来。只见这一片地方十分清静，周围看上去似乎没有多少洞府，最近的一个也在五十丈外，而且这处山谷中的洞府之外几乎无一例外都是石门紧闭，门前落满了枯枝败叶，似乎很少有人在此居住修炼。

只有一处地方是个例外，就是在距离沈石的洞府五十余丈外，虽然石门同样紧闭，但洞府前的小径却十分干净。而在路过那座洞府的时候，杜铁剑的脚步明显停顿了一下，目光也仿佛不经意地向那座石门凝视了片刻，但除此之外，他也没有更多的举动，就这样轻轻走过了这座安静沉默的洞府。

当两人来到沈石的洞府外时，只见洞府上方是一片密林，多有古木老藤，看上去苍翠繁茂，而洞府前除了一条山道之外，再向外便是一处山坡，上面绿草茵茵，如一片绿色草毯，斜斜向下。若在别处或许是一个视线开阔的上好洞府，可是这处山壁前方有一座山峰傲然耸立，直接将前方所有视线都挡住，连阳光都难得落下来，加上洞府前和山坡之下、山谷底部，还有一条小溪流淌而过，哗哗的水声从上游传来，转眼看去，白色水花四溅，似乎还有一条小小的瀑布隐藏在茂密树丛背后，让这座洞府周围显得十分阴凉潮湿。

这显然并不是一处上好的修炼洞府，清冷寂静，阴气过甚而阳气不足，不过当杜铁剑回身看向沈石的时候，沈石脸上却并无丝毫嫌恶之色，反而露出几分平静的微笑，对着他点了点头。

杜铁剑手一抛，丢了一件东西过来，沈石伸手接住，只觉得有些眼熟，片刻后想了起来，这东西不正是当年自己用过的那种云符吗？

杜铁剑指了指洞府石门，沈石沉吟片刻，走了过去，回想着当年在青鱼岛上的时候，然后轻轻将云符对着石门按去。

片刻之后，随着云符上光芒亮起，低沉的声音从石门之后传来，两扇石门缓缓打开。

杜铁剑带着他走了进去，同时口中淡淡地道："山上洞府大多规格相似，区别只是所在地势、地段不同。一般而言，宗门弟子分配一座洞府便会长期居住，除非立下大功，不然便不会再调换洞府。"

沈石走进石门，安静地看着四周，打量着这座也许会是自己日后将要居住不知多少年的石室，相比当年在青鱼岛上的那座洞府，眼前的这座洞府显然要大得多，光是入门所在的这一间外室，便有当日整座洞府那么大。

而在前方，赫然还有五处石门，透露出里头还有更大的空间。

杜铁剑微笑地带着他向前走去，同时对他一一解说："外头是会客石室，同时也是处理一些杂事之所，里头还有五间石室，大小不同，各有用处，不过你现在不一定能用得上就是了。"

说着，他走到最左边那一间石室，道："这里是你的卧室，平日起居修炼应该都在这里。"

说到这里，他像是又想到什么，转头对沈石道："虽然你如今留在山上，但宗门门规也不会为你特别改易，只是这山上所有规矩都是按照至少凝元境的道行境界来的，对你来说只怕有些艰难，所以一切前提，还是你最好尽快突破凝元境。"顿了一下，他的声音似乎压低了些，道，"回头你拿着这块云符，去山中丹堂灵药殿中，会有人给你一颗灵丹，待你破境之时服下，或许会有几分助益。"

沈石心头一跳，对修士来说，破境是头等大事，而能够有助于破境的灵丹，其价值简直不言而喻，这份人情可着实不小，只是不知是掌教怀远真人的吩咐，还是这位杜师兄的人情，不过杜铁剑看样子并没有细说的意思，沈石也就没有再细问，只是诚心诚意地道："多谢师兄。"

杜铁剑摆了摆手，笑道："也算不上什么，相比起其他几个高深境界破境，往凝元境炼气还是最为简单，一些世家子弟其实也有服食的，只是效果各人不同。不过若是境界再高一层，那等丹药便是天材地宝，价值连城了，连我都从来没见过。对了，丹堂那边听说有不少新人，你过去的时候说不定还会遇上几个你当年的朋友呢，别忘了咱们之前说好的那些理由啊。"

沈石默然片刻，微笑着点了点头，道："师兄放心就是。"

第七章 ■ 灵药殿

一圈走下来，算是对自己这个"家"有了粗略的印象，杜铁剑也不再多留，在叮嘱了他几句后，便离开了这里。

石门缓缓合上，偌大的洞府里顿时安静下来，看着这空空荡荡宽阔而寂寥的石室，除了有些冰冷的石壁外似乎就没有多少生气，但是不知为何，沈石却忽然觉得很安心，一种从未有过的轻松感觉，从心底深处缓缓地泛起，那是过往多年都未有过的感触。

终于……回来了啊！

在这座属于自己的全新洞府中坐了一会儿，然后沈石便动了起来，先是里里外外打扫干净，包括洞府石门外的那些枯枝败叶也被扫到一旁，加上这座洞府本来也就没什么东西，很快便有焕然一新的感觉。

之后，沈石走回卧室，先整理了一下自己的东西。随身携带的物品，他大多放在那个如意袋中，之前在外人包括杜铁剑面前，他都是小心翼翼地将这如意袋掩藏起来，毕竟以炼气境的境界能够使用如意袋这种法器，很容易便让人看出他的异常。

除了两棵从归元界得到的二品灵草，如意袋中有价值的就只剩下数十颗灵晶了，这些差不多就是他全部的财产。当日在归元界断月城里售卖灵草所得的灵晶，在回归凌霄宗这十天里，不知不觉又消耗掉了不少，那是他每日修炼的缘故。

也就是在归元界包括回来的这些日子里，沈石渐渐发现，虽然时隔三年自己的境界仍然停滞在炼气境高阶，与三年前离开青鱼岛时并无两样，但是在修炼的时候，他却发现自己对灵晶的消耗……似乎又加大了一些。

通常来说，一个普通修士在炼气境高阶的时候，随着道行的增进，一颗灵晶中的灵力大致可以保证他五天的修炼，但是在清心咒的作用下，一天两次的修行后，沈石却发现自己两天就会用掉一颗完好的灵晶。

似乎在修炼了天冥咒后，体内的灵力经过提纯精炼了一番。不知为何，修炼时吸收的灵力似乎也大了不少。这样的灵晶消耗速度，几乎赶得上金虹山上正式的凝元境弟子了。

沈石对这个事实相当无奈，同时也再度感受到一股熟悉的压力，那就是穷……

想想这些年来的修炼，自己好像一直都在拼命地赚钱，也不知道从什么时候开始，这种怪异的压力就一直挥之不去了。

沈石坐在床榻之上默然许久后，苦笑了一声，然后将这些灵晶收入怀中，其他的东西则都放回如意袋里，留在了洞府中，然后起身叫了一声小黑猪，却发现不知何时小猪已经直接躺在了那张床上，呼呼大睡起来。沈石摇了摇头，然后起身走了出去。

有云符的存在，基本上这座洞府就是安全的，凌霄宗向来的规矩都是极看重门下弟子个人的隐私，每一座洞府都有暗藏法阵保护，没有云符，旁人几乎不可能进入。

一股水声从这座阴凉潮湿的山谷深处隐隐传来，沈石向远处那条若隐若现的瀑布看了一眼，便转身沿着山路向外走去。山谷寂静，幽然空旷，显然平时就很少有人来此，当沈石走到接近山谷出口的那个地方时，目光扫过路旁一座洞府，那是附近唯一一处看得出有人打扫过的所在，不过此刻那洞府石门仍是紧闭，也不知道里面到底是什么人物。

沈石并没有在意，目光只在石门上停留了一下，便走了过去，那座洞府安静地在他身后渐渐远去，沉默地看着他的背影渐渐消失在这座山谷中。

出了山谷，便觉得周围忽然亮堂了一些。

沈石顺着山道一路走去，他此刻的目的是前往山体中段的灵药殿，不管怎样，先领回杜师兄所说的那颗灵丹再说。三年前他就已经修炼到了炼气境高阶，这些日子重新得到灵晶再度开始修炼后，沈石自觉体内灵力日益充盈，偶有激荡之意，或许在将来不久的某一天，自己就会开始冲击凝元境了。

与诸多殿堂会集来往弟子众多的金虹山中段相比，下段这里多是众弟子的修炼起居洞府，一路走来却是清静很多，想来若不是出门不在，就是闭门修炼。不过沈石在路上当然也遇到过一些凌霄宗弟子，有的人没注意他，有的人留意到他的境界后露出几分诧异之色，或许是因为懒得多管闲事，也就没有多话。

顺着山道一路上行，远处殿堂楼阁再度出现在他的视线之中。

灵药殿乃是丹堂下属，专门出售凌霄宗丹堂里炼制的各种灵丹妙药，而诸多灵丹对修炼所起的辅助作用不言而喻，历来都是修士重要的辅助灵药，所以在这诸多殿堂楼宇中的人气极高，沈石基本上没花什么力气，便打听到了灵药殿所在。

那是一处高大宽敞的大殿，在山体中段的显眼位置，沈石走到灵药殿外的时候，身边来来往往的凌霄宗弟子很多，每一个都至少有凝元境的修为，这让沈石身处人流之中，有种莫名的压迫感。而他这张陌生面孔的突然出现，也引起了一些凌霄宗弟子的注意，但更加让人惊讶的是，什么时候，炼气境的弟子居然会出现在金虹山上了？

几道异样的目光很快扫了过来，沈石只觉得身上有些不太舒服，不过对这种关注他心中已经有所准备，或许正如杜师兄所说的那样，其他一切都不重要，当务之急，自己还是尽快提升到凝元境，如此一来，自然所有的麻烦和不必要的关注都会消散而去。

而想到如果达到这个目的，这颗还不知名的破境灵丹，显然就更加重要了。

沈石深吸一口气，迈步走进了这座高大的灵药殿。

入眼处是一排高大的木架，色泽明黄，高达丈许，上面摆满了无数玉瓶瓷罐，一股淡淡的灵药清香弥漫在大殿中，仿佛只要走到这里，头脑也会清醒一些。

药架占据了一半以上的大殿位置，然后便是一排半人高的木柜挡在前方，木柜里头有几处站着人，看样子是丹堂弟子在此当值，而木柜的另一头则是许多徘徊的凌霄宗弟子。

沈石扫了一眼，发现在木柜后当值的丹堂弟子有六七人，有男有女，一个个神态轻松，除了站在柜台边的几个弟子外，还有几位在药架边并没有过来帮忙的意思，彼此正在低声聊些什么。而周围其他的凌霄宗弟子对这些丹堂弟子一个个都很客气，毕竟丹堂乃是凌霄宗门下最重要的堂口之一，又掌握着灵丹这种重要的灵材资源，不可轻易得罪。

沈石走了过去，在等待前边一位凌霄宗弟子买好丹药走了以后，他才走到木柜边，在柜台的另一头是一个圆脸的男子，他的目光落在沈石身上，道："你想要什么……咦，你的道行？"

他的脸上露出几分惊讶之色，旁边也有几道目光扫了过来，沈石觉得脸上有些发热，不过并没有表露出太多异样，脸上带着一丝微笑，道："师兄好，我想领取一颗'破障丹'，这是我的云符……"

这位圆脸弟子愕然，沉吟片刻后接过了沈石的云符，同时皱眉道："咱们这里没这种规矩啊，都是要用灵石购买丹药的。"

沈石呆了一下，想了想，道："是杜铁剑杜师兄让我过来的，他说已经交代好了。"顿了一下，他又追加了一句，道，"麻烦师兄你查一下，嗯……我叫沈石。"

"啪！"

清脆的响声从后头的药架传了过来，木柜后头的那些丹堂弟子似乎都吓了一跳，纷纷转头看去，药架那边，好像有人不小心打碎了一个装着灵丹的玉瓶。

第八章 ■ 重逢

木柜后头的丹堂弟子都纷纷皱起了眉头，而在下一刻，他们便看到一颗色泽灰褐的圆形灵丹骨碌碌地滚了出来，想必就是玉瓶摔碎后掉落出来的灵丹。

一个人影从那高大的药架后走了出来，她的脚步似乎有些僵硬而沉重，以至于她没注意到脚下的那颗灵丹，直接一脚踏了上去，将那颗倒霉的灵丹一下子踩到了脚下。旁边几个丹堂弟子眼角都抽搐了一下，虽然只是一瞬间，但是他们已经认出这是一颗"灰莲丹"，是二品灵丹中的一种，价值不菲……

众人之中，一位看上去约莫三十岁的女子皱了皱眉，道："钟师妹，怎么这么不小心？"

众人目光纷纷望去，只见从药架后走出的是一个年轻女子，身材修长，皮肤白皙，一张脸上秀眉明眸，瑶鼻樱唇，容貌极美，只是此刻脸色看上去不知为何微微有些苍白，眼中露出几分不可思议的愕然，怔怔地看向木柜之后那个同样有些错愕的沈石。

"沈石？"她轻轻地叫了一声，带着疑惑与莫名的激动。大殿之外似乎突然吹来了一阵清风，拂过她的脸颊，几缕发丝微微飘动，让她的容色越发秀丽。

沈石也在看着她，第一眼是愕然与陌生，在他的记忆中并不记得自己认识这个女子，但是第二眼他忽然觉得有些眼熟，那美丽女子的脸形轮廓，自己居然有些印象，于是他便看了第三眼。

多年以前，曾在他记忆里的某个面容终于慢慢与眼前这美丽女子重合了起来，不同的是，当初婴儿肥的脸庞，如今却已是化茧成蝶，漂亮得让他一时都无法认出。

时光仿佛在那一刻突然停滞下来，过往的记忆从心底深处悄然泛起，那些在青鱼岛上的光阴与回忆，一下子就涌上了心头。

然后沈石嘴角露出笑容，对着那个女孩，招了招手，微笑着说：

"哎，好久不见啊，钟青露。"

一声平静的招呼，却隔了三年之久，在没有人看得到的袖管中，钟青露白皙的手掌猛地紧握了一下。她凝视着安静地站在柜台后的男子，看着他微笑的脸庞，嘴唇轻轻张开又合上，仿佛有千言万语在心头掠过，但是到了最后，她终于也只是浅浅一笑，露出如春天原野上花儿绽放时那般的温柔笑容，微笑着轻轻道：

"好久不见。"

周围的凌霄宗弟子有一些骚动，不论是木柜外的那些弟子，还是木柜里药架下的丹堂弟子，此刻再看向沈石的目光里都有了一些异样。

自从三年前钟青露突破至凝元境登上金虹山后，很快就被丹堂吸纳过去，并展露出了在炼丹一道上非同一般的天分，据说甚至得到了丹堂第一长老云霓的欣赏，很有可能会将她正式收入门下，成为云霓长老的第三位亲传弟子。

而这三年里随着道行增进与年龄增长，钟青露孩童时期的那种肥胖已经退去，取而代之的是令人惊诧的美丽容颜。年轻貌美、天分极高，未来前途无量，加上家世也不错，如今的钟青露在金虹山上年青一代的新人弟子中，已经隐隐算是比较出众的几位弟子之一，更是不少男弟子心中倾慕的对象。

而一旦若有可能与她结成道侣，说粗俗一些，那真是人财双收啊。所以这些日子以来，金虹山上对钟青露展开追求的人可不是一两个，甚至还有上山多年的一些前辈师兄。

这里面就有吉安福。

吉安福就是此刻正站在沈石身前、隔了一个柜台的那个圆脸弟子，他今年二十九岁，上山已有十年，道行修到了凝元境中阶境界，算起来比钟青露大了两轮的辈分，只不过凌霄宗里除了那些长老，都是以师兄妹相称就是了。

吉安福在丹堂多年，当钟青露最开始来的时候，他并没有注意到这个当时还平凡无奇的小师妹，虽然那时已经隐隐有人传说钟青露炼丹天资不错，但是每一个能被收入丹堂的弟子，在炼丹上都会有点天分的，不然也来不到这里，所以他也没太在意。

不过随着年岁增长，钟青露仿佛突然就变得貌美如花，如一朵娇艳牡丹一般，越开越艳丽，越开越娇媚，令无数人为之动心，而她的前途与天资，也逐渐展露了出来。

吉安福很少对女人动心，但是他这一次动心了。钟青露平时的容貌神态，不知不觉他都记在了心里，他觉得这个女人一定要是自己的，更何况……他觉得自己在修炼上已经到了"瓶颈"期，考虑到钟青露的天分与未来的前途，如果能够和她在一起，必定会有大把的资源，那么自己突破到凝元境高阶甚至借助钟青露可能得到的灵丹资助，日后神意境的境界也未必不能窥探。

这个女人是我的！

光是每次在洞府夜深人静时想到这个的时候，吉安福都觉得自己浑身隐隐有些发热，心中充满了渴望。不过他终究没有被这股渴望的欲火冲昏头脑，像钟青露这样已经被看好的年轻弟子，凌霄宗向来是十分重视的，绝不会有用强的可能。不过他借着自己同样是丹堂弟子，平日与钟青露就有接触，然后有意无意地照顾了她几次，便无声无息中渐渐拉近了与她的关系，平时看到也会闲聊几句。

虽然关系进展缓慢，但是吉安福觉得只要时日一长，自己的愿望必定会达成。

但是就在这个时候，就在这么一个看起来与平时没什么两样的日子里，突然一个莫名其妙境界甚至还是炼气境的臭小子，就出现在了自己的眼前，而钟青露仿佛对他还另眼相看。

其实沈石与钟青露见面之后并没有更多的举动和言辞，只是彼此对视了一会儿，笑了笑打个招呼而已，至少在多数人眼中是这样的，但是吉安福却敏锐地察觉到，钟青露的眼神似乎有些不对，她看这个叫作沈石的年轻男子的目光，虽然隐匿得极深，但是真的与看向其他人的目光是不同的。

至少，她从未这样看过自己。

而当他们两人彼此对望的时候，吉安福站在他们两个人的中间，却油然而生出一种令人无比愤怒的感觉，在这两个人的眼中，那一刻，自己仿佛是不存在的。

他慢慢地转过身子，盯着沈石，脸上的肌肉微微有些扭曲起来。

沈石很快察觉到了旁边有人投来的异样目光，那股强烈而几乎不加掩饰的敌意甚至让他吃了一惊，转头看去，只见刚才柜台边那个圆脸的师兄面沉如水，冷冷地看着自己，然后沉声说道：

"我说过了，我们这里没有这个规矩，所有的灵丹都要用灵晶购买。"

沈石怔了一下，心想：难道是杜师兄忘记交代了？但是他临走的时候说得清清楚楚，不像是骗人的啊。

正犹豫时，眼前人影一闪，却是钟青露快步走了过来，看她的脸色，从一开始因为惊讶而略显苍白的模样，这时已经恢复过来，那如花般娇艳美丽的面庞容光焕发，甚至让周围人都看呆了，而她嘴角含笑，此时仿佛心中正是欢喜，道：

"你要做什么？"

沈石犹豫了一下，将事情对她说了，钟青露转过身子，对吉安福道："吉师兄，云符请给我吧，我去查一下。"

吉安福握着手中沈石的云符，差一点想直接砸在地上，不过好在他终归还有几分理智，知道这样做了让别人看笑话轻视自己之外，根本毫无意义，当下只是哼了一声，便将云符递给了钟青露。

钟青露接过云符，隔着柜台对沈石低声道："你过来一下。"

说着，示意沈石跟着她走到大殿木柜的边缘，沈石依言跟了过去，但总有一种芒刺在背的感觉，便转身看了一眼，只见身后吉安福的眼中如喷火一般，狠狠地瞪着自己，片刻之后，有另一个弟子过来取药，他才不情不愿地转过身子。

沈石面无表情地回过身子，微微皱眉，若有所思，目光朝侧前方正走着的钟青露看了一眼，却也没有多说什么。

钟青露带沈石站到一旁，然后轻声道："你在这里等一下，我进后殿去找主持本殿事务的闵师姐帮你问一下。"

沈石点点头，看了她一眼，轻声道："多谢。"

钟青露摇摇头，看着他似乎欲言又止，犹豫了片刻，还是快步向后殿的方向走去。

这几番动作，任谁都能看出沈石与钟青露的关系有些与众不同，不少议论私语声已经在大殿里响起，都是互相打听沈石来历的。

沈石并没有想到自己才回来不久，便莫名其妙地成了焦点，这滋味并不是太好受，特别是在自己道行仍未突破的情况下。他只有眼观鼻，鼻观心，沉默地站在角落，静静地等待着。

幸好钟青露去的时间并不算太长，只过了一会儿，她便回到了灵药殿中，同时手中多了一个白玉小瓶。

一路快步走来，看上去她的心情似乎有那么几分急切，不过在从药架后面现身之后，她的脚步忽然又慢了些，像是发现了什么一般，突然有些矜持起来，只是眼光看向沈石的时候，眼底深处仍有掩饰不住的欢喜。

"给你。"她走到沈石面前，将玉瓶递了过去，然后微笑着道，"杜师兄确实交代过了，这是破障丹。"

沈石接过，心里松了一口气，点点头笑道："多谢你了。"

钟青露摇头道："小事而已。"说着，她默然片刻，再次看向沈石的目光中已经多了几分探究，只是眼下这灵药殿里人多嘴杂，显然并非深谈之处，所以她想了想后，道，"你什么时候回来的，对了，其他人知道了吗？"

沈石笑了笑，道："今天刚刚回来，你是我第一个见到的……"

他的声音忽然小了下去，似乎一时有些不知道该怎么说，而钟青露的脸颊仿佛也在不经意中微微红了少许。

清风吹过，她明眸如星，容色娇媚，如绽放的美丽花朵盛开在沈石的眼前。

第九章 ■ 心意

"第一个见到的什么？"钟青露问。

沈石犹豫了一下，挠挠头道："……老朋友吧。"

钟青露瞪了他一眼，忽然啐了一下，道："我很老吗？"

沈石立刻摇头，哈哈笑道："哪里哪里，你跟'老'字没关系，说实话，你现在可比以前漂亮多了……呃？"

话一出口，沈石就有些后悔，感觉自己的言辞有些轻佻，再看钟青露的神情，却似乎没有生气，反而是嘴角微翘，笑意盈盈。不知怎的，被她这么瞪上一眼，沈石却忽然觉得有一种熟悉的感觉，好像又看到了当年在青鱼岛上，那个心高气傲、常常喜欢发火的小女孩。

相比起他这里的感今怀昔，旁边离得稍远但是暗中关注他们的不少凌霄宗弟子，特别是丹堂下属的弟子却都是有些发怔：钟青露这几年来顺风顺水，无论是修行还是炼丹上都显露出不凡的天资，再加上本人容貌又是日益娇美漂亮，所以在新近一批凌霄宗年轻弟子中的人气极高，倾慕者着实不少，她平日里也少有对旁人假以辞色的时候。

只是这沈石是何人，为何能与钟青露谈笑自若？而看钟青露的神情，明显对他也是与众不同。

沈石很快再次感觉到周围看过来的那些奇异的带着惊讶的目光，微微皱了皱眉，而钟青露似乎也察觉到了什么，脸色微微一沉，只是这种无形之事任谁也无法多说什么，沈石沉吟了片刻，对钟青露笑了一下，道："我过来就是取这破障丹的，没事的话我就先回去了。"

钟青露眉毛一挑，欲言又止，想了想后，点头道："好吧，反正既然你回来了，以后有的是机会见面说话。对了，你现在是住到山上了吗，在哪间洞府？回头我把这消息告诉青竹、孙友还有小梅他们几个，他们一定也会十分高兴的。"

沈石点点头，将自己的住处说了，然后笑着指了一下还在钟青露手中的那块云符，钟青露怔了一下，随即笑道："我也是糊涂了。"

说着将这块云符递还给沈石，沈石接过，转身离开了灵药殿。

钟青露目送他走出灵药殿，看着那身影渐渐远去，不知不觉沉默了下来，只是忽然间她抬头向周围看了一眼，却发现有不少人目光有意无意地在看着自己，钟青露顿时面色一沉，哼了一声，不去理会这些无聊的人，径直走回到灵药殿后头。

不过与外头那些凌霄宗弟子相比，在柜台后头药架附近的几个丹堂弟子，特别是几个女弟子，毕竟是平日经常相见的师姐妹，交情还算可以，这时都笑着围拢过来，拉着钟青露走到一旁，笑嘻嘻地问个不停，要钟青露老实交代这突然出现的小伙子是什么人，为何她会另眼相看。

钟青露被她们几个围在中间，脸颊微红，啐道："什么另眼相看，没有的事，不过是当年一起在青鱼岛上同时入门的一个普通朋友罢了。"

"哦？"几声回应都是意味深长，那些女孩与钟青露年岁差不多大，都是前后一两期拜入山门的，平日交情也都算可以，这时便有个女孩在一旁轻笑道："如果是普通朋友，那你脸红什么？平常可没见你这样。"

钟青露忽然恼火起来，嗔道："谁脸红了，谁脸红了，我这都是被你们几个长舌妇给气的！不理你们了，我去后头整理丹药。"

几声娇笑，嘻嘻哈哈，从背后传了过来，而在一众笑意盈盈的丹堂女弟子身后，木柜旁边那个圆脸的吉安福脸色已经难看到了极点。

钟青露走到高大的药架后，看着像是查看灵丹药瓶整理药架，只是不知为何，心思却始终有些安定不下来，沉默了片刻后，她先是轻轻摸了摸自己的脸颊，仿佛有瞬间的恍惚，然后慢慢地伸手到腰间，那里悬挂着一个淡紫色、做工精细、看上去十分漂亮的如意袋。

白皙的手指在如意袋上抚摩了一下，片刻后在她掌心里出现了一只白色玉瓶，与周围药架上的那些瓶子不同，这只玉瓶明显更加粗糙一些，在凌霄宗里一般都是在青鱼岛上那些入门弟子才会使用的，而瓶子周围看上去十分光滑，似乎时常被人摩挲。

钟青露静静地看着这只白色小玉瓶，怔怔出神，仿佛陷入某个久远的回忆，手指轻轻在瓶肚上摸过，那熟悉的感觉一如往日，就像三年前的那个夜晚，她悄悄站在青鱼岛的码头上。

在这无人看到的角落，药架之下的阴影中，她忽然轻轻地微笑起来。

那笑容仿佛发自内心深处，如心花娇美，刹那盛开，有令人炫目的美丽。

沈石收好破障丹后，一路下山，回到了那个僻静的山谷中。这时天色已经渐渐暗了下来，山谷里光线又比外头更暗，古树参天，老藤低垂，隐约有几分阴森之意。只有远处那传来的哗哗水声，才为这座寂静的山谷增添了几分生气。

沈石沿着山道直行而去，金虹山乃是凌霄宗山门重地，灵山仙境，当然不可能会有什么妖魔精怪，就算有也早就被这山上无数道行高深的修士镇压得干干净净，所以沈石丝毫没有畏惧之心，不过看着这夜幕降临之前山谷的阴凉景色，他心中也是有几分突生的寂寥。

当路过与自己洞府相隔五十多丈，勉强算是自己在这座山谷中唯一邻居的那座洞府时，沈石转眼看去，只见石门依然紧闭，清冷依旧，似乎洞府的主人一天都没有出来的样子。

沈石的目光在石门上停留了片刻，脚步却是丝毫没停，就这样轻轻地走了过去，将这座洞府留在了身后越来越暗的阴影中。

沉重的石门打开又关上，洞府里一片清冷黑暗，沈石站着似乎思索了一下，然后拿出云符试着输入灵力，果然随着云符上淡淡微光闪过，这座洞府内几处房间里都亮起了明亮的光辉，而光芒的来源是石室顶端几颗如星光闪烁般的珠子。

这里的布局果然与青鱼岛上的差不多，只是洞府的规模要大气多了。

沈石笑了笑，走进了卧室，一眼便看到床上的那只小黑猪居然还在呼呼大睡，不禁有些愕然，似乎有很长一段时间，小黑猪好像不再像小时候那般特别嗜睡，一直跟着自己东奔西跑，想不到今天居然这么能睡。

莫非是连它也知道，如今的日子已然安定下来，以后可以大睡特睡了吗？

看来本性果然难改！

沈石笑着摇摇头，在床榻边坐下，伸手摸了摸小黑猪的脑袋，小黑猪没醒，但是睡梦中嘴里吧唧吧唧动了几下，不知是不是正梦见在吃什么好东西。

沈石收回手，沉吟片刻后，起身走到卧室的另一侧，在那儿放了两个蒲团的石榻上盘膝坐下。石榻正中有一张隆起的小桌，将两个蒲团分隔成两个打坐之位，看上去平坦而光滑，沈石从怀中取出那颗破障丹，还有几颗光芒闪烁不停的灵晶，放在了手边的石桌上。

灵晶的光芒与头顶的星辉珠交相辉映，折射出五颜六色的美丽光泽，甚至在沈石身后的石壁上照出了一道七彩的霓虹，显得如此绚丽多姿。沈石拿起一颗灵晶，举到眼前，细细地看着，然后悄然握紧。

在所有人都至少是凝元境的金虹山上，那种无形压力比他所预想的更大，而这种压力所造成的后果，就是让沈石对修炼的渴望越发强烈。

他闭上了双眼，然后握紧了掌中的灵晶。那是黑暗中的一点微光，如此熟悉又仿佛异常遥远，但是这种感觉沈石早已在过往的修炼中经历了无数次，哪怕中间有过三年的空白，但是在回归人界之后的这些日子里，他日日勤修不辍，肉身也在迅速地适应着。

只是他清晰地感觉到，自己体内的灵力已经与三年前自己离开青鱼岛的时候有所不同了，虽然灵力总量因为三年空白而没有任何的增加，但是因为修炼了阴阳咒的缘故，他周身经脉里的灵力已经不再是当初炼气境那种完全松散的样子，特别是在修炼过天冥咒后，经过那种奇异的提纯与精炼，沈石甚至隐隐觉得自己对周身灵力的掌控已经到了得心应手的地步，那感觉……就像传说中凝元境开辟气海玉府之后的样子。

这个晚上，是他回到金虹山的第一个晚上。

在这个僻静山谷的寂静石室中，他安静地修炼着。

忽然，他于一片黑暗深沉如海底深渊的世界里，看到了那一丝熟悉的微光，也仿佛听到了一阵潮汐浪花声。

那是他的周身气脉忽然有了回应，每一根、每一缕，蕴藏着灵力的经脉都开始微微颤抖起来，遍布周身的那些慵懒的灵力，像是忽然被惊醒，开始从四面八方如潮水一般汇聚而来。

而那黑暗之中的一缕微光，瞬间明亮，如亘古黑暗的苍穹里陡然爆炸的星球，放射出无法直视的璀璨光辉。神秘的浪潮声随之高涨，渐渐汹涌澎湃，一波一波，无穷无尽，从他身体的所有角落里轰然而鸣。

第十章 ■ 凝元

沈石的身体忽然抽搐起来，仿佛感受到了强烈的痛楚，而在他的脑海之中，黑暗正在退后，但显然并不情愿，正在张牙舞爪地拼命反抗，与那强烈的光明对峙着，仿佛下一刻就要反扑回来。

四肢头颅，无数气脉，此刻正在一起颤动，所有的灵力汇聚成河，如激动的鱼群开始疯狂冲去，而目标赫然正是他腹部那一处空荡而缥缈的所在。

沈石的心头猛然一跳，在那一刻，他竟然看到了几分模糊的影子，在他腹部里仿佛有一片无边无际的空虚之海，又似有一座巍峨宫殿傲然屹立。

道法之上，此即为玉府丹田，为修士之本，仙道之根基。

一切神通道法，皆由此生，皆由此盛。

然而，就在所有灵力疯狂冲来就要冲入那玉府虚影之中时，却有一层无形的阻力挡在了所有灵力之前，它牢牢地锁住了丹田之位，阻隔了所有的经络气脉。

此即为境障，亦称境界障，是人族修炼道法后于肉身必定会遭遇的一道禁锢枷锁，没有人知晓为何会出现这种奇异的阻碍，但是自有人族以来，境障就一直伴随左右，无人例外。

破障便是越境，破障之后便是海阔天空、前程无限，而破不了的，只能是一生庸人，从此与仙路绝缘。

被挡住去路的灵力浪潮一浪高过一浪，烦躁无比地不停冲击着这无形的境障，这给沈石的肉身带来了强烈的痛楚，让他觉得腹部的疼痛就像是在开膛破肚，仿佛下一刻他的身躯就要裂开一般。

他的心神有些惊诧，眼下这情形分明是他修炼火候已到，肉身灵力开始自行冲击凝元境的境障，以期开辟玉府丹田，若能成功，今晚过后他便是踏入了凝元境，而若是失败，按照他以往所知，也是会有不小的后遗症，至少也要休息三个月才能再次冲击凝元境，毕竟这般动员周身灵力对肉身的负担并不轻。

只是那境障不知为何，似乎格外坚固与强韧，沈石数度强忍痛苦，凝聚周身灵力强冲过去，竟然都被境障几度挡下。

沈石隐隐觉得有些不太对劲，但是他从未经历过这种破境之事，只是看过几本书卷上语焉不详地提过几句，似乎在那些典籍书卷中，修士们想要破境时最难的是感应到丹田玉府，境障当然也是一个强大的阻碍，但是按过往那些文字里所说的，感应玉府所消耗的灵力差不多会是修士本身灵力的一半，而剩下的一半则会花在冲击境障中。

但是沈石清楚地感觉到，自己刚才那突然感应到的气海玉府，分明是几乎没有消耗任何灵力，就那么突兀而鲜明地出现在了自己的神念之中，有那么一刻，他甚至以为自己已经修炼突破至凝元境了。

可是当他以全身的灵力去冲击境障，以期完成这最后一步最终凝成玉府丹田，使全身灵力百川归海达到凝元境的时候，却发现似乎所有的困难都突然集中到了境障这里。

它坚固坚韧得超乎想象，哪怕是以沈石全身的灵力全力冲击，境障也只是摇摇欲坠，却始终没有溃散。

不应该是这个样子的啊！

沈石的心头掠过一丝阴霾，但是下一刻，他就将这个无聊的念头抛在了脑后，他的双眼仍然紧闭着，他的身躯仍然在轻轻颤抖着，剧烈的痛楚正从腹部肆虐地向周身各处蔓延，甚至连他伸出的手都在不停地难以自控地颤抖。

他咬着牙，忍着痛，一声不吭。

手指在石桌上一点一点前行，很快就摸到了那些散落的灵晶和另一颗丹药。

夜色已深。寂静的山谷中漆黑一片，仿佛就连星光都不愿落入这里，黑暗淹没了山谷里的每一个角落，只有远处的水声依然永不停歇地传来，在空旷的黑夜中轻轻飘荡。

古树老藤之下，山道上，有一个人影不知从何处而来，就这样安静地站在那里，黑暗簇拥在他的身旁，掩去了一切痕迹，让人根本无法看清楚他的容貌轮廓，只有淡淡的一个虚影在阴影中若隐若现。

隐隐约约有一种奇异的力量在山谷中回旋飘扬，神秘却悠远，如万物都顺从地聆听那人影，又似有淡淡的心跳声，在山谷间回荡着。

一起一伏，一起一伏……

只是就在这时，那人影似乎察觉到了什么，身子微微一震，而这片原本融为一体、恍若天成、没有丝毫杂音的黑暗山谷中，亮起了一道微光。

一道淡淡的光芒，异常弱小，却如此清晰，也同样刺眼。

那一缕光，如黑暗中的烛火，闪烁而摇曳着。

黑暗中的人影忽然腾空而起，所有的黑暗似乎也随他而来，越过漫长的距离瞬间而至，向那一束光芒扑去，那气势如山，甚至还带着几分愤怒。

光芒之处转眼即至，是在山谷深处，沈石的洞府门前。

到了这里，那人影身形一滞，停了下来。那道微光明灭不定间，居然还有几种极淡的颜色缓缓流转变幻，并且这光芒似乎全无根基，就是在洞府之外的些许地方缓缓闪烁着。

那黑暗中的人影注目片刻，似乎有些迟疑，片刻之后，一个低沉的声音从黑暗中传来：

"这是……破境折光？难道有神意境……不对，光芒太弱，这是在冲击凝元境界。可是隔了一间洞府石室，炼气破境怎会有如此大的反应，竟能引发天地灵力共鸣？"

便在此刻，忽然在洞府之外的那道微光颤抖了几下，像是后力不继，很快湮灭消散了。

那人影若有所思，在黑暗中看了一眼沈石的洞府，沉默片刻之后，他忽然转身掠起，在一片黑暗中远远飞去，转眼间就消失在这片山谷黑暗深处。

清晨，新的一天的晨光从天而降，驱散了黑暗，照亮了清冷潮湿的山谷。

薄薄的雾气在山谷里飘荡起伏，如缠绵的丝絮，草木叶片之上随处可见晶莹滚圆的露珠倒映着美丽的光辉。

与逐渐活跃起来充满生机的山谷相比，掩映在树影深处的那几座修士洞府却没有任何的动静，只是远远看去，这些洞府仿佛也已经成为这座山谷的一部分，直到忽然一阵急促如擂鼓般的声音突然在山谷深处的某座洞府外响起：

"咚咚咚、咚咚咚……"

那声音很急切，一下子就打破了这片山谷的寂静，同时惊醒了洞府之中的人。

酣睡了一整晚的小黑猪一下子跳了起来，憨头憨脑地左看右看，做出一副防备状，嘴里哼哼叫着，同时用后腿的小猪蹄子往后踢了一下，正中沈石的脑门儿。

沈石刚想爬起来，"啪"的一下又被这只笨猪给踢了回去，捂着额头不由得有些恼火，拍了小猪屁股一下，小黑猪跳到一旁，尾巴摇了摇，对着他哼哼叫着。

擂鼓般的敲门声不停，沈石忽然觉得有点耳熟，然后没来由地笑了笑，摸了一下小黑猪的头，便下床向门口走去。

小黑猪跳下床，跟在主人的身后，张嘴打着哈欠还伸了个懒腰，下一刻，它的肚子咕咕响了起来，顿时有些愁眉苦脸。

沈石的手上拿着那块云符，此刻悄然亮起，微光闪过之后，两扇沉重的石门在隆隆声中，向两侧退去。

一缕晨光落下，照在他的身上，带着草木清香的风迎面吹来，他忍不住深深吸了一口气，然后便看到了门外的人。

那是一个站在晨光中的男子，英俊、挺拔，脸上有惊喜交集之色，还有掩饰不住的笑意。那眉眼轮廓，虽然隔了三年，却还是那样熟悉。

"石头！"他大声地叫了一句。

沈石笑了起来，那笑意发自内心，那欢喜亲切温暖，就那样站在晨光里，看着这个朋友，看着三年后他依然没有改变的样子，笑着道：

"孙友！"

孙友看着他，从头看到脚，再从脚看到头，然后哈哈大笑，一步跃到沈石的身前，张开双臂，一把将沈石紧紧抱住，同时用力地拍打着他的后背。

"好家伙，你终于回来了，可算是回来了！"

沈石有片刻的犹豫，似乎对孙友如此亲近的动作有些不太适应，但是过了片刻，一丝笑容浮上他的嘴角，他同样抱住了这个朋友。

"好久不见了。"

孙友明显有些激动，过了好一会儿才松开双手，又仔细打量了一番沈石，笑道："要不是钟青露对我说，我还不晓得你竟然回来了，本来我昨晚就要过来，但是钟青露硬是不肯。不过想想也是，你这次回来必定舟车劳顿，休息一晚也好。"

沈石笑着道："其实也没那么夸张了，我一切都好。"

孙友哈哈一笑，道："反正不管怎样，你回来就好，说真的，这三年你到底去了哪里？听钟青露说昨天她也没来得及问你，只说你看起来还可以，就是境界还是炼气？一定是这三年吃苦了吧，该死，当初你的天赋可是我们几个人中较好的，不过不要紧……"

仿佛是要把心里的话一下子都说出来，孙友就这样拉着沈石连声说着，沈石微笑着在一旁听着，可以由衷地感受到孙友的欢喜，心底也有一丝温暖浮起。

孙友正手掌一拍胸膛好像要做什么承诺："你别着急，也莫多想，不就是一个炼气境吗？咱们现在跟以前可不一样了，我来帮你，肯定……呃？"他的声音忽然一滞，似乎看到了什么怪事，愕然地看着沈石，似乎有些难以置信，呆了片刻，道，"你这是……"

沈石笑了笑，道："我进入凝元境了。"说着顿了一下，又追加了一句，道，"昨晚达成的。"

第十一章 ■ 观海台

这一天风和日丽，天高气爽，太阳高悬于空，光芒万丈，将金虹山这座海中仙山照耀得如梦如幻，瑰丽雄奇。

山体中段殿宇众多，是众多凌霄宗凝元境以上亲传弟子日常活动的集中所在，规模宏大、楼阁重重，初至者多不能搞清这里的情况，不过有了孙友，这一切自然不是问题，早在多年前青鱼岛上的时候，孙友就已经显露出很强大的探听消息的天赋了。

"……这山上虽然殿堂众多，但待久了你就会明白，中心处还是咱们脚下的这片观海台。"

听着身旁孙友的话语，沈石目光向四周看去，只见此刻两人刚刚跨过石阶登上了一片宽阔平坦的广场，地面皆是大块青玉石砖铺就，足有数十亩地之大，而周围一圈则是大小殿宇依次矗立，数条通道从那些殿宇楼阁的间隙通往山上更远处，连接着远处数量更多的殿堂。

包括昨日沈石去过一次的灵药殿，也是在这观海台周围一个显眼的位置，只是并没有人像今日孙友这般给他仔细讲解罢了。此刻观海台上人来人往，多数人是身着凌霄宗弟子服饰，人气不低却并不显得十分喧闹。而在二人身后，山下还有大大小小十几道石阶从四面八方连接到这处观海台上。

回首眺望，这观海台正在金虹山中段一处视野极开阔处，没有丝毫遮挡，一眼便能望见沧海云天，看着那海天一线空阔无比，万里碧波澄蓝如镜，实在是令人心生豪气，再多郁气也会消散。

除此之外，观海台广场上最醒目的还是雄立于广场正中的七根华表大柱，高二十余丈，通体纯白，似乎是以巨型玉石整块雕刻而成，柱身上刻有盘龙飞凤，栩栩如生，一眼望去，便如同七位巨人倚山望海，气吞万里。

孙友见沈石目光看向那七根华表玉柱，便笑着道："这七根玉柱名叫'鸿钧柱'，传说乃是咱们凌霄宗开山立派的景诚祖师在人妖大战之后，从天鸿城妖皇殿中带回来的，就此竖立于此，迄今已有万年。"

沈石看向那高大巍峨的七根巨大玉柱，点了点头，赞叹不已。

孙友笑着拉了他一把，两人继续向前走去，同时孙友又转头对他道："我说石头，你真是一点都不记得前几年的事了吗？"

沈石脸上掠过一丝尴尬，干笑一声，道："是啊，反正三年前那次法阵意外爆炸后，我就浑浑噩噩的，待前些日子真正清醒了，想起自己的身份过往，却发现已经身在归元界了。"

孙友啧啧两声，看起来一副十分惊奇的表情，沈石也在心里叹了一口气，这个理由是杜铁剑告诉他的，让他以后凡是有人问起就这么应付过去。当时沈石听了以后也觉得有些不太靠谱，总觉得有些过于敷衍了，但杜铁剑却是大大咧咧地道："反正又不全是假话，包括那最重要的传送法阵都说了，加上宗门这里怀远真人都认了，谁还能计较什么？至于那微小传送法阵固然闻所未闻是一个重要发现，但是如今法阵已毁，同样是死无对证了。"

总之早上对着孙友的询问，沈石也只能硬着头皮将这理由复述了一遍，而孙友看起来虽然十分惊奇，但也并没有更多的疑心。倒是三年未见，虽然两人年岁增长，但孙友对沈石的友情似乎并未冷淡多少，两人见面之后，仿佛又回到了当年青鱼岛上的日子，一时间都是亲切无比。

孙友带着沈石一路向前走去，他的话似乎还是像以前那么多，在沈石身旁一直说个不停，笑着道："本来我还担心你困在炼气境，但是想不到你这家伙，居然是回山第一晚就直接破境，真是万万没想到啊，哈哈……"

沈石笑着道："运气罢了。对了，当初我离开以后，岛上破境的人是个什么情况？"

孙友耸了耸肩，道："咱们当初那一批弟子里，好像真是精英荟萃的一轮呢。最先破境到凝元境界的，当然还是甘泽那个怪物，他也是如今咱们这一批人中唯一一个在短短三年里又突破至凝元境中阶的奇才。除此之外，在他之后半年里，有十九个人先后修炼到了凝元境，里头就有钟青露和钟青竹，当然，本少爷也是个天才无疑啊。"

沈石哈哈一笑，用力一拍他的肩膀，笑道："看不出来啊，厉害。"

"嘿嘿。"孙友嬉笑一声，然后掰着指头随口道来，"最早到凝元境的差不多就是这二十个人，然后在接下来的三年里，又有四五十个人破境，嗯……你以前认识的贺小梅是第二年上山的，还有那个蒋宏光，更迟了一年。总之，那一批新弟子成才破境的人着实不少，我上山以后听宗门前辈说过，说是如此高的成才人数极为少见，怕是要三四百年才能看到一次呢。"

沈石笑着点头，心中不由得也有几分唏嘘，当年在青鱼岛上最后一年的时候，他的道行其实也不算差，未必没有挤入最早一批破境弟子中的可能，但是……唉，反正事到如今，再想这些也是无用了。

他微微摇头，将这无用的念头抛之脑后，对孙友道："现在你这是要带我去哪儿？"

孙友嘿嘿一笑，道："带你去领钱啊。"

沈石一怔，孙友笑着拉着他往前走去，同时对他开始细细解释，并将这凌霄宗内金虹山上一些规矩都告诉了他。

一旦青鱼岛上外门弟子破境成功修成凝元境，便有资格登上金虹山成为亲传弟子了。而成为亲传弟子之后，便再也没有青鱼岛上那么多的约束与规矩，相比之下，对这些凝元境弟子，凌霄宗的门规便宽松了很多，相应地，福利也不少。

这其中一条，便是每人每月可以从宗门里领取十五颗灵晶。

沈石心思缜密，听到这一条后思索沉吟了片刻，便反应了过来，这十五颗灵晶的数量，应该是恰好足够凝元境弟子每月修炼的最低保证。凌霄宗果然是天下名门大派，这手笔看着不起眼，但联想到山上弟子数以千计，这每月支出的灵晶数目可是绝对不小，更何况听孙友的意思，这不过是凝元境弟子的待遇，宗门里道行境界更高的神意境师兄乃至元丹境大真人，每月所得的灵晶数量，更是高出数倍甚至数十倍。

如此巨大的灵晶支出，想必根基就是金虹山脉深处那条庞大的灵脉了，果然灵脉才是支撑一个修真门派的基础啊。

不过修士修炼，断然不可能只靠这一点灵晶，灵丹要不要吃？灵器要不要用？奇功妙法要不要学？诸多天材地宝摆在眼前让你事半功倍，你眼不眼馋？

所以哪怕是凌霄宗门下的亲传弟子，依然要为了灵晶与诸多修炼灵材资源而费心尽力地努力着。

与当年拘禁在青鱼岛上不能外出不同，一旦到了凝元境，凌霄宗并不禁止门下弟子出外云游行走，事实上，凌霄宗反而相当鼓励这一点。每一天在金虹山下都有一艘渡海仙舟，可以将那些还不能飞行越海的弟子送往海州，当然了，每搭船一次，费用也是少不了的——一颗灵晶。

听到这里，沈石忽然想起了当年在青鱼岛上的一些事情，心里掠过一丝不太好的预感，连忙向孙友追问，果然听孙友继续说着，这凌霄宗门下需要花费灵晶的地方几乎随处可见。

灵药殿里的大多数可以对道行修行起到各种增进辅助作用的灵丹妙药，都是需要用灵晶购买的，并且价格不菲，当然也有一些灵丹并不是用灵晶购买，但那是因为这些灵丹品级更高，凌霄宗干脆不卖了，而是提高了门槛，门下弟子想要这些功效巨大的灵丹，必须要用到另一种特别的门派"玄符"。

"玄符？"沈石怔了一下，从如意袋中掏出云符，道，"跟这个有关系吗？"

孙友瞄了一眼挂在他腰上的那个如意袋，随后摇了摇头，道："和云符不太一样，是这样的。"说着伸手到腰上一摸，在那里也挂着一个如意袋，不过是黄色的，片刻后在他手上出现了一块色泽玄黑但闪烁着淡淡微光的黑色玉玦，看上去与云符差不多大小。

随后，通过孙友的解释，沈石大致明白了这玄符的用途，其实就是在亲传弟子中，和当年在青鱼岛上一样，凌霄宗门内仍然会有许多任务派分下来，有些轻松容易的任务会给予一些灵晶回报，而一些重要艰难的任务，便会奖励一种特殊的玄符计数，专门在每人独有的玄符上累积。而这种玄符计数累积到了一定数目，便能在凌霄宗内换取一些极好的东西，丹药、灵器、法宝，乃至强大的道法与神通。

初看似乎觉得有些烦琐，但是沈石仔细一想之后，隐隐觉得这门规似乎还是有些针对那些富可敌国的世家，若是全然都用灵晶的话，普通出身的弟子哪里比得过那些世家子弟？有了这玄符，至少在较高一层同时也是最重要的灵材资源分配上，会相对公平一些。

不过饶是如此，想必一旦青鱼岛上那种规矩彻底放开，世家子弟到了凝元境后可以获得家族完整的支持后，在修炼上的境界一定会立刻与普通弟子拉开一段距离吧？

这世上，其实又哪里有真正完全的公平呢？

沈石摇了摇头，不再去想这些，反正这种事想了也是没用，在仔细回味了一番孙友刚才的话语后，他带了几分慎重，道：“按你这么说，咱们上了金虹山，便是道法神通也要靠自己去挣了？”

孙友道：“也不尽然，一是刚入凝元境的弟子，可以去书堂那里免费选取一门道法神通，当然机会只有一次，而且也不会是那种绝世仙法，但是应该已经足够防身了。二是看你的机缘，如果你幸运地被那些元丹境大长老看中并收入门下，那他们传授的道法神通自然是看师徒关系，不会计较灵晶的。除此之外，大概就只能靠咱们自己努力了。”

沈石点点头，随即笑道：“这么说来，似乎大多数人也算公平嘛，对了，那些元丹境大长老收徒多不多啊？你有没有被人看中？”

孙友嗤笑一声，没好气地道：“别提了，那些元丹境大长老一个个高高在上，整天不是云游天下就是闭关修炼，而且动不动一闭关就是十几二十年的，见不到一个人影，更不用提收徒这种费心费力的事了。这山上几千人的亲传弟子，九成多都是要靠自己修炼的，我也不例外。”

沈石哈哈一笑，道：“那咱们当初那一批弟子里，有没有走运的？”

孙友道：“有啊。”

沈石"咦"了一声，道："是谁？"

孙友道："有两个人是被长老看中正式收入门下了，一个是甘泽，另一个是钟青竹。"说着他顿了一下，忽然又追加了一句，道，"不过听说主持丹堂的云霓长老对钟青露十分喜爱，也许她会是第三个吧。"

沈石点点头，被孙友刚才所说的名字所提醒，道："对了啊，你不说我还忘记了，钟青竹当年跟咱们关系也不错的，她如今……怎样了？"

孙友忽然没来由地皱了皱眉，神色间掠过一丝不太高兴的表情，哼了一声，摆了摆手，道：

"别提她了！"

第十二章 ■ 书堂

"怎么了？"沈石看着孙友的表情，一时有些愕然。

孙友哼哼两声，没好气地道："你是不晓得那个钟青竹现在变成什么样了，一看到她我就来气。"

沈石越发疑惑了，回想了一下当年钟青竹的模样，分明是温婉清秀，连说话都细声细气，在很长一段时间里，给人的印象都是那个一直跟在钟青露身旁有些腼腆的女孩子，却不知这三年里到底发生了什么，居然会让孙友有这种反应。

孙友将沈石的表情看在眼中，哼了一声，道："也不知道是她走运还是真的有点天资，反正在青鱼岛上一开始的时候，她的天资也不算如何出众，但是到了最后一两年里，钟青竹也不知怎的，突然就爆发一般，一下子就蹿到道行进境最快的那几个人中去了。"他看了一眼沈石，道，"这些你应该还有印象吧？"

沈石点了点头，在他发生意外离开青鱼岛的时候，钟青竹已然开始崭露头角，他对此还是记得的。随后只听孙友冷笑一声，接着说道："本来她进境快，谁也说不得她什么，哪怕是她上了金虹山后，很快就被阵堂的乐景山长老正式收入门下，咱们这些过往与她同门的也都为她高兴。谁知从那以后，这位大小姐好像就突然眼高于顶了，平日就不爱搭理咱们这些普通弟子，见面也懒得说话了，时不时还冷眼相对、冷嘲热讽的。如果只是这样我也就忍了，偏偏她遇到那些神意境的前辈、师兄、师姐包括那些长老，却又会换一副表情，恭谨知礼温顺得不行，真是看不出来，她居然还有这种心思，嘿嘿。"

沈石只听得眉头紧皱，看孙友的样子，平日里似乎受了不少钟青竹的气，一副很是窝火的感觉，而他也想不到才三年时间，钟青竹难道真的会变成这个样子吗？

这与他记忆中那个仿佛一直都是温柔浅笑的女孩，似乎没有丝毫相近的地方，而且听着听着，沈石也隐隐察觉到在孙友的话里好像有什么地方不太对劲。

孙友絮絮叨叨又抱怨了好一阵子之后，带着他离开了观海台，从广场左侧的一条道路离开，同时口中道："我先带你去杂物阁领东西，回头再去书堂那边，刚开始要选什么道法神通，咱们可得好好合计一下。"

沈石笑着点点头，心想有这么一位朋友帮忙引路，实在是给自己省了好多麻烦，不过走了几步，他忽然看了孙友一眼，然后开口道："孙友，你刚才气的是钟青竹上山之后眼高于顶，对你不假以辞色了？"

孙友耸了耸肩，道："不假以辞色这个说法不太对啊，不过差不多就是这个意思啦。"

沈石笑了一下，拍了拍他的肩膀，道："我昨天回来的消息，是钟青露告诉你的吗，看来你跟她的关系还可以啊？"

孙友"嗯"了一声，道："还过得去，以前年纪小的时候，在青鱼岛上跟她一直吵架拌嘴来着，不过现在上山之后，她至少没太多变化，也不会低看别人……"

他的声音忽然有些小了下去，脚步也微微一顿，沈石在旁边笑道："既然没太多变化，换句话说，钟青露她现在看到你，是不是也会像以前一样讽刺你几句？"

孙友点点头，道："好像是的，她那个人性子就是那样，特别的……"他似乎一下子找不到特别合适的词语去形容钟青露，话语有些卡顿。

沈石笑着摇摇头，似乎有点无奈，又好像有些好笑，孙友瞪了他一眼，道："你这是什么表情，想说什么就快说明白。"

沈石叹了口气，道："我说你啊……钟青露跟以前一样，时不时就讽刺你几句，虽然不会有什么坏心，但这算不算不假以辞色？这听起来好像和钟青竹如今的情形差不多嘛，为何到了你这里，却觉得钟青露人不错，钟青竹那边却是让你受不了了？"

孙友呆了一下，半晌之后皱眉道："咦，你还别说，以前我真没想过这些，被你这么一说，好像这两姐妹如今还真差不多啊。那我为什么感触不一样啊？"

沈石嗤笑一声，转身向前走去，没好气地道："这不明摆着吗，你被钟青露骂习惯了，所以她骂你觉得天经地义；钟青竹那边身份不同往日，不再是那个低声下气的小女孩，平日讽刺反驳你几句，你就觉得人家眼高于顶、可恶至极了。"

　　孙友本能地想要张口反驳，但是却发现嘴巴张开竟不知该说什么才好，愣了好一会儿，忽然"吓吓"两声，道："去他的，我想这么多干什么，女人可真是麻烦。话说原来这两个女的现在都看我不顺眼，平常就爱讽刺我两句、骂我两声才痛快吗？这是什么乱七八糟的事情啊！"

　　沈石大笑，向前走去，孙友一路抱怨着，跟着他絮絮叨叨地说个不停，一脸晦气的样子。

　　杂物阁是凌霄宗内一处堂口，顾名思义就是做些杂物琐事，不过也不都是如此。事实上，这座位于观海台后方数十丈、看上去平凡无奇四四方方的两层楼阁，平素来往的凌霄宗弟子却是颇多的。

　　因为这里就是所有凌霄宗弟子领取每月宗门赐下灵晶份额的所在，而像沈石这样刚刚上山的新晋凝元境弟子，除了可以在这里领取本月的十五颗灵晶外，还有另外一份包裹，里面有两套凌霄宗弟子服、一份《海州地理志》和一本《凌霄宗弟子规》手册。

　　在孙友的带领下，沈石很顺利地领到了自己的那份东西，在这中间也看得出来孙友在这三年中又是认识了许多人，和这杂物阁里的师兄也都是有说有笑，看来人缘颇广，倒是与他当年在青鱼岛上的样子如出一辙。

　　在这方面，沈石向来对孙友是十分佩服的，反正他自问是做不到这种地步，在走出杂物阁之后，沈石也对孙友笑着赞扬了几句，孙友先是也有几分得意，自夸了几句，但随后又耸耸肩，道："唉！其实这些所谓的人缘广、识人多什么的，都是虚的，顶多是平日知道的消息多一些、快一点而已，真要到了紧要关头，也不会有几个人真的跟我站在一起的，都算不上是那种真朋友啊。"说到这里，他转头看了沈石一眼，脸色忽然少见地有几分郑重，拍了拍沈石的肩膀，道，"石头，你就不一样了，我知道，咱们是朋友的。"

　　沈石笑道："咱们两人都三年没见了，当初认识的时候年纪也小，你就这么肯定吗？"

　　孙友想了想，沉默了片刻，然后看着沈石，郑重地点了点头，低声道："我就是这么觉得的，你跟其他人不一样。"

　　见他说得郑重，沈石脸上的笑意也随即收起，心底有一丝温暖掠过，迎着孙友那双明亮的眼眸，他没有再多说什么，只是轻轻地点了点头，然后拍了拍孙友的手背。

孙友好像突然间心情大好，一下子高兴起来，哈哈大笑一声，手一挥，道："走，咱们去书堂！"

凌霄宗门下共有七大堂口——丹、器、阵、兽、书、宝、术，其中丹堂地位最为显赫，实力最强，器堂、阵堂和灵兽殿同样不容小觑，门下弟子精英会集，相比之下，后三堂的声势就要差了许多。

书堂收录了无数典籍书卷，特别是主殿云山殿更有"书海"之别称，里面藏书无数，无所不有，是鸿蒙诸界最负盛名的两大书库之一，与元始门的"书山"并称于世。传说这两大书库里所藏人族典籍不但浩瀚如海，甚至还包括了许多人族纪年以前的古老文卷，换言之，就是万年之前的天妖王庭时代，那些早已遗失的古老典籍、孤本珍书，在那场人妖大战过后，其实差不多就是被这两家所瓜分了的。

不过除了这些堆积如山的书卷典籍之外，书堂里当然也收录了许多珍贵的道法秘籍，而按照门规，每个新晋的凝元境弟子可以去书堂挑选一门道法神通修炼，当作自己的防身之术。在往后的日子就如孙友早前所说的，再没有这么便宜的好事了。

不过说实话，这些凝元境才能开始修炼的道法神通，又哪里是真的那么好修炼的，几乎每一门道法神通，都需要修士耗费心血勤奋修炼很长一段时间才能彻底掌握，所以"贪多嚼不烂"这句古话，在修真界里也是一句至理名言。

或许是因为书堂在七大堂口中向来僻静，所以别称"书海"的云山殿并不在最热闹的观海台附近，孙友带着沈石走了很远，差不多绕过了小半个金虹山，才看到一座巍峨高耸的巨大圆顶大殿耸立于前方。

"云山殿"三个字，端端正正书写于大殿牌匾之上，殿宇四周一片静谧，放眼看去都是苍翠古木，一棵棵粗壮过人，怕都是有几百上千年甚至更长久寿命的古木，而大殿之前只有数层石阶，轻而易举地便走了上去，似乎隐隐有些意味着这里的门槛平易近人，并不高大。

与之前看到的那些凌霄宗其他仙气萦绕的殿宇不同，才走进云山殿，便有一股淡淡奇异的香气飘入沈石的鼻端，那是他很小的时候便闻到过的气息，平凡而熟悉，似乎更多了几分凡俗人世的味道。

那是书香气。

孙友看起来真的有点无所不知，就算到了云山殿书堂这里，他居然也是一副游刃有余的样子，带着沈石熟门熟路地走进大殿，于入口处找到了一位书堂女弟子，两人低声聊了几句，那女弟子掩口轻笑，似乎孙友说了什么笑话，看起来心情很好的模样。然后孙友就笑着回头指了一下站在后头的沈石，那女弟子笑着点点头，走过来对沈石微笑道："听孙友说，你是来挑选入门道法神通的吗？"

沈石不敢怠慢，道："是。"

那女弟子随手从旁边拿过一本薄皮书卷递给沈石，笑道："本门门规，初入凝元境弟子可以挑选一门道术防身，不过限于道行境界，大致是在这目录之中的十七种之列，你自己看看，然后挑一种吧。日后待你境界提升，道行精进，自然会有更强的道法神通可以修炼。"

沈石恭谨接过，道："多谢师姐。"

那女弟子笑着点点头，转身走开了，孙友则是过来将沈石拉到一旁，在大殿内一张长椅上坐下，道："每个人上山都是从这十七种道术神通开始修炼的，我也一样，不过到底挑哪一种，还是看你自己，先看看吧。"

沈石点了点头，低头看了一眼手中这本轻若无物的薄皮书卷，其中也许就蕴藏着自己日后修道的方向，不由得有些隐隐的紧张，但是片刻之后，他深吸了一口气，还是很快镇定下来，然后轻轻打开了这本书卷的扉页。

一排字迹，从上到下，出现在他的眼前，金芒微闪，灵气隐隐，仿佛冥冥之中有一阵风云悄然滚动，幽然而过。

第十三章 ■ 金石铠

云山殿里十分安静，虽然从外头看上去这座大殿十分宏伟，但是走到殿堂里面，沈石却只看到几排高大的书架，严严实实地圈出了约莫数亩空地，两侧各有一个小门，应该是通往后殿的通道，与传说中著名的书海好像不是很符合，但又给人另一种遐想，或许在那高大书架背后，小门后殿之中，便是有无穷无尽的典籍书卷堆积如山、浩如烟海。

沈石从小就爱看书，所以下意识地对书堂云山殿这里也有一种亲切感，不过此刻最重要的当然是先从手中的道法目录中挑选一门最合适的功法以资修炼，在如今这个五行术法式微的时代，各种道法神通已经是所有修士的根基所在了。

目录并不长，前后两页纸正如前头那位书堂师姐介绍的那样，记录了十七种凝元境初阶可以修炼的初阶道法，沈石一门一门仔细地看了过去，加上已经修炼三年有了经验的孙友在身旁，不时会指着目录上的功法轻声介绍几句，所以沈石很快就对这十七种初阶道法有了一个粗略的了解。

凌霄宗传承万年，其间天才英杰无数，流传下来的各种神通道法自然是不计其数，其中名震天下的绝世道法当然也是有的，不过那种东西都是顶尖的秘法玄诀，普通修士根本不可能接触到。不过除了这些大法秘诀之外，凌霄宗也有众多初阶、中阶的道法，适合元丹境以下的弟子修炼。

不过真要说起来，其实修真界中并没有一个公认的标准来区分各种道法神通的层次，与那些分门别类、层次清晰分明的各种灵材、丹药、矿藏不同，人族修士所修炼的各种道术神通经过万年的演变，如今其实已经变得极其复杂，种类繁多并且还有更多新的功法道术正在被创造出来，各种稀奇古怪、匪夷所思的神通都会出现，而且更因为修炼各种道术的主体是不同的人，天资根骨也绝不可能会一模一样，也就越发会有各种不同的后果出现，对各种道法神通的威力判断也就越发困难。

以初阶、中阶和高阶这种层次来区分各种法诀道术，其实只是一种比较通俗的说法，大致都以为凝元境能修炼的功法为初阶，神意境的为中阶，元丹境以上的自然就是高阶，而一些罕见而威力奇大，几乎可移山倒海甚至近乎毁天灭地般只存在于传说中的至高神通，就无法用普通的层次来对应了。

但这种粗糙的层次划分法显然空隙太大，而且根本不能对人族修真界如今百花齐放一般的景象做出明确的定义，所以在鸿蒙修真界里，时不时会出现在一场斗法中，某种中阶道法的威力却比不上某个初阶道法的现象。不过回过头来说，所谓通俗或是相对普通的说法，那便是意味在大多数的正常情况下，这种法子还是有用的，除去那些比较极端的例子外，中阶道法比初阶道法厉害，高阶道法又比中阶道法更强，还是大多数修士所公认的道理。

归根结底，在这中间起到最重要作用的，还是修士本身的道行境界，一个元丹境的大真人哪怕就是用了一种初阶道法，但是如果拥有压倒性的境界力量，全力施展，那威力也不是一个凝元境修士所能抵挡的。

不过这些道法层次的划分，对沈石这种刚刚踏入凝元境的人来说，显然并没有太大的意义，这本目录上的十七种功法神通，都是凌霄宗经过多年的经验挑选出来的最适合新晋修士修炼的道术，并且涵盖范围颇广，既有威力不小的攻击型道术，也有保命防身的防御性功法，甚至包括了一种少见的辅助类道法神通。

沈石将这份目录反复看了几遍，但心中仍是一时难以决断，便转头对孙友轻声问道："你当初挑选道术的时候，是选的哪一个？"

孙友也没有对他隐瞒的意思，直接拿手指在那份目录的第一页上点了一下，道："是这个。"

沈石目光向那边看了一眼，只见孙友点的是正数下来第三门道术，名叫"穿云箭诀"。

沈石随即看了看这门道术目录下方那些简略的说明文字，虽然文字简单、字数有限，但还是很容易看出这门道术应该是偏重攻击的一门神通。看完之后，他微微点头，忍不住又对孙友问道："你当初为什么挑了这门道术啊？"

孙友嘿嘿一笑，道："没什么，我就是觉得万一日后真有斗法，我就站得远远地施法射箭，人家还没近身就被我射死了，这感觉多好啊。"

沈石看着他，一时失笑，随后笑着摇了摇头，道："咱们两人能做朋友，果然是有缘分的啊。"

孙友搂住沈石的肩膀，笑道："怎么说？"

沈石微笑着道："其实以前我用五行术法去和妖兽战斗的时候，心里最喜欢的样子，也是站在远处，然后随便什么火球术、水箭术、岩刺术的扔过去……"

孙友哈哈大笑，看起来十分高兴，连连点头，道："深得我心，深得我心啊！咱们两个真是太……呃？"正说着，他却忽然想到了什么，一下子压低了声音，轻声道，"可是，如果这样说起来，会不会显得咱们两个人很猥琐啊？有一种老是站在远处偷袭别人的感觉。"

沈石嗤之以鼻，道："装模作样……"

孙友大笑，道："我就是说说嘛，对了，既然这样，要不你也选这个穿云箭诀，到时候咱们两个一同出去打斗，双箭齐发，那场面太威风了！"

沈石犹豫了一下，目光在这目录上的"穿云箭诀"四个字上掠过，并没有点头答应，沉吟片刻后，对孙友轻声问道："你修炼这穿云箭道法多久了，我看着上头说穿云箭共有四层境界，你如今境界如何？"

孙友耸耸肩，道："当年刚上山以后就选了这门道术，到现在也一直就只修炼着它，不过三年下来，也就只修成了第一层境界'穿云'罢了。至于后头的'幻影''断弦'和'破天'，天晓得什么时候才能练成，说不定到那时候我运气好的话，都已经去神意境了，那就把这门道术丢掉换新的。"

沈石挥了挥手中的目录，笑道："这穿云箭诀下头的文字可是说了，一旦大成修炼完全之后，威力堪比中阶道术的。"

孙友嗤笑一声，翻了个白眼，道："得了吧，这十七种道术神通里，倒有十六种都是这么自我吹嘘的。"

沈石大笑，摇了摇头，目光一路看下去，思索了一会儿后，才终于下定了决心，翻到了目录第二页，指着倒数第二个道法名称对孙友道："我选这门道法修炼吧。"

孙友的目光立刻移了过去，随即一怔，眉头微微皱起，道："'金石铠'？这是一门纯防御的道术啊？"

一般而言，新晋修士在挑选自己第一门道术的时候，所做出的选择通常都会挑选一门威力强大的进攻型道术，在炼气境憋了那么久，好不容易熬出头了，怎么还不得嚣张一把，体验一下纵横无敌的那种感觉？所以在多数时候，还是进攻型道术更受新人修士的喜爱，似金石铠这样的防御道法，其实已经算是冷门了。

面对孙友有些讶异的目光，沈石笑了笑，道："我怕死啊。"

孙友哼了一声，看起来还是不太相信这个理由，不过很快他又高兴起来，笑道："其实这门道术也不错，以后咱们两个一起出去，发生战斗的时候就你顶在前头扛着，我在后头射箭，嗯嗯，这情景果然好，不错不错。石头，你一定也是这么想着才选了金石铠道法的吧，好兄弟啊！"

说着孙友不住感叹，用力拍着沈石的肩膀，一副欣赏赞叹的神情。

沈石带了几分无奈，苦笑一声，也就懒得去搭理这家伙了。几番考虑之后，他放弃了那些可能威力颇大的进攻型道法，选择了金石铠，自然也是有原因的。防身保命当然是重要的原因，但其实是因为他修炼过阴阳咒的缘故，不知为何，所施展的五行术法的威力，似乎比普通的术法要强大许多，这种威力的增强，甚至已经达到了普通一阶术法就能对凝元境修士造成威胁与伤害的地步。

当然，说是对凝元修士有威胁与伤害，但这种效果其实也有限度，也不可能会达到一个普通的火球术就会重创凝元修士的那种威力。当日在归元界灰蜥林中，他杀死钱义的那场斗法，却是在占尽先机的前提下，硬生生砸了不知多少个术法到了钱义身上，这才杀了那厮。

虽然看起来，一阶五行术法的威力并不尽如人意，但是别忘了，如今的沈石已经是踏入了凝元境的修士。换言之，虽然在这个境界的修士几乎所有人都会放弃五行术法的修炼，因为耗时耗力并且回报不高，但其实只要沈石愿意，他是可以寻找门路，然后开始修炼五行术法中的二阶法术的。

而按照过往修真界中的说法，五行术法越是高阶，修炼难度也就越大，其所耗费的心血并不亚于各种初阶、中阶道法，甚至有些特定的五行术法因为各种原因，修炼难度诡异，达到了高阶道法的标准，而修成之后施法所造成的威力，却往往还不如初阶道法。在这种情况下，五行术法的式微简直是必然的。

不过沈石当然是有些与众不同的，从小到大在符箓一道中的修炼，包括这些年来意外得到的阴阳咒，都让他对五行术法这门式微的道法有着异乎寻常的喜爱与热情，而且因为阴阳咒，他有一种发自内心的预感，那就是当他真的能修成某个二阶五行术法后，那威力也许会与众不同乃至令人有些惊喜吧……

也许待会儿离开云山殿之后，应该去一趟术堂看看。

沈石心里这般想着，但是既然做出了决定，孙友也没有再多说什么，沈石便站起来找到那位师姐，向她说明了自己的决定。

这位书堂的师姐听到"金石铠"三个字后，明显一怔，显然平日来到这里挑选功法的凌霄宗弟子中，选中这门防御功法的人实在是少之又少。不过这与她并没有太大干系，路都是每个人自己选的，再说了，谁都知道，虽然道法的修炼艰难而又漫长，想要真正将一门道法完全修炼成功达至大成境界，需要耗费的时间与心血都是巨量的，但是随着修士境界的提升，变换修炼道法神通的例子比比皆是。更多时候，如今这十七种初阶道法，其实是凌霄宗新晋弟子的一个踏脚石而已，是他们为了以后境界更高时修炼威力更强的高阶道法的过渡与铺垫。

所以这入门道法虽然重要，乃是如今新晋弟子防身保命乃至日后斗法的根基，但是从长远来说，其实又不是特别紧要。

收回目录，这位书堂女弟子从旁边一个大书架上取出一个玉盒，在沈石面前打开，只见玉盒中放着一份青玉所制的玉简，淡淡灵气闪烁微光，隐隐有字迹浮现其上，而最上方则是三个清晰大字——"金石铠"。

谢过了那位师姐，沈石与孙友并肩走出云山殿，心底居然隐隐有些不舍的感觉，或许是他还是很喜欢这里的书卷气息吧。不过他也并没有特别难过，因为那本《凌霄宗弟子规》上早已写明，宗门弟子随时都可以来此看书查阅，那云山殿后头号称"书海"的地方，就是为他们准备的，当然，沈石从这里的清静环境中可以隐隐推想出，到那书海看书只怕并不是免费的……

而当他仍有几分想着身后那座大殿里传说浩如烟海般的书山书海时，他身边的孙友忽然冷哼了一声，面色沉了下来。

沈石怔了一下，看了孙友一眼，只见他目视前方，脸色有些不太好看，而顺着他的目光向前看去，在云山殿外一棵古树树荫之下，在树影与日光交错的边缘，在那海风吹过树影摇曳而明暗不定的光线里，此刻正站着一个清秀美丽的女子，带着几分复杂的神情静静地望着他。

沈石的嘴角微微动了一下，然后笑了起来，虽然已隔三年未见，虽然她已长大而且越发美丽，但是那容颜和眼神，在他眼底却仿佛还和昨天一样。

他笑着对那个站在古树之下的她挥了挥手。

远处，钟青竹的目光仿佛也只落在他一人身上，看着那个石阶之上的男子，看着他爽朗微笑的容颜，恍惚间，仿佛依然是那时候在青鱼岛上的模样。

清风徐徐，悠然吹过，拂动她些许的秀发掠过雪白的肌肤，如时光倒转，辉映在她温柔的眼眸深处。

然后，她也微笑了起来，笑着挥手，在光影交错的树荫下，叫了一声：

"石头！"

第十四章 ■ 赠丹

"嗯？"

第一个有所反应的却是孙友，他愕然地看向钟青竹，然后又回头望着沈石，皱眉道："怎么回事，她怎么一见面会叫你石头？"

沈石面上的笑容一滞，一时间却也不知该说什么才好，或者说他自己其实也不是很明白……当初在青鱼岛上的时候，他与钟青竹算是一起共患难过，在一个人迹罕至的天坑下，彼此帮持着度过了十天，从那以后，两个人的交情便好了不少，不过或许是因为钟青竹害羞的缘故，所以当时她还特地跟沈石约定过，人前叫他沈师兄，偶然私下遇见时才会叫上两声"石头"这个听起来比较亲近的外号。

只是三年过去，连沈石都觉得与当初的她似乎有些距离的时候，钟青竹却在一见面的时候直接叫出了"石头"这两个字，让沈石自己也有些惊讶。只是看着钟青竹那个由衷欢喜的笑容，他忽然间也似乎不愿再想太多，便对孙友笑着耸耸肩，道："我也不知道啊，或许是跟你学的吧？"

说完，他便笑着走下石阶，向钟青竹那边走去，而在他身后，孙友撇了撇嘴，哼了一声，自言自语地道："她会跟我学才怪呢。"

走到钟青竹身前，三年未见，她已出落得亭亭玉立。海风里，树荫下，点点碎阳落在她的身上，如细细光屑挥洒，耀眼般美丽，而当年的羞涩胆怯如今已不复再见，她微笑地看着沈石，笑靥如花，坦然而自信，便如那春天里盛开的花儿一般，正是她一生中最美好、最美丽的季节时光。

这样的时候，一生最好的时光，你曾遇见了谁？

有没有片刻的恍惚，有没有心潮澎湃的激动，有没有真正想要付出的真心，全部都交给一个人？

她笑着站在那里，看着那个男子慢慢走到身前，三年不见，曾经以为永远不能再见的他，又一次出现在这里。她心里似有千言万语，又想起那青鱼岛上有过的记忆，只是阳光下、树荫中，不知怎么却最终说不出口，只是笑着说了一句：

"哎呀，你长高了好多呢。"

沈石笑了起来，摸了摸头。

前方殿宇重楼，近处山道清静，沈石与钟青竹并肩走着，在古木老藤间穿行，闲聊着这三年里的变化与人事。至于孙友，则是在刚才"突然"想起自己还有一件急事没做，跟沈石打了个招呼，说是回头再来找他之后，便先行走掉了。

闲谈之间，沈石明显地感觉到钟青竹的确是比三年前自己意外离开青鱼岛的时候开朗了许多，言谈举止自信大方，加上那美丽容貌，与自己昨日刚回来见到钟青露时一样，都有一种令人惊艳的感觉。

"真是女大十八变啊……"沈石情不自禁地低声自语了一句。

谁知钟青竹耳尖，向他靠近一步，道："你说什么呢，石头？"

这一声"石头"叫得轻快而亲切，沈石挠挠头，道："没说什么啊。"

"切！"钟青竹看他一眼，嘴角微微翘起，道，"那就是说我的坏话了。哼，是不是孙友那家伙跟你说了我什么？"

沈石连忙摇头，道："没有没有，我是说……呃，其实我刚才是感叹了一句，三年不见，你现在真是跟以前大不一样了。"

钟青竹眉毛一挑，眼眸明亮，看着沈石道："哦，哪里不一样了？"

沈石犹豫了一下，看着钟青竹那似笑非笑清丽的脸庞，最后还是老老实实地道："你现在比以前在青鱼岛上的时候更漂亮了啊。"

钟青竹看着他，好一会儿没说话，沈石忽然觉得有些茫然，道："怎么了，你干吗老是看我？"

钟青竹眼睛微微眯了一下，片刻之后，一丝温柔的笑意慢慢浮现，在树荫中一步踏出向前走去，正好绕过一道空隙，阳光落在她的身上竟是格外亮眼与温暖，然后她回头看沈石仍站在原地，便挥了挥手，在阳光中笑着说："走啦，看来几年不见，你也学会说好听的话来哄女孩子了。"

沈石怔了一下，摇摇头走了过去，笑着道："没有啊，我说的是实话嘛！哦，就像我昨天刚回来去灵药殿的时候，看到钟青露，她也变得很漂亮了呀。"

钟青竹脸上的笑容仿佛有一瞬间的停滞，但那速度快到连沈石都没发现，然后她笑着问他："是啊，我那位姐姐如今可是个人见人爱的大美人哦，你觉得……我跟她谁更漂亮呢？"

仿佛是漫不经心地随口问出，她微笑着看向沈石。沈石摊摊手向前走去，道："你跟她差不多一样漂亮啊。"

走了两步，沈石忽然发现有些不对劲，转头看了一眼，只见钟青竹站在身后正看着自己，一时有些疑惑，道："怎么了？"

钟青竹微微一笑，走了过来，轻声道："没什么，我们走吧。对了，刚才你说在书堂那里挑了一本《金石铠道法》？"

沈石下意识地松了口气，老实说，刚才与钟青竹说着说着，话题就莫名其妙地转到她与钟青露谁更漂亮上头，让他觉得很是纠结，多少还有几分无聊，如今他刚刚回山，心里最想的还是尽快开始修炼并提升自己的道行，并没有太多心思注意其他地方。

不过，或许……也是那问题太过难解，所以自己有些下意识地回避吗？

沈石心底掠过这么一个念头，但是在听到钟青竹提到道法神通的时候，他顿时精神一振，一下子将那些莫名其妙的心思都忘在脑后，点点头跟她说了起来。

一路走去，山道寂寂，两个身影并肩走向观海台的方向，当那个宽阔平坦的广场出现在眼前的时候，钟青竹向四周看了一眼，似乎在寻找着什么，但是片刻后似乎没看到人，又回过头来，与沈石一起向前，直至走到观海台中间的一根鸿钧柱下。

高大耸立的鸿钧柱巍然雄伟，站在巨柱脚下抬头仰望，便如同看到一位巨人一般，让心底油然生出几分渺小的感觉。此刻天清气爽、海风习习，观海台上有不少凌霄宗弟子来往走动，或眺望沧海，或悠闲漫步，一个个看上去神态都很轻松惬意。

钟青竹背靠着那根巨大的鸿钧柱，望着沈石，眉头轻轻皱着，道："你选了金石铠，虽然也不算差，但是没有一门攻击道法，以后你想出去做些狩猎妖兽或需要斗法厮杀的任务，只怕很麻烦呀。"

虽然话语婉转，但沈石还是听得出钟青竹话里的意思以及那份淡淡的关怀，事实上，就在不久之前，孙友也说过类似的话，不过沈石心里自然有自己的想法，此刻便笑着说道："没关系的，而且现在选都选了，想反悔也来不及了啊。"

钟青竹深深地看了他一眼，微微低首，片刻后叹息了一声，道："是啊，也没法后悔了。而且当初你在青鱼岛的时候，好像就特别……特别有自己的主见，可是比我强多了。"

沈石心中一动，正想说些什么的时候，只听到远处突然传来一声带了几分惊喜的叫声：

"啊，钟师妹，原来你在这里，我找你半天了。"

沈石与钟青竹一起转头看去，只见从观海台灵药殿方向那边快步走过来一个男子，走到近处沈石忽然觉得有些眼熟，想了一下，却是记起这个脸型偏圆、手上拿着一个玉匣的男子，正是自己昨天在灵药殿中取丹时见过的那个吉安福。

吉安福快步走到近处，笑容满面地望着钟青竹，只是他忽然看到站在钟青竹身边脸露诧异之色看向自己的沈石时，不由得也怔了一下，但是片刻之后又掉转目光看着钟青竹，眼中都是热切之色。

"钟师妹，这是你要的二品'固灵丹'，你也知道，这种灵丹炼制不易，价格不菲，加上功效偏重破境固基，算不得不可或缺的灵丹，所以平素购买服食的弟子也少见，灵药殿里药架上未有存货，是我去丹库里仔细寻找之后才找到的。"

说着，他望着这个美丽清秀的女子，心头没来由地一阵火热。钟家这两个年轻美丽的女子，这几年来算是金虹山年青一代弟子中的风云人物了，美丽惊艳那是不用说了，前程、天资同样惊人，相比之下，眼下这位钟青竹更是已经被阵堂的乐景山长老直接收入门下，前景简直不可限量。能够突然得到她的青睐，仿佛让吉安福身上的骨头都轻了几分。

钟青竹接过吉安福递过来的玉匣，微笑着点了点头，道："多谢吉师兄，麻烦你了啊。"

吉安福哈哈大笑，道："没什么，小事而已。对了，钟师妹，你要这固灵丹可是最近又有突破？啧啧，我早就看出来你天资不同凡响，前途无量，前途无量啊！"

钟青竹微微一笑，没有多说什么，伸手到身侧腰间一摸，略微停顿后，沈石注意到那里似乎并没有悬挂着如意袋，但片刻后钟青竹手上便多了一个小袋，那袋子看上去颇有几分沉甸甸的样子，里面所装之物分量应该不轻。钟青竹将这袋子交给了吉安福，微笑着道："吉师兄，这是灵晶，请点数一下。"

吉安福接过，一摆手豪爽地道："钟师妹说笑了，我信不过别人，还能信不过你吗？总之以后有任何丹药上的需要，尽管来灵药殿找我就是了。"

钟青竹笑着点点头，道："好啊，多谢吉师兄了。"

吉安福见她笑意盈盈，清丽如花，一时间只觉得自己心花怒放，甚至浑然有些不知身在何处的感觉了。

只是下一刻，他忽然笑容一僵，看见钟青竹转过身面对沈石，却是轻轻地将这个玉匣塞到了沈石的手里。

在那一刻，沈石的脸上露出了惊讶的表情，似乎在摇头说些什么要拒绝的样子，而钟青竹则是微微摇头，脸色温柔却坚决地抓着他的手让他收下。

但是这些言语吉安福却仿佛一个字都听不到，他的目光只是盯着那个玉匣，那个被钟青竹轻轻柔柔塞到沈石手中的玉匣，看着那只白皙温婉的手，带着几分温柔关怀的手，轻轻握住那个男子的手。

他在心里发出了一声怒吼，握住装着灵晶袋子的手在一瞬间狠狠抓紧。

第十五章 ■ 固基

"你这是做什么？"沈石微微皱着眉头，将这个装着固灵丹的玉匣推了回去，道，"二品灵丹价值不菲，我哪能要你平白无故送我这东西？"

钟青竹眼波流转，静静地看着他，可是手却轻轻抓住沈石的手掌，将那个玉匣塞到了他的手里，柔声道："我本想着送你一颗破障丹助你破境的，但是你已经去灵药殿那里取走了一颗，便想着或许固灵丹会更好些，日后待你破境后再服食。不过今天过来一看，你居然已经破境凝元了，这可不是天意吗？你就收下吧，石头。"

沈石兀自摇头，但钟青竹眼波如水，轻轻柔柔似嗔似喜地瞪了他一眼，几许风姿惊艳，竟是让他一时说不出话来。钟青竹看他不再推拒，脸上这才露出欢喜之色，刚想开口说些什么，却察觉身旁不远处那个吉安福仍然站在原地，一直看着自己与沈石二人，面色上更有几分异样。

钟青竹秀眉微挑随即又舒展开来，转过头对着吉安福微笑道："吉师兄，可还有事吗？"

吉安福身子微微一震，似乎惊醒过来，下意识地道："哦……没事，没事了。"

钟青竹笑着对他点了点头，吉安福最后看了这二人一眼，然后带了几分艰难般转过身子，向着灵药殿走去。

沈石看了一眼吉安福走远的背影，沉默了片刻，忽然开口道："这位师兄似乎有些不太喜欢我。"

钟青竹怔了一下，回头看了一眼吉安福，若有所思，不过随即便听到沈石笑了一下，道："算了，可能是我多想了吧，昨天才刚刚回来，如果这么快就惹人讨厌的话，我做人岂不是太差劲了？"

钟青竹笑了起来，看他一眼，目光柔和，道："这颗固灵丹你回去之后还是尽快服下，这种灵丹乃是本门丹堂里名师所制，固元养气最好不过的。"

沈石沉吟片刻后，点了点头，笑道："那我就不客气了，多谢。"顿了一下，又笑道，"反正咱们也认识这么久了，以后又都在金虹山上修行，虽说现在看起来你比我强多了，不过如果有什么需要我帮忙的，就尽管开口。"

钟青竹点点头，只是目光在一瞬间却似乎有片刻的迷离，看着沈石轻声道："其实，若不是当年你在青鱼岛上救我，只怕我早就死在那不见天日的地下洞穴里了，哪里还有什么现在可言！"

沈石笑着摇摇头，道："多久以前的事了，偏偏就你还想那么多。"

钟青竹深深看他一眼，随后也笑了起来。

海风吹过，观海台上一片安宁祥和，七根鸿钧巨柱如巨人般巍然耸立着，仿佛根本不曾注意自己脚下那些蝼蚁般的人。

在互相告知所居洞府的位置后，沈石与钟青竹便在观海台上分开，本来以沈石的原意是想再去术堂那边看一看的，但是在收下钟青竹所赠的固灵丹后，沈石犹豫了一会儿，还是决定先回自己洞府再说。

他昨日刚刚破境，算来甚至还不到一天时间，服食这固灵丹正是功效最大的时候，对自己稳固根基、调理丹田灵气帮助极大。如此一路从观海台沿着山路走下，穿林过道，他又走回了自己洞府所在的那座阴凉潮湿的山谷。

沈石远远地就看到自己那座洞府门前趴着一个黑色的身影，不用说，那自然就是小黑猪了。一大早被孙友叫醒之后，昨日睡了一天的小黑猪便兴奋起来，压根儿没有陪沈石去观海台那边闲逛的意思，反而看起来对这座山谷很有兴趣，一溜烟就钻到外头自个儿玩去了。

反正这小东西野惯了，沈石也懒得去约束它，对着树丛喊了几声"别跑太远"之类的话，随后便和孙友一起离开了，中间还被孙友取笑了几句，说是怎么什么宠物不养，反倒是抓了一只黑猪回来。

沈石也是笑而不语，小黑猪来历牵扯到妖界的事，确实也没法跟孙友说得太清楚，只得敷衍两句应付过去。此刻看到小黑猪玩了一早上，果然自己又跑了回来，沈石心里也松了口气，看来以后是不用太担心它了。

而小黑猪的感知也是颇为灵敏，很远就抬起头来向沈石这里眺望，一旦看清是沈石回来，顿时便跳了起来，一路小跑到沈石脚边，十分亲热地蹭着他的腿脚，沈石笑着摸摸小猪的脑袋，然后带着它回到了洞府里头。

当石门关上，那些声响顿时远去，周围只剩下了一片寂静，小黑猪却没有往卧室跑去，而是向周围看了一下，然后探头探脑地往这座洞府旁边几个石室走了过去，似乎想搞清楚这个新家里其他地方的情况。

沈石笑了笑，也没去管它，自行走回卧室，然后在那个修炼的石榻上坐了下来。沉吟片刻后，他先是将装着固灵丹的玉匣放在手边石桌上，缓缓深吸一口气后，闭上了双眼。

神念之下，周身气脉经络如一张清晰的图画，渐渐浮现，但是与过往不同的是，曾经蛰伏在周身气脉中带着几分慵懒的那些灵力，此刻都已消失不见，取而代之的是在腹部之下，忽然多了一处形状浑圆如碗口般大小的所在，过往所有周身吸纳入体的灵力，此刻如百川归海，都汇聚于此。

感觉之中，这里灵气茫茫交融汇聚，再不是以前炼气境时那一丝丝、一缕缕分散的灵力，而是水乳交融般浑然一体，其凝实精练的程度何止增加了一倍。此即为修士之气海，俗称玉府，又因为日后待境界提升、灵力化丹、脱胎换骨皆由此处而生，所以道法之上又称丹田。

此刻沈石丹田中灵气茫茫一片，正是昨日破境之后开辟气海，将周身所有灵力都汇聚此处，也就是从这一刻起，沈石才算是真正踏上了修真之道。不过这一片气海不时会有气浪波动，看上去不太安静，沈石知道这是破境时日太短，气海丹田还未彻底稳固的缘故。

在一般情形下，这种波动其实并无大碍，普通修士只要静心修炼一个月左右，稳固根基，自然就能将丹田圆融稳定，进而可以开始修炼凝元境以上的道法神通了。不过此刻在沈石手边有了一颗固灵丹，却是专门为此而制成的，服食之后除了有可以迅速稳固丹田气海的奇效外，对破境修士本身的灵力调息与适应新境界的道行也颇有功效，否则，也就称不上凌霄宗秘制的二品灵丹了。

钟青竹那个女孩子，心思还是缜密啊。

沈石在服食固灵丹的时候，心头掠过了这样的念头。

本来需要一个月来稳固根基，圆融丹田，但因为有固灵丹的相助，沈石只花了三天时间便彻底在凝元境上稳定了根基，此刻他只觉得周身圆融随意，肉身坚韧强横远胜过往，颇有一种脱胎换骨的感觉。而汇聚于丹田之中的灵力也是与炼气境的时候有了天壤之别，再不是过往那般懒洋洋不听使唤的模样，而是如臂使指，随心念而动，极为驯服。

沈石在洞府中试过施放五行术法，然后正如意料之中的那般，哪怕不动用眉心窍穴里的那团神秘灵力，此刻自己使用丹田之内的灵力来催动法术，其施法速度也是大大增快，基本上施放一个一阶术法所需的时间还不到两息，而若是使用符篆施法的话，更是能压缩到一息左右。

如此一来，丹田灵力加上眉心窍穴两处地方，等沈石能够施放术法或是日后学会金石铠这种道术神通后，能用到的灵力直接增加了一倍，这让他颇为高兴，也对日后的修行充满了信心。不过沈石很快发现，自己似乎又陷入了一种很熟悉的窘迫的困境。

穷啊……

这世上修炼之道，从无取巧的地方，双倍的灵力直接就造成了他对灵晶双倍的消耗。修士突破至凝元境后，在修炼中对灵晶的消耗有了很大的增加，差不多两日就会用掉一颗灵晶。这也是凌霄宗每月给每个凝元境弟子发放十五颗灵晶的缘故，就是要保证所有人最基本的修炼需求。

但是眼下这十五颗灵晶对沈石来说显然不够，最多也就维持他半个月的时间。而从长远来看，虽然破境之后，凝元境修士在整个凝元境内对灵晶的消耗就不再有特别的增长，除非到了神意境，否则不管是凝元初阶、中阶还是高阶，基本都是这个水平的消耗，但是顶不住沈石双倍的量啊。

所以沈石很快在心中就把赚取灵晶再一次提到了最重要的紧急事项上。

第四日早上，彻底稳固了丹田根基的沈石带着小黑猪一起离开了洞府，向着观海台上走去，开始了自己赚取灵晶的道路，也就是从这时候开始，他似乎才有了一种自己真正开始了凝元境修炼的感觉。

这第一笔的灵晶，要怎么赚呢……

转过山头，视野开阔，一望无际的沧海碧波荡漾在眼前的时候，沈石心里这般想着，然后伸手轻轻摸了摸腰间的如意袋。

第十六章 ■ 归心殿

小黑猪看起来似乎永远都是那般快活的样子，跟着沈石向观海台走去的时候，在山道石阶上蹦蹦跳跳一路小跑，还时不时地往道路两旁那些茂密青翠的树丛里钻上一次，也不知在里头偷偷摸摸干了些什么，过一会儿又哼哼叫着跑出来，重新回到沈石的身旁，偶尔还会往他身上蹭几下，很是亲热。

随着他们走近观海台，周围凌霄宗弟子的人数明显地开始增加，当沈石再一次站到这个竖立着七根鸿钧巨柱、视野开阔足可眺望无边沧海的平台上时，只觉得海风习习，迎面吹来，天高海阔，天地无垠。

观海台周围广场上，已经有许多凌霄宗弟子走动来往，特别是周围那一溜重要的殿堂楼阁的附近，更是人气颇旺。也许是因为前几天已经突破到凝元境的缘故，沈石不知不觉间从容了许多，似乎再也没有当日那种局促感，而那种莫名的压力也小了许多。

这几日他待在洞府中修炼之余，也认真看了一遍当日领回的《凌霄宗弟子规》以及《海州地理志》，所以现在对宗门这里的日常修炼生活以及诸般门规都已经有了一个基本的了解。凌霄宗每月会发给每个凝元境弟子十五颗灵晶，这是保证最基本的修炼要求，只是但凡在修炼一道上稍有追求的人都知道，这一点灵晶根本无法支撑修士真正全力的修行。

各种灵丹妙药，诸多珍稀灵材辅助资源，哪一条、哪一项不是需要数目不菲的灵晶来支撑的？

拜入凌霄宗的弟子只要修到凝元境上了金虹山后，之前在青鱼岛上的那些限制就全部放开，换言之，家世背景的差距在登上金虹山之后，就开始真正显露出来。那些豪富的附庸世家可以几乎毫无限制地用家族积累的灵晶来支援本家弟子，这就让类似孙友、钟家姐妹等世家子弟出身的人占了极大的便宜，可以少走许多弯路。至于像沈石这样并无家世族人为依靠的普通弟子，便不得不花费大量心思在如何赚取灵晶上面。

这当然说不上公平，也正因此，凌霄宗门下弟子里，世家子弟与平民出身的弟子往往会有些隔阂，隐隐会形成各自两个不太融洽的圈子。不过这也只是一个笼统的说法，朋友相交贵在知心，两边交情好的朋友也是时有所见，比如沈石与孙友之类的。

沈石心里自然也是会羡慕那些有家族供养灵晶的世家子弟，不过相比起一些心气不平、愤愤然经常嘀咕些牢骚话的同门来说，他的心态倒是平和得很，原因也很简单，看看凌霄宗外头的那些散修，相比之下，自己已经算是运气极好的了。

一路走到观海台东侧，沈石在一座高大的殿堂外停下脚步，抬头看了一眼，只见这座大殿巍然耸立，气度雄伟，飞檐雕兽栩栩如生，红漆大柱、玄青门窗，多数都是敞开着，正门上方悬挂一块大匾，上头写着三个大字——"归心殿"。

能够占据观海台周边显著位置的殿宇，都是凌霄宗门下十分重要的场所，这座归心殿也不例外，而沈石也早就从那本介绍凌霄宗诸多门规乃至宗门情况的《凌霄宗弟子规》上知道，这座归心殿正是金虹山上类似青鱼岛白鹤堂的所在，是宗门里面向所有弟子颁发各种任务的殿堂。

这样一个所在，自然而然是宗门里头人气最盛的一处场所，来往进出的凌霄宗弟子摩肩接踵，很是热闹，沈石也随着人流，带着小黑猪走进了这座规模极大的殿堂。

入殿之后，并没有让人眼前一暗的感觉，大殿周围门窗透亮，光线充足，与外头观海台上几无差别，而大殿之中阔大的空间里，最醒目的就是竖立在大殿里的两座石壁，各有数十丈长，隐约可以感觉到灵气流动，一座白色，一座暗金，色泽不同，但皆有清晰文字浮现于石壁之上，灵光闪烁，竟仿佛这两座石壁本身就是不可小觑的灵器法宝。

沈石也是大开眼界，心里隐约有些猜想，走到近处仔细看了一下，果然这两座石壁上的诸多文字正是宗门里各大堂口或是直接以凌霄宗宗门的身份颁布的任务，相比起当初在青鱼岛上白鹤堂里那些在木板上贴纸的模样，金虹山上果然是与众不同啊。

沈石在心里轻轻笑了一下，然后与周围众多凌霄宗弟子一样，开始仔细观看阅读起这些石壁上的任务文字。看了一会儿，又在两座石壁间来回对比了一下，沈石便发现其中的一些区别，白色石壁上相对而言多是一些普通的任务，宗门或颁布任务的堂口对完成任务的弟子会给予或多或少的灵晶奖励，一般而言，回报还算是不错的。而金色石壁上的任务数目要比白壁少了很多，但是围在金壁周围凝神观看的弟子人数确实更多，那是因为只有在金壁之上的任务，才会出现比灵晶回报更重要的一种奖励，也就是昨日孙友对他提过的玄符计数。

根据《凌霄宗弟子规》中的介绍，沈石如今已经对玄符计数这东西有了一个更加清晰的认识，知道凌霄宗门下虽然灵晶用处极大，但是一些最紧要、最高端的修炼资源，却是需要这种玄符计数，或者说是玄符之上得到的点数的。

举例来说，灵药殿内二品灵丹以下，都可以用灵晶购买服用，但是一旦等阶到了三品，灵丹的价值便会飞涨，同时在这一品阶上一部分珍罕难见的灵丹，便不能再用灵晶购买，只能消耗固定的玄符计数来兑换。而更上一层的话，到了四品和四品以上的灵丹，就完全只能使用玄符计数了。

与此类似的情况还有各种与修炼相关的灵材资源，包括各种矿藏、阵法、灵器与法宝等，唯一例外的东西是弟子本身所要修炼的各种道法神通的典籍密卷，凌霄宗门下所有的神通道法，除了刚刚登上金虹山可以免费从十七种功法中选取一种外，日后所有的道术神通，都需要耗费玄符计数来兑换。

除非……某位弟子正式拜入了凌霄宗那二十二位元丹境大真人中某一位的门下，那么师父传授徒弟的道法神通，自然是不会额外有限制条件的。

不过这一切当然距离沈石还是十分遥远，事实上，在金虹山上数以千计的亲传弟子中，能够有幸得到元丹境真人看重并收入门下的弟子，还不到一半。所以沈石现在并没有想得太多，当务之急他还是想要寻找到一些任务，先赚取灵晶再说。

不过因为境界到了凝元境后，凌霄宗就不会再特别限制门下弟子外出，只要花一颗灵晶的费用，就能搭乘宗门渡海仙舟到达大陆，前往海州各地，所以就算不接宗门任务，只要在外头做些诸如采药或狩猎妖兽收集灵材，然后再售卖给流云城中的商铺，同样能换到灵晶。

沈石心里便是有几分这样的打算，不过宗门任务的回报据说还是比盲目奔波要强一些，所以他也是仔细地在白壁这里看着，至于金壁那边奖励玄符计数的任务，沈石在看过几个任务介绍后便无奈地放弃了。这等回报珍贵的任务，难度比白壁这里的任务大了不是一星半点，往往要面对的不是凶险难测之地，就是要寻找某些珍稀罕见的天材地宝，甚至有些任务直接写明了要去对付一些四阶、五阶这种已然修成妖丹实力强大无比的妖兽，实在是超出了沈石的能力范围，无奈之下，他只能放弃。

日后有机会有实力了，再去看看吧，沈石在心里暗暗对自己说道，反正路总是要一步一步地走。

在白壁这边观望许久，看了不少任务，沈石发现这里的任务要求似乎与以往青鱼岛上也有不同，一般而言并没有固定的数额限制，但却都有清晰明确的时间要求，比如丹堂颁布了一个任务，便是七日之内收取石萝、玉鹊根、蜘蛛草、黑蟾皮四种灵材，数额不限，回报视上缴灵材各不相同，若是只交上其中一两种灵材，所得回报的灵晶数额也是一般，但若是同时上缴四种灵材的话，则奖励灵晶便大大增加，算是相当丰厚，不过要求是七日之后便不再收取。

沈石想了想，记得这四种灵材似乎是炼制一种"花松丹"的主材，单论品阶的话已经是三阶的灵丹，而因为以前他在天一楼中的经历，对这四种灵材都是十分了解，便打算有机会的话，或许这个任务可以试着去做做。

正思索间，沈石忽然觉得肩膀被人从后面轻轻拍了一下，转头一看，却是一个清丽女子站在身后，微笑地看着自己。

沈石笑了起来，道："钟青露，你也来这里看任务吗？"

钟青露微微一笑，秀发明眸间，眼波如水般轻盈，仿佛不知不觉就让周围的人群失去了色彩，让众人的眼光里只剩下了她那温和柔媚的淡淡笑颜。

"是啊。"她笑着看了一眼前头白壁上的那个任务，道，"咦？这是我们丹堂的任务啊，你感兴趣吗？"

沈石耸了耸肩，笑道："也就是过来看一看，不过真要做这些白壁任务，只怕还要有一段时间的磨炼呢。"

钟青露点点头，道："也是，当初我们刚上山的时候，一开始也折腾了挺久呢，别的不说，光是去周围那些出产各种灵材的宝地探明地势情况，就花费了不少心思。"

说到这里，她顿了一下，看了一眼沈石，一丝淡淡的笑意隐约带着几分欣慰温柔，道："看来那颗破障丹效力不错啊，你这才回山几天，就一下子破境到凝元了。"

沈石笑着点头，道："算我运气还不错吧，好吧，你先看着，我要去赚钱啦。"最后一句话他带着几分玩笑说着，不知不觉，忽然好像又有一种当初在青鱼岛上与她相熟之后的那份熟悉感，那个时候，记忆中仿佛也可以与这个女孩比较轻松地说着一些玩笑话了。

不知是不是也突然有了几分类似的感觉，钟青露的脸上掠过一丝异样却温柔的表情，沉吟片刻后，她忽然叫住了已经走出几步的沈石，然后拉着他走到大殿边缘一处无人的地方。

沈石带了几分诧异，道："怎么了？"

钟青露默然片刻，深深地看了他一眼，然后轻声道：

"你……还记得当年我们的那一场交易吗？"

第十七章 ■ 相信

沈石忽然沉默了下来，看着钟青露许久也没说话，而钟青露似乎很有耐心，安静地站在那里。过了一会儿，沈石道："我记得。"

钟青露没有再婉转或是试探的意思，低声却直接地道："这场交易，我想再和你做一次。"

沈石脸上掠过一丝诧异之色，看着钟青露，眼中有一丝不解之色，道："为什么？你如今已是凝元境，门规对你再无约束，钟家对你的灵晶支援应该已经足够了吧？"

钟青露笑了笑，轻轻摇了摇头，欲言又止。只是看着沈石的神情脸色，她迟疑了片刻后，还是轻叹了一声，道："我家里那边，如今情况已经不太好了。"

沈石怔了一下，心底吃了一惊。多年前他刚刚进入凌霄宗山门的时候，就已经听说凌霄宗门下上百个附庸世家中，势力最大、实力最强的四大世家便是孙、许、侯、钟，钟家在四家中其实追随凌霄宗的历史最为悠久，也曾是风光一时，不过近年来族中人才凋零，声势大不如前，加上后起之秀如孙家等世家出了孙明阳这等元丹境大真人，所以才落到了后头，但依旧维持着四大世家之位。

但是如今听钟青露的意思，却好像钟家连现在这个局面都有些难以维持了吗？

钟青露没有让他疑惑太久，看着左右无人，便低声对沈石简单说了一下自己的处境，原来钟家这几年果然情况越发糟糕，除去如今族中没有可以挺身而出的支柱人物之外，几位掌权的族人能力也是一般。当然说到这个的时候钟青露言辞虽然委婉，但沈石却听得出来有些异样，因为如今钟家的族长，如果他没记错的话，应该就是钟青露的父亲。

这些都是内因，但是除此之外，还有一层更重要的缘故，却是这几年来四大世家之首的孙家，势力正是急剧扩张的时候，借着如今隐隐有凌霄宗门内第二人地位的明阳真人的声势，附庸世家中无人敢与孙家发生冲突，所以过往许多众人平分利润丰厚的生意与收入，如今竟然大部分被孙家占了去。

许、侯两家还好，底子厚，族中也有可以撑门面的人物，在凌霄宗宗门里也有许多故旧人脉，所以孙家对这两家还算客气，占了些便宜也算是点到即止，但是对钟家便没有那么客气了。钟家衰弱之象已有多年，平日维持着不太看得出来，但是对于高门世家掌权者来说，自然是早就洞悉无疑。所以这几年中，钟家的收入或明或暗地都在急剧缩水，到了如今这一年的收入差不多仅剩原有的三成了。

话说到这个份儿上，沈石自然也是心里有数了，心想难怪钟青露如此困窘，炼丹一道本就消耗巨大，天赋与财力支持二者缺一不可，哪怕是钟青露这般在炼丹一道上已经露出不凡天赋的宗门弟子，如果还想更进一步，所需要的资源也是不菲，要知道，炼丹一道越到精深处，耗费越大，因为随着灵丹品阶的提高，丹方所需的灵材品阶也在不断提升。你不能指望去用一些一品的灵草来炼制出三品、四品的高级灵丹出来。

也就是在这个时候，沈石心中忽然一动，想到了另一件事，犹豫了一下后，他看着钟青露，低声道："我记得你早前一直被丹堂看好，听说主持丹堂的云霓长老也是十分看重你，但是这么久了，还是没有将你收入门下，莫非……"

钟青露苦笑了一声，清丽的脸庞上第一次掠过一丝阴霾，轻叹一声，点头道："你猜得不错，云长老确实对我曾经有所表示，但是她老人家所收几个弟子，无一例外，至少都要在炼丹一道上达到熟练炼制三品灵丹的境界。而我这三年来，一直就卡在三品灵丹这个关口，论天赋我自信不输给其他人，可是……"

这个可是后头是什么，钟青露没有再说下去，但是话里的意思，沈石自然是明白的，钟家家境大不如前，再加上一大家子基业人口摆在那里，处处都要用钱，能够拿出来支援钟青露的只怕不会太多了。只是在这片刻间，沈石忽然心中又是一动，却是没来由地想到前几日钟青竹赠送了自己一颗价值不菲的固灵丹。

钟青露乃是钟家长房嫡女，情况尚且窘迫如此，钟青竹的出身不过是远房旁支，虽然如今修道小成，但想必从钟家能够得到的支持肯定不会比钟青露更多，说不定钟家也就是给个维持面子的小数目而已。只是在这般情况下，她居然还送了自己一颗固灵丹，这份情谊当真是不轻啊……

他心头掠过一丝暖意，只是他心思向来缜密，隐隐又察觉有些不对劲的地方，不过未及深想，只见钟青露露出几分忧虑之色，轻声道："其实若只是缺钱，天长日久积累下去，我也不会着急，只是云霓长老那里……我若是在炼丹上进境耽搁太久的话，只怕她老人家或许会改变看法。"

沈石点了点头，不管无论是修道还是炼丹，抑或是其他修行，一个人天资禀赋最清楚明白的表现，便是境界进展的快慢。当年在青鱼岛上，最早一批突破到炼气境高阶的弟子，便被众人认为是天资最好的一批天才，而在炼丹一道上当然也是同一个道理。

钟青露早在青鱼岛炼气境的时候，便能炼出二品灵丹，这自然是天赋卓异，所以才得到了云霓长老的看重，但如今若是在三品炼丹这个至关重要的门槛上卡得太久，谁也不敢保证云霓长老会不会改变对她的看法，甚而不会再正式收她为徒。

这其中的境遇差距如天壤之别，而关键处就是在这数年之间，也难怪钟青露在平素冷静之下，却是暗中心急如焚。只是沈石想明白了这些事情后，眉头却依然皱着，苦笑了一声，道：

"我明白你的意思了，可是……可是如今我的情况你也知道的，现如今的情况与当年在青鱼岛上完全不同，三品灵丹丹方里所需要的灵材，耗费的灵晶数额实在太大，我是想帮你，但是有心无力啊。"

钟青露摇了摇头，低声道："不，你误会了，我不要你给我灵晶。"

沈石一怔，当初在青鱼岛上两个人做那笔交易的时候，分明就是自己去妖岛狩猎然后售卖灵材换取灵晶给她，怎么如今却变了，当下带了几分疑惑，道："那你需要什么？"

钟青露道："主材，我只需要你给我几种三品灵丹丹方中所需的主要灵材即可，剩下的辅料灵材我自己去解决，虽然如今我家里窘迫，但每月还能给我一些灵晶，加上我平日积蓄，勉强可以支撑下来，而且只要咱们能炼出三品灵丹……"

沈石微微点头，表示自己明白钟青露的意思，炼丹一道消耗巨大，同时也有或大或小的失败概率，但若是能熟练掌握某种炼丹手法，则回报同样不菲，同时越是高阶的炼丹师，所炼丹药品阶越高，回报也就越大。只不过在达到这种境界之前，那种巨量的消耗并不是普通人可以支撑下来的，再加上越是高阶的炼丹师对天赋的要求也是越发苛刻，所以历来高阶的炼丹师都是极少见的。

三品灵丹的价值，如果钟青露能够熟练炼制的话，所得回报将会极其丰厚。

可是三品灵丹的主材，不管是灵草还是其他如妖血、矿藏乃至各种灵材，都要在三阶以上，到了这种档次的灵材，价值不菲自不用说，关键是平素还很少见了，而如果与妖兽有所关联的，只怕还要面对三阶妖兽以上的强大对手，委实不是一件轻松的事。

沈石心中所想，在钟青露这般坦白的说话间，也就没再掩藏，直截了当地对她说了，同时道："你知道的，我刚刚破境不久，实力也就那个样子，如果你这么急迫的话，为何不找宗门里其他道行高深或是豪富的同门，他们应该……"

话未说完，他便看到钟青露嘴角露出一丝冷笑，然后转头看了一眼远处，沈石顺着她的目光看去，只见归心殿内金、白双壁之下，人头攒动，却有好些目光有意无意地向这里扫过，其中多数看着钟青露那娇美清丽的容颜身姿，更不乏火热的目光。

沈石忽然沉默了下来，皱了皱眉，随后只见钟青露转过头，望着他，同样沉默了很久之后，才深深凝视了他一眼，目光深处似乎有几分躲闪或是异样的光芒，但最后她还是静静地道：

"其他的人，我信不过。"

一场生意，或是其他的许多事情，比如收徒，姻缘，最重要的其实便是所谓的信任吧，若是信不过一个人，那又怎么还能继续下去呢？

所谓天长地久，所谓天荒地老，追根究底，其实是不是就是一个信他呢？

相信你，所以在一起。

相信你，所以可以一起走。

喧嚣远去，仿佛已在天边，周围不知何时已经寂静，在他眼中只剩下了这个安静而美丽的女子。

这是沈石迄今为止，第一次听到一个女子这般对自己说着这个"信"字。

他有片刻的茫然，有一瞬间的不知所措，但是很快地，他抬起头，看着钟青露，然后重重地点了点头。

离开了归心殿，沈石陪着钟青露走了一段路，回到灵药殿外，钟青露让他等一会儿，她进殿之后又走出来时，手上已经多了一张纸。

沈石接过钟青露递过来的白纸，看了一眼，只见纸上写着数行字迹，内容是六种三品灵丹的名称以及各自所需的丹方主材。

钟青露站在他的身旁，轻声道："三阶灵丹炼制所需的主材已算稀有罕见，不管是宗门里还是流云城的商铺中都不多，就算有，价格也是高得惊人，我们买不起。这些灵材你平日如果出外探险或做任务时，就顺便留心一下，有机会能取回来最好，但也不必勉强。"说到这里，她顿了一下，似乎想到了什么，沉默片刻之后又道，"特别是其间如果有什么凶猛难敌的高阶妖兽，你千万不必勉强，或是干脆先记住地方，回来叫上我，咱们两个人一起过去，总比一个人把握大一些。"

沈石有些诧异地抬头看了她一眼，却见钟青露说完之后，不知为何粉黛一般的脸颊上忽地隐约有一丝红晕掠过，却又似若无其事一般，眼波转动，往远处宽阔尤边的沧海处眺望而去。

海风吹来，她的发丝微微拂动，衣裳飞舞，容色清丽，竟似风中仙子一般。

第十八章 ■ 石萝

离开观海台的时候，沈石下意识地摸了一下自己腰上的如意袋，虽然没有翻看，但是自己的家当现存几何，他心里还是很清楚的，或许这也是当年生长于商人之家与生俱来的一种天分吧。

除去那些零散杂碎的东西，如今他手头上真正值钱的仍然只有那两棵二品灵草，而灵晶经过这些日子的修炼还有小黑也会时不时缠着吃上一颗，所以现在只剩下十九颗灵晶了。

这份家当看着好像还可以，但其实已然与山门之外生活窘迫的散修无异，赚取灵晶真是当务之急啊。沈石暗自叹息了一声，脑海中自然而然又想起刚才钟青露和自己所谈的事，心里的压力不禁又多了一重，不过随即他自己也是心底失笑，带了几分自嘲，心想着反正答应的不过是尽力而为吧，如果实在找不到那六种炼制三品灵丹的主材，那也是没法子的。

下山之前，他又去归心殿里的白壁下仔细看了一会儿，将上面几个最简单的任务要求记下，随后便下山往金虹山下那一处停驻着渡海仙舟的码头走去。

想来想去，沈石最后还是觉得撇开其他的事情不说，眼下最要紧的还是先为自己赚上一点灵晶，至于赚钱之道，五花八门，人人不同，但经过沈石考虑之后，还是觉得目前自己的情况，似乎还是以采集灵草这种法子最妥当快捷。

虽说采药这个行当或者说是赚取灵晶的法子，是天底下所有修士都知道并且大多数人做过的，但是想要做得好，却并不简单，不但要博闻强记、目光敏锐，记住许多不同品阶众多灵草的外表特征乃至药效用途，更需要丰富的经验来判断灵草的生长地域与年份，事实上，虽然无数修士在野外探险时兼职了一份采药行当，但是对大多数人来说，这种事等于是撞大运，运气好碰上了就挖一棵灵草，碰不上也就那样了。

毕竟天生万物，灵草终究还是珍稀罕见的灵物，加上往往混杂生长在普通草木丛中，想要找到委实不易，更不用说有时候还会有妖兽同样对灵草垂涎三尺，守护在旁，那又是另外一种危险了。

不过对沈石来说，博闻强记认清灵草并不是大问题，至于寻找灵草所在的地方嘛，在登上渡海仙舟的时候，他拍了拍一路跟在自己身旁的小黑的脑袋，笑呵呵地道：

"全靠你了啊，小黑。"

小黑猪抬起头看了他一眼，虽然还不知道是要去哪儿，但还是很快活地哼哼叫了几声。

凌霄宗的渡海仙舟是一艘大船，看上去能装下数百人的规模，每日早上从金虹山这里开出，黄昏时分再次返回，是道行境界还不够御空飞行的凌霄宗弟子往来海州大陆的唯一通道。

不过在上船之前，于船下码头上，还有几个专门驻守此地的弟子给登船的人——登记名录，沈石自然也不例外，从那本《凌霄宗弟子规》上他也知道这是凌霄宗的一条门规，虽说境界达到凝元境后，宗门就不再特意限制弟子外出，但基本上普通弟子外出还是以二十日为限，不可随意拖延，至于那些有事需要长期行走天下的，则需要去宗门长老那里报备。

登记过名录，再缴纳了一颗灵晶的费用，沈石便带着小黑上了这艘渡海仙舟，然后在习习海风和海面上那些翱翔的海鸟鸣叫声中，渡海仙舟缓缓离开了码头，向着海州大陆驶去。

一路之上大船乘风破浪，十分平稳，速度也是颇快，不知凌霄宗是否有高人大匠在这艘大船上施加了什么法术神通，才能有这般奇效。老远的一段距离，这艘大船只花了差不多半个时辰，便已到了海州岸边。

这一天，船上看上去差不多有数十位凌霄宗弟子乘船出行，沈石环顾四周，却见全部是陌生面孔，而到了岸边之后，这些凌霄宗弟子也是依次下船，有的三三两两结伴而行，也有不少独行之人，往不同方向走去，看着都是心中早有定数，很快便四散而去。

沈石自然也是独自一人前行，往北面走了一阵后，隐约能看到那座流云城高大雄伟的城池，不过他并没有继续向那座大城走去，而是从如意袋中拿出一本小册子，封面上写着"海州地理志"的字样，翻开仔细看了看后，抬头看了看方向，然后转而向流云城西边大步走去。

海州乃是鸿蒙大陆南方首屈一指的大州，地域广大、物产丰沃，自古以来盛产各种灵材，诸多宝地遍布，是天下修士最向往的沃土，同时也供养了无数修士与修真门派，其中更有凌霄宗这等名动天下的名门大派。

而沈石手中的那本《海州地理志》，便是凌霄宗赐给门下弟子的一本书卷，其中详细介绍了海州各处地理，更着重介绍了那些盛产灵材的宝地。毕竟修炼之道大半都靠自己，出外探险寻找各种机缘，也是每个修士必经之路。

宝地不过是一个俗称，通常便是指那些灵气丰沛的所在，其中往往有比其他地方更多更集中的灵材出产，但同时也经常会吸引许多凶悍的妖兽聚集于此，所以宝地同时也是险地。但是妖兽本身，往往也是修士们追求的一种灵材种类，所以许多修士对宝地趋之若鹜，但是不同的宝地风险各异，一般而言，所产灵材品阶越高的地方，妖兽等阶同样是战力越强，很容易发生死人的情况。

只是修仙之道，哪里又会是一路平坦的？

沈石此番经过考虑之后，选择前往的是一处名叫"大风崖"的宝地，位置在流云城西方约莫一百八十里处，根据《海州地理志》上的记载，这一处地方颇多灵草，品阶不高，多数是一品、二品，偶见三品灵草，同时也有妖兽，也是差不多这个品阶。

考虑到自己的情况，沈石在看中的几处宝地中选中了大风崖，其实灵草还是其次，关键是这里的妖兽不算太过凶猛，以他如今的道行，如果真要碰上一只已经凝聚妖丹的三阶妖兽，只怕会凶多吉少。

或许赚取一些灵晶后，该去术堂那边学一个二阶术法了吧？

沈石心里这般盘算着，一路走去，修道之人肉身远胜于凡人，特别是到了凝元境后，较之过往炼气境界又是上了一个台阶，所以在午时前后，沈石带着小黑便到了大风崖。

地名叫作大风崖，实际上这里应该算是一座占地方圆数十里的小山脉，最高处的山峰突兀，一道悬崖特别醒目，据说到了那山巅上的时候风势极大，常人甚至难以立足，所以有了这大风崖的名头流传下来。

站在山脚下，沈石看了看周围地势，只见一条山路蜿蜒而上，山势平缓，几座山头连成一片次第起伏，山上多有青翠树林，显然是一处草木丰盛的所在，也正是最适合灵草生长的地方。

他点了点头，看了一眼站在自己身旁似乎也在打量这处山脉的小黑，用脚轻轻踢了一下它的屁股，然后在小黑看过来的时候，伸出五个手指，笑呵呵地道："五根灵草，换一颗灵晶啊。"

小黑猪"嗖"的一下就冲了出去，撒欢一般在山道上往前跑去，看起来兴奋得很。

沈石哈哈一笑，跟着它向前走去。

一个时辰之后，沈石走上了第一座小山的山顶，在他腰间的如意袋中，已经多了七棵灵草，同时少了一颗灵石。

七棵灵草都是一品的，算不上有特别的惊喜，但这种收获与采集灵草的速度也算是不错了。不过让沈石有些头痛的是，在找到五棵灵草从沈石那里换来了一颗灵晶后，小黑猪顿时就老毛病发作，开始懒散起来，一路上敷衍应付，马马虎虎又找了两棵灵草，便再无所获。

"早知道这样，当初应该对它说十棵灵草，不，二十棵灵草换一块灵晶就好了啊。"沈石有些无语地一边看着嘴里喜滋滋含着那块灵晶、一路悠闲散步懒洋洋的小猪，一边摇头苦笑。

只是小黑懒散，沈石也拿它没什么太好的法子，但就此回头显然也太早，便带着小猪在大风崖这里随意行走，同时自己睁大眼睛看着周围，想试着自己寻找一番。

只是没了小黑猪那异常敏锐的感觉，寻找灵草这件事突然变得无比艰难起来，沈石在这山头找了半晌，甚至中间还特意踏入一处茂盛草丛里翻找了半天，不辞辛苦，但仍然是一无所获。

不知不觉间，沈石又体会到天底下那些散修的不易，没有宗门师承，没有靠山后台，想要修道修炼，只能靠自己如此辛苦地去赚取灵晶。

当又过了一个时辰，从第一个山头走到中间的一处峡谷时，沈石的如意袋中的灵草数量，仍然只是七棵。

"这日子没法过了啊！"沈石吐出胸口一点郁闷之气，背靠着一棵大树树干坐下，对跟在自己身旁的小黑说道。

小黑猪看了他一眼，哼哼叫了两声，看上去心情不错，似乎是不太同意沈石的看法，同时嘴里的灵晶吐出又卷了回去，隐约可见上面的光芒暗淡了不少。

沈石哼了一声，没好气地伸手一拍它的脑袋，道："找不到灵草揭不开锅的话，回头我就宰了你然后去流云城中卖肉去！"

小黑猪呼呼两声，看起来大为不满，连小尾巴都竖起来摇了两下。

沈石失笑，推了它一把，谁知小黑猪居然不退，反而凑到他的身边，用头开始拱他顶他，似乎想要把沈石顶开。

沈石道："别闹。"说着用手推开小黑，谁知小黑猪锲而不舍，又过来继续拱着他的身子，沈石耐不住它的纠缠，只好站了起来。

"好了好了，我就随便开玩笑的，谁还能真的宰了你去卖肉啊？"

小黑猪哼哼两声，却是站在了沈石刚才坐的地方，然后用一只猪蹄在那树下空地上敲了两下。

沈石眉头微皱，蹲了下来，看了看地面并无异样，愕然道："你这是什么意思？"

小黑猪哼哼叫了两声，小猪头一甩，往旁边走开了。

沈石瞪了一眼这只装模作样、小气巴拉的黑猪，想了一下，还是试着在这块地上挖掘起来，随着土层渐渐挖开，没过多久，泥土中便露出一块灰褐色的块茎，看着普普通通并不起眼，但是沈石却是眼前猛然一亮，一抹笑意浮上了嘴边。

就在这时，一个带着惊喜之意的声音从旁边传了过来："咦，这是二品的灵草石萝啊！"

伴随着这个声音，前头丈许外的一棵大树后，转出来了两个人，一男一女，目光都落在了沈石手边的这个奇特块茎上。

第十九章 ■ 冲突

沈石脸上的笑意很快退了下去，将那石萝抓在手里，然后慢慢站了起来，转头向这两个突然出现的人望去。而之前有些懒散的小黑猪这时似乎也有所警惕，收起了那副懒样，走到沈石的脚边，两只小眼睛瞪着这两个不速之客。

这一男一女显然都是有道行在身的修士，男的鹰目高鼻，带了几分冷峻，看上去一副盛气凌人的姿态，而在他身边的女子容貌颇美，身材浮凸，衣裳贴身而清凉，露出胸口几分白腻，隐见雪白深沟，加上眉目间那一抹风流媚意，烟视媚行，春意荡漾，活脱脱一个惹火尤物。

而刚才那一声惊喜呼喊，正是这女子叫出声的，此刻但见她依偎在那男子身旁，笑逐颜开，指着沈石手中的石萝，轻轻用手拉着那男子手臂，糯声软语地道："侯哥，那可是二品灵草石萝啊，值不少灵晶呢。"

沈石眉头一皱，脸色顿时沉了下来，冷冷地看着前方这两个男女，果然那鹰目男子听了那妩媚女子的话后，顿时脸色一变，对着沈石这里哼了一声，道：

"臭小子，看什么看，识相的就把石萝扔过来，我就饶你一命！"

下山过海的时候，按惯例沈石是换了一套衣服的，因为穿着凌霄宗弟子服走出去固然很多时候有面子，但是凌霄宗这么大的名气声势，暗地里对头仇家也不知有多少，荒郊野外的突然莫名其妙被人暗算了，那也是没地方找人报仇去。所以他现在身上所着的是普通衣衫，并不是凌霄宗弟子服，旁人也看不出来他的凌霄宗弟子身份。看那男子凶神恶煞一般的举止神情，多半是将他看成一个道行低微、采药为生的散修了。

沈石自然不会被他吼了一句就吓得将石萝丢下，这些年来见惯了生死血光，这点威胁对他来说根本不痛不痒。他看了那男子一眼，随手一摆，石萝瞬间不见，却是被他当着这两个人的面直接收进了如意袋。

随后，他平静地抬眼看着这两个意图抢夺的男女，目光在那男子身上略一停留之后，又扫过站在一边的那个娇媚女子，只见那女子先是一怔，似乎有些意外，但随即却是向那个凶悍的男子身边又贴紧了些，笑意盈盈，眉目中更是眼波如水般温柔，似要流淌出来一般，不时看着那男子一眼，流露出几分仰慕与娇媚之色，如火上添柴，让那男子仿佛全身都要烧起来一般，气焰越发嚣张。

而看到沈石居然毫不理会自己，径直将那石萝收入如意袋中之后，这男子顿时勃然大怒，再加上那个娇媚惹火的女子就在自己身旁用那种异样与娇媚仰望的眼光看着自己，一时间只觉得大丢脸面，怒道："你想找死吗？"

沈石皱了皱眉，冷冷地道："阁下这是何意？这石萝分明是我先找到的，不给你便是要找死吗？"

那男子眼中凶光一闪，踏前一步，眼看着似乎就想要动手，但在他身边的那个娇媚女子却忽然拉了他一下，然后扬声道："这位兄台，不要不知死活啊，你可知道他是谁？"

沈石眉毛一挑，道："哦？请赐教。"

娇媚女子转头看了那男子一眼，身子有意无意地又贴近了几分，更有意无意间用她的丰腴胸部轻轻碰触了那男子的手臂一下，顿时就只见那男子目光一直，看着恨不得就想做些什么的样子，而迎着那女子的娇媚目光，他更是下意识地挺起了胸膛，冷笑不语。

只听那女子随即轻笑了一声，道："告诉你吧，可别吓傻了哦。他就是凌霄宗门下侯氏世家的大公子——侯远望！"

沈石在听到那"凌霄宗"三个字之后，顿时脸色一变，怔了一下，但将那女子这句话听完之后，他脸上却是露出几分愕然之色，那边的娇媚女子以为他果然是被凌霄宗这硕大名头给吓到了，一时也带了几分得意之色，轻轻笑出声来。

附庸世家当然不可能等同于凌霄宗，世家子弟没拜入宗门，自然也不可能就代表了凌霄宗的势力声望。不过任谁也知道附庸世家向来与宗门联系密切，很多时候用粗俗的话来说就是打狗也要看主人，是以普通的散修一般而言也是不敢去招惹附庸世家的，否则一旦发生冲突，人家随时随地叫上几个宗门弟子过来撑腰助拳，你怎么办？而侯家在附庸世家中又是顶尖的，向来在四大世家之列，家中多有子弟在凌霄宗里，这等声势，至少在流云城附近地域足以横着走了。

只是就在那女子得意之色显露，那男子也是露出几分傲然，等着下一刻对面那不起眼的散修就要双手奉上石萝然后夹着尾巴跑掉的时候，却只见那个年轻人非但没有如此，反而是在沉思了片刻之后，目光看向这个男子，带了一丝疑惑，道：

"侯家那边，如果我没记错的话，如今的大公子不是侯远良吗？你是他的什么人，为何敢自称侯家大公子？"

这话刚一问出，对面那一男一女的脸色顿时就变了，侯远望瞬间脸上涨红，眼中凶光大盛，看上去恨不得立刻就要杀人泄愤一般的模样，而那娇媚女子也是吓了一跳的样子，似乎很是意外，看向沈石的目光里也似乎多了几分看死人一般的神情。

"你找死！"

片刻之后，侯远望一声怒吼，却是一下子冲了过来，气势汹汹，而那娇媚女子则是依然站在原地，并没有出手的意思。

沈石看着侯远望冲来，心底也是有些困惑，自己刚才那句话好像无意中触到了这家伙的什么死穴逆鳞，这才如此恼怒？但是他分明记得清楚，当年他十二岁时拜入凌霄宗的那一批新人弟子中，侯远良分明也在其中，虽然两人并不曾真正交往，但是大概的情形他心里还是有数的。

侯家这一代嫡系的长子，确实就是侯远良，这是众所公认的，甚至他还记得当初在拜仙岩上跟他有过冲突的那个小胖子侯胜，但除此之外，他却是没听说过侯家还有哪个叫作侯远望的人。

难道是旁支子弟？但是旁支子弟不可能如此大咧咧地自称侯家大公子啊，那是只有嫡系子弟才能有的称呼。

他脑海中闪电般掠过这些念头，一时也想不明白这个侯远望到底是什么来路，只是看着侯远望转眼间已然冲到跟前，沈石迟疑了一下，还是脚下使力，向旁边跳开。侯家毕竟是附庸世家中的翘楚，沈石刚刚回到宗门，眼下一心只想着安心修炼，委实不想节外生枝去招惹这么一个麻烦。

他进阶到凝元境后，肉身的力量、敏捷度都是大幅提升，动作快疾远胜过往，轻轻松松便躲开了侯远望挥来的势大力沉的一拳，同时一个回合间也察觉到侯远望道行并不是很高，应该只有炼气境高阶的模样。

境界比自己还低，那自然更没什么好怕的了，沈石心里松了口气，正想说两句话表明身份，然后就此离开，反正石萝已经到手，跟这家伙纠缠只是浪费时间。但就在他闪过身子准备开口说话的时候，忽然间用眼角余光看到侯远望的脸上陡然掠过一丝狰狞之色，同时心底也是在一瞬间闪过一丝强烈的悸动。

那是过往他在妖界里，在那些生死厮杀的关头才会有的危机预感。

几乎没有更多的想法，沈石低吼一声，整个人一下子迅疾猛退，就像是险些被蛇咬了一般，而与此同时，在侯远望的手中猛然爆裂开一道耀眼白光，"嗖嗖嗖"，尖锐破空声瞬间响起，十几根细小钢针一般的东西向着沈石迅猛冲来。

若是身在近处，哪怕以沈石如今凝元境的敏捷，只怕也躲不过这些突兀出现速度极快的钢针，但他刚才抢先一步退去，终于是险之又险地堪堪躲过了这些钢针，片刻之后，只听"砰砰砰"之声不绝于耳，这些钢针瞬间刺入了刚才他所站位置的地上，留下了十几个细小空洞，中间甚至还有几块坚硬的石头，也是如切豆腐一般直接被刺穿了过去。

看着地面石块上的那些小洞，沈石只觉得一股凉意涌上脊背，这钢针如此迅猛锋锐，真要被射中了，就算他是凝元境的肉身，也会被一下子洞穿出十几个血洞，那下场真是不问可知。

随后他再度抬头看向这个侯远望时，脸色已是阴沉如水，同时心中也是警惕不已，暗自警醒，这天下之大，什么事都有可能，自己当初不就是以炼气境的道行击杀了凝元境的钱义吗，为何如今情况倒过来，自己却大意了？

心头如电光石火般掠过这个念头，沈石的身子却是在瞬间就立刻做出了反击，生死关头，谁还管你姓猴、姓马还是姓猪！

一抹黑光，瞬间亮起。

侯远望在钢针射出的瞬间，脸上已经掠过一丝得意之色，这"细鳞针筒"乃是以炼器闻名的"天工堂"所制，阴毒难防，威力强大，因为采用机栝为主，炼气境修士便能操控，但所发钢针却足以对凝元境初阶左右的修士造成致命伤害。此物乃是昔年他父亲所赐，价值万金，是他防身保命的大杀器，过往仗着这东西，甚至阴死过两个凝元境的散修，至于炼气境的修上更是见一个死一个，可谓是无往而不利的利器。

然而就在他准备要收割这个不知好歹触怒自己的混账小子，抢了那石萝灵草，甚至他心底还有几分冲动，待杀了这小子之后，就要找个地方将那惹火的女修就地正法，好好痛快地舒爽一番时，却骇然看到沈石不知如何突然警醒，一个提前翻腾退去，竟然是险之又险地躲过了这细鳞针。

侯远望顿时脸色大变，心中掠过一丝不祥的预感，下意识地想要大声叫出什么，搬出侯家来给自己撑腰的时候，猛然间却觉得眼前忽然一黑，一道诡异的黑光已经当头落下。

巫术，血毒术。

下一刻，侯远望忽然就觉得自己的脸上有些麻木，还有些怪异的痒，下意识地伸手一摸，再放到眼前一看时，却只见手掌之上赫然沾着几点血污，那血迹居然是黑色的。

"啊！"

忽然，一声惊叫从旁边传了过来，却是那娇媚的女修带了几分惊恐，看着侯远望的脸，身子隐隐有些发抖。

侯远望心中大惊，本能地觉得不妙，转身就想逃跑，至于那女修如今自然是顾不上了，但是身形才动了一下，突然眼前一片黑暗，那血污从他双眼中涌出，竟是什么都看不到了，而身子陡然间又是一沉，如千斤重担猛然压在身上，脚步一时间迈不出去。

术法，沉土术。

侯远望并非无知之人，虽然天资一般，但也修炼过，对五行术法也略知一二，此刻心中惊骇，又是满满地难以置信，这人的施法速度怎么会这么快？

然而在那女修的尖叫声中，这个疑惑很快就成了他最后的一个疑惑，险些大意丧命的沈石惊怒之下，此刻更不留手，五行术法全力施放，一个个术法光环瞬间亮起冲出，数息之间便是三个攻击术法放了出去，两个火球术与一个水箭术严严实实地打在了侯远望的身上，没有半点水分。

几声闷响，侯远望的身子竟被打飞了出去，胸口两团偌大焦黑，中间还有一个明显是水箭术穿出的血洞，火光水影间，竟是瞬间就被沈石杀死，没有半点还手之力。

过了片刻之后，一声闷响传来，侯远望的尸身从半空中无力地掉落在地，带起了几番尘土。沈石看了看远处的那张脸，微微皱了皱眉，虽然只有一个血毒术，但此刻侯远望的脸上黑色污血不停渗出，这个术法的威力，竟仿佛比他刚回到归元界的时候又强了几分。

沈石沉默了片刻，然后缓缓转身，面对着那个脸色惨白、满脸惊恐的娇媚女修。

那女子身子发抖，眼中满是惧意，看着沈石片刻后慢慢走了过来，她仿佛竟是克制不住地害怕，一下子坐到了地上。

衣裳凌乱，身躯微颤，就连胸口的那抹雪白粉腻也露出了更多的柔软，峡谷峰峦，仿佛令人望之一眼便会着火一般，天生便是诱惑男人的魔鬼之处。下一刻，她嘤嘤哭了出来，一下子扑到沈石脚边，身躯乱颤，春光流淌，楚楚可怜地对沈石哭着哀求道：

"别杀我，别杀我，你要我怎样都可以……"

第二十章 ■ 来历

沈石后退了一步，只觉得眼前似乎都是那片有些耀眼却柔软的白色光芒，亮得有些刺眼，这一生中，他还从未真正见过一个女人这般清凉诱人的模样，忍不住有些喉咙发干。不过他毕竟还算冷静，片刻之后，略微移开视线，冷冷地道："你先起来。"

那女子却仿佛受了极大的惊吓，一声声哭泣不止，只坐在他身前哽咽道："前辈，你别杀我，饶我一命吧。"

沈石皱了皱眉，道："你叫我什么？"

那女子偷偷抬眼看了他一下，啜泣声并未停下，在那边只哭道："前辈，我们有眼不识泰山，不知道你是凝元境的前辈，所以……"

沈石忽然打断了她，道："你怎么知道我是凝元境的道行了？"

那女子怔了一下，小心地道："如果……如果你不是凝元境的道行，施法的速度怎么会这么快？"

沈石没有再说什么，这中间，那女子提心吊胆地坐在地上，一动也不敢动，生怕稍有不慎就会触怒这个看起来年纪轻轻，但杀起人来却狠辣果决的年轻人。过了好一会儿之后，才听到沈石淡淡地道："这个侯远望是什么来历，跟侯家又是什么关系？你给我说一下吧。"

那女子之前哭得梨花带雨，娇媚中带着楚楚可怜，又是另有一种风姿柔媚，只是看来沈石似乎并没有像普通男人那般欲火焚身的模样，心里也有些没底，这时听到沈石这般问话，在他目光逼视之下，这女子犹豫了一下后，还是一五一十地说了出来。

原来这侯远望，还真就是侯家人，出身也并非旁系，他的父亲正是如今侯家的家主侯永昌，并且论辈分，他还是侯永昌的第一个儿子，这一声大公子的称呼，便是由此而来。

不过凌霄宗上下包括流云城内外，众多世家圈子里，所有人都知道的一件事就是，侯家嫡系大公子这个名号，是落在侯远良身上的，而这侯远望反而不为人知。这其中的缘由其实很简单，侯远望乃是侯永昌昔年一时贪欢与外室女子所生的私生子。

其实世家高门这种事也不少见，有权势的豪富很多都有三妻四妾，普通世家遇到这种情况，往往就算是姜室所出当作庶出长子养着，毕竟也是亲生骨肉。只是事情到了侯家这里，却又是与众不同，因为侯永昌其后大婚乃是世族联姻，所娶的正妻乃是孙家的嫡女，换句话说，就是如今凌霄宗风头极盛的孙明阳孙长老的女儿。

孙家如今那是什么声势，这数十年间早已压过了所有附庸世家，哪怕是侯家，在孙家面前也是要避让三分的。而侯永昌所娶的这位孙家大小姐性子桀骜，是眼中断不肯容一粒沙子的性子，再加上娘家又很强势，据说她本人更是深得明阳真人的疼爱，向来娇宠，所以嫁到侯家之后没过多久，便将侯永昌收拾得服服帖帖，丝毫不敢有二话。

而孙家大小姐在婚后不久，很快便怀上了身孕，一路顺顺当当地诞下麟儿，便是如今的侯远良了，这一来，她在侯家的地位更是稳如泰山，在侯家颐指气使，谁都不敢逆了她，谁都知道如今侯家当家做主的乃是主母大人。

也就是在这般情形下，侯远望被早早赶出了侯家大宅，有家不能回，境遇可谓凄凉。不过总算侯永昌心怀恻隐，虽然畏妻如虎，但私下里还是偷偷派人照顾着自己的这个儿子，并且由于多少心里有些愧疚，所以一直以来对侯远望也是惯着，除了严令他不得做任何冒犯孙家小姐的事情外，其他的也就懒得多管。

侯远望自小这般长大，无人管束，性子渐渐顽劣，待成年之后更是变成了流云城中的小恶霸，常常打着侯家的名号为非作歹，欺男霸女的事没少干。不过他还是有点心眼儿，欺压的都是普通凡人或是道行低微的散修，所以这些年来虽然名声很臭，但仗着侯家的威名，居然也没人能奈何得了他。

至于这个女修，据她自己所说名叫凌春泥，乃是近日路过流云城中的一介平凡散修，前些日子被侯远望这个恶棍看上，百般逼迫，手段恶劣，不得已只好虚与委蛇……

前头侯家的事沈石听得微微摇头，对这些附庸世家高门大族里的龌龊事懒得理会，但听到后面凌春泥说到自己的时候，却是明显言不由衷，一下子便听出了破绽。沈石绷紧了脸追问几句，中间还吓了她一下，让凌春泥又险些哭了出来，最后才不得不承认，她其实是流云城本地人氏，自小就在流云城中长大，因为一个巧合机缘得了些不起眼的传承功法，修炼到现在也就是勉勉强强到了炼气境中阶。

散修的路不好走，凌春泥也不例外，双亲早逝形单影只的她根本没有能力赚取到供自己修炼的灵晶，甚至有的时候连养活自己都有些艰难。后来长大以后，她发现自己虽然什么都没有，但还有一张漂亮的脸和一副能让许多男人垂涎的身材，为了这份欲望，很多男人愿意给她灵晶。

而她渐渐地，也就习惯了这种生活，至于和侯远望之间，倒还真是侯远望偶然遇见她后顿时垂涎这份美色，而凌春泥也看中了侯远望的大方，这男人天资一般，但总能从他那个老爹手里拿到不少灵晶整日享受，一来二去就勾搭上了。

沈石前后听了这么两个人的故事，觉得两个人都令人烦心厌恶，皱着眉头道："那你们为何来到大风崖，那侯远望还这般嚣张，看人一不顺眼就下死手？"

凌春泥摇了摇头，苦笑道："是他硬带我来的，平日我道行太低，又根本不会什么防身之技，所以向来不出流云城。他看在城里我一直吊着他胃口，不肯……那个，所以就带我到这荒山野岭的地方，怕是想……"

话未说尽，凌春泥低头不语，沈石却是听明白了她的意思，想来凌春泥觉得这侯远望也是个人傻钱多的家伙，平日在流云城中就一直吊着他的胃口，只想从他那里多拿灵晶，结果侯远望似乎也不是吃素的，不知使了什么法子，硬是将凌春泥带出城到了这大风崖来，想必也是心怀不轨。

只是沈石转念一想，这女子似乎也猜到了侯远望的心思，但最后还是跟了过来，只怕那心思也是半推半就的结果，就想傍着侯远望以后多拿灵晶才对。

这一男一女，看来都不算是好人。

沈石这里沉吟思索，那边凌春泥却是忐忑不安，她道行低微，向来靠着美色混迹于强大修士间，最会察言观色，此刻看着沈石表情，似乎有些不太好的意思，心中顿时一沉，一双柔媚眼眸中顿时又涌起了一阵水雾，期期艾艾地在沈石身前哭了起来。

沈石此刻烦恼的却是侯远望，刚才是这厮主动挑衅要抢自己的石萝，随即更是悍然暗算下了死手，显然是个嚣张跋扈惯了的主儿，沈石并没有后悔杀了此人，说来也是废话，不杀他自己岂不是就要被他杀了？但是这侯远望毕竟姓侯，还有个侯家家主的老爹，只怕传扬出去，自己麻烦会不小。

凌春泥嘤嘤哭泣着，看到沈石皱眉不停望向侯远望的尸体，面上露出犹豫不决之色，她心思却是灵动，片刻间居然就想到了什么，一下子站了起来，道："前辈，你……你若是放了我，我对天发誓，绝不会对第二人说起今日之事！"

沈石冷冷地看了她一眼，眼中却并无几分相信的意思，凌春泥咬了咬牙，道："我知道前辈你还不放心，但这事春泥明说了吧，就算我回去报信给侯家，他们固然会来找你的麻烦，但是，一来我还不知道你的来历，找也找不到。二来……"她惨然一笑，道，"侯家那种世家，这种事太过丢脸，得了消息之后，不管能不能报仇，只怕都会先害了我的性命，然后绑上石头丢到海里去了。"

沈石这时才微微动容，看着这个女子，却是有些刮目相看的意思，想不到她道行平平，眼光居然还不错，看来虽然散修境遇惨淡，但每个人都有自己挣扎求生的渴望与想法。

"请前辈饶我一命……"她又拜了下去，娇柔可怜，衣裳拂动，又露出了大片春光，峰峦峡谷令人遐思。沈石犹豫了片刻，终于觉得自己似乎还是有些做不了这个杀人灭口的手段，至于说是良心不忍，还是真的被这女子妖媚脸庞、惹火身材所触动，却是不好说了，但是沈石自己觉得还是前者吧。

他不愿再多待在这里，转过身子，对小黑招呼了一声，便大步离开，走之前最后叮嘱了凌春泥一句，道："记住你自己的话，管好自己的嘴巴。"

看着沈石的背影渐渐走远，凌春泥一直紧绷的身子这才缓缓松弛了下来，如释重负般地长出了一口气。她站在原地，目光有些茫然地看过四周，忽然落到那个扑倒在一旁地上的侯远望的尸身上。

凌春泥盯着这具尸体看了半晌，忽然一下子冲了过去，没有半点顾忌平日最在乎的那点娇美柔弱的气质，一脚踹上侯远望的脑袋，同时口中恨恨地道：

"混账东西，还想到这地方占老娘的便宜，死了活该！"

第二十一章 ■ 救人

在这大风崖转了半天，眼看快到了黄昏时分，虽然天光仍是亮堂，但太阳已经偏西，映红了几朵西边天际的晚霞。

沈石从山顶走了下来，小黑猪跟在他的脚边，看起来精神头还不错，只是沈石的心情却是不太好，这一日下来的收获比他早前所预想的要差了许多，迄今为止在他如意袋中收获的灵草只有九棵，其中仅有一棵二品灵草，就是那根石萝。

造成这情形的主要原因当然还是小黑猪办事不力，自从得了一颗灵晶，这小东西顿时就懒得不行，哼哼唧唧敷衍了事，让沈石也是无可奈何，同时也让沈石早先想好的赚钱大业、暴富美梦化为泡影。

所以此刻沈石看小黑猪特别不顺眼，小黑猪却似乎一点也没感觉到，一路小跑地跟在他的脚边，不时还凑过来磨蹭两下，看起来十分亲热的样子。

沈石对此也是无奈，抱怨了几句后，终究还是苦笑着摇了摇头，轻轻踢了一下小黑猪的屁股之后，便继续向大风崖外头方向走去，同时心里暗自想着：看来想靠着小黑猪寻找灵草来大量赚取灵晶这条路子是不太行得通啊，可是眼下除了这法子，自己也没有其他更好的赚钱路子了。

难道要去流云城中售卖符箓吗？

沈石轻轻地摇了摇头，卖符箓这件事他并非没有想过，但是很快就被自己否决了，虽说以他如今的能力，在制作一阶的五行术法符箓上确实不错，但是，一来制作符箓消耗的精力还是颇大的，特别是大量制作符箓，只怕会影响到自己的修炼；二来符箓虽说价格不菲，但是用途却不大，非修炼过相应五行术法的修士不能使用，而以五行术法如今式微如此，会购买符箓的人同样很少。所以制作一些符箓卖钱或许可以，但是想要大量出售，却是哪一家商铺都不会购买的。

最重要的是，天底下制作符箓之艰难那是众所周知，自己突然冒出来好像能短期之内制作大量符箓的样子，只怕很快就会被人察觉不对，进而详查的话，搞不好反而会暴露自己修炼了阴阳咒的秘密。

所以这条路是走不通的，沈石心中权衡思索，眉头紧皱，一时间对自己未来的赚钱大业很是悲观，心里想着难道最后还是只能冒着风险去找一些妖兽聚集的地方狩猎吗？

修行之路，果然还是艰难曲折，平凡人家出身的修士与那些出身世家的子弟比起来，真是只在起跑线上便输了太多了。他心中正在犹豫叹息的时候，忽然听到前方猛地传来一声尖叫，带了几分惊慌。

沈石皱眉看去，只见此处离大风崖周围山势出口的地方已经不算太远，而那声音传来的地方和自己隔了一个林子，远倒是不远，但被茂密树林挡住，一时也看不清那边发生了什么事。

说起来这一天待在大风崖，他倒是也看到过几次同样来到这里的修士，不过天底下道理都是一样的，荒山野岭相遇之后，并没有人有心思问好，反而都是互相警惕小心，拉开距离各走各路了。

大多数时候，城池之外便是个无法无天的危险地带，由不得人不小心。不过沈石见过几次来到大风崖的修士之后，却发现了一个共同点，那就是似乎其他到此的修士几乎都是炼气境的散修，再仔细一想，果然还是有一些道理，这大风崖虽说出产不少灵草，但品阶偏低、价值不高，偶见三品灵草那也是走了大运，概率小得可怜。这样的地方，也就是因为相对安全一些的缘故，会吸引道行较低的散修过来，而实力稍强些的门派弟子与世家子弟，一般是不会来这里的。

这般说起来，前头那侯远望带着凌春泥来到大风崖，似乎还真是挑了一个好地方啊，不过那动机想必不纯，心思龌龊。一念及此，沈石忽然心中一动，似乎想到了什么，而这时恰好林子那边又传来一声呼喊，这一声却是清晰多了，直接喊出了"救命"二字，并且沈石也听了出来，这声音似乎就是之前的凌春泥发出的。

沈石脚步顿了一下，心中有些犹豫，但过了片刻，他还是转了个方向，向那边快步走了过去。不管怎样，有侯远望那件事情在，凌春泥始终是个麻烦，到底出了什么事，还是看看的好。

眼前这片树林并不大，沈石很快就绕了过去，看到了另一侧的情景，顿时眉头一皱，脸色沉了下来。

只见林边一块空地上，凌春泥倒在地上，秀发凌乱、衣裳破裂，正在拼命挣扎，而在她身上却压着一个身强体壮的男子，此刻哈哈淫笑，面色狰狞地将她按住，用力撕扯着这个惹火尤物的衣服，看来是想一逞兽欲。

凌春泥脸色苍白，手脚并用，拼命抵挡着，只是那男子显然力量远胜于她，将她牢牢按住，随着撕衣声不绝于耳，眼看着凌春泥白皙的身子春光无限，就要被他撕扯干净了。

这荒郊野外的场所，真是无法无天的所在，眼前的一幕再一次让沈石见识了散修世界的残酷，只是或许他还年轻，或许他血还未冷，又或许他根本就是仅仅认识那个挣扎的女子而已，所以他看着这一幕很不顺眼。

"哼！"

忽地，一声冷哼从旁边传了过来，正欲火焚身的男子吓了一跳，转头看去，只见一个年轻人带着一只全身皮毛油亮的小黑猪站在前头不远处，正冷冷地看着这边。而凌春泥也随即看到了沈石，顿时脸上掠过一丝惊喜之色，忙不迭地叫道：

"前辈，前辈救我，救我啊……"

沈石长这么大，也就是今日被这个娇媚女子连续叫了好多声前辈，年纪轻轻的被这么叫，总觉得有些怪异，不过现在当然不是想这些无聊念头的时候。

此时那个强壮男子仍未放开凌春泥，兀自按着他，怒目瞪向沈石，怒道："给老子滚，没看到老子正在干什么吗？"

沈石眼睛微微眯了一下，看着这个男人，眼中掠过一丝厌恶之色，随即向前踏出了一步，冷冷道："我要是不走呢？"

那男人怔了一下，似乎想不到沈石如此强硬，上下打量了一番沈石之后，眼中似乎清醒了一些，忽地冷笑一声，道："这位小兄弟，莫非你也是想尝尝鲜，荒郊野外的，看到这么个水灵灵的女人，可是不容易。这样吧，便宜你了，就站在一旁，等老子用过了，再给你用一下，如何？"

倒在地上的凌春泥忽地又用力挣扎了几下，那男人注意力正在沈石身上，一时不察，居然被凌春泥翻了出去，跟跟跄跄爬了起来，凌春泥一边一只手胡乱遮掩着胸前掩饰不住外泄的峰峦春光，一边快步跑向沈石，同时喊道："前辈，救我。"

那男人眼中凶光一闪，便向凌春泥背后扑去，眼看几步就要追上的时候，眼角余光猛然看到一记火球突然斜刺里飞速冲来，他登时大吃一惊，这才多久，如何能够施展一记火球术？

行走天下的人，特别是散修，最要紧的便是见识和眼光，电光石火间，这个男人震骇之余，下意识地便向后扑去，但那火球速度极快，来得有些迅猛，他堪堪避过了要害，却是避让不了全部，一下子被撞上了肩膀。

只听"砰"的一声，这男人整个身子横飞了出去，同时隐隐传来骨碎的声音，看来这一下伤得着实不轻。而这男的显然也是受了惊吓，大叫一声，从地上跳起来就跑，虽然半边身子看去很不协调，但拼命逃窜之下，还是很快就冲到了那片林子中，亡命逃去。

沈石向那边看了一眼，皱了皱眉，也就没有再追杀过去，目光转了回来，落到了好不容易跑到自己身旁，仍是惊魂未定的凌春泥身上。

片刻后，他面无表情地转过了身子。

凌春泥此刻的模样实在是有些狼狈，发鬓凌乱，几缕黑发还垂落到脸上，身上的衣裳本就清凉，再遭此劫，越发不堪入目，袒露出大片大片的雪白肌肤，说是衣不遮体也不为过。

原本她就像是一只受惊的小鸟般靠近沈石，但是看向沈石的眼中仍带着浓浓的戒心与害怕，直到沈石转过了身子似乎没有看她身子的意思，她才在一怔之后脸色缓和了一些，眼里的戒心也少了不少，但是仍旧没有完全褪去。

她双手捂在胸口，只是虽然如此，仍是遮挡不住那傲人柔软的峰峦春光，低声道："前辈……多谢你救我一命。"

沈石背对着她，哼了一声，道："白天我已经饶你一命了，为何还不速速离开，到现在还滞留此地？"

背后的凌春泥沉默了片刻，道："我……我是把侯远望埋了，这才耽搁了时间。"

沈石一怔，转过身子看向凌春泥，道："你把他埋了？"

凌春泥捂着胸口，却是坦然点头，道："是，不然的话万一他尸身就那样落在那里，被人找到回报侯家，怕是会横生枝节。"

沈石盯着她看了一会儿，道："你之前既然与他在一起，难道就没人知道吗？"

第二十二章 ■ 消息

凌春泥脸颊微微红了一下，轻声道："他是最近才看上我的，今日出城也是不怀好心，所以避开了所有人的耳目，没人知晓我跟他的关系。"

沈石缓缓点了点头，沉吟片刻之后，又看了看有些狼狈外加凄惨的凌春泥一眼，犹豫了一下后，伸手去腰间摸了一下，却是从如意袋中取出了一件长衫，然后丢给凌春泥，道："你先穿着遮体吧。"

凌春泥连忙接过，只是手足动弹间，那白腻丰腴又是不小心显露出来，沈石转过身走到一旁，只听后头衣裳窸窸窣窣声，过了一会儿，才看到凌春泥走了过来。

这件衣服是沈石平日所穿的便服，如今他身量已然长大，这衣服穿在凌春泥身上便有些稍显宽松，不过凌春泥本来也是个丰腴女子，所以虽然袖子和下摆有些长，但总的看上去居然也不算太别扭，勉强也算是合身。

而穿上了这件衣服，凌春泥走过来之前又稍微整理了一下仪容，归拢了一下纷乱的发丝，那诱人娇媚的容色又显露出来了几分，而她看向沈石的目光似乎也比之前温和了一些，似乎对沈石并不像大多数男人那般，看着她就是眼中冒火的模样而感到了一丝放心。

不过今日在这大风崖里连着受到惊吓，凌春泥显然有些心有余悸，此刻看着天色不知不觉已是夕阳西沉，她带了几分小心，对沈石低声道："前辈，你……你现在要回城了吗？"

沈石沉吟了片刻，点了点头，在这大风崖继续待下去看来也没什么意义了，收获实在不大，小黑猪这家伙真是靠不住，加上晚上郊外也比白日间危险不少，还是去流云城中比较安全。

凌春泥偷偷看了他一眼，道："那，我跟着你一起走，好吗？"

沈石看了她一眼，凌春泥微微咬唇，下意识地露出几分带着媚意的笑容，眼波似乎也有几分朦胧，沈石摇了摇头，迈步向前走去，同时口中道："走吧。"

凌春泥怔了一下，连忙跟了上去，同时心中没来由地恼了一下，只是自己也不知道自己生什么气。

两个人一前一后，顺着山道一路下山，终于离开了大风崖这片山脉，往流云城方向走去。

或许是因为道行低微的缘故，凌春泥的行走速度明显比沈石要慢不少，经常走着走着就落下了不少，每到这时沈石就不得不停下等她赶上来，而凌春泥看着天色渐黑，也是咬牙坚持着，并没有多说什么，这倒是让沈石有些刮目相看，似乎这女子也并非全然是娇生惯养只会靠男人享受的。

一路上两人都是默不作声，沈石是不想说话，凌春泥则是带了几分小心翼翼，看着沈石的脸色不敢多说，生怕没来由地惹了这个年轻人被他抛下，这荒郊野外将近黑夜的时候，谁也说不准会不会又有什么妖兽或是比妖兽更凶残的散修跑出来。

因为凌春泥的拖累，当他们远远望见流云城的城墙的时候，天色已经差不多黑了下来，不过看着那座城池，两个人还是都松了一口气。

沈石心情好了一些，看着在自己身旁辛苦咬牙赶路的凌春泥，便随口道："你平日都是在这流云城里修炼的散修吗？"

凌春泥应了一声，道："是啊。"

沈石默然片刻，忽然道："那你过往都是这样靠着那城里的男人来赚灵晶的吗？"

凌春泥的脸色变了变，或许是沈石今天救了她，又或许是这片黑沉沉寂静的夜色里有几分格外的安宁，她沉默了一会儿后，脸上的娇媚之色不知为何收了起来，淡淡地道："是，我一直都是这样的，因为除了这副身子，我不知道自己还有什么本钱。"

"哦……"沈石又沉默了，凌春泥拢了拢衣襟，似乎觉得夜色里有些凉意，只是当她转头看向沈石的时候，却意外地没有从这个年轻男子的脸上看到往日惯常看到的轻贱与鄙视。

那样的表情，她过往看到了很多很多，甚至在一些垂涎她肉身兽欲勃发的男人眼中，她也看见过。

可是他却只是"哦"了一声，其他什么表情也没有，莫非这么淡漠，也是轻视的一种吗？

她在心里静静地这么想着，然后带了几分自嘲，脸上重新浮现了那熟悉而惯有的柔媚笑容。

夜色渐浓，这个行走在黑暗里的女子忽然间胆子似乎也大了些，然后她看着沈石，突然笑着道："前辈，要不……我跟着你吧，看你年纪也不大，正是精壮的时候，会不会有时候需要女人呢？我一定会侍候好你的，而且我其他什么都不要，更不会想什么名分这些乱七八糟的东西，只要你平时给我一些灵晶就好了。"

沈石怔了一下，转头向她看来，凌春泥话说了一半，忽然间便有些悔意，只是话说出口，便收不回来了，硬着头皮说完了心里也有些乱，再看到沈石的目光望向自己，心里便是咯噔一下，但随即咬了咬牙，站直身子，还特意挺了挺胸。

夜色里，哪怕黑暗也似乎不能完全遮盖她丰腴身子的诱惑。

沈石忽然笑了笑，然后道："我很穷的，灵晶自己都不够用，养不起你。"

凌春泥脸上露出几分失望之色，但心里却松了口气，只是似乎又觉得有些没劲，有些尴尬，两人说完之后都沉默了下来，许久没有再开口，只是一路向着流云城走去，眼看就要走到城下的时候，忽然凌春泥像是想到了什么，向沈石看了一眼，道："前辈，如果你想要赚取灵晶的话，我倒是知道一条路子的。"

沈石脚步一顿，带了几分意外，转头看向凌春泥。

"哦，说来听听？"沈石看着她，平静地道。

凌春泥倒是看起来有几分犹豫，但过了一会儿还是开口道："是这样的，我听说近日在海州东北边高陵山中，有人发现了一座前代大墓，里面有许多珍罕灵材陪葬，听说还有古代殉葬的道法秘籍之类，许多修士都去那边探险寻宝了。"

沈石有些意外，想不到凌春泥说的居然是这么一个消息，只是这等宝库墓藏的消息，在鸿蒙大陆上不知道有多少，真真假假实在难以分清，有的确实是上古洞府珍宝满库，有的则是子虚乌有人云亦云的虚假消息，相比之下，还是后者占了多数。

类似的消息，在他小时候还在阴州西芦城天一楼中的时候，就从那些在商铺里来往的散修口中听说了不知多少，所以当下也是笑着摇了摇头，没有放在心上。

凌春泥看他一副不以为然的样子，忍不住又道："前辈，我知道这种事有许多当不得真，不过这一次我是听侯远望跟我吹嘘的时候说的，而且他还说，那个大墓年代久远，占地阔大，里面妖兽鬼物极多，很是凶险，虽然过去的修士众多，但是未必能真的找到些什么，反倒是侯家那边似乎找到了什么门路，好像有一条捷径可以直通大墓深处。"

沈石顿时动容，道："侯家？"但是随即想了一下，却又摇头道，"不对，这种事肯定是极机密的，他哪里会随便对人乱说？"

凌春泥撇了撇嘴，道："我也不知侯远望究竟是从何处得知的，但是他确实这么说了，而且当时跟我说的时候还很是恼怒的样子，因为这种摆明了有大机缘、大造化的事，侯家却是不肯带上他一起去。"

沈石若有所思，低声道："哦，是因为没带他过去吗……"

凌春泥显然对那侯远望并没有太多好感，此刻冷笑一声道："他自己境界不过才是炼气高阶，却一直心比天高，平日里就老是抱怨都是侯家亏待了他，否则若是不惜一切代价栽培他，让他拜入凌霄宗门下，他一定不只是如今这般境界。"

沈石听到那"凌霄宗"三个字后，微微皱眉，但除此之外也没更多的表示，凌春泥又道："他说他最恼火的，就是这次侯家密谋过去探宝，所去者一族精英尽出，其中便带上了他那个同父异母的弟弟侯远良，更有甚者，侯家甚至愿意带上另一个旁支子弟侯胜，也不肯带他过去，所以他非常恼怒，在我面前发了好几次的火都是为了这个。"

"旁支子弟？侯胜？"沈石怔了一下，只觉得这名字颇为熟悉，过了片刻回过神来，想起了这不就是当年那个在拜仙岩上跟自己有过几句冲突的小胖子吗？

沈石还依稀记得侯胜有个老爹名叫老侯，是在流云城中南宝坊那里摆地摊做买卖的。当年还只有十二岁的沈石，就是无意中在老侯的摊位上发现了一个有着七叶金葵花残纹的罐子，几次三番讨价还价买了下来，这才发现了阴阳咒中的第一篇清心咒，所以才有了后来那许多事。

一时之间，往事都渐渐浮上心头，从他眼前一幕幕掠过，直到高大的城门出现在眼前时，凌春泥在他身旁叫了他一声，沈石才惊醒过来。

流云城乃是繁华大城，与那些小镇小城不同，便是夜深时分也常有人来人往，所以哪怕是在这黑夜，城门处仍然会开着一处小门供人进出。两人从那小门进了城，有了高大坚固的城墙在身后，顿时就让人有了一种安心的感觉，都是松了口气。

凌春泥看了沈石一眼，道："那……前辈，我就先走了啊。"

沈石点了点头，凌春泥犹豫了一下，又道："前辈你救了我，可我还不知道你的名字呢？"

沈石笑了笑，道："反正咱们也没想着以后再见，就这样吧。"

凌春泥默默地看了他一眼，也没有再说什么，随后转身向这座大城深处走去，黑暗弥漫在城池中的每个角落，很快就将她那诱人的身影掩去。

而沈石则是站在城门边，沉默伫立，目光炯炯，似在沉思着什么。

第二十三章 ■ 故地

斗转星移，玉兔西沉，当第一缕日光从天边落下，驱散这一夜的寒冷与黑暗后，这座城池看起来又恢复了生机，从睡梦中渐渐醒来。

商家铺面逐一打开了门，当到了辰时，流云城中已经又是一片热闹繁华的景象，特别是城中商铺最集中的南宝坊，更是人潮拥挤、修士云集。说起来，沈石虽然到了海州多年，但对流云城这座大城却实在是陌生得很，唯一有些印象的就是南宝坊这一两条街，过往多数时候，他都在青鱼岛上不能外出，而之后又意外去了妖界，直到今天，他才算是有机会能够真正随意地看看这座城池。

流云城自来有鸿蒙大陆"南方第一城"的称号，号称南方十六州繁华第一，城中东、南、西、北各有一处规模很大的坊市，商家无数，汇聚无数珍罕灵材，吸引了众多修士来此。而四大坊市中又以南宝坊最为热闹，包括神仙会的流云分店都开在这里。

沈石最初倒也想过去其他三个坊市转上一圈，但是走着走着，记忆里那点印象又浮上脑海，还是下意识地先走到了南宝坊这边。

七年过去，南宝坊这里繁华依旧，高楼林立、商铺遍地，众多灵材琳琅满目，令人目不暇接。而来来往往的修士人群与熟悉的叫卖声，让沈石心底涌现出一股带了几分亲切的熟悉感，仿佛又置身于儿时的天一楼中。

他的心情不知不觉好了许多，顺着长街一路走去，偶然间又会想起当初自己刚到这里的时候，还有那个屠夫跟着，却不知如今他去哪儿了。当然在他心里，更想念的还是自己的父亲沈泰，七年来半点消息都没有，像是完全从这个世界上消失了一般，也不知道神仙会究竟将他藏匿到了何处。

而造成父子分离的原因，当然就是他们招惹了一个元丹境的大真人，阴州玄阴门里的那位李老怪，更不用说，自己的母亲当初难产而死的缘由，也与李家有关。想到这里，沈石的脸色略显阴郁，只是那个元丹境的境界实在太强太高，自己想要报仇，看起来仍是遥遥无期。

他在心底叹了口气，轻轻摇了摇头，暂时放下了这些烦恼，继续向前走去。

神仙会那肃穆高大、鹤立鸡群般的高楼，很快又出现在前方，与七年前相比，看来并没有任何的变化，而在门前来往进出的修士和当初一样众多，沈石挤过去看了一圈，顺便将自己如意袋中那些一品灵草卖了，只留下了石萝和前头另外两棵二品灵草，最后得了十颗灵晶，算是昨天一日的收获吧。

虽说这得到的灵晶实在不多，真要比较起来，甚至他当年在青鱼岛上的时候，去妖岛狩猎时的收获都比昨天一日忙活的要更多些，但……总比平日没什么门路的散修要好一点吧。沈石心里不无自嘲地这般想着，苦笑了一下，又在神仙会店堂里转了转，看了看那些令人垂涎不已的珍罕灵材灵丹妙药，最后郁郁不得志地闷头走出了神仙会分店。

这一路上，小黑猪都跟在他的身旁，不知是不是第一次来到有这么多人的地方，它看起来好像有些紧张，一直贴着沈石，也没有再像平日那般动不动就自己随便跑掉，可能是怕在这人多的地方与主人走失了吧。

出了神仙会，沈石带着小黑猪又是一路向前走去，同时眉头微皱着在心中盘算思索，满脑子想的都是怎么才能快速地赚取到更多的灵晶。采集药草这条路看来不是很有希望了，小黑这懒样，真是一点都不靠谱；符箓那条路隐患限制太多，能不走还是不走；难道真要去猎杀妖兽吗？

这般边走边想，走过一段路，沈石猛然间觉得前头喧闹声一下子大了许多，抬头一看，却发现自己不知不觉间又走到了长街尽头的那一处南天门，也就是惯例有众多散修摆摊的地方。

当初自己的那篇清心咒，也正是在这里从那个叫作老侯的人手里淘来的，也不知如今七年过去，那家伙是不是还在这里摆摊，不过想想或许不太可能了，毕竟老侯的运气不错，有一个拜入凌霄宗门下并且最后突破到了凝元境的儿子。

所谓父凭子贵，听说老侯当年不过是侯家一个远得离谱的旁支，但是有了这么一个儿子，甚至可能连侯家那个秘密探宝的行动都会带上侯胜，可见侯家对当年那个小胖子也是颇为看重，老侯如今的日子应该过得不错了吧。

物是人非，或许说的就是这般情况了，沈石在心底里笑了笑，迈步走进了这个杂乱又热闹非常的南天门。

流云城占地极广，热闹繁华，向来是海州重心所在。凌霄宗实力冠绝海州，山门虽在沧海千里深处，但在修真界看来，流云城便等于是在凌霄宗的家门口。

而凌霄宗门下众多附庸世家，也多以流云城为主要居住地，特别是几个实力强大的名门世家，历代都住在流云城中，甚至都可以称得上是这里的地头蛇了。

如今凌霄宗宗门之下，众多附庸世家里当然是以孙家最为鼎盛，其次是向来豪富的许家，而侯家本来似有衰颓之势，但是前些年家主侯永昌与孙家大小姐联姻，顿时家门声势为之一振，再无人敢随意轻视，至于这其中借了多少孙家的势头，那就不好说了。

这一日，侯家在流云城东城里的大宅里，聚集了不少人，其中以家主侯永昌和当家主母孙琴为首，都是装备妥当，一副准备出远门的模样。而自他们二人以下，大宅里还有二十多个人，几乎全是凝元境以上的修士，更有几位是神意境的高人。

这一支队伍拉出去，就算是在流云城中，也是要令人侧目退避的。

而人群之中，除了几位闭目养神的神意境大修士外，倒是两个最年轻的青年最是引人注目，当先那个英俊潇洒，剑眉朗目，正是侯家的天之骄子侯远良；而站在他身旁那个略胖的青年，是这几年侯家的一位后起之秀，名叫侯胜。

此番远行，侯家年青一代中在此的就这么两位，可见他们的前程必定已是板上钉钉了。

在众人羡慕的眼光中，侯远良风轻云淡，似是早就习惯了这种众星捧月般的场合，而侯胜看起来还有些不太适应，下意识地站在侯远良的身后，偶尔侯远良说些什么话的时候，侯胜便连忙答话，看起来倒像是跟在侯远良身旁的一个侍从。

远处，侯家家主与夫人孙琴在最后吩咐好下人诸事后，便转过身来准备叫唤众人出发，看了一眼远在人群中的儿子侯远良后，孙琴的眼中满满慈爱疼惜与骄傲，侯永昌的目光却相对复杂一些，虽然也有疼爱之意，但不知是不是想到了其他什么，没来由地忽然轻轻叹了口气。

与前头神仙会分店和众多商铺云集的南宝坊热闹长街相比，南天门这里明显是杂乱无章，许多散修都是直接拿出一块布往地上一铺，就算是占了一块地盘摆了一个摊位，然后放些乱七八糟的灵材，就在那儿耐心地等着客人光顾。

不过说到灵材品质，这里的东西和南宝坊那边还真是没法比，许多灵材一眼看上去不但品相差劣，甚至多有缺损，不过想想也是，如果真是上佳灵材，自然有的是法子售卖出去，哪里还会拿到这里来？要知道，南天门这边的灵材价格，通常都比南宝坊商铺里的灵材要低三成左右。

不过东西多了，自然就会有一些好货出没，反正许多年来，南天门这里淘换出珍罕灵材一日暴富的故事可是流传不休的，吸引了无数窘困的散修来此做着那白日发财的美梦。

沈石在灵材上的眼光，那是打小就磨砺出来的，南天门这里普通的灵材甚至有一些是被无良摊主散修故意翻新做旧或是加以混淆的假货劣货，一般都瞒不过他的眼睛。但是受骗虽然不会，想要从这里淘到传说中的沧海遗珠、天材地宝，那真是需要天大的运气，比如七年前来到这里的自己。

如此闲逛了半个时辰，沈石假货、劣货、各种低阶灵材看了一大堆，真正入眼的却没几件，好不容易有个看上去品相不错的二品灵矿"铁魂晶"，但是那摊主却是当命根一般做了镇摊之宝，不管谁来都是一口咬定两百颗灵晶不肯松口，沈石也只能摇头离开。

又走了一会儿，还是没有什么收获，沈石准备离开，说不上有什么失望之情，天底下的好事哪能都被他一个人占去。南天门这种地方，假货、劣货才是主流，找不到好东西才是正常的吧。

他转过身子，折向南天门西面，正想着是不是从那边离开这里，顺便拐到流云城西城那里的坊市再看看的时候，忽然眼角余光扫过旁边一角，初时并未在意，脚步也仍然上前，但是这样走出四五步后，他忽然身子一顿，眉头皱起，似乎想到了什么，然后徐徐转过身来，看向了身后某个摊位。

那似乎是一个普普通通的散修摊位，看过去没有任何出奇的地方，同样是一块蓝布铺在地上，放着瓶瓶罐罐一堆杂乱东西，摊主看上去也不算特别起眼，就是脸上一块横肉看着有些凶，此刻正闲坐在地，张开嘴打了个大大的哈欠。

沈石忽然笑了起来，然后径直走了过去，在那摊位前蹲下，那摊主顿时来了精神，露出笑脸，道：

"客官，看上了什么尽管说，我这里有的可都是好东西。"

沈石微微一笑，目光在摊位上扫过一眼，然后却是看向这个摊主，微笑着道："好久不见啊，老侯！"

第二十四章 ■ 老侯

老侯脸上的笑容一滞，带了几分疑惑看向沈石，然而就在同时，当沈石随意地叫了他一声后，自己却也是一怔。当言语在心中想过的时候并没有任何的异样，可是当说出口时，这一声"老侯"却叫得异常熟悉，就好像在过往三年里，他在妖界中叫过无数次。

那个苍老、佝偻的老猴妖，如今已经长眠在归元界的灰蜥林中，可是它的音容笑貌却仍然深刻印在沈石的心中，似乎一直都没有离开过，可是恍惚间，却又觉得过去了很久很久，天人永隔，这一生终究是再也见不到了。

一股莫名的情绪涌上心头，沈石茫然地看着自己身前的地面，只觉得心间突然一阵抽痛。

"喂，喂？"

几声叫喊，把沈石从回忆中惊醒过来，他抬头看去，只见老侯脸上满是诧异与疑惑之色，看着自己，道："这位客人，你认识我吗？"

沈石闭上双眼，深深呼吸了一下，片刻的沉默之后，当他再度睁开眼睛时，神情已经恢复了平静，看着老侯轻轻笑了笑，点了点头道："是啊，不然我怎么知道你叫老侯？"

老侯盯着沈石看了半晌，却显然已经认不出来这个年轻人是谁或者是干脆就已经忘掉了沈石这个人，皱眉想了半天，还是苦笑道："阁下恕罪，我确实是不记得你了，请问尊姓大名？"

"沈石。"

"沈石？"老侯抓了抓头，眉头却皱得更紧了些，看起来仍然没有太多的印象，看向沈石的目光中尽是疑惑。沈石笑了笑，在他摊位前蹲了下来，目光扫过那些大大小小、真真假假的灵材，然后微笑着抬头道："最近还有那种小罐子卖吗？"

"小罐，什么小罐啊？"老侯愕然问了一句，但是片刻之后忽然身子一震，像是想起了什么，却又有些不太肯定，瞪大了眼睛看着眼前这个年轻人，皱眉沉思，似乎在拼命回想着什么，指着沈石道，"小罐……小罐……难道是……那个什么来着，呃，是……对了，好像是有个……啊！"

忽地，老侯叫了一声，看向沈石，道："你……你是那个骗了我……宝罐的小家伙！"

沈石哑然，"呸"了一声，道："什么宝罐，那里面是什么东西你都不知道，就自己吹嘘是宝罐了吗？"

老侯看起来已经把当初的事想起了大半，此刻脸上神情也是复杂得很，显然事情过去了七年，连他自己都没想到沈石会突然出现在自己眼前，而七年间沈石早已长大，容貌、身材变化颇多，也难怪他认不出来。

只是片刻之后，老侯脸上忽然浮起一丝警惕之色，看向沈石，沉声道："臭小子，你今天找我莫非想来找麻烦吗？告诉你，当年那个罐子可是你自己硬要买的，如果一无所获也都怪你自己，别想栽赃到我头上！"

沈石一怔，倒是没想到这老侯居然还有这么一个想法，笑道："哈，你想的倒是挺多的嘛。"

"呸！反正老子不收旧货破烂，你休想再占我的便宜。嗯……"老侯本是一脸的不痛快，瞪着沈石冷言冷语，但忽然间像是想到了什么，脸色忽地一变，身子也向后缩了一下，道，"你现在道行不错了是吧，我告诉你，你别乱来啊，我儿子如今可是凌霄宗门下的凝元境弟子了，你要是敢动我，小心我儿子杀你全家！"

沈石翻了个白眼，摇了摇头，心想自己不至于看起来凶神恶煞的吧，还是说这些摆摊的散修历来都是见惯了各种恶事？当下叹了口气，道："我跟你儿子如今也算是师兄弟了，嗯……虽说关系一般，但还不至于对你干什么。"

老侯一抬头，面上神情看上去显然是吃了一惊，但是随即想起了什么，点了点头，神色也缓和了一些，道："哦，我好像记起来了，当年去拜仙岩的时候，你这臭小子也在那批小孩里面，嗬！想不到现在也出息了嘛，居然跟我儿子做同门了。"

沈石笑骂了一句，道："跟你儿子同门算什么出息啊？"

老侯却是得意得很，带了几分骄傲，道："我儿子那可是了不起的，和他同门也算你的几分运气。"

"好好好，不跟你争了。"沈石笑着摇了摇头，目光扫过周围的地摊，看着喧嚣嘈杂的这一处地方，感觉又像是回到了十二岁那年自己刚刚抵达流云城的时候，一时间颇有几分感慨。感叹之余，他随口对老侯问道，"喂，我说老侯，你儿子不是出息了吗，都是凝元境的宗门弟子了，你怎么不回家享福，还在南天门这里摆摊啊？"

不知是不是因为知道了沈石是凌霄宗弟子的身份，老侯对他的态度看起来温和了许多，闻言耸了耸肩，道："我儿子也早叫我休息享福了，但是我在这里干了几十年，闲不住，反正又不累，还有灵晶赚，就过来摆摆摊喽。"

沈石看了一眼身前他卖的那些灵材，笑道："你这是专门卖假货的吧。"

"呸呸呸，"老侯顿时火了，怒道，"老子在这里做了多少年的生意，你可别坏了我名声！"

沈石嘿嘿一笑，倒是没有再说下去，老侯发火之后，忽然间又像是有几分心虚，居然也没继续骂人了，目光有些讪讪。

沈石想了想，然后对老侯道："喂，老侯，问你个事。"

老侯抬眼道："什么事？"

沈石道："嗯，就是当初你卖给我的那个罐子……"

老侯立刻道："反正我不收破烂，你别想赖上我！"

沈石带了几分无奈，看着这个满脸都是警惕小心的家伙，苦笑道："我没打算把那罐子卖回给你，就是想问问，那罐子你当初是从哪里得来的？"

老侯一怔，刚想开口说些什么，忽然眉毛一挑，如火烧屁股一般跳了起来，大怒道："什么？那罐子里果然是有宝贝吗？可恨，当年果然是被你占了便宜，快把宝物还给我！"

沈石瞪了一眼这变脸比翻书还快的市侩家伙，"呸"了一声，面不改色地道："什么宝物，那就是个破罐子而已，里面什么都没有。"

老侯盯着他，一脸不信的表情。

沈石摊了摊手，道："你回头去问问你儿子侯胜，如果那罐子里真有什么厉害宝物的话，这些年来我在宗门里还会混得这么惨吗？"

老侯看了他半晌，半信半疑地再次坐了下来，哼了一声，道："那你没事打听那罐子的事做什么，肯定有什么企图！"

沈石打听那罐子的缘由，是因为在无意中看到老侯后想起了当年往事，顺便就想着打听一下这罐子的来历，毕竟那罐子里暗藏阴阳咒的清心咒篇，来历不明。只是这原因当然是不可能与老侯明说的，当下便没好气地道："我这就是路过这里看到你了，想到当年的事随便过来问问，你要是不知道就算了。"

说罢，站起来转身就想离开。

"喂，等等，等等。"声音从后头传来，却是老侯叫住了他。

沈石倒是有几分意外，回头看向老侯，道："咦？莫非你改了性子，愿意告诉我了吗？"

老侯眼珠子转了转，却是带了几分诡异的笑容，搓了搓手，道："算了，当初的事都过去那么久了，咱们就不提了吧。不过今天你过来问我呢……"

说到最后一个字时，他的声音拖得很长，眼中也是含有深意，就那么似笑非笑地看着沈石，沈石看了他半晌，也是哑然失笑，重新在他摊位前蹲了下来，露出一抹会心的笑容，压低了声音道："你这是想跟我做生意？"

老侯立刻点头，笑得就像是一只奸猾老狗，道："咱们这些散修，什么生意不能做嘛，消息也是值钱的，你说对不？"

沈石点了点头，表示赞同，但随即瞄了他一眼，笑道："你想卖我消息，这是不想知道那罐子里到底有什么了吗？"

老侯脸上那块横肉微微抽搐了一下，露出了几分肉疼之色，但是随即叹了口气，道："当年看走了眼，被你这臭小子占了便宜，算我晦气啊，反正我再怎么说，想必你也不会跟我说实话的，不如我再卖你一个消息，能赚一点是一点。"

沈石沉默片刻，对这老侯倒是刮目相看，虽说看起来外表粗鲁俗气，但此人确实有几分小聪明，沉吟一会儿后，点了点头，道："行，我给你一颗灵晶，你把那罐子来历给我说说。"

老侯哼了一声，道："十颗灵晶！"

沈石"呸"了一声，道："你怎么不去抢啊？"

"那五颗？"

"不行。"

"最少四颗！"

"我走了啊。"

"你到底做不做生意啊，信不信我不告诉你消息了？"

"你烦不烦，最多两颗灵晶，不然这消息我不买了。"

"三颗行不行，就三颗吧，大爷？"

"……你别这么说话好吗，你儿子还是我同门师兄弟呢！"

"那你看在我儿子的分儿上，三颗灵晶！"

"你儿子看到我就没好脸色，还三颗灵晶呢，两颗！"

"……"

叽叽咕咕讨价还价了半天，一老一少两个狐狸一般的家伙，总算艰难地达成了一致，最后勉强算是沈石赢了一回，口干舌燥之后还是以两颗灵晶为代价买了老侯的消息，而老侯则是一脸的不情不愿，似乎贱卖了自己家里历代传下的传家宝一般，一脸痛惜悔恨的模样。

沈石从如意袋里拿出两颗灵晶丢给老侯，然后低声道："好了，快说说，那小罐子当年你是从哪里得到的？"

老侯一把接住两颗灵晶，慌不迭地藏入怀里，然后笑呵呵地道："不瞒你说，是我从别人手里买的……"

沈石眉毛一挑，对着老侯一瞪眼。

老侯连忙摇手，道："我话还没说完呢，年轻人你火气别那么大，一副说翻脸就翻脸的样子啊。"

沈石哼了一声，道："你说。"

老侯呵呵一笑，道："其实吧，那罐子是和其他十几件东西合在一处，看上去都挺有年头的古物，七年前有个外地的散修路过这里，没了灵晶修炼只好摆摊卖货，我看着那些东西勉强也能值点钱，就花了一颗灵晶都买下来了。"

沈石顿时皱起了眉头，那什么外地散修根本毫无来历，而且七年过去，绝对是找不到人影了。不过只听老侯带了几分得意之色，又开口继续说道："不过我当初也多留了一个心眼儿，多问了他几句，所以也知道了这些古物的来历。"

沈石顿时动容，道："快说，是从哪儿来的？"

老侯嘿嘿一笑，道："听说是那散修去一处山中挖药时，无意中挖到一座古代坟墓，但是里面并没有什么好东西，就这些不值钱的瓶瓶罐罐。"

沈石沉吟了片刻，道："那他当初有没有说是去哪一处的山脉？"

老侯怔了一下，皱眉道："呃……这个我倒是记不太清了，毕竟事情过去那么久了。当初那个散修是怎么说来着……呃……是去哪儿？好像……好像就是在海州这里，嗯，是北边吗？好像是北边一座大山里的……"

沈石忽然眉毛一挑，像是想到了什么，低声道："海州北边的大山？"

老侯摇了摇头，道："确实记不太清了，好像当年那散修就是这么说的。"

沈石沉默了，没有说话，老侯有些奇怪地看着他，过了一会儿后，沈石忽然长出一口气，站了起来。

老侯看了他一眼，道："你要走了？"

沈石点了点头，转身走了几步，忽然又回头对老侯问道："老侯，你儿子最近有回来看你吗？"

老侯怔了一下，点头道："有啊，昨天刚回来看我。我一直都跟他说，修炼要紧，没事就别下金虹山，安心修炼就好了，不过他就是这么孝顺！"

说到最后，他脸上已是带了几分欣慰的笑意。

沈石脸上露出一丝微笑，点了点头，没有再说什么，转身离开了这里。

第二十五章 ■ 擦肩

之前从凌春泥口中得知那个高陵山有前代大墓出世的消息时，沈石斟酌思索之后，本意是不去凑这个热闹的。这种消息已经散布出去的宝库墓葬，必然会吸引来大量心怀侥幸的修士，若是消息里所说的宝藏规模再大一些，那甚至能引来海州之外其他州土的修士过来探险寻宝，毕竟修真之路艰难曲折，若无天大机缘，绝大多数的修士终其一生都只能仰望仙境之巅而遥不可及，最后半途而废郁郁而终。

一步登天这种事，自古以来便有无数人心向往之，说是梦寐以求也不为过，哪怕这世间无数的现实早已清楚地说明，对绝大多数凡人来说，脚踏实地一步一个脚印往前才是正途，也是唯一的路径，但是每当鸿蒙诸界里有类似这样的宝库密藏消息出现时，却仍然会吸引来无数修士的关注。

这其中，无论是散修还是普通宗门弟子，其实心思都是差不多的。

沈石也并非完全对此不动心，只是他性子向来冷静缜密，想的东西便会多一些，如今高陵山那边在接下来的时日里必定会是修士云集的场面，自己的道行还不算高，真要去高陵山，且不说那里有宝藏的消息到底是不是真的，就算消息不假，但是成千上万的修士中，凭什么自己就能得到宝藏？

这种天上掉馅饼的事，沈石心里并不相信，所以他最后还是决定眼下以安心修炼为重，不想节外生枝了。

只是在南天门这里意外遇到老侯，在听到他所说的那个罐子来历之后，沈石却是下意识地联想到了高陵山的墓葬，或许并没有真的非常肯定的证据，但是沈石的心思却在那一刻，确实被再度撩动起来。

或许，自己心底其实也是不能免俗的，还是梦想着有一块大馅饼砸到自己头上吧？

沈石在走出南天门的时候，心里略带了几分自嘲地想着。

　　流云城多有世家世代长居于此，东城侯家就是其中颇有声望的一户。沈石并没有花费多大力气就打听到了侯家的大宅所在，一路走向东城，途中经过长街大道，来往行人密集，他衣着普通平凡，看上去毫不起眼，除了一直跟在他脚边的小黑猪有些奇怪之外，也不会有人多看他两眼。

　　侯家世代在此经营，本家老宅占据了城中极好的一个位置，占地也是不小，门外十多丈远就是一条热闹的大街，走到近处却又安静下来，可谓是一个闹中取静的风水宝地。

　　沈石走到了这条名叫侯门道的路旁，远远看着那高门大院，沉吟思索了片刻，还是继续顺着人流若无其事般地向前走去，旁人看不出他有什么异样，只是有意无意间，他的目光往那侯家宅院附近瞄着，同时脚步也是慢慢绕着这一处大宅转着圈子。

　　侯门道上行人如织，来来往往，除了宽敞的大道外，路旁也有许多或大或小的巷子，大的平坦整洁自成一体，还有商铺开在里头，小的却是阴暗幽深，看上去似有脏乱，也不知通往哪里。

　　沈石自己是不会在意这些不起眼的小巷，此刻他的心思差不多都在那侯家大宅上，既然事关阴阳咒，这篇妖族秘法对他来说却是至关重要之物，虽然希望渺茫，但是只看那清心咒与天冥咒两篇的奇效，就足以让他尽力去尝试一把。

　　当他从一个路口走过时，人群里对面走过一个女子，两人擦肩而过，沈石并没有察觉什么异样，但那女子在向前走了几步之后，忽然身子一震，却是回头带了几分讶色，向沈石的背影看了一眼。

　　这女子居然是凌春泥。

　　此刻的凌春泥已经换了一身衣裳，但与昨日她和侯远望在一起的时候，一身清凉惹火诱人的模样不同，此刻的她不施粉黛，衣裳也很普通，虽然脸上依然有柔媚之色，颇为美艳，但是衣服宽松保守，算是遮去了她最让男人欲火中烧的那种风情，在这长街之上沉默行走的时候，也就不太引人注目了。

　　刚才那一个擦肩，沈石并没有察觉到她，也是有她今日几乎改头换面的原因，和昨日的模样实在相差极大，不过凌春泥显然是认出了沈石，此刻她看着沈石的背影，很快就看出沈石似乎有意无意中看向侯家大宅。

　　看了片刻，凌春泥心里哼了一声，心想：这些臭男人，还不都是一个样子，昨天听自己说了侯家或许有一条密道可通大墓，今天便过来打侯家的主意了。

不过想归想，凌春泥却也没有任何揭破的意思，反倒是侯家此刻在她眼中更是令人厌烦，加上侯远望的死也是一个大麻烦，她巴不得现在离那户世家越远越好。

至于沈石……她耸了耸肩，有些无所谓地转过身子，人生一世不知要遇到多少人，管他的死活呢，跟自己又没关系。

不过好像自己昨天向他求饶时，摆明了一副任君采摘的模样，结果这家伙似乎没有动心的样子，这倒是少见啊……心里掠过这般的念头，凌春泥继续沉默而微微低首地向前走着，走过了数十丈后，便拐进了路旁一条小巷中。

这条小巷狭窄脏乱，两边高墙林立，以至于照到巷子里的光线也是不足，哪怕是在眼下的白天，这个小巷里看上去也是十分昏暗。而本就狭窄的路上，不时还能看见污水脏物，空气里也弥漫着一股奇怪的臭气，让人厌恶。

这个脏乱的巷子与外头那光明而热闹的街道相比，简直就是天壤之别，看得出来，平日根本就不会有什么人来到此处，左右都是无人。但就是在这昏暗脏乱的小巷里，凌春泥看上去居然十分熟稔，似乎这条如此脏污黑暗的巷子她已经走过了无数次一般。

黑暗在她的身后聚拢过来，悄悄掩盖了她窈窕的身影，不知不觉间远处那条喧闹大街上的嘈杂声渐渐远去。凌春泥走到了小巷深处，那里看上去似乎越发黑暗与脏乱，但是却有一处房门，居然有一户人家就住在这样一个地方。

凌春泥没有半分犹豫，走到那户已经残破的木门前，伸出白皙的手掌扶在门扉之上，雪白的肌肤与黑褐的木门形成了鲜明对比，然后随着"吱呀"一声，木门打开了。

"干娘，我回来了啊。"

凌春泥对着里面叫了一声，声音柔和，如果沈石此刻站在这里，或许会感觉得到这个女子此刻的话语声中，多了几分温暖，少了几分那刺激诱惑的柔媚。

"哎。"黑暗的屋子里，响起了一个苍老的声音，伴随而来的是几声刺耳的咳嗽声。

凌春泥脸色一变，快步走进屋子，迎接她的是一片深沉的黑暗，她立刻皱了皱眉，随即熟门熟路地走到一旁，也不知从哪儿取出了火石与蜡烛，"吧嗒"一声打着火，点亮了屋子。

昏黄的烛火慢慢亮了起来，照亮了周围，这是一间十分狭小的屋子，靠里头的墙边摆了一张床铺，占去了一半地方，除此之外，屋子里其他地方零乱地塞满了不少破烂东西，看上去很是窘迫的模样。

而此刻在床铺上躺着一个年老女人，头发花白而稀疏，面上皱纹横生，从面皮到露在被褥之外的干瘦手臂都如枯枝败叶一般，苍老得不成人形，在这片幽暗的光线里，犹如将死之人，甚至带着几分鬼气森森。

凌春泥看上去却似乎并没有觉得害怕，将手中的蜡烛往那张桌子上一放，坐到床铺边上，轻轻拍打那兀自在咳嗽的老女人的后背，柔声道："干娘，我不是早就跟你说了吗，这一点蜡烛不值什么，没什么好省的。"

那老女人干裂的嘴唇嚅动了一下，笑了笑，只是那笑容看上去却是让人颇有几分心惊肉跳，道："点了也没什么意思啊，这里的东西就那样，难道我还能看出什么花来？"

凌春泥强笑了一下，嘴唇微微抿起，脸上掠过一丝黯然之色。

苍老女人看着凌春泥那张如春花般娇艳柔媚的脸庞，默然片刻，慢慢伸出了手，拉住了凌春泥的一只手掌。凌春泥扶住她坐了起来，倚靠在枕头上。

老女人枯槁的手上青筋毕露、皮肤干裂，与凌春泥那只洁白柔润的手掌放在一起，对比分明，当她的手在凌春泥的手掌上轻轻抚动的时候，仿佛像一张生硬的砂纸冰冷地掠过。

凌春泥轻轻低下了头，贝齿咬紧，却是什么话都没有说。

过了一会儿，那老女人幽幽开口，轻声道："你更加漂亮了。"

凌春泥笑了笑，任凭她握着自己白皙温暖的手掌一言不发，可是那老女人却是清晰地感觉到，凌春泥的手心忽然间冷了些许。她看着凌春泥柔媚娇艳的脸庞，脸色苍白，声音里却也似带了几分凄凉，低声道："唉！早知道是这样，当初我就不该将那半张《梦昙图》交给你。"

第二十六章 ■ 亲庶

当夜色逐渐降临，黑暗淹没门前街道的时候，侯家大宅的后门悄然打开，然后有人走了出来，三三两两神色平静地走到了流云城中的大街小巷中，很快就被黑暗遮去了身影。

虽然看上去他们似乎是往不同的方向走去，但是如果此刻有一双能够看透黑暗的眼睛从高空俯视，便会发现这些从侯家走出来的人虽然或远或近向不同方向走去，但是到最后都会绕一个圈子，渐渐地向流云城北城门的方向聚拢过去。

约莫半个时辰后，流云城北门外一个僻静无人的城墙脚下，已经站着十几个人，多数人安静地站在那儿并没有说话，为首的一男一女则是目光不时望向城门处，每隔一段时间就会有一个或几个人影过来，一切看起来都很顺利，所以他们脸上的表情都很平静。

这一晚无月，却有满天繁星，仰望星空，似乎能看到一道星河横跨天穹，星光闪烁着温和的光芒，有一种令人沉醉的美丽。

不过这一群人中显然并没有人会去注意头顶的星空，借着夜空洒落的星光，可以看到那站在最前头的一男一女正是侯家如今的当家主人——侯永昌以及他的夫人孙琴。

又等了一会儿，在城门的方向再度响起了一阵脚步声，两个人影一前一后走了过来，当先一人年轻英俊，气度不凡，正是如今侯家的天之骄子侯远良，而落后他半步之遥跟在他身旁的男子，看上去身体强健，脸颊稍胖，依稀正是当年那个小胖子侯胜的模样。

只是如今这两个年轻人，都已经是登上金虹山的凌霄宗亲传弟子，道行境界都已经修炼到了凝元境，已经再非吴下阿蒙了。

看到他们二人过来，侯永昌点头微笑，孙琴目光落在自己这唯一的儿子身上，那一股慈爱疼惜之色，真是怎么都掩饰不住的。

侯远良看到他们这边的人群，连忙加快了脚步，走到父母身前，轻声叫了一句："爹，娘。"

跟在他身后的侯胜也赶忙过来见礼，孙琴只是微笑着拉着儿子的手，没怎么看他，倒是侯永昌对着侯胜点点头笑了一下，随后对孙琴道："人都到齐了，咱们走吧，别在这里耽搁太久。"

孙琴点头答应了一声，却舍不得放开侯远良的手臂，拉着他走到一旁，口中低声叮嘱个不停：

"小良，咱们这次去高陵山，虽说颇有把握，但那前代大墓里终究多有各种妖物怪兽，你一定要谨慎小心，如无必要，就莫要离开我和你爹身边太远……"

侯远良看上去却是颇有几分不以为然，年轻的脸庞上带了几分傲然之色，笑道："娘，我又不是三岁小孩了，老说这些做什么？"

孙琴哼了一声，道："你再大也是娘的儿子，干什么，说你几句不开心啊？"

侯远良缩了缩脖子，讪笑不语。孙琴平日在侯家威望素著，不但是侯永昌，就连她唯一的儿子侯远良也畏惧她多过其他人，此刻见母亲似有微怒之意，登时便缩了。

孙琴瞪了他一眼，道："总之你小心就是了，你记住，将来咱们侯家这份基业，都是要交给你的，前途远大，你自己也要特别珍惜，不然要是出了什么意外，小心这点基业都便宜了外人。"说完，她忽地冷笑一声，看了站在身旁的侯永昌一眼。

侯永昌面上掠过一丝尴尬之色，苦笑摇头，叹了口气，转过身子对后头人群道："闻大师，有劳了。"

人群中有人闷声答应了一声，随即走出了一个个头儿稍矮的老头，看上去干干瘦瘦的，但一双眼睛却是精光四射，而他这一现身，侯永昌与孙琴都是对他露出几分客气的笑容，显见是个身份非凡的人物，这才当得起侯家当家家主、主母的礼遇。

只见这位闻大师走到旁边一处空地上，看看周围没人之后，手往腰间一抹，随即便多了一件黑乎乎看不清什么形状的物件，然后只听他口中隐隐有些奇异语音发出，似乎在诵念什么咒文，一股若隐若现的灵力以他为中心，向周围弥漫开来，竟犹若实质一般。

这份化灵为实的手段，正是神意境的明显特征，显然这位貌不惊人的闻大师，实际上却是一位神意境的大高手。鸿蒙修真界中，元丹境以上的大真人自然是站在巅峰之上的那一小群人，道法通天足可移山填海，但到了那等境界的人物，通常都极少出现在人世间，多数是在仙山胜境中安心修炼，是以在绝大多数时候，神意境的大修士已然是通常能见到的顶尖人物。

侯家此番精锐尽出，队伍中甚至还带上了神意境的高手，可见家族多年积蓄的实力着实非凡，从另一方面也能看出侯家对那高陵山中所藏墓葬似乎有所了解，势有必得之心。

随着咒文念诵，那黑影似乎受到了什么刺激，开始缓缓长大，并且速度越来越快，不一会儿，在众人面前赫然出现了一艘浮空仙舟，前后数丈长，足可容纳大约二十个人，看上去竟然是一件极罕见的飞行法宝。

看着那浮空仙舟出现，侯永昌夫妇点了点头，对着周围人做了个手势，众人便都走动起来，纷纷向那仙舟走去。侯远良带着侯胜也随着人群走去，侯永昌落在后头，轻轻一拉孙琴，孙琴回头看了他一眼，道："怎么了？"

侯永昌看了她一眼，皱眉道："大事当前，你好好的又在小良面前说这些有的没的做什么，还给不给我这个当爹的留点脸面了？"

孙琴冷笑一声，面上露出几分冷峻之色，道："若不是我硬顶着，只怕你这次还想着要把那孽畜强行拉过来，对吧？"

侯永昌喷了一声，忽地压低了声音，但隐隐可以听出话语声中那点恼怒，道："小望他毕竟也是我的儿子！"

孙琴冷冷地看了他一眼，寒声道："是你儿子，跟我却没干系，反正我只知道，侯家这份家业以后都是小良的，别人再不要痴心妄想！"

"你！"侯永昌一时气结，但孙琴看上去却似乎没有半点畏惧紧张之色，只是淡淡地笑了笑，转身就欲走开，侯永昌还想再说什么，只是看着自己这位夫人的背影，怔了片刻，最后长叹一声，再也没说什么。

那声叹息，孙琴自然是听到了耳中，只是她并无丝毫动容之色，甚至脸上还挂着几分讥嘲之色，多年夫妻，她早就看透了身后那个男人，若不是靠着自己娘家，侯家哪里会有今日的风光，侯永昌他想造反？嘿嘿，再给他几个胆子吧。

她这里正想向仙舟走去，忽然在身旁不远处的野草丛里猛地响起了几声窸窸窣窣的声音，孙琴与侯永昌都是一惊，转头望去，片刻之后，只见那野草丛里草叶分开，钻出了一只全身黑乎乎的小猪，趴在草丛边上看了他们一眼，鼻子又嗅了嗅周围，似乎有些察觉前头这些人不是好惹的，低低地叫唤了两声，迅速就掉头跑了回去。

孙琴眉头一皱，脚步往前踏出一步，但就在这时，侯永昌从她身旁走过，看上去神色萧索，淡淡地道："大事要紧，那不过是一只寻常小猪，别多事了。"

孙琴举目眺望，只见夜幕之色，那小黑猪似乎跑得极快，很快就消失在这片夜色之中，也不知转眼间跑到哪儿去了。她默然片刻，又仔细看了一眼周围，神识缓缓扫过，确认这周围无人后，终于还是转过身子，走上了那浮空仙舟。

站在浮空仙舟最前方等待多时的闻大师看到孙琴最后一个上了仙舟，眼中精光一亮，手上做了个奇特法诀，一股灵力散发出去，片刻间这艘浮空仙舟下方数十处一起亮起光芒，晶莹剔透，正是修真界中所有修士都最熟悉的灵晶光辉，而且多数并非是单一的一颗灵晶，而是多颗甚至十颗以上的灵晶聚拢在一起，散发出磅礴的灵力，驱动这艘浮空仙舟向前飞驰而去。

光是这份消耗灵晶，只怕就是数目不菲，也只有侯家这等家境豪富的世家才能负担得起了。

星光之下，这艘浮空仙舟很快冲上夜空，速度越来越快，最后几乎化作一颗流星般从天际划过，向着北方迅捷飞去。因为是在城外，所以侯家一众人的动静很小，并没有惊动多少人，只是夜幕之下，仍然还有目光注意到了那一束流星般的光芒。

一个小小的黑色身影在夜幕黑暗中奔跑，越过高高低低的几个丘陵，一直跑到距离刚才侯家人登船处数百丈之外的一片黑暗树林边才停下脚步，正是小黑猪。

只见它看着这片黑色树林，嘴里哼哼叫了两声，片刻之后，一个人影从树林里走了出来，正是沈石。他蹲下身子，摸了摸小黑猪的脑袋，小黑用头顶了顶他的手心，嘴里似乎呵呵傻笑了两声。

沈石笑了笑，抬头看了看天空，只见那一道光芒已经远去，只留下了淡淡一丝残痕在夜幕之上。他看了一会儿，低下头望着小黑猪，道：

"小黑，有没有记住一点他们的气味？"

小黑猪看着他，似乎发了一会儿呆，然后点了点头。

沈石默然，左看右看这只小猪，都不像是靠谱的样子，只是刚才侯家那一批人中颇有高手，境界远胜自己，实在不能靠得太近，若想要跟踪他们而不被发现，也是难上加难，特别是当侯家人最后竟然掏出了浮空仙舟，更是让这种可能性变得半点不剩。

无奈之下，沈石只能硬着头皮让小猪过去随便闻闻，希望以它这种比狗鼻子还灵敏得多的嗅觉，能记住一点气味，跟踪是不太可能了，日后到高陵山中，说不定还能遇上呢！

只是这可能如今想想，是不是太过渺茫了，而且侯家人走得如此迅捷，等自己到了那高陵山中，搞不好人家都已经把最重要的墓葬起出来了。

沈石在夜色里看了看天空，也是摇了摇头，苦笑了一声。

第二十七章 ■ 雕甲

海州乃是鸿蒙大陆南方第一大州，地域极大，又兼灵脉充沛，修士云集，大城众多，繁华亦为南方第一。所以在数年前，掌握着仿制传送法阵秘法的神仙会从中看到了商机，破例在海州界内又修建了两座传送法阵，一座在海州西北的安丘城，一座在海州东北的高陵城，与海州南部的第一大城流云城形成三角对峙之态，也让庞大的海州之内无数的修士行走来往更加方便与迅捷，当然了，这其中神仙会赚到的灵晶，同样是数到手软。

高陵城，顾名思义，就知道这座大城离那座有名的高陵山脉不远，事实上，城池正是坐落于高陵山下。只是高陵山是一座十分巨大的山脉，绵延数万里，据说那传说中出世的大墓却是离这座城池相当遥远，是在山脉深处的某个地方。

多年来，高陵山因为物产丰富、灵材极多，吸引了远近众多修士前来，所以高陵城也已经变成了一座繁华大城。而最近这一段日子里，高陵城中的修士数量，似乎一下子多出了不少，甚至偶尔还能看到一些穿着奇装异服像是远道而来的外地修士。

从传送法阵里走出来的时候，衣着平凡普通的沈石并没有引起任何人的注意，神情平静地走到人流之中，像他这般看起来想要到高陵城这里碰碰运气的修士，一天之中不知道会有多少。

只是他脸色虽然平静，但心中却是在不停地盘算着，其实早前他也有些惊讶于侯家那一行人为何不走传送法阵，而宁愿大费周章地使用仙舟，不过等真到了高陵城这边一看，他心里也算是明白了几分。

如今这高陵城中本就修士众多，再加上这一段日子大墓出世的消息，无数散修和宗门弟子都是蜂拥而来，侯家人若是果然掌握了什么秘密消息，到了这里说不定反而会惹来旁人窥探，倒真不如干脆从头开始就自行用仙舟前往山脉深处，被人发现的概率就小得多了。

只是这样一来，自己想要找到他们并琢磨着占点便宜的念头就越发渺茫了。

摇了摇头，沈石在心底轻轻叹了口气，对自己这趟过来高陵山不禁有些后悔了，只是来都来了，还是就顺便看看吧，大不了就进山一趟到处寻觅一番，说不定会有些机缘，找到些灵草之类的灵材也不错。

下意识地将自己这趟的目标降低了之后，沈石振作了一下精神，看看天色，又看着满街行人，一眼望去，似乎都是修士，仿佛比在流云城中见过的还要多几分，不由得暗暗咋舌，心想果然这世间还是这种带着几分虚缈的宝藏传说最吸引修士，哪怕明知道希望渺茫，众人还是趋之若鹜。

沈石在街头逛了逛，便想着先找个客栈住下，谁知连续找了几家，才发现如今高陵城中所有面向修士的客栈已然全部爆满，根本没房间了。每一家店的老板和伙计都是笑得合不拢嘴，客气又抱歉地将他送了出来。

沈石也是无奈，不过看到与自己有着类似经历的修士不时就会出现几个，心情倒也不算太糟，自嘲苦笑几句，便去了城外，找了一处僻静林子，如过往在妖界里养成的习惯一样，藏身于大树之上。

茂密的树叶遮盖着他的身影，随着天色渐渐黑下来，一般人已是难以发现他的身影，除了偶然树上会有个黑乎乎的身影咕哝几声，哼叫几句，那是小黑猪有些发牢骚的样子。

四周一片安静，沈石静静地坐在大树之上，透过枝叶缝隙看着夜空，那里有几点星辰闪烁，似凝视人间的眼眸。

明天就要进山了，沈石摸了摸自己的如意袋，通过灵力可以感觉到如今安静地躺在如意袋中某个角落里那两篇阴阳咒的黑色卷轴，心里微微动了一下。可以说，如果这次不是牵扯到阴阳咒的关系，他是绝不会来到高陵山凑这个热闹的，只是如今看来，就算他这次过来了，希望仍然渺茫得很。

他沉默了很久，反复思索，也想不出自己除了出门进山碰运气之外，还有什么路可走，而显而易见的是，眼下高陵山中修士云集，风云汇聚，必定伴随着许多未知的风险。

怎么想来想去，似乎到最后，都是自己道行境界太低的错啊。

沈石撇了撇嘴，随手拿出一颗灵晶，在手上把玩了一下，但是随后似乎有些犹豫，最后还是摇了摇头，将这灵晶收了起来。此刻身在野外，并非是金虹山上自己的洞府中，哪怕眼下这棵大树看着颇为安全，但是真要修炼起来身心沉静其中的话，实在还是颇有几分风险，所以考虑之后，沈石还是放弃了这每日的修炼功课。

不过虽然不能引灵入体，但是引导体内灵力修炼一下神通道法还是可以的。

小黑猪躺在他身旁不远处的一个树窝里，皮糙肉厚的它似乎也不觉得硌，一副悠闲惬意的姿态，偶尔看看沈石，多数时间便躺在那儿，没过多久，它的呼吸声便开始稳定而漫长地传来，似乎是睡着了。

沈石深吸了一口气，盘膝坐好，神念内观，很快便窥视到自己体内那一座开辟不久的气海丹田，只见其中云气茫茫，如丝如絮，但差不多沉淀在气海下方一部分，可能是整个气海体积的五分之一。

这些云气便是沈石开始修炼至今所有吸纳入体的灵力了，当然，这指的是正常吸纳入体的那一部分灵力。至于他日后修炼了清心咒后能够一日之内再次修炼所得到的灵力，则是由于某种奇怪而不知名的原因，全都汇聚于他头上眉心的某个神秘窍穴里。

沈石沉默地自观气海丹田，忽然觉得这一处对修士来说至关重要的所在，似乎与自己眉心处的情况颇有几分相似，只是大小天差地别，但是从另一个角度来说，似乎眉心窍穴里的灵力凝实程度，却又要远胜过丹田气海里的灵力。

或许，这就是自己在炼气境时候施放五行术法的速度奇快的原因吗？

沈石默默地想着，沉思片刻后，轻轻呼出一口气，神念沉下，片刻之间，气海之中的那片灵力所聚的云气顿时从一片平静的状态，开始缓缓流动起来。

一丝一毫，弥漫飘荡，似有无形之风从远方海面吹过，荡起细细云海涟漪，一层一层，轻轻飘荡，在那云气深处，缓缓勾勒出了一个粗糙、模糊却又隐隐闪着几分暗金光泽的盔甲模样。

金石铠——凌霄宗亲传弟子入门十七种基础功法之一，防御力极强，传说修炼至大成境界之后，一旦施法，则全身如套上铠甲，坚不可摧，足可抵挡凝元境巅峰敌手的全力一击。只是说是这样说，到底效果如何，沈石自己也没见过。

而随着他潜心运转金石铠法诀，在气海中缓缓凝出那暗金光泽的气态铠甲之后，在他肉身之上，这一片黑暗之中，忽然也有一点极轻极淡的光芒掠过，带着一点金色光辉，从他肌肤上散发出来。

沈石静静地运功修行着，随着时间悄然流逝，在他丹田气海里的那一间暗金色盔甲云气也逐渐清晰起来，而相应地，在他肉身之外的那一抹金色光泽，似乎也亮了几分，远远看去，他似乎套上了一层虚无缥缈的光环盔甲，虽然那光辉实在是脆弱无比，看上去只要轻轻触动一下就会四散而去。

气海之中，灵力所汇成的云海缓缓流动着，将那件暗金铠甲包围在最中心处，似乎有一双无形的雕刻之手，在耐心而执着地雕琢着这件仍然粗糙无比的铠甲，只是这条路，看起来仍然漫长而遥远，至少在此刻，能够勉强看到清晰甲片的地方，似乎只有胸口的那一处位置。

而在沈石肉身之外，那淡淡金光浮起又沉落，也是在他胸口处，那一点光芒看起来比其他地方会亮一些。

差不多过了半个时辰，气海中的云气忽然停滞下来，随后如风卷云散，那铠甲瞬间散落，化为与周围并无不同的云气，消失不见。

沈石轻哼一声，身子微微抖动了一下，这才睁开了眼睛，几乎同时，他身上特别是心口那里的微光，也随之散去。

道法神通的修炼，从来都不是一件简单的事，沈石对此倒是早已有了充足的思想准备，金石铠这种道法神通，保命功效那自然是一等一的，只是要修炼成功，却还是需要许多时日的勤奋修行与雕琢。

那种一步登天的传说，大概也就是在如今寻找高陵山大墓宝藏这种事情的时候才会出现吧，不过沈石随即苦笑了一下，心想自己此刻不也正是寻宝大军中的一员吗？

修炼之后还是颇有几分疲惫的，他背靠着树干，放松了身子。自从得到金石铠法诀之后，这些日子他也没有放松过对这个功法的修炼，从小到大，他也早就习惯了这般脚踏实地、一步一步靠自己的努力去获得收获的法子。

今天的修炼，气海里的那件铠甲幻影明显比前几日要清晰了一些，特别是胸口那一处地方，甚至第一次出现了清晰的甲片，这意味着他在这门功法的修炼上已经开始有了些许进展，虽说此刻距离修炼小成还很遥远，不过若是情急之下运起这个道法，至少在他胸口这一小块地方，肌肤硬度便会比普通修士强一些。

仅仅只是强一些罢了，不过以后再继续修炼下去，应该也会有全身坚不可摧的一天吧？

沈石在入睡之前，心里这般想着，等这一觉醒来，就是前往那高陵山里的时候了。

第二十八章 ■ 山熊

一夜安宁，并没有任何意外发生，沈石与小黑猪就在这树上安静地睡了一晚，当翌日晨光初起，露珠从林间叶片上滴落的时候，他才从睡梦中醒来。

新的一天开始了。

沈石坐在树干上，呆坐了片刻，随后深深呼吸了一下，转头看了一眼小黑猪，发现小家伙似乎比自己醒得更早，两只明亮的眼珠滴溜溜转着，看着周围被青绿树叶包围的环境，也不知心里在想些什么。

沈石笑了笑，道："小黑，走吧，咱们去高陵山里碰碰运气。"

小黑猪咧嘴，像是笑了一下，同时嘴里哼哼叫了一声。

沈石转身，就想跳下树干的时候，忽然只听树林另一侧远处突然响起一声尖锐的惨叫，一下子打破了这片林子的寂静，沈石身子一震，立刻顿住身子同时按住了刚想起来的小黑猪。

破空之声传来，中间夹杂着声嘶力竭的呼喊求救声，不过片刻之后，一个全身是血的男子像是发了疯一般跑了过来，在他身上有数道伤口，血流如注，尤其是肚腹、胸口上的两处伤口，更是令人触目惊心。

沈石在树上皱起了眉头，看着树下这突然出现的重伤男子，只见此人从远处奔跑过来，越跑越近，但看得出来确实伤得极重，脚步也是越跑越慢，踉踉跄跄的，似乎随时就会倒下。

而在这个男人的身后，树林深处猛然又出现了一道人影，身形迅捷，快速追了上来，看上去也是一个男子，身上也有几分血迹，却不见伤口，倒有几分像是飞溅沾染上去的。

一前一后两个男人的距离正在迅速缩短，前头那男子在追兵出现之后便是脸色颓败，掠过绝望之色，而身后那男人则是狞笑道："区区一个小迷魂阵也想挡住我吗？受死吧。"

话音刚落，他已经追到了前头那男子身后不远，一道锐芒闪过，从他手里一闪而出，也不知是什么兵刃，直接就击中了前头那男子的后背，重伤垂死之下的那个男子顿时口喷鲜血，一下子扑倒在地，手脚抽搐，整个人都蜷缩起来。

此刻两人一路追逐，不知不觉已经到了沈石所在那棵大树仅有一丈之远的地方，沈石清楚地看到倒在地上的那个男人声音渐渐低沉，痛苦呻吟了几声后，终于头一歪，再无声息。

而后头那个男子此刻走了过来，用脚踢了一下那个死人的头，冷笑一声，刚想说些什么的时候，忽然像是察觉到了什么，身子一震，猛然抬头，在那一刻，他的目光一下子看到了前头不远处那棵大树上的沈石。

这男子脸色微微一变，盯着坐在树上的沈石，显然没想到在这林中会有这么一个意外出现，而沈石沉默不语，目光并无退缩之意，只是手掌上悄无声息地已经多了两张符箓藏在手心。

两人一个在树上，一个在树下，彼此沉默对峙了片刻之后，树下的这个男子忽地哼了一声，伸手一招，一道白光从那尸体上忽地飞回他的手中，却是一柄形状古怪的冰刃，似刀非刀，前头带着一个锋利的钩子，看上去血迹斑斑，也不知曾经沾染过多少鲜血。

那男子手握这奇怪兵刃，抬头冷冷向沈石看了一眼，沈石平静地直视着他，仍然是一言不发。

又是片刻的僵持，林间的气氛忽然变得有些寒冷，但是过了一会儿之后，树下的这个男子像是想到了什么，终于还是开始缓缓后退，没过多久，就消失在树林深处，再也不见人影。

沈石等待了一会儿之后，才带着小黑猪从树上跃下，看着这清晨里血腥的一幕和躺在自己身前那个不知名的男子的尸体，他一时也不知道该说什么才好。

这世界果然是残酷的，杀戮仿佛永不停歇，人随处可见，却也随时可能丧命。

沈石注意到地上那个尸体的衣服角上绣着一个黑熊图案，看着像是某个门派的标志，就像凌霄宗弟子服上也会有个鲜明的金虹图案。其实若不是自己道行不够，又是单独外出行走，穿上凌霄宗弟子服，以凌霄宗赫赫威名，倒是能省去许多麻烦，而且背靠宗门，至少在海州这里，很是威风。

不过沈石向来对这种虚张声势不太感兴趣，而且独自一人行走荒野，自己的道行又才刚到凝元境，实力委实不足，贸然穿着凌霄宗弟子服，怎么看都是危险大过所得，所以，这次下山他一直都是穿着便服。倒是眼前这个死人穿着的服饰，沈石仔细回想了一下，隐约有些印象，好像是属于海州境内某个叫作"山熊堂"的小门派。

至于凶手是谁，跟这门派有何恩怨，就不是沈石此刻所能知道的了。

他最后看了一眼地上的尸体，黯然片刻之后，便沉默地从尸体旁边走过，向林子外头走了出去。只留下那一具死不瞑目的尸体，像是被整个世界都遗忘了一般，安静地躺在这僻静的林子中。

高陵山范围极大，绵延万里，峰峦起伏，照理说想要寻找一座坟墓是极难的。不过大墓出世的消息不知为何泄露出来之后，那陵墓所在的位置也就不再是个秘密。

沈石进山之前也仔细打听过，付出了少许代价之后，在高陵城中便得知了关于这件最近最热门的宝藏传言的大致内容，约莫在半年前，高陵山深处发生了一起动静极大的地震，连远在山外的高陵城都会感到几分晃动的震感。也就是在那之后差不多数月里，先后有数拨在高陵山中寻宝探险的修士发现了在山脉深处某个曾经被巨石封闭的幽谷里，居然有一座阔大的陵园。

没人知道这座大陵的来历，甚至没人知道陵墓的入口所在，但是据说光是在地表之上的种种石雕华表，都是平日少见的珍罕之物，不难想象这大墓主人的身份是何等显赫，那么这陵墓之中的珍宝墓葬，想必也是令人咂舌。

按理来说，发现这种宝藏所在的修士，本该都是守口如瓶自己去探险寻宝才是，但不知为何这消息最后还是传了出来，并且传得沸沸扬扬，如今不只是海州修士，连附近几个州都有修士赶了过来，让高陵山附近风云汇聚，热闹不已。

沈石在听完这些传言后，也是摇头不止，这种消息空洞无用，除了那幽谷的大致方位外，所言再无他物。不过如今城中的传言大都如此，反而是如果真有什么秘密消息，一个个知道的人却必定会守得紧紧的，半点也不肯透露才是。

沈石心下对自己这次碰运气的前途希望又减低了几分，不过叹息归叹息，最后他还是带着小黑猪进入了高陵山。

高陵山方圆万里，入山的道路极多，只要是有道行在身的修士，几乎从每一处山势方向都可以进入山脉，至于那些道行高深，乃至家财豪富拥有罕见的御空飞行法宝灵器的修士，更是逍遥自在，沈石就亲眼看到几个修士从自己头顶上飞了过去。

能够不借助外力，仅凭自身力量便可遨游天地的，那是元丹境大真人才能拥有的大神通，而在元丹境之下，无论是神意境还是凝元境，想要如仙人一般自由飞行的，都必须借助飞行法宝或是灵器。不同的是，神意境的境界道行远胜凝元境，所能使用的法宝威力更是强大许多，有时甚至可以直接炼化自身的法宝增添飞行之能，比如沈石过往所见过的凌霄三剑，那都是神意境中极强大的修士，驱动法宝御空飞行，虽不如元丹境大真人那般可上九天之高，但也来去如电，令人有高不可攀之感了。

至于凝元境的修士，如果想要御空飞行，必须非常罕见的飞行灵器，并且飞行的高度与速度都有所限制，不过饶是如此，能够御空飞行仍然是极其方便的，据说在流云城里那些世家子弟中，有些公子哥想在心仪的女孩面前炫耀的时候，往往就会想办法在天上飞那么一圈。

沈石站在往高陵山深处的山道上，抬头仰望时，就看到了类似的一幕，前方一个年轻的男子驾驭着一支剑形灵器，在离地丈许的天上飞了两圈，然后徐徐降落，顿时引来站在地上的一个少女拍手叫好，而他脸上也露出几分得意的神色。

那两个男女身旁，还跟着数个随从模样的人物，看上去都是有道行在身的修士，其中有稳重些的年长者，此刻都已微微皱起了眉头，向周围看了一眼。

山道之上，进山的修士不少，虽然因为入山之路极多分散了众多修士，但是这个方向上的人数还是不少，在沈石前后左右的就有三四拨人，这一幕也都被众人看在眼中。

沈石独自一人行走着，显得很普通，小黑猪跟在他的脚边，此刻看上去似乎也很老实，除了爱往路旁来回跑上一下，也没什么异样之处。

一声冷哼，从沈石身后不远处传了过来。沈石目光微斜，看向身后，发现跟在自己身后的一拨人中有五人都是男子，那冷哼声就是当先一个高大男子发出的，只见他目光冷淡地看着前边那兀自发出欢声笑语，犹如到这高陵山中游春的年轻男女，眼中掠过一丝狞色。

沈石皱了皱眉，正想转过头去，却忽然眼角余光扫过，看到这五个男子的衣服袖口上居然都有一个黑熊图案。

沈石顿时一怔，脑海中几乎是立刻想起了早上看到的那个在自己眼前被人杀死的男子，而差不多与此同时，那边冷哼出声的男子像是察觉到了什么，转头向他这里看过来。

第二十九章 ■ 仙人指路

沈石面无表情地转过头来，继续向前走去，同时脚步微微加快，与身后那五个山熊堂的修士拉开了些距离。而他身后的那几个修士在看他几眼之后，似乎并没有更多的举动和想法。

山道前方，那一对年轻男女还在嬉笑，走得很慢，沈石很快就追上了这一群人，同时听到在这一对年轻男女旁边，一个看上去四十岁出头的随从正皱着眉头，低声催促着他们继续前行。

只是那男子和少女显然都十分开心，根本不在意旁边随从的劝告，而且看着那少女欢喜的模样，那男子似乎兴奋之下，还有想拿出那飞行灵器重飞一次的样子。

沈石心下摇头，想必这两个人都是平日在家里被娇惯的少爷小姐，不知外面的凶险，不过他也无意多管闲事，只是平静地从他们身旁走过。

谁知就在他路过这一堆人旁边的时候，那少女目光一转，忽然看到了跟在沈石脚边的那只小黑猪，顿时眼睛睁大，带了几分惊喜，指着小黑对身边那个年轻男子叫道：“表哥，你快看，这只小猪好可爱啊。”

沈石脚步一顿，一时间心里有些愕然，而同一时刻，周围人的目光都看了过来，随即只听那年轻男子笑道：“文心表妹，这只是一只小猪而已啊，而且还黑乎乎的，不好看吧。”

那叫文心的少女娇笑一声，却是看着小黑，明眸闪闪发亮，像是看到了什么心爱之物一般，还往小黑这里走上几步，然后在它面前蹲了下来，道：“不是啊，你看，这只小猪全身黑黑亮亮的，可漂亮呢。”

小黑很漂亮吗？

沈石带着几分怀疑打量了一下小黑猪，它看起来似乎也有些愕然的样子，不过很快就在那少女面前甩甩猪头，自顾自地走到沈石另一侧去了，看来对这少女半点兴趣也没有。

只是它这里一副冷淡模样，那少女看着居然似乎越发喜爱了，整张年轻娇美的脸上都露出几分心爱疼惜，扭头对那年轻男子叫了一声：

"表哥！"

少女的声音如黄莺轻啼，娇媚无限，那年轻男子明显吃不住，哈哈一笑，身姿潇洒地走了过来，对沈石笑道：

"这位兄台，我家表妹看上了这只小猪，不知阁下可否割爱？"说完他微微一笑，顿了一下后，又带了几分傲色，道，"价钱不是问题，要多少灵晶，阁下尽管开口。"

一阵脚步声从后头传来，沈石回头看了一眼，只见是山熊堂那五个修士在这个时候也走了过来，看着也听到了这年轻男子的话，五个人脸上都是露出几分异样之色来。

沈石在心里叹了口气，收回目光对这年轻男子道："抱歉，我这只猪不卖的。"

小黑猪在他脚边哼哼了两声，听起来似乎带了几分恼火。

"唉……"那少女看起来有些失望，再看着那小黑猪，从头到尾没有一丝杂色，毛皮油光发亮，身上更是干净整洁，实在可爱，一时间眼波如水，仿佛都舍不得将目光从小黑猪身上移开了。

小黑猪却是看起来不太高兴，瞪了这少女一眼，嘴里哼哼叫了两声，咧嘴露出了一口白牙。

沈石跟这家伙相处久了，当然懂得这只懒猪的性子，知道这小家伙颇有灵性，此刻已然有些恼怒了，不由得也是有些啼笑皆非，摇摇头，踢了小黑猪一脚，瞪了它一眼，低声道："老实点。"

小黑猪"呜呜"低声叫了一下，尾巴甩甩，看了他一眼，然后自顾自地走开了。

谁知那少女看着沈石踢小黑，顿时老大不愿意了，带了几分气愤，站起身子对沈石道："你干吗踢它？"

"啊？"沈石一下子没反应过来，片刻之后忽然听到背后几声哂笑，却是那几个山熊堂的修士冷眼旁观，此刻似乎觉得有些好笑起来。

面对着这么一个不太懂得人情世故的少女，沈石也是觉得无语，当下也懒得跟她解释，便随意地点点头，就继续向前走去。

"等一下！"一声娇喝，却是那少女一下子挡住了前路，沈石脚步一顿，还没开口，便只见那少女转向那年轻的表哥，眼眶微微泛红，似撒娇，似嗔怒，道，"表哥，这人真不是好人，现在对着这小猪就拳打脚踢的，平日还不知怎么对待它了。我……我要这只小猪！"

"哈哈哈哈……"

后头传来一阵大笑，显然是那几个山熊堂的修士已经是忍不住大笑起来，沈石此刻已经是彻底无言以对了，心想别说自己从没有什么拳打脚踢虐待小黑的举动，就算真的干了，以这只猪那吓死人的厚皮，怕也是半点用处都没有吧。

而被那少女叫了几句后，那年轻男子的脸色看着也变得有些难看了，原先的笑容渐渐隐去，看向沈石的脸色也是不善，道："阁下，不过就是一只猪罢了，何必多事，我给你两百颗灵晶，一口价，买了。"

沈石淡淡一笑，却是看也不看他，目视前方，对那挡路的少女平静地道："请让路。"

此言一出，这两个年轻男女都是脸色一变，那男子脸色阴沉下来，猛地向前踏出一步，似乎要有所举动，倒是旁边的随从，那个稳重的中年人拉住了他，低声劝说了几句。

那年轻男子像是对这个随从颇为敬重，皱起眉头有些犹豫起来，但是那少女却像是骄纵惯了的，看着表哥那边犹豫，忽然冷哼了一声，却是转过头来对沈石道："我就是不让，你敢怎样？"

沈石默然，看了她一眼，那少女傲然直视着他，毫不退缩。

气氛一时间有些僵冷，那边几个随从向这里靠近了些，而后头几个山熊堂的修士则是饶有兴趣地看着这一幕，不过他们的目光在沈石身上并没有多作停留，反而多是打量着少女和她表哥这一行人，眼中时有精光掠过。

沈石沉默片刻之后，眼角余光又看了看身子侧后方那几个像是看好戏一般也停下脚步的山熊堂修士，心里冷笑一声，但面上却是不动声色，淡淡地道："好，那也随你。大不了我换条路走就是了。"

说罢，他转过身子，居然是向后走去，一副准备下山的模样。

这举动大出众人意料，在那几个山熊堂修士的眼中，有几个已经有不加掩饰的轻蔑之意了，而那少女也似乎有些不知所措，带了几分茫然，回头看向年轻男子，叫了一声，道："表哥？"

那年轻男子哼了一声，沉吟片刻，忽然朗声道："阁下，我们乃是流云城许家子弟，想必你在这海州境内也听说过，不过就是一只小猪而已，何必弄到这种地步？这样吧，我再给你加五十颗灵晶，你看如何？做人有时也要有些限度的吧。"说到最后，他脸上冷峻之色更重，语气里已是不加掩饰的警告之意。

流云城许家？

沈石怔了一下，旁边那几个山熊堂修士明显也是吃了一惊，互相对望一眼，看起来似乎多了几分犹疑。

许家这个世家，沈石当然是知道的，孙、许、侯、钟四大附庸世家，凌霄宗弟子基本每个人都知晓，不过在以往的日子里，他与其他三家或多或少都有些认识的人和纠葛，但唯独这许家好像一直没怎么接触，唯一知道的是好友孙友的母家似乎就是许氏世家。

身为凌霄宗门下最出名的附庸世家之一，许家在海州也算是名气不小，势力也是不弱，所以这年轻男子报出家门之后，便看到旁边那几个不明来历的修士似乎顿时一惊，而这个带猪的年轻人也像是被镇住了一样，心底顿时生出几分得意来。

只是片刻之后，只见沈石摇了摇头，带着那只小黑猪依然是向前走去，看起来并没有对这许家特别顾忌，一听之下就吓得卖猪的模样。许家的年轻男子勃然变色，看起来终究还是年轻气盛，加上旁边心仪已久的表妹就那样看着，心底更是有种说不出的冲动，他怒喝一声，大步向沈石走了过去。

"阁下，你这是敬酒不吃要吃罚酒吗？"

沈石脸色一沉，眉毛微微挑起，而跟在他脚边的小黑猪同样低叫了一声，往前踏出了一步。

眼看一场莫名其妙的冲突就要发生，忽然在山道后头传来一个声音，带了几分笑意，声音爽朗而明亮，道："仙人指路，铁口直断，看阴阳定生死，看姻缘见三生，绝无虚言，各位可有想看相的吗？"

这话声清朗，一时间竟压过了所有声息，也将刚才一触即发的局势打破，众人都暗暗松了一口气。

众人纷纷回头看去，只见山道之上走来一个中年男子，羽鹤道袍，大袖飘飘，目朗神清，三络长须，看上去约莫四十岁，但神色间极是潇洒，想必年轻的时候必定是个极出色的美男子。但就算如今年岁稍长，这一路走来也是风流潇洒，远远望去，竟有仙风道骨，如天人下凡。顾盼之间，但见他笑语从容，手持青竿，悬挂一面白幡，上面写着四个龙飞凤舞、意态疏狂的大字——"仙人指路"。

第三十章 ■ 青竿

原本紧张的气氛被这个突然出现的相士一插话，倒是不知不觉缓和了几分，趁着众人注意力都被那个相士吸引过去的时候，许家公子身旁的那个随从将他拉住，再次低声劝说了几句，许家公子看起来有些不太情愿，眉头皱起，仍有几分怒意，但那股咄咄逼人的气势已弱了几分。

沈石自然也没什么意愿跟这些人动手，没什么好处不说，可想而知的麻烦倒是一大堆，当下也不多言，带着小黑猪走到一旁，中间那少女还回头看了他一眼，似乎还有几分嗔怒。

那刚刚出现的相士风采确实不凡，虽还不知道他道行深浅，但是这副谈笑自若、道骨仙风的风姿却让所有人都不敢小觑。山熊堂的那几个修士似乎也不知道这相士的来历，此刻脸上都有些惊疑不定的意思，皱着眉头看着他。

那相士一路走到跟前，转了一圈，却发现众人虽然都在看他，但想要出言出面看相的却是一个皆无，看起来似乎有些失望，但是片刻之后他忽然听到前头传来一个声音，道：

"先生可否帮我看看？"

这相士一抬头，只见前方一个年轻人站在路旁，脚边还跟着一只皮毛油亮的小黑猪，看上去有些不太协调，但相士却似乎丝毫也不在意，反而顿时高兴起来，哈哈一笑，大步走了过去，对沈石道：

"公子眼光不错，我保证你不会后悔，请问公子想看什么？"

沈石微微一笑，道："我们边走边说吧。"

说着，他转过身子，向前走去，相士看了他背影一眼，眼角余光有意无意间扫过周围站着的那些人，眼中掠过一丝颇有玩味的笑意，却也没说什么，笑了一声便跟了过去。

沈石这里不动声色地往前离开，后头那许家公子皱了皱眉，终究没开口说些什么，而那几个山熊堂的修士也停下了脚步，虽然其中有几个人也看了看沈石，但是显然他们并不在乎那个素昧平生的年轻人，并没有露出任何阻挡的意思，反而是不断有人偷偷瞄向许家公子和那少女，脸色有些变幻不定。

因为是刚刚进入高陵山，所以这一段的山路还算平坦，放在凡人身上来说上山或许还会劳累，但对已然修炼到凝元境的沈石来说，这样平缓的山路不说是如履平地却也差不多了。

走了一会儿，山道蜿蜒，几个拐角弯道后，在山石与树林的遮挡下就将后头的人影都遮挡过去，周围安静了下来，山路之上只剩下了沈石与跟在他身后的那个中年相士。

沈石回头看了那相士一眼，他一路就这么跟了过来，居然也没有急切之意，神态悠闲地看着四周山林景色，倒像是到此闲游的游客。

似乎感觉到了沈石略带探寻的目光，那相士也向他看来，随即微微一笑，道："公子，可想好想问我什么了吗？"

沈石本意当然不是真的想找这种江湖相士看相的，修道之人企图逆天修炼，越到深处便越是要讲究一个心性刚强坚韧，不为外物所动，所以历来都少有人会去相信相术预兆这类虚无缥缈的东西。

只是刚才既然借助了这相士脱身，沈石倒也不好立刻就翻脸说自己不想看相，沉吟片刻之后，道："请问先生，于相术上对哪项最有造诣？"

那相士袖袍一甩，笑容温和，抚须言道："在下相术乃是祖传宝术，无所不精、无所不通，公子但有疑惑，尽管来问就是。"

沈石滞了一下，心里对这大言不惭的相士原本就稀薄的信任越发少了几分，心想这相士居然敢说这等大话，活脱脱一个江湖骗子，当下哂笑一声，道："先生如此夸口，我实在很难相信啊。"

那相士微微一笑，双眼略闭些许，似是仔细看了沈石面庞一眼，随后沉吟片刻，又是掐指计算几下，然后施施然道：

"我看公子面相中正，气运不差，只是命星位偏，有孤煞之气侵扰，敢问公子年幼之时，双亲是否安好？"

沈石身躯一震，瞬间踏上一步，眼中精光亮起，盯着这相士。

那相士却是微笑从容，似乎毫不在意的模样。

过了片刻，沈石的神色渐渐平静下来，但看向这相士的目光却已有了几分与之前不同，沉默了片刻道："先生慧眼，在下确实自幼丧母，又与我父分离多年。"

那相士微微颔首，看似对一切都早有预料，沈石看了他一眼，忽地心中一动，道："先生既有如此奇术大才，可否替我算上一卦，看看我父亲如今身在何方？"

那相士呵呵一笑，淡淡道："这有何难？"

沈石大喜，多年以来与父亲沈泰断绝消息，一直是他心中耿耿于怀的一个疙瘩，毕竟那是他在这世上唯一的一个亲人，只是这些年来沈泰销声匿迹，实在是无法找到。今日居然听到相士说是有这法子，虽然在他心里仍对相术有几分怀疑，但情切之下，实在也顾不得那么多了，硬要说的话，就算是死马当成活马医了吧，有一分希望总比绝望要好。

当下沈石连忙施了一礼，神色郑重而诚恳，道："请先生帮我算这一卦。"

那相士哈哈一笑，摆手道："小事，小事，不过……"他笑呵呵地看了沈石一眼，道，"公子这可算是想请我算卦了吗？"

沈石一怔，片刻之后回过神来，面上掠过一丝尴尬，沉默片刻，道："却不知先生卦金几何？"

相士抚须微笑道："五颗灵晶足矣。"

沈石一皱眉，道："这么贵……"

那相士也不生气，只微笑道："货卖识家罢了。"

沈石深深看了他一眼，只见这位道骨仙风的相士衣衫精致、风采过人，单论这气度仪表，实是人中龙凤、卓然不群，除了没有元丹境大真人那股强大无匹的威势之外，竟是可与当日自己刚回金虹山时第一次拜见的凌霄宗掌教怀远真人相媲美，是自己平生见过的两位风姿、气度最出众的人物。

这般的人物，或许果然是游戏人间的奇人异士？

沈石脑海中掠过这个念头，只是随即又觉得似乎不那么靠谱，但是再想想刚才这相士随口就说出自己双亲的情况，又忍不住心中生出几分侥幸希望之心来。

当父亲沈泰多年前的慈祥面容在自己眼前掠过的时候，沈石终于还是咬了咬牙，从如意袋中取出五颗灵晶，递给相士，道："请先生帮我算上一卦。"

那相士哈哈一笑，伸手接过灵晶，只是笑道："小事，小事。"

在沈石带着几分期盼的目光里，这位仪表不凡的相士随手将手中那根青竿往身边地上一插，随后便当着沈石的面，双手平放胸前，十指开始逐一屈伸，如弹琴，似拨弦，口中念念有词，也不知是在算计什么。

沈石看了一会儿，眉头微微皱起，心中隐隐有些不安，而在他身旁脚边，小黑猪原本在他们二人说话时有些百无聊赖地坐在地上，这个时候却不知为何站了起来，似乎感觉到了什么，确切来说，是在那相士将手中那根青润翠绿的青竿插入泥土中之后，小黑猪就像是被惊动了一般，转头看了过来。

小黑猪根本没理会正在仔细掐算又或是装神弄鬼的那个相士，一双细小的猪眼中，不知为何只是盯住了那根青润翠绿的青竿，然后，小黑猪就慢慢地一步一步向那根青竿走了过去。

它走得并不快，甚至还带着几分犹豫，它的眼神似乎也带了几分疑惑又或是惊讶，口中不时发出低低的闷哼声，似在咕哝着什么，同时鼻子不停地嗅着，好像发现了什么非常奇怪的东西。

那青竿安静地插在土中，一动不动，无论是相士还是沈石，此刻都没有注意到这只有些奇怪的小黑猪。

没过多久，小黑猪就凑到了那根青竿的旁边，青竿有数尺长，上半部分系着"仙人指路"的布条，下半部分则是光滑温润的本体，并没有任何饰物，乍一看像是某种路边野生的青翠修竹，但是仔细一看，又不太像，因为青竿之上，并没有竹子通常所有的竹节。

小黑猪两只眼睛瞪得大大的，眨也不眨地盯着这根青竿，然后鼻子在这青竿周围嗅了几下，眼中很快掠过一丝古怪，那模样……竟是有些迷醉的样子。

从与泥土接壤的青竿底部开始，小黑猪闻了闻这里，然后开始缓缓向上，似乎这青竿上正在散发出一种无法形容的气息，让它完全无法自控地沉醉其中。它一点一点地闻着，两只眼睛越来越亮，甚至有那么如电光石火般的刹那间，它的双眼中发生了奇异的变化。

左眼灰暗而深沉，如永不消散的灰雾；右眼却如光轮，闪烁青、黄、紫三色异芒。

随后，这只小猪的身子顿住，微微张开了嘴，带着几分小心翼翼又似充满了希望那般，轻轻伸出它的舌头，就这样往青竿上舔了一口。

青竿纹丝不动，连上边写着"仙人指路"的布条都没什么动静，但是正在屈指掐算的那相士却忽然一皱眉，像是感觉到了什么，目光微斜，向青竿这里瞄了一眼。

第三十一章 ■ 吹嘘

"呃……"

那相士的身子明显地僵了一下，一抹愕然之色从他眼底掠过，大概是平生第一次看见这幅景象：一只猪对着青竿垂涎三尺地舔着。不过片刻后，他的神色便恢复了正常，随即双手一顿，徐徐放落下来。只是这动作看在沈石眼中，却有点神棍收法的意思。

"呼。"相士长出了一口气，随手笑着看向沈石，一副智珠在握的神情，沈石迟疑了一下，道："先生，可是算出来了吗？"

相士抚须笑道："正是，在下以周天神算之法配合公子命格，掐指小算一番，如今已然有所得了。"

沈石大喜，忍不住往前踏出一步，道："真的？请问我父亲他现在身在何处？"

相士微微一笑，道："令尊如今当在东北方之地。"

沈石心头一跳，道："什么，他就在海州东北吗？"

相士摇摇头，道："非也非也，令尊所在方位当是我等此刻所在之地的东北方，并非一定就在海州境内。"

沈石一怔，随即脸色变得有些难看起来，皱眉道："先生莫要说笑，我们海州正在鸿蒙主界最南方，此地东北方向，少说也有数十个州土，纵横亿万里，这……如何能说得清楚？"

相士一挥袖袍，负手而立，山风吹来，道袍习习，飘然如仙家高人，潇洒笑道："公子有所不知，相术之道博大精深，其中神算之法亦有不同，算出效果亦有差距。如之前周天算法，可定方位算生死，算是最粗浅的，而要更仔细的结果，便需启用更强的秘法算术，如此方能……"

沈石的脸色已然渐渐黑了下来，听到后来更是恼怒异常，一下打断了这相士的话语，冷笑道："那算术秘法更强的，所需卦金也不止五颗灵晶了吧？"

中年相士哈哈一笑，却是没有任何惭愧之色，泰然自若地道："公子明鉴，那等秘法绝非寻常，施法一次消耗甚巨，加上偷窥天机，冥冥之中亦有反噬之险，是以卦金当然不可同日而语。"

沈石哼了一声，满脸冷笑，道："这样啊，请问先生，如果我要确切知道我父亲如今身在哪一州，该付你多少卦金？"

中年相士精神一振，容光焕发，抚须笑道："欲知令尊身在何州，当用我卦门秘传千年之'大周天龟甲卜算阵'，召鬼神看轮回，细细寻觅，耗费法力极大，卜算一次，卦金当收二百颗灵晶。"

沈石后槽牙暗自咬了一下，已然是气极反笑，瞪着这个十有八九是江湖骗子的家伙，冷笑一声，道："哦？那若是我还想更进一步，欲知我父亲如今身在哪座城池之中，又该如何？"

那中年相士仰天大笑，气度豪迈，风姿潇洒，伸手轻拍胸口，笑道："公子可算是找对人了，若是想要算出令尊确切在哪一州中的哪一城，这等惊人的算法卦术，天下间敢自夸能做到的，也唯有我周某人也。"

说着，他脸色一正，肃然道："若欲知这般结果，普通卦术已然无用，必须用上我周家独门秘法'星海乾坤阴阳鉴'，以朗朗乾坤为棋盘，满天繁星为棋子，勘破阴阳，生出天眼，扫视芸芸众生，于亿万生灵中寻觅渺若尘埃之微火，方可奏效。只是这等惊天动地、鬼神莫测的大神通，实非等闲可以施展，所耗精血法力非同小可，以在下这般道行，一年之中也仅能施展一次而已。"

沈石微微张嘴，看着这相士半天说不出话来，似乎已然被这"惊天动地"的神奇道法所震住了。那中年相士看着沈石的模样，越发有些得意起来，抚须微笑道："所以若是公子思父心切，想要这最高的卦术秘法卜算一次的话，卦金可是不便宜，算上一次，需八百，呃……需一千颗灵晶方可啊。"

沈石怔怔地看了这相士半晌，忽然叹了口气，转身就走。

相士呆了一下，愕然对着沈石背影道："公子这是何意？"

沈石没好气地道："阁下道法太高，卦术惊人，只是我穷困潦倒，实在没那么多灵晶，还是算了吧。"

这相士滞了一下，一时间似乎也不知该说什么才好，但似乎还是有些不想放弃的意思，随手抓过自己身旁的青竿，就向沈石追去，同时口中道："公子慢走，有话好说啊……啊？"

话未说完，相士忽然觉得自己手上的青竿似乎有些不对劲，好像重了不少，低头一看，一时间却是愕然低呼了一声。

前头的沈石听在耳中，也是转头看了一眼，随即眉头一皱，向那边叫了一声，道："小黑，你干吗？快过来！"

在两人的目光注视中，小黑猪不知何时居然整个身子都贴到了这青竿上，四肢并用，将这青竿搂在怀中，抱得紧紧的，看起来似乎恨不得整个身子都与青竿融为一体般，并且口中一副垂涎三尺的模样，不停地用舌头往青竿上舔着，中间甚至还有几次用牙试图咬上几口，只是那青竿似乎质地颇为坚硬，小黑猪试了几次都没咬动。

那中年相士一脸错愕，同时看着这只小黑猪的眼神也带了几分隐隐的探究，而沈石则是惊愕之下有些恼火，站在原地又叫了几声，谁知平日十分听话的小黑猪硬是不肯放开那青竿，活脱脱一副死皮赖脸也要赖在这青竿上的样子。

沈石一时气结，同时看到那中年相士转头看过来有些玩味的眼光，更觉得有些丢脸，哼了一声，掉头就走，怒道："这只猪跟我没关系，随便你吧！"这相士像是吃了一惊，连忙追了过去，只是小猪兀自缠在他的青竿上，死也不肯下来，一来二去居然变成相士抓着青竿拖着那只小猪走了，虽说这中间在地上磕磕碰碰少不了的，但是小黑猪皮糙肉厚，浑然不觉，一双眼中，此刻似乎只有那一根青竿了。

相士拖着小黑猪追上沈石，笑道："公子慢走，有话好说嘛。"

沈石淡淡地道："先生留步，刚才我的话已说得很清楚了吧。"

相士想了想，笑道："公子可是不信我吗？也是，世间装神弄鬼假冒相士行骗之人实在太多，难怪公子心下提防。只是公子且听我说，并非周某人自己吹嘘，这'星海乾坤阴阳鉴'绝非寻常道术，乃是我一生心血所聚，其中更有借鉴上古玄纹秘法之处。不瞒公子说，这道法正是我当初于上古传送法阵之金胎石前，枯坐百年潜心参修，耗费无穷心血方有所得，绝非这凡间普通卦术所能相比，实是……"

沈石嗤笑一声，实在听不下去，忍不住打断了他，冷笑道："你怎么不说就连那些传送法阵也是你参破出来的？"

这相士一怔，似乎犹豫了一下，然后微微皱起眉头，道："你要这么说的话，其实也不算错……"

沈石"噗"的一声，差点一个踉跄跌倒，今日遇见的这个相士，脸皮之厚实乃他平生仅见，直让人叹为观止，无言以对，甚至连生气的心思都没了，只能在看了这相士一眼之后，默然苦笑，摇着头继续往前走去。

而那相士似乎也没什么自知之明，依然拖着被小黑猪紧紧抱着的青竿跟在沈石的身旁，脸上一副正在思索回忆的表情，沉吟道："不过要说都是我的功劳嘛，似乎也不太好，虽说那传送法阵之术是我参修卦术时顺便悟出来的，不过至少后来建那些传送法阵的时候，那几个老货也算是有点鞍前马后跑腿的苦劳吧。嗯……就算他们四分，呃……不行，最多三分功劳给他们吧，七三开，我七他们三，不能再多了！"

沈石以手抚额，苦笑道："你还真敢说啊。"

相士呵呵一笑，道："本来就是如此嘛。"

沈石摇摇头，眼角余光一扫，发现小黑居然还赖在那根青竿上，看着那副赖皮的猪头猪脑模样，沈石心里没来由地一阵恼火，走过去轻轻踢了一下这只小猪的屁股，没好气地道："下来了！"

小黑这中间又连着试了好多次啃咬那根青竿，无奈青竿似乎硬得惊人，无论它如何尝试也是半点不动，最后终究也只能失望地放弃，一副不甘不愿的模样跳了下来，只是那眼神兀自不离那青竿，万般不舍。

沈石看着小黑这副模样，心里也是动了一下，仔细看了一眼那相士手中的青竿，只是以他自小磨砺出的眼光，也没认出这看上去翠绿温润的青竿到底是什么灵材材质，居然引得小黑这般失态。

不过不管怎么说，这东西也是别人的，他看过之后也没多想，只是淡淡地对那相士一拱手，道："先生近日教诲，我都记住了，就此别过。"

说着，就带着小黑往高陵山深处走去，相士在他身后，似乎还想说些什么，只是就在这个时候，从两个人身后远处的山道上猛地响起一声尖声叫喊，听在耳中有些熟悉，似乎正是不久之前见过的那个少女。

相士眉头一皱，转眼向沈石看去，只见沈石的脚步也是微微一顿，但是片刻之后，他却是没有回头之意，如没有听到一般继续向前走去，而小黑跟在他的身旁，兀自还是一步三回头，不停地望向他手中的那根青竿。

这相士站在原地，手持青竿，眼中光芒闪动，脸上似有思索之色，片刻之后，却是浮起一抹颇有玩味的笑意，目光在沈石与他脚边那只小黑猪身上掠过，随后微微一笑，抚须自言自语道："有点意思啊。"

第三十二章 ■ 石像

五颗灵晶对现在的沈石来说，不能算多，但也不能算少，至少还没到无所谓的地步。被这个莫名其妙的相士骗去了五颗灵晶，说不恼火那是假的，不过沈石倒是没有太多强行讨回的心思，或许因为那相士多少还是看出了他父母双亲不全，加上虽然说得飘忽，但多少还是指出了沈泰如今的方位。

靠这个去寻找父亲那当然是不可能的，不过从另一方面，似乎也证明了父亲应该还活在世上。这个消息或者说是希望，让沈石心里多年的牵挂稍微得到了一些安慰，也就没什么心思再去与这相士纠缠。

带着小黑离开那相士后，沈石一路往高陵山中行进，紧赶慢赶，于三日后赶到了如今盛传是那大墓出世的深山幽谷。

这三日里倒是颇为顺利，并没有发生什么意外，当然这也是沈石小心翼翼地避开了人群。 这次觊觎大墓宝藏而进入高陵山脉的修士人数应该是相当多，不过放在绵延万里、层峦叠嶂的阔大山脉里，这点人又显得十分渺小，至少在这赶路的几天里，沈石并没有遇到修士云集的场面，只偶然遇到数拨修士，有独行的，也有结伴成群的，不过都相隔了很远的距离，双方都有意无意地错开了。

至于刚进山那一天，遇到的那个相士与许家那一拨人，包括后来跟过来的山熊堂那几个修士，沈石都没有再遇见过，高陵山如此庞大，或许就此不再相见也不奇怪。只是沈石偶尔会想到那天分开的时候，山道后头突然传来的那一声少女惊呼声，不知道后头究竟发生了什么，但是沈石也没心思去管那闲事。

传言中那深藏大墓的幽谷在高陵山脉深处一处高耸山峰之下，原是天然绝谷，仅有的一条通往外界的狭窄山道却是被数颗巨石挡得严严实实，加上年深日久，草木藤蔓都生长蔓延而上，将这条唯一通道的痕迹都尽数遮去，所以不知多少年头过去，却是从未有人发现这深山雄峰之下，居然还有这样一个幽谧的深谷。

当沈石接近那座无名幽谷的入口时，依然能看到倾倒在山道一旁的那几块巨石，石面之上甚至还有不少的草根残土，显示着这里本是被草木遮盖的痕迹，只是半年前那一场突如其来的地震改变了这里的一切，将这个尘封多年的秘谷重新显现于人间。

到了无名幽谷这里，修士的人数便明显多了起来，其间虽然偶尔也会有些争执冲突，但是沈石一路走来，所见场面大部分却还是相安无事，毕竟大家来到这里的主要目的是寻宝，宝藏还未看见就先在这大墓外头大打出手，岂不是脑子坏掉了？

这年头，能有一身道行，修炼小成向往仙道的修士，又有几个会是头脑简单的傻瓜呢？

通往幽谷之中的那条山道并不十分宽敞，两侧都是坚硬高耸、怪石突兀的岩壁，原在此处的巨石现在已经滚到了外头，碎石残渣随处可见，地面与两侧的石壁上都还残留着明显的裂痕，显示着当初那一场地震强大的破坏力。

沈石小心翼翼地向山谷深处走去，当他走到山道的中段时，头顶暗了一下，沈石抬头一看，发现在上方的两侧岩壁间某一个狭窄靠近之处，居然还有一块巨石就这样悬在岩壁之中，被两侧石壁夹住，只是山风吹来的时候，那巨石居然还会晃动，看上去十分惊险，真不知道什么时候就会再度掉落下来。

沈石皱了皱眉，下意识地加快脚步，从这块悬空巨石下方走了过去。

过了这条差不多有数十丈长的山道，沈石便进入了幽谷，只觉得眼前忽然一亮，一个十分宽阔的谷地展现在他的眼前。

一眼看去，这山谷约莫有五百亩大小，除了周围一圈环绕山峰岩壁之外，谷底中间多数地方是平地，有上百个大小不一的高大石雕竖立其中，形象各异，粗粗看着包括有众多祥瑞神兽，如龙、凤、麒麟等，亦有传说中种种正邪不清的异兽，光是沈石所知的便有饕餮、狴犴等，甚至还有不少石雕塑像的模样，是他也认不出来历的。

看着这些石像多是残旧，风雨侵蚀的痕迹随处可见，也不知道在这座幽谷中度过了多少岁月，又是在守护着什么。

除了这些石像之外，山谷中还有一些参天古树生长在这些石像群中，浓密茂盛的树冠似一双双巨手遮挡在这些石像的头顶，也为这座山谷平添了几分幽谧之意。

从山道入口那边，不时有修士进入这座幽谷，在匆匆观察了一圈周围形势后，便多是急不可待地向山谷前头冲去。沈石犹豫了一下，带着小黑猪走到一座石像前，抬头看了一眼，只见这石像龙头鹿身，似有几分像是神兽麒麟，但细看却又有几分差异，沈石摇了摇头，收回目光，然后蹲下身子对小黑猪轻声道：

"就是这里了，你能不能闻出那天在高陵城外侯家那些人的气味？"

小黑猪的脑袋向四周转了一下，鼻子同时闻嗅了一会儿，但是很快嘴里咕哝了两声，却是摇了摇头。

沈石脸上露出一丝失望之色，不过这种事希望确实有些渺茫，他心里也算是早有预料吧，当下苦笑一声，也没多说什么，只是轻轻地拍了拍小猪的脑袋，道："好吧，那咱们就只能随便走走，看看能不能碰到好运气了。"

没有了跟随侯家人的希望，沈石对这所谓的大墓宝藏差不多也就死心了，不过既然都来到了这里，当然也不会就这样立刻掉头回转。他带着小黑信步走去，漫步在这些石像群中，同时眼睛漫无目的地看向四周。

沈石走着走着，隐隐觉得这些形状各异的石像似乎围成了数层圈子，不过因为有那些粗壮的大树遮挡住了一部分视线，他也没有太大把握。而在石像远处，可以看到一座雄峰巍然耸立，峭壁之下，居然有几十个黑漆漆的山洞洞口开辟在山壁之上，而那些前来此处的修士在看过了山谷地形之后，最后多数进入了这些神秘莫测的山洞。

莫非这些山洞就是通往大墓的入口？

沈石一时沉吟起来，远远看去，那些山洞入口岩壁光滑，显然是原先就开凿于此，并非后来者新开辟的洞口，只是若说是入口的话，这山洞洞口未免也太多了点。

沈石在心中计算了一下，发现在那阔大的山壁下方，几乎完全一样大小的山洞居然有三十六个之多，一字排开，足足占据了将近一半的山谷石壁长度。

三十六个石洞入口中挑选一个？这需要的运气还真不是普通的高啊……沈石苦笑了一下，心想外头便是如此，若山洞内部果然就是大墓所在，似这等迷宫甚至还有机关禁制的地方，只怕还会遇上。

一时之间，他就开始犹豫是不是应该贸然进入这些石洞探险。皱着眉头，他绕着这些石像缓缓走着，边走边想，不知不觉走到了石像群中靠近中心的某一处。

小黑猪一直安静地跟在沈石，只是当他们走过一座雕像的时候，小黑猪的眼光无意中扫过那石像，忽然脚步一顿，向那石像看了两眼，然后"哼哼哼哼"叫了几声。

听到身后的动静，沈石转身向它这里看了过来，道："怎么了？"

小黑猪眼睛只是看着这座石像，似乎有几分好奇的样子。

沈石走到石像下看了几眼，只见这座石像雕刻着一头异兽，有高山浮云皆在身下，蛇身而龙角，獠牙锋锐突兀而出，状似天龙，气势不凡，透着一股睥睨天地之意，却是一时认不出这是何物。

正思索时，忽然沈石只听背后传来一阵脚步声，随即一个清朗笑声传来，道："咦？公子是你吗？我们又见面了。"

听声音竟有几分耳熟，沈石眉毛一挑转身看去，果然只见正是前些日子那个道骨仙风、仪表卓异的相士，只见他此刻依旧是道袍着身，风流潇洒，一路施施然走了过来，看了一眼这座石像，随即笑道：

"怎么，公子对这座'阴龙'石雕感兴趣吗？"

"阴龙？"沈石反问了一句。

那相士笑着点点头，看着那龙形石雕，抚须道："传说太古之时，有祖龙禀天地精华所生，参悟天地造化亿万年而得道，自开一界，身为巨壤，便是十天界中之'龙界'。祖龙又生三子，号为龙族之祖，亦称三大古龙，乃天龙、黑龙、阴龙，此石像所雕之物，便是三大古龙中的阴龙了。"

听了这一番话，沈石倒是对这相士颇有几分刮目相看，这等生僻的传说，他过往在那么多书卷中都未看到过，想不到这相士居然一眼便认了出来。只是当今天下，十大天界早就是虚无缥缈的传说，除了鸿蒙主界之外，其他九大天界到底存不存在都还是个问题，历来都为人所争辩不休。至于这明显也是属于传说之流的阴龙，沈石也只能当作神话一般听听罢了。

不过他对这相士的印象倒是由此好了一些，笑着对他点了点头，而后随即想起前些日子被这人骗去的五颗灵晶，顿时又小心起来，不太想再跟此人多说，便跟小黑猪打了个招呼，准备走开。

只是回头之际，他目光无意中扫过那阴龙之首，片刻之际，他身子忽然微微一震，随即眼中露出几分难以置信般的惊诧。

只见那阴龙石像雕刻得栩栩如生，细致入微，显然是不知多少年前的大匠手笔，特别是在龙首部位更是活灵活现，将古龙那种睥睨天下的气势都尽数展露出来。只是此刻沈石并没有看到这些，而是怔怔地看着阴龙的那一双龙目。

青灰色的石质龙目里，左眼一片灰蒙，如浩瀚沉默的天穹；右眼却有一座圆环，似光似轮，旋涡一般吸取了无尽之物。

第三十三章 ■ 人洞

沈石心里咯噔了一下，停下脚步，下意识地向小黑猪看去。

他与小黑朝夕相处，这么长的时间里，当然也发觉并看到过几次小黑双目之中曾经显现过的异样，只是那种奇异眼色往往一闪而过，平素里又很少出现，就算偶然出现一次似乎对周围事物也并无影响，所以沈石渐渐地也就淡忘了这事，只当作或许是小黑体内石皮猪血脉异变的一种显现。

只是站在这阴龙石像前，沈石却发现这太古神龙的龙目之中，竟有几分与小黑眼中的异状相似之处，这顿时让沈石心中差点掀起了惊涛骇浪，要知道按照这周姓相士的说法，阴龙乃是三大古龙之一，等同于传说中的龙族之祖，那神通实力自然是不消说的。

不过沈石很快又皱起了眉头，小黑猪此刻的双眼十分清澈平静，并无丝毫异样，所以也无法相互比较，但是沈石回想起记忆中那几次所看到的猪眼异状，再与阴龙石像上的龙目对比一番之后，发现二者之间似乎还是有所差异的。

小黑眼中偶然显现的三色异芒与灰色阴霾，无论色泽光暗与威力气势，都远不能与这石像之上所展现的那股堂皇而睥睨天下般的龙睛相比，二者之间只是看着几分形似，神意上却犹如天壤之别，根本无法相提并论。

或许，只是一个巧合吧。

沈石默然片刻，微微摇头，心想小黑的身世别人不晓得，他却是再清楚不过了，当年刚到妖界的第一天，他就是亲眼看到了这只小黑猪的出生，石皮猪的血脉根本不可能弄错，哪里有可能与什么太古阴龙牵扯上关系？

就算是妖兽血脉返古，那也不可能会在一只猪身上返祖出一只古龙来吧？

想到此处，沈石也是带了几分自嘲的苦笑，还是自己想得太多啊。随即便将这明显不切实际的念头丢开，对小黑招呼一声，带着它一路走出幽谷中间的石像群落，来到山谷尽头那一处绝壁之下。

黑洞洞的三十六个山洞一字排开，在石壁上并排而立，光线只能照亮洞口的一小块地方，更深处便是一片幽暗，不知通往何处。

沈石目光扫过这众多的山洞，心下迟疑，此刻幽谷中不断有新的修士赶来，多数人也是类似情况，不知到底通道是哪一个山洞，在洞外徘徊，不过大多在犹豫之后，最终还是选择了其中一处洞穴，带着几分小心，走了进去。

幽谷地处高山阴面，平日里就少见阳光，倒是阴冷山风时时吹拂而过，让人觉得身上会有一股凉意，更不用说这谷中的石像规制，分明就是古时墓葬陵园的景象，没来由地又平添了几分阴森寒意。

看着那一个个黑暗的洞口，周围的修士一个个满怀希望地走进了那些山洞，随后似乎便是再无声息，半天也不见有人从洞中出来。或许是因为山洞深处十分阔大，又或是他们真的找到了深埋地下的墓葬宝物，可是沈石不知为何总觉得这数目繁多的洞口，看上去就像是一双双冰冷的眼睛，冷冷注视着这山谷中的所有人，而在洞口之后，没人知道会有什么。

修道之人，心志向来讲究一个坚忍不拔，若是只因为担心未知是否存在的危险便止步不前，那么在艰难的修炼之途上也是无法继续的。所以沈石虽然心中有些犹豫，却并无就此放弃的念头，而是在这些洞口前缓缓走动，仔细观察着，同时心中不停思索。

只是这石壁之上的山洞看上去差不多都是一个模样，虽说不可能每个山洞洞口都是完全一致，但大体来说，并没有什么特别出众或是显眼的地方，究竟要选哪一个山洞进去，真是让人无法决断。

就在沈石犹豫再三，心想实在无法就干脆像之前那些修士一样，随意选一个进去看看算了，若真是有危险的话再退出来的时候，在他脚边的小黑身子忽然停顿了一下，然后似乎有片刻的迟疑，随后轻轻在地面附近闻了一会儿，便对着沈石哼哼叫了两声。

沈石眉头一皱，看了它一眼。

小黑目视前方，沈石顺着它的眼光看去，只见那边是一个看上去与周围没什么差别的山洞，看着位置是从右边数的第九个洞口。

沈石蹲下身子，摸了摸小黑的脑袋，低声道："你闻到了？"

小黑看起来却并不是特别肯定的模样，歪着脑袋想了想，居然又开始在附近闻嗅了起来，同时慢慢地接近了那个山洞的洞口。

沈石叹了口气，站起身来，这些日子来到这座幽谷的修士不知有多少，在这些洞口进出的人同样数不清，要在这般纷乱的气息中去分辨出侯家那批人的气息，实在是有些强人所难，哪怕小黑有着敏锐的奇特异能。

走到了那山洞入口处，沈石很快感觉到有一股阴冷的风从洞中深处吹出，如身浸凉水，一股寒意似乎从身躯上的每一处肌肤上泛起。虽然以他如今凝元境的道行境界，抵抗这点阴寒之气并无问题，但沈石还是微微皱起了眉头。

此处的阴气，感觉似乎比寻常陵园墓地都更加浓烈几分啊。

不过转念一想，这大墓埋于此地不知多少年月，天长日久积累下来，阴气重些反倒是正常的，当下沉吟片刻，沈石还是点了点头，对小黑猪道："走吧，就这个洞口进去看看，能找到最好，找不到咱们看看就出来好了。"

说着当先走去，小黑猪抬起头有些茫然地看了主人一眼，又看了看那个洞口的黑暗，似乎有几分犹豫，不过看到沈石走入了山洞，终于还是哼哼叫了两声，跟了过去。很快一人一猪的身影就都消失在那片山洞阴影的深处。

而在他们身后洞口之外，不知何时又走过来一个身影，道袍宽袖，仪表潇洒，正是那周姓相士。只见他神色平静、目视周围，眼光在这一排三十六个山洞洞口上掠过，随即双眼微微眯了一下，默然片刻之后，却是忽然抬头，向那座高高耸立的雄峰看去。

高峰如剑，直刺苍穹，峰峦起伏，崇山峻岭，幽谷便在峰岭之下。相士目光扫过，眼中露出思索之色，眉毛挑动，却是低声自语道："高陵诸峰七十二吗……"

话语声中，只见他袖袍微动，衣袖间隐约看见他数个手指屈伸，似乎又在算着什么。

如此过了一会儿，他的双眼中精光忽然一闪，抚须道："嗯？难道是上古失传的秘术'幽冥镇魂锁'？若果然如此的话，此地或许还真的有些不简单啊……"

他眉头微微皱起，似乎在思索着什么，目光从远处山峰上收回，重新回到这些洞口上，眼中精光闪动。片刻之后，忽地他目光一转，看向左侧第二个洞口。

"天！"

他口中吐出一个不明其意的字眼，下一刻，他的目光忽然犹如跳跃一般，又望向左侧第十七个洞口，然后再道：

"地！"

随即他双眼精光掠过，目光忽转，身子微侧，又看向右侧第六个洞口，道：

"死！"

目光一闪，再看向右侧第九个洞口，道：

"生！"

又看右侧第十一个洞口，道：

"破！"

再看左侧第八个洞口，道：

"藏！"

说话间，他似乎还想继续看下去说着这些莫名其妙的话语时，忽然猛地一怔，目光却是缓缓转了回来，脸上带了一丝惊讶之色，再度看向了这一排山洞的右侧第九个洞口。

半晌之后，他忽然失笑，摇头微笑道：

"这位小友的运气好像不错啊？不过，真的是运气吗……"

这位相士站在原地沉思了片刻，随后却是转过身子，神色平静地走向了从这排山洞左侧数起的第二个洞口，就这样走了进去。

走入山洞之后，沈石很快便觉得眼前一暗，光线似乎一下子被隔挡在洞口之外。不过很快，他便发现这里的山洞石壁上居然透出一种幽幽的碧绿幽光，适才在洞外光线明亮的地方看不出来，置身山腹之中，才发现洞穴里弥漫着这种奇异的微光，可以勉强看到周围的景物。

粗粗看过去，这山洞里似乎并没有太多人工开凿过的痕迹，石洞周围的石壁上也算不上光滑平整，多有尖锐的石头突兀而出，倒是脚下的路却还算平坦。只是走了一段路之后，在周围石壁上那些幽暗的碧绿微光照耀下，沈石觉得周围突然安静了下来，除了自己仿佛再也没有了其他人。

偌大的洞穴里，仿佛只剩下了他独自一人的身影，就连身后的影子，看上去也在碧绿幽光中显得扭曲而带了几分狰狞，幽幽暗暗中，给人一种置身于传说中黄泉地狱的怪异错觉，让人忍不住心生惊骇。

幸好就在这个时候，一阵哼哼声在他脚边响起，驱散了这片令人窒息的静谧。一个熟悉的身影跑到沈石的脚边，驱散那种没来由的寂寞与孤寂，带来了几分温暖。

沈石笑了笑，俯身摸了一下小黑的脑袋，小黑猪抬头看了看他，咧嘴笑了一下，然后用头磨蹭了一下沈石的手心。

沈石再次站直身子往前看去，只见前方一片幽冷，更深远处隐约又是一片黑暗，而脚下的道路开始明显地向下倾斜，似乎这一处洞穴所通往的地方，是在地底深处。

那前方所在之地，是那个传说中蕴藏宝物的大墓，还是令人恐惧的黄泉地狱呢？

沈石笑了笑，对小黑说："我们继续走吧。"

"哼哼。"小黑叫了一声，好像爽快地答应了。

沈石轻轻一脚踢在它屁股上，笑着道：

"那你走前面，我来断后！"

"嗯哼哼哼……"

这一次，小猪的哼叫声听起来大为不满。

第三十四章 ■ 吃货

脚步踏在静谧的洞穴通道中，犹如丢入平静水面的一颗颗石子，显得如此清晰与突兀，仿佛与周围这碧绿幽暗的一切都格格不入。

前方和后方，沈石都没有看到人影，让他心里有些异样的感觉，按说这大墓传出的消息确实流传了一段时间，消息灵通前来此处探宝的修士人数众多，前期进入的人且不说，但是今日沈石到了这山谷中的时候，却分明也看到不少同时过来的修士。

三十六个洞穴显然分薄了前来这里修士的密度，但是也不至于如此清冷，或者说是自己所在的这个山洞别的修士正好都没看中，所以眼下才只有自己一个人吗？

沈石皱着眉头，心中沉吟着，但脚步并没有停下，仍是与小黑一起缓缓地向洞穴深处走去。

还算平坦的脚下通道，似乎在不停地向着地下延伸着，同时不知不觉间，沈石也发现周围的洞穴似乎宽大了不少，碧绿的幽光闪烁晃动着，幽深难测，又是深处地下，恍惚中竟有一种来到了古老传说中那黄泉地府的感觉。

在上古传说中，厚土之下乃是轮回之所，也就是俗称的地府冥土。世间生灵衰老死去之后，魂魄皆入地府，即为鬼魂阴灵，于此再入轮回，便是转世重生。生生死死，轮回不止。

这神话传说在世间流传万年，早已深入人心，不过在修真界中却并无多少修士去信这东西，只因修炼求的正是一个永生不死，登仙飞天，是此生，谁愿意去寄望于未知又缥缈的来世呢？

倒是另有一个传说，十大天界之中除了鸿蒙主界与龙界之外，还有一处号称鬼界的，与这黄泉地府倒是颇为相似，只是多少年来从未有人真正见过。

沈石自幼喜好看书，这些古老传说自然都是看过的，所以看着周围这阴森冷清的洞穴情景，面色有些凝重，只是就在这个时候，他忽然听到前方传来了一阵隐约的水声。

此刻他进入这座洞穴已经颇远，算来这一路走下来，应该已在地面下方深处，这从前方突兀传来的水声，顿时让他吃了一惊，转念一想，或许是地底下暗河一类的所在吧？

一股略带湿润的微风，从洞穴前方的黑暗中吹了过来，似乎隐隐印证了他的一些猜测。小黑猪在他身边靠紧了些，沈石沉吟了片刻，还是低声道："都走这么远了，过去看看吧。"

小黑猪抬头看了看他，没有什么表示，但很快迈步继续向前走了过去。

只是他们才走出几步，忽然间身子同时微微一震，再度停了下来。沈石脸色阴沉，而小黑猪看起来似乎也有些紧张，对着前方黑暗处低吼了两声。

一抹苍白色的怪异白影在黑暗中闪了一下，隐隐约约似有一个人影，半坐半靠般出现在前方一处岩壁旁，同时一阵怪异至极的窸窸窣窣声从前方悄然传来。

沈石屏住呼吸，等待片刻后，放轻脚步悄悄向前走了一段，看清了前头那人的情况，登时脸色一变。

那是一个看起来修士模样的人，头颅低垂在胸口，背靠石壁坐着，从沈石这里只能看到他一半的侧脸，但仍然可以看出他脸上那一抹恐惧害怕的表情。只是此人的脸上肌肉僵硬，双眼大瞪却无神，毫无声息，显然是死去多时了。

然而更让人惊悚的是，就在这个死去的修士尸身上，居然还有一道白影，看上去如雾如纱，隐约像是上半身的人形，下半身却虚无缥缈，犹如幽灵一般，正吸附在这尸身上，丝丝肉眼难辨的生气正被它不停地吸食着。而刚才沈石所看到的那一抹苍白色的怪异白影，也正是这个怪物的影子。

似乎感觉到了又有外人靠近，那道白影猛然抬起头，向沈石这边看了过来同时也将自己那张脸展露在沈石眼前。

那是一张五官俱全的脸庞，但和它的身子一样，似乎都是由一种奇异的白雾所组成，整张脸看上去可以分辨出五官位置，但是容貌却很怪异，显得十分模糊，甚至无法分辨出是男是女，而在那一双眼眶处，更是没有眼睛的存在，只有两团幽火幽幽燃烧着，透露出一股凶厉贪婪，那是对活物生气的无限渴望。

"阴灵！"

沈石后退了一步，面沉如水，但脸上并没有太多惊慌之色，反手间，手掌心里已经悄无声息地多了一张符篆。

阴灵是鬼物的一种，也是最常见的一种诡异妖物。在鸿蒙诸界中，鬼物一直都是一种奇怪而神秘的东西，与等阶清晰分明的妖兽不同，鬼物长久以来都没有一个明确区分实力的等阶判断，这是因为这种妖物总的来说还是颇为少见，通常只会出现在阴气极重的地方，如年月深久的古墓地窖，又或是阴地战场，当然若是某处尸骸堆积如山的地方，这种鬼物也是必然会出现的。

鬼物的种类不少，并且不限于人形，许多妖兽乃至强大的神兽异兽甚至巨龙古龙死亡之后，机缘巧合下，都有可能会化生出相应的鬼灵，当然这种条件颇为苛刻，相当少见。最常见的还是阴灵、僵尸、傀儡等鬼物，实力说不上特别强大，但各有诡异之处，对付起来十分麻烦。比如阴灵这种鬼物，身如白雾缥缈，包括凝元境上一些神通都很难击中它，或者说是击中之后也不知为何，伤害会被大幅度降低，非常令修士头痛。

不过沈石在最初的惊诧过后，脸色却是很快平静下来，并无惊惧之色。当年在青鱼岛上修行的时候，他在妖岛上已经见过这些鬼物了，所以也说不上有什么特别畏惧之处。相反地，他心里还知道阴灵这种鬼物的弱点。

阴灵不太害怕一些凝元境上的强力神通，但是它们却对五行术法中一些法术很是畏惧，等若是天生相克。对其克制最明显、威力最大的是从属于五行术法中金系的雷系术法，如雷击术、天雷术、落雷术等，对各种鬼物的克制极大，伤害也最明显。不过可惜的是，沈石至今还没机会学习雷系术法，在心中有些遗憾地抱怨了两句后，沈石目视前方，右手食指、中指则是夹住了一张火球术符篆，随时准备激发。

五形术法中，除了金系的雷术法天然最克制鬼物外，火系术法对鬼物的伤害也很大，而剩下的水、木、土三系法术，效果便差了许多。沈石所知道的这些都是过往他从书上看来的，究竟为何如此，他当然也不知道，反正前人早就总结了这些出来，绝对是不会错的。

阴灵犹如鬼火般的双眸盯着沈石，一股疯狂而残忍的气息喷薄而出，猛然张开大嘴，一声刺耳的尖啸随即发出，几乎与此同时，苍白的阴灵腾空而起，犹如一团惨白色的迷雾，向沈石扑了过来。

沈石盯着这团扑来的阴灵，感受到那扑面而来的凄厉阴风，身子却没有任何躲避闪让的意思，只是瞳孔之中微微收缩了一下。

一团黑影，忽然从他身前跳了出来，小黑这一次居然很是勇猛，毫不畏惧地冲了过去，一下子向那阴灵身上扑去。

那阴灵似乎犹豫了一下，不过或许是因为在这些鬼物的眼中，一只黑猪和一个人都属于活物生灵的范畴，并没有太大的区别，所以它的注意力很快被小黑吸引了过去，在又发出一声尖啸之后，两团白雾飘起，像是它的两只鬼爪，凶利无比地向小黑身上抓去。

劲风陡急，破空之声尖锐无比。这阴灵凶狠的一抓别说普通人抵挡不住，便是身躯强横的妖兽，如果只是一阶、二阶的低等妖兽，同样难以抵挡，一抓之下，只怕就要多出两个大血洞来。

然而小黑对这两只凶利的爪子视而不见，仍是气势汹汹地直冲而上，下一刻，那苍白色的利爪瞬间抓上了它的肚腹两侧，只听"砰砰"两声闷响，就这样从小黑的肚子上响了起来。

沈石心里也是咯噔一下，连忙向小黑看去，只见阴灵的利爪忽地在小黑肚皮处弯折了一下，那气势汹汹的一抓，竟然没有刺破小黑猪的肚皮，而与此同时，小黑已然一头撞上了阴灵的胸口。

阴灵虽然看着如雾气一般，但终究不是真的完全虚无缥缈，吃这小黑一撞，顿时整个如同白雾的身子向后飞去，同时它似乎仍然无法理解这只皮厚得出奇的小猪竟然能够挡住自己那两抓，惊怒之下，再度尖啸起来。

然而就在它啸声刚刚发出的时候，两团鬼火一般的眼眸前，突然被一道更灼热明亮的光芒所遮挡，那一刻，除了一个灼热而迅敏的火球，阴灵就再也看不到任何东西了。

五行术法——火球术。

约莫有阴灵半个脑袋大小的火球，被沈石迅猛无比地激发射出，在本身境界达到凝元境并开辟玉府丹田，收纳周身灵力汇聚一堂后，沈石在五行术法的操控上又上了一层台阶，这时候的他就算不动用眉心那一处神秘窍穴里的灵力，光是用丹田中的灵力激发符箓，所耗用的时间也是极少的，同时能够施法的次数却是大大增加。

这也是沈石当初在挑选第一个神通时选中金石铠的重要原因之一。

火球在阴灵的眼前迅速变大，那团鬼火中的贪婪凶厉很快变成了绝望，下一刻，这一记火球便击中了阴灵的脸庞。

"砰"的一声。

结结实实的一声。

阴灵的身躯整个被击飞了出去，灼热的火焰狂野地燃烧着，瞬间将它的头颅烧尽，在火光中仿佛还听到一声凄厉的叫喊，但是很快归于寂静，片刻后火焰熄灭时，阴灵的头部已然不见了。

沈石的嘴角微微抽搐了一下，这火球术对阴灵的伤害确实相当明显，甚至有些出乎他的意料，没来由地，他忽然想到了当年在妖岛上被那些阴灵鬼物追得狼狈逃窜的模样，仿佛还在昨日。

山洞里重新安静了下来，沈石深吸了一口气，心里镇定了不少，只要火球术对这里的鬼物还有强大的伤害，他就无须太过害怕了。只是很快地，一种更加怪异的声音忽然从前边传了过来，窸窸窣窣的，一时间似乎难以分辨到底是什么，沈石心头一紧，以为是又有新的鬼物出现。

只是他凝神往前一看，登时就是一呆，然后双眼睁大，带了几分不可思议的古怪神情，愕然道：

"不是吧，小黑，你连……你连阴灵都能吃？"

第三十五章 ■ 逆乱阴阳

说是吃阴灵，其实细看之下也不能说是很准确，只是沈石一时太过惊讶，愕然出声。只见前方那个被火球术削去半个脑袋的阴灵此刻眼眶中鬼火已灭，显然是没有了动静，委顿地落在地上，而小黑却是不知何时跑了过去，在这个奇怪的鬼物周围似乎颇感兴趣地闻嗅了一番后，又用鼻子拱了拱那些如白雾状至今未散的奇怪身子，片刻之后，它似乎突然找到了什么感兴趣的东西，身子微微一顿后，目视阴灵，眼睛再一次起了变化。

这一次，却不是右眼的青、黄、紫三色光轮出现，而是沉寂了很久从生成之后几乎就没有什么动静的左眼，那一片仿佛永恒不变的灰霾在它眼中浮现出来，冰冷而不带感情。

阴灵的尸体猛然颤动了一下，在这遍布幽光诡异的洞穴里，几乎让人差点误以为这个鬼物再度复活，令人有毛骨悚然的感觉。

一缕纯白的气丝，犹如一根发丝般精细，悄无声息地从阴灵那白雾状的身体上飘了出来，带着几分扭曲和颤抖，如被一股无形的力量所抽取，颤颤巍巍地飘向了那一片深沉灰暗的灰雾，飘向了小黑的左眼。

片刻之后，这一缕纯白的气丝便被那片灰雾所吞没，再也看不到任何痕迹。

小黑猪的身子轻轻震动了一下，忽然回头看了沈石一眼，那一片灰暗沉默的眼神，除了有的只是奇怪的孤寂冷漠没有其他任何表情，让沈石的声音忽然低落了下来。

这一眼，仿佛竟是一种从未见过的生物，从没看到的眼神，没有热情，没有温暖，但也并非杀意敌对，有的只是一片冷漠与陌生。

那一片灰霾凝固片刻，随即消散，小猪的双眼又恢复了原状，然后像是突然被沈石那句话惊醒一般，再次抬头看了看在自己身后不远处的沈石。

沈石默然凝视着小黑，而小黑的神情似乎带了几分困惑，犹豫了一下后，慢慢走到了他的身边，用自己的头轻轻蹭了蹭沈石的小腿。

那是一种熟悉的触觉，一如过往的日子里他们常在一起的样子。

沈石沉默了一会儿，然后在它身前蹲下，小黑猪在这个时候，似乎很奇怪的也没有了平日那种活蹦乱跳的样子，而是很乖觉地靠在沈石的身边。

沈石伸手轻轻摸了一下小黑猪的脑袋，随着他手掌掌心滑过那些光滑柔软的皮毛，小猪的耳朵也顺从地耷拉下来。

它小小的脑袋就在他手心底下，似乎显得格外脆弱，仿佛有一种生死就在这手里掌握的感觉一般。沈石的手停顿了一下，微微一紧。

小黑猪抬头看了他一眼。

沈石凝视着它，过了一会儿，低声道："小黑？"

小黑嘴里哼了一声，答应了他。

沈石沉默了片刻，点了点头，然后露出了一丝笑容，道："我们继续走吧？"

小黑猪点点头，然后转身向前跑去，沈石跟在它的身后，深吸了一口气后，就这样也走进了前方那片幽暗难测的黑暗阴影中。

过了一会儿，那片幽谧里忽然传来沈石平静的话语声，道："小黑，以后你都会一直陪在我身边的吧？"

"哼哼！"那是小黑的声音，此刻似乎已恢复了几分平日的快乐，声调快活而坚定。

一缕轻笑，从那片幽暗深处传来，那两个身影终于渐渐消失在前方，而在原来的洞穴地面上，那一个阴灵的身躯此刻却正在缓缓发生着诡异的变化，所有的白色雾状的躯体，像是失去了支撑它们存在的支柱，全部都在慢慢地崩解消散中，没过多久，便化作一片微尘，在这处洞穴中彻底地消失了，只有那碧绿的幽光沉默冰冷地照耀着这里的地面。

幽谷地面之上，午时过后，或许是前来此处探险的修士大多已经进入了那些山洞，所以谷中看上去变得冷清了许多，很久也看不到一个人影，只有山谷中的那些石像依然伫立于此，与过往千百万年的岁月一样，沉默地凝视着这片幽静的天地。

忽然，那座最雄伟的山峰之下，也不知何处传来了一阵低沉而怪异的闷响，夹带着几分隆隆之声，仔细听去，倒像是地底下打了几声惊雷，又或是什么传说中的可怕巨兽咆哮低吼了几声。

甚至有那么片刻，这山谷的地面上都仿佛微微颤抖了几下。

一股尘土突然如汹涌湍急的浪潮般从那山壁之下左侧的第二个洞口处轰然冲了出来，"哗"的一声冲天而起，遮天蔽日一般盖住了好大一块地方。一个人影跟跟跄跄地在这片烟尘中冲了出来，随即看着像是被这些烟尘呛到，咳嗽不止，满面尘灰，但脚步却是奇快无比，一溜烟地从那洞口里蹿了出来。

山腹深处，仿佛就是从左侧第二个洞口的方向，那片最幽深的黑暗深处，传来了几声愤怒的吼叫，带着几分不甘，随后逐渐平静了下来。

这个人影快步走出了那片烟尘，来到附近的石像群旁边停下，此人正是那个周姓相士，只是与之前进洞的时候仙风道骨、风流潇洒的模样相比，此刻的他却像是变了个人，头发凌乱、烟尘满面，就连身上的道袍都破了两道明显的口子，看上去很是狼狈的样子，倒是一直被他握在手上的那柄青竿却依然温润碧绿，丝毫不沾尘土烟灰。

相士站在一只狻猊石像边，手扶着狻猊肚皮长出了一口气，似乎到了这个时候才是松了一口气的模样。只是看他脸色，兀自还有几分惊魂未定，但见他眉头皱起，面上带了几分疑惑之色，自言自语道："不对啊，难道我认错了这里的禁制阵势，不是'幽冥镇魂锁'？而且这底下到底关着什么东西，居然会生出如此厉害的鬼物……"

他闭目沉思了一会儿，但脸上困惑之色未减，摇了摇头，再度睁眼，却是又一次向着远处巍峨起伏的高耸山峰眺望，又看了看那山壁之下的三十六个洞穴，沉吟多时，皱眉自语道："不应该啊，这分明是'幽冥镇魂锁'的格局，到底什么地方出错了？"

他皱眉苦思良久，看上去却仍似一无所得，脸色顿时看着有些愁苦起来，一时也顾不得平日里颇为在乎的仪表外貌，十分没风姿仪态地一屁股坐在地上，靠着身后的狻猊石像，瞪大了双眼，苦苦思索。

"到底是哪儿看错了，怎么会有这般诡异的禁制呢？"相士默然苦思，目光有些茫然地扫过周围。只见幽谷寂寂，此刻一片安静，除了在他身旁附近的那百余个石像，就只剩下那些冰冷黑暗的山洞了。

突然，相士身子猛地一震，像想到了什么似的，一下子从地上跳了起来，霍然回头，却是看向自己背后这一个狻猊石像。

不知经历了多少风雨岁月的古老石雕，看上去到处都残留了岁月的痕迹，有些地方已然有了残破之处，但是相士此刻瞳孔微微收缩，片刻之后，从他嘴里慢慢地吐出了两个低沉的字眼：

"石像！"

他注视着狻猊石像片刻，忽然连退几步，放眼望去，只见这一片石像群落错落有致地形成了几层圆圈，相士哼了一声，然后就做出了一件很诡异的事情。

他开始数数。

"一、二、三……"

从眼前这只狻猊石像开始，他细致、小心、沉稳并一丝不苟地开始点数着这些幽谷石像的数目，目光炯炯，精芒闪动，似乎每一个石像他都不愿错过。

"九三、九四……"大半的圈子缓缓转过，他的身影再度出现在另一边，脸色渐渐变得凝重，甚至带了几分肃穆，但是那数数的声音，依然沉稳而没有停下。

"一百零六、一百零七……"他的声音在这个时候，忽然停顿了一下，然后目光沉默地抬起，看向了眼前，那是最后一个石像了，再过去一个，就是他刚刚开始数的狻猊，而在他眼前的，则是一只貔貅石像。

"一百零八。"

他默默地走到了貔貅石像之下，凝视着这只上古神兽良久，然后缓缓吐出了这个字眼。过了一会儿，他的脸上终于露出了一丝苦笑，然后转身，目光扫过这一片石像群，眼中露出一抹惊叹之色，仿佛是看到了什么不可思议的景象一般。

"好手段、好手段啊……想不到这世上竟有如此鬼神莫测的神通，以石为眼镇压地脉，进而重组大阵，颠倒乾坤，逆乱阴阳，非但将'幽冥镇魂锁'的仅有生路都尽数封禁，更将阴煞杀气增加数倍，当真是见神杀神，遇佛弑佛。这……当年这山下大墓之中，究竟封禁了什么东西，竟要如此的手段？"

相士在原地负手来回踱步，走了一会儿，忽然像是想起了什么，转头向山壁那边看了一眼，他的目光最后落在了那右侧第九座洞穴之上。

他眼中沉思之色掠过，轻声自语道："既然镇魂之阵已乱，此地再无生路，那应该是……"他沉吟片刻，又看了看周围地势，目光最后落在这一百零八个石像上，似乎在找寻什么，只是眉头越皱越紧，看得出来这般思索对他来说也是颇为吃力，像是有不小的负担。

他的目光从一个个石像上掠过，又一个个离开，身子慢慢走近了石像群落的深处，口中念念有词，道袍之下的手指不停地屈伸计算着，也不知过了多久，忽然他眼睛猛地一亮，一下子盯住了前方某座石像：

"就是这个，不是生路，是地，呃，不对，是破……咦？也不对，是……死路？"

他的脸上掠过一丝惊讶之色，不过随即又是一片默然，逆乱阴阳、颠倒乾坤之后，这地下阵势之凶厉，这世上几乎已经没有人会比他更明白的了，对绝大多数人来说，生路、死路，其实都只有一种结果。

只是过了片刻，他忽然又怔了一下，似乎直到这时才看清了这座石像，一时有些茫然，在他眼前的这座石像，居然正是不久前，沈石与小黑猪曾经停驻凝视过的那座阴龙雕像。

第三十六章 ■ 尸王

水声幽幽，从前方虚无缥缈的黑暗深处传来，初听到时仿佛就在不远处，只是走着走着，那水声却又像是模糊起来，过了一会儿，又清晰少许，就这样忽远忽近的，让人分辨不清，显得格外诡异，而脚下的这条路却是依旧向着地底深处延伸而去。

沈石已经难以判断自己在进入这个洞穴之后到底走了多远，唯一可知的是自己此时已经是深入地下。寂静的洞穴通道里悄然无声，让他的精神有些紧张，不过类似的经历在沈石的记忆中也有过一次，那是当他还年少时，在青鱼岛上与钟青竹在那场暴风雨中意外陷入那一处黑暗洞穴里。

不知道是不是因为有过这么一场经验，所以面对这阴森犹如地府的洞穴时，沈石的心情还算平静，中间他甚至还想到了钟青竹，想到了两个人在那天坑绝境中一起挣扎求生的十天，然后又莫名地想到了这一次自己回来，书堂云山殿外，她站在那树荫之下对着自己微笑招手呼喊的模样。

他的心里似有一丝温暖掠过，年少时的几个朋友，似乎都还没有太多的改变，无论是钟青竹还是钟青露和孙友。

前方不远处，小黑忽然停下了脚步，嘴里低低哼叫了一声。

沈石眉毛一挑，走了过去，很快就看到前方一侧岩壁之下，碧绿幽光中，有一个人扑倒在地，一动不动。

小黑抬头看了沈石一眼，沈石则是沉默了片刻，然后走了过去，用脚轻轻踢了一下那人，幽光之下，那人的身子僵硬地翻了个身，露出一张扭曲的脸，皮肤苍白，神情恐惧，却是死去多时。

沈石皱了皱眉，神色间有几分凝重，这样的尸体已经是他这一路走来看到的第六具了，而如之前阴灵那样的鬼物他也再次遇到了两个，不过因为他所用的五行术法对鬼物有所克制，并且威力比普通法术更强上不少，加上前头还有一个皮糙肉厚的小黑顶着，所以在对阵鬼物的时候沈石应付得很轻松，都是在找准机会后只用了一个火球术就轻而易举地击杀了。

倒是在杀死阴灵后，小黑却再也没有任何的异样举动，左眼中那奇异的灰霾也没有再出现过，似乎之前的异样只是昙花一现。

这一路看到的六个死人都是修士，想来都是前来这一处出世大墓想要探险寻宝的人。虽然目前为止沈石应付这洞中阴灵还算轻松，但是随着看到的尸体渐渐增多，阴灵出现的频率似乎也有所增加，很明显地可以看出，前方的危险已经开始增加。

或许，不应该继续冒险前进了吧？

他心中正有些犹豫的时候，在他身边的小黑忽然间像是感觉到了什么，猛地抬头向前方看了一眼，口中哼哼叫了一声，似乎在对沈石叫着，然后向前跑去。

沈石怔了一下，眼中掠过一丝光芒，迟疑了一下，还是跟了过去。

约莫向前走了数丈，周围的洞穴除了看起来比之前宽大了许多外，并没有太多的改变，但是沈石却忽然闻到了一股浓烈而呛鼻的气息。

那是一股强烈的血腥气。

小黑在他的身前，似乎也带了几分不安，低声吼叫了一句。

沈石看了它一眼，脸色渐渐阴沉了下来，然后抬头望着前方那片幽深的黑暗，深吸了一口气后，却是再度踏出了脚步。

那曾经忽远忽近的奇怪水声，开始变得清晰起来，在这个寂静的洞穴深处，似一条小河安静地流淌着，偶尔会溅起水花，又或是水流拍击着水面下的石子，发出哗哗的声响。

越发湿润的微风，从前方阴影深处吹了过来，空气里的血腥气，随着沈石不断向前的脚步，也越发浓烈起来。

蓦地，在他眼前那一直持续仿佛永恒不变的洞穴通道陡然消失，那些从石壁上散发出来的碧绿幽光随之消散，取而代之的是展现在他眼前的一个庞大而奇异的地下空洞，洞顶离地面约莫有数十丈高，足有五十亩大小的空间里，沈石看到了那条河。

一条悬空离地的红河。

红色的河水犹如殷红的鲜血，从洞顶的黑暗不知名处流淌而下。但不知是何缘故，这滔滔水流竟然没有像是普通的瀑布那样倾泻而下，而是平缓如小溪一般，就那样悬空离地，缓缓地流过这片半空中。

哗哗水声，隐隐浪花，就这样出现在沈石的眼前，让他几乎不敢相信自己的眼睛，只看到那一条诡异的红河河水，在空中甚至还拐了个弯，就像是半空里有一道肉眼看不见透明的河道，约束着那些红色河水转折流淌，平稳无比地流向了远方黑暗深处。

沈石甚至还在那河水里看到了鱼，只是那鱼的模样让他更是毛骨悚然，除了头尾如常外，那河水中偶然游过的鱼类，整整中间一截的皮肉都完全不见，仅有一根骨头相连。然而偏偏就是在这诡异的河水中，这些骨鱼却如活物一般，摇头摆尾地游动着。

因为没有了刚才碧绿幽光的光线，这一处巨大洞穴里便显得比之前更加黑暗，不过在靠近这条悬空红河的附近，或许是因为从这条红河本身就散发出的奇异红光，照亮了附近空地，让人可以看到周围的一些情况。

沈石屏住呼吸，有些难以忍受此处浓重的血腥气，他甚至有点怀疑那条诡异的红河里的河水是不是鲜血。在古老传说中，黄泉地府里便有一条血河，那里鲜血滔滔并有无数凶厉虫蛇争食腐肉，神仙难渡，唯有一座奈何桥横跨血河，能过此桥者方可进入地府黄泉，再入轮回。

不过眼前的这条悬空红河虽然诡异，但与传说中那条地府血河显然还是差别很大，而河水中的那些怪异骨鱼虽然可怖，却也没有对外界活物有所攻击的模样。

想到此处，沈石的心下稍安，只是越发警惕小心起来，到了这里显然已经开始渐渐进入这地下墓室的深处，虽然直到此刻他也没发现什么，但是看到如此诡异的河流，只怕这里多半并无什么好东西。

他慢慢地又向前走了几步，红河上的那抹暗红异光落下，将他与小黑猪的脸都照得有些阴森诡异。突然，小黑身子猛地一顿，却是如临大敌，瞪大了双眼看着前方悬空红河下方的某个阴影黑暗处，龇牙咧嘴地做出了凶恶状，同时发出了愤怒的低吼声。

沈石心中一震，一道火球术符篆已经悄声无息地握在右手手掌心，随后迅疾转身，面对那一处黑暗。

一阵怪声，从黑暗里传了过来，听起来令人毛骨悚然，似乎是什么怪物正在啃食血肉一般。沈石的瞳孔微微缩了一下，向前走了几步，而小黑猪则是走在了他的身前。

红色的光芒从头顶的红河里洒落下来，渐渐将那片黑暗里的东西照亮了少许，沈石在看清了那里的情景后，猛然间脸色一白。

那里竟然堆叠着几十具尸体，看上去都是前来此地冒险的修士，只是此刻已然尽数丧命，尸身则是被胡乱堆到了一处，形成了一座令人头皮发麻的尸骸小丘。此刻，一个身高比普通人至少大一倍的巨大身影，正俯在这尸山上大肆吞食尸体血肉，举动之间，红光之下，可见这赫然竟是一个身躯庞大的僵尸，青面獠牙，皮肉如铁，两只巨大手臂如铁铸一般，撕扯肉身轻而易举；眼似铜铃，其中两团鬼火熊熊燃烧，更比之前沈石所遇到的阴灵炽亮了许多。

沈石倒吸了一口凉气，后退了一步，低声道：

"尸王！"

僵尸也是神秘诡异的鬼物中较为常见的一种，传说乃是人死后尸身异变而成，嗜食血肉，少有灵智，通常力大无比但动作笨拙。而在众多僵尸之中若有机缘巧合者吸取鬼灵阴煞的精华，便有可能变化生成另一种格外强大的僵尸，此即为尸王。

沈石随即眉头皱了起来，目光下意识地扫视周围，却是掠过一丝疑惑之色。他博览群书，对这些常见鬼物也是略知一二，尸王并不常见，若现身则必是阴煞深重之地，同时周围也多是跟随众多普通僵尸，任其驱驰使唤，从未听说有尸王单独现身的情景。

但眼下这红河之下，阴影之中，却分明只有这一个孤零零的尸王，根本没有其他普通的僵尸身影。至于说之前他小心提防并战斗过的阴灵，周围也是不见，但这并不是让沈石奇怪的地方，鬼物种类繁多，彼此之间也从不是和谐相处，彼此争斗司空见惯，僵尸与阴灵便是水火不容的两种鬼物，有这个尸王在，周围没有阴灵出现也是再正常不过了。

沈石的目光下意识地落到天空中那条诡异的红河上，殷红如血的河水就那样悬空而缓缓流淌着，这个地方充满了怪异，看起来甚至就连鬼物这种本身就诡异的妖物似乎都受到了某种不知名力量的影响。

这时，在他身前的小黑，对着前方的尸王似乎显得有些紧张，但敌意却是更大，发出了愤怒的吼声，这声音也终于惊动了那正沉浸在血肉中的尸王，尸山之上，那鬼物缓缓抬起头颅，向这边看了过来。

两团燃烧的鬼火，倒映出沈石与小猪的影子，不停闪烁。

第三十七章 ■ 毒气

"吼！"

一声震动心魄的怒吼声，突然在这个幽静的地穴中响起，趴在那尸山上的尸王猛然站起，庞大的身躯居高临下地看着沈石与小黑猪，越发显得身形巨大。那一人一猪所散发出来的鲜活气息，此刻在它眼中比任何东西都更加美好，甚至就连鬼火一般诡异的双眼中，都流露出嗜血的残忍与贪婪。

只听"咚"的一声沉重响声，尸王巨大的身躯竟然从那个尸山上直接跳了下来，砸到地面上时甚至让附近的地表都微微颤动了一下。

只是沈石在最初吃了一惊后，却也看到那尸王的身子并非稳如泰山，相反地，尸王看上去虽然比那些动作笨拙、缓慢的普通僵尸要敏捷得多，但是跳下地面的时候，身子却依然摇晃了几下，它脚上关节竟没怎么弯曲减震，硬邦邦地直挺着，所以这身子摇动的幅度越发明显。

　　沈石心中一动,不过还没等他细想,那尸王稳住了身子后,便立刻迈开步伐,向着他们大步冲了过来,同时张开血盆大口,两根尖利獠牙长长伸出,怒吼声中,腥风扑面,直如恶鬼一般令人心惊胆战。

　　若是胆小的人看到这一幕,怕是快吓死了,但是沈石显然不在此列,他虽然心中有些紧张,但还算平静,盯着冲过来的尸王,右手一扬,一团火球呼的一声,就那样凭空生出,在他的手掌上燃烧起来。

　　熊熊火光瞬间照亮了周围,那一团火球顿时成了这一处地穴中除了那条奇异红河之外最明亮的东西,而世间各类鬼物天生畏惧的除了雷电之外,便是这炽热的火焰了。

　　尸王的脚步几乎是下意识地微微一顿,但是它毕竟不是普通的鬼物,这点火球对它来说根本不值得畏惧,那一下的停步只是本能的反应,片刻之后,尸王再度发出凶恶的咆哮,速度不减反增,大步向沈石冲去。

　　只是就在它气势汹汹仿佛无人可挡的时候,突然一团黑影在它眼前跳了出来,纯黑的色泽仿佛与周围的黑暗融为一体,以至于尸王没有第一眼认出这是何物,但是看着那团黑影向着自己头颅扑来,尸王本能地怒吼一声,抬手打了过去。

　　"噗"的一声,声音沉闷,那团黑影向后飞了几步远,然后落在了地上,四肢着地。只是尸王那看上去力量雄浑无比的一击,却似乎并没有对这个黑影造成太大的伤害,黑影落地之后,身子抖了抖,从旁边看去,它的身上明显凸起了一块块状如甲片的皮甲,除此之外并没有任何伤痕。随后,这黑影转身对着尸王,龇牙咧嘴,发出了低低的吼叫声。

　　正是小黑,而在它身上那些奇异的甲片,不用说自然是源自它石皮猪妖兽的血脉天赋。

　　站在后头的沈石在看到小黑突然冲向尸王的时候,不由得吓了一跳,委实有些担心,这尸王的气势不凡,看来并非普通的鬼物可比,他真有些担心小黑能否挡得住这等怪物的攻击。不过再看到那尸王用力一击之下,小黑虽然被打飞,但是落地之后看着生龙活虎,居然还对尸王怒目相向,显然并无大碍,沈石顿时心中平静下来。

　　本来以他最初的想法,这尸王明显一看就是力大无比的妖物,不要说自己这个凝元境初阶的境界了,怕是凝元中阶甚至高阶的修士过来,单比力量的话,只怕也未必能胜过这个尸王。只是看之前尸王的动作举止间,显然还不算连贯敏捷,或许自己边战边退避免正面交战,也并非就是败局。

不过眼下小黑既然能在厚甲天赋的防御下扛住这个尸王，沈石自是不必再那么麻烦，眼看着尸王注意力一下子被小黑拉了过去，站在后头的沈石简直不要太轻松，会心一笑之后，手腕一抬，一个火球已然激射而出。

相比起尸王那庞大的身躯，个头矮小的小黑在尸王面前就像一只弱小的蝼蚁一般，然而体型虽然相差如此大，但是小黑面对着这个凶厉狰狞的尸王，在最初的紧张过后，却似乎并没有过多畏惧，反而是低吼连连，龇牙咧嘴地做出愤怒凶恶状，看起来对尸王敌意颇深。

这幅情景落到站在后头的沈石眼中，只觉得怪异非常，平日里出外遇到一些厉害妖兽时，小黑都会偷懒或是缩头缩脑的，偏偏此刻面对实力比过往所有遇到的妖兽看起来都更强大的尸王，它却丝毫没有惧色与退意，看起来这只小黑猪甚至有些对鬼物一类的妖物特别反感的意思。

尸王在刚才的一击之后，看到小黑猪似乎若无其事的样子，显然也有些吃惊，不过僵尸一类的鬼物大多脑子比较简单，哪怕是一只尸王，也顶多比普通僵尸会灵光上那么一点点，毕竟它比其他僵尸强的都是在肉身与力量上。

既然想不明白为什么这样一只蝼蚁似的小猪居然能够挡住自己的攻击，尸王也就没有多想，而是在本能的驱使下，对鲜活血肉的渴望压倒了一切，它再度发出恐怖的咆哮声，大步向前，一脚向小猪踩了下去。

这一脚，看上去简直就能踩扁那只黑猪。

只是就在这时，忽然一团火光猛然在尸王眼角处亮了起来，一股炽热的火焰热度瞬间贴近了它的侧脸，尸王怒吼一声，身子猛然后退，但是僵硬的腿脚再度拖了它的后腿，让它后退的速度慢了许多，只堪堪避过了头颅，却被火球"砰"的一声打在了左肩之上。

火焰猛然明亮，片刻之后暗淡了下去，尸王的身子震动了一下，左右摇晃了几次之后，这才稳住，掉头向自己左肩看去，只见铁锈般的肩膀上，已经焦黑了一片。

"吼……"

被激怒的尸王瞬间发出震耳欲聋的咆哮怒吼声，向着沈石大步冲了过去，沈石连退几步，前方黑影瞬间跳起，却是小黑果再度挡下了这个狂怒的尸王。

沈石深吸了一口气，手指拂动，指掌间再度浮起火焰，有了小猪的阻挡，他施法的时间空隙十分宽松，暂时还不必用到如意袋中的符箓，毕竟单独一种火球术符箓也不算特别多，而其他的法术对上鬼物的效果也不大。

　　只是看着前方怒吼连连的尸王，看到它肩膀上那一片焦黑之色，沈石的眉头却是微微皱起，心想自己这一阶的火球术，哪怕是经过天冥咒的加持精炼，威力终究还是不够大啊。在这一次，沈石想日后若是回到凌霄宗金虹山，必定要去术堂那边想法子修习些二阶术法，除此之外，符箓看来也是要多多预备，越多越好啊……

　　脑中闪电般地掠过这些念头，沈石的手里却并没有停下，趁着小黑缠住了那尸王，沈石身形敏捷地游走在周围，然后每每瞄准空子就向尸王的头颅激发火球术。

　　毫无疑问，尸王这一身铜筋铁骨般的肉身，最薄弱也是最要紧的就是头部，从它刚才下意识地躲避火球的动作就能看出来。只是尸王并不是以敏捷见长的鬼物，加上又有小黑猪不停骚扰缠斗，而沈石的法术经过这么多年潜心修炼与妖界里的征伐厮杀，早就有了无比丰富的经验，一个个火球术施放出来，角度多是刁钻无比，尸王在勉强躲过了最初几个火球后，到了后面，却是再也躲避不过，那巨大的头颅连续被几个火球砸中。

　　"咚、咚、咚"的沉闷之声不时响起，那是炽热的火球重重打在尸王脸上的闷响，每一次的击中都能看出尸王有片刻的呆滞，身子也是会踉跄几下，显然头颅上的伤害比起肉身其他的地方要严重得多。

　　尸王在如此的骚扰攻击下，没过多久便愤怒欲狂，拼命地嘶吼着，双手大开大合，黑色的爪子似乎想要撕开身前一切的活物血肉，但是，小黑猪一来动作敏捷远胜于这个尸王；二来它加持了厚甲后皮糙肉厚到了令人瞠目结舌的地步，明明看着只是一身薄薄的黑亮猪皮，偏偏如此可怖的尸王就是对这层皮甲无可奈何，屡屡激得那尸王怒火中烧，吼声如雷。

　　至于沈石，则更是一直远远地站着，每当尸王被火球术砸中激怒之后，掉头向他这里冲来，沈石便早早躲到一旁，待小黑再度缠住那尸王后，他却又冒出来，瞄准空子用火球术给尸王狠狠地来一下。

　　如此几番回合下来，尸王的脚步已然开始零乱，连吼叫声都低落了不少，似有败落之象。

　　就在沈石精神一振，准备招呼小黑再加把劲的时候，那尸王似乎是因为成精日久，终究还是有些灵智，竟然一个转头直接向后头的尸山方向跑去。

　　沈石这还是平生第一次看到鬼物中居然有怕死逃跑的，忍不住也是怔了一下，随后才反应过来，连忙招呼小黑追上，自己同时一个火球术激发而出，打向那尸王的后脑勺。

这一下若是打实了，绝对能让尸王难过，而小黑猪看起来也似乎是看到了胜利的曙光，显得很兴奋，"嗷嗷"叫着，向着尸王扑去。

它的动作敏捷远胜于那尸王，几下就追上了，而尸王的身子不知为何突然猛地一顿，居然停了下来。

沈石在后面忽地心头一跳，像是察觉到了什么，大声叫道："小心！"

小黑此刻正腾空而起，四蹄飞起，看着就要踹到那尸王的头，谁知尸王忽然狂吼一声，猛地转过身来，整个青面獠牙的可怖面孔上瞬间涨满了一股浓烈黑气，随即猛一张嘴，从那血盆大口里"呼"的一声，腥臭之气四溢，喷出了一股浓黑之气，就这样喷在了小黑的脸上。

浓如墨汁的黑气转眼间就笼罩住了小黑的脑袋，只见这只小猪的身子猛地一僵，然后就像是一颗石头般从半空中落了下来，"砰"的一声，重重地摔在了地上。

第三十八章 ■ 尸苔

沈石大吃一惊，立刻欺身向前，同时手腕一翻，几乎是在眨眼间一颗灼热的火球便飞了出去，直接打向那尸王脸上。

此番沈石却是用上了符箓，在他道行突破到凝元境后，于五行术法上的助益在此刻终于显现了出来，只见他手上几乎毫不停歇，双手连用，随着一张张符箓瞬间出现在他手上又轰然烧尽，一个接一个的火球以闪电般的速度在他左右手上出现，在半空中形成一道火球洪流，气势恢宏地向那尸王冲去。

尸王在毒倒了小黑之后，本是怒吼一声想要再追上去踩扁这只可恶的黑猪，谁知转眼间便看到火球迎面冲来，迫不得已退了一步，用手臂挡开了火球。

然而下一刻，还未等它喘息初定，尸王便发现竟有数颗火球如连珠弩一般接踵而至，轰然而鸣。刚才那转身喷毒，乃是这尸王修炼多年而成的尸气，剧毒无比，但是对别人是剧毒之物，对尸王却是珍贵精华，这一下被迫使出"撒手锏"，尸王本身也是元气大伤，原本就有些僵硬的身形动作，此刻更是慢了不少，在挡过了最初几个火球后，尸王跟跄之下，加上沈石施法速度惊人地快，最后竟是被连续三个火球直接砸中了面门。

只听"咚咚咚"连续三声闷响，尸王低吼声中带了痛苦，庞大的身躯跟跄而退，双手捂面，隐约可以看到连那双眼中的鬼火都暗淡了许多。

沈石用火球术逼退尸王，一时也顾不得去仔细看那尸王到底伤得如何，赶忙趁机冲到小黑身旁，一把抓住小黑的后腿就拖着它向后跑去。

只是刚跑了两步，忽然只听一声含混不清的咕哝声，却是从自己手上的小黑嘴里发出来的，沈石心头一跳，连忙回头看去，只见那团黑气不知何时已然散去，小黑的猪头重新露了出来，一双眼睛带了几分茫然和呆滞，似乎有些分不清情况，呆呆地看了周围一眼。

沈石一把将小黑抓到眼前，用力摇晃了几下它的身子，急声道："小黑，小黑？"

小黑一个激灵，身子颤抖了一下，然后看向沈石，嘴里发出"呜呜"声，像是回应了沈石的叫唤。

沈石微微皱眉，但听它声音再看看它的模样，似乎并没有什么特别危急的中毒迹象，心里不由得松了口气，同时也正感奇怪的时候，便看到小黑忽然脸上表情扭曲了一下，双眼一翻。

沈石心头又是一惊，正担心是否此刻才是剧毒发作的时候，却只见小黑表情古怪了片刻，然后嘴里发出了"呃"的一声，看这样子，似乎……似乎有点像是打了个饱嗝。

沈石一时呆住了片刻，小黑晃了晃脑袋，看起来已经完全恢复了正常，同时嘴里居然还吧唧吧唧了两下，似有意犹未尽之感。

他们这里正大眼瞪小眼之际，前头却忽然传来一阵声响，沈石与小黑同时转头看去，只见那尸王脸上一片焦黑，连原本凶恶的五官似乎都在刚才沈石那一波连珠火球的威力下被砸歪了一些，此刻却是转过身，大步向尸山的所在跑去。

沈石一声冷笑，站起身来，此刻这一场战局胜败之势已然分明，虽然不知道为什么那尸王看家的毒气对小黑居然无效，不过既然局面如此，不趁机痛打落水狗又怎么对得起刚才的那一阵厮杀呢？

"上！"

沈石向着尸王一指，而小黑似乎比主人更加积极，在清醒过来之后，甚至是在沈石发声下令之前，小黑便已冲了出去，直奔那尸王。

尸王听到身后的动静，大步奔跑中回头看了一眼，只见那小黑正是向自己冲来，但是片刻之后，一团火光再度亮起冲来，却是沈石再度激发了一个火球术向它这里激射而至。

　　这一场战局里，尸王在这个火球术下着实吃了好多苦头，此刻看着居然下意识地有些畏惧起来，掉头就跑，似乎已经有些预感自己可能打不过这两个"阴险狡猾"的敌人。

　　然而因为要躲避这火球术，尸王不得不向旁边让了一下，动作登时停滞了下来，等它再度迈开大步想回到尸山那边时，突然脚下猛然一僵，低头一看，却是后脚的脚踝居然被那只黑猪毫不客气地一口咬住了。

　　虽然小黑的体型看起来与这只尸王无法比，但是小黑那小小的身躯里此刻所爆发出来的力量，却同样是不可小看的，只见那猪牙紧咬，低吼一声猛地向后一拖，尸王正是向前迈步奔跑的时候，顿时整个身躯便失去了平衡，怪叫一声之后，尸王整个身子便如塌金山、倒玉柱一般轰然摔了下来。

　　沈石从后赶到，亲眼看到这一幕，只见那凶悍的尸王受此挫折，似乎也是凶性大发，怒吼一声就要坐起拼命，但是脑袋刚抬起来，便只见眼前忽然一黑，一只力道十足的猪蹄重重地印在了脑门儿之上，"咚"的一声巨响，又把那青面獠牙但此刻已然狼狈万分的脑袋打到了地面上。

　　沈石在尸王的吼叫痛呼声中施施然走了过来，看着趾高气扬地站在尸王胸口耀武扬威的小黑，忍不住也是笑着摇摇头，道："不错啊。"说着，手上缓缓亮起了一个火球。

　　小黑得意地哼哼叫了两声，脚底下的尸王看起来已经晕头转向，口鼻中都有不明黑色液体流出，显然头颅要害连受重击之后，它已然是有些神志不清了，但靠着本能的驱使，尸王仍是低吼了一声，无力地挥舞着爪子想去撕扯些什么。

　　沈石站在尸王的身前，居高临下地看了它一眼，手腕一翻，那颗火球轰然击下，结结实实地再次打在了尸王面孔之上。

　　"吼……"

　　一声声嘶力竭的嘶吼，尸王的头颅猛地向后一折，重重地打在地面上，同时身躯一阵抽搐，片刻之后，终于僵硬静止了下来。

　　尸王丑陋狰狞的脸上，眼眶中那两团鬼火缓缓熄灭，而这一处地下洞穴里似乎也随着这个鬼物的死去而恢复了平静，沈石甚至觉得连之前那浓烈的血腥气都轻淡了不少。

　　只是沈石也不知道这感觉到底是不是真切，又或是自己在这里站得久了已然渐渐习惯了这气息。他盯着那尸王看了一会儿，确认这鬼物确实再无生息之后，心里终于松了一口气，沉默了片刻后，转头再度向周围看去。

红色的光芒里，那座由修士尸体堆砌的尸山看上去在阴影中仍然显得可怕而恐怖，而头顶那条曲折诡异的红河，似乎丝毫不受外界的影响，仍然在静悄悄地流淌着，包括那艳红色的河水中奇异的骨鱼，似乎也对外界的变化熟视无睹，依然自顾自地在河水中游动着。

红光之中，这里的一切都显得格外诡异。

沈石目光扫过，默默地站了一会儿，似乎是在思索着什么，随后视线回到了已经僵硬地躺在地面的尸王躯体上，蹲了下来。

他的目光扫过这具鬼物躯体，眉头微皱，像是在回想什么：

"如果我没记错的话，似这等尸王肉身之上，应该是有东西的……"

他的手伸出了一半，忽然又收了回来，想了一下后，从如意袋里摸出一个小盒，同时右手里多了一把小刀。

刀刃在红色的光芒下倒映出几分明亮的光芒，看上去约莫只有数寸长，沈石小心地拿着刀柄在这尸王的左臂上翻动了一下，很快就发现在上臂内侧有一层灰褐色中隐隐透着一丝惨绿的细粉，附着在尸王手臂皮肉上。

沈石脸上掠过一丝喜色，微微点头，随后小心地用刀刃轻轻刮取，将那薄薄的一层细粉刮了下来，落在那小盒之中。这一只手臂上的细粉并不多，看面积约莫只有半个手掌大小，刮落下来的也仅有极细的一层，但是就是这么几下，那柄小刀的刀刃上已经有些发黑了。

待所有灰褐色略带惨绿的细粉都取完之后，沈石这才松了口气，站起身来，将这小盒盖上，然后小心地放回如意袋中，再看了一眼手中那柄小刀，整个刀刃都已经黑了。

他摇了摇头，这类成精日久的僵尸鬼物身上往往都带有剧毒，修士还好，凡人沾染上了几乎就是必死。他随手将这柄小刀丢到那尸王尸体边上，然后向旁边走开了两步。

刚才他所刮取的这些奇异的细粉，是只长于阴煞之地成精日久鬼物身上的一种灵材，名唤"尸苔"，很是少见，性带剧毒，但却是某些丹方必需之物，于《鸿蒙药典》中排在三品，又因为来源稀少，在市面上的价格却是极高的。

以沈石的眼光来看，或许是因为这尸王鬼物成精颇久，从它身上取到的尸苔品相极佳，仅是这半小盒的尸苔便至少可值五百灵晶。有了这东西，这一趟便不虚此行了。

沈石沉吟片刻，心想此时遇到的鬼物便已经如此厉害了，要不是自己所学的五行术法以及小黑猪似乎特别克制这鬼物，搞不好自己就要折在这里，再看看那尸山上几十具修士尸体，他心里已然有些打了退堂鼓。

前头阴影重重，危险莫测，沈石摇了摇头，最后还是决定不能再冒险了，正准备唤小猪退出这个山洞的时候，只见小黑猪跑到那座尸山的左侧，似乎是一座山壁之下，借着红光闪烁，可以看到几块大石堆叠在那里，除此之外便再无异样，倒是尸山的右边再往前十多丈远的地方，有一条幽深通道现出洞口，似乎是通往地穴更深处的地方。

沈石皱了皱眉，道："小黑，我们走吧。"

小黑回头看了他一眼，忽然"哼哼哼哼"地叫了起来，同时鼻子在那些石头边上闻嗅了一阵后，却是抬起一只前脚，在某一块石头上敲打了几下。

沈石一怔，似乎想到了什么，迟疑了片刻后，慢慢走了过去，当他在小黑身边停住脚步的时候，小黑低低地叫了一声。

沈石脸上的神色看起来有些奇怪，默默地看了小猪一眼，然后目光落在面前那些平凡无奇的石头上，沉默了片刻后，看着小猪，轻声道：

"侯家人？"

小猪点了点头。

第三十九章 ■ 异变

沈石的眉毛微微挑了一下，目光随即落在眼前这些大石头上。在他看来，这些随意散落堆叠在石壁角落下的石头并没有任何特殊之处，反倒是与这一处奇异幽谧的地下洞穴周围环境十分契合，黑乎乎、阴森森的，甚至在石面上都长了一层浅浅而又潮湿的苔藓。

沈石在这些石头前蹲下身子，仔细看了一会儿，同时心里其实也有些犯嘀咕，心想虽然在尸王死掉之后，这里的异味与血腥气不知为何稀薄了不少，但是气味仍然十分浓郁，也不知小黑的鼻子究竟是什么做的，居然能在这种环境中发觉侯家人的气息。

石头看上去有五六块，大小不一，不过差不多都有半人高，有些杂乱地堆在角落里，沈石起初自然不会注意到这么个偏僻的角落，但此时得到小黑的提醒，在仔细观察片刻后，果然渐渐看出了几分异常的蛛丝马迹来。

他目光扫过这些石头，看着那些粗糙的石面，还有阴影里潮湿的青苔，然后忽然抬起头看了看周围，附近的地面干燥而平整，除了半空中的那条诡异悬空的红河，这一处地下洞中就再也没有任何的水源了。

但是那条红河离这个角落有数十丈远，沈石站在石堆这里好一会儿，也并未感觉到有特别的湿气，那么这些石块上异样湿润的青苔，又是怎么长出来的呢？

他沉默了下来，似乎在思索着什么。过了一会儿，他的目光再次回到那几块石头上，然后伸出自己的右手手掌，小心地放到了面前一块石头上。

触手处，一抹凉意从肌肤上传了回来，湿润而充沛的水汽从略有刺感的青苔上很快沾染了他的手心，凉丝丝、冷冰冰的，并不是一种很舒服的感觉。不过除此之外，这些青苔也就没有更多的异样了。

沈石脸色不变，只是神色凝重，轻轻地沿着这块大石头的表面摸了过去，石面上凹凸不平，原本似乎是有些粗糙的，但是因为生长了这些潮湿的青苔，却反而变得柔和了许多。

不过沈石一直摸完这块石头的正面、侧面乃至反面之后，却是什么都没有发现，似乎这颗大石只是一块普通的丢弃在这个角落的石头罢了。

悬空的红河仍然在安静地流淌着，诡异的红光照耀着这个地下洞穴，让沈石的脸色在暗红色的光芒中也渐渐开始变得有些诡异起来。站在他身旁的小黑忽然抬头看了他一眼，似乎有少许的不安，低低哼叫了一声。

沈石回头看了它一眼，平静地道："再等等，如果这里找不到什么，咱们就回去。"

小黑低头"哼哼"叫了两声，跪趴在地上，然后默默地注视着沈石重新伸出手去，开始检查第二块生满青苔的石头。

过了一会儿，沈石的手掌带着些许冰凉的水渍抬起，也是没有任何发现。

沈石的眉头缓缓皱了起来，横过头看了趴在一旁的小黑一眼，心想难道是这里的气味太重导致小黑的鼻子失灵了，又或是混乱了吗？不过再想想过往小黑寻找灵草时的灵异，沈石摇摇头，心想不就是几块石头吗，实在找不到什么就像刚才说的那样退出山洞就是了，反正如意袋中那半盒罕见的三品灵材"尸苔"，已经足以弥补自己此次过来高陵山的代价了。

心念动处，他的手上却没有停，继续向下一块石头摩挲，这块石头看上去是这个角落里几块石头中个头儿最大，最高处差不多到了沈石的胸口，不过石身有些瘦长，看上去有点像是个下宽上扁的葫芦。

摸了一会儿，看起来仍然没有什么收获，沈石心里也是叹了口气，心想着自己这样对着石头乱摸的样子，若是被外人看到只怕会觉得自己傻到家了，不过小黑在刚才也就那么指点了一下这里，其他任何的提示也没有，除了这个笨办法似乎也没什么更好的法子了。

此刻他摸着摸着，手臂伸到了这块石头的后背处，背光的地方当然是笼罩在一片阴影之中，那里的青苔似乎也更加茂盛，水汽也越发充沛，似乎随便摸一下，都能带下满满一手掌的凉水。

只是片刻之后，沈石身子忽然一震，脸色随即变了一下，像是感觉到了什么，身子微微前倾，却是将手臂伸长了几分，朝着这块石头的背后又仔细摩掌了起来。

旁边地上，不知何时已经有些昏昏欲睡模样的小黑也是突然一惊，猛地抬起头来向沈石这里看了过来，两只原本耷拉的小猪耳朵也一下子竖了起来。

潮湿的青苔下，沈石双眼微微眯起，却是在那股冰凉的湿润中，感觉到自己的手掌似乎摸到了一个与之前完全不同的凹陷。

那是一个被青苔覆盖隐蔽非常的地方，在石面上陷下了约莫两寸深，沈石缓缓挪动自己的手掌与手指，轻轻而细心地校对着，然后很快就发现，那似乎就是一个与人族手掌完全类似的凹坑。

简单地说，这块石头背面的青苔深处，有一个掌印。

一个掌印，这其中有什么特别的意思吗？

是在这诡异地下洞穴里某个神秘莫测的机关，还是纯粹就是这块大石本身天生的石痕？小黑其他地方不找，偏偏就在这里发现了侯家人的气息，是不是说这个掌印，或许就是追踪侯家人的要紧所在？

侯家人据说拥有一条在这个出世大墓里的捷径秘道，直通宝藏，那么这个掌印，会不会就是找到那条捷径秘道的关键？

在那一瞬间，当沈石把自己的右手手掌放到那凹陷的地方最后确认这是一个掌印之后，心里头掠过了这些念头，而在下一刻，几乎是下意识地，他用力地按了一下，试图看看会不会是机关所在，会不会有所变化。

然后，变化立刻发生了。

一阵低沉的"隆隆"之声，如风雷滚动，又似妖兽低吼，在这一处地下洞穴中回荡响起，沈石与小黑猛地抬头，带了几分惊讶向四周看去，却一时搞不清楚这声音究竟是从何处传来，只觉得这个不久之前还处于一片阴森幽谧的地下洞穴突然间就陷入了一片轰鸣声中，满耳都是怪声。

而异变也就是在这怪声中开始，先是那散发的红色光芒突然一暗，沈石瞬间察觉到了什么，转头向那悬空的诡异红河看去，只见那红河之上的光芒明灭不定，而殷红的原本平缓的河水却激烈起来，没过多久，就在他的眼前，这条诡异的虚空红河竟然在半空中扭曲了起来。

那是一种极其诡异而难以形容的画面，一道虚浮于半空中的水流红河，竟然像麻花一般扭曲移动着，而伴随着这条红河的异象，这一处洞穴的地面竟然也开始缓缓颤抖震动起来。

那震动从小到大，越来越激烈，甚至就连不远处的那座修士尸体所成的尸山都被震倒垮塌。沈石脸色大变，叫了一声小黑猪便要向来路跑去，然而才跑了几步，他便愕然止步，难以置信地看着自己过来的那条山洞通道，那个曾经散发出幽绿光芒的通道，此刻赫然不见了。

回去的路，竟然就这样诡异地在他眼前消失不见了，取而代之的是与周围石壁几乎毫无二致的岩壁，仿佛那里从来就没有过一个洞穴通道，有的只是冰冷而坚硬的石壁。

脚下的震动越来越激烈，伴随着那如雷鸣般的轰鸣声，沈石甚至已经有些难以站稳，洞穴头顶的石块纷纷落下，似乎随时就会崩塌将这里全部掩埋。

难道就要莫名其妙地被活埋在这不见天日的地下洞穴中吗？沈石有些茫然地想着，看着空中那条越流越快的诡异红河，仿佛那是一条赤红色的大水蛇，痛苦地痉挛着、扭动着，变换成各种扭曲的姿态。

突然，那红色的河流猛然一震，从扭曲之态陡然变得僵直，一股前所未有的充沛水流在一声轰然大响中，从那黑暗深处瞬间喷涌而下，而沈石随之大惊失色，因为那河水冲下来的方向，正是他和小黑猪所站的这个角落。

"轰！"

如惊雷，似怒涛，水流直冲而下，几乎同时，如天崩地裂一般，沈石只觉得自己脚下一空，原本坚实的地面竟然也在此刻轰然崩裂，开出了一道大缝或者说是现出了一个大洞，在势不可当的殷红河水冲势下，沈石与小黑猪几乎根本没有抵抗之力，就被巨大的水流直接冲下了地面上那黑暗而巨大的深洞，转眼间便消失不见。

也不知过了多久，明灭不定的红色光芒缓缓平复下来，轰鸣之声渐渐散去，地上的那个洞穴渐渐合拢，严丝合缝地重新凝成一块地面，似乎根本看不出任何痕迹。

半空之中，红色的河流似乎因为刚才流出的河水太多，一时已然干涸，就这样慢慢地消失不见了，洞穴里渐渐陷入了一片昏暗中，只有些许残留的淡淡的红光。

而在刚才沈石进入的那条通道处，仍然是一片冰冷坚硬的石壁，似乎那里从来就没有过任何道路，但是十分诡异的是，就在距离这原本的通道入口处两丈之外的另一处石壁上，不知何时竟然又开出了另一个通道入口，看上去和之前的一模一样，甚至隐约还能看到那通道里弥漫开的淡淡幽绿光芒。

一切，似乎再度平静了下来。

过了一会儿，忽然一阵脚步声从那处通道里响起，紧接着没多久，便有一群修士从那条新开的通道里走进这一处幽暗的地下洞穴，一团火光亮起，是那人群里有人点燃的火把，随着火光的照耀，他们很快看到了地面上一片狼藉以及那片坍塌的尸山下遍地横躺的尸体。

顿时，一阵惊呼声从这群陌生的修士口中响起，借着火光，可以看到不少人脸上都露出几分惧色，但是很快不少人又发现了洞穴另一头通往更深处的那条幽暗通道。

有人踏出了第一步，后面的人很快跟上，或许是人多胆壮，或许是其他原因，终于没有任何一个人选择了后退回转，所有的修士都怀着热切的希望，走入了那条幽暗通道里。

而在这个过程中，没有任何一个人仔细地查看过这里的洞穴，自然也没人会发现某个山壁角落下那几块位置已经有些倾倒歪塌的大石头。

幽谧的洞穴重新寂静下来，当这群人远远走过的时候，半空之中忽然红芒一闪，一抹妖异的红光重新亮起，殷红色的河水重新从洞穴顶端的黑暗深处流出，就那样诡异地悬浮于半空之中，甚至还拐了个弯，悄无声息地重新开始流淌着。

第四十章 ■ 噬血魔树

当那股红色的波涛从天而降，势如奔雷一般将沈石卷入之后，他眼前的世界便陷入了一片血红，身不由己地被激烈的水流挟带着轰然冲入地底，随后，便是无尽的黑暗。

伸手不见五指的黑暗里，他被水流带着连续撞击了多次石壁，惊慌中听到身边不远处的水流中似乎有小黑的嘶叫声，沈石下意识地向着那边大叫，同时不顾一切地伸出手臂，在水流中击打几下之后，他居然奇迹般地抓住了小黑的一只脚，一把把它拖了过来。

小黑显然也对这突如其来的异状有些茫然失措，受了一些惊吓，但是被沈石抓住抱到怀里后，小黑顿时安静了下来，似乎靠在沈石的身边，它的畏惧之意便消散了许多。

这股激流轰然向前，水流迅速，并且越来越快，沈石的体力渐渐有些支撑不住，意识开始模糊，只是手中兀自紧紧抱着小黑的身子——或许在这个危险而又黑暗的世界里，他和小黑便是令彼此安心的唯一所在。

当他终于在黑暗里支持不住，只觉得天旋地转中最后的意识也将消散的时候，他隐约瞄见在奔流的水浪前方，某个黑暗深处，亮起了一丝微光，一缕柔和、浅淡的光芒。

再然后，他便什么也不知道了。

滴答滴答的声音，仿佛是从远方传来，却又似落在耳边，忽远忽近，清脆而有节奏。

沈石的身子微微抽动了一下，渐渐恢复了意识，但是在他睁开眼睛之前，只觉得从全身上下猛然传来了一阵酸痛感，好像有几十个人同时拿着棒子狠狠地打了他一顿。

他忍不住微微咧嘴，倒吸了一口凉气，随即睁开了眼睛，入眼处，他登时便是一怔。

因为他看到了天空。

那是一片灰云聚集阴沉的天空，虽然光线有些暗淡，但却是如假包换的天空。

沈石有些茫然地看着这片天，一时间有些回不过神来，因为他分明记得自己被水流冲走前是在高陵山脉的地底深处，而水流冲涌的方向也明明是往更加黑暗、更加深邃的地底而去，怎么可能会看到了天空呢？

此时他听到了身边不远处忽然传来了一阵水花声，转头看去，便看到了小黑，也同时看清了自己此刻置身的地方。

这似乎是一个类似沼泽的所在，约莫一亩大小的水塘，水草茂盛，水质清澈，水面清浅甚至可以看到水下的泥土与石块，还有些叫不出名字指头般大小的小鱼在惬意地游来游去。而沈石不知为何，此刻就倒在这沼泽一般的水塘里。

他坐了起来，顿时带起了一片水花，发现自己全身已经湿透，而在不远处，小黑似乎是比沈石更早醒来，在水里蹦蹦跳跳地跑了过来，一路溅起无数水花，一下子凑到了沈石身旁，磨磨蹭蹭，很是亲热的样子。

沈石笑着对它点点头，不管怎样，哪怕不知道此刻身在何处，但是只要有小黑陪在自己身边，这感觉总会让人觉得舒服一些。他随即试探着站起，发现身上除了一些冲撞的皮肉外伤之外，倒似乎并没有受到更多的伤害，心下略安。

就这样湿漉漉地站在水塘中央，沈石放眼向四周看去，只见在这个水塘周围是一片灰黑色树林，这是因为水塘周围的所有树木都是同一种古怪的灰黑色怪木，不但树干和树枝都是这种颜色，甚至连它们生长出来的叶子都是灰黑色的。

这种奇异的灰色树木密密麻麻地长满了水塘周围，只有在靠北边的方向，似乎是水塘的出口，一条四五尺宽的水道从那里缓缓流淌而出，水道两旁同样长满了这种灰黑色的林木。

沈石盯着水塘周围这些灰色树木看了一会儿，脸色有些阴晴不定，片刻之后，他忽然俯下身子，双手伸到水面之下，在他身边的小黑一时搞不清主人想做什么，有些诧异地看了他一眼。

沈石平静地看着水下，双手微微合拢，过了一会儿，有一条小鱼游了过来，沈石双手猛地一合抬出水面，水花四溅着从他的掌缝间滑落，那条小鱼在他掌心中开始蹦跶起来。

沈石小心地抓住这条小鱼，凝视片刻后，忽然抬手向水塘边上丢了过去，小鱼在半空中划过一道弧线，很快落在了一棵灰色树木的树干上。

乍得自由的小鱼拼命挣扎着，看着似乎有些惊慌，扭动着身子想跳回那个水塘，但是不知为何，本该掉落下来的小鱼身子却忽然一僵，竟然没有从树干上掉落，那情景看起来颇为诡异，就好像是……这条小鱼被什么东西粘住了一样。

小鱼并没有死或是受到什么伤害，它只是靠着树干的那一面身子无法挣脱，所以这条小鱼仍然还在拼命挣扎着，但是就在这个时候，那棵灰色的树木竟然发出"咯咯"的怪声，几根树枝从上方缓缓垂落下来，树梢枝头的灰色叶片一片片往那一处树干上贴了过去，就这样在沈石的注视下，将那条小鱼的身影盖住。

片刻之后，那条不久前还在蹦跶的小鱼就这样消失不见了，而此时再看着周围，这一片灰黑色的茂密而深邃黑暗的林间，陡然间便显得阴森起来。

沈石的脸色同样慢慢难看起来，从那棵怪树身上收回目光，带了几分艰涩之意，轻声道：

"噬血树。"

噬血之树生于异界，并非鸿蒙主界所有，其性灰沉坚硬，通体玄黑，不惧旱涝，却嗜食血肉，以血肉精华滋养己身以为成长，是极罕见的可以捕杀活物妖兽，甚至人类修士的魔树。

往昔沈石读书时，在某篇杂物记中看到过这种魔树记载，其中提及噬血树诡异非常，若有活物沾染到此树附近，噬血树便会分泌一种奇异黏液牢牢粘住猎物，进而吞噬，据说一些低阶妖兽遇上这种魔树必死无疑，至于人族修士倒是没多少记载，但是那文中推测，若是凝元境的修士遇上这种诡异的魔树，只怕也是难以应付。

不过这种令人畏惧的噬血树在记载中，分明只生长在某些极其偏远的异界，而且多数还在某些人迹罕至的蛮荒丛林中，难得一见不说，就算是偶尔发现也是仅有一棵独自生长，似沈石此刻所见的这一片成林蔓延的噬血树林，却是他闻所未闻的。

看到了刚才那条小鱼的下场，再想想以前看过的那些关于噬血树的文字记载，沈石顿时觉得自己周身一阵凉意袭来，这一个小小水塘却被如此众多的、诡异的噬血树所包围，实在令人有些头皮发麻。

天空依然阴沉，阴云之下的这片灰黑森林静谧无声，似乎连光线都无法穿透进来，有的只是无尽的深沉黑暗。沈石甚至隐隐觉得，那片林子里的黑暗中，似乎正有什么诡异的东西正悄然而冰冷地看着自己。

深吸了一口气后，沈石有些艰难地从这片噬血树林中收回目光，轻声叫了小黑一声，然后举目四望，便向这个水塘出口同时也是唯一的出路走去。

至于靠近岸边的那些魔树，他是丝毫不愿意过去的，哪怕一分一毫。

水花在他脚下回响荡漾，荡起一圈圈的涟漪出现在这个原本的水塘间，沈石小心翼翼地看着周围，忽然间想到了一个问题，这么多的噬血树，看上去一棵棵都如此高大茂密，那么它们平常是怎么生存并生长下来的呢？

不知道是不是这片噬血树林的缘故，他突然觉得周围似乎有一些异样，仔细看了看周围后，沈石发现，在自己周围除了水塘里有一些游动的小鱼外，就再也没有生灵的气息了。

没有鸟叫，没有兽吼，甚至连最寻常普通的那些虫鸣声都没有，到处是一片死寂，仿佛所有的生气都在这里消失了，或者说是被这片灰黑的树林完全吸干了。

沈石的眼角微微抽搐了一下，走路越发小心了，只走在水道的中央，半点不愿靠近水岸边，只是这出口的水道顶多只有四五尺宽，而两岸上的噬血树茂密生长，有些树枝甚至已经非常靠近水边。

走着走着，前方还是看不到尽头，但放眼看去，这条水道流淌得平静而缓慢，岸边的噬血树，却仿佛永无止境一般，一直延伸着。

水花声声，连小黑此刻似乎也察觉到了什么，显得格外老实，一直安静地跟在沈石脚边。

就在沈石心中有些茫然，不知到底该怎样离开这片诡异又凶险至极的噬血树林时，在他的前方，那条水道忽然一拐，却是陡然间现出了一片开阔空地。

沈石顿时精神一振，快走几步，发现在自己眼前又出现了一个和之前类似大小的水塘，这一次水塘正前方虽然同样是那些诡异的噬血树林，但是在林间却多了一条大路，笔直地向前延伸着，也不知通往何处。

而在这条林间道路的最前方，就在水塘的前方丈许空地上，竖立着一面牌坊，上面似乎原来有些字迹的样子，但此刻已然模糊不清了。牌坊之下，道路正中，还有一个石礅，上面石块尖刺突兀，参差不齐，看上去好像是原先摆在这里的一座雕像之类的东西，但由于年深日久，只剩下残余破损的石座。

虽然不知道这条道路通往何处，但是看到这情景沈石还是下意识地松了口气，一直走在这些随时可能被吞噬的魔树林中，对人的压力实在是有些大。

他带着小黑走过水塘，上了地面，又转身看了一眼身后，只见水波渐渐平静，这一路走来，似乎半点痕迹也没有留下。

沈石迟疑了片刻，俯身问小黑："这里能闻到那些侯家人的气味吗？"

小黑有些茫然地摇了摇头。

第四十一章 ■ 残像

走到岸上之后，没几步就是那一处似山门一般的牌坊，以及那个竖立在道路正中的石礅。看这位置，以往这石礅石像若是还在的时候，想要通过这一处牌坊走上那条林中道路，都必须从这石礅两边绕过，只是不知这上头原来是什么东西就是了。

沈石在那石礅上扫了一眼，随即看着在前方的林间道路，此刻不知身在何处，而周围皆是神秘诡异的噬血树林，眼前这条路似乎是唯一的选择了。

他正要往前走去，只是随着身子踏前两步，堪堪跨过那石礅旁边时，忽然眼角余光看到在那石礅背后的地面上，随意地丢弃着一块残石，裂口陈旧，却明显有人工凿刻的痕迹，看上去就像是某个石雕的一部分。

沈石心中一动，脚步随即停下，沉吟片刻后，走过去捡起了这块残石。拿到近处仔细一看，发现这残石约莫有人头大小，石质颇为奇特，隐有花纹，仿佛天然而成，几处断裂的地方石刺突兀，似乎依稀还残留着当年突然碎裂的痕迹。

沈石在手上翻来覆去看了一会儿，比画了一下，随后目光落在身旁那石礅上，不出意料的，他发现那石礅的石质似乎与这块残石很相似。

他想了想，干脆走近一步，将这块残石在石礅上摆弄起来，这里放放，那里摆摆，不久之后忽然觉得手中残石一沉，却是在这块石礅后方约二尺处悄然镶入，缺口对接都是恰好，仿佛原先它就应该是在这个位置。

沈石后退一步，看了一眼这个石礅，多了一块残石摆在上面，似乎并没有改变这块石礅那残破的样子，不过好像还是比之前看着舒服了不少，只是周围依旧空空荡荡，仿佛是岁月留下的空白。

沈石下意识地向周围地面看了一眼，但除了这块残石之外，地面上再也没有类似的石头了，或许那些残余的雕像部分，都早已不见了吧。

沈石耸耸肩，也没在意，反正不过是随手罢了，便准备继续向前走去，只是就在这时，小黑突然在旁边哼哼叫了两声。

沈石转头看去，只见小黑不知何时跑到了路旁，那里先是有一片野草丛，宽约数尺，再过去就是噬血魔树那灰色的树干了。沈石一阵紧张，连忙叫道："小黑，过来点，别靠那树太近。"

小黑却没有过来的意思，而是对着野草丛里哼哼了几声，似乎意有所指。

沈石怔了一下，也走了过去，站在小黑的位置上向野草丛里看去，顿时呆了一下，只见青嫩碧绿的草丛中，横七竖八地躺卧着七八块碎裂的石头，奇形怪状、大小不一，但是看那材质，却似乎都和石礅那里的石头一模一样。

沈石看了一眼在他脚边的小黑，小黑也抬头看了看他。

空气似乎突然凝固了，感觉有些奇怪。

过了一会儿，沈石点了点头，道："试试看。"

小黑看起来顿时有些高兴，哼哼叫了两声，就想往草丛里钻，谁知身子刚动，就被沈石一把抓了回来丢在一旁，瞪了它一眼，道："站着别动。"

小黑嘴里"哼哼"着咕哝了两声，似乎还翻了个白眼。

沈石抬起头看了看草丛后面的噬血魔树，估算了一下距离，然后小心翼翼地俯下身子，一面看着草丛里的那些残石，伸出手去抓最近的一块石头，一面用眼角的余光留意着前面的魔树，身子绷紧，一旦那边的魔树有任何变化，便准备拔腿就跑。

不过那边的噬血魔树并没有任何异动，沈石顺利地拿到了身前那块残石，这一次的石头他比画了一下，比刚才那块残石似乎还大了一些，走回到石礅那里再试着安放了一回，不一会儿，果然也正好有一处恰好镶入的地方。

沈石精神为之一振，再次转身回去，用同样的法子分数次，小心翼翼地将那野草丛中所有的残石都这般一一捡了回来，从头到尾，哪怕他最近的时候距离那些噬血魔树仅有三四尺远，但那些魔树似乎仍然还是一点异状都无。这样的情况倒是与往昔他从那些杂物书籍上看到的记载有些不太一样，因为根据那些书卷的文字记载，似乎噬血魔树对靠近它一定距离的活物，往往都会主动发起攻击的，当然这所谓的一定距离书卷里并没有明确的记载，所以沈石心想或许噬血魔树是只攻击距离它们极近的血肉活物吧。

将这些残损的石块全部搬回石礅这里后，小黑也跟了过来，绕着这些残石这里碰碰，那里闻闻，偶尔还用猪蹄在上面某一块残石上敲打几下，似乎一副很感兴趣的样子。而沈石则是左看右看，拿着那些残石在石礅上的缺口里一一对比，逐一尝试着将它们重新放回在那石礅上。

随着他的动作，一块块的残石渐渐在石礅上归位，残石彼此咬合，渐渐合在一处，一个残旧而破损的雕像，渐渐就这般一点一点地成形，只是那些随处可见的裂痕与剥落的空洞，像是述说着这不知名的石像经历了多少岁月变迁，度过了人间多少沧桑，然后在不知多少年后，在这个静谧而阴沉的天空下，就这般悄然无声地幽幽重聚。

林子里依然很安静，任何活物的声响都不曾传来，如死一般的静谧。而树林上空那阴晦的天空，不知何时，阴云也渐渐浓厚起来，让这天色越发阴沉。

风云滚动，无声却有一股肃杀之意，无形无色中，似从这天地苍穹四面八方，缓缓凝聚而来。

所有的残石逐一归位，最后只剩下了最大的那一块，看上去和小黑的个头儿差不多大，上头棱角突出，看这模样再看看那已经复原大半的石像，只差最后头颅部分的大半不见了。

应该就是这块了吧。

沈石将这最后的残石抱了起来，不知为何感觉有些吃力，似乎这块石头比其他那些残石都要重上几分，不过他毕竟是凝元境的道行，这点重量还难不倒他，只是一时心里有些奇怪罢了，所以这一刻也并没有注意到头顶天空上阴云渐渐聚拢的异状。

他将这块最后的残石在那个石礅上尝试了几下，找准了角度后放了下去，只听石缝之间似乎隐隐发出一声轻轻的咯噔碰撞声，这眼前的石像终于完全重新组合了起来。

虽然一眼看上去，这石像依旧破损，到处是可见的破洞与剥落凄凉的痕迹，但是大体来说，这个石像再一次地将曾经拥有的形状展现在沈石的眼前。

乘云而踏雾，蛇身有龙角，獠牙巨目睥睨人间，似桀骜，似冷漠，其中意味难以琢磨。沈石后退了两步，仔细打量了一番这随处可见残破痕迹的石像，片刻之后猛地一怔，却发现有些眼熟。

在他旁边的小黑也走了过来，看起来也带了几分好奇，两只前脚抬起搭在石礅上，把小猪脑袋靠近了这个重新堆砌出来的石像左看右看。

沈石的目光扫过小黑的身上，心里掠过一丝说不清道不明的怪异感觉，过了一会儿道：

"原来，这石像也是一只阴龙。"

是的，从这石像外表形状上看，虽然很多地方都有破损，甚至连石像头颅部分的龙角都断了一截找不到了，但从整体来看，这个石像复原之后，与他们之前在那个高陵山中幽谷里看到的阴龙石像，分明就是一模一样。

小黑啪的一下跳了回来，走到沈石的身边，回头又看了看这曾经碎裂残破如今又勉强复原的阴龙石像，也是沉默了下来。

沈石默默凝视了这阴龙石像片刻，微微摇头，轻轻吐出一口气，低声道："好了，咱们走吧。"

说完，他便抬脚向前走去，从这残破的阴龙石像边绕过，走上了那条笔直却似乎又带了几分阴森的林间道路。

小黑在他的身后也跟了过去，只是在路过那石像旁边的时候，它似乎忍不住又抬头看了一眼，或许是光线的原因，小黑发现在渐渐阴沉下来的天空之下，这个残破的阴龙石像的头颅上，在两只奇异的龙目位置，似有一道微光闪动了一下。

小黑顿时吓了一跳，脚步下意识地一顿，只是当它再仔细看去的时候，却发现这个石像似乎和刚才一样，还是那副残破冰冷的样子，没有半点生气。

前头，沈石远远地叫了一声，小黑一个激灵，连忙哼哼地叫着答应，然后想了想，终于还是没再继续留意这石像，一路小跑着快步向沈石那边追去。

天空阴沉，阴暗的云层越积越厚，不知何时，这片诡异的噬血树林中已然开始刮起了些许微风。那些可怕的噬血树都在微风中微微摇摆着枝叶，似无声的战栗。

而在那片最深沉的静谧中，当沈石与小黑猪的身影在那条林间道路上渐渐走远的时候，忽然从噬血树林里那片最深处的黑暗处，慢慢飘出了一片浓雾。

灰白而冰冷的浓雾，悄然弥漫开来，将那条道路轻轻遮蔽，而雾气所过之处看似无恙，但是除了那些噬血树外，一些曾经碧绿的野草却是在无声无息中，迅速地枯萎败落，仿佛所有的生气都在瞬间被掠夺一空。

雾气弥散着，越来越浓，越来越远，渐渐地，连那个石像都有些模糊不清，而从迷雾深处，忽然传来了一阵奇异的声音，借着点滴微光，赫然看到在那石像上有了惊人的变化。

一块块的残石，仿佛都在微微颤动，曾经碎裂的那些石缝，彼此靠紧，发出咯咯的轻响，然后就这样如水乳交融一般重新融合在一起。

石缝一点一点地消失了，曾经遍布石像全身的裂痕仿佛被一股无形却强大的力量在一点一点抹去，迷雾之中，一个全新的石像似乎正在缓缓重生，而一道诡异的光芒，也在这个时候，从那石像上缓缓亮起又熄灭，看那方向，正是阴龙石像的龙目之处。

风，仿佛越来越大了。

雾，似乎也越来越浓。

无尽而沉默的噬血树林里，寂静无声，只有无数魔树在黑暗的角落中，在风中，在雾里，微微地颤抖着。

第四十二章 ■ 压制

道路笔直地向前延伸着，谁也不知道到底通向何方，然而走在这条路上，并不算特别宽敞的道路两侧，便是一棵接一棵的噬血魔树，灰干、灰枝、灰叶，连绵无尽，形成了一片灰色的森林，似乎只要随便将手伸得长一些，就能触摸到这些可怖的魔树。

沈石当然没有这种莫名其妙的好奇心，带着小黑，他们小心翼翼地走在这条道路的中间，远离这些噬血魔树。只是噬血树距离如此近，虽然看起来这些灰色的树木并没有任何的异动，但是这份沉默的压力，还是让人喘不过气来。

走在这样的路上，全神贯注，小心翼翼，仿佛比跋山涉水所消耗的体力还要大，至少沈石这一路上就一直是全力注视着周围和前方的树木，半点不敢分神。

相比之下，在他身后跟着的小黑似乎还轻松一点，不过它这一路跟着过来，也都是老老实实地走在道路中间，并没有像平日那样喜欢钻到旁边树林草丛里去。只是走着走着，小黑忽然身子一滞，像是感觉到了什么，回身转头，向他们的来路上看了一眼。

一片灰蒙蒙的雾气，不知何时从身后那片树林中弥漫出来，遮挡住了他们的来路，阴霾的天空下，雾气无声地飘荡着，悄然而缓慢地向着他们这里飘来。在浓雾的背后，所有的景物似乎都开始变得有些朦胧与模糊起来，包括那些雾气中的噬血魔树，一棵一棵仿佛在雾中摇摆，灰黑的身影如地府黄泉的鬼影，影影绰绰，看不真切。

小黑呆呆地看了片刻，忽然掉头加快了速度，几下追到了沈石的身边，或许是主人的身影给了它几分勇气与依赖，小黑的胆子似乎大了点，忍不住又回头看了一下。

只见就在这片刻之间，那些不知从何而来的雾气隐隐翻滚起来，向前涌动的速度陡然加快，而几乎是在同时，仿佛是九幽冥泉之下那一声凄厉的呼啸，无形的力量在这片亘古死寂的魔树林中激荡，瞬间，在他们周围的树林间阴暗处，同时腾起了一片片的灰色雾气，甚至包括他们的前方，也有浓雾弥漫而起，从四面八方飘荡而来，将沈石与小黑围在中间。

沈石愕然止步，才想说些什么，张开了嘴却是无语，冰凉的气息从周围浓浓的雾气中散发出来，满满的冷漠和略带了几分贪婪噬血的渴望。

头顶之上，树林上方，阴云浓密，低垂下来，仿佛压到了这片树林的上空，触手可及，风卷云动，那些灰黑的阴云缓缓翻腾着，隐约有一个旋涡将要显现。

一抹暗红的光芒，就在他们的头顶，在那阴云深处，仿佛即将落下，就像是一双沉睡了千万年的眼眸，终于将要睁开一般。

高陵山中，幽谷之下。

一排黑漆漆的山洞前方，一百零八座栩栩如生的异兽石像之外，仪表出众、道骨仙风的那位周姓中年相士正双手背负在身后，在这片空地上来回踱步，眉头紧锁着，不时抬起头看看那些山洞，脸上似有几分犹豫沉思之色，偶尔他会露出几分跃跃欲试的神态，但每到这时他便会回头看上一眼身后的那些石像，似乎就会又顾忌到了什么，一直犹豫着不敢踏出脚步。

他之前从那个左侧第二个山洞中仓皇退出来的时候，也不知在洞里遇到了什么，看上去显得很是狼狈的样子，不过此刻应该是稍微整理过仪容，脸上灰尘都已抹去，身上衣物也是焕然一新，看上去竟似乎是换了一件新道袍的样子。只有他手上的那根青竿，和之前相比没什么变化，仍然是安静地在他手边，温润翠绿。

此刻这相士口中正在低声自语，喃喃地道："大凶之地，大凶之地啊……"说着，他手上屈指又结了几个古怪的法印，心算了一会儿，似乎还有些不情愿，想了想后，又从怀里拿出一面看着十分老旧的龟甲，边缘处都有几处明显的裂缝了，而在龟甲凹陷处镶着三枚暗金颜色的圆形古钱。

只见这相士手持龟甲，脸色带了几分郑重，双手合握默祷了一会儿，随即手指微微一弹，顿时那三枚古钱从龟甲之上弹起飞到半空，而他则是轻轻将龟甲往地上一放，便睁大了眼睛盯着古钱落回到那龟甲之上。

这龟甲卜算之法由来已久，天下间不知有多少以之招摇撞骗，只不过看着相士神情，倒似乎对自己这一套龟甲古钱之术很是在意的模样。

眼看着那古钱落下，就要回到龟甲上时，突然似冥冥中有一股力量横生而来，其中一枚横移少许，撞到了同时落下的另一枚上，只听"叮"的一声脆响，那枚古钱登时被撞开了去，落到了龟甲之外的硬土地上，"嘎吱"一声，赫然断成了两半。

中年相士脸色大变，明显吓了一大跳，连身子都抖了一下，愕然看着那碎裂的古钱，下意识地道："不是吧……"

下一刻，他的脸色便阴沉得如欲滴出水来一般，咬了一下牙关，袖袍一甩，即将地上的老旧龟甲与古钱一股脑儿地收起，却是再也没有迟疑，转身就走。

看他行去的方向，正是这个幽谷出口的地方，这中年相士竟是看起来不愿再在这幽谷中多待一会儿了。

只是他才堪堪走出丈许远，忽然只觉得脚下地面忽然一震，一股古怪却势不可当的力量仿佛从这片阔大的群山山脉之下掠过，整座高陵山脉似乎都微微颤抖了一下。

相士霍然回头，盯着那座雄峰以及山峰之下那些神秘莫测的洞穴看了一眼，眼中掠过一丝惊讶，忍不住低声道："这底下究竟压着的是什么东西？"

地面的颤抖在最初那一下之后，平静了一会儿，竟然再度袭来，同时这股频率似乎正在缓缓变快，整座幽谷不时地颤动一下，隐隐的竟像是半年前那一场大地震再来一次的模样。

相士冷哼了一声，沉吟片刻，还是摇了摇头准备走路，只是就在这时，他忽然看到不远处那一百零八座石像群落里，一直安静、平静乃至寂静无息的石像群中，突然一道光芒冲天而起。

那是一道暗红色的光芒，滔滔如烈火，滚滚如洪涛，相士愕然止步，然而就在这暗红光芒突然升起的下一刻，这一处似乎亘古以来就从未变化过的石像群落，突然也随之发生了异变。

隆隆之声再度响起，相士只觉得眼前一花，片刻之后凝神定睛，骇然只见这一片石像群中，所有的石像都在微微颤抖着，然后开始移动。

是的，所有的石像竟然都开始移动了，也不知是什么力量在催动着它们，如此沉重至极的石像，一个接一个地动起来，彼此交错，彼此换位，初看上去似乎杂乱无章，但稍微久点，却发现一个个石像之间仿佛都有无形的联系，就好像……好像是一盘棋，这些石像全是棋子，而此刻所变化的，正是棋盘上所有棋子所构成的阵势。

隆隆之声越来越响，众多石像移动换位的速度越来越快，几乎是让人眼花缭乱，有的石像是从左移到了右边，有的是从外围进入了内层，有的是与身边石像彼此互换位置，有的是三四座石像甚至是七八座石像之间连续变动更换了位置。

相士显然也被这惊人的一幕所震惊，怔怔地看着，也不知过了多久，这阵势的变化忽然缓慢，所有的石像渐渐在新位置上平静下来，相士眼中精芒忽然一闪，若有所思，沉吟片刻后，突然将手中青竿往地面一插，然后手往青竿杆身上一借力，身子竟飘了起来，足尖一点，落在了青竿之上。

居高临下，顿时视野开阔许多，这片石像群落的新面貌全景也就落在了他的眼中，只见全部的石像在突如其来的变动换位之后，重新形成了数个圆圈，所有的石像全都是面朝中心，而原本的内圈最深处，此刻却是突然空了一片出来，只剩下了孤零零的一座石像，而那道奇异的暗红色的光芒，就是从这座石像上散发出来的。

所有的石像，就这样无声无息地包围着这座仅有的发光的石像，结成了神秘玄奥的阵势，一股无法言喻的可怕力量，从它们的身上散发出来，仿佛在片刻间吸聚了天地伟力，从四面八方压迫而来，如雷鸣，如电闪，如狂风暴雨，如天崩地裂。

暗红的光芒瞬间被压制了下去，在这股阵势所发出的天地伟力面前，红光虽有桀骜不甘之意，却似乎仍然无法抵挡，几许拼命地挣扎过后，终于还是低落消散而去。

青竿之上，相士面色显得有些苍白，只是他的双眼仍紧紧盯着那群石像正中，看着那被所有石像群起攻之，紧紧包围在中心一起压制的最后的石像。

那是一座阴龙雕像。

噬血树林之中，浓雾弥漫，从林间的每一个黑暗角落里不断地飘荡出来，带着冰冷的杀意，从四面八方飘来。

仿佛已近在咫尺。

沈石将小黑紧紧抱在怀里，最近的雾气甚至已经就在三尺之外，而自己却是无路可退，无路可逃，这一片浓雾如此诡秘，虽然还不知晓究竟会发生什么，但是沈石却下意识地在心头掠过一丝绝望。

就在这时，从远方某个不知名的地方，突然传来一声凄厉的嘶吼，似一只桀骜的妖兽对着天穹狂呼，似不甘的灵魂对着天地挑衅，然而那声音带着极大的痛楚，刺耳却又迅速地衰弱下去。

天地无情，冰冷而又冷漠。

浓雾的来势瞬间一滞，随后忽然如潮水一般退去，像是失去了支撑的力量，所有的雾气就在沈石的眼前一片片地化为乌有。

那些阴森的噬血魔树重新露出了身影，那条笔直的林间道路也再度出现，刚才浓雾遮天的一幕，就像是一场白日梦，梦醒已无痕。

沈石呆立半晌，抹了一把额头，却发现手心、额上，皆是淋淋冷汗。

而前方，他举目望去，却突然发现，笔直道路百丈之外，隐约现出了一座门。

一座宫殿一般的大门。

第四十三章 ■ 镇龙古殿

浓雾来得诡异，散去得也莫名其妙，看着周围重新安静下来陷入一片灰暗死寂的噬血树林，沈石默然无语。

在这一刻，如果可以回头，他是真想带着小黑直接就走的，只是在这个神秘莫测的地方，却分明是没有退路的，唯一能够行进的方向，就是脚下这条大路通往的前方。

远处，有一扇门。

确切地说，是一座门，一座高大的门。

沈石带着小黑，走过了这片噬血树林，最后的这段路上，他小心翼翼地看着周围，但是那些噬血魔树似乎都很安静，没有任何一棵树露出想要攻击他们的意思。

直到，他们走到了那座大门之下。

这是一座黑色的大门，很高、很大、很宽，在远处看不太真切，但是当走到大门之下时，沈石立刻产生了一种自己如蝼蚁一般的渺小感。两扇黑色的门扉都是笔直竖立，比周围高大的噬血树还要更高一些，同时向两旁延伸过去，直接紧贴着噬血魔树插进了树林中，因为树叶的遮挡，沈石看不到这扇大门究竟到达何处，不过感觉上似乎这片魔树森林是被这一扇大门挡在了门外。

门里门外，或许就是两个不同的世界了吧。

沈石忽然觉得有些紧张起来，自从在高陵山下遇险发生意外，被奇异红河冲到这里后，周围的一切就显得格外诡异，不但传闻中罕见的噬血魔树竟然成林成片，更有那足可吞噬一切生灵的浓雾涌现。而此刻在这扇突兀的黑色大门背后，又会是什么呢？

只是眼下的局面，却似乎已经是无路可退了。

沈石深深吸了口气，定了定神，然后走到了巨大的黑色大门前，伸出手掌，试着去推了一下这扇黑门。在他身边，小黑目不转睛地看着，看上去似乎也有点紧张。

黑色大门看上去雄伟高大、厚重无比，但是沈石触手轻推处，却是应手而开，几乎丝毫阻力也未感觉到，让原本紧张戒备的沈石反而是吓了一大跳，下意识地向后退了一步。

巨大的黑门露出了一条细缝，进退之间无声无息，几许略带昏黄的光芒从门后流泻而出，沈石犹豫了一下，终于还是向前走去，侧着身子，从那条门缝里走了进去。

入眼处，门后却是一条高大至极的通道，脚下地面距离头顶处有十丈许，包括两侧宽大的墙壁，都是用一块块青灰色的巨石砌成，每一块青灰巨石都被削成方方正正的一块，依次排列，似乎不带有任何生气，一直向通道深处延伸进去。

通道之上，每隔一段就悬挂着一盏形如长明灯的火盆，昏黄的火焰在半空中无声无息地燃烧着，之前的光芒就是从那里发出的，只是沈石看了一眼那火光，却总觉得似乎和自己平日所见过的火焰有所不同，但是到底哪里不太对劲，又一下子说不上来。

身旁的小黑忽然低声叫唤了一声，沈石眉头一皱，回头看了一眼，只见小黑正看着自己的身后，那扇黑色大门，不知何时已然在身后无声无息地重新关上。

沈石的脸色微微有些苍白，走过去试着在黑门上摩挲了一会儿，但是刚才推门时似乎很是容易，此刻人在门后，却似乎根本无法找到拉开黑门的法子，无论他如何推拉黑门，这扇高大的门扉始终矗立不动。

忙活半晌之后，沈石颓然放弃，心想这便是有进无出的意思吗？转头看了一眼站在一旁的小黑，只见这只小黑猪看起来还算镇定，正有些好奇地看着周围这条陌生的通道。

沈石摇了摇头，低声道："走吧，出不去了，我们去前头看看。"

小黑哼叫了一声，似乎是回答了他。

青灰巨石所建的通道里，一人一猪的身影被昏黄的光芒拉出了几道扭动的影子，他们一步步小心地向着这个陌生而又神秘的地方前行，沈石很快发现，这里建筑的规模，要远远超出自己的想象。

光是黑门之后这条青灰通道，他们走了百余丈远居然还看不到尽头，一盏盏的火盆沉默地高悬于半空中，昏黄的火光下，总给人一种似乎时光都在这里停滞的感觉。

沈石心里渐渐涌起一阵不安的情绪，虽然从一开始他就知道自己只怕是误闯了某个极危险诡异的所在，但是看着眼前这陌生阔大的通道，再联想到之前在黑门之外的那些噬血魔树与诡异浓雾，或许这一切危险诡异的根源就在这黑门之后，如迷宫般通道的尽头？

前方突然一道光芒闪过，数十丈外竟突然宽阔了起来，同时出现了一座五丈多高的石碑，竖立在通道正中。

沈石顿时精神一振，虽然还不知道这变化到底是否有危险，但是这一路走来似乎永不改变的青灰色，实在是让人有些受不了，沈石甚至怀疑如果是一个普通人在那青灰色通道里待久了，会不会发疯？

他带着小黑加快步伐，很快走到了那面高大的石碑前，同时也看到了在石碑正面之上，从上到下刻着四个大字——"镇龙古殿"。

当这四个大字映入沈石的眼眸时，他先是怔了一下，随即身子一震，带了几分难以置信之色。方今之世，鸿蒙诸界修真者中，谁不知晓天下四大名门的赫赫威名？而除了沈石所在的凌霄宗外，其他四正还有向来与凌霄宗交好的天剑宫，以及万年来被天下人视为四正之首的元始门，除此之外，还有最后一个名门大派，就是由昔年人族六圣中位列第二、仅次于元问天的亚圣姬荣轩所创立，与位处南方沧海的凌霄宗遥相呼应，山门在鸿蒙主界极北大雪原中的镇龙殿。

镇龙殿，镇龙古殿，这二者名讳之中竟然只相差了一个字，难道这一处神秘诡异的所在竟然与名动天下上万年的镇龙殿有所牵扯吗？

又或者，仅仅只是巧合而已？

沈石站在石碑之前，一时之间有了几分茫然，只是片刻沉吟思索之后，他心下还是有些偏向于或许确实是巧合，镇龙殿乃是四正名门之一，门派规模实力和势力都不在凌霄宗之下，此处若果然是镇龙殿的某处山门殿堂，应该不可能会是这般死寂景象，更不要说古殿之外还有那些非常凶恶的噬血魔树了。

小黑猪这时忽然凑了过来，只是它似乎对石碑上方的字迹不感兴趣，而是望着石碑之下。沈石在一开始就被那四个字震惊了，倒是没注意其他，此刻顺着小黑的方向看去，不由得又是一怔。

自古以来，鸿蒙诸界传承下来有种种传说，更有各种异兽妖禽，其中便有一种很特殊的异兽，最出名的形象便是形如巨龟，背驮石碑，名叫霸下。不知有多少建筑里都有这种异兽模样，背驮石碑的形象可以说早就深入人心，沈石本来下意识地也以为此处应该是一只霸下，但是此刻看了一眼之后，忽然觉得有些不太对劲，再仔细看了一会儿，他却是愕然发现，这巨大石碑下方所压的确实是一只异兽，但并非霸下，而是一只阴龙。

石碑压阴龙。

碑文为镇龙。

这镇龙古殿的名号，难道就是这样来的？

沈石有些疑惑不解地看着这座石碑，心想难道说这座镇龙古殿的深处，当真镇压着一只自古以来只存在于传说之中，甚至从未在史书上现身过的太古阴龙吗？

如果真是那样的话，自己这样一个平凡的人族修士，在那等古老巨龙的面前，只怕当真就如蝼蚁一般了。

心中有些忐忑不安，再看着这座镇龙古殿的通道时，便觉得似乎变得更加阴森起来，沈石在心里叹了口气，从旁边绕过了这座石碑，顺便回头看了一眼，只见石碑的背面倒是一片平整，并没有其他额外的字迹。

镇龙古殿吗……沈石忽然想到，若是这里镇压的是一只古龙，所以叫作镇龙古殿，那四正名门中的那个位于北方的镇龙殿，为什么会取这个名头？难道在极北大雪原的镇龙殿下，也镇压着一只龙吗？

这种猜测当然是于事无补的，镇龙殿名列四正上万年，迄今天下人都早已熟知并习惯了这个名号，至于它的来历，却是少有人去追究了，如今或许只有镇龙殿门中的弟子才会知晓自家名号的来历渊源吧。

沈石摇了摇头，不再去想这些虚无缥缈的事，眼下也不是想这些事情的时候。走过这座石碑，眼前的通道便豁然开朗，在这座石碑后方，一下子出现了左、中、右三个通道，而且看上去每个通道一模一样，同样是青灰巨石所砌成的。

沈石愕然止步，眉头皱起，心想这还真是一个迷宫吗？只是左看右看，也看不出这三处通道究竟有何不同，无可奈何之下，他只能碰碰运气了，叫了小猪一声，他迟疑了片刻后，便选了中间那条通道走了过去。

只是才走了几步，忽然小黑猛地叫了一声，沈石带了几分诧异回头看了一眼，只见小黑的模样有几分迷茫，好似感觉到了什么，不肯往前走，在原处不停地闻闻嗅嗅，一会儿看向左边通道，一会儿看向右边通道，抑或瞄一眼中间通道，犹豫不决。

沈石眼睛一亮，在这迷宫一般并且完全不知晓前方是否有危险的所在，小黑若能有所发现，实在是雪中送炭一般的紧要。他连忙走到小黑身边，伸手轻轻摸了一下它的小猪脑袋，只是看着小黑闻来闻去，一直无法确定的样子，沈石也是忍不住问道：

"怎么了，你闻到了什么？"

小黑的身子顿了一下，忽然提起右边前腿的蹄子，在地上轻轻敲打了一下。

沈石脸色一变，眉毛微微挑起，倒是带了几分惊讶，道："什么，你是说侯家那边，也有人在这儿附近？"

第四十四章 ■ 祭坛

小黑凝视着前方三条岔路，明显地露出几分犹豫不决的样子，似乎虽然它闻到了一些记忆中侯家人的气息，但不知是气息太过微弱，还是前方有什么东西扰乱，让它无法清晰地分辨出侯家人到底走的是哪一条路。

而沈石则是在吃惊之后，心下倒是多了几分欣喜，虽然还不知道侯家人是如何进到这镇龙古殿的，但是既然他们也到了这里，按照之前凌春泥的说法，侯家那边的人手上有某份这里的藏宝秘图，看来此地虽然危机四伏、诡异莫测，但应该就是那座神秘大墓的宝藏所在之地。

只是又等了一会儿，沈石却发现小黑仍是迟疑不定的样子，忍不住问道："分不清他们走了哪条路吗？"

小黑看起来有些沮丧，摇了摇头。

沈石想了想，道："算了，反正也是碰运气，咱们先挑一条路试试看。"

说着，他目光扫过前方左、中、右三条通道岔路，迟疑了片刻，抬脚就往中间那条路上走了进去。小黑在他身后低声咕哝了两句，不知道是不是在抱怨什么，不过很快也跟了过来。

这条中间的通道看起来与之前过来时的青灰色巨石所砌成的通道并没有什么太大的区别，同样都是宽阔平坦，不过在他们走了十多丈远之后，沈石便看到通道前方有一座台阶出现，向上延伸。

拾级而上，沈石小心地注意着周围，但是这偌大的镇龙古殿中，似乎从来没有半点的生气，到处死气沉沉的模样，一点声音都没有，只有他与小黑的脚步声回荡在周围。

石阶颇长，到顶时离地也有三四十丈之高，当沈石跨过最后一层台阶时，他的眼前豁然开朗，一座方形高台形如祭坛，四个高大的青铜大鼎矗立于祭坛四角，鼎身上篆刻着古朴的飞禽异兽图案，里面隐约可见火光，正是之前在通道中见过的那些有些透明略带昏黄的奇异火光，在这里也不知燃烧了多少岁月，更不知晓为何如此久远的时光之后，竟然仍旧不会熄灭。

高台正中，有一座高大的祭台，通体赤红，与周围的青灰色差异极大，在这一片青灰巨石的簇拥下非常显眼，甚至让人觉得有几分格格不入。

沈石走了过去，在这座红色祭台边仔细看了看，发现这座祭台的材质自己居然也认不出来，看上去非石非玉，通体赤红中倒有几分像是琥珀，其间更隐隐有不少奇异的脉络纹理，像是生灵血肉中的血管一般，看起来很是怪异。

不过除此之外，这祭台倒也没什么更多的异样了，而在祭台之上原先似乎供奉着一些东西，此刻却是东倒西歪，狼藉一片，有好些地方似乎刚刚被人翻动过。

沈石眉头一皱，目光扫过这祭台之上，心想难道那些侯家人走的就是这条路吗？只是一眼看去这祭台上散乱的杂物多数是些无用之物，经过岁月的侵蚀早已腐朽不堪。过了一会儿，在这些杂物中有一件东西，却是引起了沈石几分关注。

那是一个长条形状的石盒，盒盖已被打开，随意地丢在一旁祭台台面上，里面看着似乎原本是储放着某个东西，但此刻已然空空如也，只剩下一个空盒。

沈石探身将那石盒抓起，入手时感觉颇为沉重，又看了看周围，发现这石盒的位置似乎是在这祭台的正中间。而周围那些狼藉散落的祭品杂物，好像都是围绕着这个石盒摆放着的。

他默然片刻，目光随即落到了手中这石盒之上，只是这空空如也的石盒并没有任何可以引起他注意的地方，或许关键之处，就在这石盒中原本放着的东西上吧。

只是这里面的东西，是不是已经被侯家人拿去了？

沈石想了想，最后还是轻轻放下了石盒，只是此刻眼角余光忽然看到在那石盒边上，同样也是石质的盒盖底部似乎有些字迹，怔了一下后，便伸手将那盒盖拿起，翻了一面看去。

果然上面有数行字：

乾坤造化，仙缘归我；
位列仙班，长生不死；
道法仙器，遗赠有缘；
福泽千秋，功德万代。

四行八句，三十二字，字字清晰，句句惊心。

每一字每一句，正是自古以来所有修炼大道的修士所梦寐以求的至高目标，数十年、数百年的艰苦修行，所为的不正是这长生、飞仙？所梦想的不就是那仙法、仙器？

短短几句，仿佛就已经把这个瑰丽的梦想摆放在了所有人的眼前。

沈石的脸色也变了，只是在最初的惊讶过后，他虽然也有几分难以置信的惊喜，但是很快地，不知为何他忽然再次凝眉沉思，面上掠过一丝疑惑之色，然后他又转眼看了看自己周围，看着这座高台，看着这座祭坛，还有祭坛上那些杂乱腐朽的祭品。

过了一会儿，他慢慢地将这个盒盖放回到祭台上，神情似乎已经平静了下来，微微闭目沉思了片刻，忽然冷笑了一声，低声自言自语道：

"什么样的仙缘，什么样的福泽？居然一路过来会有这么多的凶险禁制，这仙人莫不是好杀人的性子？"

"吧嗒"一声，石盒的盒盖落在祭台上，带起了几许灰尘。

沈石没有再多看一眼，眼神中也重新恢复了平静清明，甚至更多了几分警惕，或许是从小到大，他那位一生不得志的父亲都在不停地告诫他，不会有那些逆天的机缘巧合，就算有，鸿蒙诸界亿万人中，凭什么就会是你得到？

这份所谓的仙缘，看上去虽是极美极好，但细思之后却是可疑，只是这盒中原有之物已然不见，多半是被先到此处的侯家人拿走，只是不知那些侯家人能否看出来。

沈石深吸了一口气，绕过这座祭台，此刻在他眼中，这座镇龙古殿里越发神秘莫测，一片死寂中虽然直到此刻仍未遇到凶险，但给他心里的压力却是越来越大。

只不过该走的路，还是要继续走下去的，因为到了此处，已经再没有了回头路。

沈石招呼了小黑一声，继续向前走去，高台尽头，同样是一层层的石阶，只不过这一次是向下的，而前方那些隐约昏黄的火光里，这座大墓，或者说是这座镇龙古殿，仿佛也越发模糊不清了。

青灰色的巨石在那昏黄的火光中，似乎永远无休无止地曼延着，走到哪里沈石所看到的都是这种冰冷孤寂的颜色，下了那座高台之后，又是一段通道，走着走着，沈石忽然发现前方周围已经不再是一条笔直单一的通道，几条岔路，向不同方向延伸而去，而当他试着在一条岔道上走了一段之后，却又发现了前方是更多的岔道。

路，越走越多，就像是这座镇龙古殿在不断地变化膨胀着，只有青灰的颜色与昏黄的火光仿佛永无止境，而当沈石惊觉不对想要回头的时候，却发现来路之上，也同样是纷乱相似的通道。

他咬了咬牙，心跳略微加快，但是还没等他想出什么对策的时候，忽然听到这茫茫道路前方不知何处，传来了一声凄厉的叫喊。

那声音里充满了惊恐与绝望，似乎那声音的主人在前方看到了什么世间最可怕的东西，令人毛骨悚然。

沈石霍然转头，望向前方，然而他看到的，只有无数冰冷的青灰巨石所构成的通道，通往不同的方向，不知所终。

小黑一直跟在他的身旁，此刻也情不自禁地向沈石略微靠近了一些，用自己的头蹭了蹭沈石的腿，似乎这样让它感觉有些安心。

沈石沉默地思索着，同时看着前方这座阴森可怖的迷宫，也许在前头某处，就会有什么诡异可怕的东西在等着自己。他的手缓缓放到了腰间，在如意袋上轻轻摩挲了两下。过了一会儿，他面无表情地再度向前迈出了脚步。

既然无路可退，就只有奋力前行！

脚步声嗒嗒地轻响着，通道在身后不停地后退，虽然仍是一模一样如迷宫一般的通道，虽然还有众多令人难以分辨的岔道入口，但是沈石心里却隐隐有些感觉，自己似乎离某些东西越来越近了。

因为，不需要小黑提醒，就连他也隐隐闻到了空气中那一丝淡淡的血腥气。

又走了十多丈远，一个新的岔道口再度出现在沈石眼前，然而沈石在看到这个路口的时候却是脸色猛然一变。

不仅是因为走到这里那股血腥气陡然浓烈了许多，而且，沈石看到了在前方一处岔道口上，靠着青灰色巨石墙壁的地上，一个人低头坐着。

那似乎是个身形瘦小的老人，就这样低头坐在一片血泊中，他全身上下，身边地上，甚至是背靠着的青灰巨石墙壁上，都溅满了殷红的鲜血，看上去让人惊心动魄，红得刺眼。

而就在这令人触目惊心的一幕中，那老人低着头，胸口微微起伏了一下，仿佛发出了一声低沉的喘息声。

沈石身子一震，这是他进入镇龙古殿之后看见的第一个活人，只是眼前的这一幕实在太过惊悚，让他不得不小心对待，所以也不敢立刻过去，只是站在原地，小心地叫了一声：

"喂，你是……"

话音未落，他的声音忽然哑了下去，或许是被他的声音所惊醒，那老人缓缓抬起头来，露出了面容，赫然竟是当初在流云城外侯家人出发时，那位能够掌控浮空仙舟的闻大师。只是此时此刻，在沈石惊愕的目光里，却是倒映出这位闻大师一脸血迹的干瘦脸庞，一双眼眶里，竟是燃烧着两团苍白色的鬼火。

第四十五章 ■ 鬼物茫茫

一声低吼，却是小黑从旁边跳了出来，站到了沈石身前，对着这个眼冒鬼火的闻大师，露出了白森森的牙齿，做出了几分凶恶状。

沈石在最初的错愕过后，勉强压下了心中的震惊，强自镇定下来。而在他身前那一堵石壁下，这个身子原本就枯瘦，此刻更是满身血痕的闻大师口中发出了低沉而怪异的咯咯声，双眼紧盯着站在通道另一头的沈石，两只眼睛中的鬼火闪烁不停，身子居然就这样颤颤巍巍地站了起来。

一眼看去，似乎他对自己肉身的掌握很是陌生的样子，几次东倒西歪都险些跌倒，但是那一双诡异的眼睛却是死死望向前方，脸上渐渐露出了一种可怕的表情，那是混合了贪婪、渴望甚至疯狂的神情。

沈石几乎没有花费任何的力气就看懂了这种眼神，因为那是所有丧失了灵智的鬼物对血肉生气的嗜血渴望。在这一刻，沈石心里一阵恶寒，在自己到来之前，这镇龙古殿中究竟发生了什么，会让闻大师这个道行境界可能已经修炼到神意境的高手竟然也无法抵御，变成了一个毫无灵智、只懂得嗜血杀戮的鬼尸？

而若是如此的话，自己这个仅仅只有凝元境初阶的普通修士，在这镇龙古殿中，将要面对的命运，又会是什么？

然而眼下显然没有时间让沈石去仔细考虑，已然沦为鬼物的闻大师双眼鬼火一闪，忽一声咆哮嘶吼，就这样冲了过来。

不知道是不是因为沦为鬼物的时间不久，他冲来的气势虽然凶恶狞猛，但无论是速度还是力道看得出来都有些失控，甚至在冲到一半的时候闻大师的脚下直接绊了一下，跟跄两步一下子半跪到了地上。

这场景看起来有些可笑，但是在这阴气森森而又鬼物出没的地方，却是让人半点都笑不出来的，特别是当闻大师中间摔倒后手臂打在地上，沈石甚至能感到脚下的地面微微震颤了一下，这股力量让他的瞳孔都为之一缩，似乎在变成鬼物后闻大师虽然灵智尽丧，但是这肉身纯粹的力量仍然大得惊人。

以凝元境初阶的道行去对抗神意境的修士，哪怕这个修士已经变成了一具鬼物僵尸，但是彼此间巨大的实力差距仍然是难以跨越，或许时间长了以后，闻大师的这个鬼尸会渐渐散失灵力，力量也会逐渐减弱，但是至少在眼下，仍然不是沈石所能抵挡的。

沈石对这一点同样有着清醒的认识，所以他根本就没想着与这个鬼物硬扛，甚至也没打算让天生厚甲的小黑去试试看能否扛住闻大师的攻击，他只是简单明了地对小黑叫了一声：

"跑！"

一声喊出，他转头就跑，小黑明显还呆了一下，但是随即反应过来，猪尾巴一卷一翘，同样是夹紧了转身蹿了出去，四蹄翻飞，看着居然比沈石跑的速度还更快些，没多久就追上了主人。

一人一猪转眼就跑出了好远，闻大师这时才有些艰难地爬了起来，一身血迹，面孔狰狞，咆哮着追去，只是才冲出三四步远，他身子一歪，又重重撞上了旁边的石壁。那些青灰色巨石所砌成的石壁看上去坚硬无比，纹丝不动，反倒是闻大师被震回了地上。

等他抬起头来再看前方时，沈石与小黑已然跑得更远了，眼看着跑到了另一条岔路上，身子一拐就快没了影子。

闻大师半伏在地上，脸上神色狰狞无比，忽地仰起头，仿佛是对天长啸一般，但是口中所发出的声音确实凄厉无比，尖锐如刀锋，刺破了这镇龙古殿迷宫里的寂静。

"吼……"

厉啸之声如同地府幽冥的呼啸，从沈石他们身后的那条通道中传来，几如魔音入耳，甚至让沈石觉得双耳中有隐约的不适。在这声厉啸响过之后，有片刻的安静，然后就是几乎与刚才完全相同的另一声尖厉呼啸，从这迷宫中的另一个地方响起。

随后，是第二声、第三声、第四声……

凄厉刺耳的吼叫声，在极短的时间里，在这座规模庞大、岔道繁多的迷宫中回响起来，从远到近，四面八方，似乎无所不在，仿佛就像是一片阴曹地府，万鬼嘶吼。

厉啸滚滚如雷，沈石也是在瞬间脸色苍白，而几乎是在同时，他猛然觉得身后的通道里怪声大作，鬼哭狼嚎之声汹涌而来。他忍不住回头看了一眼，顿时脸色大变，只见闻大师刚才所在的那个通道里，从更远处的数个岔路通道中，一下子涌出了一片黑压压的鬼物，其中有僵尸、阴灵、骷髅，甚至还有各种死去的妖兽腐朽或森然白骨，如洪水一般，向自己这里冲来。

无数鬼火在那些黑洞洞的眼眶中燃烧着，这些沉寂了不知多少岁月的鬼物，像是同时被眼前的血肉所吸引，疯狂地吼叫着，向着沈石与小猪涌来，而本来在最前面的闻大师在最初的吼叫唤来无数其余鬼物后，仍然锲而不舍地想要追来，但是猛然发力跑了几步之后，却又是一个歪倒摔在地上。

当他刚想再度爬起时，忽听鬼哭之声轰然而至，一片黑影如洪水黑潮，刹那间，不知有多少只鬼物的腿脚或是白骨脚踝直接踩到了这个干瘦老头的身上，"咚咚咚咚"的低沉之声不绝于耳。

鬼物灵智尽丧，也没多少痛楚感觉，但是或许是对血肉的渴求，闻大师仍然拼命挣扎着想要爬起，但是头刚抬起就被踩到地上，腰刚弓起也被踏平，此刻在鬼物之中的他就像一只垂死挣扎却无能为力的蝼蚁，不断地在爬起又被踩踏的情景中重复着。

直到那黑潮疯狂涌过，不知多少的阴灵骷髅都追着前方沈石与小黑而去的时候，闻大师这个差点被踩扁的僵尸才好不容易爬了起来，对着前方绝尘而去的大群鬼物发出一声愤怒的狂吼。

一个闻大师就已经几乎不可力敌，更不要说眼下这如洪水般涌来的大群鬼物，沈石在发现这令人头皮发麻的情景后，第一个反应就是全力向前跑去，至于小黑猪，此刻甚至都不需要沈石叫唤，只会比沈石跑得更快，一眨眼的工夫已经蹿到了沈石的前头。

厉啸之声仍是绵延不绝，身后鬼哭狼嚎同样紧追不舍，生死仿佛就在须臾之间，只有青灰色的通道仿佛无休无止、无穷无尽。

此刻的沈石脑海中只剩下了一个念头，那就是拼命跑去，不消片刻，前方如迷宫般的通道尽头，不出意料地又出现了两条岔道，当他还在有些犹豫该走哪条通道时，却只听前方赫然又传来几声尖啸。

阴灵鬼影，骷髅森然，却是又有一群鬼物从前头一条通道中向这里冲了过来。

沈石身子一矮，奋力转身，直接冲进了另一条通道里，小黑四蹄翻飞，冲在了最前面。

"轰！"

过了片刻，一声怪异的杂音在那条岔道口上迸发而出，两股鬼物黑潮轰然相撞，随后几乎是瞬间融为一体，形成了更大的一股波涛，狂吼厉啸着向前方奔跑的沈石与小黑追来。

　　而在这股鬼物狂潮过去之后又一会儿，某个干瘦的僵尸才跟跟跄跄追了过来，看着前方空荡的通道以及跑出去很远的那些鬼物，闻大师又是一声怒吼，然后愤怒地继续追去，只是脚步依然摇摇晃晃，身子也是东倒西歪。

　　"呼呼呼……"沈石大口喘着粗气，在这座迷宫中拼命奔逃着，只是前方的道路似乎仍然没有尽头，但身后那些不知疲倦的鬼物却是越追越近，更糟糕的是，那些回荡在迷宫里每一个角落的呼啸声，似乎唤醒了无数沉眠在这里的鬼物，随着他的逃窜，出现的鬼物竟然越来越多。

　　身前，身后，每一条岔路通道，鬼啸之声似乎不曾断绝，时不时就会冲出一群鬼物，张牙舞爪地向他扑来。幸好这片迷宫中的通道足够多，又或者还有几分侥幸，每一次沈石都能在追兵冲来之前找到一条通道逃命。但这样下来，在他身后汇聚了越来越多的鬼物，那声势甚至震撼了整座庞大的迷宫，鬼哭之声如惊雷洪涛，响彻四方，仿佛下一刻，就要将沈石吞没。

　　背后的恐怖追兵已经越来越近，沈石甚至已经闻到那令人肝胆欲裂的鬼物的腥臭气息，然而前方仍然还是无休止的通道，这一路上青灰颜色似乎从未断过，让人几乎无法想象这座镇龙古殿究竟是有多么庞大的规模。

　　在这逃命的中间，沈石勉强感觉到有些地方下降，有些地方又是通往高层，各种阶梯同样也频繁出现，但是在身后可怕的鬼物洪流追索下，他甚至无法稍微停下脚步来辨认一下环境，只能是依靠第一眼的印象就此逃窜过去。

　　直到他忽然又看到两条岔道，两道石阶。

　　一条往上，高不可攀；一条向下，深不可测。

　　"吼"，厉鬼的狂呼声仿佛已近在咫尺，沈石冲到这岔道口上，正犹豫时，忽然见小黑果断地冲上了向上的那条石阶，沈石一咬牙也冲了过去。

　　黑影轰然而至，如黑潮拍岸，轰然巨响，在这个岔道口上瞬间鬼哭狼嚎一片，追在最前头的一个骷髅，骨臂伸出，尖啸着向沈石抓来，距离他已经仅仅不到三尺之远。

　　沈石咬紧牙关，奋力向上奔逃，同时早已扣紧在手心的一张符箓，伴随着他手臂扬起，陡然燃烧起来，一道火墙，凭空而落，熊熊燃烧，就这样横亘在所有鬼物的身前，顿时引发了一阵轰然鬼叫。

　　五行术法，火障术。

第四十六章 ■ 火障

火障术是一个很普通的一阶五行术法，虽然与火球术一样属于五行中的火系术法之一，但是在名气上却与火球术有天壤之别。火球术几乎是每个修行者在炼气境的时候如果想要修炼术法时的第一选择，而火障术却几乎无人问津，可以说是相当偏门冷僻的术法。

其中的原因其实很简单，火球术是一阶术法中威力最强大的几种攻击术法之一，而火障术却是偏重防守，在如今这个五行术法式微至极的年代，本就难练的术法如果还要再挑一个用处不大的，只要是聪明人就不会这么做。

天底下的修士，大多数都是聪明的。不聪明没资质天赋的，在这条艰难曲折的修仙大道上或早或晚，都会被淘汰，事实上，就算是聪明而天赋异禀的人物，半途夭折的例子也是俯拾即是。

所以火障术很多年来，虽然修炼法门一直流传着，但真正去修炼这种冷僻术法的修士却是极少极少。

沈石就是其中之一。

与火球术、水箭术、沉土术这些常用的一阶术法一样，火障术同样是沈石当年还在青鱼岛上时，去术堂那里花费灵晶购买来的，至于原因其实也不算复杂，不外乎两点，第一点是沈石本身在那时已经察觉到自己在五行术法上，因为清心咒的缘故似乎与众不同，无论是修炼术法还是施放术法的速度，都比普通人要高一个层次，所以他直截了当地加大了在术法上的精力与投入；第二点则是他谨慎小心的性子使然，因为火球术、水箭术等术法都是攻击术法，但是在防身上却没有一个比较合适的，所以他挑来挑去，就挑了火障术。

当然这火障术之所以冷僻，并不是没有原因的，哪怕沈石日后修成了这门术法，相比起火球术、水箭术等攻击型术法，甚至是沉土术这种辅助类术法，火障术在他手上用到的次数也是少得可怜。

原因是火障术其实真正说起来，并不是一个很好的防御法术，它的术法施展之后，是在施法者身侧形成一道燃烧的火墙，以此来阻挡敌人的攻击，但对施法者本身并没有太多的防御力量。换句话说，敌人一刀砍了过来，你放了一记火障术，若是敌人害怕这火焰缩了一下，这火障术就有了效果，但若是对手发狠拼命不顾一切，哪怕被火灼伤了也要砍来一刀，那么施法者也就无计可施了……

由此可见，这火障术的局限实在很大，当初沈石也并不是不明白这一点，但是到最后仍然是将这火障术买来当成了自己第一批学会的一阶术法之一，实在是因为在这一阶术法之中，至少在当日青鱼岛上的时候，他并没有发现其他更好的防御法术。

也正是因为如此，他心里其实也是一直有着一种对火障术并不充足的信任感，所以当日在回到金虹山并突破到凝元境后，第一次所挑选的入门功法里，他就选择了"金石铠"这门神通道术，说白了，还是觉得自己若是遇上强敌，攻敌手段有各种术法勉强可用，但是防御之上却是根本不够看了，一旦被强敌手段神通近身，那几乎就是一个"死"字。

所以火障术这种术法，很长时间里都被他束之高阁，甚至就连当初描画符箓的时候，制作成火障术的符箓也是最少的。

但是此刻，在这个命悬一线的时候，当无数鬼物嘶吼嚎叫如洪水一般就要将他淹没的时候，沈石冲上了那个台阶，振腕激发的第一个术法，竟然是这冷僻无比的火障术。

"轰！"

一声低沉的回响，火光陡然亮起，瞬间照亮了这个逐层往上并且看上去十分遥远和高大的通道，一道火墙似乎从天而降，轰然落下，火焰熊熊燃烧着，横亘在沈石与身后那些无数狰狞可怕的鬼物之间。

"吼、呀、嗷……"下一刻，各种各样尖厉刺耳的怪叫声在刹那间爆发出来，鬼物最惧者无异于雷、火二物，其中以雷电为最，但火焰同样会令所有的鬼物厌恶乃至畏惧。

更不要说这突兀出现的火墙，火焰熊熊燃烧甚至隐隐现出几丝纯白之色，若是有世间精擅于五行术法的修士在此，便会发现这一道火墙，不但火焰温度似乎比普通的火障术要高了几分，甚至就连火墙的规模大小，都比普通的火障术宽大了一倍以上，几乎是在瞬间直接封闭了这条通道，挡住了所有鬼物的去路。

鬼物虽然大多并无灵智，但是出于天生的本能对灼热的火焰仍然是有着恐惧之心，所以冲在最前头的那一排鬼物几乎是下意识地就要刹住脚步，但在通道之中的那些鬼物数量实在太多，前后拥挤化作一股如洪水般的鬼潮，却是不可能说停就停的，前头的鬼物刚想停下脚步躲避火焰，后面的鬼物却仍是疯狂冲前，巨力涌来，前排的鬼物顿时就被硬生生再度撞向前方，踉踉跄跄地摔入了那些熊熊燃烧的火焰之中。

"呼……"

火墙轰然而鸣，仿佛是火焰在狂吼呼啸，火舌倒卷而上，一转眼便将前排七八个摔下的鬼物吞没，只听着噼啪爆裂声从那火光中瞬间大作，凄厉尖锐夹杂着惊恐狂暴的鬼哭狼嚎声响彻了整个通道，这声音是如此恐怖，不但让正在前方奔逃的沈石身子一颤，甚至也让火墙之后的鬼物洪流硬生生为之一顿。

趁着这片刻工夫已经再度跑出十多层石阶的沈石，身子还在继续往前跑去，却下意识地向后看了一眼，同时也就看到了那些鬼物被炽热的火墙所吞没，化作一团团火球疯狂挣扎燃烧的凶厉场面，而在火墙之后，因为鬼物太多太拥挤，仍然还有一些骷髅、僵尸之类的鬼物身不由己地被推挤到火墙中，在狂吼尖叫声里同样化作了那样凄惨可怕的下场。

沈石的身子微微震动了一下，并非为了这些鬼物被烧灼而心生怜悯，而是有些震骇于这火障术的威力。

在之前即将被这些鬼物追上的时候，万分危急的关头，不知是不是灵机一动又或是本能的反应，他在自己所有学会并拥有的术法中，下意识地选取了火障术这个最冷僻的术法，而此刻看来，这个选择毫无疑问是最正确也是唯一能稍微阻挡一下那些鬼物的术法。

是的，仅仅只是稍微阻挡一下而已。

火障术，毕竟仅仅只是一个威力最小最普通的一阶术法，哪怕是沈石曾经修习过阴阳咒秘法中的两篇，以清心咒开辟新窍穴，以天冥咒精炼灵力提升威力，但一阶术法，仍然只是一阶术法。

当沈石冲到第二十六层石阶的时候，身后的火墙达到了炽烈的顶峰，然后火光开始逐渐暗淡；当他冲到第四十一层石阶的时候，火墙里已经倒下了十七八个鬼物，都被烧成了一堆焦黑的灰炭，但是火墙的高度已经不足最鼎盛时的一半，同时火光还在迅速地衰弱着；而当他再向前冲了十个台阶，跑上第五十一层石阶的时候，火光陡暗，火墙消散，被阻挡的鬼物们在片刻的沉寂后，瞬间爆发出了令人惊心动魄的嚎叫声，狂吼着继续向石阶上那两团鲜活的血肉冲去。

沈石再也没有回头，只是咬着牙拼命跑去，至于小黑，自始至终就没回头看过，铆着劲哼哧哼哧拼命地向石阶前头跑着，四蹄翻飞，速度飞快，这时居然已经跑到沈石前头快二三十个台阶之上了。

单论逃命的本事，显然小黑已经远远胜过了自己这位凝元境初阶的主人，让沈石都为之侧目。

有了那一道火障术的阻挡，沈石总算是从命悬一线的险境里挣脱出来，并拉开了几分与那些鬼物的距离，但是在那道火墙消散之后，呼啸而来的鬼物洪流仍然紧追不舍，并且嚎叫之声越来越响，再一次逐渐拉近了与沈石的距离。

额角上有汗水慢慢渗出并滴落下来，沈石的心口在剧烈地跳动并不断喘息着，耳边听着那鬼物的呼号声，他的脸色也是越来越苍白，然后在他冲到第一百一十七层石阶的时候，那声音已经仿佛近在耳畔。

他没有回头，没有停步，只是在奋力向前冲的那一刻，再一次挥手，那一抹火光，从他指缝间燃烧起来，散发出耀眼的光芒。

"轰！"

一声隐含着神秘力量的回响，火光乍亮，照亮了整个通道，化作了一堵熊熊燃烧的火墙，仿佛要烧尽世间一切的肮脏污秽，轰然落下，横亘在这条通道石阶之上。

然后，沈石继续落荒而逃。

而在他身后，火焰光芒之中，一片鬼哭狼嚎，数十个鬼影在灼热的火焰中狂呼乱舞，所有的鬼物一片慌乱，再一次被阻挡在火墙之后。

就这样，沈石用火障术这个无比冷僻的术法，为自己和小黑在这种绝境之下勉强争取到了些许喘息之机，拼命地向前逃去。当火光消散之后，鬼物们又会再次追来，渐渐拉近与沈石之间的距离。

如此逃逃阻阻，反复多次，火障术的符箓很快就被沈石用尽，到了后来他不得不用自身灵力来施法，幸好在他境界突破到凝元境后，施法速度又上了一个台阶，可以勉强在这些鬼物追上前施放出火墙，以此再次逃命。

但是如此这般多次，这条往上的通道却依旧看不到尽头，这无数的石阶像是要通往天上一般，无休无止地曼延着，甚至让沈石心底都慢慢生出一丝绝望。

就算是一座山，此刻或许也已经爬到山顶了吧？

他在心里这般苦笑着、抱怨着，挥手再次释放了一个火障术，召出火墙再度挡住了身后的鬼物追兵，只是当他继续往前跑去的时候，身子忽然觉得一阵空虚，竟是身不由己地摇晃了两下。

沈石心底微微一沉，脸色看上去越发苍白，这是身子有些脱力的表现，也是他体内灵力耗用过度的迹象。

如果再没有任何转机的话，他就坚持不了多久了。

他咬着牙，继续向前跑着，抬头一看，发现小黑精神抖擞地跑在前方，看上去没有半点疲惫的意思，此刻居然已经领先自己一百多层石阶了，如果不是通道中还算明亮的话，自己只怕连这只小黑猪的屁股都看不到了。

沈石忽然有些恼火，奔跑中呸了一声，骂了一句：

"这只没义气的猪！"

而就在这个时候，不知是不是诡异地听到了沈石在遥远后方的抱怨，还是另外看到了什么，小黑的身子忽然一顿，一下子停住步伐，一动不动地站在那里了。

第四十七章 ■ 孤峰

沈石大口喘息着，奋力地在这看起来高不可攀并似乎永无止境的石阶上向上奔逃，而身后那些暂时被火墙阻挡了一下的鬼物，此刻又是在一片狂暴的嘶吼声中轰然一片，经过多次的反复，沈石不用回头也知道，那是刚才施放的火障术已经开始渐渐衰弱，不消片刻，这无数鬼物就要再度追来。

可是自己体内的灵力，似乎已经不能再支撑多放几次火障术了。

自己就这样死在这神秘的镇龙古殿迷宫之中了吗？

不知为何，沈石此刻的心里倒是没有了太多的畏惧，当然些许紧张还是有的，只是或许是如此奔逃持续了很久，让他的头脑也有些麻木起来，甚至在逃命间隙，他的脑海中偶尔还会掠过些许当初他在妖界生活的片段，在那个时候挣扎求生的日子里，他也曾多次面临生死一线的关头，只不过到了最后，他还是活了下来。

那个时候在他身旁来来往往的，都是如今人族蔑视仇恨的妖族，虽然沈石心中同样对大多数妖族并没有什么好感，但是老白猴与石猪显然是不一样的，到了后来，还多了一只小黑猪。

只是时至今日，老白猴与石猪都已埋骨在归元界灰蜥林中，只有小黑猪还跟在自己的身旁，或许今日……他抬了抬头，忽然发现前方石阶上头的小黑居然停住了脚步，看起来像是在等待自己的样子，不过不知为何，它的头一直没转回来，就那样怔怔地看着前方。

沈石忽然有点不好意思，心想自己刚才还骂了一句"小黑没义气"，果然有点过分了，这只猪虽然贪吃懒惰坏毛病一大堆，但看起来本性还是好的嘛。

想到这里，沈石心里顿时温暖了一下，似乎力气也恢复了一点，脚下用力，大口喘着气冲上石阶，同时大声喊着：

"蠢猪，快跑啊，待在那里等死吗？！"

小黑猪一动不动，仿佛根本没听到沈石的叫喊。

沈石嘴里骂了一句，三步并作两步冲了上来，跑到了小黑的身旁，正要怒吼着叫醒这只笨猪快跑的时候，忽然身子一震，脸上露出了几分不可思议而略带绝望的神色，怔怔地站在原地，一动不动。

眼前，赫然已经没有了去路。

石阶已经到了尽头，前方仅有五尺的一块小平地，再往前却是一片绝壁，脚下是一片深不可测的深渊。站在这绝壁洞口上向外看去，眼前竟是一处巨大无比的地底巨穴，绝壁高耸陡峭，如在一座庞然大山中硬生生挖出了一座深不见底的巨洞，下方一片深黑，仿佛通向传说中的幽冥地府。

但这里并不是一片完全的黑暗，在这巨大地穴的正中，突兀地挺立着一座陡峭的山峰，一道明亮、耀眼如金子般灿烂的白色光柱，从地穴上方不知何处的穹顶上落下，照在那山峰之巅，可以看到峰顶如被刀削，平整无比，上有一座血红祭坛，那一道辉煌光柱，就垂落在这一个祭坛之上。

光芒深处，似有一件东西在光辉中浮沉，只是光芒太过耀眼，沈石一时间也无法看清那到底是什么东西。

而在这奇异的山峰之下，从那片黑暗深处显现出来紧紧包围着这座山峰的，就是无穷无尽的白骨，望之如白色森然的汪洋，簇拥着又或是包围着这一座傲然屹立于白骨之海上的孤峰。

白骨茫茫，如海如山，在贴近孤峰的地方最高，距离峰顶不过十余丈，随后便逐渐下降，到了距离周围高耸绝壁一半的地方，便已沉入深不见底的黑暗中。

一片死寂，仿佛从亘古以来就笼罩着这个神秘的所在。

然后，被一阵凄厉尖锐的嚎叫声所打破。

身后的鬼物，已然再度追近，张牙舞爪，狰狞可怖。

前无去路，后有鬼物，上天无门，下乃深渊。

这条路，终于是跑到了尽头。

沈石霍然转身，脸色苍白至极，看着从后方石阶上冲来的无数鬼物，看着那些可怕狰狞的面孔，听着歇斯底里的嚎叫，无数鬼火在疯狂燃烧，无数血盆大口张开，无数鬼爪挥舞，似乎下一刻就要冲到面前，将自己淹没，将自己撕裂，喝尽鲜血，吃光血肉。

他怒吼一声，双手猛然一挥，火光乍现，一道燃烧的火墙再度轰然落下，然而随之而来的是他的身躯猛烈震动了一下，几乎差点摔倒在地。

山洞通道里的鬼物再次哗然吼叫，狂怒声不绝于耳，不知多少次被这可恶的火墙所阻挡，这些鬼物早已被激怒得无以复加，纷纷对着火墙之后身陷绝境的沈石发出了疯狂的怒吼声。

然而这最后的火墙又能阻挡这些鬼物多长时间？

沈石只觉得疲惫至极，手扶石壁，慢慢走到了绝壁之旁的洞口边，看着下方深不可测的黑暗，眼中茫然而绝望。身边，小黑悄悄靠了过来，看着沈石，低声哼了一声，似在询问什么。

沈石摇了摇头，苦笑了一下，道："没路走了啊，小黑。"

小黑的头微微低了下去，看着也沉默了一会儿，然后轻轻用头蹭了蹭沈石的腿，就安静地在他脚边趴了下来。

蓦地，身后还在燃烧的火墙后，鬼物群中一阵骚动，沈石有些艰难地转头看了一眼，隔着那片火光，却是看到有个干瘦的尸鬼居然从鬼物群中挤到了前头，左右看了看，猛地向沈石这里张开大口，发出了一声尖锐的吼叫。

居然就是最早遇上的那个已经变成鬼物的闻大师。

此刻看去，似乎经过这一段时间的追逐，闻大师所化成的这个鬼物已经渐渐熟悉了自己的身躯，加上他生前的道行颇高，肉身力量也是强横，周围这些普通的鬼物看起来都不是他的对手，居然被他逐一挤开，再次来到了鬼物群的最前方。

而很明显的是，闻大师所化成的这个尸鬼，对沈石的仇恨似乎特别大，咬牙切齿，愤慨万分，吼叫不休甚至捶胸顿足，倒是让沈石都有些诧异起来，不过随即又觉得无聊，反正都要死了，谁还去管这么一个没有灵智的尸鬼？

看着沈石带了几分轻视地转过头去，这个干瘦的尸鬼暴跳如雷，怒吼一声，突然手往旁边一抓，居然直接将一个高大的骷髅拎了起来，吼叫声中，竟一下子抛过了火墙向沈石这里砸了过来。

虽然在跃过火墙的时候，火焰瞬间将这个骷髅变成了一个火球，那骷髅也发出尖厉的嚎叫声，但仍是凶猛异常地向沈石这里飞来，沈石也是吓了一大跳，连忙抱着小黑向旁边一让，险而又险地避了过去，而这个倒霉的骷髅则是在尖叫声中身不由己地直接飞出了这个洞口，落入了下方无尽的黑暗深渊。

过了一会儿，一个低沉的声音从下方回荡开来，如一颗石子落入大海，又像是无尽黑夜里的一声幽幽虫鸣。

那深邃而仿佛永恒不变的黑暗深渊，似乎也有些许的骚动，突然，一阵异样的呼号声，却是从不远处的绝壁之外传来，像是什么东西被惊动了一样。

然后，犹如黑暗中的恐怖涟漪，一层层、一圈圈地荡漾开去，恐怖的吼声从近到远，一丝丝、一阵阵渐渐化为河水奔流，又变成洪水波涛，轰然而起。

饶是深处绝境，沈石也是吓了一跳，抱着小黑探头向绝壁之外看了一眼，这一眼，却是再一次将他震住了。

之前他的目光与注意力都是被巨大地穴中央那座孤峰所吸引，加上身后鬼物追得紧迫，并没有注意到身边的绝壁，直到此刻，他才看到这一处地下巨穴的万丈绝壁上，在若隐若现无穷无尽的黑暗阴影里，竟然开凿出了无数个与自己此刻置身之处类似的洞口，从上到下，遍布绝壁，一眼看去，至少也有上千个绝壁山洞。

而此刻，鬼嚎声声，如巨浪滚滚而来，遍布绝壁之上每一处的洞口里，都有鬼火缓缓亮起，在黑暗中，在阴影里，发出疯狂的吼叫声。

天地万物，无尽黑暗，所有的一切，仿佛都已沦为一片鬼物的海洋。

如黄泉地府，如幽冥鬼域，沈石这一生之中，从未想象过这世间竟有如此可怕的地方，更从未想象出，如何会有这不可思议多如汪洋般的鬼物，这一刻，他全身的血液仿佛都已冰寒彻骨，连呼吸都下意识地停滞了。

身后，火墙的呼啸声渐渐小了下来，火光渐弱，鬼物们得意的吼叫声越来越大，一个个躁动不安，看着咫尺之外的那个血肉活物。

小黑依偎在沈石的怀里，身子似乎有些微微颤抖。

沈石抱紧了它，彼此之间血肉的温暖，或许就是此刻他们最后的一丝暖意。

直到火墙熄灭。

火光陡暗！

通道里，无数鬼物轰然而嚎。

绝壁之外，无数鬼物仰天长啸。

黑暗里，深渊中，孤峰下，骨山上，无数魂灵仿佛都在起舞，那是冥魂的吼叫，那是死灵的呼号，那是对生灵的仇恨，那是对天地的桀骜。

黑暗扑面而来。

死亡轰然而至。

无数鬼爪在黑暗中落下，拼命向前撕扯挣扎，白骨在阴暗里闪烁着磷光，尖齿疯狂地想要噬咬，无数的眼眶里，只有残忍而冰寒的鬼火闪耀燃烧。

然后，在这片黑暗中，在这片绝壁下，在无数鬼物的狂吼声中，一个人影跃出了洞口。

他紧紧抱着怀里的小猪，微光之下，他们彼此紧贴在一起，身后是瞬间伸出的无数白骨手臂，甚至还有不少鬼物嚎叫着停不下脚步或是被身后的鬼物所推挤，跟跄着、尖叫着被推下了绝壁悬崖，掉进了那片黑暗无底的深渊。

沈石的身子在空中转过，如果要被无数鬼物撕咬啃食，他宁愿这般跳出绝壁，只是在他身子落下的那一刻，有那么一个瞬间，他的眼角余光望见，在那座孤峰之上的祭坛边，似乎突然多了几个人影。

但是随后，他就觉得眼前猛地一黑，他与小猪已然落进了无边无际的黑暗之中。

沉沦而下，再无光明。

第四十八章 ■ 巨爪

世间有许多事都是相对的，比如天与地，阴与阳，黑与白，又或是人心所以为的正与邪，好与坏。在这其中，当然也少不了存在于世间每一个角落、每一个人身边的光与暗。

有光明就有黑暗，白昼过后就是黑夜，然后黎明重现，如此反复，人世沧桑，每一日、每一年，都是这样度过，如此自然，所有人都习以为常，有时甚至不经意中都会忘掉了它们。

光的另一面，就是黑暗。

黑暗其实是一种很奇特，也很有趣的东西，它是光明的另一头，当黑暗出现时，必然不会有光，所以对世间大多数生灵来说，黑暗就意味着一片漆黑，空有一双眼睛，却什么都看不见。

正因为如此，黑暗有时就会欺骗人的眼睛，哪怕再聪明的人也往往会相信自己亲眼所见，但是只要是黑暗蒙住了双眼，便会有各种错觉产生，比如说：

一个无底深渊。

孤峰下，骨山边，无尽白骨沦入黑暗，下方没有半点光明，黝黑如墨，深不可测，如通往九幽冥府的深渊。

沈石跳下之后，已是存了必死之念，所为的只不过是不愿让自己和小猪落入被无数鬼物撕扯活吞的悲惨境地。当他跳出那个绝壁洞口之后，身子顿时如一块石头般沉重地落了下去，能够不借助外力任意飞行的大神通，那是只有元丹境的大修士、大真人才能有的，他区区一个刚突破凝元境不久的小人物，此刻当然不可能会有什么奇迹浮在空中不掉下去。

所以他很干脆地、重重地掉了下去，落入了那片深沉的黑暗中。

沈石心中惨然，只觉得自己身体落下的速度越来越快，在自己身下就是一个无底深渊，一片黑暗孤寂与寒冷，从四面八方疯狂涌来的时候，突然他只觉得背部猛然一震，只听"轰"的一声大响，抱着小黑的沈石撞进了一堆坚硬却散落的东西中。

"哗啦啦啦……"

诡异的声音一下子在他耳边响起，沈石只觉得自己的身子一下子陷入了一个类似流沙般奇怪的地方，加上从天上掉下来的冲击力颇大，一下子就大半个身子砸了进去，然而还没等他反应过来，便觉得周围那些"沙子"猛然颤动了一下，然后如雪崩一般，轰然崩塌。

身旁无数的"沙子"同时向一个方向倾泻而下，瞬间在黑暗中汇聚成了一道巨大的洪流，沈石只觉得自己在这洪流之中渺小至极，身不由己地被这股巨力带动滑去，向着下方更深同时也是更黑暗处落下。

他在黑暗中拼命地挥手想要保持平衡或是想要抓住些什么，但是身旁所有的一切似乎都是流动的，什么都无法让他抓住，他只有身不由己地随波逐流，而在这中间，他几次伸手抓去，手中抓到了几次都是类似短棍之类的东西，冰冷粗糙，也不知那是什么。

坍塌还在继续，诡异的"沙子"依然在倾泻，沈石被夹在其中流出了很远也很久，直到某一时刻，他惊觉身下的"沙子"似乎速度突然变慢了下来，然后果然很快静止了。

沈石在周围安静下来好一会儿之后，确定了似乎并不会再发生什么异状后，这才小心翼翼地试图从身下那些"沙子"中爬出来。

周围一片黑暗，伸手不见五指，只有当沈石偶尔抬头的时候，才会看到那极高远的穹顶，似乎有一个微弱的光点在微微闪烁着，若是按照记忆中的印象，那应该是那座孤峰峰顶。只是此刻看去，那本来耀眼夺目的光柱，已经只有点许微光。

被周围这些看不清的"沙子"裹挟着流出了老远，沈石此刻也不知自己身在何处，但是从头顶那点微光来看，似乎自己此刻还在那座孤峰的脚下，只是这座孤峰果然高耸孤峭，很难想象这地底下居然会有如此奇景，更不用说孤峰之下还有那白茫茫无穷无尽的一片骨海……

沈石身子微微一颤，在一刹那他突然明白了自己身子周围的"沙子"究竟是什么。

正是那些无数堆叠如山如海的白骨。

一股彻骨般的冰寒之气涌上沈石的心头，让他全身的肌肤都似乎有种微微战栗般的刺痛，黑暗遮蔽了他的目光，看不到这片骨海，但是所带来的恐惧，却仿佛越发凶猛。

也就是在这个让人惊心动魄的时刻，沈石身体突然一震，却是想到了另一件重要的甚至不下于这令人恶心恐怖的骨海的事，他的双手，空空如也；他的身边，一无所有。

黑暗里，仿佛有片刻的死一般的沉寂，然后忽然一声呼叫，刺破了黑暗中的死寂，只听到一个声音不顾一切地喊道：

"小黑，小黑，你在哪里？"

或许是心中担忧，这份焦急反而冲淡了最初的畏惧，沈石虽然身上仍有几分寒意，但是仍旧拼命地扒开身边那些围拢的白骨，低沉而怪异、令人头皮发麻的骨骼撞击声，在他身旁响了起来，哗啦啦一阵，起伏不停。

这座骨海不知是什么来历，竟然会堆叠了如此众多的骨骼碎片，不过大多数骨骸都是破碎零散的，所以如果抛开了胆怯畏惧的话，其实松散的骨骼反而比真正的流沙更好爬出来，毕竟骨骸要比流沙更大也更加坚硬。

沈石很快就从白骨堆中爬了出来，站在骨海之上，虽然他此刻心中担忧小黑，有些焦急，但仍是忍不住心中庆幸，从那么高的地方掉下来，如果下方不是这些松散的骨骸，只怕自己要摔得粉身碎骨了，而此刻虽然身子上有好几处破损外伤隐隐作痛，但大体上却并没有特别重的伤势。

只是眼下最要紧的，当然还是小黑不见了。

沈石在骨堆上茫然向四周看去，只觉得眼前一片黑暗，伸手不见五指的骨海里，甚至连个阴影都无法看到。刚才从半空中落下的时候，他一直紧抱着小黑，小黑也丝毫没有挣扎的动作，依偎在他怀里一动不动，但是在被坍塌的骨海裹挟流动时，却是不知什么时候小黑居然从他身边消失了。

现在沈石最担心的就是小黑在刚才的骨海坍塌中被掩埋在骨骸堆下方了，在这无尽的黑暗与无穷的骨海里，万一真是这种最危险的情况，沈石不要说去救它，只怕连找到小黑都是艰难无比。

只是此时此刻，眼前漆黑一片，沈石只能一声又一声呼喊着小黑的名字，虽然明知道在这黑暗骨海中这般高声呼喊殊为不智，谁也不知道这片黑暗里似乎隐藏了什么恐怖的危险之物，但是沈石此时此刻也顾不上那么多了。

"小黑！"

"小黑！"

"小黑……"

一声声的呼喊，在黑暗中远远地传了出去，打破了这里的寂静，但是沈石等了很久，却一直没有回应。

除了黑暗，就是死一般的沉寂。

周围，似乎越来越冷了，黑暗从四面八方围拢着，沈石甚至有那么一点错觉，在自己的身旁黑暗中，就存在着什么诡异的东西悄悄盯着自己，那黑暗甚至隐约有一种重量与压力，让他呼吸艰难。

这样下去，甚至不用什么怪物出现，只怕他自己也会在这片孤寂黑暗中发疯。

沈石微微喘息着，咬了咬牙，强迫自己在这种孤独冷寂中冷静下来，然后深吸了一口气后，他决定不能就这样在原地枯等下去。

于是他如盲人一般，先是手臂在黑暗中挥舞几下，确定是空无一物时，再迈出脚步，就这样在黑暗中缓缓摸索着向前走去，与此同时，每隔一段距离，他便会呼唤一次小黑。

无尽的骨骸组成的骨海显然不可能是平坦整齐的地面，更何况是在这伸手不见五指的黑暗中，沈石摸索着前行，但走得非常非常艰难，时不时就会脚下打滑，身子歪倒，偶尔甚至会一脚踩空，直接摔倒在骨堆上。

不过这样走着走着，倒是让他渐渐开始有些习惯周围的环境了，包括对脚下这片白骨之海，也没有最初那么厌恶恐惧，中间为了更好地走路，他甚至还随手拿了一根不知是什么东西的骨头，当作拐杖一般，在骨堆上有些艰难地蹒跚前行。

只是这片黑暗如渊如海，无穷无尽，看不透眼前黑暗，也就看不到道路尽头，他呼喊了很多次，但是没有一次得到回应。

沈石渐渐地有些绝望了，只是心中仍旧不愿放弃，同时走着走着，他也渐渐感觉到脚下的骨堆似乎还在不断地下降，越走越低，而周围除了一片寂静，似乎真的并没有什么其他东西。

在那绝壁之上无数的洞口里，明明有那么多令人头皮发麻的鬼物，但是在这黑暗中的骨海下，阴气森森犹如冥域地府，却不知为何走了这么远，沈石却连一个鬼物都没遇着。

"小黑……"

他的声音因为叫喊了太多次，不知不觉间已经有些疲累与沙哑，甚至连喊话声都有些无力，或许连他自己都开始渐渐失去了希望。然而就在这一声过后，他木然地迈腿准备继续前行时，突然，他身子猛地一僵，顿在原地。

那一刻，他似乎一动都不敢动，连呼吸都下意识地屏住。

黑暗里，死寂中，那仿佛幽远空阔的遥远前方，一片安静，似乎什么也没有。但是就在沈石屏息静气片刻之后，那黑暗深处的某个地方，忽然响起了几声低沉细微的哼叫声：

"哼哼，哼哼……"

沈石呆立片刻，忽然间一阵从未有过的狂喜涌上心头，那是一种异样的温暖，仿佛顿时驱散了周围的寒冷与孤寂，让他一下子大笑出来。然后他大步向前跑去，向着那声音发出的地方跑去：

"我在这儿，小黑，小黑，我在这里！"

骨堆在他脚下发出咯咯的怪响，听起来令人毛骨悚然，但是沈石此刻却丝毫没有感觉，向着那声音发出的地方跑去，很快就听到那声音渐渐变大也越来越清晰，而正挣扎着跑动间，他忽然只觉得脚下感觉一变，却是再没有了那种举步维艰，迈步处，竟然似乎是一片平地，应该是不知不觉间已经跑下了那骨堆。

虽然周围还是一片黑暗，但是沈石却是精神大振，快步向前摸索着走去，小黑的声音就在前方不远处，越来越近。

然后，在走过了一段距离后，沈石的眼前忽地一亮。

一点微光映入了他的眼帘。

是的，在这片无尽的黑暗里，出现了一点微光，幽幽而略带青绿色的奇异光芒。

一点，又是一点，接着又是一点，点点幽光，如黑暗夜空里神秘的星辰，就这样在沈石的眼前一点一点地点亮。

光点散落在虚无黑暗中，如磷火一般忽明忽暗，从地面升起，照亮了附近些许地方，隐隐约约看到一个影子蹲坐在地上，看过去，正是小黑。

沈石一时间也来不及去想这些奇异的光点究竟是什么，看到小黑的喜悦已经充满了心怀，而小黑看到他时，同样是兴奋地跳起。

沈石三步并作两步地冲了过去，小猪也向他冲来，一下子蹦跳到半空，沈石一把将它抱在怀里，狠狠地摸了一下它的小猪脑袋，然后呵呵笑了。

笑声不大，却很温暖。

"笨猪，你还真会跑啊。"他抱着小黑，长出了一口气后，轻轻骂了一句。

小黑脖子歪了歪，叫了一声，然后转头向后方看去，沈石笑道："你又发现什么了？反正这里都是骨头，还能有……什么东西……"

他的声音忽然低沉了下去，像是被什么硬生生压了回去，黑暗里，微光中，沈石的嘴慢慢地张大。

那点点幽光磷火下，细小微弱的光线里，如远方星辰的些许微光，幽幽汇聚，在他们的前方黑暗里，渐渐照亮了一个东西。

那似乎是一个爪子。

三趾分叉，遍布鳞甲，看上去似乎与传说中的龙爪十分相似，除了……大得惊人。

那是一个巨大的爪子，看上去犹如一座小山，光是爪子前方尖突的趾尖，就比沈石还要高出数倍，而整个爪身看上去竟然有数十丈之高。在那爪子背后，同样是一片无穷无尽的黑暗，遮盖了所有的一切。

一只爪子已然如此庞大，那么又会是什么样的生物，才拥有这样的爪子，而它的本体，又会巨大到怎样可怕的地步？

望着那只小山一般的巨爪，望着巨爪背后无尽的黑暗，沈石只觉得一股寒意涌上了心头。

第四十九章 ■ 阴龙

黑暗的深渊下，无尽的白骨之海边，居然会有如此巨大的一只爪子，实在令人毛骨悚然。看着这如小山一般矗立在自己眼前的爪子，沈石实在很难去想象这只爪子的主人究竟会是一个怎样可怕的生物。

小黑在他怀里动了一下，沈石看了它一眼，松开了手臂，小黑随即跳到了地上。在沈石找到它之前，这只小黑猪似乎就已经在这只爪子的附近了，虽然不知道它是怎么过来的，但显然看得出，小黑对这只爪子也是有些畏惧之意，只是除此之外，它似乎又有些与平日不太一样的地方，虽然有些害怕，但还是一直盯着这只巨爪。

只是先从那无数鬼物包围中差点死掉，随后又掉入这阴森森、黑漆漆的骨海深渊，任谁只怕也不能保持和平日一样的心态吧。

沈石也没太注意小黑的模样，待心神稍微平静几分后，借着这里的淡淡磷火微光，他渐渐发现这只巨爪在庞大体形之外，似乎还有些异乎寻常的地方。

最明显的地方是这只巨爪好像非常非常古旧了。爪分三趾，上有鳞甲，但是在微光之下，隐约可以看到巨爪上的很多地方，鳞甲都已经剥落掉离，露出灰褐色显得十分干枯的皮肉，几乎看不到任何的光泽。

而巨爪三趾之中，最坚硬也是最可怕的尖突趾甲也已经不再完整，左边的一个趾甲甚至已经完全脱落，只剩下光秃秃的一截皮肉，右边的趾甲倒还在，不过也只有半截了，上面还有好几道明显的破碎裂痕。相比之下，在这巨爪的三趾中，只有中间那一趾的尖突趾甲看起来还算完整，足有四五人高的趾甲上宽下尖，平稳地随着巨爪放在地上，其中最前头尖锐的那部分，还有少许直接插入了地面，就好像这坚硬无比的岩石地表对这只爪子来说，不过是脆弱无比的豆腐一般。

沈石站在原地良久，一直盯着这只巨爪，只是黑暗中的爪子一动不动，仿佛已经和这片黑暗融为一体。

或许，这只巨爪的主人，这黑暗深处某个不知名却必定可怕至极的巨兽，已经死掉了吗？

沈石心里不由自主地这般想着，又或是说带了几分期盼这般盼望着，不过总这么站着也不是办法，他咬了咬牙，轻声招呼了小黑一声，然后大着胆子，慢慢向这只巨爪走去。

山一般高大的影子，就在眼前，越是走近，沈石就越是清晰地感觉到这只巨爪的庞大与那种无声的强大压力，在这种不知名的可怕生物面前，实在是让人不得不生出自己如蝼蚁一般的感觉。不过或许是这种巨兽真的已经死去，随着沈石的走近，哪怕他慢慢走到了巨爪的旁边，这只巨爪也没有任何的异状与反应。

终于，沈石站在了巨爪的旁边，看着身前那灰褐色干枯的皮肉，他停顿了片刻，然后迟疑了一下后，伸出手去，轻轻地在这只巨爪边缘摩挲了一下。

触手处，一股粗糙的触感从掌心手指上传了回来，沈石转眼向旁边看了看，发现不远处某个地方，皮肉上还残留覆盖着一片鳞甲，便走过去也轻轻摸了一下。

单单一片鳞甲，看上去便有沈石一个人身子那么大，手掌摸上去之后，沈石明显地感到这里似乎相对光滑了许多，但同时那股坚硬感也随之而来，沈石心中一紧，心想若是在这巨兽全盛之时，周身皆是这般坚不可摧的鳞甲，加上必定是无与伦比的力量，这世间又会有什么东西是它的敌手？

沈石在脑海中仔细回想了一下自己过往所读过的那些异兽杂记，最后却发现似乎并没有任何一种已知的凶猛妖兽可以与自己此刻所看到的这种巨兽相提并论，而有这种资格的，好像全部都是神话传说里太古时代，甚至是盘古巨神开天辟地洪荒时代中的那些神兽。

而在那些传说中，龙，也是其中的一种重要神兽分支。

"是龙吗？"沈石心中微动，低声自言自语地说了一句，在这一刻，他心中忽然想起过来这里的路上，曾经先后两次看到的阴龙雕像。

这时，在他身边不远处的小黑忽然哼哼地叫了一声，沈石转头看了它一眼，只见小黑开始迈步向这只巨爪的后头走去，沈石微微皱眉，犹豫了一下，又看了一眼这只可怕但静默的巨爪，终于跟了过去，和小黑一前一后，慢慢地走进了那片更深沉的黑暗中。

在他走过去之后不久，距离这只巨爪并不算太遥远的那片骨海边缘处，忽然有一抹奇异的光芒闪亮起来，黑暗中看上去就像是一团鬼火，紧接着，一点又一点类似的鬼火忽然就这样不知从什么地方亮起，或在骨海上下，或在骨堆边缘，有的甚至直接就是在骨骸堆里的深处。

四面八方，无数鬼火，在之前的寂静中丝毫征兆也没有，突然就这般出现了，虎视眈眈地在黑暗里缓缓聚拢包围过来。

只是就在这诡异的时候，在这无数的鬼火无声无息却凶厉无比地靠近时，那只沉默的巨爪，忽然间似乎微微地动了一下。

仅仅只有极细微的一下，就是那巨爪三趾之中还算完好的那只中趾，微微抬起，原本有些刺入地面的趾甲露了出来，抬出了地面。

瞬间，黑暗中突然如无声处一记轰然炸响，无数的鬼火在一刹那陡然一僵，片刻之间，所有的鬼火竟全部掉头逃窜，甚至带了几分疯狂，不顾一切地掉头而跑，一点一点的光亮全都在不停地熄灭，似乎它们正拼了命地要掩去自己的痕迹。

片刻间，原本气势汹汹的无数鬼火如仓皇逃窜的蝼蚁，消失殆尽，只剩下了无穷无尽的黑暗，与仿佛亘古未变的死寂。

那只巨爪又恢复了平静，中趾无声无息地落下，地面如豆腐一般，被趾甲插了进去，然后再也没有了丝毫动静。

或许是因为被那只巨爪庞大的体形挡住了那点磷火微光，走到巨爪背后的时候，沈石只觉得眼前似乎比刚才更加黑暗了。如此走了一段路，他忽然叫住了小黑，犹豫了一下后，伸出右手的手掌，一股灵力从接近干涸的气海中缓缓转过气脉，片刻之后，一团火光从他掌心里亮了起来。

在他从绝壁之上跌落的时候，因为在镇龙古殿的通道中不停地施放火障术阻挡鬼物，几乎已经耗尽了自身灵力，不得已只好摸索着前行。但经过这一段时间，虽然没有特别打坐回复，但体内灵力还是恢复了少许，勉强够放一个火球术了，而如果只是单独维持在掌心照亮而不施放出去的话，持续时间应该还会稍久些。

火光亮起，顿时逼退了身子周围附近的一片黑暗，也让他第一次看到了这黑暗深渊之下的景象，与他之前所料想的环境其实相差不多，身子一侧是那只巨爪，脚下是坚硬的岩石地面，而在不远处，就是由无数森森白骨组成的骨海，看上去让人毛骨悚然。

只是前头在这片骨海上摸爬滚打了好一阵子，这种惧怕之意倒是弱了许多，沈石向那片骨海看了一眼，便收回了目光，向前方望去。

巨爪就在他的身旁，后头就是连接巨爪的肢体，看上去同样庞大无比，如同一座高大山峰，不过在火光照耀下，沈石只能看到这座"山峰"微小的一部分，随即就发现，自己不知不觉居然已经走到了一处绝壁下方。

在他眼前，出现了一个高大无比的巨洞，而巨爪和肢体，就是从这个巨洞里伸出来的。

沈石的眼角微微抽搐了一下，下意识地后退了一步，心想这洞里难道会是这种巨兽的巢穴吗？

有那么一刻，他甚至冒出转身离开的心思，面对这几乎完全不是人力所能抵抗的可怕生物，实在是让人很难生出站在它面前的勇气。只是沈石很快还是控制住了自己，毕竟在这片黑暗死寂的深渊下，他几乎已经是无路可走。

而在他身前的小黑，则是在低声叫唤了两声后，再一次向前迈动了脚步，却是向那个巨洞中走了过去。

沈石默默地凝视了小黑一眼，随后缓缓跟了上去。

洞穴极大，大到沈石几乎觉得这根本就不是一个山洞，周围并没有类似阴风的气流，但是不知为何，沈石还是觉得自己身上一阵一阵发冷。

脚步声在黑暗中悄然回响，那一点掌心的火光照亮了些许地方，形成了一个明亮却微弱的光球，在这无边无际的黑暗里，缓缓前行着。

这般往里走了三四十丈的距离，沈石觉得自己的心跳似乎开始越跳越快的时候，火光忽然跳动了一下，在他前方仿佛突然有一个奇怪的影子晃动而过。

然后，他看到了一张嘴。

一张巨大无比、生着獠牙的可怕大嘴。

沈石吓了一大跳，后退一步，火光颤抖了一下，抬高了几分，虽然光线弱了一些，但是照亮的地方顿时大了许多。也正是随着火光的扫过，在沈石的前方，他看到了一个人，确切地说，是一张人脸。

五官俱全，看上去似乎是个老年男子的模样，皱纹横生，苍老无比，只是这张脸竟是如此巨大，看上去比洞外的那个巨爪还要高出一倍，唯一不同的是，这张人脸上似乎没有半点生气，皮肉干枯，额头上还奇怪地长出了两只类似龙角的巨大犄角。

最后，沈石的目光落到了这张人脸的眼睛上。

那里，是两个黑洞洞的空洞，空无一物。

第五十章 ■ 光幕

黑暗中陡然看见这鬼魅一般的巨大异兽，饶是沈石有道行、心志向来坚定，也忍不住脑海中"嗡"的一声，全身冰凉，看着那火光中的巨大头颅，仿佛下一刻它就会张开血盆大口将自己与小猪一口吞下。

只是黑暗里一片沉静，火光仍然在微微摇晃中闪亮，那个巨大的人面龙角的异兽头颅却没有任何的反应，犹如雕像一般一动不动地伫立在黑暗之中。

沈石觉得手心有些冰凉，那是渗出的冷汗，他轻轻地在身边衣襟上擦了一下，目光却是丝毫没有离开这个异兽。待看得时间稍久，他渐渐地似乎看出些端倪来，这个巨大的头颅与之前所看到的那只巨爪一样，似乎都经历了长久的岁月，到处都是腐朽衰败的痕迹，甚至看上去没有半点生气，好像就是已经死去多时一样。

他又凝视了一会儿，终于确定虽然在这黑暗中的巨兽气势无与伦比，与之相比自己完全就是一只蝼蚁一般，但是至少从目前来看，这只巨兽好像确实已然死去。这个发现让沈石从心底里松了一口气，心里那种巨大的紧张感终于稍微松弛了些，然后他忽然心里一动，像是想到了什么，重新抬头仔细地看了看这个巨大的异兽头颅：

"……原来，这世上当真是有阴龙这种太古巨龙存在过的吗？"

沈石口中喃喃地念了一句，眼前这个巨兽头像，与那个幽谷之中的阴龙雕像几乎是一模一样，当然除了眼睛，阴龙龙目之中有异象，但眼前这只巨龙却是双目空空，看上去似乎两只龙睛被人挖去了一样。

可是又会是什么人，竟有如此可怕而强大的神通，不但能够制服阴龙这般的太古巨龙，而且还挖掉了它的双目？

沈石的目光在阴龙的眼眶里扫过，只觉得那两个黑洞洞的窟窿实在有些瘆人，下意识地吞了口口水，转过了头去。

这时，他忽然看到身边不远处，小黑的举动看起来有些奇怪，走到这个巨大洞穴见到这只太古阴龙之后，小黑不知不觉渐渐靠了过去，看上去似乎并没有太多的畏惧之意，反而露出几分异样的渴求模样，此刻它正站在这巨大头颅的下方，似乎犹豫了片刻之后，然后轻轻用头蹭了蹭这只阴龙的皮肤。

黑暗里一片安静。

沈石忽然觉得周围似乎比刚才进来时更安静了些，虽然本来就没有什么声响，但是他心中这种感觉却是特别清晰，一切仿佛都突然沉静了下来，他甚至能在这一刻听到自己的心跳声。

一缕光，忽然亮起。

温和明亮而不耀眼的一道光。

光芒亮起的地方，是在这个巨大头颅的背面，沈石与小黑几乎同时看到了那道光芒，彼此对视了一下，然后不约而同地向那边走了过去。

这只巨兽的头颅极大，光是绕个圈子便要走很长的一段路，走着走着，当沈石终于绕过头颅走到背面的时候，他身子忽然一僵，目光所及之处，他却是发现了一件令人震骇的事。

就在不久之前，当他第一次看到那只巨爪以及这个巨大异兽头颅的时候，在他心里便有了一个下意识的念头，一只爪子与一个头都是如此巨大，如果真是太古阴龙的话，那么这样一只巨龙的身躯，又会是大到什么样的可怕而难以想象的地步？

所以当他走过头颅来到异兽背面的时候，其实心里已经做好了更加震骇的准备，但是他万万没有想到，自己所看到的居然会是这样一幅场景。

在他手里那个火球的微光，以及前头突然亮起的那一道光芒的照耀下，他看到了巨兽背后的东西，那在他想象中必定是无比庞大，哪怕是长如山脉、高如雄峰的龙躯，他或许都能勉强接受，但是此时此刻，他偏偏看到的，却几乎是空无一物的空洞。

巨大头颅的背后，黑暗之中，竟是几乎完全空荡的地方，没有巨龙的身躯，没有想象中的磅礴宏伟，有的只是一小段缠连在巨兽头颅后的残躯，前头隐约可以看到还有仅剩的一只前爪，除此之外，什么都没有了。

黑暗里，一股苍凉凄冷之意，仿佛化作一团阴风，从前方悄然掠过。

一只只剩下头颅和一只前爪的太古阴龙？

良久之后，沈石长长地吐出了一口气，心中的震惊却仍旧未散，只是眼前这只阴龙残躯虽然巨大依旧，但是此刻看着却是带了几分悲凉，也不知过往无尽岁月里，究竟在这只巨龙的身上发生了什么事，竟然会让它的身躯与头颅分离。

或许，就是在头与身躯分离的那一刻，这只阴龙就已经死掉了吧？

沈石在原地呆立了片刻，忽然发现小黑并没有像自己一样停下脚步，仍是不停地向前走去，已经离自己有了一段距离，并渐渐接近了前方那一团光芒亮起的地方。

沈石吃了一惊，连忙加快脚步赶了上去，正想唤一下小黑，忽然间他眉头皱起，眼中多了几分诧异之色，愕然看向那团光明之处。

那一道光，亮起在阴龙头颅的背面，是从一面距离头颅不算太远的石壁上亮起的，温和明亮，闪烁不停，渐渐形成了一团如水波般荡漾的奇异光团，在石壁上微微颤抖并不停地扭动着。而在石壁之下，光芒照过的地方，可以看到巨龙头颅背后的那些皮肉与残躯，也就是在这一处残躯下，赫然出现了一个人影。

是的，那里出现了一个人影，一个安静地坐在地上，背靠着阴龙残躯，头颅微微抬起正凝视着石壁上那片光团的人。

沈石下意识地停住了脚步，然后他很快发现，小黑仍然没有停下的意思，反而是很奇怪地，一直就这样慢慢地向前走去，向着那个人影走去。

光芒的照耀下，沈石渐渐看清了那个人的脸，是一个老人，看上去已经很老很老，甚至已经老到沈石都无法判断他的年龄了，皱纹横生的苍老脸庞上，遍布着灰黑的斑纹，皮肉肌肤都是干枯至极，连基本的血色都看不出来，仿佛只要再过片刻，这张脸就会彻底变成一张死人的脸。

但是这个人，却是一个活人。

　　因为他有一双眼睛，虽然同样混浊、老朽而没有光泽，但是他确实是睁开了双眼，安静地背靠着巨龙残躯坐在地上，然后凝视着石壁上的光团。

　　小黑慢慢地走了过去，越接近这个老人，它看上去就走得越慢，迟疑之意也越来越明显，甚至隐隐还流露出几分畏惧之意，也不知在害怕什么，但是奇怪的是那老人似乎有一种莫名的吸引力，让小黑几乎难以控制自己，几番犹豫中，仍是在小心翼翼地慢慢接近着。

　　它的鼻子不停地闻嗅着，两只猪耳朵也竖到最高，每一步都走得非常小心，终于慢慢走到了这老人的身旁。

　　数丈开外，沈石半张开了嘴，却发现自己什么也叫不出来，心里同样紧张到了极处。

　　或许是这只小黑猪走到身边惊动了这个老人，他的身子微微动了一下，然后转过头来，两道目光落在了小黑的身上。

　　那是两道平静而又带了几分漠然的目光。

　　小黑忽然发出一声低低的哀鸣声，竖起的耳朵瞬间耷拉下来，两只前足忽地一屈，却是匍匐在这个老人的身前。沈石吃了一惊，差点以为出了什么意外，刚想不顾一切地出手的时候，却发现小黑似乎并没有受到什么伤害，非但如此，它在匍匐于地面之后，停顿了片刻，却是又慢慢地抬起头，小心翼翼地靠了过去。

　　然后用它的小猪脑袋，轻轻地蹭了蹭这个老人的大腿，同时嘴里再度发出一声低低的哼哼声。

　　老人漠然地看着这只小黑猪，看着它恭谨地拜倒在自己身旁，却又露出几分异样的亲近之意，过了一会儿，他混浊的目光里终于发生了些许的变化，冷漠之色稍退，一股异光悄然掠过。

　　"咔咔、咔咔……"

　　一阵低沉的异响声从前面传来，把沈石吓了一跳，随即他却发现，这声音竟是从那老人身上传出来的，因为那个老人的右手手臂，正在缓缓抬起，而怪异的咔咔声正是从他手臂的各个关节处响起，仿佛早已生锈而僵硬的门框铁甲，蒙尘无数岁月之后，终于再一次摇动起来。

　　那只枯槁而苍老的手掌，从上方缓缓落下，小黑看上去似乎有些害怕，身子微微缩了一下，但是最后还是匍匐在原地没动，任凭那只手掌落在自己的头顶上。

　　然后，那老人眼中的冷漠之色又退了几分，在异常古怪的咔咔声中，他的手掌居然轻轻地抚摩了几下这只小黑猪的脑袋。

然后，那张苍老至极的脸庞上皱纹缓缓皱起，却是抬眼向沈石这里看了一眼。

沈石与这个老人对视了一眼，忽然间只觉得心头似乎被重锤猛力击打了一下，心口猛然缩紧，刹那间喉头一甜，登时就是一口鲜血直接喷了出去，与此同时，他体内残余的灵力仿佛瞬间被抽空了一般，气海一片空空荡荡，手掌上的那个火球也是转眼熄灭。

沈石的腿脚一软，几乎要摔倒，勉强半跪于地，也就是在这个时候，匍匐在那老人身旁的小黑忽然低低哼鸣了一声。

那老人的目光缓缓落下，看了小黑一眼，小黑的身子颤抖了一下，把头紧紧埋在地上，一动也不敢动。

老人沉默了片刻，终于收回了目光，却是再度望向那一处石壁上的光团。

远处，沈石有些艰难地喘息着爬了起来，心中对这个神秘莫测的老人不由得生出惊怖之意，然而片刻之后，他的目光忽然也被石壁上那团光芒吸引了过去。

只见在石壁之上，那一团如水波晃荡的不规则的光团在经过不停的摇曳与扭动后，表面变得越来越光滑平整，随后在这光面上，居然出现了隐隐约约的人影与景象。

沈石不敢靠近那个神秘的老人，只能从远处凝视那光团，而光影中倒映出的人影和景象也在迅速清晰起来，没过多久，沈石就看清了里面的人物，顿时又是一惊。

只见那面光团中，倒映出来的景象竟然是与他之前在绝壁山洞里看到的那座孤峰上的景物一模一样，却是更大更清晰，竟像是身在孤峰上亲眼所见一般。而此刻在那孤峰之上的祭坛边，那道从天而降的光柱之下，站着四个人，光辉之下，他们的面容清晰可见，竟然都是沈石所认识的人。

正是侯家夫妇以及他们的儿子侯远良，还有一个站得稍微靠后些的，身材微胖，面容轮廓沈石也有几分熟悉与印象，却是侯胜。

此刻看去，只见祭坛周围的地面上散落着一些碎裂的法器物件，祭坛之前的光柱不知为何竟然被一种无形的力量撑起了一道门槛，露出了原本在光束里起伏沉降的东西，远远看去，那似乎是一个足有一人高的赤红巨蛋，一抹诡异的红光萦绕在这个巨蛋周围，仿佛是这个巨蛋正在闪闪发光。

光幕中，可以看到侯永昌、孙琴夫妇，包括他们的儿子侯远良三个人的脸上满满狂喜激动之色，目光都是死死地盯着那个光柱里的巨蛋，仿佛在他们面前的是绝世珍宝。

只是在这三人之后，沈石忽然看到了与这三个激动万分的侯家人完全相反的另一个人。当年的那个小胖子，如今的侯胜，面上竟是没有一分一毫的激动之色，他站在最后，面无表情地看着前面的三个人。

然后，在光幕里，在沈石猛地睁大的目光中，这个侯胜平静的脸上，那一双几乎没有表情的眼眶里，缓缓燃起了两团幽幽鬼火。

第五十一章 ■ 骷髅

两团鬼火，幽幽而燃，在那片石壁上的奇异光幕中，侯胜的变化竟是如此清晰，沈石甚至觉得自己好像就站在他的身旁，目睹了这一切。

在侯胜前方的侯远良一家三口，此刻仍旧沉浸在明显的狂喜之中，虽然沈石并不知道他们所为何事，但是看着他们的神情以及目不转睛地盯着那光柱里起伏沉降的神秘巨蛋，大概也能猜出或许这颗巨蛋才是侯家一行人这次探险寻宝的最终目的。

光幕中，在那道光辉照耀下，孤峰上的四个人包括站在最后的侯胜，身上看上去都并不齐整，多有破裂狼狈之处，想来一路到此，他们应该也不算是很轻松，再加上出发时一大堆人，到了这时却仅剩下他们四个，其他人虽未看到，但在这等凶厉所在，只怕也是凶多吉少了。

光柱中，那条被撑开的缝隙正在不停地扭曲，缓缓变大，这时沈石清楚地看到了在这片光芒中虚空悬浮着一块黑色长条状的类似水晶般的奇异石头，约莫手掌长短，通体纯黑，深邃剔透，在周围明亮的光辉中却不停散发着阵阵奇异的玄黑光芒，与那道从天而降的光芒显得格格不入，也正是这块奇异的黑色水晶，仿佛正散发出什么奇异的力量，硬生生地将这些光芒撑开缝隙，渐渐露出了里面那颗赤红色的巨蛋。

眼看着那巨蛋渐渐露了出来，侯家夫妇与侯远良脸上狂喜之色更重，一起往前走了两步，根本没注意到身后侯胜的异样。

眼看着再过一会儿，那巨蛋就要马上显露出来，而侯家夫妇的手就可以触摸到那个巨蛋了。

忽然，一声低沉的叹息声在这个原本黑暗的山洞里响起，沈石吃了一惊，回头看了一眼，发现叹息声却是从那个一开始就沉默不语的老人口中发出的，他看上去仿佛越发苍老，脸上的皱纹也越发深刻，甚至连目光都更灰暗了些。

只是沈石忽然注意到，这个老人的目光却是突然从那片光幕上移开了，缓缓下沉了少许，沈石顺着他的眼光看去，忽地一怔，却是发现在那片光幕下方的石壁边，似乎还有一个白森森的东西。

他忍不住向前走了几步，睁大眼睛看了看，随即发现那居然是一具背靠石壁、坐在地上的骷髅，洞中本就黑暗，所以早前沈石还真没注意到它。

经历过之前那骨海中无穷无尽般的骨骸，再看到这么区区一具骷髅，哪怕是在黑暗中它确实显得有些阴森，但沈石还是没感觉到有什么特别的畏惧之意，反倒是心里有些意外，因为在他走进这个巨大洞穴的时候，他也小心留意过周围，除了仅有的阴龙残躯之外，便没有任何的异物，哪怕洞外骨骸如山如海，但是这洞中却是丝毫不见踪影。

所以这突然出现的一具骷髅，便显得格外突兀与刺眼，让沈石忍不住又仔细多看了几眼，从骨架大小来看，这具骷髅明显像是一个人族，而且体形并不算大，看上去比沈石的个子似乎还小些，甚至让人觉得有些纤细的感觉。

不过看了几眼之后，毕竟死物，虽然在这洞中显得有些异样，但光幕上那一个场景显然才是如今的关键，沈石很快还是把目光转了回去，看着那光柱里的缝隙终于渐渐拉开到了可以容一个人踏进的地步，而站在最前面的侯永昌与孙琴，几乎是同时向前走去。

耳边的那一声叹息，似乎犹在回荡，沈石并不是很明白背靠阴龙而坐的那个老人看着这一幕究竟是什么态度，因为从头到尾除了那声叹息，老人一直都是沉默地看着，除了偶尔会看向光幕下方的那具沉默的骷髅。

眼看着孤峰之上的人影就要踏进那道光柱，这个老人的身子忽地一动，在沈石的注视下，他的右手又缓缓抬起。

沈石不知为何，突然觉得有些紧张。

孤峰之上，那道光柱猛然间光芒一盛，明亮温和的光辉从穹顶不知何处如瀑布洪涛般洒落下来，瞬间光芒闪亮，一下子将那些撑开缝隙的黑色异光直接压回去了一半。

侯永昌与孙琴夫妇大惊失色，连忙止住身子，险些就碰触到了那些洒落下来的光芒，顿时骇得面无人色，不过显然那悬空的黑水晶也并非凡物，虽然被瞬间压制并不断颤抖，但很快平静了下来，黑光闪烁缠绕在周围，片刻之后，却是硬生生顶住了那如雷霆万钧般的压力，在半空中，黑光所撑开的缝隙与洒落的明亮光辉，就这样僵持住了。

然后沈石忽然发现，站在最后的侯胜，他眼中的那两团鬼火忽然熄灭消失不见了。

孤峰之下，黑暗洞穴里，那老人看上去似乎并没有什么变化，仍然是十分苍老枯槁，小黑也还是趴在他的身旁一动不动，看着有些怪异。只有沈石独自一人站在丈许远的地方，一会儿看看光幕，一会儿又看向那老人，心里似有所领悟，却又眉头皱着，好像还有些东西想不明白。

也就是在这个时候，在这一片黑暗寂静中，沈石突然听到了一个不可思议的声音：

"啪啪、啪啪……"

一阵清脆的声音，忽然在这处洞穴里回响起来，听起来就像是……敲门声。

可是沈石分明记得自己这一路走来，这一处黑暗洞穴阔大无比，却哪里会有什么门扉存在？但是眼下这奇异的敲门声却如此清晰地回荡在洞穴中，甚至片刻之后，在这敲门声稍顿的时候，又有一个温和、悦耳带着几分轻柔客气的女子声音，先是微微笑了一下，如银铃一般，然后从那洞穴的入口处，在那么深邃的黑暗里，传来了她的声音：

"开门，开门，老龙别睡了，客人上门啦。"

沈石霍然转身，放眼望去，但只见那来路上洞穴入口处，一片黑暗不见光亮，却哪里有半点影子存在？他转过身子，下意识地再度看向那个神秘的老人，耳边兀自回响着这个突然出现的女子声音以及她所说的话。

老龙开门？门在哪里？老龙又是谁？

只是那老人脸上枯槁的神情似乎半点也没有变化，身子也没有动弹的意思，甚至连刚才挥动了一下的右手，此刻也在不知不觉间垂落在身边地上。

随后，这洞中似有片刻的寂静。

片刻之后，那洞外的神秘女声似乎轻笑了一声，道："好吧，你既然不开门，那我就自己进去了。"

沈石吓了一跳，连忙望向那山洞入口处，只是等了一会儿，那片黑暗仍是深邃沉寂，并没有丝毫人影出现的迹象，正当他心中感觉诧异的时候，却陡然听到在自己身后的洞穴里，响起了一阵咯咯怪声。

沈石心中忽然一沉，转身看去，同时瞳孔微微一缩，那片石壁光幕之下，那具安静背靠石壁而坐的唯一的一具骷髅，忽然开始动弹起来。

两团幽绿的鬼火，从它黑洞洞的两只眼眶中亮起，随后，这只身形瘦小的骷髅竟然慢慢站了起来，像是突然间有了生命一般，甚至在站直了身子后，它还摇晃了一下脖颈，似乎垂首太久，脖子感觉有些酸痛的模样。

然后，它就抬起头看向那个背靠巨龙残躯的老人，森白的下颌骨动了一下，迈步向他走了过去。

从头到尾，这只骷髅都没有向沈石这里看上一眼。

咔咔之声缓缓响着，那是骷髅身上的骨架关节处在发出怪异的声音，听着令人有些毛骨悚然，但是看着这样一个鬼物渐渐走到自己的面前，那个老人的脸色却丝毫没有改变，依然是那漠然神色。

骷髅没多久就走到了老人的身前，居高临下地看了他一眼，阴影遮住了老人的头脸。顿了一下后，那两团眼中的鬼火闪烁片刻，它的目光落在了趴在老人身边的小黑身上。

不知为何，与沈石之前在镇龙古殿里对上那些狰狞可怖的无数鬼物都并不显得有多么害怕的小黑猪，此刻却突然像是怕得要死的模样，全身剧烈地颤抖起来，身子拼命蜷缩着，似乎恨不得完全钻入地面。

忽然，一只枯槁苍老的手掌，从半空中出现并落在它的头上，轻轻摸了一下，小黑的身子僵滞片刻，像是得到了什么安慰一般，迅速地平静了下来。

这只骷髅的身形虽然不大，气势也不算如何可怕凶猛，凝视了小黑只有短短一瞬之后却不知为何能将小黑吓得要死，只是它似乎也并没有如何在意这只小黑猪，反而是抬起头，下颌微动，不久前出现的柔和女声，再度从它口中发出：

"这种劣等小妖兽身上，居然会有你的一丝血脉，还真是有意思。"

这声音依旧温和悦耳，只是从这看着阴森可怕的白骨骷髅口中说出来，却显得格外瘆人。

老人混浊的目光看了这只骷髅一眼，过了一会儿，从他口中发出了一个同样苍老而略带久远悲凉气息的声音，缓缓地道：

"你要怎样？"

这只骷髅，或者说是"女"骷髅那白森森的骨臂挥动了一下，像是有些无奈，又像是带着几分得意，"微笑"着道："来下棋啊。"顿了一下，它又接着说道，"一局棋你拼死拼活跟我纠缠了百十万年，如今到了最后几手收官的时候，不下完它怎么行？"

第五十二章 ▪ 往事

微光中，这个诡异的骷髅就在这个老人身前三尺处坐了下来，然后看似随意地用骨臂往地上一抓，沈石只觉得脚下地面忽然一颤，一阵低沉闷响，随着那骨臂抬升，一座方形石台从地下霍然升起，几许烟尘顿时飘荡在空中，待尘土沉淀平静下来后，沈石便看到这两尺见方的石台上线条纵横，黑、白棋子遍布其上，两边正厮杀得难解难分。

而在棋盘左、右两侧，各有一个粗糙向下凹陷的石窝，里面似乎是放置棋子的地方，只是此刻大部分棋子都已经放在了棋盘上，两个石窝里的黑、白棋子已经寥寥无几。

这骷髅瞄了一眼这局棋，下颌骨微微张开，虽无血肉，但竟然还是能让人感觉到一种快活的情绪，嘿嘿一笑，道："轮到我下了吧？"

背靠巨龙残躯的老人默默地看了它一眼，没有说话。

骷髅也不生气，看上去心情真的很不错，虽然面貌狰狞了些，却见它伸手到了自己右手边的石窝里，那里放着的都是白色棋子，白森森的骨节屈动，很快它捡起了一枚白棋，举在手上却并没有立刻放下，而是凝视了片刻，忽然幽幽叹了一口气，道："一步落子千百年，这一局棋真是下得好久啊，不过……"它抬眼向那老人看去，道，"我已然看透棋局，这一子落下去，我就必胜无疑了。老龙老龙，你怕不怕？"

被它叫作"老龙"的这个老人，混浊的目光里没有丝毫异样神色，仿佛这一双眼睛早就看尽了人间沧桑，再也没有什么值得它去动容变色。

看着那老人似乎没有什么反应，这骷髅眼中鬼火一闪，似有讥讽之意，然后手臂抬起，眼看就要落子于棋盘上。只是就在这时，一直沉默的老人忽然又开口道：

"这一子是不是你想得最久的一次？"

骷髅手臂一顿，随即呵呵一笑，那温和悦耳的女子声音带着几分回忆的味道，道："看来你还真是老糊涂了啊，什么都忘记了吗？如今落这一子我想了一千零三十三年，虽然不短，却不是我想得最长的一次。我记得很清楚啊，最长的一次落子时间花了五千一百七十七年，最短的一次是六十八年，咱们两个在这'镇魂渊'下，不就是靠这局棋解闷的吗？"

"不过，到了最后，终究还是我要赢了啊。"骷髅又笑着补了一句。听它反复说着这句话，似乎确实对这一局棋的胜负看得很重。

老龙看上去并没有对棋局的胜负表露出什么意外，他此刻只是淡淡地看着这个身形似乎有些偏小的骷髅，过了片刻，忽然淡淡地道："你把每一次落子的时间都记得这么清楚，看来这么多年来，你一定快憋疯了吧。"

"轰"，一声突如其来的低沉闷响从那骷髅身边传了过来，沈石吓了一跳，从刚才他就感觉得出那个老人与这个诡异的骷髅都绝非凡俗，只怕都是自己望尘莫及的强大人物，所以一直都老老实实地站在远处窥视着。只是这一声闷响有些突然，但他转眼看去，却并没有发现任何异状，心里正奇怪着，沈石却忽然发现那个有些瘦小的骷髅看上去似乎又稍微矮了一些。

沈石心中惊讶，仔细观望了一番，片刻后忽然看到在那骷髅坐着的地面上，数尺见方的坚硬石面上整块岩石都碎裂开去，整整齐齐地下降了几寸。

两团鬼火在这个骷髅眼中缓缓燃烧着，看上去它似乎沉默了下来，只是之前那种轻松快活的情绪已然在这个诡异的骷髅身上荡然无存，似乎那老头轻描淡写的一句话，却正好刺到了这骷髅的痛处。

就像是一层伤疤被冷酷地掀开，露出里面血肉模糊的伤口。

骷髅忽然冷笑了起来。

它定定地看着这个老人，笑过之后，忽然道："那你呢，你又怎样？"

老人脸上的皱纹纹丝不动。

幽寂的石洞中，似乎突然一下子沉静了下来，所有声息都忽然消失了，只有那个骷髅带着浓浓讥讽之意的话语声在这片黑暗中幽幽回荡着：

"咱们这地方叫什么来着，'镇魂渊'是吧，好霸气的名字，是你当年硬生生将我拖入这里，想着将我镇灭于此，所以才取了这个名字对吧？"它森白的骨节轻轻玩弄着那颗白色棋子，淡淡地道，"可是如今呢，谁还记得我？天下人但有知道这一处地方的，都以为此地镇压的乃是一只阴龙呢。"

阴龙，果然是阴龙！

沈石在一旁听得心中波澜起伏，终于证实了他心里早先的猜想，只是这突然出现的骷髅究竟又是何等身份，看上去非但能与太古阴龙对峙，甚至还隐隐占了上风。

骷髅凝视着手中那枚棋子，眼中讥讽之色更重，道："好好的逍遥龙族你不做，非要跟我作对，干这吃力不讨好的事，你为的是什么？哦，我想起来了，是《神祇遗篇》吗，就是那几张破纸，你就跟我耗了百十万年？哈哈，最可笑的是，本来以你太古巨龙的力量，确实可以镇灭我的，可为何如今却落到这般田地？

"因为你想要护卫神裔，那些流着盘古巨神血脉的神祇后裔，对吧？

"你说我记得清楚，呵呵，我当然记得啊，我记得当年那些神裔冲进镇魂渊的情景啊，一点一滴我都记得清清楚楚呢。"

骷髅发出了畅快的长笑声，那笑声里满是恶毒的快意。

"你自己忘记了吗？应该不会忘了吧，那一天，我苟延残喘地躲在骨海深处，看着你多半龙力都耗在我身上，然后突然被你所要守护的神裔围攻，你那时惊骇痛苦的眼神，我都还记得呢。"

它仰天长笑，状似癫狂，白色的棋子在它指尖无声无息地化为灰烬："那些神裔厉害啊，果然不愧是有神祇血脉，虽然比不上咱们两个巅峰之时，但是对付那时候的你，还是绰绰有余吧。我看着他们斩掉了你的爪子，砍断了你的龙身，最后更是挖掉了你的眼睛！

"他们甚至还布置了神族禁制，将你牢牢禁锁，永世不得翻身，所以这些年来我慢慢汲取地煞之力恢复道行，你却只能日益衰弱到油尽灯枯。

"那时候的我，实在是太快活了啊，我在骨海里笑得全身发抖，这么多年来，每次想到这件事，我都会情不自禁地笑出声来。

"哈哈哈哈哈……"

骷髅笑着，大笑着，看上去如果不是眼中仅有鬼火，它甚至可能会笑出眼泪来的样子，然后它大笑着向这个老人看去，手扶棋盘，身子微微前倾，嘿嘿笑道："那你感觉如何呢，老龙？

"会不会觉得很悲愤，会不会觉得很难过，会不会心里郁闷得快要疯了呢？"

镇魂渊，镇压的究竟是太古阴龙，还是那神秘莫测、口吐人言的亘古鬼物？

骷髅快意的笑声仍旧回荡在这处洞穴里，在黑暗中传出了很远很远，而那个老人的脸色仍然没有什么变化，只是目光似乎更加暗淡了一些。

然后，他看上去有些吃力地抬起头，看着身前隔着一座石台棋盘的骷髅，用苍老却平静的声音淡淡地道："你觉得你赢了？"

骷髅缓缓收住笑声，看了他一眼，眼眶中鬼火徐徐燃烧着，温和地道："难道不是吗？"

它再次伸出骨臂，从那石窝里所剩不多的白色棋子中取出了一枚，口中道："这一局棋，你执黑先行，但是到了最后，终究还是我白棋后发制人，不是吗？"

"啪！"骷髅似乎不再犹豫，这一枚白子准确而果断地拍入了那棋局之中。

冥冥黑暗之中，忽有一声长啸，远方无穷骨海，白骨森森而起。

孤峰之上，黑色水晶光芒大盛，撑开的缝隙再度扩大，逐渐拉开，而从天空垂落的那道光柱看上去明显已经有些力不从心，正是节节败退的模样。侯家夫妇大喜过望，眼看着那赤红巨蛋在眼前逐渐现出真身，两人眼中再度露出贪婪之色。

镇魂渊下，老龙并没有细看骷髅新下的那一步棋子，而是淡淡地看着它双眼中熊熊燃烧的鬼火，忽然道："你自己也该知道，就算从这里出去，今时不同往日，世间已经再无'冥煞'，你也就永不能恢复到原来的境界。"说着，他似乎带着一丝苦涩叹了口气，摇了摇头，道，"这或许是当初那些白痴神裔干的唯一一件对的事，虽然他们以为那'冥煞'是我龙力之源，所以才夺走并毁去的。"

骷髅的身子明显顿了一下，看来对这个不知为何物的所谓"冥煞"也颇为看重，语气中顿时带了几分怒意，嘴里轻轻骂了一句，随后冷冷地道："废话少说，快落子吧，反正你输定了，最后几步棋走完，你就可以去死了。"

老人沉默了片刻，忽然道："我不想死行不行？"

骷髅呆了一下，似乎完全没想到面前这个老人居然会说出这句话来，一下子竟没反应过来，片刻之后才愕然道："你刚才说什么？"

老人摇了摇头，道："我还不想死。"

骷髅冷笑道："你以为如今还能由得了你吗？"

老人淡淡道："我不落子，这局棋就完不了。棋局不完，咱俩便不能杀死对方，别忘了，这规矩可是当初你定下的。"

骷髅大怒，指着老人喝道："这局棋分明大局已定，胜负已分，亏你还是个太古巨龙的身份，这是何意？"

老头脸上的皱纹好像又深了些，看上去连平稳坐着的力气都渐渐有些不足了，只是他一双眼睛虽然混浊却依然平静，然后在那骷髅恼怒的鬼火与另一边沈石诧异惊讶的注视下，平静地道：

"我要开始耍赖了！"

第五十三章 ■ 暗之狂嚣

耍赖！

沈石之前屏息静气地站在一旁，小心翼翼地听着这两位显然都是有惊天来历、强大道行的人物对话。与他们比起来，自己真是犹如蝼蚁一般，在心中敬畏之余，也是一直在暗自猜测他们的身份来历。其中那老人的身份明显些，但是这发出女子声音的骷髅却委实神秘莫测，也就在这时，沈石陡然间听到了那老人说出的最后一句话，登时险些呛到。

这般有些儿戏的话语，实在不该是这两个如此道行身份的人物应该说的，但是再看向那老人，却发现老头枯槁的脸上神色竟然一片平静，似乎说的是再正常不过的一句话。

沈石这里吃惊，那个骷髅看上去也是被这老头给气住了，指着这老人半晌没说话，似乎是一时间都不知道该说什么才好。过了好一会儿，才冷笑了一声，道："巨龙乃是至高龙族，何等身份，你居然会说出'耍赖'的字眼，也不怕丢了你们龙族的脸面吗？"

老人淡淡道："脸面值几个钱，你卖给我吧？"

骷髅一窒，瞪着老头又是半天说不出一句话来，最后摇头道："我本以为阴险狡诈、胡搅蛮缠这些都是说下等劣族的，看来……"

话音未落，便听到那老头咳嗽了一声，道："都是在这里跟你混久了，这才沾染的坏毛病。"

骷髅大怒，挺身霍然踏出一步，瞬间这黑暗洞穴里风声大作，一股彻骨寒意从天而降，笼罩四周，沈石只觉得周围似乎突然变成了最寒冷的厚重冰层，差点儿就要把自己体内的鲜血冻僵了。

而前方那老人依然是坐在地上，微微仰头看着那个骷髅，面色平静，似乎什么都没感觉到。

骷髅凶相毕露，看上去似乎下一刻就要一伸手直接毙了这个仇深似海的大敌，只是不知为何，它眼中鬼火熊熊燃烧着，在踏出第一步之后，虽然气势汹汹，却再无后继动作，就这么一直站着狠狠盯着那老人。

然后，这股寒意居然缓缓地消退了下去，片刻之后，那骷髅忽然笑了起来，点了点头，道："嗯，好吧，随便你怎么说，无所谓了。"

老人凝视了这骷髅一会儿，然后微微叹了口气，居然也笑了一下。

一个是血肉干枯、脸色灰败如同死人，另一个更是白骨森然的骷髅鬼物，两两相对而笑，这笑容都是有些让人心底发冷。

不过下一刻，那骷髅与老人忽然像是同时感觉到了什么，几乎是一齐转过头去，望向那石壁上的光幕之间，在光影之中，那座孤峰之上的情形，终于又有了变化。

那块黑色的神秘水晶散发出的黑光越来越强，撑开的光柱缝隙也越来越大，而从天降落的那道光柱在黑光的强势冲击下，渐渐地已然抵挡不住，终于被黑光撑开了一扇门，露出了那赤红巨蛋的全身。

经历了波折的侯家人都松了一口气，眼中再度涌出狂喜之色，大步向前走去，而在他们身后，侯胜也是默默地跟上。

孤峰之下，坐在地上的老头幽然叹息，那骷髅却是快意至极，长笑一声，看向那老头，道："终于，还是让我出来了吧？"

随后，它双眼中的鬼火猛然一闪，盯着那老头，冷冷道："拿来！"

老头看了它一眼，道："什么？"

骷髅冷笑道："别装糊涂，我的真身即将脱困，你又无力阻挡，惹恼了我，就算不杀你这半死不活的老龙，信不信我冲到龙界杀光你的龙子龙孙？"

老头笑了一下，没有言语。

骷髅踏前一步，正要说话的时候，忽然闷哼了一声，身子微微一颤，沈石吃了一惊，但随即眼角余光扫到那光幕之上，孤峰上的那个赤红巨蛋在侯家人的面前突然滚落下来，而此刻侯家三人正是大喜过望地向这巨蛋伸出了手。

站在最前头的是侯家家主侯永昌，他的手臂最快碰到了这颗巨蛋，只是才一接触到这巨蛋，顿时那巨蛋表面竟软绵绵地陷落下去，看着似乎有一股强大的吸力，侯永昌脸色突然一变，手臂陡然绷直，身子一个趔趄，径直向这颗巨蛋摔了过去。

与此同时，一股鲜艳至极的红色，从巨蛋表面弥漫开来。

殷红如血！

孤峰之下，那骷髅的身子一抖，头颅微微扬起，那眼眶中的幽幽鬼火竟似乎透出了一股沉醉满足之意。

而在另一侧，看上去那光幕上的侯永昌的脸上却是狂喜之色散去，眼中浮现出骇然惊惧之色，似乎在他身上发生了什么可怕的事情。只见他忽然张大了嘴巴，沈石虽然在这里听不到他的声音，但是看着侯永昌的样子似在大声吼叫，状若疯狂。

片刻之后，沈石看见了他那条陷入巨蛋的手臂，开始发生可怖的变化，所有的皮肉竟然都开始慢慢溶解，但其中竟没有丝毫鲜血溢出，就这样看着血肉迅速地干瘪下去，很快就变成了一根可怕的仅有一层薄皮附在骨骼上的手臂。

而一抹诡异的红色，从那颗巨蛋上顺着侯永昌的手臂迅捷无比地蔓延开来，很快漫过了他的肩膀，如潮水般向全身涌去。

侯永昌疯狂地甩着头狂呼着什么，全身拼命地挣扎，然而在这颗巨蛋面前一点用都没有，很快地，就连他躯干四肢的血肉也开始被一股无形却可怕的力量吸收而去。

站在他身边的孙琴与儿子侯远良都惊呆了，骇然地望着这一幕，忽地都是大叫一声同时向后跑去，然而他们才刚刚转身，便看到了之前几乎被他们所遗忘了的一个身影，正挡在身后的路上。

侯胜平静地看着他们，面无表情，神色僵冷，在孙琴母子诧异惊惧的目光下，他的双目中再度燃烧起了两团鬼火，然后便看见他猛然伸手一推，按道理道行境界都应该比侯胜更高的孙琴母子，却不知为何此时竟然没有丝毫的反抗能力，一下子被侯胜推得踉踉跄跄、向后倒去。

他们的脸色都是骇然惊惧，口中大开大合似在惊呼，然而无声的光幕仍是无情地记录着这一幕，他们的背后，赤红的巨蛋迎了过来，一下子粘在他们的背上。

诡异的红色再度亮起，顿时让他们两个人动弹不得，然后眼睁睁地看着自己的身躯开始血肉消融。

孤峰之下，那骷髅的身子在连续颤抖，甚至还发出了一声低沉的类似呻吟般的声音，仿佛一个饥渴了千百年的旅人，终于喝上了甘甜的泉水。

坐在地上的老人看上去神色间多了几分萧索，混浊的目光扫过光团上那正在疯狂挣扎痛苦死去的三个人，眼中却是一片漠然，没有丝毫恻隐之色，似乎还有几分厌恶，淡淡地说了一句：

"死有余辜。"

那骷髅缓缓地转过身来，不知为何，沈石忽然觉得仅仅过了这么一小会儿，这个诡异的骷髅身上的气势又增强了几分，甚至连步伐走动间看似随意的一踏足，都仿佛有龙行虎步之意，风云悄然在它身边汇聚，连这座镇魂渊都仿佛与之隐隐呼应。

而这，似乎还只是在它真身未出的状态，若是那巨蛋之中是这骷髅鬼物的真身，那又会强大到何等地步？

此刻的骷髅，目光直直地看着那老龙，气焰已是丝毫不加掩饰，凶意滔天，冷声道："把戮仙古剑的残剑碎片给我！"

老龙摇了摇头，道："我早跟你说了很多次，那东西早就毁了。"

骷髅冷笑，道："若非那残片，当年你会那么容易就制服我？那等开天辟地的神物，你让我相信它会被毁掉？"

老龙缓缓闭上了双眼，似乎已经疲惫到了极点，又似乎生无可恋，看透了生死，已经麻木，平静地道："自从当年你我强弱逆势，镇魂渊为你所主宰，我不信你没找过。这几十万年里，镇魂渊中每一个角落你都找遍了吧，如果我这里真有这残剑碎片，你怎么会找不到？"

骷髅沉默了下来，似乎有些犹豫，但是片刻之后，它忽然冷冷一笑，转过身子，道：

"等我真身出世，再来杀你这老孽龙！你放心，我一定让你死的时间长一些。"

话语声中，只听那森然牙齿咯吱作响，一股恶毒恨意仿佛让周围都为之一寒。

就连站在一旁的沈石，在听到这最后一句话时，不知为何，身子竟然也是微微颤抖了一下。

随后，只见那骷髅昂然走去，走着走着，将到洞口的时候，忽然见它扬起头颅，对着这一片镇魂渊下仿佛沉淀了无数岁月的可怕黑暗，对着那无尽的骨海磷火，猛然发出了一声尖厉嚎叫。

那一声，似从冥古黑暗中传来，瞬间穿透了无数黑暗，响彻这片无尽深渊。

似一个古老灵魂的咆哮，又似一个凶狂鬼物的呐喊，声如狂涛，席卷天地。

黑暗轰然而鸣！

刹那间！

无数的磷火陡然亮起，在那骨海之上。

骨骸飞散，齐声呼啸，绝壁上，洞窟中，万千鬼物一跃而起，鬼哭如啸！

一抹惨绿的光辉，从黑暗的最深处亮起，迅速膨胀如汹涌潮水，隆隆而来，竟是照亮了这黑暗深渊，无数的鬼物在绿光中仰天呼号，骨海上，绝壁中，无数的骨臂狂舞着，点点鬼火幽芒如海，似膜拜，似痴狂。

孤峰挺拔依旧，绿光连通天地，绝壁骨海里，镇魂渊下，到处都是鬼物的呼啸声。

一道浓烈的绿光从天而降，自那孤峰绝顶垂落下来，直落在那骷髅身前，化作一座惨绿天梯，气势磅礴，直往高处如登天。

骷髅仰天长笑，大步走去，在这惨绿光梯上一步一步向上而行，骨海中，磷火闪烁，一个个鬼物或匍匐，或嚎叫，或狂舞，尽数拜倒在它的脚下。

黑暗里，它是那唯一耀眼的所在，是唯一不灭的传说。

一步一步，踏光而行，直上绝顶。

这鬼物声势是如此可怕，以至于沈石难以用言语去形容自己此刻的惊骇与心情，而就在他被那半空中踏光而行的骷髅所震慑的时候，忽然一个低沉的声音，从他背后传来：

"年轻人，过来。"

沈石转头看去，却只见那个老人不知何时睁开了双眼，看着自己。沈石犹豫了一下，然后硬着头皮慢慢走了过去，在这中间，老人混浊的目光一直看着他，并没有什么异样的举动或表情，倒是从他身边忽然钻出了一个脑袋，趴在那老人的腿上东张西望了一下，看着那骷髅不在此处，似乎顿时松了一大口气，却正是小黑。

刚才那骷髅与这老人对峙时气氛僵冷紧张，小黑不知何时居然躲了起来，当时也没人会注意到它，直到此刻才看到这个小家伙，那老人目光微微下垂，看了小黑一眼，眼光里似乎微微柔和了一些，居然还笑了一下。

然后，老人看向沈石，道："你跟……它，是什么关系？"

沈石在离这老人数尺之外的地方站住，将他衰弱至极的模样尽数看在眼里，但是不知为何，他心底对这老人却不敢有丝毫轻视，甚至还有几分敬畏之心，沉默片刻之后，便将小黑的来历简单说了一遍，甚至连妖界那里的事都未隐瞒。

老人听了，脸上似乎有些略微的诧异，随后微微一叹，道："原来不是源生龙族之血脉，只是……只是那两颗珠子……"

小黑趴在他的身旁，低声哼叫了一下。

老人低头看了它一眼，忽地失笑，摇头道："你与龙族无关，却是我的因果。"

说话间，他神色忽然再度平静下来，目光微抬，望见了那对面石壁光幕上，不知何时已经不再是孤峰绝顶的景象，而是呈现出了整个镇魂渊里正在发生的那一幕。

万鬼呼号，绿光遮天，一个骷髅逆天而上，无尽黑暗的荣光，仿佛都已凝聚在它的身上。

骨海都在沸腾，磷火狂舞燃烧，望向天际，就要冲开天幕，向着外面光辉的世界，张开这黑暗的爪牙。

老头静静地凝视着那仿佛聚集了黑暗中所有光辉的骷髅的背影，沉默了很久，然后看向沈石，道：

"年轻人，过来，帮我一个忙……"

第五十四章 ■ 巨龙真血

看到洞穴外头万鬼呼啸、绿芒如海、磷火满天的景象，那鬼物实力之强不言而喻，而当沈石的目光转到自己身前此刻这个看上去十分衰弱枯槁的老人身上时，在他眼中也是流露出几分敬畏之色。

在刚才骷髅与这个老人的对话里，他已然猜到这老人的身份只怕就是不知多少岁月前被镇压于此的那条太古阴龙，只是事情的真相却似乎另有隐情，至少，那来历神秘莫测的骷髅就从不曾为人所知。

而眼看着如今那骷髅这等威势，再想想当年这鬼物全盛时期却是被眼前的老人所镇压，那么太古巨龙的实力，又该是多么强大？

所以他不敢在这老人面前有丝毫不敬的举动，走到他的身前，跪坐在他旁边的地上，低声道："前辈，您说。"

说完这句话之后，沈石忽然心中一动，此刻他距离这老人已经很近，但奇怪的是自己却并没有感觉到任何人体的生气、热度和呼吸，什么都没有，就像是坐在自己面前的是一个死人。

只是这老人显然还是活的，他看了沈石一眼，道："你可知道刚才那鬼物的来历？"

沈石摇了摇头，老老实实地道："不知。"

老人笑了笑，看上去神色间有一些疲倦，道："它本是昔年鬼界之中的一只凶厉鬼物，偶得凝聚鬼界精华至阴至煞之'冥煞'魂晶，从而开启灵智，修得鬼道无上神通，御使鬼众百万，肆虐一时，造下了滔天罪孽。"

沈石下意识地转头向那片石壁上的光影看了一眼，只见那骷髅的身影依然正向孤峰绝顶踏光而上，群鬼呼号，磷火呼啸，那气势之凶厉宏伟，当真是他生平仅见，直令人毛骨悚然。与此同时，在他耳边那老人的声音仍旧继续着，语调平稳而平静，道：

"后来，它作恶实在太多太过，有干天和，天降我龙族神谕，我便出手借着神器伟力，最终制服了它，将它镇压在这镇魂渊中。只是这鬼物乃是阴灵鬼体，近乎不死不灭，当初之计唯有镇压于此，再以神器戮仙古剑之残片仙力，一点一点抹去其灵识智慧，如此到了最后自然化为烟尘，可惜……"他苦笑了一下，摇了摇头，道，"后来的事，你刚才也大概听到了吧，总之就是出了差错，变成了今日这般局面。"

沈石自然是知道这所谓的差错是什么，目光也是不由得看了一眼这老人背后的阴龙残躯，那庞大的身躯沉默地躺在黑暗里，在这镇魂渊下不知度过了多少寂寥的岁月，而那两个空洞的眼眶里，仿佛更是说明了几分惨痛往事。

看着那老人的神情，说到此处，似乎也是带了几分萧索，似乎纵然到了他这等境界地步，仍然对当年的往事有些耿耿于怀，沈石也不敢多说什么，迟疑了片刻后，轻声问道："前辈，它叫什么名字？"

"当年它灵智开启、化生智慧后，自号名为'巫鬼'。"

"巫鬼？"沈石身子一震，在这一刻却是突然想到了什么，当初在妖界的三年时间，他就是被错认为妖族之中一支极神秘的部族鬼巫，这"巫鬼""鬼巫"，字眼完全相同，只是顺序截然相反，而当初从那个妖界鬼巫手里得到的那张兽皮里，除了几种巫术之外，最后更有一种奇异的"召鬼术"，明显就是鬼道之术。难道……那鬼巫一族真的会和这巫鬼有什么联系吗？

老人看着沈石突然沉思，眉头微微一皱，眼中多了几分探究之色，道："怎么了？"

沈石一惊，从自己的回忆中醒了过来，刚想说些什么，忽然又自觉刚才的想法似乎颇有几分牵强，若鬼巫一族果然与巫鬼有关系，那自然都是鬼物，只是若果然如此的话，又怎么可能会被妖族承认？或许还是巧合吧。再说了，那兽皮上的召鬼术他也修炼过几次，但无一例外，每次试探着施法时，全都是以失败告终，兽皮上文字记载说这法术乃是沟通冥界地府、召来强大凶厉的鬼物御使为战，但过往沈石不管如何试探，却根本无法有沟通冥界的迹象。

思来想去，还是觉得这念头太不靠谱，沈石摇了摇头，道："没什么，前辈，就是这个鬼巫……呃，错了，是巫鬼，它如今竟然已经如此强大了吗？"

老人笑了笑，叹了口气，道："你看着它厉害吗？其实现如今它的实力，最多只有全盛之时的两成。"

沈石顿时倒吸了一口凉气，心中一阵惊骇，两成实力便已如此强大，若是在它全盛之时，又该是如何的逆天凶狂？

老龙看了他一眼，不再废话，直接道："这鬼物乃是依靠冥煞而生，所以对冥煞依赖尤重，但当年冥煞被人取走毁掉，所以如今不管它如何变化，哪怕是等一会儿它真的取回真身出世，实力也最多恢复到原本的一半。只是这鬼物本性凶恶，一旦取回真身道行大进，必定要大开杀戒，到时候这镇魂渊下除了万千鬼物，绝不可能再有一个活人，你可明白？"

沈石只觉得口舌干涩，特别是想到了外头那万千呼号的鬼物，更是心里发苦，一股寒意涌上心头，缓缓点了点头。

老龙凝视着他，过了一会儿，低声道："眼下这镇魂渊中，本已是必死绝地，无论是谁也不能在这万千鬼物镇守之下逃得出去。但是昔年我在这镇魂渊中，曾经暗自布下了一个手段，你若是肯帮我一次，或许会有一丝死里逃生的机会。"

沈石深吸了一口气，明白自己此刻确实已经没有半点后退的余地，重重地点了点头，沉声道："请前辈吩咐，我照做就是。"

老龙颔首，道："你附耳过来，我说与你听。"

沈石向前探出身子，而老龙看上去身子似乎很是僵硬的模样，一动不动地坐在那里，同时压低了声音，在沈石耳边低声说着些什么，沈石的神情则是在微微变化着，先是皱眉似有疑惑，又有几分惊讶，渐渐地神情凝重起来，似乎听到了什么难以置信的事。

也不知过了多久，那老龙忽然缓缓闭上了双眼，看上去带了几分疲倦之色，而沈石也是缓缓坐了回来，眼中光芒闪动，脸上阴晴不定。

如此过了片刻，老龙再度睁开双眼，看着沈石，淡淡道："如何？"

沈石沉默良久后，忽然笑了一下，慢慢挺直了身子，道："反正都是死路一条，那就跟它拼一次好了。"

老龙凝视着他，面上并没有露出任何表情，看上去无喜无悲。

沈石看了一眼洞外那满天绿光，看着那座登天光梯，看着那骷髅的背影越走越高，他似乎在想着什么，随后转过头来，看向老龙，低声道："前辈，那我动手了。"

老龙缓缓地点了点头。

沈石深吸了一口气，然后俯身上前，伸出双手小心地抱住老人的身躯，看到他这样的动作，一直趴在旁边的小黑忽然有些不安地哼叫了起来。

沈石没有理会它，倒是老龙看了小黑一眼，或许是他目光中有些许安慰，很快让小黑再度安静了下来。

触手处，沈石心中本想过无数可能，但是直到他真正去搬动这老人的身躯时，却发现这具枯槁的肉身似乎与绝大多数真正油尽灯枯的老人一样，轻飘飘的仿佛没有重量，皮肤血肉干枯得甚至有些粗糙，就连那肌肤上似乎也没有感觉到一点温度，只有冰冷一片。

沈石咬着牙，小心翼翼地抱住老人，然后在老人目光无言的允许下，身子一用力，却是一举将这老人的身躯抱了起来，往旁边横移了三尺放下。

微光闪过，光辉落下，照在了老龙刚才背靠残躯的位置上。

那是巨龙残躯上微不起眼的一小块躯体，甚至比那老人的背部还小了一圈，或许也正是如此，所以老龙就这样背靠着它，坐了很久、很久，遮挡住了所有的光芒，将这一小块地方隐蔽在身后。

而当这一刻，它突然显露出来的时候，尽管沈石已经有所心理准备，却仍是下意识地屏住了呼吸。在他眼前出现的，是一块光洁如新、看上去几乎完好无损的龙躯，与周围已然枯槁衰败的阴龙残躯形成了鲜明的对比，尽管与巨大的阴龙身躯相比，这一小块血肉显得如此渺小，但是至少在这个地方，的的确确是完好强大的阴龙血肉。

甚至在这片血肉之上，还覆盖着一片龙鳞，约有头颅大小，光色玄青，倒映出道道幽光，光影之间，仿佛还残留着过往的风光。

沈石下意识地又看了老龙一眼，老龙却不知何时已经闭上了眼睛，面无表情地坐在一边，仿佛对身外之事已经没有了反应。

沈石缓缓收回目光，重新落到了那片龙鳞上，忽然间一咬牙，伸出手去，双手握紧了这巨龙残躯上仅剩的一片完好的龙鳞，猛地一抬。

或许是血肉早已枯败，或许是生气早已丧尽，哪怕这一小块血肉奇异地还保持着新鲜，但是已经再也没有传说中巨龙曾经拥有的坚不可摧。龙鳞被轻而易举地抬起，沈石甚至还听到了一声血肉被撕裂般的低沉声音，让他的身子为之轻轻一颤。

一道半个手臂长的伤口，在龙鳞下浮现出来，细长而殷红，沈石盯着这道伤口，只觉得自己眼皮直跳，口干舌燥，但是他并没有更多犹豫，而是身子微往前倾，屏住呼吸，双手拉住了这道龙躯上的伤口，再度往两边一拉。

一抹鲜艳的红色，在他的眼前浮现。

那是一滴血。

一滴龙血。

一滴新鲜的、黏稠无比的殷红龙血，就这样在他的眼前，从这个龙鳞下的伤口处，缓缓渗出。

与过往沈石所见过的所有鲜血不同，这一滴龙血极度黏稠，在流出龙躯之后竟然没有散落流淌，而是如一个软绵绵却自有韧性的皮球一般，形成鼓鼓的一团血球，落到了沈石的手上。

血球约莫有人头大小，看上去鲜红无比，其中甚至隐隐有几许龙影晃动，仿佛自带生命，在沈石的双手捧举间微微蠕动着。

旁边，小黑又是低低叫了一声，而坐在地上的老龙，也发出了一声若有若无的叹息。

沈石面色肃然，捧着这一团血球站了起来，最后看了一眼坐在地上的老龙与趴在一边的小黑，然后转过身子，就这样带着龙血，走出了这个洞穴。

"吼！"

尖啸之声，在沈石走出洞穴的那一刻，瞬间从四面八方传了过来，附近骨海上下无数的鬼火幽芒像是瞬间察觉到了这一股刺眼鲜活的生气，刹那间尽数回头。

绿光洒落，遮天蔽日，仿佛一切都已沦为幽冥，而万千鬼物，狂呼厉啸，磷火满天，飞啸而起，如洪水波涛，如狂潮暴雨，眼看着就要淹没了沈石。

面对着这凶厉可怖的景象，面对着这万千狰狞的鬼脸幽魂，沈石只觉得全身血肉都仿佛冻僵，但是在这之前，他猛然抬头，对着那座孤峰，对着那满天绿光，对着那个高高在上、桀骜不驯、凶威无边的背影，大声吼道：

"我有龙血，敬献巫王！"

"巨龙真血！"

"这天地人间，最后仅有的一滴，巨龙真血！"

孤峰绝顶之上，那个背影仿佛微微一顿，而镇魂渊下，鬼嚎如狂，满天鬼影铺天盖地，在幽幽绿光之中轰然而下，将沈石的身影瞬间吞没。

第五十五章 ■ 承继

被无数鬼物一拥而上瞬间淹没是什么感觉？

四面八方周身尽是狰狞面孔，血盆大口、鬼火幽幽、森森白骨，那又是什么感觉？

那是仿佛已经看到鬼门关口，仿佛下一刻自己就要化身白骨变作鬼物中的一个的绝望心情，在那一刻，沈石脑海中只剩下了一片空白，什么都想不到，只是在绝望中全身冰冷。

直到天空里那一道惨绿的光芒忽然闪亮，周围的鬼物突然全身一僵，然后鬼哭之声顿时寂灭，所有凶厉的鬼物如潮水般退去，在原地留出了一大片空地，只剩下沈石孤独一人，怀中仍然紧抱着那一滴黏稠无比的巨龙真血。

他身上的衣服破损了多处，四肢胸背都能看到明显的血痕，显然都是刚才那些鬼物来不及收手所伤，但是沈石惊魂稍定后悄然自观，幸好多数都是皮肉外伤，没有伤筋动骨。而与此同时，他也发现在这镇魂渊下，骨海之中，已经多出了无数鬼物，与之前自己刚到这里的时候迥然不同，似乎随着那个神秘巫鬼的力量恢复，这些鬼物也开始嚣张起来。

虽然鬼物猖狂，但是直到现在为止，还是没有一只鬼物敢踏进那个洞穴一步，甚至就连伸在洞外的那只阴龙巨爪，也几乎没有鬼物愿意靠近。

沈石抬起头，向高处眺望，只见挺拔险峻的孤峰之上，那个骷髅已经踏上了孤峰绝顶，从山下望去，它的身影高高在上，几乎小得难以看清，但是片刻之后，天空中却传来了它的声音，仍然如女子般温和悦耳，但此刻已然多了几分肃杀：

"拿上来！"

随着这一声从天而降的话语，周围仍然将沈石包围在中间的鬼物缓缓让开了一条道路，正是通向那条登天的绿色光梯。沈石深吸了一口气，咬了咬牙，怀抱龙血，抬脚向前走去。

只是鬼物虽然让开了一条道路，却并没有就此散去的意思，当沈石往那条绿色天梯走过去的时候，这条仅仅只有三尺余宽的小道两边，赫然挤满了无数鬼物，阴灵僵尸，骷髅恶鬼，种种仿佛只存在于鬼怪传说里的凶厉鬼物，此刻竟然都聚集在他的身旁对他吼叫不休，龇牙咧嘴，似乎下一刻就会再度扑上前来，将他吃得皮肉不剩。

沈石从未想到，自己有一天会走这样一条可怕至极的道路，他只觉得全身冰冷，他以为自己会胆怯恐惧，事实上，他的确有这样的感觉，就连身子都在微微颤抖着，仿佛下一刻，他就会失去勇气瘫倒在地。

可是他没有。

他的身子微微有些摇晃，面色苍白，但却一直在慢慢地向前走着，咬着牙，睁大双眼，一步一步，慢慢地向前走着。

咆哮吼叫声，就在耳边轰鸣着，利齿、尖爪与白骨在眼前晃动不休，如在幽冥，身在鬼海，每一声、每一刻，仿佛都要试图将他的神志摧毁。

一步，又一步，他的脸色越来越苍白，但是步伐却从未停下。

于万千鬼海中，于鬼哭狼嚎的死亡之道上，就这般慢慢地走了过来。

生与死，仿佛从未如此清晰却又可怕地纠缠在一起，直到他抬起头，看到了那一抹绿光，那一座登上孤峰的天梯，已在他的眼前。

这条路，他终究还是硬撑着走了过来。

在他身后，鬼物的喧嚣咆哮声渐渐低弱下去，虽然中间还有几只鬼物看似恼怒地吼叫了几声，但是多数鬼物似乎有些意兴索然，慢慢地转身离开。

沈石长出了一口气，忽然觉得身上一阵发冷，才发现不知什么时候，额上、后背乃至手心处，皆是冷汗，除了胸口那里还是温暖的，因为那一滴黏稠的龙血被捧在怀中，有淡淡的暖意从龙血里传递了过来。

沈石再度抬头，望向孤峰之巅，却发现骷髅的身影已经从峰顶消失不见，也不知此刻去了哪里。他默然片刻，回头又看了一眼那黑暗的洞穴，此刻的镇魂渊下，似乎只有那里还没有被惨绿的光芒所笼罩，还有最后残留的一片黑暗固守在那个洞穴中。

他深深地凝视着那里，眼中掠过一丝复杂之色，但随后他便再次转过头来，再不迟疑，一迈脚，踏上了这一道光梯，向着那孤峰绝顶，向着那绿光深处，向着那高高在上的骷髅所在，一步一步走了上去。

"吼！"

鬼海深处，不知是哪里的一只鬼物向天咆哮了一声，顿时引来周围低吼，如波涛荡漾，层层激荡，瞬间化作一阵尖厉嚎叫，冲天而起。

镇魂渊下，万鬼长啸。

沈石踏上绿色天梯前最后的回头一眼，看不透那一处洞穴黑暗，但是巨龙洞穴之中，老人与趴在地上的小黑却是将他的举动看得十分清楚，包括之前沈石从那条恐怖的鬼海小道中艰难穿行而过，他们都看得一清二楚。

小黑明显有些焦躁不安起来，身子动来动去，眼睛不断地向洞外看着，虽然那里有万千鬼物凶厉无比，它也很是畏惧，只是万鬼之中，那一个熟悉的背影毅然艰难地走着，却让这只小黑猪似乎有一种不顾一切也要冲到他身旁的冲动。

它几次三番扭动身躯，终于像是再也忍耐不住，一下跳起就要冲过去的时候，却听到旁边那老人低声道："别过去。"

小黑的身子一顿，慢慢转过头来，忽然低低地吼叫了一声。

这是它第一次，对这个它一直十分敬畏的老人，表达出了不敬的态度。

老人似乎有些意外，多看了它一眼，随即笑了笑，道："居然还有点脾气啊，看不出你和他感情居然这么好，嗯……"老人抬眼向洞外看了一眼，正好看到沈石踏上了那座天梯，再回想了一下刚才沈石从鬼海中艰难穿过的样子，却是难得地点了点头，道，"你这个主人，看起来倒还可以，有几分样子。"

小黑刚刚鼓起的脾气突然消失殆尽，慢慢地走到老人身旁趴下，似乎知道自己就算跟着沈石过去也于事无补，只能在这里枯等着那几乎毫无希望的未来。

它的头轻轻垂下，落在地面，渐渐地居然有一丝从未有过的悲伤之意从它的身上散发出来。

老人安静地凝视着小黑，片刻之后，淡淡地道："死生有命，这条路他自己选了，就没什么好后悔的。倒是你，"他看上去有些艰难地抬起了右手，语气似乎也温和了一些，道，"你是叫小黑吗？嗯，这名字听起来不太好啊，我说怎么像是叫黑龙那只蠢龙……算了，不管那么多了，你过来。"

说着，他向小黑招了招手。

小黑看了他一眼，慢慢站起身来，走到了他的身前。

老人凝视了小黑片刻，右手横移，却是伸向那具龙躯上刚刚被沈石取走龙血的伤口，本来与周围干枯皮肉赫然不同光洁如新的那块血肉，在巨龙真血离体之后，此刻光泽已经显得暗淡了不少，甚至连那片仅有的龙鳞看上去也失去了大半光彩，似乎过不了多久，这一块最后还算完好的阴龙血肉，也即将和周围那些枯槁的龙躯一样，失去所有的生气。

老人的手伸向伤痕，但目光却一直看着小黑，目光虽然混浊，但却是十分温和，甚至隐隐还有几分从未曾在他脸上出现过的慈爱之色。

"小黑啊，我也快死了。"他笑了笑，对着小黑说道。

"太古三巨龙，我排行第二，昔年承接神旨，要……呃，你不爱听啊？"

小黑哼哼着低叫了一声，用头蹭了一下老人的身子。

老龙枯败的脸上浮起一丝苦笑，微微摇头，但神色却似更加温和，此刻他的右手已经触到了那道伤痕，也不见他如何动作，突然，那道伤痕猛地剧烈抽搐了一下，随后，一个仅仅只有鸡蛋般大小的血球，除了小了许多外，与之前沈石拿走的那滴巨龙真血几乎一模一样，而血光殷红里，竟似有一只完整阴龙缓缓游动的幻影，就这样慢慢滚落出来，滴到老龙的手掌上。

"啪！"

一声闷响，几乎是在这滴龙血离开躯体的同时，那片鳞甲瞬间失去了所有光泽，直接从血肉上掉落下来，而伤痕周围的龙躯也在一瞬间以肉眼可见的速度枯败了下去。

老龙对龙躯的枯萎视若不见，目光只是凝视着掌心里的这一小滴龙血，过了许久，轻声道："我一生并无子孙，死前却是看到了你，虽非吾意，却是轮回因果，就由你来承继我阴龙血脉吧。"

小黑看上去有些茫然，后退了一步，忽然又看了看洞穴外头，然后对着老人叫唤了一声，老龙摇了摇头，道："不行的，他只是普通人族，哪里能承受这真龙血脉？"

说罢，他的手掌忽然一翻，却是一下子盖到了小黑的额头上，一抹红光陡然亮起，瞬间笼罩了小黑全身。

红色异芒中，小黑的身子猛地颤抖了一下，手脚瞬间绷直，紧接着身子开始不停地挣扎晃动起来，似乎正受着一种难以忍受的痛苦煎熬，只是任凭它如何挣扎，却似乎半点都不能从那老龙干枯的手掌下脱离。

这一幕并没有持续太久，当红色的光芒笼罩在小黑身上一会儿之后，光芒便开始消退下去，随后老龙的手上一松，小黑顿时身子一软，瘫倒在地，大口喘着粗气，但见它周身粗粗一看似乎与平常并无两样，只有双眼上方额头正中的位置，却多了一块拇指大小的红色晶块，镶嵌在皮肉之中，偶然间光芒流转，隐约能看到其中淡淡的一丝龙影摇曳。

做完这一切，老龙看上去似乎比之前更疲倦了几分，只不过他一直看着都像是衰老得马上就要死掉一样，所以一时间还真不好区分。只是这个时候，周围的光亮忽然开始慢慢都熄灭了下去，包括石壁上的那一处光团，黑暗如潮水般重新降临到这一处巨大的洞穴里，幽幽寂静的山洞里，除了小黑偶尔发出几声略带痛苦的呻吟，便只有老龙偶尔响起的疲惫的话语声了：

"小黑啊，我给了你真龙血脉，以后你会变强一点的。

"你现在身子太弱小，大部分龙力都藏在你头上的龙血晶石里，日后会慢慢吸收的。

"龙血晶石里，还有我一缕龙魂残魄，我们龙族看重魂魄归祖，有朝一日你要找到龙界，将我的残魂放到祖龙祭坛去。

"嗯……你毕竟不是原生的龙族血脉，我们龙族偏偏一个个都是自高自大的性子，搞不好你去了龙界会给你难看啊。怎么办，要不你忍忍？

"唉……

"也不知道，这么多年以后，龙界那里是什么样子了……"

黑暗中，声音渐渐低落低沉，终于陷入了一片沉寂。

第五十六章 ■ 隐秘龙纹

远离鬼海，拾级而上，脚踏光梯，沈石怀抱着巨龙真血，一步一步向着孤峰绝顶走去。

前方惨绿色的光辉，从天穹顶上垂落下来，如万条光柱遮天蔽日，将眼前所有的一切都染成了奇异的碧绿色，只在最高处的孤峰绝顶那一处祭坛上，还有一抹白光兀自残留着。

脚下的光梯意外地结实，只是这诡异的光梯却是透明的，让人走到高处后，偶尔下望，便会有一种眩晕之感，仿佛下一刻自己就会从这半空之中掉落下去，摔得粉身碎骨。

鬼物嚎叫的凄厉声音，仍然在这镇魂渊下的每一个角落里回荡着，沈石心里忽然有一个怪异的幻觉，就好像这整个世上，只剩下了自己一个活人，而周围所有的一切，都是鬼物的世界。

死灵席卷大地，天崩地裂，鸿蒙大陆裂开无边大缝，深不见底，直抵那九幽地府的黄泉之地。

除了冰冷，还是冰冷，这世上仿佛已经再无丝毫的生气，有的只是鬼物亡魂狂暴的嘶吼与杀戮。

他甚至觉得自己的心脏都为之冻僵，一股绝望之意涌上心头，生无可恋，或许，不如也就此死去……蓦地，一股温和醇正的暖意涌上他的胸膛，将那股莫名的寒意瞬间驱散，沈石身子一颤，一下子惊醒过来，却发现自己不知何时竟然已经一只脚悬空于光梯之外，只差半步，就要真的摔落下去。

这一惊当真非同小可，沈石的身子甚至忍不住摇晃了一下，连忙收回了脚步，踉跄中，手脚并用险之又险地半跪在光梯边缘，这才勉强保持了身体平衡。

他大口地喘息着，惊魂未定，浑然不知为何自己刚才会突然陷入了那般可怕的幻觉中，而且这诡异的幻觉根本来得无声无息，半点征兆都没有，实在是让人毛骨悚然。在原地停顿了一会儿后，他下意识地低头向怀抱里看去，那一滴巨龙真血依然平静地躺在他的手臂之间，从血滴中传递出来的温暖也正是那股熟悉的味道。

显然，刚才就是这滴巨龙真血救了他一命，看起来凝聚了太古巨龙精华的龙血，对这里的鬼物手段确实颇有破解克制之效，也难怪当年阴龙能够镇服这个巫鬼了。

沈石定了定神，待心情稍微平静后，他默默地咬了咬牙，抬头看了一眼那孤峰山顶，然后继续迈开脚步，向上走去。

巨龙真血黏稠而光亮的柔软表面上，倒映着几许红光，一阵阵温和的暖意从血滴中传递过来，巨大的深渊与挺拔高耸的孤峰间，那一个渺小的人影就那么一步步地走着，看上去那么孤独。

"巫鬼以冥煞而化生，最喜阴煞之气，以之恢复道行乃是最佳之道。但如今冥煞已毁，它便绝无可能再回复昔日全盛之态，最多只能吞噬血肉精华稍作弥补，恢复元气。只是巫鬼与普通亡魂鬼物并不相同，血肉于它并不算是十分契合的补物，最多也就是助它回复真身后达到原来五成的道行而已，再往后便几乎无用。

"但是，巨龙真血却是与众不同的，是这世间仅有的几种能对巫鬼有益大补的血肉精华，它一旦听闻，必定不肯放过。"

老龙那低沉苍老的声音，在沈石拾级而上的时候，似乎还悠悠回荡在他耳边心头，那一场黑暗洞穴里的低语，是他们二人平生第一次的交谈，却莫名地交付了如此重大的责任。

或许，终究还是老龙油尽灯枯。

或许，终究还是没有其他办法。

又或许，他只是看着小黑顺眼而已吧。

太古巨龙的心意，沈石并不是十分明白，但是那话里的意思，他却是听得清楚，并且也确实知道，在这万千鬼物亡魂包围聚拢之下的镇魂渊里，除了听那老龙的话拼死一搏之外，自己也实在是没有更好的选择了。

哪怕这个法子，看起来是如此危险，又是如此匪夷所思。

是的，老龙在他耳边告诉沈石的办法，让人甚至有一种不真实的感觉：

"取出龙血，登上孤峰，想办法靠近祭坛后，会有一个骷髅图纹，那是巫鬼的纹饰，但是你仔细看那骷髅左眼，会发现眼眶内侧有细微锯齿参差不齐，看上去像是年深日久的裂纹，但实际上却是一条极隐蔽的龙纹。

"那里，便是我当年留下的最后的手段。

"你所要做的，就是将这一滴巨龙真血触到那一条隐蔽的龙纹之上，并且一定要是巫鬼真身，也就是那颗赤红巨蛋仍然还在祭坛之上时做到这一点。否则的话，你便必死无疑。

"巫鬼天性多疑，凶残狡诈，虽然应该并不知晓我这一处布置，但你一介凡人想要做成此事，确实也是凶险艰难，能否成功，便只能看天意了。"

低沉的话语声，在沈石的心头如潮汐一般，反复涌动着，也就是在这一步步低沉的脚步声里，他终于慢慢地走完了这座光梯，第一次踏上了这座孤峰绝顶。

这里的惨绿光芒比起镇魂渊下似乎要薄弱一些，应该是那一抹兀自残留的白色光辉与绿光纠缠在一起，稍微中和的缘故，也让那股无形的死灵阴气的压力稍微宽松了一些。而在绝顶之上那座祭坛之前，有四个人，其中三个死人，正是那侯家夫妇与他们的儿子侯远良，此刻都已经被吸尽血肉，死状极惨。

而在一旁还站着另一个……不能说是人了吧，那是侯胜，他安静地站在那里，垂首呆立，目光呆滞、两眼无神，似乎对外界任何声响都毫无反应，而眼中的那两团鬼火也不知何时已不见了踪影。

沈石看了一眼地上的那三个死人，又瞄了一眼呆立一侧的侯胜，一时间真有恍然隔世的感觉，只是此时此刻，毕竟不是感慨的时候，他也无心去感触这些东西，很快就移开了目光，望向了在这孤峰绝顶上最显眼的地方。

那是一座祭坛，一座供奉或者说是曾经"禁锢"着巫鬼真身的祭坛。

原本垂落的明亮白色光柱，此刻已经被那块黑色水晶散发出的黑光给完全压制住了，散落零乱得不成样子，只有几道薄弱纤细的光芒兀自顽强地垂落下来，似乎仍是执着地想要完成昔日主人交付的使命，但是看上去却有一种凄凉末路的感觉。

而之前走上来的那个骷髅，此刻却已经走上了祭坛，站在了那颗赤红巨蛋的前面。

在它面前，那颗赤红巨蛋似乎一下子激动起来，从表面上生出了无数个诡异的触角，在半空中微微颤抖蠕动着，向着骷髅那森然白色的骨架缓缓飘去。

骷髅咧着可怕的嘴，似乎低声笑了笑，还用手温柔小心地抚摩了一下那巨蛋表面，仿佛是分隔多年的情人。然后，它转过身来，双眼之中的鬼火陡然亮起，一声莫名的尖啸从那巨蛋中迸发而出，瞬间扭动的速度增快了几十倍，形状也是一下子如水波般诡异荡开，如软泥一般，往那骷髅身上附着而去。

沈石怀抱龙血，怔怔地看着这奇诡无比的一幕，并且惊愕地看到当那些赤红巨蛋所换成的软泥扑到骷髅骨架上时，顿时一股白烟咝咝作响着冒起，那白色森然的坚硬骨骼，几乎是在一瞬间就被生生腐蚀掉了。

然而，那骷髅就这样任凭自己的骨骸渐渐被这些"软泥"所吞噬，依然站在原地一动不动，同时双眼中的鬼火，冷冷地看向了沈石，以及他怀中的那滴巨龙真血。

只看了一眼，巫鬼的眼睛仿佛就已经再也离不开那滴鲜血了。

"巨、龙、真、血……"

从骷髅的口中，缓缓地吐出了这四个字，不知为何，沈石觉得它此番说话的声音似乎带了几分颤抖，与刚才在镇魂渊下和老龙交谈时差别颇大，甚至让人觉得有几分痛楚的样子。

或许是因为这时正在它身上所发生的诡异之事，那些赤红巨蛋所化生的"软泥"已经吞噬掉了骷髅大半的骨架，仅剩下半个胸部以及脖颈头颅还未被淹没，只是那骷髅似乎全不在意，只是盯着沈石手中的那一滴巨龙真血。

"拿、过、来……"骷髅一字一顿地说道，居高临下地看着沈石。

沈石的眼角微微抽搐了一下，只觉得自己的心跳猛然加快了许多，但是面上却是没有流露出丝毫异样，甚至还像是害怕一般，略微地低下了头，然后恭谨小心地捧着巨龙真血，向前走了过去。

祭坛离他并不算太远，看上去只有十几步的样子，沈石一步一步向前走着，只觉得每走一步，心跳便快了一分。

骷髅冷冷地站在祭坛之上，任凭那诡异的软泥灼烧、腐蚀、吞噬着自己的骨架，看着沈石慢慢走了过来。

终于，沈石走到了这祭坛之前。

这过程简单顺利得甚至让沈石有些不敢相信，他本是在心中想过了千百种可能，包括自己刚一登上孤峰绝顶龙血就被巫鬼直接抢走这种最坏的结果，他都在心中想过，却从未料到自己竟然会如此简单地走到了祭坛之前。

而此刻，距离老龙交代的那件事，似乎只剩下最后一步了。

他忽然面露敬畏恐惧之色，扑通一声在这祭坛之前跪了下来，头颅垂下，口中用略带颤抖的声音大声道："巫王在上，我……我敬献龙血，求饶我一命……"

话语声中，他垂落的脸上目光瞬间清亮，向着那祭坛上看去，去寻找那个骷髅图纹，去寻找那最后的隐秘的龙纹。

然而，他的身子猛然一僵，目光似乎在瞬间凝固了一般，带着几分愕然与难以置信的迷茫，因为在他眼前，这祭坛前方的石面上，确实出现了拳头大小的骷髅图纹。

但不是一个，而是一字排开，每个间隔数寸的十个骷髅图纹。

整整十个骷髅图纹……

看上去似乎完全一模一样的十个骷髅图纹……

沈石在这刹那完全呆住了，脑海中一片空白，而与此同时，在祭坛上方，传来了那个巫鬼冰冷的声音，并且这一次，那声音已经恢复原状，不再有颤抖的感觉，每一个字里，仿佛都透着一股死亡的气息，笼罩在沈石的身子周围：

"将龙血呈上来！"

第五十七章 ■ 古老的剑光

这一个瞬间，沈石觉得似乎是自己有生以来最漫长的一个瞬间，似乎光阴在自己的身旁都已完全停滞，全部化作无形的重量，如雄山巨峰一般完完全全地压到了自己的身上，以至于他几乎无法呼吸。

为什么，这里竟然会有十个骷髅的图纹？

难道老龙刚才的那番话里竟有欺瞒之处？但是沈石心中随即否定了这个可能，无论从哪方面来说，老龙都绝没有瞒骗自己的理由，他跟巫鬼乃是不死不休的生死大敌，而自己在太古阴龙与巫鬼这般上古逆天生物的眼中，简直与蝼蚁无异，他们也根本不可能会为了杀掉自己而采用这等手段。

如果要杀死自己，随便采用一个手段就可以了，何必这么麻烦？

但是，这眼前却分明是十个骷髅图纹，而老龙之前的那番话里，却是很直截了当地说明了这里只有一个骷髅图纹。

仓促之间，沈石根本来不及在这十颗骷髅图纹中找到老龙所说的那个左眼眼眶里隐秘的龙纹图案，而巫鬼似乎也并没有给他更多犹豫的时间，很快就开口对他说道：

"把龙血呈上来。"

沈石怀抱着巨龙真血，心跳如狂，这片刻间若是真的把龙血交出去，只怕真的就一切都完了。但是……但是……这般窘境之下，又会有什么法子？

他脸上并不敢露出丝毫端倪，只是微微垂首似乎很是害怕的样子，然后慢慢地把手臂抬起，而与此同时，他脑海中却是如电光石火般地急速转动着，老龙之前的那几句话，在他心里一字字如疾风闪电般地掠过。

巫鬼、骷髅、眼眶、龙纹、龙血、凶厉、多疑、狡猾、太难、冥煞、真身……

那一个个语句、一个个字眼如沸腾般浮起又沉下，他脑海中在这一刻如欲爆裂开一般，沈石甚至觉得自己此刻又站在了万丈悬崖的边缘，一脚悬空，眼看就要摔下万丈深渊。到底，有什么办法……

龙血，缓缓地在巫鬼面前抬起，而此时巫鬼的全身已然全数被巨蛋所吞噬，仅剩下一个森然的骷髅头还露在外面，看着诡异无比，而它似乎也正凝视着这一滴巨龙真血，眼眶中的鬼火正缓缓燃烧着，而那一团"软泥"中，也赫然分出了一条诡异如手臂般的触手，向这滴龙血抓来。

眼看着，这一切似乎都要结束了。

龙血、凶厉、多疑、狡猾……

突然，沈石身子微微一震，在那千万分之一个瞬间里，一个语句猛然在他脑海中点亮，如惊雷般炸响：

多疑！

沈石托举着那一大滴巨龙真血的双臂，忽然用力一抬，速度陡然增快了一倍，将这龙血托举到自己头顶最高处，看上去就像是诚心诚意献给这巫鬼之王，而与此同时，他脸上似乎和之前一样，还有几分紧张之色，但是若有若无地，在他的唇边，似乎挂上了一丝微微的笑意。

巫鬼的那一条触手眼看着就要碰到这一滴巨龙真血，但是就在此刻，它却忽然看到了沈石脸上的那一丝隐约的笑意，骷髅眼眶之中的鬼火猛然一闪，那只触手却是陡然一顿，在距离血咫尺之外的地方，莫名地停了下来。

在这个世界上，或许再也没有任何生物，会比巫鬼更了解太古阴龙的神通手段，而他们二者在这镇魂渊下纠缠苦斗了百十万年，其间无数算计、多少阴谋诡计，也早就深深刻在了他们漫长的争斗史上。

这一滴巨龙真血，这世上最后的阴龙真血，就这样放在自己的面前吗……

巫鬼眼中的鬼火缓缓燃烧着，它死死地盯着被沈石托举在手上的这滴龙血，片刻之后，那一只触手却是缓缓地缩了回去，再度融入那颗巨蛋之中。

然后，巫鬼那冰冷无情的鬼火目光，像是第一次正式地仔细打量了沈石一番，落在了他的脸上。

一股寒意似一盆冰水从头浇下，瞬间让沈石从头冷到了脚，那股目光里，没有一丝一毫的生气与感情，有的只是冷漠与杀戮。

沈石手捧龙血，一句话也不敢多说，头颅表示顺服一般地垂下，但同时却在眼角余光中再度看向身前不远处，祭坛上的那些骷髅图纹，拼了命似的着急观察着，想在这千钧一发艰难得来的些许时间里，找到那失踪的隐秘龙纹。

十个骷髅，十个左眼的眼眶……而看过去，似乎每个眼眶都差不多，那一个略有锯齿像是一只小龙的隐秘图纹，究竟藏在哪里？

"你……"一个低沉的声音，忽然从前方传了过来，却是与之前巫鬼那个听起来与年轻女子一般温柔悦耳的声音截然不同，沈石抬眼一看，却发现原来是那些软泥此刻已经蔓延上去，将最后仅剩的骷髅头颅也缓缓淹没了，所以巫鬼的声音听起来似乎有些不太一样，但是那语气、声调，仍然还是那般沉稳冷漠，而周围的杀气压力也没有半分减弱，甚至比之前还更强了一些。

这是真身即将出世了吗？

虽然沈石并不知道骷髅与老龙口中巫鬼真身出世的具体含义，但是看着眼前这一幕，他也猜到多半就是如此，而巫鬼此刻虽然被"软泥"淹没，但声音仍是从软泥之下传了出来，道："你，是如何得到这巨龙真血的？"

话音未落，沈石忽然听到一声"噗"的闷响，只见那一片蠕动的软泥中间部位，突然有一处猛然炸开，然后从下面缓缓伸出了一只手。

一只白皙、修长、美丽、轻巧乃至于完美的手。

沈石的心猛地一沉，不敢再多看那手掌一眼，垂首着一边窥看着那些骷髅图纹暗中寻觅，一边做出顺服神色，低声道：

"回禀巫王，我……我不想死，在底下洞穴里，看到最后那老妖龙忽然大叫了一声，然后就此垂头不动，看着是死了。我就大着胆子过去，推开了他，却发现……"

话刚说到这里，忽然又是一声低沉爆裂响声，那软泥下方的位置再度炸裂，缓缓伸出了一条肌肤如玉、完美无瑕的小腿。

沈石滞了一下，下意识地停顿下来，随后再度听到上方传来巫鬼的声音：

"你发现了什么？"

沈石深吸了一口气，咬了咬牙，正要开口说话，忽然他目光猛地一凝，落在了那十个骷髅图纹中的左起第五个图案上，那一处的左边眼眶里，似乎……有些不太整齐？

"嗯？"

巫鬼的声音再度传来，沈石猛然间只觉得心头剧痛，身子摇晃了几下几乎身不由己地就要摔倒在地，一时间心中骇然，知道这是巫鬼的力量，连忙垂首道：

"巫王饶命，巫王饶命……"

巫鬼冷冷道："说。"

沈石点头道："是，是，我……"刚想说话，又是两声连续的爆裂，却是另一只手和另一只玉足也显露了出来。

沈石心中一震，但口中并没有再次停滞下来，而是开口说了下去，道："我推开老妖龙的身躯，却发现在他背靠的龙躯上，居然还有一小块完整如新的血肉，上面甚至还有一片龙鳞。我……我试着划开那片血肉，从里面就流出了这滴龙血。"

"噗……"

一团软泥炸开，露出了一片雪白的肌肤，那是一条浑圆雪白、诱人至极的大腿，仿佛汇聚了人间所有诱人的光辉，让人看上一眼，甚至就忍不住会去幻想那更多的肌肤与更多的身躯。

一个隐隐约约美丽却诡异的身影，在那团蠕动的软泥中，渐渐成形，显露出几分模糊的样子来。

然而巫鬼的声音却似乎与这份诱人美丽完全没有关系，依然是那般的冰冷无情，但是听得出来，到了这时，似乎它对龙血仍然有几分疑心，或者说，度过了不知多少岁月与太古阴龙苦苦纠缠争斗的时光，它对阴龙的戒心早已深入骨髓。

"最后的龙血？他藏在自己的背后？"巫鬼似乎在那片软泥中自言自语，"难怪，难怪我找不到这老孽龙的要害，明明该死的不能再死了，却偏偏还能撑到现在，原来……"

忽地，它声音猛然一滞，似乎想到了什么，竟然语气中多了几分急切，看着竟是微微俯身，对沈石沉声道："你……有没有在那团血肉中，看到一柄断剑残片？"

沈石之前趁着那巫鬼自语的片刻工夫，目光又是盯着那第五个骷髅左眼仔细看了一下，只见那眼眶边缘处果然有几处凹凸不平，配上走势，越看越觉得那就是老龙所说的隐秘龙纹。

只是，这机会只有一次，难道这个就一定是真的吗？

沈石额头忽然有冷汗滴落。

而巫鬼的问话，也在这时响起，沈石一惊抬头，道："没有啊，除了这滴龙血，什么都没有。"

"噗……"又是一声怪异的响声，软泥炸开处，却是在那模糊的女子身形上，于胸口处崩裂，现出了一片高耸丰腴、滑腻雪白的峰峦，双峰之间，更有一道狭窄却深邃的沟谷，仿佛能吸聚世间所有的贪婪目光。

沈石也是愣了一下，只是这片诱人喷火的肉身虽然勾魂夺魄，但他却是在不久之前看见过那个骷髅的样子，脑海中只要一想到那骷髅模样，顿时什么欲火欲望都尽数熄灭。

至少现在，他的心思全在那隐秘龙纹之上。

巫鬼身上的爆裂声不时响起，软泥不断地四处飞溅着，露出的雪白肌肤越来越多，并且速度也越来越快，显然这奇异的真身附体就要完成，而它似乎在此刻也终于下了决心，那一滴龙血对它的诱惑，也不是一般的大。

"拿过来。"

不知何时，巫鬼的语气声调又变回了那温柔悦耳的女声，同时一只柔弱无骨的玉手，向沈石伸了过来。

沈石头皮一炸，明白终于是到了最后的关头，再也没有时间让自己犹豫迟疑了。

拼死一搏，就在此刻。

他低下头，身子前倾，看上去似乎正要敬献龙血的模样，但是忽然不知为何他像是脚下一绊，猛地向前倒下，巫鬼似乎也是一怔，玉手在半空中微微一顿，说时迟，那时快，这电光石火的一刻，沈石的手臂微微一抬，这一滴巨龙真血，就这般轻轻地碰了碰那第五个骷髅的左眼地方。

一切，似乎在那一个瞬间凝固了片刻。

沈石只觉得自己也冻僵在原地，不能再动弹分毫。

那一只玉手，仍然停在半空中，那一具已经露出一半的美丽诱人的赤裸的胴体，依然在祭坛上站立着。

绿光依旧满天。

亡魂弥漫鬼海。

镇魂渊下，百十万年的光阴，仿佛都在此刻停滞了下来。

那一抹冥冥中黑暗最深处的悲歌，于无人处，悄然而起，仿佛在追忆着某个古老的魂灵。

天色，忽暗。

绿芒，消散。

孤峰绝顶，镇魂渊下，突然整个世界一片死寂与黑暗，如洪荒太古，天地未开之时，如混沌一片，蛮荒世界。

黑暗席卷而来，苍茫如永恒，与曾经在这里的鬼魂黑暗截然不同，这是天地原初的黑暗。

纯净无瑕的黑暗。

然后，有一道光芒缓缓亮起，那是一只金色的龙纹，在孤峰之上，在那祭坛之上，点亮了起来。

片刻之后，那龙纹瞬间炸裂，细碎如粉，散落于无尽黑暗之中，一道光从这祭坛之下霍然而起，眨眼间刺破天穹，如开天辟地，如劈开鸿蒙。

黑暗瞬间呼啸，如古老苍茫的歌曲传荡四方，高远深处，似有顶天立地之巨神傲然而立，睥睨人间。

那一道光。

那一道——古老的剑光。

第五十八章 ■ 报应

那一片光芒之下深邃的黑暗中，忽然响起了一声尖锐的厉啸，啸声中仿佛带了无穷无尽的憎恨与狂怒，甚至就连那话语声都让人觉得有一种咬牙切齿般的感觉：

"戮仙古剑！"

凄厉的啸声中，沈石身前的祭坛轰然而碎，化作无数碎小石块向四面八方激射而去，而留在原地的则是一团光辉，摇曳之中，缓缓现出了真身，却是一段残剑的剑刃，仅一尺来长，剑刃之上血光闪烁，此刻正是那一滴巨龙真血隐约浮现在残剑之上，似乎正在唤醒这残剑的力量。

此时此刻，这一片残剑碎片仿佛是这巨大的镇魂渊中所有光辉的源泉，所有的光芒都来自残剑之上。

就像是天地混沌之始，阴阳初分时候，那世间最初的一道光。

剑光浮掠而起，看似温和，却直上天穹，似有无坚不摧之意，一往无前，刺破了那原本祭坛上方无尽的黑暗。

黑暗里，一声凄厉的惨叫随之而起，沈石耳鼓剧震，仿佛那声音直接刺透了他的头颅一般，一个踉跄摔倒在地。

光辉闪烁，剑芒冲天，瞬息之间，半空中可以看到已经大半身子完成的巫鬼竟是被这一道古老的剑光直接在半空中定住了片刻，然后，这柄残剑霍然而起，向着半空中的鬼物直刺而去。

雪白而诱人的身躯被硬生生钉在无形虚空之中，覆盖身上的软泥不断掉落下来，露出了大片大片的肌肤，但或许是因为原本的附体被这突如其来的剑光所打断，在这具诱人的女子身躯上，赫然有一些小块的肌肤皮肉上出现了异变，并没有血肉丰满，有的是干瘪皮肉，有的地方干脆还是森然的白骨。

不过相比起那一些少量的身子异变部位，随着软泥尽数脱落下来，巫鬼终于还是化成了一个丰腴美丽的女子，尤其是包裹着它头颅的软泥散去之后，更是露出了一张倾国倾城、完美无瑕的脸，只是这一刻，这个绝色女子的脸上却是冷若冰霜，眼中更有说不出的恨意。

"难怪我找遍镇魂渊也找不到这支残剑，原来老孽龙你竟是将它藏在了我真身祭坛之下！"巫鬼的眼中此刻不再有阴森鬼火，但那一双明眸之中，却仿佛燃烧着比鬼火更可怕的火焰，而孤峰之上，一股庞大的压力随着它的形体显露越发强大，显示着这个巫鬼的力量正在不断急速地攀升。

"好，好，好……你算计了我一辈子，临死了还不肯放过我！"

巫鬼厉声尖啸着，状如疯狂，身躯不停地在半空中扭动，从它身上散发出来的那股无形却庞大的力量仿佛笼罩了整座孤峰绝顶，直欲压塌天地一般。

但是，在这狂风暴雨如海如潮的力量之中，那一缕剑光却仿佛丝毫不受影响，岿然不动，仍是径直向着巫鬼刺来。

半空中，巫鬼的脸色忽然苍白了下去，眼看着那支残剑就要刺到自己的身躯，而它所有的力量在这古老的剑光面前，仿佛都如雪崩一般纷纷散落，根本无法阻挡。

"啊！"

一声凄厉锐啸，从巫鬼的口中再度发出，啸声之中满是不甘、愤怒与疯狂，然后，此刻已经无力地躺倒在地上的沈石仰天看去，只望见半空之中的那个美丽女子，那个绝美诱人到惊心动魄般的女子身躯，猛然向那黑暗之中伸手一招。

一片黑暗，如潮水般涌来。

下一刻，那团黑暗降临到巫鬼白皙丰腴的身上，沈石定睛看去，很快发现那其实并不是真正的黑暗，而是一块奇异深黑的长条形状水晶，正是之前巫鬼用来打开这一处禁锢它真身祭坛上光柱禁制的那块黑色奇异水晶。

此刻，无数深邃的黑光从那黑色水晶上激射而去，显然这件异宝的神通法力已然在一瞬间被巫鬼催到了极致，黑光大盛，直接挡在了戮仙古剑残片剑光的路上。

剑光猛然一顿，在半空中的巫鬼身子似乎也随之松动了一下，沈石大惊，巫鬼大喜。

然而还不等他们两人有更多的反应，便看到剑芒再度亮起，黑光如阳光下的冰雪般纷纷消融而散。

这不知来历的戮仙古剑，仅仅只是一个残剑碎片，竟已是有这般惊天动地的绝世威力。

仿佛这人世间，再也没有任何东西可以挡在这剑光之前，可以稍阻这剑光去势。

沈石松了一口气，巫鬼却是眼中掠过一丝绝望之色。

眼看着那剑光再度冲上，下一刻就要刺中巫鬼赤裸的身躯血肉。

半空中，巫鬼猛然发出了一声悲愤疯狂的嘶叫，如绝望的妖兽一般对着黑暗嘶吼，如垂死的人对着命运不甘咆哮，片刻之间，它白皙的手掌霍然握紧了那块黑色水晶。

"啦啦啦啦……"

如刺耳的灼烧声，瞬间从那黑色的水晶上迸发出来，点点白烟冒起，巫鬼全身的血肉忽然之间干瘪了下去，那是无比诡异的一个场景，沈石毛骨悚然地看着巫鬼除了一张脸庞没有太大变化之外，从脖颈以下所有躯体的血肉，都在眨眼间以不可思议极快的速度失去了光泽，就像是所有的生气、血气被一扫而空，只剩下了一层干瘪可怕的皮肉覆盖在骨架之上。

而那股庞然无匹的血肉灵力，于这片刻之间，从巫鬼的身躯上尽数移到了那块黑色水晶里。黑色的光芒瞬间怒放，照射出万丈光芒，似乎吸尽了所有黑暗，再次迎着那支残剑，硬生生地撞了上去。

残剑，黑晶。

剑光，黑影。

半空之中，霍然相撞。

"轰！"

一声巨响，光芒剧颤，整座挺拔的孤峰竟是晃动起来，坚不可摧的戮仙古剑残剑剑光，再度显示了那不可思议的强大，那一段看似并不锋利的剑刃，在万丈光影中，直接刺进了黑色水晶的体内。

在最初的片刻，黑色水晶的外围一圈晶体瞬间崩裂，化为齑粉，整块黑晶顿时直接小了一半。

而残剑仍未停歇，剑刃仍然向前挺进，刺耳可怕的声音从黑色水晶中震荡开来，轰然之音掠过，眨眼之间，这黑晶表面又是一层晶体碎裂掉落，如此者，竟于瞬息间接连三次。

到了最后，这黑晶从偌大一块只剩下了不到半个拳头般大小的一点，但是到了这时候，那黑色水晶的晶体已然深邃至极，肉眼甚至已经无法看清其中的颜色，所能望见的，只有无尽的黑暗，点点微光，如星辰般点缀其中，恰似那夜幕天穹之上的繁星点点。

不知为何，沈石看到这一幕时，忽然脑海中出现了自己刚刚开始修炼时从灵晶里寻觅灵力的那个情景。

如此连续数次，黑晶明显元气大伤，晶体脱落得仅剩下最核心但也是最强大的一部分，不过如此强悍的宝物神通，直有逆天之力，终究还是起了几分作用，在轰然巨响声中，残剑的剑刃在黑光里，终于缓缓停住了剑势。

半空中，已经人不像人、鬼不像鬼的巫鬼，身子猛地一颤，禁制之力松弛开去，它一声厉啸，冲天而起，瞬间没入黑暗之中，竟是再不敢在这戮仙残剑的剑光之下多待片刻。

残剑森然，刺穿了那块黑晶，在万丈光影摇曳闪烁间，停留在半空岿然不动，而黑晶在勉强挡住了这惊天动地的一剑之后，显然也是耗尽了所有力量，在巫鬼急急逃走之后，它再也无法多挣扎一下，只能无力地垂挂在残剑剑刃之上。

孤峰绝顶，忽然间冷清下来，除了光影还在闪动，就只有沈石无力地倒在那剑刃下方的地上。刚才巫鬼那一声怒极厉啸，夹杂着上古鬼物可怕的力量，远非他这么一个小小的凝元境修士所能抵挡，只是瞬间就被击溃，不过幸好当时巫鬼全部心神都放在那支可怕的戮仙残剑之上，否则只需多加一丝力气，便能轻而易举地将沈石灭杀了。

只是沈石此刻仍是觉得全身无力，体内气海中的灵力一片混乱，想撑起身子都十分艰难，不过当他看到巫鬼逃走时，沈石还是下意识地松了一口气，只是他忽然像是想起了什么，连忙转头向四周看去，随即又是一怔，只见这孤峰绝顶之上此刻空空荡荡，竟然只有他一个人躺在这里，而不久之前分明还有一个人，就是也站在一边的侯胜，却是不知何时居然消失了。

都走了吗？或许是鬼物都害怕这也不知道究竟是多大来头的戮仙古剑残片吧？

沈石心里这般想着，长出了一口气，自从上到孤峰绝顶，他整个人无时无刻不紧绷着，直到这时似乎才有些松弛的样子，只是还不等他真正放松下来，忽然眼角余光却看到头顶半空之中，或许是失去了目标的缘故，那一支残剑在空中停留了一会儿后，忽然剑光开始收敛起来。

万丈光影，如长鲸吸水一般倒卷而回，尽数回归到那残剑剑刃之上，而原本与之对抗的黑晶光芒，此刻也早已消散。

光芒转眼散尽，只剩下了孤零零一支残剑，看上去有些孤寂，有些凄凉地在空中停顿了片刻，一小块黑晶兀自还插在剑尖，随后……

这支残剑就像是一块半空中普通的石头般，失去了所有支撑的力量，掉头直落下来。

剑刃向下，跌落下来，下方之处，却正是沈石的身子。

沈石大惊失色，瞬间惊骇，拼命想挪动身子躲避这莫名刺下的一剑，但是身子软绵绵的却根本不听他的使唤，竟是半点不能移动，愕然绝望中，他竟是眼睁睁地看着这戮仙古剑的残剑，直接掉下，刺进了自己的腹部。

"噗！"

一声低沉的闷响，剑刃直入血肉，没有丝毫的阻挡。

一股冰凉寒意，在那一刻，从剑刃之上散发出来，弥漫了沈石的全身。

而在沈石还来不及反应甚至是想自救的时候，忽然又是一股熟悉的暖意，从剑刃之上传了过来，正是不久之前他曾抱过的巨龙真血的气息，此刻龙血本是依附在戮仙残剑剑刃之上作为催发残剑的引子，但剑刃既已发动，它似乎就失去了作用，此刻随着剑刃刺入沈石的腹腔，不知是不是受到温热血脉的吸引，这一滴龙血竟是从残剑剑刃上滴落下来，随着伤口渗入了沈石的体内。

腹部之下，经脉汇聚，正是修道之人最紧要之气海丹田，所有修道之人周身灵力，都是通过百脉汇集于此，而这一滴龙血，也仿佛下意识地顺着那些经络气脉，缓缓流进了气海丹田之中。

沈石正在惊愕无措的时候，下一刻，突然间一股如刀割撕裂般的剧痛，猛然从他气海丹田里传了出来，这痛楚是如此剧烈，甚至在瞬间就像是重重在他腹部踢了一脚一样，让沈石整个身躯一下子剧烈抽搐着蜷缩起来，脸上所有的血色都在这一刻消失得干干净净。

那一滴巨龙真血，赫然是在他的气海丹田中，与他原有的那些灵力竟是格格不入，几番对峙纠缠之后，一下子开始轰然对撞激斗起来，而他的气海丹田，似乎根本无法应付这种太古阴龙的精血，哪怕只是仅有一滴的巨龙真血，但血中所包含的巨龙真力，却远非他所能匹敌。

气海翻腾如沸，龙血肆虐，狂野撕咬，仿佛下一刻就要将他的气海尽数撕碎，冲破腹腔，让他在无尽惨烈的痛楚中死去。

而那支残剑，此刻却是收起了所有的光华，看上去只是无比平凡的一柄断剑，冰冷无情而又冷漠地插在沈石的腹部之上。

孤峰绝顶，在这一刻里，只剩下了沈石痛苦万分的呻吟哀号声。

第五十九章 ■ 龙甲

残剑插在肚腹之上，虽有一丝凉意传来，却没有太多的痛楚，无论是这支戮仙残剑还是套在剑刃上的那一小块黑晶，此刻看上去都十分平静，并没有不久之前那等爆发出来惊天动地般的强大威势。

与这两件异物截然相反的是，之前看上去十分老实的那一滴巨龙真血，原本仅仅只是附着在戮仙残剑剑刃上，看上去毫不起眼也没有任何威力显露出来，但一旦进入沈石的体内，尤其是钻入了沈石的气海丹田之后，却顿时化作了一团恐怖而庞大的风暴疯狂冲突着，似乎下一刻就要撑爆沈石的丹田，让沈石就此爆体而亡。

气海丹田之内的危急形势，沈石自然是感觉得清清楚楚，此刻也是骇然，然而此刻他周身无力，几乎连把残剑拔出来的力气都没有，更不用说做什么了，也只能拼命催动体内残存的灵力，在气海丹田中凝聚起来，勉强去对抗这股庞然大物的灵力。

幸好之前巫鬼的那一声鬼啸只是对他的肉身造成了严重损害，对他体内气脉与丹田中的灵力运转，却没有造成太大的影响，所以沈石在灵识催动之下，丹田之中已经有些散乱的灵力居然真的被他聚拢起来，蜷缩于丹田一角，开始勉力抵抗那一滴巨龙真血所化成的庞大力量。

这股凝元境初阶境界的灵力才一形成，巨龙真血所化生的庞然灵力顿时便是一顿，竟是停下了对丹田的冲击，沈石顿时觉得腹中剧痛大幅减退，心头正在一喜的时候，却感觉那股庞然灵力如游龙一般，一下子掉了个头儿，却是向自己凝聚起来相比之下十分弱小的那股灵力靠了过去。

经过这一阵子的折腾，沈石已经隐隐感觉到这股巨龙真血所化成的灵力入体之后，似乎已经再无任何灵识意志的控制，只是很单纯、很纯粹的一股巨大灵力而已，而且这一下它如此靠近沈石本体灵力，似乎是因为彼此之间类似灵力的吸引，竟似有几分想要融合的迹象。

然而还不等沈石有任何期待或是幻想出现的时候，两股强弱分明的灵力便在沈石丹田之中碰到了一起，只是预料中最美好的融合情形并没有发生，相反地，两股灵力竟然清晰无比地彼此抗拒，霍然撞开。

沈石方是一惊，却陡然又是痛哼一声，身子再度剧颤，痛苦地抽搐起来，那股真龙灵力在他丹田之中如发出了一声惊天龙吟一般，再一次陷入了狂暴的姿态，疯狂地向四面八方冲撞着，甚至比之前的强度更胜三分，似乎刚才沈石凝聚的那股灵力非但没有接纳融合它，反而越发激怒或是刺激了这股庞然灵力。

丹田乃是修士根本所在，此刻的沈石，犹如一条小蛇却意外吞进了一头水牛，其痛苦之状根本难以言说，在巨龙灵力的肆虐下，他的意识开始渐渐模糊起来，眼看着下一刻，就要惨死在这孤峰绝顶之上。

而造成这一切的那支残剑，依旧冰冷无情地插在他的肚子上，仿佛对世间万物都是一片冷漠。

再坚强、坚韧的意志，也无法在这等可怕的痛楚下坚持太久，沈石只觉得眼前一阵阵地发黑，似乎马上就要晕死过去。在这生死关头，他的意识也是渐趋迷茫，对外界所有的景物都没了反应，几乎是下意识地，一切为了活下去保命的本能，他用那些残破零乱的本体灵力，去催动施展了自己唯一的一个神通道术——金石铠。

这是一个防御型的道法神通，施展之后会在周身形成一副如金石所制的铠甲，防身保命御敌时也是一个保护手段，只是，一来这道术沈石根本就是刚刚开始修炼，连小成都说不上，那种铠甲只能清楚看到几片甲片的程度，只能说是略窥门径，几乎没有任何的护身之力；二来这金石铠道术施法之后，乃是保护血肉外体的坚实防护，但此番大患却在体内丹田之中，实际上，这金石铠在这般情形下，根本就是毫无用处。

这些缘由，若沈石在头脑清醒时或许还能想清楚其中关节，但此刻他几乎已是意识模糊，根本就不明白自己在做什么，就这么糊里糊涂如溺水之人随便抓根稻草就紧握不放，也顾不上这稻草究竟能不能承受他的重量，能不能真的救他一命了。

果不其然，沈石施法之后，随着他丹田之中的灵力里浮现出一具模糊铠甲，沈石体表出现了一副如金石般光泽的铠甲影子，覆盖体表，但大多数地方都是模糊不清的，只有胸口一小块地方的甲片看起来清晰一些，但也好不到哪里去。

只是这金石铠虽然已出，但沈石的情况却没有任何的好转，痛楚丝毫没有减弱，甚至反而更加剧烈了。在他气海丹田中，本体的那些灵力已如风中残烛般，颤巍巍零乱破碎，眼看就要彻底散去，就连那刚刚凝出的金石铠铠甲气象，也是即将支撑不住了。

谁知就在这时，那股巨龙灵力如飓风般席卷沈石丹田，正要破体而出的时候，忽地又是一顿，似乎被什么东西猛然吸引了一下，一时间竟沉静了下来，片刻之后，在沈石还没反应过来之前，这股庞然灵力忽然倒卷而回，竟是全数向他凝出的那具金石铠虚影涌去。

丹田里的这片金石铠虚影，当然就是金石铠这门道术在沈石体内丹田中的具象，修士修炼各种神通道术，几乎都是在气海丹田中以类似法门修行，但如此这般庞然如狂潮般的灵力却是涌向一个等阶最低，甚至还未修炼小成的虚影，却是人族修真界中闻所未闻之事。

巨龙灵力既然暂时不再冲撞丹田，沈石顿时轻松了不少，随即也立刻发现了自己丹田中的异象，心中也是惊愕莫名，浑然不知所以，但此刻他却是丝毫不能主宰自己的身躯，只能眼睁睁地看着那股庞然灵力一下子冲到了金石铠虚影上，团团围住，如之前那般似有融合之意，而这一次，不知为何，这种道术神通的虚影却没有像沈石灵力那般与巨龙灵力格格不入，反而是在纠缠了一小会儿后，那股可怕而强大的灵力，竟是向金石铠虚影里灌注了进去。

是的，这一股对沈石如今的道行境界来说势不可当的巨大灵力，没有与他丹田灵力相融合，反而是找到了这一具金石铠虚影直接灌注了进去。

只在一瞬间，沈石就愕然地看到，自己丹田中那具原本一片模糊，只有胸口一小块地方清晰些的铠甲虚影，霍然光芒大盛，以胸口为中心，一片片的铠甲甲片，迅捷无比地被点亮显现，清晰无比地显示在他眼前。

从胸口直下腹部，随即又分出四条光带，蔓延伸张，点亮了四肢铠甲甲片，又倒卷而回，一片片如幻影闪动，所过之处一片光亮，在背部再次汇聚，很快形成了背部完整的一片铠甲。至此，这一副金石铠虚影竟然已是完全成形，然而那些晃动的灵力光点似乎仍然没有静止下来的意思，因为庞大的灵力还在不停地灌注进来。

光点有片刻的停顿，随即忽然上涌，在沈石不可思议的目光注视下，由脖颈处向上延伸，渐渐地一片片光影甲片出现，竟是构成了一副头盔模样。此时此刻，沈石已经震惊得说不出话来，要知道如果之前金石铠被迅速灌注点亮还有那么一点轨迹的话，那么此刻的头盔却是金石铠这门道术中并不存在的。

这股强大的巨龙真血灵力，竟是硬生生地在金石铠这门道术基础上，强行补完了一部分，而且看过去，这个头盔的虚影与原先的金石铠浑然一体，几乎没有任何生硬隔阂的痕迹。

沈石修炼金石铠有一段日子了，当然也明白这门道术的诸般境界征象，此刻心中波澜翻涌，要知道这般清晰无比的虚影景象，如果不考虑那个莫名其妙多出来的头盔虚影的话，这门金石铠道术分明已是修炼到巅峰的状态。

而在此之前，哪怕他对自己最乐观的预估，也是要苦修多年至少要到凝元境高阶的时候才能修炼到这般境界，甚至于实际上，沈石自己根本都没想过会修炼到这般巅峰境界，因为在他心里，其实是想着暂时用这门道术防身保命，日后若有更强大的道术神通，多半可能就去修炼其他的了，毕竟这门金石铠道术虽然防御不弱，但是局限实在太大。

然而在他体内丹田中的异象，到了此时却仍然没有静止下来的迹象，那股巨龙真血所蕴含的灵力实在过于庞大，哪怕如此强悍地直接补完了金石铠道术直到巅峰之境，其所消耗掉的灵力竟然也只有两成左右，还有更庞大的灵力依然在这具清晰闪亮的铠甲虚影周围，咆哮着，轰鸣着，旋转着，然后不停地向这具铠甲虚影中涌去，似乎这一具铠甲已是它们唯一的出路。

沈石忽然觉得胸口很闷，像是突然之间喘不过气来的感觉，不知为何，他隐隐约约觉得自己身子周围的地面有些怪异的颤抖震动。只是此时此刻，他全副精神都沉浸于自己丹田之内，须臾不敢分神，也顾不得身外之事了。

他眼睁睁地看着巨龙真血的灵力，如旋涡一般疯狂旋转在铠甲虚影的周围，然后不停地向铠甲中逼去，只是在所有甲片甚至是包括莫名多了一个头盔虚影的地方，金石铠周身甲片已然完全点亮，看着再也没有容纳之地，但强大的灵力仍是不停地灌注着，丝毫没有停下的意思。

有那么一刻，沈石甚至开始害怕这具刚刚成形的金石铠虚影会不会直接被再度撑爆摧毁。

但是他所担忧的这个后果并没有出现，虽然在一开始金石铠虚影明显在饱和后抗拒了一阵子灵力的继续灌注，但很快就在强大的龙血灵力之下败退下来，无数沛然的灵力轰然逼入，金石铠虚影越来越亮，所有的甲片同时发出耀眼的光芒，在丹田中如一个小小的太阳般光芒四射。

最炽热的光辉深处，突然，在铠甲胸口处的一块甲片上，在光影交错辉煌闪烁之间，缓缓地出现了一个模糊的图纹，然后渐渐清晰起来，赫然正是一条金色巨龙的图案。

以此为开头，光辉之下，很快又有第二片、第三片的甲片上出现了金色巨龙的图纹，原本金石般的铠甲甲片，开始转变为金色的龙纹金甲。

只不过这一次在丹田中的雕甲幻现龙纹，明显要比之前点亮金石铠那些普通的甲片缓慢而吃力，所消耗掉的龙血灵力也很惊人，但是对于沈石这样一个普通人族来说，又或者是对金石铠这样一个哪怕放在人族修真界里都是最低阶、最冷门的道术神通来说，这世上最后一滴巨龙真血所化生出来的灵力，仍然是极其充沛的。

一片接一片的龙纹金甲甲片，在这具金光灿烂的铠甲上显现出来，每一片的龙纹都栩栩如生，就像是无数条金龙缓缓游动，散发出不可逼视的威势。金色铠甲之外的龙血灵力正在不断且剧烈地消耗着，仍然在不停地向着金甲中注入。

也不知过了多长时间，最后一片龙纹金甲也终于成形，这个甚至已经不能再叫作金石铠，而应该是金龙铠甲的虚影傲然耸立于沈石的丹田气海里，与过往的所有金石铠虚影如天壤之别。

而到了这时，沈石再度看向金龙铠外的那股灵力，只见这雕刻龙纹的举动显然耗费巨量，此刻如此庞大的灵力竟然也只剩下了原先的三成左右。

但就是这最后三成的龙血灵力，也依然没有向其他地方散溢的意思，仿佛就是一根筋般，仍是不断地向如今已经变成金龙铠的虚影中灌注进去。

于是沈石便看到了在这金龙铠虚影上，仿佛已经再也无处可去、无处可填、无处容纳更多灵力的虚影上，左右双手的手背位置上，金色光辉猛然一闪，随即缓缓生出了数根金光闪闪、有龙纹的尖锐骨刺，一边三根，一共六根，看上去金芒耀眼，锋锐无匹。

所有剩余的龙血灵力，忽如潮水一般，疯狂汹涌地涌入，最后尽数汇聚于这六根金色骨刺之上。

至此，这一滴巨龙真血所化生的所有灵力，尽数灌注到了这具铠甲虚影之上，竟是于不可思议的情况下，将沈石原本修炼的金石铠催生改换到了如今谁也不知究竟是什么的情形。

此时此刻，一具金光灿灿、光辉闪耀直令人不可逼视的金色龙纹铠甲，赫然存在于沈石的气海丹田之中，雄视四方，竟有不可一世之姿，光芒万丈。

第六十章 ■ 崩塌

龙纹金铠既成，沈石丹田气海里原本一片狼藉纷乱的局面顿时平静了下来，那股原来横冲直撞、肆虐八方的龙血灵力尽数灌注到这个新生而又奇异的龙纹金铠中，此刻看去，金色铠甲龙纹闪耀，光辉耀眼，如震慑一切的威武君王，将丹田里的灵力尽数镇服。

不过片刻之后，这个龙纹金铠的虚影便开始摇晃起来，渐渐模糊，很快就化为与周围一样的灵力消失不见，沈石的丹田里也重新恢复了原来的模样。

沈石直到这时，才终于放下心来，虽然还是不明白那些庞然巨量的龙血灵力为何会灌注到金石铠虚影中，但是至少这样一来，自己就不用担心龙血灵力撑爆丹田气海，让自己爆体而亡了。

只是他下意识地遍查周身，却发现如此庞大的灵力在自己体内消融，但似乎自身的灵力境界丝毫也没有发生变化，还是在凝元境初阶的境界，看来这些龙血灵力确实只影响到了那个普普通通而又冷门的低阶术法金石铠，嗯，或者现在应该说是金龙铠更准确一些。

死里逃生，沈石当然是高兴的，只是心里隐隐还是有几分失落，人族修真界中向来不乏种种奇遇造化乃至各种一步登天的神奇仙缘传说，其中多有某某人幸运地得了天材地宝、绝世奇珍，于是境界一夜大进之类的传言，虽说大部分都是虚渺不可置信，但不可否认这种传说却是大多数修士心中隐秘的一种向往。

沈石自认是个普通人，从小到大偶尔也会产生类似的梦想，刚才龙血入身生死一线的那一刻，哪里能够想太多，但此刻安定下来，仔细一想刚才那场景，岂不是像极了过往听说过的那些所谓的仙缘造化与奇遇？

这如此庞大的龙血灵力若是没有灌注到金石铠虚影中，而是直接与自己的灵力相融合，那必定能够大幅度提升自己的道行境界吧，不说什么直接到神意境那么夸张的地步，但至少在凝元境这个境界里，提高一层甚至两层冲到凝元境高阶，只怕都很有可能的。

毕竟，那是太古阴龙在这世上最后的一滴巨龙真血，凝聚了这只巨龙最后的精华，其中所蕴藏的灵力实在难以估量。

可是……

沈石暗自苦笑了一下，心想还是老爹沈泰说得对啊，这天底下哪里又真的会有那么多天上掉馅饼的好事，就算偶然发生了一次，又凭什么亿万人中，就一定会掉到你的头上呢？

既得之，且安之，不管结果如何。

沈石收敛心神，总算是从自己体内种种异象中回过神来，然后睁开了双眼看向周围，在他睁眼的时候，忽然想起之前自己似乎隐约感觉到周围地面有些奇怪的震动，只是当时生死关头，气海丹田里龙血灵力又在肆虐，实在顾不上太多，此刻却是要好好看看周围了。

镇魂渊下几番斗法，阴龙、巫鬼两大太古异物搞出了天大的动静，加上万鬼呼啸，那场面真是惊天动地，只是不知为何，此刻在高陵山脉中，哪怕是在那座幽谷里，从外面看去仍然是一片平静冷清。

寂寥幽谷中，不知何时已经不见一个人影，所有到了此处寻宝探险的修士，几乎都是怀着急切的心情与美好的期望踏进了那一排三十六个黑漆漆的洞口中，而从那以后，不知是他们遇到了什么险阻又或是真的得到了什么机缘，直到现在，仍然未见有人从那些洞穴中走出。

偌大的山谷里，此刻看去，只有在谷底中心那些石像群落的一角处，还有一个人影站在那儿，正是那位周姓相士。

写着"仙人指路"的青竿依然握在他的手上，相士的仪容看上去也恢复了原来的道骨仙风，只是此刻他站在石像群落里，面色却是十分凝重，脸上似有深思沉吟之色，握着青竿的手掌上，几根手指似乎是无意识地轻轻屈伸弹动，发出细细的咚咚声。

他的目光掠过这些互相关联、隐隐有玄奥之力围绕周围的石像，一个个看了过去，最后目光还是落在了阵势最中心处的那一座阴龙雕像上。他的表情看上去有些奇异，带了几分犹豫又似有几分顾忌，只是如此徘徊迟疑了很久之后，他终于像是下了决心，眼中精光一闪，却是缓缓提起手中青竿，向着这座阴龙雕像点去。

青竿温润光滑，青翠嫩绿，看上去十分美丽，犹如一块完美无瑕的翡翠，此刻在他手中，正缓缓发出一道温润绿光，一圈圈回荡开去，看着青竿，却是点向阴龙雕像的头颅正中。

相士的神情紧张凝重，额头上甚至隐见汗滴，显然这一次出手对他的负担极大，只是不知他究竟是为何而动，然而就在他的青竿眼看就要点上那阴龙雕像，温润绿光摇曳荡漾，即将笼罩这座雕像的时候，忽然，那阴龙雕像上猛地发出一声脆响，随即"砰砰砰"数声异响从雕像上传了出来，数道巨大的裂痕凭空在石像上出现，迅速龟裂，其中最大的一条裂缝正在石像脖颈处，几番蔓延之后，只听吧嗒一声，这座阴龙雕像的头颅，竟然就在相士的眼前轰隆一声，直接断裂掉了下来，重重地砸在地上。

相士身子一震，大吃一惊，下意识地向后退了两步，瞪大了双眼，一副难以置信的愕然神色，喃喃失声道："不是吧，我……我分明还没有点道施法啊……这……这难道是我什么时候道法大进，神通大长了吗？怎么我自己都没发现？"

话音未落，相士却突然像是想到了什么，脸色顿时大变，几乎是在同时，他只觉得脚下幽谷的地面忽然开始震动起来，那抖动的频率从慢到快，迅速变得激烈无比，转眼间这偌大的山谷竟然都仿佛是在扭曲颤抖起来，轰隆声如雷鸣，从四面八方传来，无数的巨石纷纷滚落，像是整座高陵山脉都陷入了疯狂颤抖。

这是一场从未有过的巨大地震，仿佛要摧毁一切，那些平日看似巍然巨大的古树、岩石甚至是耸立百万年的山峰，在此刻竟然都如豆腐一般，在这不可思议的天地伟力前纷纷化为齑粉。

雄峰高山，从中断绝，巨石碎裂，古树折断。山脉深处惊起无数飞禽，振翅冲天，惊慌狂叫，更有无数大小妖兽，从各自藏匿的巢穴里逃窜而出，咆哮着，疯了一般拼命跑去。

烟尘忽起，灰蒙蒙一片直上青天，虽是白昼，此刻却是遮天蔽日，让这一片方圆地带尽数昏暗下来。阴影之下，隆隆之声越发狂躁汹涌，但见大地之中山脉中段，竟是猛地向下崩塌而去，一时间不知埋葬了多少生灵。

不过烟雾尘土里，同样有人做出了应变，刹那间十几道各色光芒直冲天空，随后又是林林总总各色剑芒法器，从那崩塌山峰下冲了出来，看上去都是各色人族修士，只不过原本气度雍容的他们，此刻飞上天空，看着都有些狼狈就是了。

无需法宝便可自由飞行的，那是元丹境的大真人，若非有意显露威仪，御空飞行时的动静反而不会这么大。所以此刻高陵山上空这一片人多数都是驾驭着法宝灵器逃出来的，而在他们身下的土地上，那些崩塌山峰的废墟尘土中，还依稀能看到不少人同样侥幸地逃窜而出，看来人数也是不少，只是如果真要计算起来，当初进入这座无名神秘大墓的修士，特别是各方散修，人数却只会更多。

也就是说，实际上仍然还是有众多的修士，因为各种各样的原因并没有逃出这场劫难，就这样被生生掩埋在了这片崩塌的山峰之下，同时也为了那黑暗之中无尽的秘密做了殉葬。

远处青山一角，因为离那个震动最强烈的幽谷颇远，虽有震荡但影响不大，所以山上林木鸟兽在震动之后都还算完好。此刻山顶之上一处石崖边，却是现出一个人影，正是那个手持青竿布幡的周姓相士，也不知他是如何从那场惊天动地的大崩塌中逃了出来，但是只见他身上衣物完好，仪表未损，似乎过来的时候并不算是太过狼狈。

写着"仙人指路"四个大字的布幡，被山风吹得猎猎飞舞，相士的容色也是凝重肃然，望着远处那片依旧烟尘蔽日的所在，他眉头紧皱，口中喃喃道：

"这地下发生了什么？究竟是何宝物，竟然能破开了这逆乱阴阳'幽冥镇魂锁'的禁制？难道是……是阴龙出世？"他脸色微微一变，但随即又缓缓摇头，低声道，"不对，阴龙石像既毁，必是那镇压之物已亡，但为何又会有这等异变……"

他在这里苦苦思索，看上去一副百思不得其解的样子，山风吹来，他衣襟撩动，隐隐地看见他站立的地方，却是在那山崖边缘尺许之外，脚下赫然并无任何支撑之物。

这一处幽谷无名大墓出世的传言，本来就传得沸沸扬扬，不过大体来说，与平日流传于鸿蒙修真界中无数类似的寻宝消息其实并没有太大的区别，是以前往幽谷的修士虽多，但其中多是散修，门派弟子也有，但类似凌霄宗这等名门大派的影子却是没有，因为凌霄宗当然不会为了这等虚妄不实的传言而动用宗门力量。

就算有名门大派的弟子前往，也大多是像沈石一般的普通弟子，带着几分随意过去看看而已，或许也抱着几分碰碰运气机缘的想法。

只是当高陵山脉中段突然崩塌后，这场面、这情景，却赫然显示着这山脉之下果然是有什么不同凡响的存在，所以当这个消息传开之后，在海州附近的修真门派包括凌霄宗都是纷纷关注到了这里，一时之间，这一处地方出现的修士不减反增。

在高陵山崩塌之后的第三天，漫天的尘土也已经落下，天空重新恢复了晴朗平静，只是山脉之中仍是一片狼藉，到处都是碎石巨坑，那一座原本幽寂的山谷却已经是从这个世上彻底消失了，至于幽谷之下究竟曾经隐藏着什么，目前为止似乎还没有人找到线索，反倒是在寻觅挖掘这片废墟乱石的时候，经常挖到尸骸，不少都是修士打扮，可见当日崩塌时的惨状。

只是这片山脉崩塌的范围极大，影响所在更是又大了数倍，方圆怕是不下千里，要想从中找到些什么，实在是犹如大海捞针。

这一日，在某处废墟僻静的地方，无人关注的某个角落里，忽然间一堆散落的碎石里，一块石头被顶开，然后慢慢地挤出了一只黑色的小猪。

阳光照耀之下，小黑猪的体形似乎比往日大了不少，皮毛仍是黑得油光发亮，看上去很是柔顺，额头上方隆起了一块疙瘩，仔细看似乎是带着几分红色的小块水晶，但这时已经被周围的皮毛遮盖了大半，不仔细看也很难察觉。

除此之外，小黑猪的嘴角两边，新生出了两颗白色獠牙，雪白锐利，在阳光下闪闪发亮。

第六十一章 ■ 苏醒

小黑猪晃动了一下脑袋，不知是不是在石头底下压了好几天，很是舒服地伸了一个懒腰，然后全身连着抖动了好几下，将身上的泥土、石块尽数抖掉，很快又恢复了原来黑乎乎的模样。

随即它看了看四周，发现这里的环境很是陌生，它迈步向前走了几步，忽然身子又是一顿，停了下来，看上去有些犹豫迟疑的样子。从小到大，它几乎都是和沈石在一起，突然这么一天只剩下自己一个，太形单影只了，小黑明显有些不太适应。

它抬了抬头，看看蔚蓝而晴朗的天空，一轮日头挂在天际，温暖的阳光洒落在这座山里，落在它的身上，有一种很舒服的感觉。

只是小黑看着并不高兴，它在原地微微歪着脑袋似乎在思考着什么，过了一会儿，它试着对眼前陌生的山林开口叫了两声，"哼哼、哼哼"，低沉的哼叫声传扬开去，只是山林寂寂，并没有任何反应，当然也没有它所希望的那个主人的身影笑着从林子中走出来。

小黑呆呆地站着，看起来有些沮丧，过了一会儿，它似乎还有些不甘心，又抬起鼻子在空气中闻嗅了一阵，只是山风徐徐，似乎也并没有带来主人身上的气息。

小黑又站了一会儿，然后看了看周围，只见东、西、南三面都是山壁大石，只有北面是一片山林，青翠茂密，不时还有几声鸟鸣声从那片树林深处传来，只是这个地方原本就人迹罕至，林中草木繁盛得根本没有路径。

小黑犹豫了一下，还是迈步向那片林子走了过去。

浓密茂盛的树冠投下了大片阴影，让林中的光线比林子外头稍暗些，走到林中，很快就有众多荆棘与带着锯齿尖刺的杂草挡在路上，不过小黑对这些阻碍都是视若无睹，信步踏足而过，荆棘尖刺包括锋利的锯齿在它身上刮过，便如挠痒痒一般不痛不痒。

几声鸟鸣，从树梢枝头传来，小黑抬头看了一眼，发现那是一窝麻雀在枝头叽叽喳喳，除此之外，这片山林中似乎并没有更多的凶猛野兽，很是幽静的样子。小黑继续向前走去，走着走着，忽然它身子一顿，鼻子嗅了嗅，顿时眼睛亮了一下，然后低哼着在林中调整了一下方向，往左前方猛地跑了几步，在一丛野草前停了下来。

猪蹄伸出，扒拉了几下野草，很快里头露出一根结了三枚小红果的灵草出来，小黑咧着嘴，顿时高兴起来，一口咬住拔起，先是将三颗小红果吞下，然后将这根灵草的草茎叼在嘴里，开始慢慢咀嚼起来，脸上一副心满意足的表情，似乎连不久之前思念主人的沮丧也驱散了不少。

它甚至还哼哼叫了两声，然后吧唧着嘴巴，叼着这根灵草，又继续向林子前方走去。树林茂密异常，谁也不知道前路是什么，谁也不知道这只黑猪会去向何方。

沈石觉得自己仿佛做了一个很长很长的梦，一个噩梦。

幻梦中，他第一次睁开眼睛的时候，看到的竟是一个狰狞可怕的骷髅，那双黑洞洞的眼眶里燃烧着仿佛来自幽冥的鬼火，张开大口嘶吼着，正向他扑来。

他大吃一惊，奋力跳起，一拳打飞了那个骷髅，然而却发现，自己所在的周围，不知何时，已经被无数鬼物爬了上来，团团围住。

骷髅僵尸，阴灵亡魂，无数的鬼物包围着他这个唯一的活物，咆哮着想要将他吃掉。这场景、这画面似曾相识，仿佛不久之前就经历过一次，但是沈石无论如何都不想再陷入那可怕的境地。

于是他怒吼着反抗，使尽了全身力气，用尽了自己所有的手段，拼命地抵抗这蜂拥而来的鬼物大潮，只是他的道行、他的实力，面对一两个或是几个鬼物时还算绰绰有余，但是面对成千上万的鬼物，便如蝼蚁一般无力。

所以他眼看就要再度陷入绝境，可是就在危急关头，沈石忽然梦见自己于生死一线之时，陡然金光大盛从身躯亮起，一副龙纹金甲附身于体，望之如天神下凡，不可一世。

金光所过之处，鬼物似有畏惧之意，无论动作的敏捷度还是力量皆是减退不少，而沈石却是自觉气力倍增，趁着这机会奋勇突围，一路上金光辉耀，龙纹金甲之下，鬼物竟无一合之敌。尤其是金色手甲之上的几根金色锋锐尖刺，更是所向披靡，但有刺破劈斩，一旦命中鬼物，任凭那是如何坚韧、厚重的骨骸皮肉，皆是应声而开，锐不可当。

如此一路冲杀，如鬼海之中波浪翻覆，滚滚向前，连他自己也不知道是杀出了多远距离，然而人力有时而穷，鬼物却似无穷无尽，渐渐地，沈石只觉得梦中的自己气短力竭，而身上的金光也渐渐暗淡下去，那副龙纹金甲也开始明灭不定，随时就要幻灭溃散。

也就是在这危急时刻，忽然间大地轰鸣，剧烈抖颤，紧接着便仿佛是天崩地裂，偌大的镇魂渊轰然而塌，天地巨威之前，人鬼皆如蝼蚁，沈石只觉得眼前一黑，便再也没有了意识。

淡淡的，就像是眼前只有一片无尽的黑暗，无边无际，永无止境，仿佛亘古以来混沌的天地，未曾分开。只是那黑暗里，似乎依旧有可怕的影子不停晃动着，奇奇怪怪的鬼物仿佛就在他眼前不停地轮换走动，让他始终不得安宁，让他噩梦连连，让他沉溺于这恐惧的深渊而不能自拔。

但沈石不甘于此，他奋力想要挣脱这片黑暗，屡屡想做些什么反抗，特别是想着再度召出那龙纹金甲，只是每一次，他都觉得自己的身躯空空荡荡，仿佛再也没有了一丝一毫的气力。

那黑暗，就像永远也不会离开，永远也无法挣脱一般。

直到某一天，沈石突然听到几声细语，竟有几分耳熟，而消散已久的气力，像是突然间又回到了他的身上，在那一瞬间，他猛地惊醒，霍然坐起，大叫了一声。

眼前的黑暗散去，温暖的光亮重新回到他的眼前，那种感觉，就像是轮回转世，又像是重见天日。

"啊……"

一声轻呼，带了几分惊喜，从他的身边传了过来，一个身影掠到了他的身旁，带了几分激动喜悦，道："你醒了？"

沈石向她看去，过了片刻，脑海中才渐渐地清醒过来，也认出了眼前这个美丽女子的容颜，看着她白皙的面容上略显紧张和急切的神色，沈石怔了一下，茫然道：

"青露？呃，我这是在哪里？"

置身何地这个问题，沈石并没有疑惑太久，因为在最初的茫然之后，他的头脑很快地清醒过来，也认出了周围熟悉的石室景物，他的目光扫过周围，嘴唇微微动了一下，片刻之后，看向眼前的钟青露，道：

"这……这是回到了我在金虹山上的洞府吗？"

钟青露用力地点了点头，道："是啊。"

沈石茫然道："我……我怎么回来了？"说着身子扭转刚想起身，却忽然觉得身上好几处地方同时传来一阵剧痛，顿时低哼了一声，身子晃了一下险些又倒了下去。

钟青露连忙扶住了他，急道："你身上有伤，别乱动。"

沈石咬了咬牙，忍着痛在钟青露的帮助下靠墙坐好，过了一会儿，疼痛感渐渐减退，这才松了一口气，随后便看向钟青露，苦笑了一下，道："多谢你了。"

钟青露收回双手，看上去似乎有些不太自然，不过很快恢复了平静，微微一笑，道："小事而已。"

沈石看了看周围，见洞府石室中此刻似乎只有钟青露一人，加上心中有众多疑惑，忍不住就对钟青露道："我怎么回到这里的？之前我明明记得还是在高陵山中的……"

钟青露点了点头，道："是杜铁剑杜师兄他们救你回来的。"

沈石愕然道："杜师兄？他们怎么也去了高陵山？"顿了一下，他似乎带了几分迟疑，过了片刻才又问了一句，"那……他们是怎么找到我的？"

钟青露道："七日之前，高陵山脉里又发生了一场大震，山脉崩塌，据说正好就是在传言里那座出世的无名古墓的范围，也让前去探险的修士伤亡惨重。不过这样一来，也就吸引了更多人的注意，包括咱们凌霄宗也派人过去查看了。"

沈石默然片刻，道："就是杜师兄他们？"

钟青露点头道："正是，那场大震来得毫无征兆，损毁又烈，宗门长老推算之后，以为那传说中的大墓里或许真有几分可能会有罕见宝物出世，便派杜师兄为首的十多人前去查看。杜师兄率人到达高陵山后，一路深入，据说在第三天的时候已是循着崩塌残道到了地底深处，结果宝物没找到，却发现了极多的鬼物……"

沈石悚然一惊，抬头道："那杜师兄他们可曾遇到什么麻烦？"

钟青露笑了笑，神态轻松，道："没事的，杜师兄还有同去的一众师兄、师姐，都是咱们凌霄宗内的精锐高手，个个道行境界皆是不凡，鬼物虽众，但还是被他们压制击退，而到了最后，却是在某个被落石掩埋的残洞里，杜师兄竟然发现了已经昏死过去、人事不知的你，这才将你救了回来。"

说到这里，钟青露脸上不由得露出几分担忧后怕之色，道："幸好他们找到了你，不然的话……"话才说到一半，钟青露忽然像是察觉到了什么，似感觉自己这般言辞有些不太得体，不由得停了一下，脸颊微红，只是眉目间一抹温柔，却是轻柔如水一般。

只是她看了沈石一眼，见沈石正凝神倾听，似乎并没有察觉到什么异样，心下不由得松了一口气，神色也恢复了平静，忍不住又问沈石道："对了，你怎么会到了那种危险地方，还受了这么重的伤？"

沈石一怔，刹那间在那镇魂渊下的种种场面都从他脑海中掠过，太古阴龙、神秘巫鬼，还有那几件惊天动地却不明来历的异宝，甚至还想起来自己气海丹田中那神秘的龙纹金甲，一念及此，沈石几乎是瞬间联想到高陵山中的那一场大震崩塌山脉，该不会……根子就在这上面吧？

"我……我也是听说了那些传言，就动了心思，想过去碰碰运气的。"

鬼使神差一般，沈石这般说道，或许是下意识的，他并不想把太古阴龙与那神秘骷髅的事说出来，这两个上古怪物的来头太大，万一消息泄露出去，自己的麻烦只怕不会小。

钟青露显然并没有怀疑沈石，反而是一副早知如此的神态，坐在沈石身旁的床沿上，眉目微微低垂，却是轻轻叹息了一声。

"杜师兄他早先过来看你时，也说过此事，猜想你多半是因为之前在修炼上耽搁了，所以心情急切，这才……这才会去贸然深入险地，寻找些不切实际的机缘……"

沈石默然半响，最后苦笑了一下，心想真要这么说，其实也不算错，自己去高陵山的目的，其实也确有这般想法。

只是钟青露默默坐在那里，眉头微蹙，却似有几分心思，脸色不太好看，偶尔看向沈石，却是欲言又止的模样。沈石很快察觉到她的神色，道：

"怎么了？"

钟青露沉默了一会儿，低声道："沈石，你该不会是因为答应了跟我做那个交易，所以才会不顾危险深入那鬼物众多的古墓中去的吧？"

她明眸之中眼波盈盈，似有几分哀怨又似有几分后悔，看着沈石，道："你……你从少年时在青鱼岛上，就一直在冒险，为了给我私下积攒炼丹的灵晶，你在道行那么低微的时候就去妖岛与那些凶恶的妖兽打斗狩猎，直到最后出了事，一下失踪三年……"

她深深地看着他，眼前的沈石与当年那个少年的身影渐渐融合为一，神情略有几分哀伤，却又似有几分欢喜，幽幽地道：

"如果真是这样，我宁愿你别这样随意拿自己的生命去冒险，好吗？"

第六十二章 ■ 山林

沈石怔了一下，看着钟青露凝视自己的眼神，一时间却不知该说什么才好。真要细说起来，他几次三番冒险当然也是因为在修炼上确实有灵晶窘迫的问题，至于少年时与钟青露那一场私下的交易，无非就是百上加斤，压力更沉重些罢了。

他扪心自问，就算当年没有与钟青露的交易，没有家世背景支持的自己为了更快地赚取更多的灵晶，终究也是会去妖岛上冒险狩猎的。所以此刻钟青露的话语里隐隐有几分自责的意思，沈石却是有些受之有愧，迟疑了一下，才苦笑道：

"你想太多了，其实当初不管有没有和你的交易，我也是要去妖岛的，你忘记了吗？在咱们达成交易的时候，我已经去过几次妖岛了啊。"

钟青露似乎回想了一下，随即看起来脸色好了一些，也不等她继续说些什么，沈石又道："而且你看，就算这次我遇险，其实也是我听说了那大墓中或许有……"

话才说了一半，沈石忽然身子一震，像是想到了什么，转眼看向周围石室，只见这洞府中只有自己与钟青露，其他的摆设一如往常，都是在熟悉的位置，只是看来看去，这里却终究是少了一个熟悉的身影。

他的脸色忽然变得有些苍白起来，带了几分艰难转过头看向钟青露，涩声问道："你刚才说是高陵山那里出事至今已有七天，那……小黑呢，它在哪里，可否安好？"

钟青露沉默了下去，过了片刻，低声道："听杜师兄说，当日在那高陵山中找到你时，就只见你一人晕倒在地不省人事，周围附近不是尸骸就是鬼物，并没有看到你养的那只小黑猪，我猜……"

她看了一眼沈石愕然震惊的表情，在心里叹了一口气，并没有继续说下去。而沈石却是在那一瞬间，只觉得脑海中似乎突然一声闷响，像是有什么最亲近、最要紧的东西摔碎在地上一般，一时间竟是再也没有了反应，只是茫然看着这空空荡荡的洞府，一言不发。

高陵山中，僻静树林。

树木生长繁盛，从山谷到山岭形成了一片阔大的森林，在这个山脉深处的林子里，向来是人迹罕至的所在，也是各种野兽、妖兽的住所。

年深日久之下，参天古树随处可见的林间，藤蔓荆棘到处生长，各种各样的生灵在彼此争斗中共同生活下去，弱肉强食在这里便是天经地义的道理。

然后这一天，有一只小黑猪走了过来。

说其小，其实它的体形已经比之前大了一圈，虽然比起成年的猪类妖兽来说还是看上去个子小了些，但配上小黑最近刚刚长出的那一对雪白獠牙，倒也已经有了几分凶悍的气势。

只是小黑这一路走来，不知是不是以前跟着沈石一向急懒惯了，看上去就是一副懒洋洋模样，嘴里叼着半截也不知道什么名字的灵草草茎，走几步嚼一下，神态悠闲，不时会停下脚步在旁边随便找棵树干蹭痒，又或是干脆坐下用后腿蹄子挨到脖子上挠上两下，然后舒服了才又继续向前懒懒走去，似乎根本没有自己正身处一个陌生之地，并且这里野兽、妖兽不时出没危机四伏的紧张感。

看着它的模样，身上的皮毛依然黑亮，但有些地方已经沾染了些许尘土，也不知这几日来它独自在这片陌生的山林中是怎么度过的，不过看起来似乎至少到现在为止，这只小黑猪并没有遇到什么太大的麻烦。

这片山林实在很大，绵延几座山谷，小黑在林中信步走着，也不知道自己该去向何方。在最初的一两天里，它也曾试着通过各种法子想找到沈石的踪影气息，只是那一场天崩地裂般的大震过后，他们就完全断了联系，无论小黑如何寻找，都没有沈石的消息。

到了现在，小黑已经开始慢慢接受了自己可能要独自在这片山林中生活下去的现实，虽然有几分茫然、几分孤独，还有几分沮丧，更有几分对沈石的思念，但或许是天性吧，小黑并没有太过沉溺于伤感。

很幸运的是，这片高陵山中的森林里因为人迹罕至，所以各种灵草为数众多，虽然没到随地可见那么夸张的程度，但是凭借着自己对灵草异常敏锐的嗅觉，小黑在这几天里很快就解决了自己的食物问题。

随便走走，不用花费太大力气就能找到一些隐蔽在森林角落里的灵草，然后继续悠闲地度日，看起来这日子似乎也挺轻松的。

小黑张开嘴，打了个大大的哈欠，感觉有几分倦意，这几天每天不是吃就是睡，要不就是漫无目的地胡乱瞎走，日子简单得很。不过说到睡觉的话，小黑抬头看了看头顶那些挺直高耸的大树，粗壮的枝丫横在半空中，它就没来由地叹了一口气。

以前跟着沈石的时候，每次到了荒郊野外山林里过夜的时候，沈石都会带着它爬到树上睡觉，只是现在剩它独自一个，笨手笨脚地试了几次，却是爬不上去了。

小黑看着那些高高在上的树枝，心底忽然觉得有些忧郁，嘴里哼哼咕哝了两声，像是抱怨了几句，而刚才那丝睡意居然不知不觉间也没了，小黑犹豫了一下，还是继续向前迈步走去。

林间树下的空地上，野草青苔与各种荆棘藤蔓共生着，争抢着为数不多的生长空间，小黑对身旁脚下那些尖刺草叶视若不见，走着走着，忽然它身子一顿，抬起头用鼻子在空中闻了两下，眼中露出几分喜色，迈开脚步向前跑了过去。

绕过前面一块大石，在树荫下的石头北面，一条石缝里，小黑很快便找到了一株通体微蓝的奇异灵草，尺许来高，在顶端开了一朵宝蓝色的美丽小花。

小黑顿时开心地笑了起来，把口中那半截草茎往地上一丢，跑过去两只前蹄一阵乱扒，再用嘴巴咬着灵草用力一拔，顿时就把这棵蓝色灵草拔了出来，一时间周围清香扑鼻，闻之欲醉，显然这棵蓝色灵草绝非凡物。

小黑咧嘴嘿嘿一笑，看起来开心得很，甚至还忍不住伸出舌头舔了一下这根灵草，看上去一副心满意足的样子，只是它的目光随即落到之前那半截灵草草茎上，又是犹豫了一下后，忽然转头看了看周围，只见树林中一片寂静，除了它并没有任何人影野兽的踪迹。

小黑等待了片刻，确定没人之后，忽然把头低下，让自己的额头靠近放在地上的那棵蓝色灵草，在那一瞬间，只见它猪头之上黑色光亮的皮毛间，额头正中的位置，忽然有一抹奇异的红色光芒一闪而过，紧接着，地上的那棵灵草居然就这样凭空消失了。

小黑抬起头，晃了晃脑袋，咧嘴又是嘿嘿笑了一下，看上去很是满意，然后再度咬起地上的那半截灵草草茎，重新恢复了那副慵懒悠闲甚至带了几分莫名的玩世不恭的样子，向前走去。

嗯，一只嘴叼灵草神态不羁的小黑猪……

不过这一次它往前走了一段路后，脚步却忽然停了下来，脸上露出几分警惕之色，眼睛望向前方，只听到前头那片树林深处，忽然传来几声低沉的低吼声，片刻之后，一点亮光忽然闪过，那是林间光线落在一颗尖锐獠牙上的折射反光。

茂密的荆棘野草丛后，忽然徐徐向两侧分开，然后在小黑猪警惕的目光下，走出了一只极其强壮的灰色野猪妖兽，全身土灰色，獠牙尖利犹如长剑，看上去个头儿比小黑大了一倍有余，强壮孔武更是远远胜过小黑，此刻正以一种狞笑而凶狠的目光看着那只弱小的小黑猪。

而野草丛中动静仍未停止，随着脚步声不停地响动，竟是又从这只野猪妖兽身后陆续走出了四只相似的猪妖兽，看上去个头儿比之前的那只稍微矮小一些，但比起小黑仍然高大得多。

如果沈石在这里的话便会很快认出，这是一种名叫"灰土猪"的猪类妖兽，算是当年妖界里石皮猪的远亲，在高岭山脉中数量很多，是一种低阶但力量强大而凶狠的妖兽。

五只灰土猪不怀好意地围拢过来，将看上去十分弱小的小黑团团围住，当先的那只巨大灰土猪更是凶狠地对小黑咆哮了一声，然后恶狠狠地向小黑冲了过来。

一声呼啸，林中附近的飞鸟猛地惊起。

"这是你的如意袋，先收好它吧。"金虹山沈石洞府之中，钟青露看着茫然若失的沈石，轻轻在心里叹了口气，然后岔开了话题。

沈石呆坐片刻，仰头苦笑一声，看着钟青露手上的如意袋，接了过来，只是手指抚摩着如意袋那柔软的袋身，心里却是一片苦涩。

钟青露在一旁道："这如意袋是杜师兄留下来的，当日送你回来的时候，杜师兄为人磊落，当着我们数人的面从这如意袋中取出你的云符开启洞府，其他东西看也不看，也交代我们莫要乱动，所以你放心，这里面的东西一直都完好无损。"

沈石点了点头，心思仍是有几分不定，眼前总是掠过小黑的身影，只是他终究知道如此多想也是无益，还不如赶快养好伤，再去高陵山中尽力找找或许还有点希望，只是这点希望，连他自己也知道实在是太过渺茫了，毕竟，高陵山脉何等阔大，又要去哪里寻找一只小小的黑猪？更何况当日的崩塌那么剧烈，小黑在那镇魂渊下，到底能不能跑出来也是一个问题。

只是他无论怎么想，心里却总是不能接受小黑有可能死去的事实。从妖界归来之后，唯有小黑还跟随在他身边，而老白猴与石猪却都已经阴阳永隔。

他深吸了一口气，压下心中那抹莫名的痛苦，随意地将灵识探入如意袋中，然后灵识扫过之后，他却是忽然一怔，这袋中确实如钟青露刚才所说，自己之前的所有物件一件不少。

问题是原有的东西确实一个不少，但此刻的如意袋中，却是多了两个东西来。

一把残剑的剑刃，一小块黑色石晶，看上去都很平凡也很普通，没有任何的灵力波动，就像是路边无用的杂物一般，一点也不引人注目。

但是沈石心里却在瞬间掀起了巨大波澜，他当然知道这两件东西是什么来头，但问题是，它们怎么会到了自己的如意袋中？

他茫然回忆了一下，隐约记得当日在镇魂渊下，这柄戮仙古剑的残片带着那块黑晶落下直接插进了自己的肚腹，也就是因此，那滴巨龙真血才会进入自己的丹田气海，而随后他就记得不太清楚了。

或许，是自己再度睁眼看到身边尽是鬼物涌来的时候，慌乱中随手塞入如意袋中的吗？

这是一个穷人贪财的本能反应吗……沈石苦笑了一下，摇了摇头。

第六十三章 ■ 猪穴

钟青露看着沈石忽然间发呆起来，有些担心，叫了一声："沈石，你怎么了？"

沈石惊醒，勉强笑了笑，道："没什么，就是想到我那只小黑猪，它跟着我有很长一段日子了，突然不见，心里有些不好受。"

钟青露叹了口气，道："算了，或许这也是它的劫数，不过最要紧的还是人没事，你且安心养好伤。再说了，其实小黑，呃，它是叫小黑吧……它说不定也没什么事，只是和你暂时走散了，若是你们两个果然有缘，等你伤好之后再去高陵山一趟，说不定还有希望找到它呢。"

沈石苦笑了一下，心想这希望实在是太过渺茫了，摇了摇头，轻叹了一声，道："希望如此吧，也不知道小黑它现如今在做什么。"

"砰！"

一声大响，粗壮庞大的野猪身躯就像一块巨大的岩石般重重地砸在了旁边一棵大树的树干上，顿时震得整棵大树一阵乱颤，落下枝叶无数。

而那只被甩出去的野猪口吐白沫，四肢僵直如麻木了一般，片刻之后才慢慢地从半空中沿着树干掉落了下来。

林间空地里，一片寂静肃杀，就连树枝高处的鸟儿似乎都不敢大声出气，只是躲在绿叶背后悄悄探出脑袋向下方窥视着，看着这一场野猪大战。

五只强健有力、身躯庞大的灰土猪妖兽，此刻已经没有一只还站在地上，看着都是如漏气皮球一般，无力地倒在地上呻吟着，而在它们前方，那只嘴里叼着半截灵草草茎的小黑猪，正懒洋洋地站在那边，像个没事人一般，神态悠闲、神情轻松地看着这些一败涂地、不自量力的灰土猪。

过了一会儿，这五只灰土猪像是恢复了一点气力，有气无力地慢慢爬了起来，聚拢到一起，但是之前过来时候的凶恶之意早已荡然无存，此刻再看向小黑，那五双猪眼十个眼珠里透着的全是畏惧之色。

片刻之后，那领头儿的同时也是身躯最大的灰土猪猛地低吼一声，掉头就跑，其他四只灰土猪连忙也夹着尾巴跟了上去，一溜烟钻进了林子深处，撒腿狂奔，看来对小黑已然是害怕至极。

小黑倒是怔了一下，似乎没想到这些灰土猪跑得如此干脆，或许是这片山林中很少看到妖兽，又或是那些灰土猪大体看来和小黑还是有几分相像，毕竟都是猪类妖兽出身嘛，勉强要说的话，小黑和这些灰土猪也算是远亲……

所以在迟疑了片刻后，小黑一半出于无聊，一半出于好奇，也迈开脚步追了上去。

那些灰土猪都是身躯强健的成年妖兽，力量强大，在山林中奔跑的速度也不慢，不过小黑有过数次奇遇，本身的境界早已超越了普通野猪妖兽，再加上它异常敏锐的嗅觉，追起那些灰土猪来几乎不需要花费太多的气力，轻而易举地就追上了。

这一路奔跑，五只猪在前，一只猪在后，前面的跑得神态惊慌、气喘吁吁，后面的家伙举重若轻、闲庭信步，差不多半个时辰之后，小黑就看到那五只灰土猪跑到了山林里的一处山坡下，这里同样有众多林木生长，但是山体下方有一片石堆，中间露出一个黑漆漆的山洞。

五只灰土猪跑到这里，顿时纷纷停下脚步，转过身来面对着一路追踪而来的小黑猪，一只只都发出愤怒的咆哮声，但看它们的神色间仍然还有抹不去的对小黑的畏惧，显然刚才那一场力量悬殊的战斗让这些灰土猪吃尽了苦头，但不知为何，背对着这个山洞，五只灰土猪却没有一只想要继续逃跑。

小黑跟了过来，很快也发现了山坡下的那个山洞，又看了一眼那五只咆哮低吼、龇牙咧嘴、尽其所能发出威胁信号的灰土猪，它看上去有些迷惑不解，不太明白那个山洞里究竟有什么，会让这五只灰土猪如此在意。

这时，或许是听到了那五只灰土猪的咆哮怒吼，那山洞里吭哧吭哧一阵乱叫，呼啦啦又冲出了好几只灰土猪来，只是看上去个头儿都比那五只成年灰土猪妖兽小了一两圈，倒是与小黑猪差不多大的模样。

小黑怔了一下，像是想到了什么，看来这个山洞就是这一群灰土猪栖息的巢穴，难怪这些灰土猪跑到这里就死也不肯再走了。只是小黑歪着脑袋想了想，却是摇了摇头，神态上露出几分轻视，心想要是这里果然要紧，那一开始就不能往这里跑啊？

看来这些猪比我要笨很多啊！

小黑咧嘴一笑，心里忽然高兴起来，甚至还得意地哼哼了两声。

它这里低声咕哝面露喜色，前头的灰土猪却是如临大敌，那五只灰土猪是见识过小黑厉害的，不敢妄动，但是后来出现的灰土猪看到自家猪多对面猪少，呃，只有一只而已，还是弱小的黑猪，顿时吼叫着一下子冲出了两三只，嗷嗷叫着向小黑扑了过来。

那五只灰土猪都是同时一呆，急得大叫，但是还不等它们将同伴叫回来，便只听一阵砰砰砰轰鸣之声，随即几个黑影划过天空，直落下来。站在原地的灰土猪都是吓了一跳，纷纷向旁边跳开，片刻之后噼里啪啦一阵响，那几只冲出去的灰土猪已然是灰头土脸地掉了回来，在地上哼哼唧唧半天没爬起来。

反观小黑，仍是一副行若无事般的样子，慢悠悠地将伸在半空中的一只前猪蹄收了回来，再加上嘴里兀自叼着那根破草，看上去嚣张得不行。

不过小黑既然发现了这里是灰土猪的巢穴，再加上这些灰土猪虽然愚笨，但总算还是和自己有点血脉关联的远亲，所以小猪脑袋晃了晃，也就准备转身离开了，并不想真的难为它们。

那些灰土猪看着小黑嚣张无比地转身欲离开，一只只都松了一口气，同时心里纳闷，这片山林里什么时候出现了这么强悍的一只野猪妖兽，以往从没听说过啊。

只是就在这时，突然小黑的身子猛地一顿，却是一下子又转过身来，这一下却是顿时又让这些灰土猪紧张起来。只是小黑似乎根本没在意这些灰土猪，而是抽动着鼻子，在空气里闻嗅了几下。

这片山坡下，山林间，草木繁盛，泥土气息很浓，在离那个山洞很近的地方，甚至还不时从里面传出一股腥臭味，那是灰土猪身上惯有的臭气。

只是小黑却像是突然间察觉到了什么，鼻子在空气里不停地闻着，然后目光不停地扫过周边，似乎正在努力地想抓住某个细微弱小的气息，脚步也随即开始一步一步向前走去。

几只灰土猪顿时如临大敌，嗷嗷叫着怒吼着，但一只只却是并排同时向后退去，一直退到山洞洞口，眼看着再无退路的时候，却发现小黑猪仍然在一步一顿一嗅中，缓慢却坚决地向前走了过来，越来越靠近这个山洞。

走着走着，小黑的目光很快就落到那个黑漆漆的山洞上，双眼猛然一亮，像是终于发现或是确定了什么，露出一丝喜色，毫不迟疑，大步向那山洞里走去。

站在洞口的几只灰土猪终于忍无可忍，纷纷嗷嗷怒吼起来，然后拼命一般冲向小黑，小黑低哼了一声，身影忽地一闪，却是在这些灰土猪眼前转眼消失，下一刻却是犹如鬼魅一般出现在灰土猪身后的洞口，然后往洞内探头探脑地看了几眼，便向洞里走去。

那几只成年的灰土猪瞬间狂躁起来，咆哮着追着小黑向洞里跑去，然而没过片刻工夫，只听"咚咚咚"几声低沉闷响，五个肥大粗壮的身躯就像五块大石头般被摔了出来，吧叽吧叽重重地砸到了地上，半晌也没爬起来。

洞外，所有的灰土猪都是一片呆滞，每只猪的眼神里都是绝望之色，但看着那个洞口，却是再没有一只猪敢过去了。

从洞外看洞内是一片漆黑，但是真走到山洞里，便发现这里其实并不是完全一片黑暗，只是光线有些昏暗而已，与当初在镇魂渊下的那片深邃的黑暗完全不能相提并论。

小黑对这等黑暗显然也是毫不在意，目光转眼间就适应了过来，继续迈步向洞内走去。

山洞规模看起来不算高大，但有好几条岔道，对于灰土猪这种妖兽来说，倒也算得上是一个很像样子的巢穴了。事实上，这一窝灰土猪妖兽确实已经是这座山头附近最大的一窝猪妖兽。

不过小黑的兴趣显然不在这上面，到了洞里，它依然还在闻嗅着，周围的腥臭气比洞外浓烈了很多，显然是很多灰土猪常年生活在这里的缘故，不过它却也明显抓住了那一丝本来很微弱的气息，在这洞穴里也明显浓烈了一些。

那是一股很奇怪的味道，常人根本无法感觉，哪怕对小黑这样的异物来说，也只是一抹似乎带了一丝清香味道的微薄气息，很容易就忽略过去。

但是小黑却没有，它像是对这山洞里某个东西格外感兴趣一般，此刻劲头十足，喜形于色，哼哼低叫着快步向正中最大，也是最深的那条洞穴里走进去。

这一处通道高约三尺，两侧的土壁上偶然还能看见草根与石块，往前走了五六尺远，眼前忽然开阔了一些，出现了一个圆形的大洞，里面半个地面都是枯叶茅草，铺成了一个窝，而一只个头儿与小黑差不多大的母灰土猪，正紧张万分地站在那里，龇牙低吼着。

小黑看都没看这只母猪一眼，脑袋向旁边转了转，却是直接从那母猪身边走了过去，盯着另一侧的土壁看了又看，然后忽然用力把猪蹄放在土壁上，开始猛地扒动那面泥土墙壁。

母猪站在一旁呆愣了一下，一时间似乎没回过神来，只是怔怔地看着这只古怪的小黑猪不顾一切冲进自己的窝，冲着那面土墙拼命扒起土来。

蹄子翻飞，泥土哗哗落下，转眼间那面土墙就被小黑挖出了一大块空洞出来，而随着泥土的掉落，渐渐地，土层里居然露出了一抹雪白如玉般的颜色。

小黑猪看着顿时兴奋起来，干劲越发高涨，嘴里咕哝着哼哼不已，嗷嗷叫着连扒带拽，拼命挖土，浑然不顾自己这是冲到别人家里扒墙的恶劣行径。

就在这时，突然从那山洞之外传来了一声怒吼，那吼声与灰土猪的咆哮怒吼声截然不同，声势凶猛竟似震动山林，气势不凡，瞬间那洞口边听到了好几只灰土猪的哀鸣声。

差不多是在同一时间，洞内的这只母猪腿脚一软，竟是差点瘫倒在地，看着竟是害怕至极，而小黑却对这一声吼叫毫无反应，一心只在那土墙上，连连扒动之下，只听吧嗒一声轻响，从那泥土中终于掉下了一件雪白如玉盘似的物件。

这雪白如玉盘般的东西一旦掉落下来，顿时一股清香弥漫散开，竟是在瞬间将原有的腥臭气味完全驱散，小黑一把将这玉盘抱在怀里，喜笑颜开，甚至还伸出了舌头，在这玉盘上开始舔了起来。

每舔一下，它就眉开眼笑，两眼眯眯，一副十分陶醉的样子。

而山洞之外，吼声连连，灰土猪的声音已然都没有了，洞内的这只母猪忽然惊惶起来，也不知哪儿来的气力猛地站起，就想向外头冲去，但又似有几分顾忌，仿佛放心不下，急得只是跳脚。

忽然间，它看向了小黑。

小黑正抱着那只玉盘舔个不停，突然只觉得自己身上被人轻轻碰了一下，它抬头一看，却见那只母猪神态焦急地站在它的身旁，正用前蹄碰了一下它。随即母猪迟疑了一下后，却是轻轻指了一下那个茅草枯叶铺成的窝，然后低吼了一声，却是头也不回地向洞外冲了出去。

小黑呆了一下，一时有些没反应过来，抱着玉盘趴在地上看着母猪冲了出去，正疑惑时，却听到这个原本空无一物的洞中，从那茅草之下忽然传来几声清脆的叫喊声：

"呦呦、呦呦、呦呦……"

小黑怔了一下，慢慢站了起来，盯着那窝茅草看了片刻，然后慢慢走了过去，用蹄子轻轻拨弄了一下茅草，几只颜色粉嫩甚至眼睛都还没睁开的小猪崽，看上去像是刚刚出生不久的样子，就这样出现在它的眼前。

小黑身子微微一僵，似乎在这片刻间突然有些愕然，也有些手足无措，不过很快，它的眼神似乎温和了一些，慢慢地低下头，用鼻子轻轻拱了拱这些初生的小猪，那些小猪就像小老鼠般身子晃动了一下，然后再度发出可爱的呦呦叫声。

小黑猪歪了歪头，看着这些小猪，怔怔出神，就在这时，忽然洞外再度传来了那震动山林气势汹汹的怒吼声，如飞沙走石，气势雄浑，中间更夹杂着几声灰土猪的哀叫声。

小黑猪霍然抬头，转头看向那洞穴外头，目光转冷。

第六十四章 ■ 杀虎

洞穴外，山坡下，所有的灰土猪此刻都已经被逼迫到一个角落里，匍匐在地，全身瑟瑟发抖，哪怕是为首最强壮的那只大公猪也不例外。每一只灰土猪的眼中都充满了恐惧与绝望，呆呆地看着前方洞口站着的两只外形凶猛的妖兽。

那是两只体形庞大无比的巨虎妖兽，通体玄黑，光是站在那里的身量就近乎一个成人高度，獠牙利齿，威风凛凛，额上那"王"字纹是唯一一处雪白之色，更显威势。这两只巨虎妖兽名叫"暗王虎"，在妖兽品阶中已然是列在三阶高位，也就是说，有了凝结妖丹的可能，无论是血脉还是力量，都远远胜过仅仅是一阶妖兽的灰土猪。

事实上，暗王虎的确就是这一大片森林几十座山头范围里最强大的妖兽，平日里出门捕猎，似灰土猪这般的低阶妖兽便是它们的猎物，所以灰土猪这时一看到这两只突然出现的暗王虎，全体立刻都吓瘫了。

换作平日，遇到暗王虎杀来，灰土猪唯一能做的就是快速冲回自己的巢穴，暗王虎身躯太大，很难钻进灰土猪的洞穴，这也是它们唯一保命的依托。只是这一天，一窝灰土猪因为小黑的缘故，全都站在了洞穴之外，而这两只暗王虎居然也是狡诈，看到猎物后突然冲出，居然直接先占住了洞口，让这些灰土猪再无躲避之处。

此刻一窝灰土猪被逼在角落逃生无路，而两只暗王虎一只挡住洞口，另一只逼着这些瑟瑟发抖的野猪，在它们身前的地上，甚至已经躺倒了两只灰土猪，都是喉咙被直接咬断，血流满地。

两只暗王虎站在那边，得意扬扬、肆无忌惮地正大口撕咬着，血腥之气四溢，同时凶残冰冷的目光不时扫过那一群缩成一团的灰土猪，似乎正在考虑着下一个要吃掉谁。

而被这两只暗王虎的目光扫过的时候，每一只灰土猪都抖得越发厉害起来，这种恐惧仿佛是天生就刻在骨子里的一般，在这巨虎妖兽的面前，它们似乎已经完全放弃了求生的希望，更不用说有任何抵抗的举动了。

也就是在这个时候，忽然有一阵平衡轻细但十分清晰的脚步声，却是从其中一只暗王虎的身后，也就是它所堵住的那个灰土猪洞穴之中传了出来。

听到这个声音，灰土猪那边都是怔了一下，两只暗王虎也是一愣，似乎想不到居然还有不怕死的家伙敢从洞里出来，不由得都回头看去，片刻之后，那洞口影子一晃，果然走出了一只猪。

一只黑猪。

一只体型比那些灰土猪还小了不少，通体皮毛黑亮，嘴边一对刚长出不久的雪亮的小獠牙，甚至嘴里还叼着半截灵草草茎的小黑猪。

不久之前刚刚挖到的那个奇异却不知名的玉盘状灵药，此刻也不知被小黑藏到哪儿去了，浑然不见影子，在它嘴边的似乎还是之前叼的那根灵草，在嘴里翻动咀嚼着，然后它看到了洞穴之外的这一幕。

小黑的身子顿了一下，两只眼睛似乎也微微眯了起来，它看到了地上流淌的殷红的鲜血和那两具已经丢掉了性命的灰土猪尸体，又看了看被暗王虎逼迫到角落里瑟瑟发抖的那些灰土猪，最后，它的目光落到了身前这两只体型远远超过自己、凶猛无比的暗王虎身上。

它凝视着它们，目光平静，没有任何波动。

畏惧、害怕、绝望乃至疯狂之类的情绪，一点都没有。

两只暗王虎当然也是在同时看到了这只似乎有些与众不同的小黑猪，但是这等看起来比灰土猪还弱小的妖兽，暗王虎根本就没放在眼里，其中一只甚至看了一眼后就转过头去继续望向那群灰土猪，意思似乎是就算要吃猪肉也得找个长得肥一点的。

而剩下的一只就是堵在门口的那只暗王虎，看起来却似乎有点不高兴，或许是小黑猪那平静得过分的目光激怒了它，要知道平常所有的猎物在它面前，都只能是恐惧害怕得亡命匍匐。

所以暗王虎决定展示自己不可一世的绝代虎威，震慑一下这只不知天高地厚的小猪，然后再一口咬死它，喝了它的血再吃了它的肉！

"吼……"

一声虎啸霍然而起，瞬间飞沙走石，山林震动，一片飞鸟惊叫着飞起，如雷鸣如巨涛，滚滚而来似乎连青天都要为之风云变色。一旁的灰土猪里有好几只直接就跪倒在地上，身子颤抖不已，甚至还有直接吓尿了的。

血盆大口，就在眼前，这只暗王虎对着小黑怒吼而出，声震全场，正是众皆侧目畏惧的时候，忽然，它眼角余光似乎看到一只猪蹄突然向自己踢了过来。

蝼蚁小兽，不自量力！

暗王虎仰天长笑，神态不屑，只是就在这一刻，突然，那惊天动地令风云都为之变色的可怕虎啸声竟然戛然而止，随之而发出的却是清晰至极的"咚"的一声闷响。

然后，在所有灰土猪愕然且不可思议的目光里，在它们下意识地全部都咧开而再也合不拢的嘴巴下，小黑一蹄踢在这只巨虎妖兽的下颌之上，咚的一声令人头皮发麻的大响之后，虎啸声瞬间断绝，巨大的虎躯竟是被一股巨力凌空打飞到了半空中，呼呼声中，一片鲜血直接洒落下来，如盛开的鲜艳无比的血花。

庞大的虎躯，在半空中翻转了三圈之后，才终于力竭，然后重重地摔回了地面上，而几乎是在同时，黑影一闪，小黑瞬间突然出现在了这只暗王虎的身边，头颅猛地向虎身撞了过去，同时发出了一声低吼。

这吼声并不响亮，乍听之下甚至还没有刚才的虎啸威风，然而那低吼之中声调苍凉，竟似有几分龙吟之意，连带着小黑那凶悍的头撞过去时，黑影之后，那獠牙利齿的光影里，竟隐隐约约有了几丝诡异模糊的龙王影像。

一声巨响，这只暗王虎再度横飞了出去，竟是丝毫没有还手之力，身子还在半空之中，虎头上竟是七窍同时喷出血来，也不知道小黑这一撞有多么凶猛，怕是直接撞碎了腹中脏器。

鲜血一路飞溅，洒满了这片山坡前的空地，场面惨烈无比，那只巨虎显然已经遭受了难以承受的重创，再一次重重摔落在地后，甚至连爬起来都显得力不从心，口中更是在一片血沫里发出嘶哑低沉、不明所以的怪声，虎头摇晃着，似乎本能地想要拼命挣扎着抬头站起。

然而，一只猪蹄从天而降，直接踩到了暗王虎额头上的那个"王"字纹上，一脚便将这只巨虎的头颅直接踩入了地下，巨虎的身躯猛烈地颤抖起来，但是就这般过了一会儿之后，这只山林霸主、三阶妖兽，就这样屈辱而绝望地再也无法动弹了。

山林之下，洞穴之外，一片寂静。

忽然，一声惊恐的哀鸣传来，剩下的那只暗王虎夺路而逃，疯了一般冲进了林子深处，连头也不敢回一下。

林下，只留下一众目光呆滞的灰土猪，还有那只脚踏巨虎头颅、傲视群猪的小黑。

小黑缓缓转过头来，看了一眼那些灰土猪，瞬间所有的灰土猪一齐后退了一步，然后也不知是哪只带的头，这一窝灰土猪一只接一只地对着小黑匍匐跪倒，再望去的目光，已然是完全而纯粹的对强大力量的敬仰与崇拜。

小黑咧了咧嘴，转过头来，对着这片深山老林，看了一眼脚下的死虎，忽然发出了一声低吼声。吼声不大，没有震动山河也没有飞沙走石，连气势也谈不上有多少，似乎只是单纯地叫上一声而已，更不用说有刚才那种龙吟之音了。

小黑怔了一下，挠了挠头，一时心里有些茫然，随即想到，也不知主人沈石现在在哪里，又在做什么呢？

金虹山上，幽谷洞府。

时间有时候过得很慢很慢，让人觉得度日如年，有时候却又如白驹过隙，回首已见沧桑。

沈石在苏醒之后，身上的伤势好得极快，虽说境界到了凝元以上的修士，肉身的强韧程度已经远胜凡人，不过他这番康复的速度仍然有些惊人，甚至让前来看望他的杜铁剑都夸奖了几句。

对于这个再度救了自己一命的杜师兄，沈石是打心底感激万分的，从归元界那时候算起，自己欠这位杜师兄的人情真是越发多了。不过杜铁剑看起来却是洒脱的性子，只是拍拍他的肩膀哈哈大笑，然后便自顾自地走开了。

除了杜铁剑外，这几日过来看望沈石的人也不少，都是他往日间交往的朋友，当日他刚醒来的时候看到的是钟青露，但实际上几个朋友如钟青竹、孙友甚至贺小梅等都过来照看过他，而且几个人中还是孙友待的时间最长，毕竟都是男子，加上孙友与他的关系向来也是最好，所以就数孙友来的次数多、时间久。

沈石大体康复之后，其他人过来洞府的次数便少了，只有孙友还是每日都会过来看他一次，而沈石也从最开始与小黑失散的沮丧心情中渐渐振作起来，开始正视自己此刻的现状。

这次去高陵山中探险，生死系于一线，险象环生，可谓惊险到了极致，种种危难真是惊心动魄，但是到了最后侥幸逃出生天后的收获，却也不可谓不大，虽然这些收获看起来，都有些怪异与不同寻常。

最重要的当然就是自己如意袋中多出来的戮仙古剑残片与套在剑刃之上的那一块无名黑晶，虽然沈石直到现在还是不清楚这两件异物的真实来头，但是当日在镇魂渊下的孤峰绝顶上，他却是亲眼看到了这两件异物那惊天动地的神通法力，以巫鬼那等强大到不可思议的实力，却仍是伤在了这戮仙古剑的残片之下，可见这残剑的威力之大；而那黑晶隐隐能与戮仙古剑的残片相抗衡，显然也是来头大得惊人的宝物。

只是这两件蕴含绝大神通法力的异宝，此刻躺在沈石如意袋里的样子，却完全都是失去了所有的灵力一般，变成了与普通杂物毫无异样的凡物，任凭沈石如何试探驱动，都没有任何反应，只能留待日后再细细观察了。

除此之外，沈石另一个大收获便是当日无意中有一滴巨龙真血渗入自身的丹田气海之中，虽然没有像传说中那般被自己吸纳从而道行境界大进，但是龙血所化成的充沛灵力却意外地重塑了金石铠这门道术神通，直接将原本普普通通的一门低阶入门道术，变成了看起来迥然不同的龙纹金甲。

这样一门道术，它的威力沈石虽然并没有真正试过，当日在镇魂渊下与鬼物战斗时他的记忆已经有些模糊了，但是很容易就想到的是，这样的龙纹金甲并不适合在凌霄宗众人眼前施展，否则的话，所带来的麻烦实在是太多了。

所以算来算去，算到最后，沈石发现自己唯一可以拿出手、算得上是有收获的东西，还就是这次下山在各处搜集找到的那些灵草药材，其中一品、二品的灵草数目不菲，特别是当日在高陵山无名大墓中一个尸王身上取到的尸苔，更是罕见的极品，应该能换不少灵晶的。

所以这一日，在孙友的陪伴下沈石身体康复后第一次走出洞府，就准备直接去山体中段观海台上将这些灵草、灵材都置换成灵晶。

一路走去，看着略有几分沉默的沈石，孙友在心里叹了口气，道："你拿了灵晶，打算做什么？"

沈石沉默了一会儿，淡淡地道："自己留一点修炼吧，如果数目够多的话，我去术堂那边买几个二阶的五行术法。"

孙友一怔，随即像是想到了什么，皱眉道："你这……莫非是还想去那边？"

沈石点了点头，道："我知道你们都劝我希望渺茫，包括我亲口向杜师兄问过一次当日的情况，他也是如此说法，但是……小黑跟我这么久，不过去仔细再找一次，我心里过意不去。"

说到这里，他顿了一下，随后徐徐道："我晋阶时日太短，道术神通几乎无用，就只有几个威力不大的一阶术法，当日小黑失陷，未尝不是我实力太弱的缘故。"

他笑了笑，神色有些黯然，但目光看着却是越发坚定，道："那里鬼物众多，妖兽也是不少，修炼其他道术神通是来不及了，我还是就找些威力强大些并对鬼物妖兽有效的五行术法修习一番，如此才能过去好好搜寻一下小黑的踪迹。"

孙友在一旁耸了耸肩，欲言又止，心想如今的五行术法为何如此式微，那都是因为这五行术法在同阶的时候，修炼的难度繁杂、艰难甚至更在道术神通之上啊，你居然还会去想修炼二阶的术法？

不过孙友随即回想起来，似乎几年前大家还在青鱼岛上的时候，沈石对五行术法好像就格外有天分，或许……孙友摇了摇头，不再多说什么，只是默默地陪着沈石向山上观海台的方向走去。

第六十五章 ■ 卖草

时隔多日重新站在观海台上，回头遥望，只见海天一色空阔无垠，沧海茫茫碧波如镜，金虹山雄峰之下，上千座岛屿如珍珠一般点缀在碧波海面之中，显得格外美丽。

海潮滚滚，海风吹拂，仿佛已是置身仙境之中。

七根鸿钧柱巍峨屹立，如七位巨人伫立在观海台上，看着脚下的人来人往，看着那楼宇殿阁起伏，看着人世沧桑变幻，仿佛只有它们，才始终不曾改变过。

沈石从鸿钧柱旁走过，径直去了灵药殿，孙友本想跟着他的，不过一探头却看到灵药殿门口站着一个清秀美丽的女子，正是钟青竹，顿时脸上的笑意便退了不少，撇了撇嘴，跟沈石说道："我在外面等你，你自己进去吧。"

沈石看了他一眼，有些诧异，道："怎么了？"

孙友哼了一声，没好气地道："前些日子也不知道那钟青竹吃错了什么药，脾气大得不行，看到我就一副臭脸不说，还时不时冷言冷语讽刺我几句，说什么别人拿命去拼险死还生地奋力修行，某人不过是投了个好胎，只要坐在家中就拥有一切。"说到这里，孙友看起来有点恼火，愤愤道，"且不说这投胎的事我能说什么，就是她自己，不也是世家大族出身的，凭什么要盯着我冷嘲热讽啊？"

沈石哑然，片刻之后伸手轻轻拍了拍孙友的肩膀，孙友回头向他看了一眼，兀自愤愤不平地道："你说是不是？"

沈石笑了一下，道："没错没错，这样吧，你就在这外面等我，待我去灵药殿里把灵草换了灵晶再来找你，然后一起去术堂那边看看。"

孙友点了点头，道："好。"说着，先是向钟青竹那边看了一眼，随后自己走开了。

沈石走到灵药殿外拾级而上，很快看到钟青竹那窈窕秀丽的身姿，此刻她正站在殿门外与人说话，跟她说话之人是个圆脸的凌霄宗男弟子，沈石向他看了一眼，忽然一怔，却是认出此人正是自己之前见过的吉安福。

只见那吉安福正笑容满面，看上去心情极好，与钟青竹说话间目光不时掠过身前这位美丽少女的脸庞，仿佛连眼角都能满溢出笑意来。不过就在这时，钟青竹也看到了沈石走了过来，脸上顿时掠过一丝惊喜之色，随后便对吉安福道：

"吉师兄，那一切就拜托你了。"

吉安福点头应下，脸上笑意盈盈刚想再说些什么的时候，只见钟青竹已然转过身去，迎着沈石露出几分令人沉醉的温柔笑意，轻轻一挥素手，微笑着道：

"石头！"

吉安福的身子顿时一滞，脸上的笑容也随即僵住了片刻，然后目光瞬间冷淡了不少，转眼看向走过来的沈石，眉头微微皱了起来。

沈石笑着对钟青竹点了点头，走到她的身前，道："青竹，你怎么也在这里？"

钟青竹道："我修炼阵法需要一些不常见的灵材，听说灵药殿这里或有存货，便过来找找。"说着，她上下打量了沈石一番，声音仿佛也更温柔了些，道，"看你今天的气色还不错啊，身上的伤都好了吗？"

沈石颔首，道："差不多好了，都是些皮肉外伤，不打紧的。"顿了一下，他又带了几分歉意，道，"听说我刚回来昏迷的那几天，你也过来照看我，真是麻烦你了。"

钟青竹微微一笑，道："有什么麻烦的，我们都是这么久的……朋友了。不过看你刚被杜师兄送回来时的样子，我可真是被你吓了一跳，还以为你受了多重的伤呢，不过幸好现下看着没事了。"

沈石略带几分自嘲地苦笑了一声，道："咱们这种穷人家出身的，也就皮糙肉厚值得自豪了。"

钟青竹"扑哧"一声笑了出来，明眸闪亮、笑靥如花，真是清丽明媚，在这宽敞平阔的灵药殿门口，一时间不知吸引了多少过往凌霄宗弟子的目光。

钟青竹很快有所察觉，便收起了几分笑容，只是看着沈石的时候容色还是那般温和，道："对了，你今天到这里，是准备做什么？"

沈石沉吟片刻，也没隐瞒什么，直接就将自己的打算与她说了，钟青竹听着听着，脸色渐渐多了几分凝重，迟疑了一下，道："你……真的还要去高陵山吗？"

沈石点了点头，道："总是还要去找一次的。"

钟青竹深深地看了他一眼，眼中似有微光闪过，也不知此刻她心底是什么感觉，过了一会儿，轻声道："想不到你倒是个专情的，重伤之后对自己所养的一只宠物也是念念不忘。"

沈石叹了口气，道："小黑跟我也有好几年了，不管怎样，我总不能当作没这事，所以高陵山那边，我还是要过去的。"

钟青竹点点头，也不再劝他，略一沉吟之后，却是露出几分笑容，道："既然你要换灵晶，那我们一起进去吧。"说着，她微微凑近沈石，压低了声音低笑一声，道，"我这里正好认识一位收购灵草柜台上的师兄，交情不错，说不定能多换几块灵晶呢。"

沈石只觉得身前忽有一阵清香，幽幽如兰，醉人心脾，低首细看，只见钟青竹清丽脸庞贴近自己，吹气如兰、妩媚温柔，竟是忍不住心头一跳。

幸好钟青竹并没有注意到他这些异样，低声对他交代了一句后便向灵药殿里走去，沈石跟在她的身后走过殿口的时候，忽然感觉身边有一道异样的目光，转眼看去，只见吉安福站在一边，脸色冷淡地望了自己一眼，然后面无表情地走进了灵药殿中，只是走向另一边去了。

沈石看着吉安福的背影皱了皱眉，心想这位师兄似乎几次见面都对自己有些隐隐的敌意不满，莫非自己以往在什么时候得罪过他吗？

正想着的时候，他忽然听到前头钟青竹叫了他一声，连忙答应了一下跟了上去。在钟青竹的领路下，一路走到灵药殿回购灵草、灵材的柜台边，那里面站着四五个灵药殿出身的弟子，柜台之外也有不少凌霄宗弟子正从自己的储物袋中拿出各种灵草放到柜台上，请这些弟子逐一估价以置换灵晶。

显然，依靠采药换取灵晶的路，并不是沈石一个人能走的，事实上，外出寻觅灵草回山置换灵晶，正是天下修真界大多数门派中非常重要也很常见的一条路子。

沈石随钟青竹走到柜台一边，目光顺便扫过前头那些放上柜台的灵草，粗略看了一圈，似乎多数也是一品灵草为主，二品灵草就很是少见，至于三品以上的珍稀灵材，暂时还没看到有人拿出来。

钟青竹之前当然不是对沈石说谎，此刻果然熟门熟路地对着柜台后打了个招呼，很快就有一位三十多岁、方脸的男子走了过来，面带笑容，道："青竹师妹，有事吗？"

钟青竹对他笑着点点头，然后转身对沈石道："这位是阮茂才阮师兄，境界高深，平日对我也多有照顾。阮师兄乃是灵药殿宫长老的得意弟子，灵药殿回购药草这一块的事务，一直都是由他主持的。"

阮茂才哈哈一笑，隔着柜台摆手道："青竹师妹，好好的你又来取笑我，什么主持这里的事务，这话万一要是传到了云霓师叔的耳中，我可就要吃不了兜着走了。"

钟青竹嫣然一笑，随即将沈石的来意说了一下，然后微笑道："阮师兄，你为人最是大方，要不先帮我们看看呗。"

阮茂才微微一笑，对沈石道："沈师弟，要不我们先看看你找到了什么灵草，然后再说其他的可好？"

沈石连忙点头，道："本该如此。"

说着，他便伸手向腰间的如意袋探去，只是当他手指刚刚碰到如意袋上的时候，忽然从柜台那边的后头转过一个身影，向这里看了一眼，身子顿时一顿，随即却是略带了几分惊讶，道：

"咦？沈石，你怎么到这里来了？"

沈石抬头一看，却见那边站着的是钟青露，一时间也有些意外，不过这几日钟青露在洞府中照看他，两人的关系倒是比之前又隐隐更亲近了些，便笑着拍了拍如意袋，道："我打算把灵草卖了换些灵晶呢。"

钟青露"哦"了一声，明白了过来，紧接着却是径直走了过来，先是对阮茂才微微一笑，随后道："阮师兄，这位是我朋友，就由我来接待吧。"

阮茂才怔了一下，目光扫过钟青露那美丽的脸庞，随即又看了一眼站在柜台外面的钟青竹，一时间也不知该说什么才好。不过他毕竟老于世故，片刻之后哈哈一笑，却是主动退后一步，笑道："既然如此，那就麻烦青露师妹你了。"

钟青露笑着点点头，然后伸手示意沈石与她走到一边，也差不多是在这个时候，她才看到钟青竹也站在沈石身边，便对钟青竹笑了一下，道："青竹，你也来了啊？"

钟青竹笑意温婉，缓缓颔首，道："是啊。"

钟青露笑着道："你先在这里待一会儿，我帮沈石做一下买卖就来。"

钟青竹微笑道："没事，姐姐你且去忙吧，不用管我。"

钟青露道："好，那我先过去了。"

说着，她身子转开，与沈石走到柜台另一边，看着笑意温柔亲切，让沈石把如意袋中的灵草放到柜台上来，时不时低声与沈石说着话，巧笑嫣然，沈石的心情看着也在与她说话间爽朗了不少。

钟青竹微笑着站在原地耐心地等待着，忽听旁边有人咳嗽了两声，眼角余光一看，却是阮茂才倚靠在柜台的另一侧，目光扫过那边正在交易，同时谈笑的沈石、钟青露两个人，口中却是淡淡地道："这是用不着我了吗？"

钟青竹笑容不变，道："应该是吧。"

阮茂才看了她一眼，只觉得这位青竹师妹的语气里没来由地忽然冷淡了几分，他忽然摇头轻笑了一下，眼光却是重新落在沈石身上，看了半晌，嘴里忽然发出了啧啧两声。

钟青竹淡淡地道："什么意思啊？"

阮茂才嘿嘿一笑，道："没什么啊，我就是觉得这小子的命真不错，看起来也没比我英俊很多嘛，为何漂亮的女孩子都喜欢他而看不上我呢？"

钟青竹脸颊忽然微红，狠狠瞪了他一眼，道："你再贫嘴，信不信我告诉你老婆去。"

阮茂才立刻服软，道："我错了我错了，小姑奶奶饶命……咦？"

话才说到一半，他的双眼忽然亮了一下，却是看到那边钟青露已经点清了沈石的灵草，估价完毕之后，已经取出了相应的灵晶递给沈石，看着柜台上光芒闪动，数额居然不菲。

阮茂才目光扫过那一堆灵晶，又看了看沈石拿出的那些灵草、灵材，片刻之后，忽然失笑道："你还说让我照顾人家的，怎么不说你自家的这位姐姐，这人情做得可是厉害，比我出手大方多了，看来，她对这位沈师弟可是……"

后面的话，阮茂才笑了笑没有继续说下去，而在柜台的另一边，钟青竹依然平静地站在那里，脸上也依旧带着清丽笑容，唯独一双明眸之中缓缓掠过了一丝冷淡之意。

第六十六章 ■ 传言

这一次在灵药殿中将灵草卖了换回灵晶，沈石所得不菲，算下来得了七百颗灵晶。不过这其中从高陵山无名大墓那个尸王身上得到的极品"尸苔"却是占了大头，这种灵材只在僵尸、骷髅这等鬼物躯体上偶然可见，数量极少，品相上佳的极品更是罕见，加上论灵材品阶，尸苔也是在三品的高位，所以钟青露在这一块为沈石估算的价码很高，直接算了他五百八十颗灵晶的高价。

这价格当然有些扎眼，旁边柜台附近的几个灵药殿弟子也都注意到了这边的情况，只是包括阮茂才在内的所有人最后都没有多说什么，最多也只是有几道目光在那些灵晶上多停留了一会儿。

相比之下，反倒是沈石有些意外，他自小就在天一楼这样的商铺中长大，对许多灵材的价值也算是心知肚明。尸苔这种三品灵材虽然罕见，但他还是大致清楚的，所以沉吟了片刻后，压低了声音对钟青露道：

"会不会给我算得有点多了，其他人会不会说些什么？"说着，他的目光扫了周围那些灵药殿弟子一眼。

钟青露淡淡一笑，一边收拾柜台上的灵草、灵材，分门别类地归置，一边神态淡然地道："无妨的，这尸苔品相极好，又极少见，就算别人歪嘴我也没有什么理亏的地方。"

沈石点了点头，不再多言，钟青露既然如此淡定，自然有她的道理，甚至沈石心里也很快想到，如今的钟青露可是宗门五大长老之一的云霓长老看重的弟子，有很大希望被云霓长老收入门下，再加上云霓长老本身又是直接掌管灵药殿事务，这般情况下，只怕还当真没什么人会不开眼去说什么小话。

有了靠山就是好啊！

沈石咧嘴，微微笑了一下。钟青露收好柜上的灵材，瞄了他一眼，道："你笑什么？"

沈石笑而不语，随手将灵晶也收回如意袋中，随口微笑道："好像觉得你比以前在青鱼岛上的时候，好说话多了啊。"

钟青露脸一红，啐了他一下，随后岔开了话题，道："前头你说要去术堂那里买些五行术法，为何不直接想办法再选一门道术神通？毕竟道法神通才是正道，五行术法修行艰难，威力又有限，感觉不是很好啊。"

沈石默然无语，一时不知该说什么才好，钟青露摇了摇头，低声道："我随口说的，你别放在心上，该怎么选你自己有主意，我不该多嘴的。"

沈石笑了笑，道："道法神通威力当然足够强大，但是一来修行时日太长，二来想要得到修炼法门，比直接去术堂购买五行术法要难太多了。"

钟青露点了点头，心中也是明白这一点，凌霄宗立派万年，底蕴深厚无比，道法神通的修炼法门自然也是为数众多，但天底下并没有不劳而获的事，拜入凌霄宗宗门的弟子，除了有幸能得到门中元丹境长老的青睐收入门下，从而可以传承一些师父的道法神通外，普通弟子就只能兢兢业业为宗门做事，积累功绩包括最重要的那种玄符计数，到了一定的阶段后方能兑换到宗门里的道法神通修炼法诀。

事实上，与沈石这般平凡普通的宗门弟子不同，因为家世和自身天赋颇为靠近那些凌霄宗核心大长老阶层的钟青露，隐隐地还听说过在凌霄宗多达二十二位元丹境大真人中，私下里似乎还有一层并不公开的默契或者说是约束一类的规矩，那就是每一位元丹境大真人在收徒传法这件事上，其实都有一个定数。

换句话说，便是每一位元丹境大真人所能收入门下的亲传徒弟，都不能超过一定数目，并且在传授道法神通时，也不能传授过多的法门秘诀。

这个传言在凌霄宗内流传很长一段时间了，但是每一个元丹境大真人对此都是讳莫如深，从不谈及此事，所以也就无从明证。不过钟青露自己也曾经暗自留心过，结果确实发现凌霄宗内所有的元丹境长老，门下的亲传徒弟都没有超过五个人，至于传授道法神通的数量多少，那都是每个人必定严守的秘密，自然不会被外人知道了。

实际上，大多数的元丹境长老收弟子时都极其慎重，鲜少有满五人之数的，更多的都是在三四人，便是门下只有一两个弟子的长老也为数不少，像当今凌霄宗掌教怀远真人门下，便只有杜铁剑与康宸两个弟子。

所以以往，许多宗门弟子其实不太明白为何这些长老都鲜少收徒，哪怕是那些出身世家的元丹境长老，比如孙明阳这样的孙家祖宗，在收徒这件事上却也丝毫没有特别照顾本家的意思，除了将长子孙宏收入门下亲自栽培之外，其他的弟子只有王亘与另一位名叫司徒剑的弟子，其余的孙家子弟在凌霄宗的着实不少，却都没有这份机缘拜入孙长老门下。

在外人看来，这自然都是这些元丹境大真人一心修行，不耐烦俗事打扰的缘故，不过事实是否如此，也就只有这些长老自己心里清楚了。只是如此一来，在凌霄宗里那些已经拜入长老门下的弟子自然身份、地位崇高无比，隐隐胜人一筹，便是在传言中被某位长老看重，有希望收入门墙的后起之秀，一旦有了这样的希望，那地位、身份也就立时与众不同。

钟青露被灵药殿云霓长老看重进而被众人另眼相看是如此，钟青竹被阵堂乐长老看中也是如此。

而沈石这样刚刚晋阶突破到凝元境的普通弟子，甚至连这个私下流传的传言都不曾听说过。

此刻交易清楚，沈石沉吟了一下，又对钟青露道："这次出去我也曾留心过，但是确实没有找到你所需的那六种丹方中的主材……"

钟青露摇了摇头，道："无妨，这事我也知道急不得，你慢慢来，不必太放在心上，也……不用特意为之冒险。"

沈石却是知道事实并非如此，钟青露苦修炼丹所为的正是早日有所成就，好为自己拜入云霓长老门下增添更重的砝码，而这种事岂有不着急的道理？分明便是越快越好，毕竟越早炼出三品灵丹，就越能证明她在炼丹一道上的资质甚好。

所以犹豫了一下后，沈石轻声道："要不，我这里的灵晶你先拿去一些，虽说不可能买到太多，但不管其他咱们至少先凑钱买到一味丹方主材，你先开始炼丹如何？"

在这一刻，不管是沈石还是钟青露，脸上忽然都同时掠过一丝异色，像是又隐隐回到了当初少年时在青鱼岛上的时光。

钟青露有些许的分神，但片刻后又平静了下来，笑着摇了摇头，道："不必如此。再说我可是明白，只有你实力越强，才越有希望帮我找到更好、更多的灵草、灵材，所以你不必给我灵晶，反倒是这次如果你要购买术法灵晶不够的话，我还可以借你一些。"说着她顿了一下，又道，"听说术堂那边在蒲长老主持之后，一两个的师兄师姐都钻到了钱眼里，那术法价码可是高得很啊。"

沈石一怔，道："有多高？"

钟青露一摊手，道："我也不晓得，只是听说而已。"

沈石想了想，笑道："好吧，不管怎样我先过去问问，如果没事的话，我就先走了。"

说着，跟钟青露打了个招呼，又对一旁的钟青竹挥了挥手，在看到钟青竹站在一旁含笑示意自己还要留在这里，似乎与那阮茂才师兄还有话说的时候，沈石也是笑着点了点头，然后转身离开。

在他身后，钟青竹看着他的身影消失在殿门口后，若有所思，片刻后忽然淡淡地道："阮师兄，我记得嫂夫人，也就是徐师姐就是在术堂里做事的吧。"

阮茂才一挑眉，笑道："不错，怎么了？"

钟青竹道："有点事，我想麻烦一下徐师姐。"

阮茂才哈哈一笑，手往前一伸，笑容可掬道："小事一桩，不过好处拿来。"

钟青竹哼了一声，没好气地瞪了他一眼，随后目光淡淡，却是又看向灵药殿外人来人往的人群，只是这个时候，却看不到那个人的背影了。

此刻的沈石已经走出灵药殿，重新回到了观海台上，只见阔大的平台广场上热闹非凡，许多凌霄宗弟子在这片金虹山上最热闹的所在来来往往，不停进出于那些殿宇楼阁，即便是空阔的中间平台上，也有不少人悠闲地散步走动，或三两结伴随意交谈，或凭栏远眺沧海青天。

沈石在鸿钧柱下找到了正有些无聊地倚柱望天的孙友，笑道："久等了吧？"

孙友瞪了他一眼，道："你也知道很久了啊，进去就出不来了，可是被钟青竹的美色所迷？我可告诉你啊，那女子绝不是好惹的，你别去惹麻烦。"

沈石嗤笑一声，推了这口无遮拦的家伙一把，笑道："胡扯些什么，这是哪跟哪啊？"

孙友嘴里咕哝了两声，跟着沈石一起往术堂的方向走去，嘴里兀自说个不停，看来似乎这段日子对钟青竹的意见颇大，也不知钟青竹是给了他多少白眼，才让孙友这家伙怨气这么大的。

两人才走出一段路，沈石忽然看到前方走过一个熟悉的身影，却是刚才在灵药殿里见过的阮茂才，只见他行色匆匆，快步走到了前方，很快就消失在观海台远处，也不知是往哪里去了。

沈石正看着那人的背影时，忽然听到旁边孙友突然说了一句：

"喂，石头，你知道侯家的事情了吗？"

第六十七章 ■ 目录

沈石怔了一下，眼中掠过一丝异样神色，但面上神情不变，道："侯家怎么了？"

孙友叹了口气，道："昨日从高陵山那边刚传回来的消息，说是有人在那座无名大墓崩塌的极深处废墟中又发现了为数不少的鬼物，其中大半被前去的真人前辈镇杀，但也有不少漏网之鱼逃窜到高陵山中，不过都是些普通鬼物，并无大害。只是后来清理废墟的时候，有人又发现了几具干尸，从衣着服饰加上还勉强可以辨认的脸型，确认说是侯家家主夫妇以及他们的独子侯远良。”

沈石心头微微一跳，倒是没想到居然这么快就有人找到了侯家人的尸骸，不过细想之后，此时在高陵山崩塌后过去的修士已经不再是以散修为主，而多是凌霄宗这等名门大派出身的弟子，里面精英无数，指挥驱使起来也是更加得力，与那些散修自然是天壤之别。

只是既然找到了侯家人的尸骸，那孤峰之下那座巨大洞窟里的太古阴龙，不知道是否也被人发现了？他心中忽然隐隐有些不安，好像是在这瞬间突然感觉到自己似乎忘记了什么重要的事，这事肯定是与那日在镇魂渊下的阴龙、巫鬼等异物有关，但自己却一下子想不起来到底是什么了。

或许，只是一种错觉？

沈石心里暗自思索着，抬头一看孙友，却发现自己这个朋友的脸色看上去有些阴沉，似乎情绪不太好。沈石倒是有几分奇怪，道：“你怎么了？”

孙友叹了口气，道：“侯夫人本姓孙，单名一个‘琴’字，是我爷爷的嫡出女儿，论辈分她算是我的嫡亲姑母了。”

沈石吃了一惊，脑海中顿时浮现出当日在镇魂渊下看到的孙琴的模样，只是他原本对这个女子就不熟悉，之前也未特别关注，所以印象里面容有些模糊，只记得似乎是个富态端庄的女子，不过死后的模样也就那样了，没什么好说的。

沈石微微摇头，在心里叹了口气，然后伸手拍了拍孙友的肩膀，道：“你和你姑母关系很亲吗？节哀吧。”

孙友笑了笑，语气淡然，道：“你要说有多么亲近，那也不会。我姑母这个人，自小得我爷爷宠爱，性子最是傲气，尤其对嫡庶之别特别看重。”他转头看了沈石一眼，耸了耸肩，道，“你也是知道的，我爹排行老二，虽说我并非小妾生养的，但是在她眼里，总是比不过长房嫡孙的孙恒看着顺眼吧。”

沈石脚步微顿，道：“莫非你这位姑母对你做过、说过些什么吗？”

孙友却摇头道：“那倒没有，我好歹也是孙家二房的正牌少爷，名正言顺，谁也不能动我。只不过我这位姑母却是有好几次在我爷爷面前，当众说过我堂兄孙恒聪慧过人、天资超群，远胜孙家其他子弟，所以日后的孙家家主之位，还是应该由他继承才是最好。”

沈石停住脚步，转头向孙友看去，孙友也是面色淡淡，目视着他。

两人目光对望了一会儿，忽然同时笑了一下，沈石拍拍他的肩膀，两人一起继续向前走去，仿佛刚才的话语都只是随便说说而已。

走了一会儿，眼看要走到观海台边缘的时候，孙友忽然又道："听说这次死在高陵山中的，除了他们一家三口之外，还找到了不少尸骸，其中多有出身侯家的精英修士，只怕这一次侯家的精华都在那边折损殆尽了。"

沈石一怔，倒是没想到侯家在高陵山中损失如此大，不过回头想想，似这等附庸世家号称名门，但一族之力在巫鬼这样可畏可怖的逆天存在面前，也当真没有任何抵抗之力，要怪，就只能怪侯家人太过贪心了。

"侯家算是完了。"孙友在他身边轻轻地叹了口气，语气中并没有多少惋惜之意，但多少也有几分感慨。

沈石皱眉道："不会吧，有你姑母这层关系在，你们孙家不去帮一下吗？只要你们孙家出面，流云城里我看没人敢动侯家的产业。"

孙友嗤笑一声，道："人在人情在，人死皆莫提。你且看好了，只要再过几日，一旦将侯家如今的局势完全看明白后，便会在流云城中上演一拥而上的好戏。"

沈石默然片刻，道："那你们孙家……"说了一半，他便住口不提。

孙友冷笑一声，道："你是想说我们孙家会不会去抢吗？这没什么好忌讳的，我爷爷他一心修炼，女儿、外孙死了就更不会去管这些俗事，但是我那位如今掌管孙家的大伯，你只管看着，断然是冲得最快的一个，而且我跟你打赌，侯家这块大饼分割之后，得到最多的多半就是我们孙家。"

沈石忍不住摇了摇头，道："真要这样的话，吃相有点难看啊。"

孙友冷哼一声，语带讥讽地道："吃相算什么，能值多少灵晶？侯家是原本的流云城中四大世家之一，那名下的产业有多少，又值多少灵晶？"

沈石默然无语。

两人一路边走边聊，不知不觉离开观海台，走到了术堂所在的五行殿外。

凌霄宗七大堂口里，只有术堂和五行殿没有在观海台周边有名下的殿堂基业，堂口大殿都是建在偏僻远处，所以向来暗中有被人取笑说是低其他堂口一等，不过实际上还真是差不多，站在五行殿外的时候，明显感到这里的人气比观海台那边冷清了许多。

不过在他们眼前的这座五行殿却是气势不凡，依山而建，飞檐高耸、巨柱耸立，看上去并不比其他几处有名的殿阁差，就是大门口处没什么人走动罢了。

当初沈石与孙友还在青鱼岛上的时候，那岛上也有一座五行殿，不过规模比这里可要小多了。孙友一边打量着这座宏伟殿堂，一边低声对沈石问道："说是要过来买术法修炼法诀，你可想好了要买哪些术法了吗？"

沈石微微摇头，道："想到了一些，不过还是要进去之后再仔细向这里的前辈师兄请教一下。"

孙友点了点头，反正他对这五行术法也没什么特别感兴趣的，今日就是陪着沈石过来逛逛而已。两人走上了五行殿的石阶，这里来往弟子稀少，所以很容易就看清了有几个人站在殿外门口处，其中有男有女，神情都很平静，并无特别引人注目的地方。

只是就在沈石与孙友走过去准备进殿的时候，刚刚与他们擦肩而过的一个独自站在门口的女子忽然转过身来看向沈石，仔细打量了一下，随后叫了一声，道："沈石？"

沈石一怔，转头看去，却觉得这女子容貌似有几分眼熟，过了片刻想了起来，却是带了几分意外，愕然道："徐师姐？怎么是你？"

那女子微微一笑，笑容熟悉而亲切，却正是当年在青鱼岛上时曾经在那条前往妖岛的大船上待过，并与沈石有过交往的徐雁枝。

此刻徐雁枝看着沈石，笑着道："多年不见，你这身量可是长高好多啊，当初你在妖岛出事失踪的时候，我记得你还是少年模样呢。"

沈石也露出笑容，当年的徐雁枝对他也算是不错，当下笑道："徐师姐你和当年可没什么变化，一样的美艳如花啊。"

徐雁枝嘿嘿一笑，笑骂道："几年不见，居然学会贫嘴了。好了，跟我进来吧。"

沈石带了几分诧异，道："怎么？"

徐雁枝笑道："你不是过来想买些五行术法的吗，这事青竹师妹已经跟我说了，特意拜托我过来照顾你一下的。"

沈石这才明白过来，抱拳道："如此有劳徐师姐了。"

徐雁枝笑了笑，带着他们走进了五行殿。孙友跟在沈石身旁，悄声笑道："不错啊，居然学会拍女人马屁了。"

沈石横了他一眼，淡淡道："近墨者黑，跟你学的。"

"放屁，我要真有这本事，如何会整天被钟家那姐妹俩丢白眼还外加冷嘲热讽的啊？！"

……

　　徐雁枝带着他们两人进了五行殿，殿堂之中的人数比外头要多了一些，不过与偌大的殿堂相比，还是显得稀少，也让这座五行殿看起来更加高大空阔。

　　与当年青鱼岛上那座五行殿的布局类似，这里大殿的地板上也有五色图案，但殿宇尽头的回门走廊却多了好几处，徐雁枝带着他们走到一间静室里，先让他们在屋中桌旁坐下，随后去这屋中一旁的书柜里取出了一个蓝色封皮的书卷，放到了沈石的身前。

　　"听青竹师妹说，你这次来是想买一些二阶的五行术法，我也不知道你到底决定了没有，不过术堂这里收藏的二阶术法目录都在此卷中，也附有简单介绍，你可以慢慢细看，然后再做决断，若是有什么不明之处，也可以问我。"

　　沈石点了点头，翻开了书卷封皮，果然看到里面干净的白纸上清清楚楚地写着众多五行术法的名称，并且都附有简单的文字介绍，如属性、威力、术法外形模样等都有涉及，可谓一目了然。

　　粗略翻看了一遍，沈石心里估算光是这一本目录上所记载在案的二阶术法，就有一百余个，心中忍不住惊叹了一声。莫看这一百之数并不起眼，但要知道如今已是五行术法式微的年代，几千年前极盛之时的万千术法，如今都不知失传了多少，凌霄宗术堂这里能够收集到这么多的二阶五行术法，再加上其他各阶术法的数目，这份底蕴委实不愧为万年名门，确实非同凡响。

　　一百余个二阶术法中，又分作五类，自然就是金、木、水、火、十五大属性的术法，其中热门、冷门术法皆有，甚至还有许多沈石之前闻所未闻的术法名称也记录在这本书卷上，让他大开眼界。

　　沈石很快沉浸到术法的世界中去，孙友则是有些无聊地坐在一旁打了个哈欠，徐雁枝却是饶有兴趣地看着沈石，坐在桌子对面细细端详着，也不知心里在想些什么。

　　如此过了一会儿之后，徐雁枝忽然发现沈石在最开始的粗略翻动浏览后，开始细看了许久，但目光多是在五行中的金系术法中转动，不由得有些诧异，笑问道：

　　"怎么，你对金系术法特别有兴趣吗？"

　　沈石抬起头来，沉吟片刻之后，道："徐师姐，我曾听说若是要对付鬼物一类的敌人，五行术法中金系的雷电法术乃有奇效，此话可对？"

徐雁枝点了点头，道："确实如此。"顿了一下，她再看向沈石的眼中便多了几分探究，道，"这么说来，你是要选一两种雷电咒术去对付鬼物，莫非是想再回高陵山去吗？"

沈石笑了笑，微微额首，随后像是想起了什么，看向徐雁枝，道：

"师姐，差点忘记问了，咱们术堂这里的术法，如今是个什么价钱？"

第六十八章 ■ 风雷火

"二阶术法一个两百颗灵晶。"徐雁枝微笑着道。

沈石呆了一下，一时愕然，旁边的孙友却是比他也好不了多少，看样子也是被这价码吓了一跳，道："什么？这么贵？"

徐雁枝摆摆手，道："不贵不贵，这可不是普通的法门，咱们凌霄宗术堂收集的五行术法，那个顶个的都是精品法术，不然也不会被当年那么多术堂前辈祖师看中不是？一分钱一分货嘛。"

孙友忍不住问道："徐师姐，那一阶术法多少钱，三阶术法又价值几何，四阶呢？"

徐雁枝微微一笑，似乎对这场面司空见惯，神态自若、熟练无比地答道："一阶术法便宜，八十颗灵晶一个，三阶术法每个一千颗灵晶，至于四阶以上的五行术法，那都是威力绝大、珍稀罕见的法门，便是术堂这边也收集不多，所以已经不能用灵晶购买，只能拿玄符点数来兑换。"

孙友哑然，半天说不出话来，过了好一会儿看向沈石，却是苦笑了一下，道："你自己看吧，这价钱，我觉得实在是太……那个了。"他偷偷看了一眼徐雁枝，没敢直接说出黑心坑人之类的言辞来。

沈石觉得嘴里有些苦涩，本想着这次运气不错，得到了品相极好的尸苔换了不少灵晶，在术堂这里可以多买几个五行术法修炼法诀，谁知这术堂怎么看都像是个开黑店的，价码贵得惊人。

他沉吟片刻，仍是有些不甘心，对徐雁枝道："师姐，我记得当初在青鱼岛上的时候，价钱不是这样的啊。"

徐雁枝摇摇头，道："此一时彼一时也，再说了，青鱼岛上你们一个个刚入山门的弟子，又有不让携带灵晶上岛的规矩，能有多少灵晶在身上？而且术堂向来也不在青鱼岛上出手二阶以上的术法法诀。总之，这价码是主持术堂的蒲长老定下的，我也没办法，你要是不愿意，就只能去找他说了。"

沈石怃然，心想那位蒲长老可是高高在上的元丹境大长老，又是主持七大堂口之一术堂的人物，哪里是自己这等小人物能凑到跟前说话的。

沉默半晌之后，沈石心里闪过小黑往日的模样，又想了想那镇魂渊下无尽黑暗的情景，深吸了一口气后，咬了咬牙，道："好吧，我买几个。"

孙友在旁边都有点看不下去了，苦笑了一声，干脆站起身来，对沈石道："我去外面走走，待会儿你好了就来找我。"

沈石点了点头，孙友便转身走了出去，静室之中只剩下沈石与徐雁枝二人，徐雁枝神色从容平静，看着沈石微笑道："修炼之途本就曲折多艰，你就当作对你的磨砺吧。"

说着，她向沈石手中的目录上看了一眼，道："看了这么久，可有中意的吗？"

沈石犹豫了一下，随即对徐雁枝坦然道："徐师姐，这术法目录上的法术实在太多，我都有些看花眼了，还请师姐指教一下。"

徐雁枝点点头，道："好，你且先说说可有什么要求和想法？"

沈石沉吟片刻，道："可有对付鬼物的法术？"

"有。"徐雁枝起身走到他的身旁坐下，拿过那目录，直接翻开了金系法术那一部分，白皙的手指一路轻划而下，最后落在其中一个术法条目之上。

"'天雷击'术法，二阶金系术法之一，引天穿雷电之力轰落，堂皇凶猛，威力极大。单以术法攻击而言，这门术法的威力在所有二阶五行术法中都可排入前五之列。"顿了一下之后，徐雁枝又看了一眼沈石，道，"且雷电术法对鬼物之类的妖物天生便有克制奇效，在对付鬼物时，威力至少还会再增一倍。若是你能将这门术法修炼完成，一旦施法，除非是道行高深的尸王鬼灵，普通鬼物在这天雷击下，差不多都是一击毙命，绝难相抗。"

沈石缓缓点头，目光扫过这天雷击术法的目录文字，思索片刻后，道："好，就选这个。"

徐雁枝微微一笑，道："还要其他的吗？"

沈石想了想，却是记起了当日在高陵山中那座镇龙古殿迷宫里被无数鬼物追赶的狼狈情形，天雷击威力虽大，却只能一次轰击一个敌人，若是遇上当日那般鬼物众多的局面，只怕还是无可奈何，便对徐雁枝粗略说了一番当日的情形，最后道："师姐，若是遇到这般情形，可有一次攻击所有鬼物的雷电术法？"

徐雁枝收起笑容，仔细思索了一会儿，却是缓缓摇头，道："本门收录的诸多术法中，在二阶术法里并没有你说的这般术法，倒是在三阶的雷电术法里有一个，不过那不是你现在能修炼的。"

沈石有些失望，但心里知道这事不可强求，只能笑了一下。不过徐雁枝沉吟片刻后，却是将手中的目录向后翻动，一直翻到火系术法那一章，然后用手指点在其中一个术法条目上，对沈石道："术法之道博大精深，我想了一下，或许这个术法可以帮上你。"

沈石目光落下，看向书卷，映入眼帘的便是那术法名称——"狂焰术"。

"狂焰术，二阶火系术法之一，施法后可召唤无数火焰从天落下，犹如火雨灼烧大地，法术威力范围直接笼罩丈许方圆之地，在这其中所有的敌人都会受到火焰炙烤伤害。虽说在单个敌人时威力不如天雷击，但面对数量众多的对手时却有奇效，并且毕竟也是二阶术法，狂焰术的威力也不算太低，至少比一阶术法的火球术要强。"

沈石忽然心中一动，道："师姐，你是说这狂焰术施法后所召唤的火球每一个都不比一阶的火球术差？"

徐雁枝笑道："废话，不然它怎么能算在二阶术法之列？不过呢，这些二阶术法也有不足之处，比如消耗灵力上便比一阶术法高出数倍，施法时间也更长，当然了，修炼起来的繁杂艰难更是数倍于一阶术法。对了，若是将来你遇上了凝元境或是境界更高的修士，不得已要用五行术法御敌的话，记得多用天雷击，狂焰术的威力虽然比火球术强，但也强不到哪儿去。"

说到这里，她苦笑了一下，道："要不怎么说如今五行术法衰微了呢，就这点威力，与道法神通实在相差很远啊，一个二阶的术法施展出来，人家凝元境修士站在你的火雨中，肉身稍微修炼得强横些的，差不多就能毫发无伤……"

沈石默然，但目光看着狂焰术，眼睛却是渐渐明亮了起来，过了片刻，他点了点头，道："多谢师姐提醒，那这个狂焰术我也要了。"

徐雁枝笑了一下，道："好，还要其他的吗？"

沈石想了一下，随即望向徐雁枝，神色诚恳地道："师姐，你修炼多年，阅历深、见识广，对五行术法的修炼了解也远在我之上，如果还有什么好用合用的术法，请师姐教我。"

徐雁枝看了他一眼，沉吟了一下，忽然道："看你的样子，像是在灵晶上有些紧张，日后是要经常下山去磨砺冒险的吧？"

沈石苦笑一声，点头道："师姐明鉴，我没什么家世族人支撑，只能如此。"

徐雁枝颔首道："没什么，宗门里像你这样的弟子也是为数众多，日后成才的同样不少，你不必为此灰心丧气，真要说起来，经常下山磨砺虽然有风险，但也是有很多好处的。像你这般情况的话……"她仔细想了想，却是又翻开目录，手指翻动间，来到了木系术法这一章。

"金、木、水、火、土五行术法中，精深微妙，包含万有，多有奇思妙想冷僻术法，有些术法看似平凡冷门，但实际用处之大，普通人是很难想象的。你看这一门法诀。"

沈石顺着她的指尖看去，低声念了出来，道：

"'御风术'？"

"雷属金，风从木。风类术法在五行术法中不算大类，但若能仔细体会，看似普通却有大用。这御风术列在二阶术法，消耗颇大却并无丝毫攻击之力，只能召来清风托举身躯飞驰一段距离，并且持续时间也很短，所以向来被人视为无用术法，还不如一阶术法中的'风捷术'更受欢迎。不过如果你日后需要经常出外探险游历的话，我推荐你修炼这门御风术。"

沈石盯着这"御风术"三个字，眉头微微皱起，初一看这御风术确实并无大用，它不像飞行法器那般能令修士真正飞行起来，又无攻击能力，消耗又大。虽说飞行法器稀少且昂贵无比，并非普通修士有能力拥有，但这御风术仅仅只能短时间内飞行一段距离，除此之外再无功效，与真正的飞行神通根本是天壤之别，为何徐雁枝会如此这般郑重地推荐给自己？

他沉思良久，徐雁枝也不提醒，只是淡淡地看着他，眼中似有几分审视之意。许久之后，沈石身子忽然一震，却是想到了当日在镇魂渊下的那座孤峰与绝壁上的无数洞窟绝路。

自己被无数鬼物逼到了绝路之上的时候，无路可退，最后只能抱着必死之心与小黑一起奋力跳下镇魂渊，而若是在那个时候，有这么一个术法的话……

一念通，百念皆通畅，沈石很快又想到许多种这门御风术能起大作用的情景，比如悬崖峭壁，大河山岭，虽然局限很多，但在某些情势下，有这么一个术法在身，有与没有，或许却是真正有天壤之别。

若是整日待在山门洞府中修炼，这门术法自然无用，但经常出去探险磨砺，正如徐雁枝所言，御风术真正是看似普通，却有大用！

而通过这番思索，他又隐隐觉得自己对五行术法的思路似乎顿时豁然开朗了许多，甚至隐隐有些想要去探求修行更多的术法，这份心意收获，却又是意外的惊喜了。

他深吸了一口气，站起身来对徐雁枝施了一礼，诚心诚意地道："多谢师姐教诲，我明白了。"

徐雁枝含笑点了点头，道："你能自己想通，比我直接告诉你要好多了，果然是个聪慧的人，不枉青竹那么看重你。"

沈石一怔，低声道："青竹她……"

徐雁枝笑了笑，没有再多说什么，只是淡淡道："青竹是个好姑娘，只是性子内敛了些。在此之前，我可从未见她对哪个男子这么好过，你可要好好珍惜才是。"

沈石默然，片刻之后缓缓点头，道："我知道了。"

第六十九章 ■ 心意

"好了，闲话就说到这里吧！"

在片刻的沉默之后，徐雁枝忽然展颜一笑，打破了这略显尴尬的气氛，对着沈石微笑道："既然你选定了这三个二阶法术，那么六百颗灵晶，请付钱吧。"

"哦哦……"沈石连忙点头，站起身从腰间的如意袋中拿出灵晶，同时心里也是一阵无奈，心想好像自从自己踏上修炼之途以后，身上就存不下灵晶了，哪怕是偶然一次赚得不少，却又马上会有什么事让自己迅速地将大部分灵晶花掉。

这身无余财的窘迫日子，实在是郁闷啊。

或许是看到沈石拿出那六百颗灵晶时有些沮丧不舍的样子，徐雁枝轻笑一声，道："怎么，舍不得了？"

沈石哈哈一笑，把灵晶往她面前一推，摇头笑道："没有，不是有句老话嘛，舍不得孩子套不到狼，相比这三个术法，我觉得这六百颗灵晶还是花得值。"

徐雁枝微微点头，随即沉吟了一下，道："这术法的价格是本堂蒲长老早就定死了的，谁也不能增减分毫，所以灵晶是一定要收你这么多的。不过既然青竹师妹她拜托了我，我也总不能不给她面子。"

沈石一怔，抬头向徐雁枝看了一眼，却只见身边这美貌女子微微一笑，从怀里拿出一个木匣，推了过来，道："价钱是不能变的，不过在术法之外再附赠些小东西，想必我们那位蒲长老也不会多说什么。"

沈石接过这木匣，只觉得入手感觉并不沉重，随即打开盒盖，只见在木匣之中放着一沓青符纸，另有五个小瓶并排站在一边。

耳边传来徐雁枝的话语声，道："我听说你除了五行术法之外，对符箓一道也有钻研，这一匣三十张青符纸与五瓶朱砂，就算是我给你的一些补偿吧，也免得你当真以为我们术堂这里就是彻头彻尾的黑店。"

沈石身子微微一震，面色肃然，站起身向徐雁枝行了一礼，正色道："多谢师姐。"

徐雁枝笑而不语。

符箓一道诸般材料中，最重要的灵材当然就是符纸，因为要承受灌灵所加持的术法灵力，符纸本身就是用珍贵的各种灵草所制成，并且随着五行术法等阶的提升，所用的符纸同样也不同。

之前沈石所制的符箓皆是一阶术法，所以使用的都是最便宜也是最低级的黄符纸，但今日所购买的三门术法皆是二阶法术，日后在修成之后他如果还想再制成符箓的话，则黄符纸已无法承受二阶法术的灵力，必须使用更高级的青符纸。

只是青符纸为了能够承受更强的灵力灌注，所用的灵草、灵材也远胜普通的黄符纸，价钱自然也是水涨船高，沈石心里是明白这一点的，早前甚至也为此有过几分烦恼，只是此刻这一匣青符纸递过来，却是帮了他的大忙，而这一份礼的分量也着实不轻。

孙友在五行殿外等了许久，正有些无聊之际，看到沈石从大殿中快步走了出来，连忙迎了上去，道："都买好了？"

沈石点了点头，道："是，一共买了三个二阶术法。"

孙友脸上肌肉微微抽动了一下，道："六百颗灵晶？没跟她讨价还价便宜点吗？"

沈石耸了耸肩，道："没法子啊，这规矩是术堂那位元丹祖师蒲长老定下的，谁也改不了。还有你这是什么表情啊，你们孙家家大业大，你这个孙家的嫡亲少爷，难道还能把区区六百颗灵晶看在眼里？"

孙友"呸"了一声，道："你敢再说一句'区区'我就跟你急了啊，六百颗灵晶放我眼前，我口水都要流出来了好吗？"说着，他冷哼了一声，道，"我家里每月确实给我一份例钱灵晶，但绝没有你想的那么多。"

沈石哈哈一笑，拍了拍他的肩膀，笑道："好了好了，我就随便说说，不过如果你真的缺灵晶的话，要不下次跟我一起出去游历游历？"

孙友眼珠子转了转，看上去似有几分动心的意思，不过最后还是犹豫了一下，迟疑道："让我再想想吧，我本想是将'穿云箭'修炼到第二层'幻影'后，再考虑下山游历磨炼的。"

沈石点了点头，也不再多说，毕竟出外游历探险虽然会有收获，但往往也有许多意想不到的风险，比如自己此番在高陵山中就差点死在那里。孙友毕竟是世家子弟，背后有家族供养，虽然眼下所得的灵晶可能比不上他那位堂兄孙恒，但肯定足够他修炼所用了，也确实没有必要在道法神通大成之前就下山冒险。

用命去拼、去赚取灵晶的这条路子，是散修和毫无背景家世的普通弟子才会去走的艰难道路。

两人并肩走去，不停交谈着，看得出孙友心里似乎也对刚才沈石的提议有着不小的兴趣，虽然这有些与他世家子弟的身份不太符合，不过他还是让沈石记得下次外出下山时至少要告诉他一声，到那时他再做决定要不要下山。

两个人的身影渐渐远去，而在安静冷清的五行殿大门处，这时忽然从大殿里走出了两个人影，并排站在大殿门口处，远远眺望着那两个年轻男子的背影，直到他们消失在远处。

这两人都是女子，左边一人是刚刚卖了三个二阶术法给沈石的徐雁枝，右边那人清秀美丽，却是钟青竹。

徐雁枝目送沈石与孙友离开，收回目光，却看见身边的钟青竹似乎有些出神，仍是看着远处，便轻轻拍了一下她的手臂，笑道："喂，那人都已经走了。"

钟青竹身子一震，脸颊微红了一下但随即恢复了平静，也不言语，只是对着徐雁枝微微笑了一下，笑容温婉清丽，甚至似乎为这座冷清的大殿增添了几分颜色。

徐雁枝微微叹了口气，道："事情我是帮你都做好了，可是那一匣青符纸与朱砂分明是你所买之物，直接送给那人便是了，何苦又要故意隐瞒，反而让我来做这个好人？"

钟青竹笑了一下，道："我怕若是直接给他，他反而不会要了。"

徐雁枝哼了一声，摇头道："你这个人啊，什么都好，就是心思太重了。"顿了一下，她又说道，"想那么多做什么，既然你喜欢人家，直接过去把东西送给那人就是了，直截了当，明明白白，至少也要让他清楚你的心意。"

钟青竹清丽的脸上头一次现出几分尴尬，嗔道："徐师姐，你瞎说什么，谁又喜欢谁了？那沈石是少年时在青鱼岛上对我有过救命之恩的，我这般做只是想报恩，尽点心意帮帮他而已。"

徐雁枝抬起手，像是无奈又像是微笑，道："好好好，你说是就是了。"

只是看她那神情，却是明摆写着"不信"二字，钟青竹也是拿这个相熟的师姐没法子，瞪了她一眼，却又觉得自己脸上微热，不敢多待在这里，怕自己又没来由地失态，当下随口哼了一声，道："那我先走了啊。"

说着便要走下石阶离开这里，只是才走了两层台阶，忽然听到背后徐雁枝叫了她一声，钟青竹回头道："师姐，怎么了？"

徐雁枝站在大殿门前，脸色平静带着几分淡淡笑意，道："青竹，姐姐是过来人，你听我一句话，不管你到底有没有喜欢别人，但若是当真有这样的心意，最好还是让他知道，否则日后若有什么机缘错过，岂不是又要后悔吗？"

钟青竹沉默片刻，随后展颜一笑，如春花盛开般明媚娇美，点头道："我知道了，谢谢姐姐。"

高陵山脉，深山老林。

安静的山岭连绵起伏，无边而青翠的森林覆盖其上，一眼望去，除了山间谷地里偶然飘起的几片白雾水汽，所有的山林都显得那般宁静与安详。早些日子在这山脉深处，曾经发生过的那场规模极大、震动剧烈的大震，此刻似乎已经完全成了过去。

直到忽然一声高亢呼啸，从这片山林深处发出，听那声音，好像来自这一片群山森林里的一座山头峰顶。

随着这一声长啸回荡在这片山谷间，久久徘徊不去，原本静谧的森林，也顿时被打破了宁静，茂密的林木树荫之下，忽然有一个个身材壮硕的黑影掠动闪过，发出低沉的喘息与吼叫声，从四面八方响起，向着同一个方向狂奔而去。

沉重的脚步踩踏过无数荆棘野草，山石滚落，林木震颤，黑影一个个连绵不绝，渐渐汇聚成河，那声势越来越大，脚步声越来越响，吼叫声轰然如雷，竟让整座山林都开始颤抖起来。

一条深色的河流，奔流不息，直冲向前。

而那奔驰而去的方向，正是那呼啸之声响起的地方，在那座山林之巅。

树荫下，阳光里，支离破碎的光线疯狂地摇动着，落在那些奔驰的妖兽身上，鸟儿在树上小心地探出脑袋，向下望去，很快便看到了令它们惊诧的一幕。

所有这些正呼啸狂奔的妖兽，竟然全都是野猪，看上去数量大得惊人，不下千只，而在所有猪群最前头的，是一只身躯格外壮硕庞大的灰土猪。

它带着野猪妖兽群飞快地奔驰着，向那座山头跑去，很快，那一座山峰之上，山顶大石之巅，在所有野猪的眼中，出现了一个黑影。

那是一只黑色的小猪，嘴里叼着一根灵草，有一下没一下地咀嚼着。它站在山顶俯视群山，然后缓缓回头，望向这群野猪。

所有的猪群都停住脚步，抬头仰望。

片刻之后，灰土猪第一个恭敬地低下猪头，身后，低吼咆哮声此起彼伏，山林震动，然后所有的野猪，对着那只高高在上的黑猪，都低下了头颅。

山顶之上，大石之巅，小黑猪嘴里吧唧了一下，然后缓缓抬头，看着那高远的青天。

这一天，是小黑来到这片山林的第十日。

第七十章 ■ 兽王

鸿蒙诸界芸芸众生，亿万生灵禀天地灵秀，显造化之神奇，瑰丽玄奥之奇景，常令人为之惊叹敬畏。而在这无数生灵中，妖兽便是其中数量庞大的一支。

与寻常的野兽动物不同，妖兽虽然在外形乃至血脉上都与普通野兽有着隐约关联，但相比普通野兽，妖兽无论是在体形、力量、敏捷甚至是灵智上，都远远胜过了那些血脉单薄的远亲。

时至今日，早已没人知晓妖兽是如何出现在鸿蒙世界里的，因为似乎自有人族以来，妖兽便已遍布鸿蒙诸界，换句话说，或许妖兽在鸿蒙诸界存在的历史，并不比人族迟甚至有可能更早。

许多年来，人族之中有不少智者也曾经猜测过妖兽的来历，特别是对妖兽与普通野兽之间十分明显的关联、相似，提出过或许是某些缘由造成了普通野兽变异成了各种妖兽，只是猜测毕竟是猜测，如今也很难再找到证据了。

自远古时代以来，妖兽一直就是身躯、力量皆弱小的人族的大敌，漫长的岁月中，不知道有多少人丧命于凶悍残忍的妖兽之下。也就是在这一万年间，人族修行盛起，修士如雨后春笋般纷纷涌现，并逐步统治了鸿蒙世界的大部分，这才渐渐压制了妖兽的肆虐。

然而妖兽中种类繁多且数量庞大，哪怕是修行有成的修士，也不能说是完全对上任何妖兽都有优势。一些低阶妖兽还好说，不过是力量大些、凶悍一些罢了，但品阶若是到了三阶以上的妖兽，则又是另一个层次。

三阶妖兽已有不小的凝结妖丹的可能性，四阶妖兽则必定会凝结妖丹，到了这等境界的妖兽，灵智也已开启，凶悍狡猾，极难应付，往往需要人族之中的神意境修士方可压制。至于在四阶妖兽之上的，当然也有，但到了这一层次的妖兽数量也是稀少，只是偶有所见，但一旦出现必定便是万兽之王。更有传说在某些异界蛮荒之地，人迹罕至的天险绝地中，仍然隐匿着一些远古异兽，力量凶横、法力滔天，甚至可以与人族的元丹境大修士直接抗衡。

相比这些凶悍无比的妖兽乃至已经属于传说一般的远古异兽，如今在鸿蒙诸界中更常见的，其实还是一阶、二阶的普通妖兽。这些普通低阶的妖兽在妖兽群落中地位最低，虽然自身也有强大的力量和强悍的身躯，但面对更高阶的妖兽时，往往直接沦为了高阶妖兽的猎物。

所以在大多数时候，很多低阶妖兽中以繁殖迅速而著称，毕竟生得不够多、不够快的种类怕是在过往漫长的岁月中都已经被捕杀灭种了。而在为数众多、数量庞大的低阶妖兽里，猪类妖兽，就是非常典型而常见的一种。

猪类妖兽遍布鸿蒙各界，几乎各处都能看到它们的身影，并且这一种妖兽的适应力极强，可以在各种地形环境中生存下来，森林、沼泽、草原、高山、湖泊、海岛甚至是大海之中，都能看到猪类妖兽的影子。

绝大多数的猪类妖兽品阶都不高，多数是最低的一阶妖兽，偶见二阶但数量极少。它们遍布鸿蒙诸界，因为生存环境不同，在体形、能力上也渐渐有了一些区别，但唯一相同的是猪类妖兽无论哪一种几乎都很能繁殖。

所以在遥远的天妖王庭时代，那些曾经高高在上的妖族就曾经毫不客气地将那时还弱小孱弱的人族直接讥讽奚落为像猪一样的种族。

海州高陵山脉之中，这片阔大无边的森林里，一直生活着许多妖兽，因为过往人迹罕至，所以这片深山老林里的一切都很原始，各种妖兽在这里按部就班地生活着，弱肉强食每一天都在发生，一切都是天经地义的。

在这里的食物链里，猪类妖兽毫无疑问是处在最下一层，不但暗王虎这样凶猛绝伦的三阶妖兽可以捕食它们，森林里、山岭中，还有更多危险的妖兽猎手将它们当作了食谱中重要的一道菜，而猪妖兽唯一能做的除了勉强反抗一下之外，就是出于本能地拼命生崽，延续着种族的生长发展。

日子一直都是这样的，一天一天平静地度过，直到某一天，有一只小黑猪踏进了这片森林。

深山老林中，猪类妖兽其实并不止灰土猪一种，生活在高陵山脉里的猪类妖兽一共有三种，除了灰土猪之外，还有火纹猪和山猪。这三种猪妖外形上有不小的区别，但大致上还能看出都是同一类别，火纹猪身上有特殊的纹理，山猪则是体形更小但动作敏捷些。

平日里，这三种猪妖老死不相往来，偶然在山林中相遇说不定还会打上一架，但是在这一天，不知为何，附近十几个山头居住的上千只猪妖，竟然都从四面八方汇集于此，低吼着，咆哮着，向着那山顶大石之巅的黑猪低下头颅。

也就是在这一天，高陵山山林之中不知延续了多少万年的平静，就这样被打破了。

野猪们，造反了！

当那只黑色的小猪跳下巨石，一马当先向前冲去的时候，成百上千只野猪嗷嗷叫着，追随着那个黑色的身影汇聚成势不可当的洪流一路涌去。

森林在震颤，万兽皆悚然。

惊天动地的兽吼声，以一种不可思议的频率在这片山林间此起彼伏地嘶吼着，咆哮着，然后绝望地哀鸣着。血光挥洒，染红了无数叶片和荆棘，随后迅速淹没在滚滚奔流而过的野猪铁蹄之下。

野猪在咆哮！

暗王虎倒下了，奔雷豹倒下了，黑角巨熊同样倒下了，一个个往日的山林霸主、高阶妖兽，都逐一倒在了猪蹄之下，甚至就连碧鳞雕这般凶悍至极的猛禽之王也惊叫着仓皇飞走，振翅连着飞过了七八个山头，远远地避开这里疯狂无比的猪群。

鲜血浸染了每一座山头，有那些死不瞑目高阶妖兽的，也有许多在此过程中疯狂奋战而死去的猪妖的。

但是当这一天渐渐过去，当光亮消散而黑暗降临的那一刻，群山之中，山林寂寂，所有的妖兽都匍匐无言，在黑暗阴影中恐惧害怕得瑟瑟发抖的时候，这座森林，已经属于了野猪妖兽。

明月悄然而上中天，月华清冷如水，洒落人间，似为这片山林披上了一层银装。

黑暗里，阴影中，无数猪妖聚集于此，仰望山巅。

那里有一只黑猪，身有伤痕，血迹斑斑，然而它獠牙雪亮，身躯挺拔，千百只猪妖在它之下，寂然无声，如坚忍不拔的战士，如狂野不羁的野兽。

忽地，黑猪仰头望天，对着苍穹明月，一声长啸。

明月灼灼，光辉洒落，照在它的身影之上，片刻之后，无数猪妖尽是仰首咆哮，啸声如洪钟大吕，震动天地、悠扬雄壮，回荡于群山之间。

山林寂寂，万兽低伏。

这一天，这一夜，有一只黑猪在明亮清冷的月光下，在群山之巅，登顶为王！

凌霄宗，金虹山。

沈石在付出了自己此番所得的大半灵晶，并依照门规立誓绝不外传道术法诀后，从术堂换回了三个二阶术法，分别是"天雷击""狂焰术"以及一个相当冷门的"御风术"。而在接下来的日子里，沈石几乎把所有的精力都用在了修炼上。

在沈石心里，他是非常希望在自己伤好之后立刻前去高陵山寻找小黑，但是一想到当日在镇魂渊下被无数鬼物包围，以致自己与小黑身陷绝境的情形，沈石便咬牙压下了心中的冲动，告诫自己若不能实力更上一层楼，再过去找小黑，若是再度遇到鬼物，又能如何？

深居简出的他差不多所有的时间都在自己的洞府之中，除了每日例行的两次引灵入体，他剩下的时间都沉浸在三个二阶术法之中。相比起往日他所修炼的那些一阶五行术法，这一次的三个二阶术法提升了一个层次，在修炼的难度上果然也是倍增。

五行术法的艰难繁杂果真不假，事实上，哪怕是一个凝元境的修士，修炼五行术法所要花费的精力也是极大的，然而所得的术法威力却并不如普通修炼的道法，也正是因为如此，五行术法才衰弱到如今这般局面。

但是沈石不同，因为他有一个除了自己并无旁人知晓的秘密，那就是他私下修炼了与过往妖族至尊妖皇一脉有着千丝万缕联系的秘法阴阳咒，虽然并不是完整的功法，但只是修炼过其中的两篇咒文清心咒与天冥咒，就已经让沈石在五行术法的修炼上，无论是速度还是效果都超出常人太多。

正常人修行这样的二阶术法，耗费巨大的心血精力，通常要三个月才能初步修成一个法术，但是沈石在全力以赴甚至有些疯狂的修炼之下，第十五天的时候，他修成了天雷击；第二十天的时候，他完成了狂焰术；相比之下，反倒是看起来比前两个术法无用太多的木系御风术，居然却是修炼起来最艰难的一个术法，沈石一直修炼了一个月，才掌握了这门法诀。

随后，沈石又去找徐雁枝，恳请之下，在她那边拓印了这三个术法的符纹回来，潜心琢磨，凭着自己十多年来从不间断日日画符的基础功底，差不多在十天的时间里，便迅速掌握了制作这三种符箓的法门，将那三十张青符纸制成了这三门术法的符箓，而在这过程中，只损失了三张青符纸，成功率高得惊人。

于是在他回山之后的第四十二天，沈石终于再也无法忍耐自己心中的急切，收拾行装，准备下山，将要再一次前往那神秘的高陵山脉。

第七十一章 ■ 路闻

高陵山脉是凶险莫测之地，特别是对已经去过一次镇魂渊，并看到了隐匿在黑暗中的太古阴龙和巫鬼的沈石来说，那座绵延万里的群山中实是眼下海州之内最危险的地域。别的不说，单说那巫鬼其实仍是生死未知，当日虽然被他激发的戮仙古剑的残剑重创，但最后巫鬼仍是以那块神秘黑晶硬挡了下了戮仙残剑的致命一击，亡命遁逃。

或许它此刻正藏在高陵山中的某个角落里养伤呢。

除此之外，这些日子以来高陵山那里的消息也逐渐传了一些回来，沈石也知道了在当日崩塌大震之后，有许多鬼物重见天日，冲出了那座镇魂渊，散落到高陵群山之中，虽说目前并没有消息发现有什么惊天神通、法力绝高的厉害鬼物，但是显然高陵山已经比之前更加凶险。

不过这一切都挡不住沈石前往高陵山的决心，最多也只是提醒他要有更充分的准备。

因为有如意袋这等仙家法器，许多紧要东西随身携带都变得非常方便，至少沈石这一次就将多数要紧的东西都放在了身边。除了新近制成的二十七张二阶符箓，他还额外购买了许多黄符纸，制作了更多的一阶符箓带在身旁，除此之外为了以防万一，他几番犹豫之后还是在下山之前去观海台上的灵药殿里买了几枚养气回元的丹药带着，再加上这一个月来每日修炼不辍，等到他准备走的时候，便发现自己如意袋中的灵晶已然寥寥无几了。

真是钱来得快去得也快啊！

除了灵晶、丹药、各种术法符箓以及往常他的一些要紧东西外，在沈石的如意袋中还有两件看起来平凡无奇的杂物，一柄残剑与一小块黑色晶石。

这两件东西当然就是当日在镇魂渊下曾经大发神威的那两件宝物，但自从被沈石得到并带出镇魂渊后，它们似乎已经耗尽了灵力还是其他什么原因，完全失去了所有的力量，变得平平无奇，任凭沈石如何试探也不为所动，让原本抱着很大期望的沈石颇为沮丧。

不过虽然看似无用，但丢掉显然是不可能的，而且这么重要的东西，沈石也不放心离开身边，所以这次也干脆依然放在如意袋里一起带走。

临走之前，沈石并没有忘记当日与孙友的一番交谈，所以特意前去孙友的洞府找到了他，询问孙友是否打算跟自己一起前去高陵山。

孙友犹豫再三，最后还是讪讪干笑，期期艾艾说不出话来，沈石顿时明白了他的意思，笑骂了一句，却也不以为意。在他过来之前其实也想过，换了自己是孙友这般家世环境，若是能安稳修行，自然也不会随意冒险，更何况从传回的消息来看，如今的高陵山是比往日更加凶险、鬼物妖兽横行的地方。

到了最后，沈石还是独自一人走下了金虹山，沧海上吹过强劲而略带寒意的风，撩动他的衣襟，在海风里，他独自踏上了那条开往海州大陆的船。

没有人过来送他，每一个人都有自己的路要走，修道之途本就漫长多艰，又何来那么多牵挂羁绊？

只是这一天阳光之下、观海台上，谁又知道会不会有人倚柱默然，眺望远方？

每一次的分别，会不会就成永诀？

那一份沉浸于心的牵挂，在心底幽幽徘徊，却不知有谁能懂？

乘船渡过沧海，一路来到流云城，沈石没有再在城中耽搁，虽然在进城的时候他心里想起了有关侯家的事，有点想去侯家大宅那里看看，不过这念头不算太过强烈，对小黑的想念还是很快压过了这个念头，所以他最后还是直接去了城中的传送法阵处，缴纳了灵晶然后传送到了高陵城。

一个多月以后再次来到这座大城，明显地感觉到这座城池的热闹仿佛丝毫不因那场山中的大震崩塌而减弱，反而有更加兴盛的模样。在这城中来往出没的修士人数越发众多，并且明显可以看得出来，出身宗派的修士比往日增加了一倍。

这其中缘由自然是不言自明，天下熙熙皆为利来，哪怕是名门大派也不例外，在这城中，沈石并没有看到凌霄宗弟子的身影，但是他肯定的是凌霄宗如今早就已经派人过来插手探查，而且无论是人数还是身份道行都是不容小觑，毕竟他自己当日就是杜铁剑救回金虹山的。

海州乃是南方第一大州，修士无数，大大小小的修真门派也是数量惊人，不过既然有名列天下"四正"之一的凌霄宗在，多少人有意无意地都将海州看作了凌霄宗的地盘，或许凌霄宗宗门之内，也有不少人有如此想法吧。

沈石心中一边这般想着，一边在高陵城中信步。在凌霄宗内下山之前，他心情急迫恨不得一步跨到高陵城，再一步直接进入高陵山中，但真到了此处，沈石心底却是多了几分犹豫，寻思着自己是该径直出城上山，还是要在这城中打探一下消息呢？

毕竟距离自己初来这里时已经过去了一个多月，高陵山中情势大变，崩塌大震之后众多鬼物逃出，也让那山中更加凶险，与他之前过来时几乎已是两样。不过最重要的是，沈石到了这里才发现，自己似乎并不知道该如何去找小黑。

高陵山脉绵延万里，地域阔大无边，要想逐一找过去那自然是绝不可能，在如此阔大的山脉中想要找到一只小黑猪如大海捞针。虽说他也想过直接去镇魂渊崩塌的那一处地方寻觅，但一个多月过去了，那里早已面目全非不说，小黑是否还会待在原地也是个问题。

想来想去，沈石最后还是决定进山寻找，因为他很快想通了一件事，若是自己要找的是一个人那还好说，打听消息或许会有一丝渺茫的希望，但如果要找的是一只看似平凡的小猪……如此纷乱的局势下，应该不可能会有人注意到的。

心念既定，他便往城外走去，眼看着城门在前方渐渐清晰，同一条路上与他向着同一个方向出城而去的修士人数也是不少，结伴而行的有之，一人独行的也不少，耳边不时传来一些修士的闲聊话语，大多数说的都是有关高陵山中异变的传闻，看来这一路上的修士多数也是意在深山里那些虚无缥缈的宝藏。

沈石随手轻轻在腰间摸了一下如意袋，虽然隔着袋子其实什么都感觉不到，但是他脑海中还是浮现出了那柄戮仙残剑的模样，心想着不知道这柄破剑算不算他们要找的宝物啊？

就在这时，从他侧后方忽然传来一个声音，带着几分抱怨，道："陈师兄，我说的都是真的，你干吗不信我？"

一个粗豪声音嗤笑一声，带着几分不以为然，道："老子又不是三岁小儿，信你才怪。"

最早那人急道："我骗你做什么，我说的都是实话。前些日子我在山里迷路，误入那片深山老林，结果确实看到了一大群野猪妖兽莫名其妙地聚在一起，翻山越岭，与其他高阶妖兽拼死厮斗来着。"

那粗豪声音显然还是不信，讥笑道："那是你吓得眼花了吧，老子长这么大，修行这么久，看过的妖兽没有一千也有七八百了吧，从没听说过最弱的猪妖敢去和凶悍的高阶妖兽为敌的，真要看到什么暗王虎之类的凶兽，所有的猪妖要么跑，要么吓瘫在地被吃掉，从无例外。"

起初那个师弟滞了一下，似乎有些词穷，过了片刻讪讪道："嗯……好吧，其实以前我看到的也差不多是这样，不过师兄你听我说，这次我真的看到了那幅奇景啊。要不你跟我再去那片深山老林看看，或许、或许有什么收获？"

沈石摇了摇头，心想这话听起来真是不靠谱，果然随后那陈师兄哼了一声，道："我是要进山寻宝的，哪有那时间陪你去瞎逛，去那里做什么，猪妖多所以咱们跑去看猪吗？"

沈石虽然心事重重，但听到这最后一句话仍是不禁莞尔，心想这个陈师兄说话倒是有点意思，而那位师弟也是一时无言以对，道："也不是了，这个、这个……"想了一会儿，他忽然又道，"对了，好像当日我看到了猪群的头领，似乎有一只与众不同的黑猪，带着千百只野猪妖兽与那些凶悍高阶妖兽厮斗，或许、或许那是一只……"

后头的话，沈石忽然听不到了，在那一刻他脑海中似乎嗡的一声，只剩下了那几个字眼回荡呼啸着：

"……一只黑猪、一只黑猪，似乎有一只与众不同的黑猪！"

他霍然转身，面对着身后那两个说话的人，只见在自己身后侧方不远处，正走着两个人，年轻的人尖嘴猴腮看上去十分机灵，正双手挥舞着对身边那位师兄口沫横飞地说着，看样子想要努力去说服他，而那位陈师兄却是个络腮胡子的大汉，一脸不屑地看着师弟，显然对师弟的言论不感兴趣。

但是沈石的目光，在这一刻都落在那个有些急迫神情的年轻人身上，往前踏出一步就要向他开口询问，而他这样的举动很快被那师兄弟二人察觉，齐齐转头看了过来。

然而就在沈石急切想要开口的时候，忽然一人从他身边陡然跨出了一步踏在沈石与那两人的中间，一个高大的身影遮住了沈石的目光。

"两位有礼了。"一个男子的声音响起，对着那师兄弟拱了拱手，随后带了几分客气，道，"在下山熊堂解飞光，刚才偶然听见这位仁兄所说的野猪斗凶兽之事，颇为好奇，敢请兄台能指点一二吗？"

第七十二章 ■ 供奉

山熊堂？

沈石几乎是在瞬间就想到了自己为何对这个名字有些熟悉，那是在他第一次进入高陵山脉的时候，在入山的山道上曾经遇到一对似乎是出身流云城四大世家之一许家的青年男女，中间因为有些莫名其妙的原因稍有冲突，而当时似乎就有山熊堂的几个修士站在一旁围观。

而后来当他离开后，虽然并不知晓之后发生的事，但是在行走间却是很清楚地听到从后面传来了一声尖叫惨呼。那天后来究竟发生了什么事，沈石至今还不知道，但想来不会是什么美好的事情，只不过他和那些人素昧平生，加上许家的人与他也有冲突，所以沈石也没有多管闲事的意思。

只是今日陡然又听到"山熊堂"这个门派的名字，他心中忍不住还是微微一震，停下脚步从侧面看了一眼这突然出现的修士解飞光，只见此人看上去年纪不大，二十多岁的模样，中等身材，五官端正，加上挂在嘴边的笑容，让人第一眼看上去倒是不会有恶感。

不过前头那师兄弟二人正在闲聊说话的时候突然被人挡在身前，都是吓了一跳，再加上如今高陵城内外修士云集，修真界里又向来危机四伏，所以这二人脸上几乎同时显露出几分警惕之色，那瘦子退后了一步，皱眉道：

"什么山熊堂，我没听说过。阁下挡住我们师兄弟二人去路，这是何意？"

解飞光微微一笑，也不生气，道："是我冒昧了，二位恕罪。只是在下确无其他心思，唯平生最爱兽宠，加上敝门里也有些驭兽的法门心得，所以刚才无意中听到这位师兄所说之奇异妖猪，忍不住见猎心喜，这才过来贸然打扰。"

听他这么一番话，那两个师兄弟看着脸色才好了一点，但站在一旁有意无意停住脚步的沈石，脸上神情却是顿时阴沉了下来，冷冷地看了那解飞光一眼。

只是那瘦子师弟虽然脸色和缓了些，但对解飞光这个萍水相逢的陌生人显然还是没什么信任感，这年头在修行界混迹，不管是门派弟子还是散修，稍有头脑的都不会轻易相信他人。所以他看上去敌意稍退，但也没有多话，只是淡淡道："我和师兄还有事，就不打扰阁下了。"

那络腮胡子的陈师兄显然与他师弟是同一个意思，没好气地看了那解飞光一眼，随即两人便迈步向前，准备绕过解飞光身边继续向前走去。只是他们才走了一步，那解飞光忽然又伸手拦住了他们。

这一下那瘦子与陈师兄勃然变色，怒视着解飞光正要怒喝时，忽然只见解飞光却是从怀里拿出了一颗闪闪发亮的灵晶，递了过去，微笑道："二位兄台莫急，在下也知如此贸然询问有些不妥，若是二位不嫌弃的话，这颗灵晶就当作我向二位购买这消息的费用，如此可好？"

瘦子脚步一顿，迟疑了一下，却是转头看向那位陈师兄，显然有几分心动。毕竟那不过是他无意中看到的一个情景，自家不去的话也没什么用处，但若是能拿来换得灵晶，岂不是意外横财？

那络腮胡子的陈师兄看起来比他师弟老成一些，虽然也立刻停下了脚步，但眼珠子转了转，伸出了三根手指，道："三颗，三颗我就让师弟告诉你那只黑猪的位置。"

解飞光脸色微微一变，似乎有些不快，灵晶对所有的修士来说都是修行的必需之物，甚至平日里可以直接当作买卖各种灵材的货币来使用，所以除非是家世豪富、出身名门的天之骄子，要不然鲜少有修士不看重灵晶的。

而一个听起来其实并不算很靠谱的消息，居然要价三颗灵晶，这价钱委实有些贵了。站在陈师兄旁边的那个瘦子一看解飞光似乎有些犹豫，自己反而着急了起来，似乎有点害怕这个冤大头打退堂鼓，在等待片刻，见解飞光仍未说话后，连忙开口道："这样吧，咱们各退一步，两颗灵晶买这个消息如何？我也不怕告诉你，那黑猪确实与众不同，能够统御千百只山猪，必定是血脉异变的高阶妖兽，如果你能将它收为兽宠，断然不会失望的。"

解飞光沉吟片刻，点了点头，又从怀里摸出了一颗灵晶递给那个瘦子，道："好吧，那我就赌一次。"

络腮胡子的陈师兄看上去似乎有些不太满意，有些抱怨地看了瘦子一眼，瘦子却是喜滋滋地接过灵晶，半点不管自家师兄，随后便拖着解飞光走到路旁一处僻静无人的角落里，低声与他说了一阵。

解飞光站在那瘦子身边，凝神倾听了一阵，神情淡然，偶尔会低声向瘦子询问一句，似乎是在确认着什么，最后像是终于得到了自己想要的消息，点了点头表示已然了解，便对着二人拱了拱手，然后一言不发地转身离开。

走在路上都意外赚了一笔横财的瘦子看上去十分高兴，拿着那两颗灵晶嘿嘿直笑，旁边的陈师兄却抱怨道："你那么急做什么，我看那厮急切得很，再等一会儿，说不定真的会给三颗灵晶呢。"

瘦子哈哈一笑，却是摆摆手道："知足常乐，知足常乐……"

话音未落，忽然又是一个人影出现在他们身前，二人愕然抬头看去，却见一个陌生的年轻人站在了他们面前，面无表情地伸出手掌，掌心里是两颗灵晶。

"刚才你和那个人所说的话，我也要听一遍。"沈石淡淡地道。

高陵山中，深山老林。

这一片阔大青翠而繁茂的森林，从外头看去仍然是一片平静、生机勃勃的样子，与往常并无什么不同，但是在森林的另一面，在山岭林木之下广大的妖兽地盘上，却已经发生了天翻地覆的变化。

曾经是妖兽食物链最底端的野猪妖兽，曾经整日东躲西藏、遇见凶兽猛禽瑟瑟发抖亡命逃窜、千百年来只能靠着多多生崽来维持整个族群生存的它们，此刻却赫然成了这片山岭森林的主宰。

在这数十个山头范围的广大森林地域内，几乎所有的高阶妖兽不是被杀死就是被逐出这片地盘，能留下的都是对野猪没有威胁的野兽动物。或许这些灵智未开的野猪妖兽并没有那种一吐无数前辈祖先痛苦郁闷之气的情怀，但是哪怕只是出于本能，占据了这片如今已是犹如天堂般的森林，每一只猪妖的每一天，似乎都是在狂欢中度过。

然后，所有的灰土猪、火纹猪和山猪，从大到小、从公到母，此时此刻已然完全是死心塌地地拜倒在那只犹如天降神明一般的黑猪脚下，虽然这只奇怪的黑猪王看起来，与这片山林里的大多数野猪妖兽并不一样。

猪类妖兽是杂食的，有的时候会吃些野果、嫩叶，但大多数时候还是吃肉食，而那只奇怪的黑猪王居然从不吃肉，只吃草，各种各样、奇奇怪怪的灵草。

猪妖通常都是住在自己的洞穴里，但黑猪从不在洞中睡觉，它似乎特别喜欢山峰高处，所以在带领野猪赶走凶兽一统这片山林之后，黑猪王就不客气地直接占据了这里最高的一座山头，原来这里正是那两只凶悍无比的暗王虎的地盘。

当野猪妖兽成为这片山林的主人之后，每一天都会有猪妖大肆掠夺那些原本是高阶妖兽的巢穴，然后把找到抢来的东西纷纷送上最高的那座山头，堆积在黑猪王的面前，小心翼翼地当作供奉。

这些供奉中好东西很多，各种各样的鲜美肉食甚至还有大补的妖兽血肉，看得猪妖们垂涎三尺，但是不知为何，黑猪王对此完全不感兴趣，全都摆摆蹄子赏给了下面的群猪。

猪妖们很是困惑，不过虽然它们脑子很多时候比较笨，但出于对黑猪王五体投地的敬仰之心，千百头野猪中终于还是有一只开了窍，某一次从一处高阶妖兽的巢穴里找到了一些灵草送了过去。

黑猪王猪颜大悦，喜形于色，立刻收下了，并在下次分发供品时多分了些妖兽血肉给这只开窍的山猪。

看到这一幕的野猪们顿时都有一种顿悟的感觉，嗷嗷叫着转身就跑。野猪妖兽乃是低阶妖兽，灵智未开，对灵草之类的东西几乎不感兴趣，但高阶妖兽则不同，平日不但会认识富含灵力的灵草，并且不时还会食用，多有富余时还会存在巢穴之中，甚至如果某地突然生出一棵极品高阶的灵草时，往往会出现众多高阶妖兽一起争夺的景象。

所以在那些高阶妖兽的巢穴里，储存的灵草数目委实不小，不过在今时今日这番局面下，在所有野猪妖兽欢欣鼓舞的搬动中，不知有多少灵草从那些妖兽巢穴中被找到或是挖出，一根根、一把把、一堆堆不要钱似的往那座最高的山头上送去。按说送了那么多灵草过去，黑猪王座下早就该堆成了一座小山才对，但也不知为何，那些灵草一送过去没多久就神秘地失踪了，也不知道最后去了哪里。

不过从那以后，黑猪王开心得意的笑声，就时常回荡在群山之中，每日里流着口水，抱着灵草，又吃又睡的日子，似乎就这样一直悠闲地过着。

直到某一天，小黑正趴着，睡眼蒙眬、将睡未睡的时候，忽然听到山下的猪妖一阵骚动哗然，小黑嚼了嚼嘴里的灵草残根，抹了一把嘴边的口水，抬起头往下看了一眼，忽然一个激灵，猛地站了起来。

只见山下那片山林之中，忽然有几个怪异的影子飘过，影影绰绰，带着几分阴寒死意，赫然竟是几只骷髅阴灵，张牙舞爪地在森林中咆哮着。

第七十三章 ■ 林间鬼物

如今这片山林里的野猪妖兽几乎都已归化，尽数拜倒在"黑猪王"的麾下，在小黑所占据的这片山头下，坡下林间日日蹲伏着不知多少只猪妖。这突然出现的几只骷髅阴灵很快便引起了一阵骚动，并且出于对死灵的天生厌恶，附近的一些野猪妖兽本能地惊吓着向后退去。

几只鬼物狰狞咆哮着，对着林间的野猪大吼，气焰嚣张，并且眼中鬼火熊熊，明显流露出对活物血肉的渴望，眼看着就要冲上前去扑向这些猪妖。

然而就在此刻，忽然黑影一闪，在群猪前头出现了一只与众不同、皮毛黑亮而个子略小的黑猪，一抬蹄子，直接就踹翻了跑在最前头的一只骷髅，然后走上去，嘴里哼哼着，一脚踩在它的头颅之上，看了两眼，似有不屑之意，然后又回头看了看那一大群野猪。

黑猪王一来便打翻这气势汹汹的鬼物骷髅，顿时让群猪气势大振，一只只刚才还露出几分畏怯之意的野猪顿时龇牙咧嘴着咆哮起来，一个赛一个的凶恶，对着那些鬼物狂吼着，似乎下一刻就要冲过去撕咬吞掉它们，生怕自己叫得不够响亮，在黑猪王面前被看轻了。

一时间，野猪吼叫声响彻这片山林，把林中栖息的鸟儿都惊得飞起无数。

小黑翻了个白眼，懒得管这些废物蠢货，目光重新回到了前方这几个鬼物身上。

被这突然冒出来的黑猪一下子打倒了一个同伴，这几个鬼物显然也都是吃了一惊，并且看上去似乎在这里的都是最低阶的鬼物，灵智同样十分蠢笨的样子，在小黑轻而易举地打败那只骷髅之后，居然没有丝毫畏惧之意，同时咆哮一声后又一起扑了过来。

当日在镇龙古殿以及镇魂渊下的时候，小黑与沈石在一起看到的鬼物真是不知有多少，当时的情形窘迫，是被无数的鬼物追在屁股后面亡命逃窜，甚至最后被逼得跳崖自杀，虽然最后没死成，但小黑却把当时的情景记得清清楚楚，眼下自然不会对这些鬼物有什么好脸色。

这些鬼物才冲出几步，张牙舞爪地想要生撕了那只黑猪时，只觉得眼前忽然一花，那只黑猪瞬间消失在眼前，几只鬼物顿时愕然，下意识地停住脚步，然而还没等它们反应过来，小黑已然出现在它们的身后，咚咚咚咚几声，这几个看似凶恶，但实际上都是低阶的鬼物，都被踹了出去，在地上跌成了滚地葫芦。

周围群猪一片沸腾，呼喊吼叫，声音响彻云霄。

小黑猪大怒，对着周围低吼一声，带了几分不耐烦之意，心想这种小事还要我亲手做完吗？

吼声既出，周围群猪一怔，随即醒悟过来，片刻间皆是嗷嗷大叫，一拥而上，只见猪蹄翻飞、獠牙舞动，呼噜噜、哗啦啦、砰砰砰砰，一阵乱响，猪群如潮水转眼淹没了那几只鬼物，眼花缭乱间只见土飞石滚、叶落花残，林间一片混乱狼藉。

又过了片刻，群猪得意地叫着，缓缓散开，只见林间空地上，那几个鬼物已然不成样子，阴灵落地不成人形，那几只骷髅更惨，直接就连骨架都被拆散了，白森森的骨头掉落一地，也不知原来是在哪儿的，甚至还有好奇的年轻野猪干脆叼了个已然没有生气的骷髅头放到身下，踩着、坐着在那边玩儿。

小黑猪这才勉强满意地点点头，哼哼两声，把猪头一抬，就想回山去了。

群猪在背后满眼敬畏目送大王，吼叫、拍马屁之声不绝于耳。

然而小黑才走出两步，忽然在群猪背后又是一声惊叫，从林间深处传来，所有的野猪妖兽一起回头，却看到在远处探头探脑的，居然又走出两三只落单的鬼物。

这一次，甚至都不需要黑猪王下令，"轰"的一声，一大群野猪蜂拥狂奔冲了过去，那几只鬼物甚至还没反应过来，便看到一群疯狂的野猪冲到眼前，然后转眼就被淹没了，拆骨的拆骨，散架的散架……

在群猪背后，小黑的身子站在原地没动，但眼神中却已经有些诧异了。

鬼物接二连三地出现，当然不可能没有缘由，十之八九便是镇魂渊下的鬼物跑了出来。只是这么些年以来，小黑虽然早通人性、灵智开启，但一直跟在沈石身边，从来都是吃了睡睡了吃，偶尔跟着打打架，动脑子的事向来都是交给那个没用的主人，自己过着逍遥快活、不废脑子的神仙日子。

这时候沈石不在，小黑仔细思索了一下，顿时便觉得这么多事好生麻烦、好废脑子，哪有以前的日子舒服。嘴里恨恨地咕哝了两声，懒得再多想，踱步过来，群猪敬畏地让开，都是看着黑猪王，觉得它神通广大、思虑周密必定有所决断，但没有野猪知道其实小黑的脑子里也是一片空白，懒得多想。

它走到近处看了看这几个不成人形的鬼物，哼哼叫了两声，意似赞许，周围靠近的野猪顿时得意起来，嗷嗷叫着表功。

小黑的脑袋歪了一下，想着是不是还回山睡觉更好一些的时候，忽然猪头一抬，像是察觉到了什么，鼻子在空中闻了几下，然后缓缓转过身子，看向前方森林深处，眼中露出几分厌恶与烦躁之色，犹豫片刻之后，却是低吼一声，向着那个方向走了过去。

群猪低吼声此起彼伏，在它身后咆哮着，然后缓缓跟在小黑猪的身后，向那边林子深处逼了过去。

沈石花了数日，离开高陵城进山一路跋涉，按照记忆中的路线往镇魂渊的方向行进。起初的路程都还算顺利，并没有遇到什么意外阻碍，只不过原本荒僻的山岭野外，这些日子来修士的人数却是越发多起来，时不时就能遇上几个陌生人。

人数既多就必然鱼龙混杂，想浑水摸鱼的人也不在少数，哪怕沈石一路小心谨慎，但在高陵山里也遇到了两起冲突，无非就是看他孤身一人行路，道行境界似乎也不算太高，加之衣着普通，并没有名门大派那等气势，所以就向他下手了。

沈石此刻的实力已经并非普通等闲之辈了，哪怕他最擅长的不是主流道法而是五行法术，但是在阴阳咒咒文的加持下，无论是施法速度还是法术威力，那些五行术法在他手上施展出来之后的威力已然不可小觑。

所以几乎没有任何意外的，过来想要抢掠他的那些修士，一个个都是倒了大霉。面对这些人，沈石自然也不会有丝毫的客气，直接反抢了回去，并且以自己精准而专业的眼光，将这些倒霉的修士身上所有值钱的东西都放到了自己这边。

所以当沈石一路赶到高陵山中当日那个幽谷所在的位置的时候，他身上本来已经瘪下去的如意袋居然又鼓了几分，灵晶多了一百多颗，一阶的灵草也有十几棵，更高阶的这些强盗修士也没有，除此之外，还有些零零散散的灵材，诸如灵矿、丹药什么的也有几件，甚至沈石还在这些强盗身上找到了几张符箓和符纸，当然品阶不高，不过也算是聊胜于无吧。

只是这般一路过来，沈石自己心里都不禁感叹，这般抢掠得来的灵材资源却是远比自己辛辛苦苦去收集探险来得方便快捷多了，只不过此事毕竟不是正道，而且风险极大，一个不小心遇到硬茬子就要倒大霉。这两次是沈石不欲妄开杀戒，所以没有杀人，但天底下心肠冷硬的修士何其多，若是遇到某些魔头高人，直接就杀了个满场鲜血淋漓也说不定。

当沈石来到当日那个幽谷之外时，本想着先看看这里的情势再做决定，其中他还自然而然地想到镇魂渊下的那位太古阴龙，心中忍不住有些唏嘘。只是当他靠近的时候，却是大吃一惊，只见那座原本藏匿于深山幽谧之处的山谷，赫然已经完全崩塌，偌大的一片山脉地域里，乱石陷落、山体折断，俨然如一场山崩，将那座山谷从这个世界上完全地抹去了，只剩下地面一处巨大的陷坑废墟。

在这废墟周边，不时能看到有修士出没，显然都是在寻找些什么，而在废墟之下多有一些大大小小的洞穴，看样子都是人工挖掘而成，像是修士深入废墟去探寻的通道。只是时间过去了这么久，如果能找到什么宝贝，或许早就应该被人找到了吧，反倒是沈石在高陵城中听到的消息，恰恰就是这些挖出来的通道洞穴，让许多被压在地下的鬼物跑了出来，一路散落到山林之中，酿成不小的后患。

若是依沈石当初过来时的想法，他是打算再次回到镇魂渊下仔细寻找一番，毕竟他与小黑就是在那里走散的，哪怕镇魂渊下鬼物众多，但是他此刻身上多了几道二阶术法，把握也比之前大了几分。

不过在高陵城中得到那个奇怪的消息之后，沈石自然就不会再下去了，以他想来，按照那个瘦子的说法，那只能够统御众多野猪妖兽的奇异黑猪，实在是有些像小黑。虽然他如今也不能完全肯定，但有这份希望在，总好过无头苍蝇般地乱找。而且他心里隐隐有几分担忧的是：当日还有那个山熊堂的修士询问此事，似乎也对小黑有几分兴趣。

他前后两次看到山熊堂的人，脑海里都没留下什么好印象，心里便越发急迫地想要找到小黑了。按照当日那瘦子的说法，小黑出没的地方是在这座山谷更北面的一座大森林中，沈石辨识了一下方向，沉吟片刻后，还是离开这片废墟继续北行，一路上心中想到那人所说的情形，像是一只黑猪统御无数野猪与高阶妖兽战斗厮杀。

他想着想着，怎么都觉得这话里透着诡异，却又忍不住有些好笑，心想如果那真的是小黑，也不知道它究竟是怎么做到的……

第七十四章 ■ 死猪

从这片崩塌的废墟继续北行，没走多远就差不多完全没有了可以行走的路径。过去这里就是人迹罕至的深山野岭，哪怕是一些采药狩猎的散修都很少深入这片高陵山脉中最广阔的森林。

沈石穿行于林木之间，没有山道的森林幽深难行，但这并没有让他灰心丧气，一路跋山涉水，他在这片空旷的森林中独自行进着。

如是走了三日，他已经翻过五六个山头，深入这片森林之中。在最初的日子里他还会偶尔看见一些修士的踪迹出没在这片森林边缘，但是到了此刻，所有的其他人的痕迹都已经完全消失了，似乎这片山林中只剩下了他一个人。

在仔细搜索了这附近树木之后，沈石再一次失望地发现自己所在的这片山头并没有自己想找的东西，事实上，这一路走来渐渐深入森林，沈石已经隐约感觉到有些不太对劲，虽然山林中的一切看起来都很平静，包括这里的妖兽也是一样，但是从头到尾，大大小小的各种妖兽看到了不少，沈石却发现自己一直都没有看到过野猪妖兽。

一只也没有。

在鸿蒙诸界野外山林中最常见的猪类妖兽，不知为何在这高陵山脉的森林中，突然像是从这些山头上消失了一样，不知所终。

或许，这也和那只黑猪的传闻有关系？

沈石皱着眉头从山上走下，向着另一个山头走去。修士的体质远胜凡人，普通人走在这原始森林里辛苦无比，但对修士来说就会轻松许多，不过俗话说，看山跑死马，这一片山脉连绵起伏，沈石要想从现在这座山头前往前边的那座山，就得先下山，跨过深谷，然后还要跋涉一条河流，接着又要开始爬山，实在是麻烦得很。

所以每到这个时候，沈石便会如同绝大多数人一样十分羡慕拥有飞行能力的那些修士，其中最如意、最高高在上的，当然便是元丹境的大真人，他们都是道法通天的大修士，到了那等境界已可不借助任何法器直接御空飞行，可谓是逍遥自在。

而在元丹境之下，无论是神意境修士还是凝元境修士，如果机缘凑巧又或者家世豪富的话，会有一些很罕见的飞行法器，将灵力灌注其上，借着法器灵力，差不多同样能做到飞行，只不过各人境界不同，道行深浅也是各异，有的能飞极远极久，有的只能飞上一段距离罢了。不过就算如此，至少也能从这座山头直接飞到那座山头，那方便快捷之处，简直是不用说了。

沈石心里想着，一路走下山头，只是当他堪堪走到山腰之中的时候，前方那座山上的林子深处猛然传来一声尖锐的惨叫声，声音高亢凄厉，满含着痛苦绝望，听在耳中，一时也分辨不出是哪种妖兽像是被斩杀一般的绝望嘶吼。只是，沈石身子微微一震之后，却觉得这一声惨嚎竟似乎有点像猪类妖兽的惨叫声。

沈石的眼角微微抽搐了一下，身子顿时停下，转眼向隔了一条深谷的前头那座山头看去，只是那边同样树林繁茂，一切似乎都被绿色的枝叶所遮挡，根本看不清那座山上正在发生的事情。

而若是从这里跋山涉水过去，哪怕沈石是凝元境的修士，至少也要花去小半天才能走过下方的深谷到达那座山上。看着山体相隔很近，却有一种咫尺天涯的感觉。

沈石心念急转，脑海中不停回荡着刚才那声凄厉的惨叫声，不知为何心里有些莫名的焦灼，就在这时，他忽然看到这山腰之上不远处的前方，似乎有一道石梁横伸出去。

沈石心中顿时一动，迈开脚步就往那里跑去，没多久跑到那石梁边仔细一看，果然是一块山体巨石横空而出，形成了一道危崖孤悬于山体之外，差不多有两丈远。

走到这危崖石梁之上，没有了林木遮挡，脚下就是百丈深谷，顿时便有一股强劲山风从山间吹过，似乎令人有脚底悬空的幻觉，像是下一刻整个人就会被这山风整个吹起，坠落悬崖。

而在这石梁尽头外二十多丈远的地方，便是对面那座山头了。只是那座山相应的位置上可没有类似的突出石块或是山体，看上去都是苍翠林木。

二十多丈的距离，看上去却是如此遥远，只是沈石站在石梁上，盯着前方那座山脉，双眼却是忽然缓缓亮了起来。

山风呼呼吹过，刚才那凄厉的惨叫声似乎也已经被风吹走，消散在这片群山之中，山林寂寂，似乎什么都没发生过一样，只有淡淡的一点肃杀之意还残留在那座山头上。

沈石脸色肃然，不再犹豫，深吸了一口气后，看了一眼这座石梁与前方那座山体间的距离，双眼微微眯起，然后缓缓伸出了右手。

一股青气徐徐升起，继而盘旋而成纤细气旋，在他掌心中缓缓转动。

五行术法，御风术。

在他如今所修炼的三个二阶术法里，御风术是最难也是最后才修炼成的，但是相比天雷击与狂焰术，御风术的施法速度却快得惊人，或许这是御风术基本上没有任何攻击力的缘故，所以灵力操控起来就更加自由敏捷。

沈石看了一眼手中气旋，随即右手一撤放在身后，整个人却是一咬牙，在这石梁之上大步向前直接冲了出去，步伐飞快，山风迎面吹来同样越发迅猛，眼看着那石梁在眼前越来越窄、越来越细，那百丈深谷突然一下子出现在眼前。

沈石陡然间纵身一跃，向着石梁之外的虚空跳了出去。

在他身后，那青色的气旋从掌心生出，瞬间呼啸着轰然而起，化作一大团不可思议的飓风狂狼，将沈石在半空中的身躯直接托起，并向前猛烈地飞驰而去。

很难说那是一种什么样的感觉，沈石只觉得劲风如刀般扑面而来，而眼前那片青翠的山林正在迅速变大，狂风呼啸之中，他仿佛就像是一只翱翔于空中的飞鸟，直接冲过了这片山谷虚空，撞入了对面这片山林里。

在半空之中，他身躯挺直，但忽然一道金色的光芒却是从他体表亮起，虽然看上去有些模糊，但依稀像是一副金色铠甲的模样，甚至还隐隐有一道金龙盘旋的影子晃动了一下。

随后，他整个人就像是一颗石头般撞进了林中，发出了一声轰然大响后，直接撞断了两棵小树，骨碌碌在地上直接滚出了一丈余远，这才停了下来。

御风术作为一个冷门生僻的术法，确实有许多局限，与借助飞行灵器直接在天上自由地飞行差距颇大，一旦施法，便如离弦之箭般身不由己，无法回头，可谓是粗暴莽撞。不过当沈石龇牙咧嘴地从地上爬起来，察看了一下身上后，发现自己只有几处擦伤并无大碍时，便觉得这门御风术选得太对了。

凝元境修士身躯硬朗强横，再加上他也有了几分防备，在半空中更是运起那金石铠神通，嗯，或许此刻应该叫作"金龙铠"的道术神通更恰当些，在这神通护持之下，这看似凶猛无比的冲撞之力，沈石却是若无其事地承受了下来。

站在林中，沈石脚踏实地确定自己确实飞跃过来并安然无事后，第一反应便是心中大喜，在此之前他都是将这些神通法术分开修炼，但今日偶然间看到这局势，灵机一动，就大着胆子尝试了一下，但效果之好真是出乎他的意料。有了今日这等经验，日后御风术可用之地就太大了。

他深吸了一口气，压下心中那丝激动，随即向四周看去，只见这里的山林看上去似乎和其他地方并没有太大的区别，只是刚才被他撞进来的地方一片狼藉，不过当山风吹过的时候，沈石忽然闻到了一股淡淡的血腥气。

沈石脸色微沉，沉吟片刻后，便向着那血腥气息飘来的方向走去。

与此同时，在这座山的另一面，有三个人影正在林间行走，其中一人居然正是当日在高陵城中被沈石看到的山熊堂修士解飞光，看他们的方向，似乎是往这片广阔山林的更深处走去。

只是走着走着，在三个人中走在最前面的解飞光身子忽然一顿，停住脚步，却是回头向山峰之上看了一眼，脸上似乎有些诧异之色。

旁边两人很快发现了他的异样，其中一人道："怎么了？"

解飞光皱眉迟疑了一下，道："我好像听到山后那边有一声异响，你们听见了吗？"

另外两个男子怔了一下，随后却是一齐摇头，道："没有。"

解飞光默然片刻，随即笑了笑，道："这深山老林的，走得久了真是让人有点受不了。算了，或许是我听错了，咱们继续走吧。"

另外两个男子看了他一眼，面无表情地点了点头，于是三个人继续向着远方那片幽深难测的山林深处走去，如三只沉默的野兽，悄然前行。

而在山林的另一边，沈石在林子里走走停停，仔细辨认着还飘荡在林中的那一丝血腥气，只是他的嗅觉显然与小黑差得太远，所以寻觅起来很是费劲，大约半个时辰之后，他才总算找到了大致位置，走到了山腰之上的一处林木之间。

到了这里，血腥气便浓烈了起来，沈石定了定神，小心翼翼地向前走去，绕过了几棵大树，在光线有些幽暗的树林里又走了一段，突然，前面一块林间空地陡然出现在他眼前，空气里的血腥气瞬间浓稠得似乎要化成水汽一般，一抹殷红的血色，在他的眼前迸发开来。

沈石几乎是在瞬间就下意识地屏住了呼吸，瞳孔收缩，站在原地，看着前方那片空地边一棵大树的树干上，一只猪四肢被钉在树上，被利刃开膛破肚，鲜血内脏流了一地，头颅歪在一旁，已经断气。

看着这只死相凄惨的山猪妖兽，一股冰冷寒意缓缓从脚底升起，弥漫到沈石的全身。

第七十五章 ■ 血战

山林深处，一片肃杀之气弥漫，虽然这里没有人影踪迹，但是上百只身躯雄壮凶悍的野猪妖兽同时成群结队走过来，那股气势仍是相当厉害。只不过妖兽毕竟妖兽，虽然这么多只猪妖都跟随在小黑的身后，但孔武有力、脑袋简单的它们也不可能做到真正如精兵一般，令行禁止、整齐划一，低吼声此起彼伏，队伍看上去也是参差不齐，不过如今在这片山林里，至少是这数十座山头的地盘上，已经没有什么妖兽敢站在它们身前了。

小黑走在群猪的最前方，一路走去，与身后那些气势汹汹、不时低吼咆哮做凶恶状的猪妖不同，它看上去神态似乎多了几分轻松，或者说是慵懒，看着仿佛并没有太把这座林子深处的敌人放在眼中。

这一路上，零零散散又遇到了两三拨鬼物，都是三两结伴的普通亡魂，对付这些鬼物都不需要小黑动手，已经渐渐有了经验的猪群往往都是一二十只野猪妖兽一拥而上，轻而易举地就将这些鬼物给撕碎了。

小黑对这些路遇的鬼物看都不看，一直向着这片林子的深处走去，如此猪群追随着它又走了一段路，来到了一片古木大树特别繁茂的地方。上方浓密的树荫将光线几乎遮挡了大半，以至于此刻虽然是白天，林间却十分昏暗，犹如黄昏的模样。

不过对于常年生活在这片森林里的猪妖来说，这并不是什么难处，只是此刻的这片林间，不知为何却似乎比平日多了几分阴冷，几许寒意正在从那片树林深处慢慢飘散出来。

猪群在这片林外边缘处停下，站在前头的好几只强壮无比的野猪妖兽都发出几声低沉的吼叫声，看上去似乎有点不安，随后它们转头看向那只站在最前面的黑猪。

小黑抬起头，鼻子向空气中嗅了嗅，似乎在仔细分辨着什么，片刻之后，它忽然打了个响鼻，看上去有些不太高兴，低声哼哼叫了两声，然后头也不回地直接向这片林子里走去。

在它身后，猪群一阵骚动，前头的几只巨猪面面相觑，不过它们并没有犹豫太久，似乎有一种勇气或是天生的服从感占据了它们简单的脑子，所有的猪开始向前迈步走动，继续追随着那只黑猪的步伐，一起走进了这片森林。

林中很是阴暗，并且气温似乎比外头低了不少，哪怕是身强体壮的猪妖走到这里，都会感觉到有些不太舒服，有些脾气暴躁的猪甚至开始示威性地对着周围林子低声咆哮了起来。

挺直的大树似一个个巨人般站立着，在它们的脚下还有各种小树、荆棘和野草，树林深处幽暗的地方，仿佛还有一些模糊的影子在晃动窥探着这些猪，一股冰寒的气息仿佛正从四面八方向着这些猪妖涌来。

蓦地，在那片阴暗角落里突然传来一声凄厉的鬼嚎，森然白骨霍然而起，一道身影吼叫着跳了出来，竟是一个近两丈之高的高大骷髅，眼中两团鬼火熊熊燃烧，一眼看去便与之前遇到的那些低阶鬼物有着天壤之别，而在它白骨森然的手上，居然还握着一柄大刀，看上去虽然有些破损，却也还算锋利。

随着这个鬼物突然跳出，在它身后的那片黑暗之中，鬼哭之声登时大盛，影影绰绰、鬼火点点，一时间竟是不知道有多少鬼物隐匿在这片林中黑暗里。

猪群的脚步顿时一滞，气势也为之稍稍减弱，任谁也想不到此处居然会聚集了如此多的鬼物，一两个的零散鬼物好对付，但一大群鬼物那就是另一回事了。

那个跳出来的骷髅对着站在最前头的小黑张开血盆大口大声吼叫了起来，手中的大刀还挥舞了两下，不过看上去它似乎对这只小黑猪也有几分忌惮之意，并没有立刻不管不顾地杀上前去。

小黑猪看了一眼面前这个张牙舞爪、气势汹汹的大骷髅，并没有露出畏怯之意，反倒是随即回头看了一眼。只见猪群这时候看上去有些骚动不安，面对着前方的鬼物似乎有点惧意，而小黑明显地对这些野猪的表现大为不满，瞪了身后的猪群一眼，忽地对着猪群一声怒吼，声音响亮，响彻林间。

骚动的猪群几乎是在瞬间就被这吼声震慑，立刻安静了下来，然后所有的猪顷刻间齐刷刷往前迈了一步，目视前方，站在了小黑猪的背后。

那一声整齐的脚步声，如踏入人心的战鼓，轰然而鸣，惊动山林，肃杀之意陡然而起。

前头那骷髅挥舞的大刀在半空中甚至停滞了片刻，似乎就连这鬼物都被这股气势所震慑，而还没等它反应过来，忽地一个黑影闪过，却是小黑已然身影如鬼魅一般，闪到了它的脚边。

"砰！"

一声大响，刚才还在耀武扬威、凶威赫赫的高大骷髅整个身子飞了起来，直接向后面的大树撞了过去，而那柄看着十分威武的大刀脱手而飞，旋转着掉入了后面的黑暗阴影里，片刻后一阵骚动和几声鬼嚎，也不知是哪只倒霉的鬼物被这刀给劈成了两半。

一击打飞这凶恶骷髅，小黑仰头，如不可一世骄横的将军，向着前方怒吼一声。在它身后，群猪猛然咆哮，吼声一片，刹那间竟像是千军万马气势煊赫，如雷鸣、如洪涛，无数身影狂奔冲前，如大军蜂拥而上，如狂潮席卷森林。

隆隆之声，转眼间淹没山林，而那片阴暗深处，同时也是呼啸声四起，鬼影晃动，嘶鸣不绝，一下子涌出了无数鬼物，骷髅、阴灵、亡魂，这一场罕见的妖兽鬼物的对决，就在这人迹罕至的深山老林里轰然而战。

猪群轰然冲至，如巨浪狠狠撞上了那些吼叫着扑来的鬼物阵中，一只只曾经强壮却只能被人捕食、痛苦挣扎于这片山林最底层的野猪妖兽，此刻仿佛已经完全忘记了所有的恐惧，与它们强健硕大的身躯不相称的小眼睛完全变成了血红之色，所有的敌人皆不足惧，只要前方还有那个黑色的身影。

"吼……"

疯狂的吼叫声响彻云霄，猪妖们在短兵相接的那一刻，瞬间狂暴起来，尖利的獠牙、厚重的身躯，直接从这些令人畏惧的鬼物骷髅身上碾轧了过去，片刻间，只见血光挥洒、白骨森然，多少血肉横飞，然而场面却是从一开始就一面倒，几乎没有任何鬼物能在这狂暴的野猪狂潮之下支撑，疯狂的野猪摧毁了所有胆敢出现在它们面前的敌人，然后撞飞撕碎敌人，将它们打得粉身碎骨、永不超生。

灰色深沉的洪流带着不可一世的凶悍直接冲进了这片森林深处，成百上千的鬼物聚集于此，咆哮着冲来却如纸片一般纷纷倒在疯狂的野猪铁蹄之下。在这一刻，山林颤抖、群鬼辟易，只有野猪，才是这里的主宰！

这一场疯狂而又惨烈的战争很快就结束了，令人畏惧的鬼物惨败在这些狂暴的野猪蹄下，林中白骨累累，不知有多少亡魂鬼物丧命于此。而猪群之中同样是伤痕累累，鲜血流淌，洒满了这里的每一寸土地，有些伤势太重的野猪颓然倒下死去，但是每一只还站着的猪妖，哪怕身上的伤口再多、再深、再大，它们依然高昂着猪头，愤怒地咆哮着，追随着那只黑猪扫荡着这世间的一切。

凶恶恐怖的鬼物在强悍惊人的猪群面前一败涂地，转眼溃散，林间的寒意逐渐散去，只留下一股恶臭与令人厌恶的亡魂气息。

野猪们趾高气扬地走在这片山林里，嗷嗷叫着，快活无比，哪怕身上还带着流血的伤口。

小黑猪看上去身上并没有任何伤，似乎刚才那一场激烈无比的厮杀对它来说并没有造成太大的伤害，或是它那一身诡异的厚皮坚韧得难以想象，哪怕连鬼物都拿它无计可施。大胜过后，小黑如王者一般巡视着这片战场，视那些鬼物如草芥，不屑一顾，但对战死的野猪则是会停住脚步微微低头，偶尔还会用一只前脚轻轻触碰一下那些战死的野猪的头颅，嘴里发出低沉的咕哝声。

不知不觉中，猪群安静了下来，一只只强健巨硕的野猪站在它的身后，望着那些死去的野猪。

每一只死去的猪，它们的獠牙或许折断，它们的鲜血或许流淌，它们的腿脚断裂、血肉模糊，但是每一只死猪的头颅，都向着前方，没有一只有过丝毫回头的迹象。

卑贱的生命，是不是总有一天，会有疯狂的时候，只为了那不曾拥有的梦想，去咆哮，去厮杀，去拼命。

惨烈的景象涂满了这片森林，王座，总在鲜血之路的尽头。

鲜血淋淋，但没有一只猪有丝毫的后悔。

鬼物的尸骸堆积如山，在林间杂乱无章、狼藉一片，猪群以胜利者的姿态傲然扫视着这片惨烈的战场。在前方一堆尸骸下，猛然有一个怪异的声音响起，几具尸骸晃动了一下。

这动静顿时引起了猪群的注意，小黑猪也转头走了过来，当猪群走到近处的时候，便看到几具骷髅、阴灵的尸骸下，那些鬼物之中，不知何时赫然竟有一个满身血迹的男子，全身蜷缩着躺在鬼物之中。

　　猪群里掠过一阵小小的骚动，小黑也是怔了一下，看上去这男子明显与之前的鬼物不同，似乎相比之下反而更像是一个活人，而当它靠前几步的时候，这个一直抱着头全身发抖的男子，慢慢地抬起头来，茫然而又带着几分混乱与恐惧地看向周围，眼中全是迷惘痛苦之色。

　　小黑忽然怔了一下，这个人它居然有几分眼熟，竟是当初在镇魂渊下的时候，它看到过的那个侯胜！

第七十六章 ■ 阵纹

　　小黑往日跟着沈石的时候，向来都是慵懒惯了的，除了平日跟沈石最要好、关系最密切的几个朋友，金虹山上无数凌霄宗弟子，它怕是都记不住几张脸。只不过当日在镇魂渊下的时候，各种惊心动魄险象环生，实在是令人印象不得不深刻，而侯胜就在那座孤峰绝顶上出现过。

　　虽说小黑并没有真正踏足那座孤峰之上，但是它待在镇魂渊下太古阴龙的身边，却是从那个石壁上奇异的光团里看到了侯胜的面容，所以第一眼小黑就认出了此人，一时间也是吃了一惊。

　　惊愕过后，很快它就发现了侯胜的异常之处，当日在镇魂渊下孤峰之上，侯胜的双目中燃起过鬼物特有的鬼火，但此刻看上去，侯胜的眼神痛苦、惊惶、绝望、茫然，各种情绪仿佛都夹杂在一起，混乱至极，却偏偏没有了鬼物中最明显的鬼火。并且如果说他还是鬼物的话，此刻的侯胜身体上分明是血肉丰满，非但与骷髅、阴灵这些鬼物有着天壤之别，就算是与外形上勉强算是接近的僵尸一类鬼物，看上去也是差距极大。

　　但是如果说侯胜不是鬼物，这里却有一个诡异的问题，那就是很明显的，此人是在这一大群鬼物中待着的，并且时间绝不算短，但是如此众多鬼物遍布四周，却没有任何一只鬼物看上去有试图攻击他的迹象。而众所周知的是，几乎所有的鬼物都对活物包括活人在内的血肉生气有着近乎本能的渴求，这一大群鬼物包围了一个活人却不动手攻击，根本就是难以想象的事。

　　但是现在这件匪夷所思的事，居然就这样发生在眼前了。

　　小黑的猪脑袋里当然不可能真的如人一般在瞬间将这些所有的事情想得通透彻底，但是出于本能的反应，它也看出眼前这一幕，透出一股说不出的诡异气息。

惊讶过后，小黑很快做出了反应，它不喜欢与那些鬼物纠缠不清、混杂在一起的人不人、鬼不鬼的东西，所以小黑直截了当地对着那个抱着头、身子瑟瑟发抖的侯胜，龇牙发出了一声带着浓浓敌意的低吼。

小黑这一开口出声，身后一大群野猪妖兽顿时也跟着吼了起来，叫声此起彼伏，每一只猪的神情都流露出明显的敌意，从几个方向慢慢围了过来。

蜷缩在地上与尸骸堆里发抖的侯胜像是感觉到了什么，抬起头向四周看了一眼，在望见周围渐渐包围过来的大群气势汹汹的野猪妖兽之后，他明显呆滞了一下，似乎有些搞不清楚眼前的状况，但是他双眼之中的光芒很快又暗淡了下去，重新陷入了一片诡异的混乱之中，不过或许是出于对周围危险的本能的反应，侯胜忽然从地上跳了起来，大叫一声，转身就跑。

当他从地上猛然跳起的时候，猪群都吓了一跳，甚至有不少强健凶猛的野猪顿时做出了攻击姿态，然而还不等有野猪反应过来，却见这个诡异的"人类"掉头狂奔而去，并且速度奇快，甚至已经超过了普通的妖兽。

小黑也是被吓了一跳，反应过来后顿时大怒，怒吼一声追了上去，一大群野猪也随即嗷嗷叫着，放开脚步向那侯胜追去。

只是这侯胜看着虽然有些不太对劲也不甚正常，但在这片陌生的深山老林里，他的速度竟是越来越快，众多野猪追了半天，非但没有追上他，反而被侯胜渐渐拉开了距离，也就是只有自从镇魂渊下出来之后，比之前敏捷快速了许多的小黑，才能紧追不舍没被抛下，但也无法拉近与侯胜的距离。

说起来，这还是来到这片山林之后，小黑第一次遇上了敌手。就这样前后追逐着在林间狂奔，没过多久它们就远离了那片厮杀过的茂密丛林。大群野猪虽然速度稍慢，但仍然紧紧追在后头，跟着它们一路追逐着。

如此跑了不知多久，忽然来到了一座山脚下，那侯胜只是一心一意夺路狂奔，径直就冲上了这座山头，小黑紧追而来，眼看正要往这山上冲去的时候，突然，一声低沉的兽吼声远远地从这座山上的某个不知名处传了过来。

这兽吼声低沉而有力，听上去虽然有些遥远，但其声调之中却隐含无形威势，令人心头猛然一悸。小黑怔了一下，下意识地停住脚步，抬头向着这座山头望去，片刻之后，大群野猪也从身后的树林中跑了过来，纷纷停在小黑的身旁。

小黑看了一会儿，又转头望了望周围的地势，却发现这一路追逐而来，自己不知不觉间居然已经跑到了那几十座山头阔大地域的边缘处，换句话说，在它率领群猪打下这片地盘时，地界并没有超过这座山峰。

因为自古以来，所有的猪在高陵山这片深山老林里的生活范围，就差不多在这几十座山林之间，这片地域已经足够广大，可以容纳所有的野猪妖兽生存下来，所以在过往的时候，从没有野猪冒犯或是踏足过这座地盘之外的山峰。

这时，或许是因为山脚下突然聚集了如此众多的野猪妖兽，并且所表现出来的也并非都是善意，这似乎有些激怒了在这座山峰之上的神秘妖兽，从高山上再一次传来了一声低沉的吼叫声，只不过这一次的兽吼却是带了几分怒意，声调提高了不少，其中更似有几分森然杀意。

"啪啪……"有声音突然在背后响起，小黑回头一看，却赫然发现有几只野猪竟然抵御不住这兽吼声中的凶威，身子颤抖着趴在了地上，其余的野猪或多或少也受到了一些影响，似乎在这座山峰之上的乃是一只超越了之前它们遇到的所有敌人的凶悍妖兽，赫赫凶威之下，光是一声吼叫竟然都能将这些野猪妖兽吓瘫。

这或许已经是天然等级的压制威势了，小黑站在群猪面前，目光不善地看着这座山峰，但犹豫了一会儿之后，它终于没有强来，而是在低声咕哝了几句后，回头退回了原本的森林。

众多野猪看上去显然松了一口气，连忙跟上，看来都对这座山峰避之不及。而在这些野猪妖兽的身影渐渐远去并消失在森林中后，那座山峰上重新恢复了平静，再也没有兽吼声传荡出来，一切就像是什么都没发生过一样。

而那个刚刚冲上山峰的侯胜，此刻也完全没了踪迹，不知身在何处。

看着眼前惨死的那只山猪妖兽，沈石眉头紧皱，眼中掠过一丝厌恶之色，但他并没有其他太过软弱的表现，也没有掉头不看，反而是在观察了一下周围环境后缓缓地走了上去。

山猪被钉在树干上早已断气，血流了满地，染红了一大片地方，死状很是凄惨。沈石走到这只妖兽的身边，目光锐利地上下看了一遍，片刻之后，他目光一凝，却是落在了山猪尸骸肚腹处那个令人触目惊心的伤口上，似乎发现了什么。

他慢慢地在山猪身前蹲了下来，浓烈的血腥气闻之欲吐，但他却是面不改色，或许是从少年时就看惯了流血屠宰的场面，让他对这种死亡的现场比常人在心理上已经习惯了太多。

因为失血过多的伤口处，猪肉呈现出几分异样的惨白颜色，看上去有些令人毛骨悚然，再加上触目惊心的伤口，实在有些让人不太舒服，但是沈石在看了片刻之后，忽然却是伸手过去，轻轻将山猪的皮肉向旁边拉开了一些。

光线从他身后落了下来，照在山猪的身上，一处两寸余宽的黑色五角阵纹，赫然刻在山猪的血肉上，在沈石的眼中倒映出来。

沈石的眉头皱得更紧了，凝神看着这处奇异的阵纹，看起来似乎并不是特别复杂，只有约莫不到十根的线条，但扭曲转折处颇多，乍一看似乎与符箓的符纹有些类似，但沈石修习符箓之道多年，却是一眼就看出这阵纹与符箓根本无关，反倒像是另一种诡异的阵法之流。

阵法之道，同样源远流长，传说早在太古时代，便有古阵传世，玄奥神奇、变幻莫测，有种种不可思议的功效神通。而数十万年沧桑岁月之下，阵法之道时兴时衰，一直流传到今日，却在人族修真界中发扬光大，成了一门显赫之学，种种拥有神奇功效的阵法被前辈大能、奇人异士纷纷创建而出，各有奇妙神通，不知令多少修士沉醉其中，甚至就连凌霄宗这等四正之一的名门大派，门里也有阵堂这一处独立重要的堂口，并且实力强大，不容小觑。

沈石对阵法一道不算太过陌生，一半是因为自己从小修习的符箓里有符阵一说，算是阵法一道里极冷门生僻的一个小分支；而另一半却是因为钟青竹拜在了凌霄宗阵堂门下，平日也算是有些接触，虽然都是些粗浅皮毛，但还是能认出一些东西来。

这黑色五角的阵纹看着像是一个十分粗糙的小阵法，功用究竟是什么，沈石一时还无法判定，但会用在山猪的身上并且山猪死状如此诡异惨烈，显然绝非正道的东西。

沈石又看了一会儿后，慢慢地站起身子，沉吟片刻之后，脸上有一丝忧虑之色闪过，随即迈步走过这里，继续向前走去。

然而就像是他心里担忧什么，什么就偏偏要来一样，在随后两天的路途中，他竟然又在这片山林里另外两座山体上发现了类似的场景，同样的阵纹，同样的位置，而死去的妖兽，竟然又全都是野猪妖兽。

第一次还可以说是凑巧，但是接二连三如此，再以为是碰巧就说不过去了。

可是，为什么死掉的妖兽全都是猪妖？

到底会是什么人干了这些诡异莫测的事情？

沈石在黄昏时分离开第三只野猪尸骸的时候，望着前方的山林，心里默默地思索着，有一丝莫名的疑惑与忧虑。

而在夕阳余晖之下，这座山林的前方山峦起伏，在隔了一座山头之外，似乎就是附近这一片山林中最高的一座山峰了。

夜色，即将降临。

第七十七章 ▪ 孤独一生的猪

这一夜山林寂寂，清冷幽深，除了几声不知名的苍凉嗷叫在夜空下响起，就再也没有更多的声音了。在这个安静而又漆黑的夜晚，黑暗笼罩了所有的山头，连树木仿佛都在沉睡，所有的动物妖兽都已安眠。

沈石藏身在这座山峰树林间的一棵大树上，背靠树干，一根粗壮的树枝横生而出，数尺之外便是漆黑不见底的深谷峭壁，而透过枝叶缝隙，可以望见远处起伏的峰峦和连绵的山头，其中隔了一个山头之外的那座山峰，看上去是附近最高的一座山，与周围相较似乎有些傲然独立的味道。

不知道为什么，这一个晚上他怎么也没有睡意，虽然对于凝元境的修士来说，一两日不眠并无大碍，但这种情况对他来说还是不算多见，或许是因为心里总有些没来由的忧虑吧。

山风徐徐，沈石就这样坐在崖边高树之上，天穹高远，夜色凄冷，仿佛有一种天地之间只剩下独自一人的感觉，很是有些寂寥。于是他慢慢想起了往事，有许多他很久不曾想起的往事。

当年在阴州西芦城的少年时光，父亲还有从未见面的母亲，那时的天空总是灰暗的，因为天阴山脉总是阴云环绕。

天一楼还在那里吗？

天一楼里一切都像以前一样吗？

是否还有自己曾经认识的那些人？

想着想着，沈石忽然发现，原来自己儿时的那些时光里，却从来没有一个真正的朋友。

除了父亲，自己曾经相信过别人吗？

可是父亲他此刻又身在何方，或是……还活着吗？

黑暗里，他微微低下了头，忽然间很是想念父亲，多年以前他本以为自己早已忘记，可是直到今夜他才突然惊觉，原来自己依然记得当年父亲抚摩自己脑袋时，那手掌里的温暖与关怀。

原来，自己从未忘记过。

然后，他很平静地想到了另一件事，在这些年艰辛修行与跌宕起伏的命运流离中，或是内心深处曾有的巨大差距让自己下意识地疏忽，曾经这样慢慢地淡漠，但在这个寂寥清冷的夜晚里，他忽然却是如此清晰地看清了自己心底深处那最深的一缕印记。

那是一份仇。

母子死别、父子生离、背井离乡的仇恨。

原来，这一份恨，自己同样没有忘记。

沈石沉默地坐在黑暗中，凝视着前方笼罩在黑影里的茫茫群山，天地如此苍茫壮阔，人似蝼蚁，却终究也有不肯舍弃的心结。

天亮时分，薄薄的雾气还弥漫在山谷里的时候，野猪们便已纷纷从睡眠中醒来，哼哼乱叫着跑入林中去寻觅自己的早餐。

而在最高的山头上，那块巨大的岩石下方，如今已经变成小黑专属宝地的旁边山坡上已经多了一个不大的洞穴。

小黑一开始还不太习惯，但那些野猪挖好洞穴过来拍马屁一般向它邀功，而它又勉为其难进去走了几步后，顿时便觉得果然比躺在冰冷的石头上过夜要舒服一些，于是便立刻躲了进来，此刻正在舒舒服服地酣睡着。

不过，山下一大群野猪到处走动的动静实在不小，很快还是将小黑吵醒了，小黑看起来有些烦躁，嘴里咕哝着抱怨了两声，翻了个身，发了会儿呆，然后像是想起了什么，脑门儿晃动了一下，忽然在它面前却陡然出现了一棵白色玉盘般的奇怪灵草。

与第一次看到这东西时相比，玉盘上有四分之一左右的位置明显薄了一半，看着像是被小黑经常拿舌头舔个不停的后果。此刻看着白色玉盘跑了出来，小黑顿时眼前又是一亮，两只蹄子一抱，紧紧搂在怀里，甚至都不起身，就这般笑呵呵地躺在地上开始慢慢舔舐起来。

每舔一下，它便吧唧发出一声无比满足的感叹声。

时间不知不觉过去，山下的野猪渐渐回来，对于那只神通广大的黑猪王经常与众不同甚至连吃的东西都与普通的猪不一样，这里的野猪妖兽在最近这些日子里早已经是见怪不怪了，所以也没有野猪会叼着什么肉块、虫子或是烂草根、嫩树叶什么的去送到黑猪王面前，因为以前这么干过的野猪都被黑猪王一脚踹下了山头，骨碌碌直接滚进了那片林子里。

野猪并不是特别蠢，事实上它们会清楚地记得一些教训，做错了一些事就绝对不会再去重复，这一点上其实有的时候比某些人还聪明些。

不过这一天早上，事情似乎有些不太一样。

山上的黑猪王仍然蜷缩在它的洞穴里赖床贪睡没出来，但山下的众多野猪却开始有些隐隐的骚动不安，许多只强健壮硕的野猪有些烦躁地站在山下，哼哼低吼着，彼此敌视，甚至还有些挑衅的举动。

不过这些动作很快就安静了下来，因为从猪群中走出了一只猪。

那是一只健美、从容、优雅的母野猪，它看上去很是骄傲，冷冷地扫过身边这一群粗鲁骄横的同伴，一甩猪头，不屑一顾，然后自顾自地向黑猪王的那个洞穴里走去。

身后，一群公猪猛然间怒火中烧，咆哮起来，看上去羡慕嫉妒得恨不得冲过去拦住，但是恼火归恼火，却没有一只公野猪敢做出半点出格的事，它们一大群血气方刚的野猪最多只是慢慢地向上移动，在黑猪王的洞穴外头远远观望着，怒火中烧地看着那只母野猪慢慢走了进去。

小黑舔那玉盘灵药正舔得高兴，忽然间看到一只年轻的母猪走了进来，顿时也是一怔，一时不明白它的来意，有些发呆地看着这只母猪。

母野猪在山洞外头骄傲不屑，但进入这个山洞后明显开始有些紧张起来，它偷偷瞄了一眼小黑，嘴里低低哼叫了一声，然后微微低头，做出一副顺从的模样。

小黑趴在地上，双蹄仍是紧紧抱着那玉盘灵药，呆呆地看着这只母野猪。

母野猪等了一会儿，发现周围没有半点动静，怔了片刻，随即鼓起勇气，又向小黑靠近了一点。

小黑一时间都忘了去舔玉盘灵药，目光随着母野猪的身子移动着，眼中满是疑惑之色。

母野猪又等了一会儿，却发现这情况似乎与自己所想的完全不一样，不由得有些窘迫与着急，它看了小黑一会儿，然后哼哼地又叫了两声，再接着……它慢慢地靠到了小黑的身旁，贴在了它的腿边。

洞外，一群公野猪顿时一阵骚动，嗷嗷低吼，恼火不已，喧闹不休。

小黑歪了歪头，看了一下凑到自己身边的母野猪，本能地对突然有一只猪和自己如此亲密的接触感到不太舒服，不过它此刻心中更多的还是疑惑不解，似乎仍然没搞懂到底发生了什么，还是静静地看着这只母野猪。除此之外，它偷偷地将怀里的那块玉盘灵药又搂紧了一些，并用一只猪蹄遮挡了一下，清楚明白地表示这东西是我自己的，可不能分给你……

母野猪看都没看那玉盘灵药一眼，它的眼中热情如火，只是盯着这一片山林中最强大、最神奇也是最有魅力的黑猪王。在这妖兽的世界里，拥有最强大势力的头领永远都是最有吸引力的。

所以母野猪不顾一切，也想和小黑在一起。

所以它在发现小黑依然没动静之后，决定做出更进一步的举动，它趴到了小黑的身前，身子因为紧张微微有些发抖，用腿轻轻碰触了几下小黑，甚至连尾巴都微微地竖起。

山洞的气氛开始有些诡异起来，山洞外的猪群，此刻骚动得很。

小黑终于有了一些反应。

它抬起了头，像看怪物似的带着不解的眼神看了看这只发情的母野猪，又低头看了看那玉盘灵药。过了片刻，它像是在二者中轻而易举地做出了抉择，一脚踢在了母野猪的屁股上，直接将它踹出了山洞，骨碌碌滚了好远，然后它又笑呵呵地抱着那块玉盘灵药，吧唧吧唧连续舔了好几下，这才懒洋洋地躺下，张嘴打了个大大的哈欠。

山洞之外，刚刚还是一片喧闹的猪群突然间都像是石化了一般，一只只都怔在原地，张大了嘴巴，半晌都没动弹。

它们看向那座山洞的眼神，神色复杂程度简直已经超越了野猪这种妖兽的极限思维，充满了各种诡异而难以言喻的情绪。

黑猪王不愧能为王，果然是与众不同的啊！

这或许是此刻众多野猪妖兽心中共同的想法吧。

山林远处，几个身影隐匿在某处隐蔽的树影角落里，偷偷窥探着山上那一大群野猪妖兽，并且因为这一处的视线极好，所以他们将那群野猪种种的异样骚动一一看在了眼中。

"这些猪妖看着好像确实有些古怪啊……"

说话的是一个中年男子，面色阴狠，此刻从山上那些野猪妖兽身上转回视线，看向身边的解飞光，道："解师弟，你要找的是不是就在它们中间？"

解飞光此刻也是凝神观察着远处的猪群，但是沉吟片刻之后，却是缓缓摇头，道："这些猪妖看着就是这片山林里最强的一群了，但都是普通低阶妖兽，我要找的那头血脉变异的猪妖，应该不在里面。"

这时候蹲在他们二人身旁的第三个人是个瘦小如猴的小个子，看上去脸上似有不满之色，道："什么血脉异变！咱们这一路过来找了这么久，到底你那消息可靠吗？"

解飞光看起来对这个小个子却是非常客气，连忙赔笑道："大师兄，你莫着急。之前不是说有一只猪王在吗？十有八九就是那只。等抓到了那只猪王，带回去呈献给熊长老，万一真是血脉可炼出'黑血妖丹'的话，咱们的好处那还会少得了吗？"

听到那"黑血妖丹"四个字，无论是阴狠男子还是这个被解飞光叫作大师兄的小个子，面色都是微微一变，露出几分贪婪渴求之色，随即都是重重点头。不过随后小个子便皱眉问道："可是先不说那猪王何在，单是这一大群野猪妖兽，就靠咱们三个人，应付起来也是麻烦得很，怎么办？"

解飞光却是得意地一笑，道："师兄放心，此事小弟刚才已经想到法子了。"

另外两人都是一惊，喜道："什么？"

解飞光嘿嘿一笑，目光望向远处山坡上正在闹成一团的猪群，冷笑了一声，道："这些蠢猪确实不好对付，就算吃食也是分开寻觅，但是，它们总是要喝水的吧？"

小个子与那阴狠男子都是一怔，随即同时醒悟过来，哈哈一笑，击掌齐声道："妙计！"

三人相视大笑，俨然已是胜券在握。

而在他们身后山林的另一角，沈石拨开一片荆棘，面色沉稳、小心仔细地看着周围的环境，同时向着那座山头缓缓靠近。

第七十八章 ■ 剧毒

妖兽几乎比所有的野兽都更强大、更凶猛，同时也更加聪明，最重要的是妖兽拥有了可能发生异变的特殊血脉，以及其中最强大的一部分妖兽会凝结妖丹。不过虽然如此，但大部分妖兽还是不能像人族修士那样只要依靠灵晶就能补充身体的一切需要，它们需要进食，也需要喝水。

山林里的这些猪妖食谱很杂，找食的范围也极大，扩展到附近几个山头的都是屡见不鲜，所以在食物上想做手脚是不太可能的，至少是想同时对付这么多的野猪妖兽很难办到。

但是水源这一块却是不同，几乎所有的猪妖都是在同一条河流边喝水。那是一条在深山老林里流淌了不知多少岁月的小河，千百年来，不知道有多少猪妖世世代代是在这条静谧的河边喝着甘甜清澈的河水长大，流淌的水波、平静的浪花，仿佛都已经深深印刻在它们的魂魄之中，成了一种本能。

甚至就连来到这里不久的小黑，在这段时日里也被其他的野猪带到了这条无名小河边，喝着这里的水。

这一天，似乎与平常的日子并没有什么区别，野猪们先后来到河边，开始喝水。在过去的日子里，有时候野猪们还会害怕在这个时候会有些凶猛妖兽故意隐藏在河边密林里意图捕猎，所以喝水时都会小心谨慎，但到了如今这野猪已然统御山林的时代，这份警惕与担忧自然是再也无须挂在心上了。

所以野猪们快活而安心地喝起了水，并没有发现在这条深山小河的上游处，有三个鬼鬼祟祟的身影出没，并往河水中倾倒着一些奇怪的粉末。

所有的野猪妖兽都喝了水，包括小黑，然后回到了山头那边，继续过着自己无忧无虑、如天堂般慵懒舒服的日子。

直到日上中天，将近午时的时候，猪群里终于发生异变。

一只刚出生才几个月的小灰土猪，跟着母亲走到河边喝水回来后，就在山坡下活泼地玩耍着，看上去无忧无虑。只是在午时时分，那暖暖的阳光如温暖的手轻轻抚摩它年轻的身体的时候，这只小灰土猪的嘴里忽然流出了一股黑血，很快，鼻孔、眼睛包括耳朵都有类似的黑血涌了出来。

小灰土猪发出了惊慌而痛苦的一声尖叫，然后在发狂冲来的母亲的注视下，倒了下去，在地上不停地抽搐起来。

母猪疯狂地叫喊起来，用头不停地去拱这只小猪，但是没过多久，这只小猪就停止了一切动作，连声息也没有了。

母猪狂叫着，然而声音喊到一半却忽然哑了，因为它的嘴里也流出了黑血，然后是鼻孔、眼睛和耳朵，一切都像是刚才那幕场景的重演，母猪颓然倒下，在地上痛苦地挣扎抽搐起来。

山坡之下，惊怒咆哮吼叫声，瞬间响成一片，这一大片猪群之中，几乎所有的野猪妖兽都有着这般令人触目惊心的惨状，哪怕在不久之前它们曾经跟随着黑猪王扫遍这片山林，纵横无敌、意气风发，但此时此刻，在这神秘却诡异的剧毒之下，它们仿佛失去了所有的抵抗能力。

它们对任何强敌甚至是恐怖的鬼物都是悍不畏死、凶猛无比，但却无法抵挡来自自己体内的痛苦与绝望。

黑血无情地流淌着，腐蚀毒倒了一只又一只野猪，凄惨的嚎叫声回荡在这片山林之中，仿佛是那绝望的哀鸣。

而就是在这痛苦的吼声里，这片山林边缘处，忽然传来了几声哈哈大笑，三个人影并排走来，正是山熊堂的那三个修士，走在最前面的乃是解飞光，此刻看着他们的神情都是喜笑颜开，解飞光更是在目光扫过那些毒性发作、痛苦垂死的野猪之后，回头对那小个子笑道：

"大师兄，你这'腐泥散'果然厉害，哪怕是放在那活水河中，也让这些畜生经受不住。"

那小个子嘿嘿一笑，面有自得之色，道："这奇毒乃是本门秘传绝技，价值连城，若非这些妖兽数目实在太多，我还真不想用呢。"

旁边那阴狠脸色的男子也是难得地露出几分笑容，道："这是当然。谁不知道咱们一门弟子中，只有大师兄才有这份天资悟性，得了师父青睐才修得了这门奇毒神通，想必日后这掌门大位，也必是大师兄才有资格稳坐的了。"

那小个子哈哈一笑，虽不言语，但神情却是高兴得很，不过过了一会儿，他却又是想到了什么，脸上笑容微微收敛了一下，对其他二人道："说到这个，你们别怪我多嘴，关于这诸般与毒药有关的事，绝对不可对外说起。咱们都知道，那是二十年前师父得了一份大机缘偶然得到了那本上古《毒经》，但毕竟不算正道，特别是凌霄宗那些名门大派，万一知道了这事，只怕会来找麻烦。"

解飞光与那阴狠男子都正色道："师兄放心，我们知道的。"

小个子呵呵一笑，手臂一挥，大咧咧地道："走吧，我们过去看看。"

解飞光迟疑了一下，道："师兄，咱们不用再等等吗？毕竟那只猪王似乎还未看到。"

小个子冷笑一声，道："腐泥散下，任它如何凶猛强悍，也得倒下。如果是被直接毒死，则自然血脉成色不足，不足以献给熊长老炼制黑血妖丹，那死也白死了；若是能勉强扛住毒性，自然也是半死不活，正好咱们带回门里去。"

解飞光与那阴狠男子对望一眼，都笑了起来，道："师兄明鉴，那咱们走吧。"

三人神态轻松，一路走了过来。这时在那片山坡之下，只见一片惨烈景象，众多野猪大片大片地倒下，黑血流淌成河，放眼看去，只这短短一阵工夫，至少已有四十只原本还是身躯强健的野猪妖兽已然断气，而更多的野猪则是在地上挣扎着、抽搐着，被身上体内那仿佛是腐骨蚀心般的痛楚折磨得将要发狂，不停地哀鸣吼叫着。

空气里弥漫着一股浓烈的腥臭气息，令人闻之欲吐，山熊堂的三个修士走到近处，光是闻着这气味都是身子一滞，眉头皱了起来，随即那小个子从怀里拿出了三颗黄色丹药，一人一颗分了吃下，过了片刻，他们的脸色才好了些。

解飞光长出了一口气，叹道："这腐泥散不知是昔日何人所造的剧毒，毒性竟是如此剧烈，真是闻所未闻。"

小个子哼了一声，道："是谁所著的《毒经》我也不清楚，不过听说这腐泥散不过是其中皮毛而已，真正在《毒经》中上乘的毒物，据说甚至可以毒杀神意境的高人修士，甚至有一些神奇剧毒，连元丹境的大真人都有可能……"

话说到这里，小个子闭嘴不言，而解飞光等两人都是睁大了眼睛，对他们来说，不要说元丹境大真人了，就是神意境的修士也是高高在上的人物，毕竟如山熊堂这样的小门小派，放在平日，门中最强的修士高手顶天了也就是个凝元境的水准，随随便便来一个神意境修士，也能轻易就将他们灭门了。

而此刻小个子竟然敢说本门中似有某些法门，竟然可以威胁到元丹境大真人，这真是匪夷所思之事，实在已经超过了他们的想象极限。

那小个子的神情看上去似乎有些懊恼，好像有点后悔自己多嘴，不过他的性子里似乎有些自傲与虚荣，看到两个师弟那崇拜、敬服、惊愕的目光，他顿时又有些飘飘然起来，嘿嘿一笑，做出一副胸有成竹的模样，淡淡地道："正因如此，所以近来门中师长屡次三番命令我等出外须要谨慎低调，你们以为是为什么？总之将来咱们山熊堂的好日子还长着呢，莫说超过那些普通门派了，就算是……凌霄宗，那又怎样？"

一席话下来，三人相视而笑，神情都是得意期盼，仿佛好日子就要到来，而他们即将成为人上之人。随后他们环顾左右，对那些倒了一片的野猪妖兽浑不在意，很快，解飞光便向那山上大石边的那一处洞穴指了一下，道："猪王应该在那里。"

一路上山来到那洞穴之外，看那洞口只有半人高，里面光线有些阴暗，但隐约可以看到一个黑影趴在洞里的地上一动不动。

解飞光不禁有点担心起来，心想这只猪王可不要也和山下那些普通野猪一般不禁毒，若是就这么随便毒死了，自己只怕有点难以对大师兄交代了，毕竟那腐泥散剧毒无比，价值不菲的。

心里想到这里，他便加快了脚步走到洞边，刚想弯腰低头朝洞中仔细看上一眼，忽然只听背后传来小个子的一声断喝：

"解师弟，小心！"

喊声未落，解飞光便觉得那洞里猛然有一股大力向着自己直直冲了过来，猝不及防之下，解飞光只能勉力伸手挡在胸前，只听"砰"的一声，人影飞起，解飞光竟直接被撞飞了出去。与此同时，一个黑影吼叫一声，从那洞里冲了出来，但看上去却隐约有些摇摇晃晃，如喝醉了一般。

小个子纵身而起，伸手在半空中一把抓住飞过的解飞光。别看他个子比解飞光小了不少，但这一搭手却是轻而易举地就将解飞光拉了下来，落回地面。随后三人转头看去，只见那洞中冲出来一只黑色妖猪，全身皮毛油光发亮，一对獠牙更是雪白，但此刻从它口中、鼻中，同样是在不断地渗出漆黑如墨的血水，而它的身子，似乎也在经受着无比剧烈的痛楚，就连站在原地都仿佛十分艰难，身子摇摇晃晃，像是下一刻就要即将摔倒在地，落得与山坡之下那些死状凄惨的野猪妖兽一般的下场。

第七十九章 ■ 杀戮

看到这只冲出来的黑猪，山熊堂三人都是眼前一亮，光是外形上，小黑就与其他的野猪妖兽差别很大。而那小个子更是盯着小黑看了几眼，随即满意地点了点头，道：

"在腐泥散这般剧毒之下，这黑猪居然能硬扛到现在仍未倒下，必定是血脉异变的妖兽，看来咱们运气不错。"

他身旁的解飞光大喜，心想这么辛苦，这一趟总算没白来，随即大步向前踏出就要向小黑抓去，然而小黑虽然身子摇摇欲坠，口、鼻流淌着黑血，但看着解飞光过来，却是猛然咆哮了一声，作势欲扑。

解飞光吃了一惊，刚才在洞口他吃了这黑猪一撞，那力道可是大得惊人，若非大师兄本事了得、眼疾手快，在半空中将他拉住并卸去了力道，光是那一下，自己就要吃不小的苦头。所以看着那黑猪猛然做出攻击姿态，解飞光下意识地脚步一顿，就向后退出了一步。

然而，小黑吼叫之声刚起，却突然哑了下去，一股更浓烈的黑血从它口中喷了出来，落到了地面上甚至发出了细细的嗞嗞声，连土壤都腐蚀了一小片地方。小黑的一双前腿软了一下，身子一晃，险些跪倒在地。

解飞光看到那黑猪颓然毒发的样子，这才松了一口气，却听到身后传来那两个师兄的嘲笑声，小个子的声音尤其大，嗤笑道："解师弟，你这胆子够小的啊。这畜生已然中了我们的腐泥散，任它有天大本领也是施展不了的，你放心就是。"

解飞光脸上一红，略感尴尬，干笑一声后，不敢对这两位师兄无礼，心里却是愤愤然的，大步走了过来，嘴里骂了一句，便一脚向小黑踢了过去。

小黑勉力一躲，然而此刻在剧毒之下，它的身子似乎都有些失控的迹象，这一脚竟然只躲了一半，还是被踢到了腹部，顿时便跟跟跄跄滚到了一边，而当它吃力地再爬起来的时候，望见了在这三个修士的身后，山坡之下，那一大群野猪妖兽东倒西歪、黑血成河，场面凄惨无比而痛苦的死状。

小黑的身子震动了一下，片刻之后，它忽然发出了一声尖厉的吼叫声。

它的身子在不停地颤抖着，它的眼睛仿佛也被红色浸染，那一只只垂死挣扎然后在痛苦中死去的野猪，却再也没有一只能够回应它的呼喊。

天高地阔，天大地大，原来到了最后，只剩下无尽的孤独。

而在它的前方，山熊堂的那三个修士却是得意至极，对小黑的惨叫声充耳不闻，一起走了过来，准备动手捕捉这难得一见的猪王。

一抹血红颜色，瞬间占据了小黑的双眼，仿佛是它体内最深的兽性都被激发，它猛然回头，哪怕口、鼻中再度喷出黑血，身躯仍然还在战栗，却依然对着那三个人咆哮起来，如发狂一般就要冲去。

可是才冲出两步，两道细细的黑血忽然从小黑的双眼中流了下来。

这个世界，突然间一片漆黑，再也没有了任何光亮。

山熊堂的三个修士起初也是一惊，但是随即看到小黑眼中流出黑血之后立刻身子失去了平衡，歪歪扭扭地竟然斜着冲了出去，撞到了旁边一片空地上，然后凄惨地吼叫着，在原地打转着，黑血流过了它的脸孔，这只猪看起来分外凄惨与无助。

三个人哈哈大笑，小个子袖手旁观，解飞光与那阴狠的修士则是走到小黑身边逗弄着它，尤其是解飞光之前被这只黑猪撞飞了一次，心里有些记恨，下手更是阴毒，折了根粗长树枝这里拍打一下，那里重戳一下，嘴里更是咒骂个不停，道：

"你厉害是吧，再来啊，来啊，看老子不搞死你……"

小黑在一开始还拼命挣扎，狂怒地试图还击，然而原本伤势就极重的它，此刻更是被剧毒浸染双目，无法看清周围环境，对解飞光的攻击根本无计可施，一切的反抗都显得如此徒劳。

渐渐地，小黑似乎慢慢放弃了抵抗，终于用尽了气力，它看上去像是筋疲力尽地趴到了地上，任凭这几个人类修士如何打它戳它，伤痕累累，也没有了多少反应。

这时，那小个子走了过来，淡淡道："好了，差不多了，别真的把它弄死，咱们还要带这畜生回去献给熊长老炼丹呢。"

解飞光这才收手，随手将手上的树枝一丢，笑道："便宜这只猪了。"

那阴狠修士也走了过来，闻言却是笑道："那可不一定，真要是被熊长老拿去炼制黑血妖丹，以那秘法禁制的厉害，只怕这只黑猪会痛苦十倍吧。"

解飞光像是想到了什么，脸色微微一变，身子似乎也抖了一下，似乎有什么事连他都觉得有些心寒的。不过很快他便再度笑了起来，道："管他呢，反正那些手段是用在这些畜生身上。"

三人同时笑了起来，解飞光走上一步，正要去捉拿小黑，但就在这时，忽然只见小黑猛然站起，一声大叫，头颅抬起却是对着他们三人的身后，就像是在他们背后突然出现了什么东西或是来了什么黑猪的救兵一样。

山熊堂三个修士都是一惊，同时转头看去，然而目光所及，却只见这片山林上空空荡荡，没有半点异状，而等他们再度回头的时候，却看到小黑竟是趁着这个机会，猛然转身狂奔而去，竟是在这生死关头使了一个诈，哪怕希望再渺茫也要去争取那最后活命的机会。

可是……它的双眼看不到东西。

在山熊堂三个修士嘲讽讥笑的目光里，这只夺路狂奔的绝望黑猪，踉踉跄跄地拼命向远处冲去。然而重伤在身并双眼已盲的小黑只是本能地想要远离这三个丧心病狂的人类，却根本无法分辨周围的地形，这一路跌跌撞撞地狂奔，最后却是轰的一声，硬生生地撞在那块巨大而坚硬的大石头上。

小黑发出一声凄厉的叫声，整个身子在地上蜷缩着抽搐起来，黑血仍然在不断地流淌着，每一滴黑血仿佛都带走了它一分生气，让它越来越陷入绝望的深渊。

"跑啊，跑啊，你继续跑啊……"

充满了讥讽的笑声从那边传了过来，山熊堂的三个修士冷笑着走到它的面前，居高临下，如看蝼蚁一般看着这只凄惨的黑猪。解飞光嗤笑一声，一脚踹了过去，正中小黑的腹部，顿时将小黑踢出了三四尺远，在地上留下一片黑血交织的血痕。

小黑的头微微抬了一下，似乎还想挣扎，但是随后像是终于筋疲力尽，又仿佛是认命一般，缓缓地垂落到泥土地上。

解飞光冷冷一笑，从怀里掏出一根结实的绳索，走过去准备将它绑上，旁边小个子双手抱胸站在一旁看着，而那个阴狠的修士则是无所事事地站在最后。

眼看那绳索就要触到小黑的时候，突然小黑的头颅猛地又是一动，像是感觉到了什么，犹如身子里不知哪儿来的气力，突然又抬头大叫了一声。

那声音凄厉至极，仿佛是在向人疯狂求救，而它头颅抬起对着的方向，居然又是向着山熊堂的三个修士的身后。

这一次，山熊堂的三个修士自然不会再上它的当，解飞光甚至还哈哈大笑，不屑地道："看不出来，这畜生居然还有这点狡诈，但也就如此而已罢……"

最后一个"了"字还没说出口，突然间他觉得自己的声音似乎一下子听不到了，而眼角余光里，他似乎看到了身边那两位师兄同样脸色大变。

"轰隆！"

青天之上，群山之巅，虽是晴朗白昼，但朗朗乾坤之下，竟是陡然响起了一声震耳欲聋的惊雷！

雷动九霄，震动山野，一个身影跃然而起。炽烈的电芒如无数疯狂扭动的银色小蛇，在这个突然出现的人影周围狂野地颤动着，而在那人头顶之上的半空之中，惊雷炸响，如晴天霹雳，一道令人目瞪口呆足有一人合抱之粗的巨大雷电光柱，凭空而出，随即似被他操纵吸引一般，夺尽天地威势，震慑无穷妖邪，轰然而下。

二阶五行术法，天雷击！

巨大而狂野的雷柱，似不可一世的巨刃直欲开天辟地，当头劈下，如苍穹之威般不可阻挡，径直劈在了站在最后那个面目阴狠的修士头上。

只一刻，仅仅只是刹那间，那阴狠修士似乎还根本没反应过来般地站在原地，就已然被如洪水巨柱般轰然击下的雷光所吞没。

片刻之后，电芒缓缓退去，人影再度出现，那阴狠修士看上去似乎安然无恙地站着，然而一阵山风吹过，他身上所有的衣物突然间尽数化为灰烬碎屑，然后皮肉散去，变得乌黑狰狞，整个人就像一块木头般没有了生气，重重倒了下去。

一片黑烟从他身上泛起，整个身躯已经变成了一截焦炭，天雷术法威势之强大，乃至于斯，简直令人闻所未闻。

一个人影，从电闪雷鸣煊赫光芒中走了出来，正是沈石。

他目光扫过那个死人，脸上没有半点表情，随后向前看去，在掠过那仍处于震惊之中的山熊堂二人后，他看到了小黑。

那只倒在地上，口、鼻、眼尽数流着黑色污血，抽搐着、挣扎着、嘶哑着声音却依然拼命呼喊着的小黑猪。

那模样似一记重锤砸在他的心头！

那声音似一记刀子刺入他的心脏！

沈石的眼睛在瞬间一片血红。

一声如疯狂妖兽般的狂怒呼啸声，陡然从他的口中迸发出来，在这片山头林间，在这片已经化作修罗屠场的死亡之地，这怒吼声仿佛让周围的温度又瞬间降至冰点。

人影一闪，沈石没有片刻的迟疑与喝问，瞪着愤怒的眼睛直接冲向了山熊堂的那两个修士。阴狠修士被一击毙命之后，靠他最近的是那个小个子，同时也是山熊堂这三个修士中道行最高的一个。

他几乎是立刻做出了反应，怒喝一声，右臂一挥，一道刀光掠起，看着乃是一件锋利的刀具灵器，向着沈石当头斩下，同时身子也迅速后退，向解飞光那边靠去。

然而沈石径直冲了过来，面对想要逼退他的这一柄利刃竟是视而不见，反而加速向小个子撞了过去。

小个子大吃一惊，但随即眼中掠过一丝狰狞之色，大吼一声，奋力砍下。

眼看那刀光就要砍中沈石，但在那电光石火间，沈石周身金光一闪，一片金芒泛起，光辉之中龙纹游动，仿佛在瞬间穿上了一层龙纹金甲！

刀芒劈下，直中龙纹，但随即一层如水波般的金色光辉抖动荡漾开去，竟是将那强大的力道硬生生卸开，化于无形，而就这片刻间，沈石赫然已经冲到了那小个子的身前。

小个子惊骇失色，一时间甚至根本无法理解为何这个修士明明只有凝元境的道行却能抵挡自己这强横的一刀，这份防御力之强大简直已经堪比神意境的强大修士。然而事实就摆在眼前，还没等他做出下一个反应，沈石已然贴身而进，一把抓住了他的脖子，而另一只手则是在他狂怒的眼神中，直接贴上了小个子的胸口肚腹之间。

小个子本能地感觉不妙，怒吼一声，刀柄回转，想要砍向沈石，然而忽然一道火光在他眼角余光中亮起，一束火苗带着一股焦臭烤焦的气味，从他的胸前传来。

五行术法，火球术！

"咚！"

一声闷响，小个子身躯大震，脸色瞬间苍白，整个表情也是扭曲一片。

就在这么近的距离等于是肉贴着肉，沈石直接轰了一记火球术在他身上，而当小个子整个人如虾一样抽搐着蜷缩起来的时候，沈石的手掌赫然纹丝不动，那眨眼微小的瞬间，在他那冰冷又残忍的手掌上，再度亮起了火光。

"咚！咚！咚！咚……"

诡异而令人毛骨悚然的声音在小个子的肉身上如密集却有节奏的鼓点，不停地轰鸣起来，每响一下，小个子的身子就猛然大震一次，像是就要被震飞出去，但却被沈石的另一只手牢牢抓紧。

他向后拼命挣扎着要退缩躲避，沈石却是瞪着血红双眼不停跟进，两人同时不停向前冲着，只有沈石那不停闪烁着疯狂火光的手掌，仍是稳稳地贴在小个子修士的肚腹间，发出狂野的咚咚声。

解飞光在一旁看呆了，这突如其来的变化与强敌甚至让他在一瞬间忘了该如何自处，只是傻傻地看着，当他终于反应过来，大叫一声想要冲上前去的时候，忽然间最后一声震天似的巨响，就像是弓弦霍然断裂一般传了过来。

小个子的身躯在一个巨大的火球轰击下，整个飞了出去，而在半空中的时候，已然可以看到在他的肚腹位置上一片狼藉，那甚至已经无法用血肉模糊来形容了，因为所有的血肉包括内脏都已经被强大的火球术威力炙烤成一片焦黑。

在半空中，小个子就已经完全停止了呼吸，失去了所有的生机。

山风冷冷吹过，寒意似沁入骨髓。

天地山林一片肃杀，地上尸骸无数，黑血横流，而还站着的人，只剩下了一个。

解飞光的身子有些微微地颤抖，他直到现在都有些不敢相信眼前到底发生了什么，自己那两个拥有强横实力的师兄竟是在转眼间横死当场，而他甚至都没能看明白杀死他们的是什么神通道术。

是的，那一定是什么神通秘法，虽然表面上看起来有些与五行术法相似，但是无论是术法威力还是施法速度，刚才那一幕都已经远远超过了解飞光的想象。

而沈石，则是面色冰寒如水地看向了这第三个人。

他甚至没有停顿下来说任何话的意思，垂在身侧的手掌缓缓移到身后，青色的旋风盘旋而起。

解飞光突然感觉到有些不对，骇然抬头，然而只听着半空之中"嗯"的一声尖啸，狂风大作，那沈石的身子陡然如离弦之箭，竟是直接向他这里飞冲过来。

速度之快，简直比刚才他与小个子交手时快了数倍，几乎是在一眨眼间，就冲到了解飞光眼前。

小个子惨死的模样如招魂之音般在解飞光脑海中响起，他哪敢让这个杀神一般的人冲到自己身旁，连忙后退躲避，同时也是一道剑光泛起，祭出灵剑劈了下去。

山熊堂的这三个修士都有凝元境的修为，道行着实不差，但是在这一天里，他们似乎遇上了天生的克星。

金色的龙纹金甲再度亮起，沈石仿佛有恃无恐般依旧是蛮横无比地冲上，解飞光大惊失色，正想防备那犹如术法施法时的沈石右手，但低头转眼间，却只见金色光辉如流水般席卷而下，在沈石双臂之上也同样结成金铠金甲，一路滚到手掌，最后更赫然结出左右各三根锋锐无比泛着冰冷金光的骨刺。

如地狱恶鬼的尖牙，似恶魔狂笑的狰狞，解飞光本能地发出一声哀叫惨号，然而却无法做出更多的抵挡，便看到沈石的双手霍然向内一挤。在锋锐无匹的骨刺面前，血肉犹如豆腐般脆弱，骨骼像是化成了纸片，所有的抵挡瞬间化为乌有，闪烁着金属光泽的利刺完全戳进了解飞光的身躯。

直入没柄！

解飞光的身子一颤，瞬间僵在原地，一动不动，眼中尽是绝望。

沈石冷哼了一声，后退一步，双手猛地一挥，一片血水刹那间如喷泉一般挥洒而出，漫天溅起，血肉横飞里，白骨森森，隐约可见，而沈石已经转过身子，大步走去。

在他身后，解飞光的身子摇晃了两下，口中发出几声嘶哑的叫声后，便颓然扑倒在地，再也没有了动静。

金色的光辉渐渐散去，龙纹金甲也随即消散，沈石又恢复了原来的模样，但是看着他的脸色似乎很是苍白，似乎刚才那一场恶战对他来说也是极大的负担。

不过在此刻，他眼中只有前方不远处，那只倒在地上的小黑猪。

他快步走到小黑的身旁，跪了下来。小黑像是感觉到了什么，头颅微微抬起。只是它的口、鼻乃至两个眼眶之中，都有黑血流淌着，它甚至虚弱得连叫声都发不出了，只是微微摇晃着头。

像是在那片漆黑的世界里，拼命寻找着那唯一熟悉的感觉，那世上最后的一点温暖。

沈石的双手忽然颤抖起来，他咬紧了牙，抱住了小猪的身子，当他的手掌接触到小猪的身子时，原本抽搐、虚弱、挣扎的小黑突然顿了一下，然后迅速地平静了下来。

它的头慢慢抬起，那双流着血的眼睛空洞而苍白地望向沈石的方向，然后，它的喉咙深处，缓缓地、轻轻地哼了一声。

沈石的眼眶猛然一热，甚至连身子都抖了一下，然后他紧紧地将这只小黑猪搂在怀里，贴在胸口，抱紧了它。

小猪靠在他的胸口，仿佛终于感受到了那熟悉的温暖，于是低垂着头，不再挣扎。

第八十章 ■ 玄炎果

周围地面上一片狼藉，黑血横流，沈石抱着小黑站了起来，走远了一些，在山坡边的树林边缘处找了个干净的地方蹲下，然后小心地将小黑放在地上，这才开始仔细地查看小黑的伤势。

在这期间，小黑一直都很安静，几乎没有任何的挣扎扭动，当然看它那凄惨的模样，或许也有很大可能是根本没有力气再动弹了。沈石在小黑身子上检查了一番，很快眉头便皱了起来，小黑身上外伤是有一些，但应该是它天生厚甲天赋加上皮肉坚韧无比，那些外伤看上去都是并无大碍。而眼下最致命的却是仍然在不断地从它口、鼻、眼中渗出的诡异黑血，虽然相比之前，这黑血流出的速度已经慢了许多，但是小黑快要坚持不住了。

这是什么剧毒，毒性竟是如此厉害？

沈石咬了咬牙，当初他带着小黑在外冒险游历的时候，也曾经遇见过不少身有毒性的妖兽，但是普通的毒物对小黑几乎完全无效，甚至就连在镇魂渊中曾经遇到的那个千年尸王，一口喷出显然毒性剧烈的尸毒在小黑脸上，也只是让小黑不适了一会儿，随后便行若无事般扛了过来。由此也能看出小黑在血脉异变之后，虽然不知到底是何缘由，但它对毒物的抗性却是极高的，可是眼下这不知名的剧毒竟然能将小黑毒到这垂死边缘，显然绝非凡俗之物，怕是大有来头的。

一时间，沈石心里都有些后悔刚才出手太重太快，直接就杀了那三个修士，否则的话，或许还能试着逼问拿些解药过来。只是这念头也只是一闪而过罢了，刚才那局面，对面三个修士都是与自己境界一般的凝元境修士，其中那个小个子道行更高，甚至还可能到了凝元境中阶。沈石之所以一来便痛下杀手，一个原因当然是看见小黑被折磨垂死，愤怒欲狂；另一个原因却是清楚地看出若是稍有犹豫，让那三个修士回过神来，只怕死掉的人多半便是自己了。

那电光石火间的凶险，实是由不得他多想。

沈石自幼博览群书，又在天一楼中长大，对各种灵材眼光阅历都是丰富至极，但对毒物这种阴险诡谲的东西却是不甚了解。事实上，鸿蒙修真界中，毒术一直是一个冷僻却又危险的旁门小道，鲜少有修士涉足于此，但凡沾染上毒术的，往往都被人以为是邪门歪道，时常会被正道中人围攻。

看着小黑的模样，沈石犹豫了片刻，随即目光转了回去，却是起身走到了那三个死人的身边，在他们身上仔细搜寻了一番。解飞光与那个面目阴狠的修士身上都没有太多的东西，除了些零散灵材物件外，最多的就是修士必备的几十颗灵晶；倒是在最后那个小个子的修士身上，沈石却是找到了一个储物的如意袋。

这个如意袋看上去约莫有巴掌般大，虽然样式、颜色与沈石身上这个如意袋稍有不同，但大小几乎一样。沈石也是精神一振，能有储物法器的人物都不会太差，看来这三人中似以此人为首，那么自己想要寻找的解药应该就在此人身上了。

心里这般想着，沈石更不迟疑，在检查过这如意袋上并没有什么机关禁制后，便将灵识沉入其中，仔细搜索起来。

只是过了片刻，沈石的脸色猛然间难看起来，手一抖，面前便出现了六七个大大小小形状各异的瓶子、小罐，里面有的是液体，有的是粉末，也有色泽青黑的古怪丹丸，散发出的气味也多是腥臭难闻的，却是根本分不清楚究竟哪个可能是小黑身上所中剧毒的解药，或者这里面其实可能都是毒药，根本没有解药。

沈石死死盯着这些小瓶子，过了一会儿，忽然一把将它们尽数抓起，又带上那个如意袋跑回到小黑身边，然后将所有的瓶子一字排开放在小黑的脑袋前面，低声道："小黑，你能闻出来哪个是解药吗？"

小黑的头微微动了一下，却没有更多的动作与反应了。

沈石的目光很快落到了它仍然在不断渗血的鼻子上，心中一酸，沉吟片刻之后，将这些不知是毒药还是丹丸的瓶子收起，对小黑道："你在这里好好躺着，我去……去这山上林间找一找，看有没有可能找到一两味有解毒功效的救命灵草。"

说话间，他脸上的神色却是一片惨然，隐隐可见绝望之色。且不说他本来就不擅于寻找采集灵草，过往日子里能找到灵草靠的全是小黑过人的嗅觉，这片山林又如此广袤阔大，草木也是繁茂，想要在里面迅速找到什么灵草，如大海捞针；而就算他运气奇好，能够一下子就找到灵草，但是这灵草能否有解毒功效也未可知；就算真的能解毒，是否又能对小黑所中的这种无名剧毒起效，却又是另一桩不可预知的事了。

如此渺茫的希望，几乎宣判了小黑必死无疑，只是看着这只多年来与自己相依为命的黑猪，沈石无论如何也不肯放弃，咬了咬牙就要站起，往那山林中去寻觅灵草。

只是就在他即将转身之际，忽然却感觉到自己脚下有些动静，低头一看，却是小黑的一只蹄子有气无力地伸了过来，看上去甚至还有些颤抖，轻轻地碰了一下他的脚踝。

沈石心头一颤，低下身子摸了摸它的脑袋，正想再安慰小黑几句的时候，忽然一怔，却是看到在小黑脑袋的旁边地上，居然有一株灵草躺在那里。

他呆了一下，甚至怀疑自己是不是因为心情太过急切而有些眼花，因为刚才他抱着小黑走到这里的时候，分明根本没看到地上有这么一株灵草。沈石下意识地揉了揉眼睛，却发现自己眼前居然真的有那么一棵灵草。

红叶白花，一尺来高。

沈石一把抓起，瞪大了眼睛仔细看了看，但片刻之后却是眉头皱起，轻轻叹息一声，这灵草名叫"连风草"，在品阶上倒是不低，排在二品灵草之列，价值不菲，但并无解毒之功效，对眼下小黑的伤势，没有任何用处。

这世上，果然是不可能会有天上掉馅饼般的幸运吗？

沈石心中一片茫然，摸了摸小黑的头，道："你好好躺着，我去帮你找些灵草来。刚才在这里的地上我随便都能看到一株灵草，只是没有解毒功效，但或许……或许这林中真的是灵气集聚的福地，有无数灵草……"说到后面，他的声音渐渐低沉下去，那些话连他自己都不信了。

惨然一笑，沈石正待起身，而小黑这时则又轻轻哼了一声，看上去气若游丝。

然而就在这片刻之间，沈石忽然身子一震，双眼再度难以置信地睁大，盯着那地上，只见刚才同样的地方，赫然又出现了一株灵草。

如鬼魅一般，就这样在他的眼前，凭空再度出现了一株灵草。

沈石慢慢张大了嘴巴，愕然看着地下，下意识地往自己手上看了一眼，却只见那株连风草依然躺在自己的手心，而地上分明又多了一棵灵草，六叶黄果，正是一种名叫"铜阳果"的一阶灵草。

铜阳果算是一种少见的灵草，用处也不算很大，只有一种普通丹方中会用到，而且还是可以随时替换的辅料，也没有解毒的功效，但是……但是重点不是这个啊！

沈石一把抱起小黑，瞪大了眼睛在它所躺的地面上扫看过去，却只见土地平坦、野草茵茵，没有半点异常之处，无论如何也不像是能够突然变出灵草的地方。

但是这两棵灵草又是从何而来？

沈石呆了片刻，目光最后落在了自己手上的小黑身上。

"是你吗，小黑？"他带着几分难以置信的语气，连声音都有几分颤抖，道，"这些灵草是你拿出来的吗？"

小黑在他的怀里，仿佛连点头的气力都没有了，过了好一会儿，才发出一声细微至极的哼哼声。

沈石狂喜，险些一下子跪倒在地，连忙将小黑重新放在了地上，一迭声道："快、快，再拿些灵草出来，刚才那两种灵草不行，没有解毒的功效。"

小黑头伏在地上，身子微微动弹了一下，只听着身边年轻的主人在不停激动地说着：

"对了，你别拿那些没用的，快找找有没有能解毒的灵草，'驱阴藤''凤血莲'这种，呃，如果有'玄炎果'最好，它驱毒功效最强，如果这些都没有，我想想，我想想，嗯，要不看看……对了，'辟毒花'也行！"

小黑茫然地躺在地上，一动不动，仿佛只剩下最后一口气，而沈石满怀希望地等了一会儿，却发现地上并没有任何灵草出现。他心中一惊，涩声道："没有吗？都没有吗……呃，不对，你是不知道这些灵草的样子是吧？"

小黑的头颅极轻微地点了一下。

沈石大喜，连忙凑了过去，对小黑低声急道："你看看，仔细看看，驱阴藤是生于阴湿之地的灵草，枝叶枯黄，与众不同，有微弱臭气；凤血莲则是白瓣莲花，中有殷红之色，形如凤血；还有玄炎果……"

一种种灵草灵果外形特征，沈石如数家珍，熟练无比地对小黑一口气说了出来，中间几乎没有半点停顿，而小黑看上去也不知是否听明白了，或是已经到了筋疲力尽的地步，一直都趴在地上一动不动。

当沈石终于全部说完之后，心里满怀希望地看着小黑，却见小黑一直躺在那儿，身子周围却没有半点异变。

没有灵草，什么都没有。

他等着，等着，心里似有一团火焰灼烧着，仿佛下一刻就要忍不住狂呼出来，那希望隐约就在前方不远处，但生死一线却也正在眼前。

是生，还是死？

他的心已经提到了嗓子眼上，连呼吸都下意识地屏住。

如此寂静，山林无声，只有一阵山风徐徐吹过。

茵茵野草微微摆动，从小黑的身上拂过，它的头仿佛感应到了什么，在低垂了很久后，微微颤动了一下。

一株灵草，上结灵果，色泽金黄，如一团火焰熊熊燃烧，几乎是在陡然出现的那一刻，一股浓郁至极的灼热气息便扑面而来。

沈石的身子一颤，眼中在瞬间掠过了狂喜之色，一把抓住那棵灵草，连声音都微微有些颤抖，道："玄炎果！果然是玄炎果……"

第八十一章 ■ 火葬

在神仙会颁布的《鸿蒙药典》中，玄炎果是一种三品的罕见灵草，刚正纯阳、灵性深厚，并有祛阴拔毒的奇效，是一味有着广泛用途的珍贵灵草，并因其驱毒的特性，被许多种解毒灵丹选为主料，在市面上价值极高，单以价格论，在所有的三品灵草中都能排进前五位。

沈石之前所说的好几种有解毒功效的灵草中，几乎都是一品、二品的灵草，只有玄炎果是三品灵草并且解毒功效也最强大，但是这种灵草确实十分罕见，所以沈石本来对此并没有抱多大的希望。只是想不到，小黑却是给了他一个大大的惊喜。

此刻沈石毫不迟疑，直接抓起那玄炎果摘下果实，一手掰开小黑的嘴巴，另一手手指用力，一下子捏破了那如火焰般的果实，顿时几道清澈的果汁流了出来，在碰触到沈石手上肌肤时，居然有一种灼烧的痛感。

沈石的眉头微微皱了一下，但知道这是玄炎果本身就有的特殊汁液，所以手腕丝毫不动，先是将这些果汁尽数滴入小黑的嘴巴里，迟疑了片刻后，将那剩下的果实也用力揉烂了塞入小黑的口中。小黑的喉咙轻轻动了一下，看上去有些吃力，但还是艰难地将这玄炎果吞了下去。

其实这种服食玄炎果的法子太过简单粗暴，算不得是个好办法，若是放在真正的高阶炼丹师手上，加以精细研磨调制，再辅以各种早已成熟的丹方辅料互相搭配，将药效发挥到极致，如此炼出的解毒灵丹，在药效上至少要比如此生吃玄炎果的效力高出四倍。事实上，这也是炼丹一道的根本意义之所在。一个成熟而高阶的炼丹师，能够炼制出各种药效惊人的灵丹妙药，对修士的修行助力极大，同时相同的一些药草经过炼丹师炼制成丹药，其价值会倍增，甚至有时候会达到十几倍的惊人程度。

沈石对这其中的门道当然也是一清二楚，然而眼下情势危急，小黑命悬一线，他也顾不得那么多了，只能让小黑服下这玄炎果的同时心中祈愿这奇果灵草能够祛除它所中的剧毒。

果实吃了下去，但小黑看着似乎并没有特别的变化，依然还是那副像是随时就会断气的危险模样。沈石只觉得自己心跳渐渐变快，但是心里明白这药效再强也要过一段时间才能起效，所以此刻只能眼睁睁地跪坐在小黑身旁，目不转睛地看着它，等待自己期待的那个奇迹发生。

时间，仿佛过得很慢很慢……

焦灼就像燃烧的火球般在心头不停地折磨着，也不知就这样过去了多久，沈石突然看见小黑的一只前脚猛然间轻轻抽动了一下。

这动作虽然微小，却是这一段时间里小黑唯一的举动，沈石心头一跳，正惊疑不定时，却忽然发现在小黑的脸上，口、鼻、眼三处原本不停渗出的黑血，竟然缓缓止住了。

沈石怔了一下，随即一阵喜悦涌上心头，双眼也随之亮起，显然这是玄炎果驱毒起效的迹象，虽说小黑看起来还不是太好，但显然玄炎果这种灵草对它所中的剧毒还是有效的。

在沈石欢喜期待的眼神中，随着时间一点一点地流逝，那棵玄炎果的功效果然渐渐显露了出来，小黑的呼吸开始加重，偶然会有的小动作也是力道幅度都变得有力增大，并且它的精神明显开始好转，到了后来它甚至可以微微抬头，像是在倾听什么一样。

沈石轻轻地把手伸了过去，摸着它的脑袋。小黑安静地躺着，头微微蹭了一下他的手心，一如过去熟悉的模样。

约莫过了两个时辰，本来一直安静躺着的小黑忽然身子一颤，竟从地上跳了起来，沈石吃了一惊，随之站起正想去安抚它时，便看到小黑猛然哇的一声，吐出了一大口黑血，随即又是一口，所吐黑血浓如墨汁，并有一股如腐烂臭泥的诡异味道。

在吐出这些黑血之后，小黑身子摇晃了几下，后退数步，像是全身脱力一般歪了下去。沈石眼疾手快，一把抱住了它，走到旁边稍远些的干净地方坐了下来，再细看小黑时，便发现它虽然看上去像是筋疲力尽的模样，但吐尽黑血之后，神色间却是焕然一新，原本的委顿之色也随即不见，最重要的是在这片刻之后，小黑原本紧闭着的被黑血浸染如墨的双眼，却是再度缓缓睁开了。

黑暗悄然而散。

世界重归光明。

一草一木、山峰森林，重新回到了眼前，当然还有那个微笑的熟悉的脸庞。

小黑猪看看沈石，左看右看小猪头晃了好几下，然后低低地哼叫了一声。

沈石笑了起来，欣慰而欢喜，用手轻轻拍了一下它的脑袋，深吸了一口气，然后轻轻地道："好了，没事了。"

小黑安静地躺在沈石的身边，依偎着他的身子，很快就陷入了熟睡沉眠中。或许是因为太过疲累，或是多日历险、连番争斗、心力交瘁，直到此时，这只小黑猪才终于完全放下心来，似乎只有在沈石的身旁，它才能真正完全不在意任何危险，就那么安然地睡去。

睡梦中，它仿佛还会露出一丝快活的笑意。

于是黄昏，于是傍晚，于是天黑而满天星斗，星光灿烂落向人间，山风徐徐也吹不醒猪的美梦。它只是快活而安心地睡着，直到这一夜过去，直到黎明，直到晨光落下，直到那新的一天重新开始。

它从梦中醒来，睁开眼睛看了看身边，有草有树，有风有山，还有主人，它站起身，抖了抖身子活动了一下，来回跑了两步，跳了一下，然后哼哼叫了一声，就像是一只全新的精神十足的小猪，甚至在眨眼之间，它的嘴里又突然多了一根灵草，然后笑呵呵快活无比地嚼了起来。

新的一天，看起来多美好！

沈石的心情也不错，找回了失散的小黑并险之又险地从鬼门关将它拉了回来，这份欣慰实在难以言说，甚至当他回想起昨日的那一幕时，心底深处还会隐隐有些后怕，只要自己来晚一步或是没有那玄炎果，只怕摆在自己眼前的都会是另一个难以接受的局面。

不过欣慰过后，还有一些事并不令人愉快，但却是不得不做的。

山坡上下惨不忍睹的野猪尸骸，都被拉到了一片开阔的空地上，腥臭的黑血浸染了这里大片大片的土地，曾经生长在这片泥土上的野草、荆棘包括林木都会很快枯萎死去，然后很多年里寸草不生。

野猪的尸体堆成了小山一般，这些曾经在这短短一个多月的时间里逆天改命，追随在一只黑猪王身后，一改前代祖先被压迫、被屠杀、被捕猎，惶惶不可终日的命运，扬眉吐气骄傲地站在这片森林里，赶走了一切敌人，自立为这片山林王者的野猪，此刻都已经失去了生命。

沈石沉默地将一只只野猪的尸体堆放在一起，偶尔回头看看小黑，然后又去旁边的林子里砍来许多树枝木柴，堆在这些野猪尸骸的身旁。

在这个过程中，小黑一直安静地站在山坡上的那块大石顶上，正是往日它最喜欢的位置，目视着下方那些死去的野猪。山风习习，带着几分凉意吹过它的身体，没有咆哮，没有吼叫，没有愤怒，也没有更多的表现，它就那样静静地独自站在那里，安静地看着下面的一切。

一切都像是一场梦吗？

一场美好却易醒的美梦。

正如人世间所有美好的事物，都如镜花水月般脆弱，呼吸之间，眨眼过后，便是那梦醒时分。

沈石丢下了最后一把木柴，站直身子，然后再次回头向那块大石上看了一眼。小黑像是知道了什么，身子似乎微微颤抖了一下，但却依然安静地站在那高高的石头上，一动不动。

沈石轻轻叹了口气，右手扬起，在他手掌周围尺许的虚空里忽然现出了几分模糊影像，片刻之后，一个燃烧的火圈环绕着他的手臂，缓缓现身出来。

五行术法，狂焰术。

随后他振臂一挥，火圈陡然而散飞入半空，化作数十个火球迎风燃烧，然后分别向着不同的方向落了下来，正中那些将野猪尸骸围绕起来的众多木柴枝叶上，顿时，数十个火头同时点燃，大火迅速燃起并连成一片，很快形成了一个巨大的火堆，将其中如小山一般的众多野猪尸体湮没，熊熊燃烧。

火焰照亮了周围，靠近的草木都开始枯萎焦黑，同时也映红了沈石的脸庞，他退后了几步，想了想后，又走去将山熊堂的那三个修士尸体也拖了过来，直接扔进了这个大火堆，并且在留下了灵晶之后，他还把包括那个小个子的储物袋在内的所有属于他们的物件，同样抛入了火海中。

火舌疯狂扭动着，吞噬了一切，沈石微微眯起眼睛看了一会儿，然后转身走回了那块大石上。

小黑依然站在这里，除了沉默还是沉默。沈石凝视它半晌，却是微微叹息一声，转过头来，并没有多说什么，就这样安静地和它坐在一起，看着山坡上这一场大火。

这一场大火，从清晨烧到了午时，火势才开始渐渐减弱，当所有的尸骸都化为了虚无黑土，就好像过去的这一段时光就此湮灭。

小黑慢慢低下了头，像是在回忆什么，又似在默默低语，然后它转过身子，走到沈石的身旁，抬头看了看他。

沈石拍拍屁股站了起来，摸了摸小黑的脑袋，轻声道：

"走吧，我们回家。"

他们就这样安静地在森林中走着，似乎刚才那一场大火仍然在他们的眼前燃烧，不过当走在森林中的某一处，沈石准备向着出山的方向走的时候，小黑却咬了一下他的裤脚，对他轻轻叫了两声，像是示意沈石跟着它，然后便向着另一个方向走去。

在那前方密林深处的边缘，是另一座屹立于此的高耸山头，几声从不知名处传来的兽吼声，隐隐约约地在山脉深处传荡而来。

第八十二章 ■ 密谷

一路走过森林，来到那座山峰之下，沈石抬头望去，只见这座山峰挺拔险峻，多有怪石悬崖，突兀而出，一半山体覆盖着翠绿的林木，另一半却完全是深灰色的坚硬岩石，显得不太搭配。

站在山脚下，看了一会儿这条山脉，沈石皱了皱眉，对小黑道："到这里做什么？"

小黑对着山峰上头甩了甩头，嘴里哼哼叫了两声。沈石挠挠头，不太明白，不过却是忽然想到另一些事，走到小黑身前蹲了下来，上上下下、仔仔细细地打量一番这只小黑猪。

小黑莫名有些紧张，瞪着沈石，下意识地后退了一步。

沈石笑了一下，目光随即落在了小黑嘴边新长出的那一对雪白獠牙上，撇了撇嘴，手还伸过去摸了一下，道："上次在镇魂渊下的时候，明明还没有的，怎么这次一见面你就从一只家猪变成野猪了啊？"

小黑哼了一声，没好气地甩开了头，头颅往上一甩，看似十分傲气，一副我看不起你的模样。

沈石也不生气，笑着一把将小黑抱了过来，然后看着它低声道："有件事我想问你很久了。"

小黑的眼皮忽然跳了一下。

沈石正色道："昨日我救你的时候，那地上平白无故突然出现了一棵又一棵的灵草，那是怎么回事？"

小黑瞪大了双眼，看着沈石，一动不动、不言不语。

沈石哼了一声，道："别装死，快说！"

小黑无动于衷，屁股一甩，从他手上挣脱跳下，然后自顾自地往前走去。沈石跟在它的身后，追问半天，小黑却仍是一副油盐不进的模样，显然对自己食物的护卫之心无比坚定。

沈石眼珠子转了转，从怀里摸出一块灵晶，递到小黑眼前，笑道："要不要？"

小黑眼光一直，作势就欲往前扑去，沈石眼疾手快，连忙收起，然后对小猪正色道："拿灵草来换，嗯……"他想了一下，又接着道，"一颗换十根灵草！"

小黑吧唧吧唧嘴巴，把流出来的一点口水吞了，然后哼了一声，鄙夷地看了一眼沈石，甩头就走。

沈石呆了片刻，喃喃道："这家伙变成野猪之后，好像聪明了一点嘛……"

一人一猪从山脚上山，一路上沈石围着小黑好说歹说，费尽心机想要搞清小黑身上的秘密，或是想知道这个家伙身上到底藏了多少灵草，无奈小黑对此戒心极高，半点不肯分润给他，只是自顾自地叼着不知怎么变出来的半截灵草，优哉游哉地走在前头。

沈石最后也是颓然，挠挠头，心想反正以后日子还长，总会搞清楚的。而小黑走着走着，忽然鼻子一动，像是嗅到了什么气息，然后猪头往旁边一处树林深处看了一眼，一下子就蹿了过去，动作敏捷至极。

沈石吓了一跳，连忙跟了过去，随即便看到小黑跑到那林中一棵大树之下，东张西望找了片刻，便从一处盘根错节的树根下叼了一株色彩青灰的大头蘑菇出来。

沈石盯着那蘑菇看了两眼，忽然眼光一亮，一下子从小猪口中抢下这青灰蘑菇，仔细观察了一会儿，却是带了几分惊喜，道："虚元菇！"

在《鸿蒙药典》中，虚元菇乃是三品的高阶灵草，价值极高，但令沈石更加高兴的是，这种罕见的三品灵草正是钟青露当初对他交代的六种三品灵丹丹方中的一味主料，是炼制"元神丹"必不可少的最重要的灵材。

在这之前，他虽然也曾多有留意，但那六种灵丹的丹方主材无一不是罕见珍贵的三品灵草，实在是难以寻觅，想不到今日居然在这山中凑巧找到了一棵。

他这里欢喜不已，小黑却有些急了，在他身边蹦蹦跳跳、推推挤挤，用力翘着头想去够那虚元菇，一副舍不得这宝贝的模样。

沈石哈哈一笑，搂过小黑的脖子抱着它坐下，笑道："好小黑，这蘑菇我有用处，就先让给我吧。"

小黑哼哼低叫起来，看样子大为不满。沈石沉吟片刻，随后笑着拍了拍小黑的头，道："好吧，好吧，那就便宜你了，给你。"

说着，他把手上那颗灵晶直接塞到了小黑的嘴里，小黑怔了一下，随即嘴巴一合，顿时高兴起来，看来对这灵晶是真的十分喜欢，乐呵呵地就这样不再缠着沈石，而是开始向前走去。

沈石哈哈一笑，心想一颗灵晶能换到这三品灵草，实在是赚大了，心下得意，将这虚元菇往如意袋中一拍收了进去，便也随着小黑走去。然而才走了几步，他忽然一怔，却是想到了什么，眉毛挑了起来。

"喂，小黑，"沈石在后头大声说道，"不对啊，前头在你那些山头地盘上，咱们走了那么久，路过那么多林子、山峰，怎么从不见你找到灵草，偏偏到了这里你就发现了？"

小黑嘴里含着灵晶，心满意足地嚼着，装作什么都没听见。

沈石快步走到它的身边，笑道："臭猪，快老实说，难道是你在做山大王的这段日子里，把那几十座山头的灵草全都扫干净了吗？"

小黑一个趔趄，咳嗽起来，似乎是被嘴里的灵晶呛了一下，随后又像是若无其事般，自顾自地往前走去了。

沈石站在它的身后，有些目瞪口呆地看着这只黑猪，一时间却是说不出话来。

一路无事，沈石随着小黑一路走过了半山腰，发现到了这里，山上的林木明显开始稀少起来，露出了大片大片裸露的岩石，透着一股荒凉气息，与山林中那股生机勃勃的样子截然不同。

沈石转头看了看周围，只见前方山体越发陡峭，看上去也并无什么值得注意的地方，不禁有些纳闷地对小黑道："小黑，咱们到这里究竟干吗？"

小黑不会说话，自然不能明白地回答他的问题，只是低低哼了一声，示意沈石跟上来，便继续向山上走去。沈石耸了耸肩，只得跟了上去。走着走着，看着周围越发荒凉的山体岩块，沈石没有看到任何动物的影子，事实上，就连野草树木都渐渐绝迹了。

周围除了岩石还是岩石，看上去似乎只是一座毫无生气的荒山，但小黑却不知为何，一直坚持着向山体上方走去。而沈石走的时候回想了一下，却忽然发现似乎自己上山之后，就没看到什么个头儿较大的妖兽动物，哪怕是在那片山林中，也是除了些小鸟、山鼠之外，就再也没看到其他野兽了。

这里，这座山峰，似乎真的有些与众不同。

沈石的脸上神情渐渐有些郑重起来，紧走几步赶上小黑，正想说话，却只见小黑忽然停下了脚步，眼望前方，口中发出了一声低低的吼叫声。

沈石顺着它的目光看去，脸色顿时微变，只见前方山体一处悬崖之下，开了一道一线天似的缝隙，里面隐隐似乎有个山谷，但在这条缝隙上下十几丈高的岩壁上，却是到处遍布着乳白色中带着许多灰点的丝带丝团，看上去竟是有些类似平日所见的蜘蛛丝。

而几声怪异的吼叫声，似乎也从那悬崖缝隙之后的深谷中远远传了出来。

沈石盯着那处缝隙看了一会儿，目光闪动，片刻之后忽地拍了拍小黑，示意它跟着自己，然后转身向悬崖的另一边走去。

这里怪石林立、悬崖突兀，但对有道行在身的修士来说，攀爬这些岩壁并不是一件太过困难的事情，沈石就顺着这片悬崖爬了上去，甚至还有余力拉扯着小黑手脚并用地一起上来。

到了悬崖上方，顿时只觉得眼前视野陡然开阔，只见自己已经站在山顶，但脚下却是有一处巨大的山谷被岩壁环绕，其中到处是之前他所看到的那种怪异强韧并且粗大的白色蛛丝，纵横交错，布满了山谷中的每一个角落。

而在山谷正中的那片蛛网中心，赫然趴伏着一只体形巨大的黑色蜘蛛，低头不动，似乎正在沉睡，而在它周围那些蛛网之下，影影绰绰，似乎有许多个头儿小，但比普通蜘蛛仍然大了十几二十倍的小蜘蛛在快速地爬动着，数量之多，一时之间似乎都无法数清。

沈石的身子微微一震，面上露出惊愕之色，低声道："'铁狼王蛛'？这里居然会有这种四阶的妖兽！"

眼前这只在山谷中突然出现的巨大蜘蛛，以沈石之前的阅历，很快便认出了它的来历，乃是在妖兽品阶中赫然排在第四阶的一种强大妖兽。妖兽品阶共有七阶，六阶的妖兽甚至是最高的七阶妖兽，传说都已经是属于那种足可以比拟上古神兽的强大怪物，但是这等凶物早已在鸿蒙诸界失踪多年，据说已在世间消亡。就算偶有传言说有这等高阶如神般的怪物出现，也是多指在人迹罕至甚至是修士亦难前往的蛮荒绝地，根本难以证实。

而通常能看到的最强大的妖物，便是四阶、五阶的了。

妖兽在三阶时会有可能凝结出妖丹，到了四阶种类的妖兽，则都是必定会凝聚妖丹的异种，实力比普通的妖兽强大得多。要知道妖丹之于妖兽有点类似于元丹之于人族的元丹境修士，许多根本的法力神通，都是由这神奇妖丹上而来。

甚至可以这么说，有或是没有妖丹的妖兽，其实根本就是两种完全不能比拟的物种。

拥有妖丹的妖兽，实力通常足以碾轧普通凝元境的修士，或许神意境的修士方可一战。而此刻沈石所看到的这只铁狼王蛛，光看外表便是强大至极的妖兽，体内必定已结出妖丹，只是想不到居然会在这山中看到。

在人族修真一道中，妖丹是最珍贵的几种灵材之一，若是发现有四阶或四阶以上的成熟妖兽，往往就会吸引众多修士甚至是一些大修士、大真人前往镇杀夺丹，所以多年以来，高品阶的妖兽在人族密集的区域早已被灭杀殆尽，只有荒凉无人的偏远所在才有可能出现。

沈石从那铁狼王蛛的身上收回目光，看了一眼身边的小黑，苦笑了一声，道："小黑，底下这家伙厉害得很，咱们打不过的。"

第八十三章 ■ 陷阱

小黑同样站在悬崖边上，探头探脑地向山谷里望去，一开始很明显地吃了一惊，露出几分畏惧之色。那铁狼王蛛的个头儿几乎就像是一座土丘，一看就是实力凶悍的强大妖兽，更不用说它还会有妖丹，若是通过妖丹使出什么诡异本领出来，更是让人头痛。

只是在听到沈石带了一丝退意的话语后，小黑却是露出几分不舍之色，似乎这山谷下的蜘蛛或是其他什么东西对它有着很强大的吸引力，便一直在那边磨磨蹭蹭地不想离开。

沈石摇了摇头，打不过还要硬凑上去那就是找死的傻瓜行径了，这种事当然不能做，所以当下悄悄拉了小黑一把，准备往后退下这个悬崖。

只是就在这个时候，从那山谷中突然爆发出一声巨响，将沈石与小黑都吓了一跳，一起回头看去，只见那只铁狼王蛛的身子突然抖动了几下，庞大的腹部在地上重重地弹动，甚至还伸出了两只前腿打在地上，看上去居然有几分痛苦的模样。

这一下沈石顿时来了兴趣，凝神定睛仔细看去，没过多久，凭借着修士胜过凡人许多的敏锐视力，他发现这只身躯庞大的铁狼王蛛的身体上的确有些异常。

没过一会儿，突然有一个人头大小的突起从它的腹部上突起，并且每一次出现的位置都不一样。那感觉十分诡异，就像是在这只铁狼王蛛的体内正有个人不停地一拳一拳打在它的腹部内壁上。

这种诡异的从内部发生的异变，显然让这只铁狼王蛛十分狼狈也很痛苦，同时沈石也看了出来，这只铁狼王蛛一直趴在一个地方一动不动，却是有些筋疲力尽的模样，只是不知道这种诡异的痛苦究竟折磨了它多久。

眼看着那奇怪的突起仍然是每隔一会儿就出现，每一次铁狼王蛛都痛得身子颤抖一下，看起来它终于像是有些忍耐不住了，当腹部又一次鼓起后，它忽然咆哮了一声，却是从口中吐出了一枚约莫拳头大小、色泽乳白的圆珠，快捷无比地在它头上盘旋了片刻，随即向腹部上那个突起处落了下去。

一道白色而略带几分模糊的光芒顿时从那颗圆珠上散发出来，直接罩在了那一处突起上，并且圆珠在眨眼间，直接打在了那一处突起上。

"妖丹！"远处悬崖上的沈石双眼中瞳孔微微一缩，立刻知道了这东西的来历。

一声低沉的闷响，仿佛是从铁狼王蛛巨大的腹部体内传出来的，仿佛有什么东西受到了一记重击，而铁狼王蛛运用妖丹击打自己的腹部，却也是身子剧烈颤抖了一下，看上去也不是很好受。

不过作为高阶妖兽象征的妖丹一旦出手，果然效果不凡，这一击之后，铁狼王蛛的腹部内居然平静了好一会儿都没看到那奇怪的突起。不过正当沈石以为这只高阶妖兽果然还是厉害，已经搞定了自己体内那莫名其妙的问题时，约莫是在半炷香后，突然在铁狼王蛛的腹部下方，赫然又有一个突起出现，而铁狼王蛛也随即发出了一声带着愤怒与痛楚夹杂在一起的吼叫。

随着这一声怒吼，在这只身躯庞大的铁狼王蛛周围，顿时涌出一大群的小蜘蛛，看上去似乎都是这只铁狼王蛛的子裔，不过显然这些小蜘蛛并没有多少智力，虽然看过去一大片，黑压压的，十分吓人，但只是围在大蜘蛛的身边吱吱乱叫，到处跑动，杂乱无章，却是根本什么都做不了。

相比之下，似乎还是那只铁狼王蛛更沉着些，虽然痛苦，但是在低吼一声后，还是迅速地操控那颗妖丹直接打在了那个新的突起上。与之前一样，顿时又是一声闷响发出，大蜘蛛身子抖了一下，模样上似乎更萎靡了些，但是体内也再度安静了下来。

这一次等了更长的时间，直到接近一炷香的时间后，铁狼王蛛的体内才忽然再度出现了那诡异的突起异状，似一个人在它身体里面再度狠狠地打了它一拳。这一次铁狼王蛛没有任何的犹豫，直接驱使妖丹过去攻击，然后身子又很快恢复了平静。

如是者接二连三，但看得出来，在铁狼王蛛使用妖丹之后，体内的那股异常明显受到了压制，每一次发作的间隔时间越来越长，看上去似乎已经渐渐地力不从心。

沈石站在远处的悬崖上，居高临下地将这一幕看得清清楚楚，同时也将神态萎靡的铁狼王蛛的窘态看在眼中，一双眼睛渐渐亮了起来。

过了一会儿，他忽然回头看了小黑一眼，压低了声音，轻声道："小黑，你跑到这里来，是有什么想要的吗？"

小黑连连点头，伸出一只脚对着下方指个不停。沈石淡淡道："那妖丹你没份儿，别想了。"

小黑顿时沮丧了一下，不过随即又哼哼叫了两声，看了一眼下方的铁狼王蛛，似乎意有所指。沈石不是太明白它的意思，不过只要不是最重要、最珍贵的妖丹，其他的东西都好商量。

他笑着站起来，带着小黑却是向悬崖后头走去，同时口中道："我现在想到一个法子了，或许会有几分希望能打败这只妖兽，不过嘛，实施这法子也有两个条件，一个是看老天帮不帮忙，这附近有没有那种合适地形；另一个嘛……"他嘿嘿一笑，蹲下身子拍了拍小黑的头，微笑着道，"就看你的皮够不够硬了！"

小黑的脖子忽然缩了一下，似乎感觉到一股凉意猛然从背后泛起，瞪着沈石，哼哼叫了两声。

山谷之中，在又一次的妖丹击打后，铁狼王蛛体内的那股异常似乎被真的压制住了，已经很久都不再出现。不过铁狼王蛛看上去也是狼狈至极，趴在地上一动不动，似乎连挪动位置的力气都没有了。

就在这时，忽然从这座山谷的边缘某处悬崖石壁的狭小缝隙边，猛然走出了一个身影，正是小黑。看着它一副贼头贼脑、偷偷摸摸的样子，小心翼翼地走进这座山谷，只是它才刚刚踩踏上遍布山谷中几乎无所不在的那些白色蛛网时，顿时在那缝隙入口附近的蛛网下传来一阵骚动，转眼间吱吱之声大作，却是有数十只脸盆大小的小蜘蛛钻了出来，从四面八方张牙舞爪地向小黑扑来。

小黑掉头就跑，几乎是嗖的一下就冲出了那道缝隙，而这些灵智不高，但天生嗜食血肉的铁狼幼蛛则是紧追不舍。

一旦冲出山谷，小黑就往石壁的另一侧飞快跑去，几十只铁狼幼蛛蜂拥而来，黑压压一片，向着这只不知天高地厚、在它们眼中已是美味血食的活物扑来。

小黑一路跑去，速度极快。跑了约莫十丈远后，前头一处山壁上却是现出一个天然的凹槽陷了进去，狭窄只有丈许大小地方，里面三面都是坚硬的石壁，小黑猪一转头，就跑到了这里头。

铁狼幼蛛呼啸着冲了进去，随即便看到里面几乎都是平坦石壁，唯有最里面一处角落里有个不大的小洞，看着才尺许高，周围掉落了不少石块并有明显的挖砸痕迹，似乎不久前是被人故意来此处理过一番。

小黑猪根本不管后头那些凶恶的铁狼幼蛛，冲进来之后首先对着那石壁上方尖叫一声，然后一个冲刺直接钻进了那个小洞。洞穴很小很窄，几乎只能勉强装下它的身子，而一片皮肉甚至从洞外都能看到。铁狼幼蛛嗷嗷叫着冲了过来，纷纷扑上去。

然而它们刚想咬死这只猎物，却发现这只黑猪的皮坚韧无比，它们的利齿竟然无法咬破那点皮肉，最多只能让小黑在洞里哼上一声。而与此同时，忽然间在这一处狭小的石壁空间上方，一团炎热之气猛然出现。

铁狼幼蛛愕然抬头，却只见高高的石壁上方，一个人神色淡然地站在高处，双手拂动，火光闪现中，一个炽热的火圈现身又迅速化作数十个熊熊燃烧的火球，在半空中微微一顿后，随即如流星雨一般纷纷落下。

五行术法，狂焰术。

狂焰术是二阶的五行术法，单以威力来说并不算多强，几乎只与一阶的火球术持平，或者稍强一些，但是这个术法最大的长处便在于能够同时召唤出数十个火球，而每一个火球便等同于一阶的火球术威力，攻击范围更是直接笼罩了一丈至两丈的宽大之地。

这一处凹进的石壁显然就是沈石特意找到的陷阱所在，此刻在狂焰术疯狂燃烧无数火球纷纷落下后，在这个狭小空间里的数十只铁狼幼蛛根本避无可避，只能纷纷在刺耳的尖叫声中被落下的众多火球砸中，随即惨叫着乱冲乱撞，但没有任何一只幼蛛能够抵抗这种火球的威力，很快就被全部烧死了。

在沈石手中施放出来的五行术法威力，与普通人的术法自然不同，在天冥咒的强大威力加持下，狂焰术落下来的时候仿佛带了一丝毁天灭地般的强悍气势，当然，这是对这些还未长成的幼蛛来说。

不消一会儿，石壁下的数十只铁狼幼蛛尽数死绝，空气中弥漫着一股焦臭气味。小黑这才从那个小洞里爬了出来，抖了抖身子，看看周围，然后又抬头望了望站在石壁高处绝对安全的地方的沈石，哼哼叫了两声，一副没好气的模样。

沈石站在上头哈哈一笑，摆了摆手，道："快去，快去，咱们现在就是要将那些小蜘蛛都引过来杀光了，剩下一只大蜘蛛又是筋疲力尽的鬼样子，到时候还不是任凭咱们摆布！"

小黑哼叫了一声，然后跑了出去。沈石站在这石壁上头等待了一会儿，很快便听到又是一阵吱吱怪叫声，从远及近呼啸而来。沈石嘴角边露出一丝淡淡笑意，双手扬起，又是一道火光在那手掌间缓缓浮现出来。

第八十四章 ■ 血手

火光起，黑烟散，狂暴的火球之下，这一处狭窄的石壁化为了铁狼幼蛛的地狱，所有的幼蛛无一例外地都在强大火球的威力下被尽数烧死，哪怕有些强壮的幼蛛没有立刻死亡甚至还试图逃跑，但在被火焰封住入口的同时周围都是坚硬石壁的这里，它们唯一的下场也仅仅是如无头苍蝇般到处乱撞，最后仍然是被烧得通体焦黑、八脚朝天而死。

小黑往返于这一处石壁与那个山谷入口之间，看起来动作越来越熟练，越来越轻松，每一次都会引来数十只铁狼幼蛛，然后沈石就站在石壁之上施展狂焰术，轻而易举地将这些幼蛛杀死。

铁狼王蛛这种四阶妖兽，本体自然是颇为强悍的，但是在四阶妖兽中单以个体实力论，铁狼王蛛并不能算是靠前的，实际上它只能算是四阶妖兽中的中下水准。不过在修真界里，对这种四阶妖兽实力的评价却是一般都归到强妖兽那一档，原因就是铁狼王蛛通常情况下，都会御使数量极多的幼蛛。

这些幼蛛虽然实力比不上铁狼王蛛，灵智也不高，但一个个凶残无比，往往发现敌人便是一拥而上，非常令人头疼，所以向来都有一种想杀铁狼王蛛就要先杀光幼蛛的说法。

沈石现在干的其实就是这么一件事。不过若是换在平日，他也不可能做得如此顺利，铁狼王蛛又不是呆瓜蠢材，自己待在那边什么都不干，任凭你勾引杀害幼蛛。只是今日那铁狼王蛛的情形显然大有异常，这才给了沈石尝试一番的勇气。而如此连番数次下来，沈石也在心里确定了一件事，那就是铁狼王蛛果然是有了大麻烦，至少也是元气大伤的地步，否则的话，它几乎根本不可能会对山谷里这些没什么灵智的幼蛛被人轻易诱出，然后杀掉的举动没反应。

小黑一次又一次地进入山谷缝隙入口，将引来的幼蛛都带回那一处石壁让沈石杀死。随着次数的增多，山谷中在那条缝隙入口周围的幼蛛数量迅速减少了，而小黑也逐渐开始慢慢深入这座神秘的蜘蛛山谷，将隐藏在更深处蛛网下的那些铁狼幼蛛勾引出来，然后掉头就跑，而迎接那些凶恶追出的幼蛛的，就是那从天而降的炽热火球。

如此反复不已，约莫在一个时辰之后，沈石与小黑发现在这座山谷里已经找不到铁狼幼蛛了，整座山谷空荡荡的，一片寂静，只有那只铁狼王蛛仿佛还在沉睡一般趴在山谷中间，一动不动。

沈石站在悬崖上沉思了一会儿，心中反复斟酌并细细观察这座山谷地形以及铁狼王蛛的样子，最后终于下了决心，下了悬崖，带着小黑，缓缓走进了这座蜘蛛山谷。

乳白色略带灰点的蛛网遍布了整座山谷，脚踩上去都会有一种黏黏的坚韧的感觉，不过没有了那些隐匿在暗处的铁狼幼蛛的威胁，这些蛛丝看起来也就不再可怕与神秘。

沈石与小黑缓缓地向山谷中间走去，一路小心翼翼，密切观察着那只铁狼王蛛的动静，不过直到他们走到离那铁狼王蛛仅有五丈之远的地方，铁狼王蛛居然还是没有任何反应。

这换作平日断然是不可想象的怪事，由此也可想见这只四阶妖兽此刻正处在最萎靡的时候。

趁它病，要它命！

沈石在确定了这一点后，没有任何犹豫，深吸了一口气后，直接抬手施展术法，一上来就是他此刻最强大的攻击手段——五行术法，天雷击。

小黑站在沈石的身旁，忽然觉得身上有一丝凉凉的奇怪感觉，抬头一看，便望见天空里晴朗白日，却蓦地凭空出现了一道明亮的电光雷柱，而几乎是在同时，一阵细微的战栗感从它的全身掠过，就像是……微弱的电流瞬间通过了它的身躯，有微微的刺痛感，然后它全身的猪毛都在一瞬间竖了起来。

小黑啪的一下跳了开去，离沈石站得远了些，这股诡异的战栗感才减弱消失。而此刻经过接近三息的施法时间，雷光电柱已然成形，天空里猛然响起一声震耳欲聋的雷鸣声，如惊雷炸响，电芒乱窜，一道粗大雷柱从天空轰然劈下。

也是到了这个时候，一直无精打采、奄奄一息的铁狼王蛛才似乎突然惊醒一般，察觉到周围似有异样，它的第一反应便是发出一阵诡异的低沉呼啸声，似乎在召唤什么，然而这一声呼啸出去，半晌却没有一点儿反应。

铁狼王蛛大惊。而趁着这莫名的迟滞，那道雷柱已然如九天神雷一般劈了下来，铁狼王蛛发出一声凄厉的尖叫，试图想要躲避，但是雷电之速何等迅捷，只见在电芒轰鸣中，雷柱快捷无比地直接劈下，击中了铁狼王蛛的脑袋。

"轰！"

一声巨响，铁狼王蛛身躯剧震，尖叫声戛然而止，身子在颤抖中连续退了几步，随即又重重摔在地上。

电光之下，只见那蛛头上一片焦黑，皮开肉绽。这天雷击的威力如此强悍，竟是连这四阶的妖兽都无法以肉身硬扛下来，不过相比之前死在沈石手里的那个山熊堂修士，这铁狼王蛛的身躯显然强悍坚韧多了。

只是饶是如此，这一记天雷击当头轰在头上，顿时也是让这只体形硕大的铁狼王蛛有些吃不消，身子晃荡半天似乎还没回过神来。而就在这时，不知是不是受到了这一记雷击术法强悍威力的影响，或是时候到了，之前平静了许久都未出现在铁狼王蛛腹部的那种诡异的突起，陡然间又在这个时候猛地隆起一大块。

铁狼王蛛身躯大震，仰头怒吼，但声音却是有气无力，就连那颗飞在它身旁的妖丹此刻看上去光芒也暗淡了不少。

眼看着那铁狼王蛛到了这个时候，居然还没有看向自己这里，而是忙不迭地直接想要去操控妖丹，第一个对付的仍然还是那腹部上的奇怪突起。

沈石直到现在也并不清楚这只妖兽体内究竟出了什么问题，不过他却很清楚自己此刻最应该做的事情是什么。

一件平日艰难无比、危险极大，但此刻却是意外轻松惬意的事，就是站在原地继续施法罢了。

沈石甚至连从如意袋中取出天雷击符箓的想法都没有，看着前方那只内外交困、狼狈不堪的铁狼王蛛，他沉心静气，然后双手拂起，电芒雷光再度亮起，天雷击术法又见成形。

铁狼王蛛猛然抬头，对着沈石狂怒地吼了一声，然而对它的怒吼所得的反应，是另一道从天而降的粗大雷柱，再度轰在它的头上。

"轰！"

炽热而令人战栗的电流狂野地扭动着，铁狼王蛛大叫一声，却是勉强转过身子，竟是想要逃走的模样。

然而才跑出一步，突然在它腹部上又是一个突起隆起，如一记重拳给了它沉重一击！

而在前方，沈石的施法从刚才开始，就再也没有停止过，他就那样缓步向前走着，念着法诀，雷声不断，一个接一个威力强大的天雷击术法被他面无表情地施展出来，不停地轰在像是活靶子一般的铁狼王蛛身上。

一个修炼出妖丹的四阶妖兽，平日里何等强大，但今日却是落到了这种绝境之中。

在这场本来艰难无比，但最后却完全一面倒的战斗里，小黑从头到尾都远远站在一边看着，看着铁狼王蛛拼命挣扎，看着它在电光雷柱里哀鸣吼叫，最后又看着它终于无力地颓然倒下，在那可怕的雷电术法中快被劈烂的头颅倒在地上，绝望地咽下了最后一口气。

它死了，再也没有声息。

小黑忽然转过头，看了沈石一眼。

沈石站在原地，气息有些粗重，刚才这一场战斗中他至少施放了十次天雷击术法，哪怕他如今已是凝元境初阶的境界，但是丹田气海内的灵力仍然不足以支撑如此庞大的灵力消耗，要知道二阶术法远比一阶术法繁杂艰难，施法所消耗的灵力也是数以倍计。

到了最后，他甚至不得不动用了隐匿在眉心神秘窍穴里的那一部分灵力，还做好了如果这只铁狼王蛛还能再扛几次的话，他就不得不动用符箓的准备，不过还好，没有了众多的幼蛛作为防卫屏障，铁狼王蛛确实不能算是特别强大的四阶妖兽。

如愿杀死了这只铁狼王蛛，沈石在稍事休息之后，第一个反应就是直接冲过去将掉落在地上的妖丹捡了起来。看到沈石的这个动作，之前在战斗中连影子都不见的小黑突然神奇地在他身边冒了出来，然后一张嘴就向妖丹咬了过去，看起来对这妖丹垂涎欲滴。

沈石一脚踹在小黑的屁股上，把它踢开，然后将妖丹往如意袋里一收，笑骂道："财迷，这东西不能给你。"

小黑哼哼叫了两声，看起来很是不满，不过随后它像是也知道没法得到妖丹，便迅速往前跑去。沈石抬头看了一眼，却见小黑是跑向山谷深处，那里有一个大洞，规模不小，似乎是这只铁狼王蛛平日栖息的所在，而小黑则是毫不犹豫地直接冲进了那座山洞里。

沈石怔了一下，下意识地想跟过去：小黑这家伙平日里就贼聪明，要说这洞里没好处，沈石是根本不相信的。不过他才迈开脚步，却忽然听到从那死掉的铁狼王蛛庞大的腹部内，传出了一阵低沉的闷响。

沈石的脸色微微一变，转眼盯着铁狼王蛛的腹部，片刻之后，便看到一块皮肉缓缓隆起，像是有什么东西在里面拼命捶打狠戳一样。

沈石眼角的肌肉微微跳了一下，沉吟片刻，却是低头从如意袋中找出了一把利刃，然后走上前去，看了那隆起的肉团一眼，忽地狠狠一刀，直接插在了那隆起的皮肉上。

铁狼王蛛的皮肉原本非常坚韧，但死掉之后似乎全身的皮肉都诡异地松软了许多，这一刀虽然感觉上还有几分阻滞，但最后还是插了进去，切开了一道小口。

沈石向后退了一步，避开了喷洒而出的鲜血，也就是在这一刹那，他的脸色猛然一变。

只见在那腹部伤口内部，伤痕猛然裂开变大了一些，然后就看见一只被鲜血完全浸染的手掌，从铁狼王蛛的腹部缓缓伸了出来。

第八十五章 ■ 瓜分

从死去的铁狼王蛛的尸体上突然冒出了一只鲜血淋淋的手，这场景太过惊悚也太过诡异，普通人看到这一幕怕是多半会直接吓晕过去。不过沈石当初却是从妖界无尽的厮杀中历练回来，并在不久前更是在万千亡魂、鬼物聚集的镇魂渊下走过一场，再恐怖、再凶恶、再惊悚的东西，他都算是见识过了，所以虽然在看到这只血手后也是吃了一惊，但沈石并没有任何惊慌失措的表现，而是眉头皱起往后退了两步，凝神戒备着。

这只血手扭动着，看起来正在用力地撕扯着铁狼王蛛腹部的皮肉，竭力让这道伤口变大一些。过了一会儿，随着血肉被一点点撕开，从铁狼王蛛的腹腔内竟然又伸出了另一只血手，然后双手搭在伤口两侧，奋力一撕，声如裂帛，顿时裂开了一条大口子，勉强够一个普通人的身子通过。

鲜血喷涌而出，其中卷裹着一个血淋淋的身影，扭动着全身上下完全被鲜血模糊的身躯，从那伤口中拼命钻了出来，然后扑通一声，像是耗尽了最后一丝气力，直接重重地摔倒在地面上，半响都没站起来。

沈石盯着这个血人，脸上凝重之色更深，甚至又向后退了一步，同时指间悄无声息地已经多了一张符箓。

过了片刻之后，这地上诡异的血人像是喘息稍定，慢慢抬起头来，鲜血从他的头上缓缓流下，看上去黏稠无比，也不知是他自己的血液还是那只铁狼王蛛的血，而在眼皮翻动间，那本来黏稠的脸上忽然多了两片空间，是睁开的双眼。

沈石的身子猛然一震，因为他看到了在这双眼睛里幽幽燃起的鬼火，赫然与他昔日在镇魂渊下从无数鬼物身上所看到的一模一样。

他几乎是本能地将手抬了起来，手上的天雷击符箓眼看就要激发，然而就在这时，他却忽然发现这双眼中的鬼火看上去非常微弱，仿佛已经散失了所有的气力，马上就要熄灭的感觉。

天雷击是二阶术法，天雷击符箓当然也就是价值高昂的二阶符箓，这随便扔出去一个，差不多就等同于丢出去一大把灵晶。所以沈石犹豫了一下，忍住了出手的欲望，仍然将符箓夹在指间，同时冷冷地看着这个被血液淹没的鬼物。

能够被铁狼王蛛吞入腹中后仍然没有死去，并尚有余力一直反抗将这种四阶妖兽折腾到半死不活的地步，这个鬼物看起来实力颇强，只是此刻从那双眼中鬼火摇摇欲灭的情况来看，这个鬼物似乎无力回天了。

只是当这双闪烁着微弱鬼火光芒的眼睛，透过那满头满脸的鲜血向沈石看过来的时候，他却忽然觉得身上油然而生一种冰寒之意，那鬼物的双眼中有一股漠然之意，仿佛是这只鬼物正居高临下地俯视着一只蝼蚁。

沈石心中又是一阵冲动，差一点再度忍不住将天雷击符箓打了出去，不过幸好在这冷漠而怪异的一眼之后，那双眼眸里的鬼火终于彻底熄灭了下去。

血泊中的眼睛缓缓合上，血人向地上倒去，然后一动不动，没了动静。

千里之外，流云城中。

南宝坊外南天门下，依然如同平日一般热闹喧嚣，无数的散修在这片宽阔的空地上来来往往，或摆摊，或淘宝，那些摆放在地上的无数真真假假、良莠不齐的诸多灵材，寄托了不知多少修士的梦想。

有的想一夜暴富，有的想一步登天。

野心、欲望、贪婪、渴求、谎言还有虚伪，充斥人群中，上演了一幕幕人间百态。

老侯，就是其中的一员。

他岁数不小了，在南天门这里摆摊赚钱也有许多年了，仗着自己姓氏中的一个"侯"字以及与侯家有些疏远的血脉关系，他的日子大体上过得还算平静，虽然并没有过上他一直向往的富贵奢华的日子，但是也没有经历过什么险恶风浪。

年轻的时候，他也有过梦想与野心，也曾幻想过自己天纵奇才、修道之后勇猛精进，一日千里，从此威震天下、名利双收，更有美人投怀送抱外加道行高深、长生不死，就连四正名门的掌教真人见了自己都要点头哈腰地赔笑脸。

这样的梦想，多么天真又多么美好，只是不切实际，于是很快在现实面前头破血流，化为虚幻缥缈。

他的天资不好，以致连炼气境都无法突破，更不消说其他的了，而身为侯家偏远庶支的出身也不可能会得到任何的支援，所以老侯很快就感受到了生活的严峻压力，然后这种沉重的压力就压了他一辈子。

为了生活，他不得不到南天门这里摆摊贩卖灵材，看起来还算可以，但实际上收入微薄，传说中那种豪富多金又傻不拉几、会上当买高价劣货的金主他从来都没遇见过，倒是偶尔还会倒霉遇上些眼光毒、人狡猾的，比如当年某个看起来老实，其实一肚子坏水的少年，每每还得破财。

人生实在是好艰难啊……

不过幸好，他半辈子的辛苦、半辈子的压抑，最后终于有了一个希望，他有了一个看起来很出色、很了不起的儿子。

儿子的娘亲死得早，他含辛茹苦把他养大，而儿子几乎没有让他失望过，一路顺利地成长并拜入了凌霄宗，随后更是在五年后突破了炼气境达成凝元境，成了凌霄宗的亲传弟子，到了这个时候，甚至就连往日对他十分淡漠乃至冷眼相加的那些侯家本宗的人物，私下里都对他纷纷客气了起来。

老侯非常欣慰，所以在半辈子的苦楚之后，他却再也没有怨恨老天或是任何的神佛仙灵，他开始觉得命这种虚无缥缈的东西一定是公平的，儿子这么好，他还有什么不满足？

他很爱很爱自己的儿子，他觉得儿子是这世上天资最好、前程最大的年轻人，虽然这些话他只敢在儿子面前偷偷嘀咕两句，还经常被儿子笑着说他胡扯，不过老侯还是高兴，所以他笑口常开，所以他就连摆摊时的心情都很好。

在这里赚取到的每一颗灵晶，他自己都舍不得用，反正自己早就没有了什么前途，真是恨不得将所有的灵晶都交给在金虹山上的儿子，虽然儿子很是孝顺，常常让他别这么辛苦，但是老侯还是觉得自己这么做心满意足。

不过最近这几天，老侯一直以来的好心情有些不太顺畅，除了按例每月都会回来看自己的儿子过期未至之外，还因为在城中的侯家那边，似乎出了事。

侯家本宗与他并没有特别亲密的联系，哪怕听说他儿子最近与侯家大公子走得很近，但是在侯家人看来，其实也就是个侍从罢了，虽然说不能再像以前那样眼高于顶，但倒贴着笑脸相迎也不可能。所以老侯对侯家大宅里的事，一直以来都不是很清楚，只知道突然间有一天，流云城里众多的世家一下子纷纷骚动起来，然后蜂拥而至向侯家。

世事的冷酷再一次清楚地摆在人们的面前，侯家在顷刻之间便垮了，精英散尽、精锐尽失的残余族人根本无力阻止这一场瓜分盛宴，而领头儿的正是侯家最亲厚的亲家，流云城如今的世家之首孙氏一族。

孙家毫不客气地拿走了侯家所有产业的一半，实力紧随其后，无论在流云城中还是凌霄宗内都是潜势力庞大的许家得到了三成，而剩下的则被其他闻风而来的世家瓜分。除此之外，在这场冰冷残酷的瓜分里，还有一件令人惊讶却又并不出人意料的事情，那就是原本的四大世家，侯家败亡，孙家、许家坐收渔利，剩下的还有一门钟家也是趁势赶来意图瓜分一二，然而现实给了他们当头一棒，钟家竟是被孙家、许家联手挡了回去，最后竟是空手而归，连一些小世家都不如。

而钟家对此虽然愤怒恼羞，但最后却是无计可施，不得不忍辱退了回去，如此一来，顿时将这一个外强中干多年的老牌世家的虚弱，直接摆在了所有人的眼前，甚至在流云城众多世家的眼中，钟家已然是放在了侯家一列，迟早也是被灭亡瓜分的命运。

这些钩心斗角的高层情势，老侯当然不会知道太多，但是毕竟挂了一个"侯"字，往日也认识一些人，所以还是打听到了一些，似乎是侯家本宗那边出了大事，家主以下尽数遇难，所以导致本来兴旺的家道瞬间败亡。

老侯对侯家本宗并没有什么深厚感情，虽然有些遗憾以后可能没有狐假虎威的靠山，但除此之外也没有什么伤怀感叹。但是他很快就担心起来，因为他听到了一个消息，一个对他来说无异于天塌地陷般的噩耗：据说当日侯家众人遇难的时候，他儿子侯胜，似乎也正在侯家的队伍之中。

再联想到这些日子侯胜一直没有消息，老侯只觉得天都快塌了一样。从得到消息的那天起，他就再也没去南天门摆摊了，而是整天蹲守在侯家大宅的外头，希望能从那里进出的人们身上得到一点儿子的消息。

但是没有什么人理会他，侯家已经败亡，他不过是侯家旁支并且道行低微到与凡人相差无几的小人物，谁会在乎？而就算是这座大宅，如今也已经归了孙家名下，到了最后，老侯甚至被人赶出了那条街道，直接被踹倒在大街上，同时警告他以后不许再来门前碍眼，不然下一次就是打断双腿，丢出流云城外喂野狗了。

那一天，老侯趴在街道上吐了血，被人像赶狗一样赶了出来，而街上的行人来来往往，没有人会去看他一眼，谁也不会在意他的绝望。

老天或是所有神佛仙灵的公正，在这一刻丝毫未见，留给他的只有一副残破、老迈的身躯。

老侯在街头角落里号啕大哭，为自己，也为那生死不明的儿子。

后来有一个女人偶然路过，不知为何，似乎意外地动了几分恻隐之心，但也没有多做什么，只是丢了块手帕在他面前。

老侯看到了那手帕下方似有一颗灵晶的样子，然而平日贪财如命的他却仿佛没有了任何去捡的欲望，而那个看起来十分美丽、一脸娇媚的女子，也是微微叹气之后，便起身离开了。

她走到街角，远远地看着那座大宅，眼中有一丝异样的神色掠过，曾几何时，她心中暗藏的秘密便是借着一个男人进入这座大宅，去过上那传说中美好的日子。可是如今她还站在这里，那座大宅却已是物是人非。

她带着几分嘲弄笑意，微微摇了摇头。

她是凌春泥。

她在这座巨大的城池里，不过也是与老侯相差无几的蝼蚁一般的小人物。

老侯的梦想已经破碎，而她似乎对未来还有希望。

她的容貌越发艳丽，身段越发惹火，仿佛每一寸肌肤都在散发着惊人的诱惑魅力，比当初沈石见到她时又更深了一层，哪怕她一言不发地站在那里，路过的修士都有不少人愕然回头偷偷向她看来。

所以她很快就转身走开，消失在人流之中。

这个城池里人海茫茫，或许每一个人都如蝼蚁一般微小，可是谁又能真正抓住自己的命运呢？

第八十六章 ■ 回城

蜘蛛山谷中，沈石盯着倒在地上的那个血人看了很久，因为黏稠的鲜血涂抹在这个人的全身，完全掩盖了他的本来面目，所以直到现在沈石都没能看清这人的容貌轮廓，而躺在刚刚死去的硕大的铁狼王蛛的尸体边，这个血人看上去也显得格外诡异。

就在他等了很久以后，以为此人看起来真的断气，刚刚想要踏足往前仔细查看的时候，忽然，那地下的血人身子竟然又动了一下。

沈石吃了一惊，立刻顿住了身子。

在他的目光注视下，这血人的身子开始有一些微微的颤抖，像是从一场怪异的梦魇中刚刚醒来，扭动几下之后，再度睁开了双眼。

沈石立刻看向他的眼睛，但是这一次却发现，这双眼眸中的鬼火竟已经消失不见，取而代之的是一双黑白分明的正常人的眼眸，而眼中此刻流露出来的则是一片茫然之意。

血人似乎有些搞不清自己的处境，怔怔地看着周围，又看了看站在前头面色凝重的沈石，之前曾经让沈石心生凉意的那种奇异而冷漠的眼神已经消失无踪，现在的他看上去非但不可能是看别人如蝼蚁，反而脆弱得似乎自己才是蝼蚁一般。

沈石迅速而敏锐地察觉到了这前后眼神中明显的区别，心中更是诧异，但仍是不敢怠慢，站在距离这血人丈许远的地方，凝神戒备着。

那血人呆坐了一会儿，目光中单纯的茫然之色开始有了变化，其中的情绪变得繁杂混乱起来，隐隐可以看到恐惧、绝望、恶心甚至是一股疯狂，沈石从未在一个人的眼神里看到如此混乱的情绪，然后那血人似乎突然一下子看到了自己身上那些黏稠的血液。

一点一滴，仍然不停地缓缓滴落，染红了周围的土地。

血人的身子微微颤抖了一下，一个低沉而怪异的声音从他口中发了出来，忽然，他猛地用手一抹脸上，血花飞溅，一下子抹去了大片血迹，露出了一张鲜血斑驳点缀其上的脸庞。

一张年轻而有些眼熟的男人的脸。

沈石身子猛地一震，瞳孔微微一缩，这个人，竟是当日在镇魂渊下他看见过的侯胜。

　　然而此时此刻再见此人，沈石却只觉得心中猛然泛起一股凉意，当日种种迹象早已说明，侯胜只怕已经受了那巫鬼毒手，特别是双眼之中泛起鬼火，正是亡魂鬼物最显著的特征，这是绝对错不了的。

　　但是眼下的侯胜，眼中情绪虽然混乱茫然，却似乎还属于普通人的模样，与毫无灵智、只知嗜血的鬼物截然不同，这又是怎么回事？

　　侯胜抹了一把脸，手掌刚刚离开脸庞，双眼中便倒映出自己手掌上那一片血淋淋的鲜血，红得如此刺眼，仿佛直刺入人心深处。他的身子忽然间开始发抖起来，目光转动间又看到了躺在不远处的铁狼王蛛的尸骸，然后他像是陡然间想起了什么可怕的回忆，整个身子一下子剧烈地颤抖着。蓦地，他发出了一声凄厉而可怕的尖叫声，却是半坐在地上，手脚并用，拼命用力地向后退去，似乎连站起的勇气都没有，不顾一切地想要远离那只可怕的妖兽。

　　他哭喊着，号叫着，一直向后退去，退出一段距离之后猛地又是身子一抖，然后忽地翻身，却是扑跪在地上，开始剧烈地呕吐起来。

　　他身上的血液还是不停地滴落着，让他的恐惧显得格外刺眼，沈石眉头缓缓皱了起来，若有所思，盯着侯胜，沉吟片刻之后，试探着向他慢慢走了过去。

　　只是他才刚刚走了数步，那边的侯胜却像是猛然受惊，向他这里惊慌地看了一眼，如见恶鬼邪魔一般，发出一声惊恐至极的叫喊，然后掉头就跑。

　　沈石愕然止步，却发现侯胜虽然状态诡异，生死未知，但这身形速度竟然快得惊人，转眼间几个起落就冲出了这片蜘蛛山谷，他犹豫片刻之后，竟然一下子就无法追上了。

　　而等他追到那山谷入口的时候，侯胜的身影已然消失在浓密茂盛的山林里，再也没有了动静，也不知道这偌大森林，他究竟又躲到哪里去了。

　　沈石此刻心中满是疑问，对侯胜如今的状况可谓百思不得其解，说他是生灵活人吧，不久之前明明眼中还有鬼火；说他已然是个鬼物了，但那种情绪变幻、动作、神情，却分明还是一个活生生的人。

　　这又是怎么回事？

　　沈石站在山谷入口看着茫茫林海沉默了很久，才缓缓摇了摇头，转过身来，只是眉头兀自紧锁着。

　　侯胜既然已经跑走，追踪不易，他也就不去管他了。而眼下这蜘蛛山谷也不是适合久待的地方，他快步走了回来，瞄了一眼倒毙断气的铁狼王蛛尸体，有些可惜地摇摇头，四阶以上的高阶妖兽与普通的低阶妖兽截然不同，几乎可以说全身都是宝，可以利用的灵材极多，但也正是因为高阶妖兽的肉身坚韧异常，此刻的他却是对着这只铁狼王蛛无计可施。

首先他手头上并没有削铁如泥的灵兵仙刃，无法切开这妖兽的身躯，也就无法分割肉身，而铁狼王蛛身躯过于庞大，一个如意袋是装不下的，只能放弃。铁狼王蛛身上可用的灵材很多，毒囊与八只锋利坚硬的节足都能卖出不菲的价钱，但节足切不下来，毒囊则是在头部，刚才直接被沈石的天雷击一并打烂了。

不过幸好，这种高阶妖兽身上最珍贵也是最重要的宝物妖丹，沈石却是已经拿到手了，有了这妖丹，其价值已经胜过了所有剩下的东西，所以沈石并不是特别心痛。

他快步走过铁狼王蛛的尸体，向着之前小黑跑进去的那个山洞走去，同时高声叫了一声，道："小黑，你在干吗？我们要走了。"

话语声中，他走进了那个洞穴，一眼便看到这洞中到处散落的那种乳白色的蛛丝，与山谷外头的一模一样，似乎正是铁狼王蛛平日的栖息洞穴，而洞中还有许多阴森森的白色骨骼，东一块西一堆地散落在洞中，似乎是丧生在铁狼王蛛口中的猎物尸骸。不过放眼看去，这里的尸骨多是兽类，并没有人形骸骨，想来应该是这座山谷位于大山深处人迹罕至，所以才无人受害。

而小黑此刻正在这洞中到处乱跑，这里嗅嗅那里闻闻，不时还会踢开几块白骨在地上猛刨一阵，留下一个浅浅的土坑。而这样的土坑在洞中居然已经有了一二十个，也不知小黑在这洞里究竟找到了什么，或是有了什么收获？

沈石对小黑叫了一声，小黑回头看了一眼，又环顾四周，嘴里咕哝两声，看起来似乎该找的也找得差不多了，这才懒洋洋地跑了回来，来到沈石的脚边，用头蹭了蹭他的腿。

沈石蹲下身子，看着这小家伙一副灰头土脸的样子，伸手过去在它的猪头上拍拍打打，抖去那些泥土、小石，然后皱眉道："你找什么呢？"

小黑嘴里吧唧吧唧几声，咧嘴哼哼一下，却是什么表示也没有，转身就向洞外走去。沈石呆了一下，一时失笑，起身走过去一脚轻轻踢在它的屁股上，笑骂道：

"好家伙，如今会藏宝贝了吗，快给我看看是什么东西？呃，你跑什么……"

小黑哼哼乱叫，撒腿飞奔，转眼间就跑了出去，沈石笑着摇了摇头，也随着它走出了这座山谷。

接下来的日子，小黑也再没有旁生枝节，沈石就带着它一路向南，走出了这片森林，然后再出山下山，终于在数日之后，一路远行，回到了流云城中。

从传送法阵里出来之后，流云城的热闹喧嚣声仿佛是扑面而来，带着一股熟悉而亲切的味道。沈石深深地吸了一口气，从心底里有一种放松的感觉，只是随后又不禁有些惊讶，心想：自己什么时候居然把这座城市看得有一些类似回家的意思了？

说是有回家的感觉，但实际上沈石在这座大城中并没有自己的屋宅住处，真正属于他的住处应该是在金虹山上那座洞府，或许到了流云城就等于快要回到金虹山上去了吧。

不过沈石到了流云城后，并没有立刻回山的意思，这一趟出门最大的目的当然是寻找并救回小黑，而此刻这只小黑猪正安然无恙、兴致勃勃地跟在自己脚边，好奇地向着城中街道上张望着。这个最紧要的事情是做好了，除此之外，沈石此去高陵山脉也有些收获，其中以得到四阶妖兽铁狼王蛛的妖丹最为珍贵。

妖丹这种珍稀罕见的灵材，可入药，可炼丹，阵法符器方方面面都有用到的地方，甚至传说有某些修炼功法诡谲出奇的修真传承，会直接吞吃妖丹来增加自身道行增进修炼，至于说妖丹所含的那些与人体几乎格格不入、截然不同的狂暴灵力，那些修士是怎么消化掉的，却成了秘密。

也正因为妖丹有如此广泛的用途，所以当人族兴起之后，修真之道大盛，很快在人烟稠密的地域中，高阶妖兽便迅速地销声匿迹，近乎灭绝，人族的捕杀围猎，就是最大的原因。现如今想要找到一枚妖丹，往往需要深入不毛之地，蛮荒所在，才能找到高阶妖兽进而猎到妖丹，所以市面上妖丹的价格一直都是居高不下。

沈石也正是很清楚这一点，所以准备在流云城各大商铺中看看妖丹的价码，如果他所料不错的话，这种档次的高阶灵材，只怕神仙会等大商铺里的收购价格，会比凌霄宗宗门里要高出不少。

沈石在流云城中待了数日，其间走访了一些生意兴隆的大商铺，旁敲侧击打探了一下妖丹的价格，最后又来到最热闹的南宝坊，找了几家商铺，果然每个店家一听说有妖丹都是立刻变得极为热情，所开出的价码也委实不低，甚至比沈石所料想的还要高出一些，其中开价最高的一家商铺，甚至已经喊到了两千五百颗灵晶。

不过沈石还是没有出手，并不是他心太大或是有其他什么想法，只不过是因为在这条热闹繁华的长街上，他还有最后一处地方没有去过，那就是神仙会。

买卖修真灵材，特别是高阶珍贵的货物，若是没有去过神仙会的商铺，对他这样一个从小在商铺里长大、熟知修真卖场的人来说，总觉得有什么不对。

所以他最后还是走了出来，在答应了那老板如果还是他这里价格最高就会回来后，便向这座长街上最高大宏伟的那栋屋宅商铺走去。

"神仙会"金字大匾之下，人潮依旧，熙熙攘攘。

与此同时，在流云城外远处，某个偏僻树林里，一个看上去模样肮脏、浑身狼藉、不堪入目的人，正呆呆地站在林子边缘，远远地眺望着那座巨大的城池。

这神情容貌，却正是当日在高陵山中失踪的侯胜。

不知他究竟是如何从高陵山中来到流云城外的，但侯胜此刻的神情包括目光仍是显得十分复杂混乱，看着那座城池也多有茫然之意，似乎正在拼命回想着什么，但是又无法记起往事。

只是看着他的目光，虽然有些呆滞，但似乎隐隐望着那座城池的时候，眼中却仿佛闪过一丝莫名的依恋与温暖，只是这一点点暖意是如此脆弱，很快又消失在那片混乱的目光里。

侯胜猛地抱头，如野兽一般嚎叫了一声，看上去似乎十分痛苦，甚至还用头撞了两下旁边的树干。片刻之后，他像是又陷入了巨大的茫然痛苦中，更夹带着几分恐惧，不再去看那座城池，而是号叫着、低吼着，跟跟跄跄地走入了那片林子深处，消失在树林之中。

第八十七章 ■ 旧识

一走入神仙会商铺的大堂，便有一股富丽堂皇的气势迎面而来，来往的人群、热闹的场面，无数的柜台布置在宽阔至极的大屋中，一眼看去黑压压的竟似看不到边一样。灵晶的光芒几乎在每一处地方都会此起彼伏地亮起，大量的灵材在人们的手间移动交接着，更不消说那一颗颗、一袋袋的灵晶，晶莹剔透，声音清脆，让这里弥漫着一股令人心醉而又向往的气息。

沈石几乎是下意识地在这繁华热闹的大堂门口深吸了一口气，这气味是如此熟悉，他仿佛回到了年少的那段岁月。沈石忽然觉得很轻松，似乎只有在这种商铺里，他才能体会到那种彻底放松的感觉。

他自顾自地微笑了起来，然后慢慢走去，小黑跟在他的脚边，似乎对周围的人群数量如此众多有些不太适应，左右不停地看着。

沈石一路闲逛，看了好些柜台，流云城是海州第一大城，这城中的神仙会分店在规模上同样是本州第一，所以这一处店堂里汇集了无数珍品灵材，几乎是绝大部分修炼之道上能用得到的东西，在这里都会找到。

这其中当然也包括了妖丹。

妖丹这种名贵珍稀的灵材，因为这些年来高阶妖兽日渐稀少，不过在神仙会这种档次的大商铺中，还不算特别稀罕。当然，妖丹之中亦有区别，像沈石手中这颗铁狼王蛛的四阶妖兽妖丹，虽然算是珍贵，但在妖丹里是归到中下，而真正稀罕甚至可以列入天材地宝那一档次的妖丹，至少也要是六阶妖兽的才行。

不过那种重宝灵材，价值连城，神仙会有没有不好说，但就算有了也不可能随意就摆在这大庭广众之下。

沈石看了一圈，最后走到一处位置在大堂中间靠后的柜台边，这里四面柜台围成一个方形，中间圈出一块空地，里面立着数个木架，在架子上摆放的就是各种珍贵灵材，而其中一面的架子上，有一整层放着的都是妖丹。

是的，整整一层，被木匣、玉盒、瓷瓶等各种容器所细心存放的珍贵无比的妖丹。

流连在这个柜台附近的修士人数委实不少，其中不但有那些两眼放光、向往无比的散修，也有不少看上去像是门派出身的修士。无论出身如何，所有修士对妖丹这种珍贵的灵材都是有着天然的渴求。

沈石看了一眼那一整层的妖丹，心下也是跳了跳，这情景在脑海中自动估算转换了一下价值的灵晶，然后他就暗暗吞了口口水。不过还好，他总算也是有点阅历的人，不会因此而失态，走到柜台边，看看左右，正好柜台里面走过来一个灰衣长衫的中年男子，沈石连忙对着他点点头，道：

"这位掌柜，我……"

话音未落，那中年男子已转头向他这里看来，微笑道："客官不可乱叫，我就是本店里一个看柜台的，可不是掌柜大人。敝姓陈，看着比客官你稍长几岁，若不嫌弃只管叫我老陈即可。"

沈石怔了一下，心想：神仙会生意局面做得如此宏大，所用之人哪怕只是一个普通人物，看着也是颇有可取之处，委实不凡。

那老陈又笑道："客官，可有什么需要在下帮忙的吗？"

沈石笑着点点头，身子往柜台上压了一些，那老陈目光扫过一眼，随即会意，也往他这里靠近了一点。沈石压低了声音，轻声道：

"我有一枚妖丹想要出卖。"

老陈眉毛一挑，抬眼向沈石看去，沈石站直了身子，微微点头。老陈沉吟了一下，随即微笑道："我明白了，这样吧，这里人多眼杂，不好说话，客官随我来。"

一路上了二楼，底下原本喧闹的声音像是一下子低落下去，竟仿佛隔了很远的感觉，周围很快安静了下来。沈石转头向这二楼上看了一眼，却见这里居然也有几处柜台，但能上来此处光顾的修士人数却是极少，一眼看去居然只有十几个人的模样，与楼下那人山人海般的情景完全是天壤之别。

而在这些柜台两侧，一条走廊沟通南北，有不少看上去颇为私密的厢房被隔了出来。老陈一路带着沈石进入了其中一间，进去后关上屋门，顿时便只剩他们两人，而外头的声音也顿时被彻底隔绝，显然这里是经过特殊设计所建的，很可能就是专门为一些私密而大额的交易做的准备。

老陈请沈石在屋中的桌旁坐下，随后微笑道："在这里就不会有闲杂人等打扰了，客官若是方便的话，可否将那颗妖丹给我看看？"

沈石笑了一下，道："那是自然。"说着，伸手去如意袋上一抹，微微一顿后，从如意袋中取出了那颗铁狼王蛛的妖丹，递了过去。

老陈接了过来，放在掌心，当日铁狼王蛛的身躯异常庞大，但是汇聚它一身妖力精华的妖丹，却仅有寸许直径大小，相形之下可谓袖珍，不过此刻看那妖丹色泽清亮，乳白如脂，更有淡淡微光从妖丹上散发而出。老陈仔细端详着，眼中亦有满意之色，不时微微颔首，嘴角也浮出一丝笑意，只是看着看着，他忽然眉头一皱，目光却是落在这妖丹上的一处。

妖丹上其他地方都是乳白光亮如凝脂，唯有这约莫半个小指甲大的地方，丹身内里少许的地方，却是隐隐透出了一丝晦暗之色，就像是一小团细细的灰尘无意中沾染在了妖丹里面，其实若不细看，这一点小小的瑕疵还真是不容易看出来的。

老陈迟疑了一下，又仔细端详了一会儿，随后像是确定了什么，微微叹了口气，将妖丹放在桌上，脸上露出一丝笑容，但笑意中带了一丝淡淡的遗憾，道：

"客官，我看好了，这枚妖丹应是四阶妖丹，品相上无论光泽、颜色都是极好的，算是佳品，只是你看这一处……"他指了一下那一小块晦暗所在，略带遗憾地道，"可惜的是这里有一处'丹纹'，通常都是妖兽凝丹时妖力不纯或是受了惊扰所致。有了丹纹的妖丹，除了影响品相之外，往往在功效上也比完美无缺的妖丹要差一些。当然了，妖丹毕竟也是妖丹，无论有没有丹纹都是珍贵灵材，敝店肯定希望收买，只是在价钱上要稍打些折扣了。"

他想了一下，随即看着沈石，正色道："敝店愿出两千四百颗灵晶购买此丹，不知客官可愿割爱？"

沈石的嘴角、眉头一动，露出了一丝笑容，这个价格并不算是离谱，事实上在外头前几日打听到的消息，沈石所得到的最高报价也就是两千五百颗灵晶，而神仙会报到两千四百颗灵晶，这诚意也确实并不算是差了。

只是虽然如此，沈石却并没有立刻回答的意思，他微笑地看着老陈，没有马上说话。

老陈被他看得有些奇怪，道："客官，怎么了，莫非在下刚才的话有何错误之处吗？"

沈石想了想，道："陈先生，你在神仙会这里应该做了好些年了吧，却不知是否听说过'夔纹'一词？"

老陈一怔，随即摇了摇头，道："不曾听闻。"顿了一下后，他脸上露出一丝疑惑之色，看了一眼桌上的妖丹，皱眉道，"客官，你的意思是……"

沈石打断了他的话，道："陈先生，这夔纹确实是极罕见的东西，常人不知也是正常，不过我想贵会乃是天下第一商会，店内必定也是藏龙卧虎，不如请你向店中德高望重的前辈询问一下如何？"

老陈脸色微微一变，眼中似有不悦之色，沈石微笑着站起，拱手道："先生不要误会，在下并无他意。只是我这厢说得再好，只怕陈先生必定也是不能尽信，不如还是请贵店前辈过来鉴定一番，若果然是瑕疵，我也无话可说，掉头就走，并给先生赔罪道歉如何？麻烦先生你了。"

看着这年轻人礼数似乎还算周到，言辞也很客气，老陈眼中神色温和了不少，迟疑片刻后，他点了点头，道："好吧，敝店做生意向来都是以客人为上，正好本店确有一位大师坐镇，我这就去请教于他，请巫大师过目此丹。"

沈石微笑着点头，不过忽然心里一怔，却是觉得似乎以前在什么时候，听过这巫大师的名号，但记忆实在有些模糊，却是一下子想不起来了。

老陈带着沈石走出这间屋子，向二楼中间走去，那里除了一楼上来的楼梯，同样还有两座向上的梯子通向三楼，看他的意思，似乎那巫大师是在更高的楼层上。

只是他们两人还没走到那楼梯边，却只听一阵脚步从那边传来，两个人影从一楼底下走了上来，一男一女，在二楼时并不停留，直接往三楼走去。

那女子罗衣轻纱，似乎容貌极为美丽，身段亦是动人。而另一个男子落在她身后半个身位，却是位白发老者，身材粗壮，须发皆白，头顶更是秃了一块，只有后脑勺边还有一圈白发，两眼之中精光隐现，偶见锐芒，却似能看穿人心一般。

这两人边走边轻声说话，并不曾注意周围，但老陈看到这两位，却是一喜，连忙快步走了过去，拱手道："掌柜，巫大师，请稍候。"

那女子身形一顿，没有立刻转身，倒是巫大师转过身来看了一眼，眉头微微皱了一下，道："是陈理啊，何事？"

老陈看起来十分敬重甚至是有些畏惧这位巫大师，连忙将手中的妖丹呈上，还未开口说话，那巫大师瞄了一眼，却是径直道：

"四阶妖兽铁狼王蛛的妖丹，品相不错，若是来店售卖的，你开个两千三四百颗灵晶的价吧。"

语气平淡无奇，仿佛是在说路边一块猪肉价钱一般的巫大师说完之后，看着便又想转身继续前行。跟在后头的沈石看到刚才这一幕，心中也是一阵惊叹，对这位须发皆白、头顶半秃的巫大师不由得又多看了两眼，心想神仙会中果然是奇人异士无数，这位巫大师须臾间一针见血般的敏锐眼力，只怕自己也是有所不如。

老陈同样愣了一下，但很快反应了过来，连忙上前低声道："巫大师请留步，呃……这妖丹是那位客官过来售卖的，不过我看这丹身上有一小块丹纹瑕疵，但那位客官却突然说了一个什么我闻所未闻的'夔纹'，小的一时拿不定主意，所以……"

"嗯？"话音未落，那巫大师却是已经转眼向沈石这里看了过来，眼中多了几分讶意，上下打量了一下沈石，道，"你居然知道夔纹这东西？"

沈石微微一笑，迎着巫大师的目光，平和地道："在下年少时是在商铺长大，父亲也是掌柜，自小对这些灵材看得多了，再加上又喜看书，所以偶然会知晓一些生僻冷门的东西。"

巫大师看了他一眼，点了点头，随即却是对陈理道："东西给我看看。"

陈理连忙将这妖丹递过去，巫大师拿在手上翻转两下，片刻便找到了那一小处看起来似晦暗瑕疵的地方，仔细端详了片刻，白眉忽地一扬，却是带了几分诧异也有几分惊喜，笑了起来，道："居然还真是生了夔纹的妖丹，不错不错。"

"哦……"

一声悦耳轻吟，站在楼梯高处的那个女子此刻终于转过身来，一时之间，似乎这楼梯上下的光亮都明亮了一些。容色艳丽娇媚如她，便如一朵盛开的花儿站在那里，艳光四射，令人目眩神迷、为之倾倒，而耳边似乎也只剩下了她温和的声音：

"巫大师，这'夔纹'听起来莫非是个好东西吗？"

沈石的身子忽然间猛地一震，抬头望去，而那美丽女子也正居高临下看来，两人的目光在空中相接。那女子忽地"咦"了一声，似乎有些惊讶，而沈石则是在顷刻间脸色大变，一时间竟说不出话来：

"你……你……"

他的声音似乎在突然间变得有些干涩，就像是过往的回忆一下子尽数涌上心头，看着楼梯上的那个娇媚的绝色女子，他心底竟是分不清自己到底是应该谢她多一些还是恨她多一些，复杂的目光里，沈石又带了一分茫然，最后终究只能苦笑了一下，涩声道：

"真是你吗？顾姨……"

第八十八章 ■ 消息

站在楼梯上的那个美丽女子，赫然正是当年在阴州西芦城内那位神仙会分店的掌柜顾灵云，也正是这个看似温婉柔弱，其实却是心深善谋的女子，当初一手策划了对玄阴门元丹境长老的暗算，同时让沈泰、沈石父子抛弃所有家业，背井离乡，包括沈石之后拜入凌霄宗门下，算起来也是顾灵云的手笔。

这么多年来的际遇，追根溯源，却都是在这个女子的身上。

沈石凝视着看起来似乎与记忆中当年的模样几乎完全没有变化的她，一时间心里也是感慨，不过这种感觉一闪即过，随之而来的却是一股强烈的冲动，那就是这么多年对父亲沈泰的思念，也许这个女人应该知道他的下落！这个念头就像是一团火猛然在心中燃烧起来一般，让他忍不住一下子往前踏去。

巫大师的目光略冷了些，看向沈石，沈石顿时只觉得身边似有一股若隐若现的寒意飘荡过来，挡在身前，竟仿佛在无形中却有着几分韧性。他心中顿时一凛，脚步也随即停下，想不到这个巫大师却是个道行极高的修士，只是不知他究竟修炼到了什么境界，但沈石已经感觉到只怕比自己要高出许多。

而这时站在更高一些阶梯上的顾灵云在听到"顾姨"二字后，脸上神情也是怔了一下，明眸闪动，打量了一下沈石。片刻之后一双好看的秀眉微微蹙起，似在思量，又似回忆过往，如此凝视沈石数息之后，她忽地眉毛一挑，像是想起了什么，脸上先是掠过一丝惊讶，随即露出了几分笑意，道：

"沈石？"

沈石点了点头，道："是我。"

顾灵云失笑摇头，手扶栏杆，微笑道："这世上果然是有机缘巧合的事，这么巧，我们居然会在这里又相见了。"

沈石一时默然，算算时日，当年他离开阴州的时候不过才是十二岁的少年，之后拜入凌霄宗在青鱼岛上修炼了五年，此后他意外地在妖岛深处触发了那金胎石法阵进入妖界，在那里又度过了三年，直到前不久才回到人界这里。

算起来，两人自当年阴州西芦城中分别，转眼已是八年，而他也已从少年长成了气宇轩昂的青年。

单论身高，沈石已经比顾灵云高出了半个头，只是这丝毫削减不了顾灵云的气势，她似乎始终是人群的中心，站在高处淡淡地俯视着众人。

这时巫大师已经察觉到了两人之间似乎并不陌生，带了几分惊讶，转头看向顾灵云，道："掌柜，你认识他？"

顾灵云笑了笑，神情重新转为平静，道："多年前见过，也算是故人之子吧。"

巫大师点了点头，顾灵云的目光随即落到巫大师手上那枚妖丹上，又看了一眼沈石，略微沉吟片刻之后，道："我们上去说话吧。"

说着，她便转身继续向楼上走去，沈石迟疑了一下，也跟了上去，而巫大师则是微微皱了皱眉头，但很快便对还站在楼梯之下的陈理道：

"好了，这桩生意由老夫来处置，你就别管了。"

陈理在这海州神仙会分店里做事多年，深知这位巫大师德高望重，在店中权势极大，当下满口答应，就此退了下去，而巫大师则拿着这颗妖丹走上楼去。

沈石跟着顾灵云一路走到三楼，发现这里的格局与下面两层又有不同，看着规模面积像是小了些，但却只隔出了四间屋子，并且处处装饰得富丽堂皇，远胜楼下。站在三楼楼梯口边，有四个身着神仙会衣服的男子站立两侧，看上去像是守卫，显然这一层已经不是随便什么人都可以上来的地方了。

不过看到顾灵云等三人上来，这四个男子都是同时退后了一步，让开道路，同时脸上露出几分恭谨之色，齐声道："掌柜好。"

顾灵云面色淡淡地点了点头，便走到这三楼上四间大房中东侧的屋子，推门走了进去。沈石与巫大师跟在她的身后，也进入了这间屋子。

屋里的摆设大气奢华，哪怕是桌椅家具，看起来都是价格昂贵的灵木所制，而细小之处同样精致，流苏窗楣，雕兽刻禽，都是栩栩如生，一看便是能工巧匠所做。

除此之外，前头最显眼处摆着一张黑檀大桌，上面除了文房四宝之外，还有为数极多的纸卷文书，像是顾灵云平日处理事务的书桌，而两侧白墙边，则是立着一排书架，上面放着众多书籍，看着排列整齐，纤尘不染，应该是时常有人擦拭打扫，显得很是雅致。

大屋一角，放着一只白鹤铜炉，袅袅轻烟，幽幽清香，悄然泛起，令人闻嗅之后只觉得精神舒畅，似有提神之效。

顾灵云走到那黑檀书桌后坐下，看着巫大师与沈石也走了过来，目光首先看向巫大师，巫大师则是将手中那枚妖丹放在书桌上，低声道："掌柜，你看……"

顾灵云微微一笑，道："你先把这笔生意做完吧，不必有其他顾虑，只按店里平日的规矩办就是了。"

巫大师点了点头，然后转过身来，看向沈石，道："沈公子是吧？"

沈石此刻也知道眼前这位须发皆白、头顶半秃的老者不是凡人，不敢怠慢，连忙抱拳道："小子沈石，巫大师直呼我名就是。"

巫大师笑了笑，也没有和他在这些客套话上多加纠缠，只是取过那枚妖丹托于掌上，在面前展示了一下，道："我刚才已经说了，这颗妖丹上确实是有颇为罕见的夔纹，沈公子家学渊博，既然知晓这个说法，想必也是知道这夔纹名号的来历吧？"

沈石沉吟了一下，道："据说高阶妖兽在修炼凝丹时，若是妖力不纯强行结丹或是结丹时受到惊扰，所凝妖丹便有瑕疵丹纹，如此成丹后会令妖兽实力大损，而有丹纹的妖丹功效也会变差。但若是妖兽在修炼时，平日身旁有某种灵气极盛甚至外泄鼓荡的稀有灵材，如一些高阶灵草、灵矿或是天然玄石异宝，则灵力便会反哺妖丹，同样会形成一种特殊纹路，此即为夔纹。不过夔纹不同丹纹，有夔纹的妖丹，往往所含妖力更加精纯，功效也比普通妖丹要大，若是妖丹本身的品相完好，则为妖丹之中的极上品。"

巫大师抚须缓缓点头，眼中已是流露出几分欣赏之色，笑道："不错，不错，年轻人能懂得这些，这份见识实在少见了。不过你可知这份夔纹是何灵物所致？"

沈石顿了一下，随即却是苦笑摇头，道："这却实在看不出来了。"

巫大师呵呵一笑，道："这是铁狼王蛛平日栖息巢穴附近，生有一株五品灵草'九叶桫椤'，天长日久吸纳灵草精华，融入妖丹，方成夔纹。你来看，这夔纹形状、色泽虽然晦暗，但暗处却有几道脉络似桫椤叶脉走向。"

沈石接过仔细端详，半晌过后，脸上露出衷心敬佩之色，对这位巫大师拱手抱拳，正色道："大师见识超凡，沈石五体投地，多谢大师指教。"

巫大师微微一笑，抚须不语。

而沈石在致谢之后，忽然脸上神情一僵，在这片刻之间他便想通了一件事，妖丹在此，妖兽已死，那么那株价值连城、品阶高达五品灵草的九叶桫椤，却又是在哪里？

此时此刻，他心中猛地暗自怒吼，转头却发现小黑居然没跟过来，似乎是在屋外那边地板上趴着打盹，一副懒洋洋的样子。

"这只死猪……"沈石恨恨地盯了它一眼。

这时，巫大师又开口对沈石道："既然大家都是明白人，我也不与你说些虚话，这夔纹妖丹确实比普通妖丹要强一些，但铁狼王蛛本身并非上品妖兽，所凝妖丹往往妖力不够充沛，如此算下来，如果你想卖的话，本店愿出四千颗灵晶。"

说完，目光炯炯，却是看向沈石。沈石犹豫片刻，也是当即点头，道："多谢大师，那就四千颗吧。"

巫大师点点头，转身对坐在书桌后面饶有兴趣地看着这一幕的顾灵云道："掌柜，那我就先出去做了此事，上账之后顺便也提了灵晶过来交给沈公子。"

顾灵云点了点头，道："麻烦巫大师了。"

巫大师笑了笑，沈石在一旁也是道谢，巫大师不再多说什么，径直走出了这间屋子，出去时顺手还带上了房门。

偌大的屋子里，此刻只剩下了沈石与顾灵云二人，在巫大师出门之后，这书桌前后的气氛忽然安静了下来。

看上去顾灵云似乎仍然还在打量着自己却没有说话的意思，沈石咳嗽了一声，往前走了一步，道："顾……呃，掌柜……"

话音未落，他忽然听到顾灵云淡淡地道："你看我如今可比当初你见我时老了吗？"

沈石一怔，却是一时没反应过来顾灵云这句有些没头没脑的问话，迟疑了一下，还是道："不老，你的容貌和我当初见你时几乎一模一样，没什么变化。"

顾灵云笑了笑，身子微微后仰，靠在了宽大舒适的椅背上，微笑着道："我刚才听你一见面就喊我一声顾姨，心里还以为我如今真是老了呢。"

沈石默然，同时心里隐隐觉得八年之后再见这顾灵云，似乎她给人的感觉温和了不少，比起八年前初见面时，少了许多锋芒。不过这番心思他当然是只能藏在心底，同时道：

"顾掌柜你误会了，其实……我还记得当年在西芦城屠夫家里时，我父亲让我叫了你一声顾姨，所以刚才见面的时候，下意识地就喊了出来，如有失礼得罪的地方，还请顾掌柜谅解。"

顾灵云静静地看着书桌后的这个年轻人，眼前仿佛又闪过多年前那个站在沈泰身旁的少年影子，然后渐渐地二者重合在一起。片刻之后，她忽然轻轻叹了口气，然后摆了摆手，道：

"知道吗，若不是刚才你叫的一句'顾姨'，现在也不可能会站在这里了。"

沈石有些愕然，抬头向顾灵云看了一眼。顾灵云笑了笑，道："所以，你还是叫我顾姨吧。"

沈石迟疑了一下，嘴角微微抿了一下后，道："顾姨，请问你可知道我父沈泰的近况？这八年来我没有他半点消息，实在是……"

"他还活着。"

顾灵云忽然打断了他，淡淡地道。

第八十九章 ■ 深谋

"啊……"

沈石听到这"他还活着"四个字，脑子里登时便是一阵微微的眩晕，心头绷紧到极处的那根弦，终于在瞬间松弛了下来。八年了，整整八年了，他无数次地思念过父亲，直到今天，终于是第一次确切地听到了关于他的消息。

看着有些失态的沈石，顾灵云脸上并没有什么异样的表情，不过明眸之中的目光柔软了少许。不过也就仅此而已了，若不细看，甚至根本无法发觉什么。

沈石深吸了一口气，踏前一步，脸上激动之色犹在，连声音也带了一丝微微的颤意，道："那他……他现在在何处？"

顾灵云十指交叉放在小腹之上，背靠椅背看着沈石，却是摇了摇头，道："我不能告诉你。"

沈石怔了一下，愕然道："为何？"

顾灵云淡淡地道："当年约定隐姓埋名之期是十年，如今至少还有两年，你且再耐心等等吧。"

沈石脸上焦灼之色掠过，还要再说，顾灵云却是摆了摆手，道："此事并非我故意难为你，其实是当年你父亲离开阴州之后，后续之事便由他人接手安排，连我也不知道他如今确切所在之地。"

沈石再度愕然，过了片刻，像是想到了什么，却是声音低沉了些，道："这是为了防备玄阴门李家的报复吗？"

顾灵云看了他一眼，眼神里有一丝淡淡的赞赏之意，点头道："正是。神仙会无论生意还是做事，向来最讲究的就是一个'信'字。当日我既然答应你爹事后保他平安，本会便自然做到，就算最坏的情况李家抓到了我，也无法从我口中知晓你爹的去向，不过这种事几乎也不会发生就是了。"

说着，她微微一笑，脸上露出几分说不出的自信，但不知这份自信是对她自己有信心，还是对神仙会的实力坚信不疑。

沈石微微低下了头，脸上有一点失望之色，多年后好不容易才听到失散多年的父亲一点消息固然欣慰欢喜，但无法真正见到沈泰，他心中却总是有几分失落。

"顾姨，你既然说不知我父亲究竟身在何处，但为何能知晓他的近况，说他还活着？"

沈石低头思索了片刻，再抬起头来时脸上神色已经平静了一些，只是却多了一点疑惑之色。

顾灵云平静地道："一来，当年那件事是我一手操办，包括你父亲事后逃出阴州也是我安排的，所以对他我虽然不知实际去向，但大体情况只要我去询问，自然会有人告诉我；二来嘛……"她微微一笑，容色间娇美如花，艳丽动人，道，"二来，这八年过去，我如今在神仙会里也是上了几层台阶，权限大了一些，能知道的消息自然也会多一些了。"

沈石看了她一眼，沉默了片刻，道："那我爹他如今怎样？"

顾灵云交叉放在身前的葱白十指微微弹动，并没有马上回答，而是凝视着沈石，似乎心中在思索着什么。过了一会儿，当沈石看着已经有些急切之色的时候，她才点了点头，道："他如今不在鸿蒙主界。"

沈石一惊，却听那顾灵云又继续说了下去，道："当年离开阴州之后，应该是本会中人直接带他离开了鸿蒙主界，前往了一处偏僻异界，然后在其中一座我也不知晓的城池安顿下来，并安排他在那里主持本会刚刚开辟的新分店。"

沈石的眉毛猛地一挑，看向顾灵云，只见这个美丽女子淡淡一笑，道："你爹修行不成，于经商上却是个难得的人才，本会号称鸿蒙第一商会，这样的人才当然是要重用的。"

沈石沉默了一会儿，深吸了一口气后，脸色看上去有些奇怪，缓缓地道："也就是说，当年你首先利用我们父子暗算李家那位元丹境长老，从而完成了某位大人物吩咐下来的事情；同时借着保护之名让我父亲离开阴州，正好除去了自己在西芦城中生意场上最大的对手；然后又让我父亲去那偏远异界之地，利用他为你们效力开辟新店，是这样吗？"

他看着脸色平静、没有点头也没有摇头的顾灵云，轻声道："神仙会做事，果然对人、对事都是做到了极处。"

顾灵云淡淡道："你不该责怪我们，毕竟我们做到了当初答应你们的所有事，包括保住你爹的性命并逃避李家的追杀，然后还有保你进入凌霄宗修行。"

沈石摇了摇头，道："顾姨你误会了，我没有责怪神仙会的意思，只是听到这事，心中震荡，真要说起来，我是极佩服的。"

顾灵云笑了一下，神色间似乎又柔和了些，道："看来你果然是长大了，见识倒也不算太差。"

沈石没怎么在意她的评价，沉吟片刻后，还是开口向她问道："那我什么时候才有可能见到我爹？"

顾灵云目光微微闪动，道："两年吧，如果可能的话，两年之后我试着向上头提出请告，看能否将你爹从那荒僻异界调到流云城这里来。"

沈石身子微微一震，看向顾灵云的眼色登时又有不同。

"你刚才说，这八年来，你在神仙会里的地位是上了几个台阶？"沈石在最初的惊喜之后，却是迅速地沉默了下来，好一会儿之后，才开口问了这么一句。

顾灵云微微点头，道："是啊，你看，西芦城与流云城不能比，而阴州与号称鸿蒙南方修真第一大州并有四正名门的凌霄宗坐镇的海州，同样也是相差甚远。所以我如今能坐上流云城这里分店的掌柜，和当年比起来，大概就是……"

她想了想，却是手掌微微一按，带了几分笑意，道："当年在西芦城里的我，算是站在这座楼的一楼，而现在的我，就是坐在三楼了。"

沈石点了点头，随后却道："你在神仙会中晋升之途如此顺畅，想必于当年西芦城那事得益颇多吧，特别是我们一直不知道的那个要暗算李家元丹长老的神秘大人物，你把这事做得这么漂亮，他是不是也颇为高兴，所以对你也是有所照顾？"

顾灵云眉头第一次微微皱了起来，脸上神色现出几分郑重，像是对沈石有几分刮目相看，但凝视他片刻之后，她的神情又忽然轻松了下来，像是无所谓一般，微笑着道：

"也算是如此吧，而且当年你父亲走了以后，西芦城中再没有人能在生意场上与我抗衡，所以几年之内我就将那家分店经营得花团锦簇、生意兴隆，会里上头那位大人物看着高兴，也觉得我有几分能耐，就这样慢慢把我提拔起来了。"

沈石叹了一口气，像是记起了往事，淡淡道："当年我爹跟我说过，你做事谋划深远、心计过人，我一直没太在意，可是直到今日我才算是明白了他老人家话里的意思。顾掌柜，顾姨，佩服，佩服！"

说罢，他一拱手，向着顾灵云施了一礼。

顾灵云摆了摆手，刚想说些什么的时候，忽然传来两下敲门声，片刻后房门吱呀一声被人推开，却是巫大师提着一个如意袋走了进来，对顾灵云道："事情都办好了。"

顾灵云点了点头，上前接过那个如意袋，道："后面的事我跟他说就好，你先去忙吧。"

巫大师答应一声，看了沈石一眼，转身向门口走去。不过在快走出门口的时候，他却是回头啧啧笑了一声，对沈石道："沈公子，平日没事的话，可以来本店坐坐，或许还有些平日难见的灵材可以开开眼界呢。"

沈石怔了一下，连忙点头笑道："是，到时候一定前来请教巫大师。"

巫大师呵呵一笑，转身去了。

顾灵云看着巫大师离去的背影，脸色平静，但一双明眸之中的光芒却似乎隐隐闪动了一下，随后她轻轻掩上房门，对沈石道：

"这如意袋中有四千颗灵晶，算是本会买那枚夔纹妖丹的费用，你可以直接将灵晶拿走，不过如果你觉得麻烦的话……"她手掌一抛，却是向沈石丢过来一个物件。

沈石一把接住，仔细一看，却是个白玉圆珠，约莫有半个拳头大小，玉质温润明亮，中间刻着一个"神"字。

"这是神仙会以秘法所制的一种奇珠，可以直接记录客人在本店所有的灵晶数目，取现花费均可，十分方便，除此之外更有资格参加一些神仙会私下为特殊客人准备的活动。这神珠有数种颜色，对应了本会不同档次的客人，不过就算是最低一级的'白神珠'，也不是随便什么人都可以拿到的。"

她笑了笑，道："以我的权限，也就只能发出这种白神珠了，你要不要？"

沈石手握这颗白神珠，心中忍不住一阵激荡，以他的见识，当然知晓这一颗白神珠能带来的好处绝对不小，只是这个人情，尤其是这个女人要给的人情，却让沈石下意识地有些紧张与提防。

"这东西自然是好的，只是不知顾姨是有什么事要我去做的吗？"沈石叹了口气，道，"总不能真的就是因为我叫了你一声顾姨吧？"

顾灵云微微一笑，道："你真是一个聪明人，和你说话一点都不累。"

沈石却是沉默了下来，随后轻轻将这颗白神珠放在桌上，道："顾姨有什么事请先说吧，我先听听看有没有本事去做。"

顾灵云向那颗温润的白神珠看了一眼，目光一闪，却是悠然道："也许两年之后，我可能会向上头申请调你爹离开那蛮荒苦地，但到时候时间久了，我不小心忘掉了也说不定呢。"

沈石眉头一皱，脸色迅速沉了下来，看向顾灵云，只是这美丽动人的女子却似乎丝毫不在意他有些尖锐的目光，依旧微笑着站在那里，安静地看着他。

过了一会儿，沈石低下了头，静静地道："顾姨请说，若是在下能帮忙的，沈石一定尽力为你做好。"

第九十章 ■ 异界他乡

顾灵云展颜一笑，娇媚俏丽如春花绽放，令人眼前一亮，道："如此最好了，我先谢谢你。"

沈石默然不语，只是望着她等待下语。

顾灵云对他略显得有些生硬的表情并不在意，微笑着道："是这样的，我知道在你们凌霄宗山门金虹山上，有所谓的丹、器、阵、兽、书、宝、术七大堂口，其中的书堂坐拥无数书卷秘籍，甚至就连凌霄宗诸多道法神通的玄法秘诀也都收录其中……"

话音未落，沈石的脸色却已经变了，甚至连眼神都冷了下来，插口截道："难道你是要我去书堂那边为你偷取本门功法秘诀？这一点恕难从命，且不说书堂重地明里暗里不知有多少本门高手守护，根本就不可能从里面偷出一张纸来，就算是能偷到，我也不会为你去做这事。"

他深吸了一口气，神情冷峻，看着顾灵云道："凌霄宗对我有授业栽培之恩，往日更无丝毫对不住我的地方，有恩无怨，让我做出这等事，我是做不到的，而且就算我爹知道了此事，必定也是如我一般的想法。"

他神色坚决，没有半分犹豫的神态，倒是让顾灵云怔了一下，随后看向沈石的目光却是微微闪动，也不知她心底此刻在想些什么，不过看起来却是并没有什么生气的样子。片刻之后，反而还是淡淡一笑，道："别激动，谁告诉你我要去偷取凌霄宗的道法神通诸般法诀了？"

沈石一滞，看向顾灵云，只见那女子一双明亮清澈的明眸，目光如水，似笑非笑地看着自己，想到自己居然会错了意，一时间不由得有些尴尬起来。

不过顾灵云倒是没有让他太过难堪的意思，摆了摆手，微笑道："我不会让你去做什么过分或是为难的事的，这件事甚至跟凌霄宗都没有太大关系，你只管放心就是。"

沈石默然点了点头，心底却是松了一口气，既然不是自己心中最担忧的那种情况，在不伤及凌霄宗与自己的情况下，帮她一次似乎也不是什么太令人反感的事，只是到现在还是不知道顾灵云究竟求的是什么，沈石便直截了当地问道：

"那你要我做什么？"

顾灵云沉吟片刻，缓缓道："凌霄宗书堂之下，有一处号称'书海'的所在，号称藏书无数、浩如沧海，想必你在凌霄宗修炼多年，这是知道的吧？"

沈石点了点头，道："我知道。"

顾灵云道："那书海中藏书无数，其中还有数量不小的古籍书卷，我的意思是指至少在一万年前，属于天妖王庭时代的那些古书。"

沈石眉毛一挑，眼中掠过一丝讶色，道："这事我知道，当年人妖血战之后，妖族败退，王庭覆灭，妖族帝都天鸿城里一片狼藉，除了妖皇帝宫之外的所有地方几乎都被我们人族占领，其中就包括天妖王庭数十万年以来一直收藏书卷的'天书阁'。大战结束之后，其他人对那些堆积如山的古籍书卷不感兴趣，唯独六圣里元问天与我们凌霄宗祖师甘景诚平日最喜看书，所以天书阁的藏书日后便由元始门与我们凌霄宗瓜分。只是听说数量上还是元始门那边多一些，他们的'书山'藏书也比我们的'书海'更加庞大。"

顾灵云点了点头，道："不错，差不多就是如此，当年瓜分天妖王庭天书阁藏书，元始门与你们凌霄宗大概是七三开吧，不过不管怎样，如今天底下凡是上万年前属于妖族时代的古书，基本就都在你们两家了。"

沈石看了她一眼，眉头微微皱起，道："你的事与此有关？"

顾灵云不知为何，突然沉默了一下，眼神里似乎也有点闪烁，看起来像是有些犹豫，不过随即还是点了点头，道："是。我想请你回山之后，去书海一趟，其他书卷都不必理会，就只看昔日天妖王庭时代的古书，特别是王庭末年时代的古籍书卷，然后帮我在里面找一个人，看看有没有关于他的文字记述。这件事并不着急，而且我也知道做起来很是烦琐，所以你若是方便的话，可以替我多去几次，万一真有涉及那个人的文字，就记录下来，回来告诉我。"

沈石愕然道："就只是看书这么简单？"

顾灵云笑了笑，道："本来就是，不然你以为我会让你去做什么艰险无比、九死一生的大事吗？"

沈石一时间有些讪讪，起先他心底还真的有过类似的一点想法，不过这时听来，此事的确并无什么大碍，他心情也是放松了许多，点了点头，道：

"好，那你要我查的那个人，叫什么名字？"

顾灵云两只葱白细嫩的手指微微纠结缠紧了一下，停顿了一小会儿后，平静地道：

"黄明。"

"什么？"这一次，却是沈石身子陡然一震，露出几分不可思议的愕然目光，看向了顾灵云。

血月界。

鸿蒙一百零八界中，血月界是一处相当偏远的异界，以当初沈石从归元界回来时的二层界、三层界计算，从鸿蒙诸界到血月界，必须要坐四次上古传送法阵经过四个中间异界，才能到达血月界。

换句话说，血月界可以说是鸿蒙诸界中极偏远的一界了。

与鸿蒙主界那等物产丰富、灵气充沛、万物欣欣向荣的繁盛景象不同，血月界的环境十分险恶，这一界的名称由来据说是每月之中月圆之时，此界的天幕中必定会出现红如鲜血般的血月，因此而得名。

而在妖异的血月影响下，也说不清是什么神秘的力量，这一界的生物一直格外的狂暴凶悍，不管是妖兽还是千百年来一直在此繁衍生息的奇怪异族，都是如此。不过相应地，这一界虽然危险，但出产的各种灵材同样丰富无比，许多都是其他地方罕见的珍品，甚至有一些灵草、灵石等天材地宝的珍品，只有这一界才会出产。

所以当人族兴起统御鸿蒙诸界之后，血月界在一开始并没有受到太大影响，但随着人族修真界越来越庞大激进，这一处偏远的异界也逐渐有了前来探险寻宝的人族修士。

时至今日，来到血月界的人族修士数目已经不少，他们甚至已经以这一界唯一的一座上古传送法阵为中心，在那片地域直接建立了一座城池，算是人族在血月界的一个立足点，并取名为血月城。

如今的血月城里虽然多数东西还是粗糙简略，但这里毕竟本是蛮荒之地，人族真正大规模踏足此地还不足百年时间，能有这番局面已经算是不错了。

至少如今的日子，对大多数人族修士来说，感觉比以前好太多太多了，因为就在两年前，这血月城中居然开了一家神仙会的分店。

是的，号称天下第一商会的神仙会，居然已经将分店开到了五层异界这样一个偏僻荒凉的小城中了。

这个分店的开张，在当时让许多城中的修士惊讶之余却都不看好，毕竟这血月界与那些成熟繁盛的二层、三层界土不同，危险太大，过来探险的修士如今人数虽然不少，但收获在大家印象中都不算好，而且往往还容易在去城外探险的时候死于非命。

只是两年过去，这一间神仙会分店非但没有关门倒闭，反倒日渐兴旺。每日里收买修士寻来的各种灵材，又卖出诸般修炼必需之物，如此买进卖出生意兴隆，三两下轻轻松松地就将这血月城里原有的那一些小商家纷纷打败，不是关门走人就是勉强在那边苟延残喘。

凡是来到血月城的修士，如今几乎所有的生意不管是卖出还是买进，都是必来这神仙会分店，而这里一直以来的名声也是极好，从来都是公平买卖，从不坑人也从无假货劣品。时间久了，人们也渐渐知道，在这间神仙会分店里做主的人物，是一位姓沈的掌柜。

只是也不知道是从哪里流传出来的消息，说是这位沈掌柜其貌不扬、个子矮胖，看上去也没什么气质，尤其是在修炼一道上更是天资很差，一大把年纪了居然还是炼气境的境界。

修真界里历来多以实力为尊，而这位炼气境的掌柜显然不像是个能镇得住场面的大人物，再加上来到血月界这等凶厉艰险的异界冒险的修士，哪一个不是胆大包天、桀骜不驯的人物，不是散修中的高手就是哪家门派的得意弟子，所以很快就有人明里暗里地找那沈掌柜的麻烦。

找沈掌柜的麻烦，自然也就是去找神仙会分店的麻烦。而据说那位沈掌柜在他人试探之下果然道行低微得可怜，几无还手之力，只是还不等别人笑话讥讽，那神仙会分店之中便瞬间冲出了一大群人，个个道行不低，甚至仅仅是神意境这等强悍境界的高手，居然就有五六个人。

这样强悍至极的力量，瞬间直接碾轧了血月城中所有胆敢对神仙会不敬的势力或是修士，所有人噤若寒蝉。而不知为何，这些强悍的修士，却对那位道行低微的沈掌柜极其敬重，一大群道行境界远胜于他的人物，居然都是甘心自居下属，听他驱驰。

所以当这一天，一行人护卫着一辆马车从神仙会分店出来，直向城门处走去的时候，城中大街上很多修士都看到了，也识趣地向两侧让开了道路。

在马车周围簇拥着走的那十几个人，容貌各不相同，但是身上都有精悍之气，尤其是靠近马车两侧跟着的那四个男子，更是气度不凡，顾盼之间神华外露，赫然都是神意境的高手。

一时之间，城中无数修士议论纷纷，却是暗自窃窃私语，不晓得那位神秘又奇怪的沈掌柜，此番要出城去做什么呢？

要知道，城外那可不是好玩的，血月界特有的凶暴妖兽与各种诡异的异族生物，在过往的日子里死在那里的人可绝对不是一个小数目。

一个炼气境的修士，出城想去干什么？

马车在坑坑洼洼、凹凸不平的街道上走着，走在马车两侧的那四个人，不时都能听到车厢里传出几声轻微的咳嗽声，虽不响亮，却低沉痛苦。

四个神意境的修士脸上，都是掠过一丝担忧之色，其中左前方那个看上去年约四十岁的中年男子靠近了一步，低声道：

"掌柜，可是身子不舒服吗？要不咱们回去，这笔生意日后再说也不迟……"

"呵呵，不必了。"一声低笑，从那车厢里传了出来，随后又咳嗽了几声，道，"继续走吧，我没事，只是刚才有些困乏，迷糊里忽然想到……"

说了一半，他的声音忽然小了下去，那中年男子迟疑了一下，道："掌柜？"

那车厢里的人笑了一下，忽然叹了口气，淡淡地道：

"没事，我就是刚才突然想起我那个多年不见的儿子了……走吧，早去早回。"

第九十一章 ■ 威胁

车轮碾轧过长街石路，一路行进到血月城城门处，几个看守城门的修士迎了上来，马车车厢里除了偶尔会响起几声咳嗽声外，并没有其他动静，而站在马车周围的那四个神意境修士同样都是神色漠然，没有任何开口的意思。

站在车子外围那一圈中，一位年轻的修士向这几个守卫走了过去，对他们中为首的那一位低声说了几句，那守卫头领身子微微一震，脸上露出几分惊奇之色，同时也能看出几分明显的敬畏。

在如今的血月城中，神仙会的声势已是非同小可，且不说生意场上所有值得一提的对手都已经在那位沈掌柜的手段下被逐一击败，单是看这家分店所收罗拥有的修士高手，便几乎足以碾轧血月城中所有势力，甚至可以说，神仙会这家分店如今在这个危机四伏、艰险无比，但同时也有无数宝藏灵材的凶险异界里，至少在人族这一块已经是首屈一指的了。

只是虽然实力强大，但在这位沈掌柜的带领下，似乎神仙会也没有什么特别的野心企图，相反地，他们一直都是在血月城中老老实实地做生意，童叟无欺、物美价廉，他们强大的武力似乎只是为了保证自己的安全，而从来没有出去干些抢夺欺占的勾当。

如此一来，时间久了，原本惶恐不安的其他修士都安心下来，该探险去探险，该修炼去修炼，运气好的得些宝贝灵材，资源不够需要购买的，都会去神仙会分店里光顾。而这份安稳的名声甚至随着来来往往的修士口口相传，渐渐地，来到这血月界的修士，无论是散修还是林林总总其他修真门派的弟子，慢慢变得多起来，而血月城这个原本荒芜冷僻的地方，竟然也渐渐有了几分繁华的样子。

神仙会血月城分店的生意，也就由此日益兴隆，每日里在丝毫不显眼的柜台人群间，收入的灵晶与诸般珍贵灵材宝物，都是渐渐丰厚。

除了神仙会的人之外，外人或许并不十分清楚这中间的干系，但是如今谁都明白，神仙会在这血月城中已经是老大了，而这位沈掌柜，自然绝不可得罪冒犯的贵人。

守卫迅速让开了路，城门打开，于是一行人簇拥着这辆马车走出了城池。一路行去，所有人都是平静无声，只有几声咳嗽声从车厢里飘了出来。

城门之下，一个守卫忽然开口道："那位沈掌柜的身子好像不太好啊？"

那守卫头领瞄了他一眼，没好气地道："废话，不是都说这位掌柜的境界不高，只有炼气境吗？这血月界里妖兽横行、异族肆虐不说，仅仅是各种瘴气、毒气也不知有多少，都是吸一口就得吐血的东西，普通人根本都活不下去，我看他那炼气境的身子，怕是也够呛！"

"这样啊……"旁边几人都是点头，目光远远眺望着那一队渐行渐远的队伍，有人忽然又带了几分疑惑地道，"既然沈掌柜身子不好，为何又要出城，城外的凶险可比如今的血月城内厉害多了。"

那头领也是怔了一下，想了一会儿也没想出个所以然来，只得耸耸肩，道："谁知道呢，反正他们这些大人物总是有事要做的吧，好了，好了，关门！"

那些守卫在身后窃窃私语议论的时候，神仙会的队伍依然沉默但有序地向前行进着，一旦出城之后，给人的第一个感觉就像是城外的天空忽然暗了几分，除了脚下一条依稀可见坑坑洼洼的土路之外，稍远些的地方是水洼、矮树，荆棘水草密布繁盛，偶见几只奇形怪状的小动物从水中跑过。

天空是阴沉沉的模样，云层压得很低，空气里湿气十足，甚至就连吹过脸庞的风都让人感觉好像是一团微弱的水雾打在了脸上。

这里看起来像是一片水泽之地，而事实上的确如此。

血月界唯一的一座金胎石所制的上古传送法阵，就坐落在这一片范围广袤、隐藏了无数凶悍妖兽、终年阴晦潮湿并凶险莫测的"水鬼沼泽"中。

这条土路一直向着沼泽深处延伸而去，但随着队伍的前行，渐渐地，路径边缘开始模糊起来，水洼越来越多，水汽越来越盛，而偶然回头的时候，会发现那座血月城已经消失在视线之中了。

周围的沼泽里，虫鸣声渐渐响亮起来，似乎这些人族修士的到来惊扰了什么东西，一些隐匿在水草深处或是低矮树林里的或明或暗的目光，像是小动物，又像是不知名的阴暗东西，在冷冷地窥视着他们。

天空一片阴沉。

也不知什么时候，前方的队伍忽然停顿了一下，这条土路终于已经完全看不见了，剩下的视线所及之处，是茫茫不见边际的沼泽水泊。

这里已是"水鬼沼泽"的深处，护卫在马车周围的神仙会修士已经没有了刚出城时的那份淡然，望着周围的沼泽，脸上都有戒备警惕的神情，就连那四个站得离马车最近的神意境修士高手，此刻脸上也多出了几分凝重之色。

忽地，灰蒙蒙的天空中猛地响起一阵"扑棱棱"的声音，一只飞鸟却是从沼泽深处某个不知名的地方振翅而起，划过半空。远远望去，那只飞鸟个头儿不大，羽毛却十分鲜艳美丽，一路翱翔，很快飞到了这一行队伍的上方，盘旋了一阵后，却是缓缓飞了下来。

当这只鸟飞到近处，众人看得清了，只见这像是一只羽毛金、黄、红三色交织，看上去十分美丽鲜艳的鹦鹉，而它落下的方向，居然就是队伍正中的那辆马车。

一众护卫齐刷刷地转头看来，但并没有什么其他举动，那四位神意境的修士脸色也是微微一变，其中站在车厢左后位置，一个看上去年纪在四人中最年轻、三十岁左右的男子更是面色一沉，往前踏出了一步。

只是就在这时，马车里忽然传来了一个声音，平静地道：

"小齐，无妨的。"

这位齐姓修士身子顿了一下，像是对车厢里的人十分敬重，所以很快收回了脚步。

于是在周围十几个人族修士的注视下，这只漂亮美丽的小鸟扑棱着翅膀，落在了车厢前。它扭头先是看了看周围，居然并没有任何惧怕的意思，回头一看，只见车厢前挂着一副车帘，挡在前面，它嘴里吱吱低哼了一声，慢慢走了过去，同时这只鸟探头探脑的，似乎在仔细看着这东西，像是以往从未见过一样。

走到车帘边，小鸟看了一会儿，试着用鸟喙去叼这副车帘，不过车厢里很快有一只手伸了出来，将车帘轻轻抬起，小鸟吓了一跳，后退跳了一步，但随即似乎觉得自己这样有些丢脸，没好气地呱呱叫了两声，像是对车厢里的人示威一般，过了片刻才低头从车帘缝隙里钻了进去。

一入车厢，顿时便觉得车里比外头干燥温暖了许多，不大的车厢里两侧车壁上开了小窗，不过都是用细密透气的纱布遮蔽严密，这是为了防止水鬼沼泽里一些诡异的小虫飞进车厢中，包括车帘也是有这个功用。而除此之外，车厢里并没有太多摆设，只是放着两张毯子，几个柔软的靠垫，让人能在这里坐得舒服些。

一个矮个儿的胖子，正倚靠在这些柔软的坐垫上，神情温和地看着这只有着漂亮的金、黄、红三种颜色羽毛的小鸟。

时光仿佛在瞬间回到过去，光阴消逝，容颜老去，但是那轮廓、神情似乎还是当初在西芦城中的模样，他是沈泰。

与八年前相比，他的身材几乎没什么变化，但一张脸看起来却像是苍老了很多，尤其是两鬓间的头发已经斑白，偶尔还会咳嗽几声，但一双眼睛却是十分明亮，甚至更胜过往。

这只小鸟钻进了车厢，第一眼就看到了这个矮胖子，然后居然看到胖子对着它微笑了一下，道：

"你好！"

小鸟瞪着这个胖子，眼神十分凶恶。

沈泰呵呵一笑，依然神态悠闲地坐在那里。过了一会儿，这只小鸟像是觉得有些不耐烦了，忽然之间，竟是开了口道：

"人类，你是想来找死的吗？"

一只小鸟口吐人言，并且还是恶意十足的威胁话语，实在是让人错愕，但是沈泰看起来却似乎什么异样表情都没有，还是那副微笑温和的神情，居然还很正式地回答了这只小鸟的话：

"不是啊。"

小鸟"呸"了一声，带了几分高傲昂起了鸟头，道："那你到我们水泽来做什么？告诉你，就在昨天，我家里养的大蟒还吞吃了你们两个活人！"

沈泰笑了笑，道："我们跟那些人不一样。"

小鸟冷笑一声，道："有什么不一样？你们人族里就没一个好人，整天干的都是那些龌龊事！"

沈泰看着小鸟，平静地道："我不是说我们是好人而其他人是坏人，我的意思是，我们比其他过来的人族要强多了，如果你敢不搭理我，我就灭了你的族，杀光你们这里所有的水鬼族人。"

小鸟一呆，神情似乎瞬间凝固，然后半张着嘴巴看着沈泰，半晌说不出一句话来。

第九十二章 ■ 厚道

愣了好一会儿之后，这只漂亮的小鸟忽然像是惊醒一样，猛地咆哮起来，甚至气得连身上的羽毛都微微翘起，对着沈泰怒吼道：

"你这是想找死吗，人类？沼泽里的水鬼成千上万，你来杀啊，我倒要看看是你们先死光还是水鬼先死光！"

沈泰的神色一直很平静，哪怕是听到那成千上万的恐怖水鬼字眼时也没有动容变色，轻轻咳嗽了一声后，他淡淡地道："你别叫那么大声，吓唬不了我的。这片大泽里水鬼确实很多，但自古以来水鬼都是小群聚居自成部落，而且彼此之间争斗厮杀尤胜外族。所以别说什么我要对付千万水鬼了，只要我先杀掉你这个小部族一半的水鬼，你信不信明天其他的水鬼部族就冲过先杀光了你们？"

小鸟脖子上的羽毛慢慢平复下来，眼中却露出了几分惊惧之意，愕然道："你……你怎么会知道这些的？"

沈泰笑了笑，道："打听到的啊。"说着，他也不解释为何神仙会居然能打听到一直与人族老死不相往来，甚至连语言都可能根本毫无沟通的水鬼部族情况，只是看着这只小鸟，道，"怎么样，我刚才说的你回去跟这个水鬼部族的头领说一下吧？"

小鸟却兀自不肯罢休，惊愕过后，却又是冷笑一声，道："就算你知道一点水鬼部族的消息，那又怎样，你这队人确实很强，但是我们水鬼只要肯隐藏起来，在这沼泽里，没人能拿我们怎么样。"

沈泰居然点了点头，道："确实如此。"

小鸟顿时有些得意，嗤笑一声，道："知道就好，那还不收起你那……"

后面的话还没说出口，便听到沈泰打断了它的话，平静地说了下去，道："可是据我所知，水鬼虽然在沼泽里天生擅于隐匿且个个力大无穷、凶悍至极，但是这里……"他用手指了指自己的脑门儿，眼中似有深意看着这只小鸟，微笑着道，"它们的头脑，好像都是比较蠢的。"

小鸟口中发出了一声低鸣，睁大了眼睛带着几分怒意瞪着他，眼色凶狠。

沈泰却不理会这只看上去眼神凶得像要杀人一样的小鸟，只是道："往日来这里探险寻宝的人族修士，特别是散修，对水鬼往往都是心怀惧意，以为这是何等凶厉的怪物，但真要看清了嘛，也就那么一回事儿。这么说吧，若是我现在就在这里布下一个陷阱，嗯……说白点，我挖一个大坑，然后派人出去偷偷猎杀一两只水鬼，砍下头颅丢在这坑里，你猜会怎么样？"

小鸟没吭声，但眼神却是慢慢暗了下去。

沈泰右手轻轻挥了挥，道："你看，连你这样一只鸟都明白的吧，就是这样一个简单的陷阱，你这个部族所有的水鬼都会蠢得跟猪一样，前赴后继地跳到这大坑里来，哪怕这坑里有刀枪箭斧。"

小鸟冷冷地看着他，过了半晌，道："你为什么找上我们？"

这口气虽然冰冷，但气势却已然比刚才减弱了许多，沈泰却也没露出什么得意骄狂的神情，只是看着这只奇怪的能够说话的漂亮小鸟，道："因为在这片广阔沼泽里，水鬼部族无数，但唯独只有你们这一支才有你这只会说话的鸟，才有交谈沟通的可能。"说着，似乎带了几分感叹，沈泰轻叹了一声，道，"谁能想到呢，一只不过是水鬼头领从小养大的普通水鸟，也不知是在这沼泽里吃了什么异宝仙果，结果不但能够开口说话，甚至灵智同样开启，而且比它原来的那些水鬼主人聪明十倍。若不是前些日子在沼泽边缘偶然看到了你，就算是我也想不到有什么法子能够与这些水鬼沟通谈判，也就只能硬着头皮冒着极大风险，派人去沼泽里猎杀采花了。"

"采花？"小鸟看起来确实很聪明，非常敏锐地抓住了这个词。

沈泰点了点头，道："是，我要'幻虹花'，就是水鬼身上有时会长出来的那种有时天蓝，有时淡紫，有时又是猩红颜色的小花。"

"就是那些没用的花儿，你要它们做什么？"小鸟愕然。

沈泰微微一笑，道："我们人族有时候会用到这些四品……呃，这些小花吧，反正有用就对了。平日里跟水鬼无法沟通，所以只能杀了取花，不过若是你们肯把这些小花给我，我就可以跟你们做一笔生意来交换。"

小鸟在原地来回踱了几步，看起来居然是一副正在思考的模样，神情很是慎重，似乎很有几分同意沈泰的观点，觉得把自己养大的那些水鬼主人确实蠢得不行，所以还是要靠自己来拯救整个水鬼部族的命运，过了一会儿，道："花可以给你们，反正我们也没用，不过你拿什么来换？"

"我给你们水鬼最喜欢的东西——血食。"沈泰道，"都是活蹦乱跳最鲜活的动物，牛、羊、马什么的，保证水鬼喜欢。只要从今天开始，你们部族每月给我一百朵幻虹花，我就让人立刻将这些血食送来。除此之外，我还跟你保证，以后这一块沼泽我会派人看守，不会再有其他的人族修士过来猎杀你们。"

小鸟明显动心的样子，但随即想到了什么，严肃地问道："那血食交换幻……幻什么花来着？这交换的价码是多少？"

沈泰用手一拍胸膛，看着这只小鸟，正色道："你放心，我这个人做生意最厚道了。只要交易开始，我这边一只牛就只换你们……两朵小花好了！"

"让你们占大便宜了。"最后，这个坐在车厢里的胖子又跟了一句，仰首望天（车厢顶），一副似乎十分感慨的样子。

流云城，南宝坊神仙会。

沈石从楼上走下来的时候，神色有些凝重，眉头也微微皱着，之前顾灵云在楼上谈话间，要求他帮忙去凌霄宗书堂内的书海里查阅一些年代久远的妖族古籍，这件事本身并没有什么，那些古籍书卷据沈石所知也确实就是公开放在那儿，只要是凌霄宗弟子谁都可以进去观看，只不过鲜少有人会对这种老书感兴趣，所以一直以来都是无人问津。

但是到了后来顾灵云所说的要查找的那个名字，却是真真正正让沈石大吃了一惊。黄明——这个被妖族痛恨万年、位列"七大逆贼"第二，却在人族历史上诡异无比地销声匿迹的神秘人物，居然从顾灵云的口中说了出来。

只是到了最后，虽然他试着套话追问，但顾灵云却再也没有吐露任何跟这个名字有关的消息，只是让他去书海中妖族古籍上仔细查找，甚至顾灵云都没有说让沈石去找什么具体的事件、人物，只是淡淡地说只要是任何有提到这个名字的妖族古书，要沈石暗记下来有关文字，回来说给她听就好，而她也会对沈石有所回报。

而这些所谓的回报其中之一，目前就是已经放在沈石如意袋中的那颗白神珠。这枚由神仙会独门秘法所炼制的奇珠，内刻玄奥法阵，可供记载一些对神仙会来说有身份的客人寄存在神仙会中的灵晶数目，只要是在神仙会分店里，都能随意使用，并且同时也是一种身份的象征，享有一些特殊的便利。听顾灵云的说法，如果日后沈石大发横财，一日暴富，在神仙会的身份更上一层楼，就能在神仙会中买到一些平日难得一见的珍品，甚至在价格上也会有所优惠。

别的不说，一个月之后，在这流云城中，神仙会便会在一处私密场所里举办一场拍卖会，只有拥有白神珠以上的修士才能参加，到时候能看见的东西，自然都是好的。这种手法沈石也不算太陌生，包括当年在西芦城时他也曾见父亲沈泰偷偷办过几场类似的活动，不过与此相比，显然神仙会这里早已有了一套成熟而行之有效的法子，两者有天壤之别，确实不愧是鸿蒙第一商会的大名。

心中这般想着，沈石下意识地伸手在腰间的如意袋上摸了摸，那里面如今多了三百颗灵晶，至于剩下的数目，则都是直接记在了白神珠里。神仙会鼎鼎大名，商誉更是万年不坠，这份信誉早已是深入人心、坚挺不倒，连沈石自己也是毫不怀疑。

只是……在他走下楼梯最后一层，重新回到一楼那热闹的店面里的时候，沈石忽然间又想通了一件事，既然会把灵晶记在白神珠上，那么只怕自己以后多半要买卖什么灵材货物，都必然会到神仙会来，这不动声色之间，神仙会却是将客人特别是豪富有财的那一部分客人，尽数捆绑到自己这里了。

这种手段，这份心机，当真是可畏可怖，真不知道当年创立神仙会的又是何等厉害的人物啊，居然能做到了今日这般的局面！

他这里心事重重，一边感叹于神仙会异于常人的手段，一边又记挂思索着顾灵云刚才的要求，所以就没注意周围，一路缓缓走向神仙会这家分店的门口。走着走着，忽然觉得肩头猛地一沉，却是有人在后面拍了他一下，然后便听到身后有人嗔道：

"喂，你这人怎么回事啊？"

第九十三章 ■ 波折

沈石吃了一惊，回头一看，只见身后站着一个女子，笑容中带着一丝嗔意正没好气地看着他，却是钟青露。

沈石一时之间也是错愕，随即笑了起来，道："这么巧，你居然也在这里？"

钟青露此时也没有穿凌霄宗的弟子服，而是一身普通女子衣裙，只是她容色美貌，再普通的罗衣纱裙穿在她身上，都仿佛有几分青春靓丽透了出来，让周围的光亮都像是落在她一人身上一样，格外美丽。

此刻，她却是白了沈石一眼，道："刚才叫你两声了，你是怎么回事，都不答应一声啊？"

沈石笑道："误会了，误会了，我刚才这不是想事情嘛，一时没注意到。"

钟青露哼了一声，目光却随即落在跟在沈石脚边的小黑身上，顿时眼睛一亮，道："啊，这不是小黑吗，你居然真的找到它了？"

说到最后一句话时，她抬头看向沈石，眼中已是带了几分惊奇神色，沈石笑了笑，其实哪怕是他自己，心里回想起这一趟高陵山之行，有时也会觉得能找到小黑实在是太过幸运，不过不管怎样，终归还是找到了，这才是最重要的。

小黑往日在金虹山上也是见过钟青露的，毕竟与沈石交好并且日常来往的人目前也就是那几个，不过看着钟青露笑意盈盈地在自己面前蹲下，似乎很是欢喜欣慰地想要摸摸这只小黑猪的头时，小黑嘴里低哼一声，一个扭头转身，把屁股对着钟青露去了，看上去一副桀骜不驯、欠打的骄狂模样。

钟青露怔了一下，随即笑骂道："臭小黑，枉费我前些日子还为你担心了一阵，真是白操心了。"

沈石笑着道："你别理它，这只猪脾气就是怪，呃，对了，"他突然想起了什么，对钟青露道，"我这次出去运气不错，找到了你上次说的那六种……"

话说到一半，沈石却闭嘴不言，看了一眼周围，这神仙会分店里可以算是流云城中最热闹的所在之一，人来人往、人山人海，实在不是一个适合密谈交易的地方，钟青露也是会意，对着沈石点了点头，低声道："咱们出去说。"

说着，两人带着小黑，便离开了神仙会，一路上钟青露示意沈石跟着她顺着长街走去，沈石知道她是在流云城长大的，自然对这城里无比熟悉，也就老实跟在她的后头，同时顺口问道："青露，你今天怎么会到这神仙会店铺来？"

钟青露闻言脸上神情有些细微的犹豫，片刻之后笑了一下，道："我也是修道之人嘛，何况还兼修着炼丹之术，所需灵材种类更多，天下间灵材最齐全的神仙会，当然是要经常过来看看了。"

沈石将她那些许脸色变幻看在眼中，心底微微一动，感觉钟青露似乎隐约有些心事，不过既然钟青露自己不愿明说，他也不去特意追问些什么。

两人一路走去，穿街过巷，走了一阵子，果然周围渐渐安静下来，沈石看了看周围，发现这里并非一条城中大路，但路面还算平坦宽敞，只是周围相对平静了许多，过往行人也少。前方路旁多有宅邸房屋，许多处还连成一片，看起来规模不小。

沈石一开始还没在意，但是偶然间向远处瞄了一眼，忽然却觉得某些景物屋宅居然有些眼熟，仔细一看，却发现远处某座大宅居然很像之前自己暗中窥探过的侯家大宅，只不过角度看起来不太一样，自己此刻似乎是身处在大宅后方的一条安静小路上。

想不到钟青露却是带着自己来到了这边，沈石略有些意外地看了她一眼，不过看起来钟青露却没有想太多，道："这里人不多，有什么话就好说了。你刚才是不是想说，找到了那六种丹方中的主材了？"话语说到最后，她声音隐隐有些急切，看得出心底确实对此很是期待。

沈石点了点头，道："嗯，这次运气不错。"说着，伸手从如意袋中摸出了那一朵"虚元菇"，递了过去。

钟青露接了过来，仔细查看了一下，顿时笑颜绽放，那欢喜似无法掩饰一样浮在脸上，重重点头，道："是，就是这虚元菇，它是'元神丹'丹方的主材，有了它我就可以继续尝试炼制三品灵丹了！"

她紧紧地抓住了这颗虚元菇，深吸了一口气，似乎勉强平复了一下心情后，深深看了沈石一眼，道："多谢你了。"

沈石微微一笑，道："谢什么，咱们当初不是都说好的吗，现在我帮你，以后你也是要还我的。"

钟青露再次重重点头,道:"当然,一定的。"

随后,她像是联想到了什么,脸上露出几分关切之意,看向沈石,低声道:"对了,你这次过去,没有再遇到什么凶险吧?"

沈石迟疑了一下,脑海中把前些日子在高陵山中的经历过了一遍,不过很多事情,当然也没必要去细说了,所以他最后还是淡淡一笑,摇头道:"还好吧,没什么事。"

钟青露明眸里眼波柔和,似水波盈盈,一时没有说话,沈石笑道:"回山之后好好炼丹吧,别害怕浪费灵材,回头我再出去时还能帮你继续去找的。"

钟青露似喜似嗔地看了他一眼,将虚元菇收起,道:"吹牛吧,你以为三品灵草是路边的野菜,随便都能找到的吗?"

沈石哈哈一笑,心想别说三品了,这次去高陵山我甚至差一点都能看到五品灵草,不对,是已经拿到五品灵草了,可恨的是……他转过眼,没好气地瞪了一眼跟在身旁懒洋洋地趴在地上打哈欠的小黑猪。

虚元菇既然已经交给钟青露,这私密之事就算是谈完了,两人随意地向前走去,眼看着不知不觉渐渐绕到侯家大宅前头那条大街上时,沈石下意识地看了过去。

屋宅依旧,里面却是物是人非。

一时之间,他心里隐隐也有几分怪异的感觉,毕竟当日在镇魂渊下的时候,他是亲眼看到侯家那些人死在巫鬼的手上,最后仅剩一个侯胜意外逃出那地下深渊,却人不像人、鬼不像鬼,如今也不知到底算个什么东西,又跑到哪儿去了。

钟青露看到沈石注视着侯家大宅,眼神也是飘了过去,片刻之后,从她口中发出了一声轻叹。

沈石回头看了她一眼,道:"怎么了?"

钟青露笑了笑,只是笑意之中隐见苦涩,轻声道:"侯家完了。"

"完了?"沈石一时之间有些意外,侯家精英包括家主夫妇和侯远良大多都死在镇魂渊下,这个他是知道的,所以心里也想到了侯家必定要衰弱下去,但是听钟青露的意思,事情却似乎更是糟糕,不由得问了一句。

钟青露淡淡地道:"这些事是你去高陵山后发生的,所以你还不晓得……"说着,她便将这段日子以来流云城中诸附庸世家落井下石,将精英丧尽、奄奄一息的侯家赶尽杀绝,然后趁乱瓜分的事与沈石说了一遍。

沈石听了之后,也是错愕,想不到原本看上去那般繁华的一个世家,居然说没就没了，但是更令人想不到的是，流云城其他世家干起这种事来如此干净利落，或者说是肆无忌惮。

他沉吟了片刻，道："侯家历史不浅，应该在宗门里也有助力靠山，或是结交交好的长老弟子，怎么会……难道没有什么人开口发声阻止吗？"

钟青露冷笑了一声，却是道："你别忘了，这次带头的孙家背后是谁？如今宗门之内，除了掌教怀远真人之外，还有谁能压过那位大长老？就算有人看不过眼，或是与侯家往日有些香火之情，但是在孙家威势之下，也是敢怒不敢言了。"

沈石默然，心想这些世家平日看起来风光无比，想不到私下里居然也是钩心斗角，不过过了片刻，他忽然发现钟青露脸色有些不对，像是有些出神，连忙问道："青露，你怎么了？"

钟青露身子微微一震，回过神来，刚想对他说些什么，却是欲言又止，最后带了几分苦涩摇摇头，低声道："没什么。"刚才那片刻恍惚出神里，她却是由侯家想到了自己钟家身上。

如今这满城人言碎语，却都是在暗中窥视着她这一家了，只是这些事情……她默默地看了一眼沈石，忽然间却是不愿对这个男子提起分毫。

她微微甩了甩头，像是要把这些烦心事抛出脑海，随后微笑着道："对了，既然都走到这里了，此处离我家也不远，要不去我家里坐坐吧。"

"啊，去你家吗？"沈石有些意外。

钟青露点点头，微笑道："你帮我这么多次，再怎么说咱俩也算是……朋友了吧，请你过去坐坐，又算得了什么？"

沈石哈哈一笑，也不推辞，点头道："好啊。"

钟青露嫣然一笑，看上去很是开心，手掌轻轻一挥，道："来，跟我走。"

钟家的宅子说是距离侯家不远，但中间还是隔了一段路，待他们两人走到的时候，沈石便看到这钟家屋宅之后，第一感觉是这里虽然也是高墙大屋，但不知为何，却是给人一种阴沉迟暮的感觉，不知是不是门墙外表有许多地方老旧斑驳的痕迹却一直没人修缮，反倒是还不如侯家那边的光鲜。

不过钟青露对这个自小长大的地方当然没有半分不适，走在前头笑着带沈石走进大门，门房处当然也有几个守家的护卫家丁，不过看到钟青露后，一个个都是露出笑容，点头打着招呼，显然在这个家里，钟青露的地位很高。

钟青露没有太多理会那些人，就带着沈石走进钟家大宅，脚下的青砖路平坦宽阔，不过同样有不少地方破旧磨损。沈石心里暗自沉吟，心想往日从孙友等人那边听说四大世家里，钟家是最衰弱的，看来果然如此。幸好如今钟家还出了钟青露、钟青竹两个后起之秀，算是多了几分希望吧。

钟青露看着心情不错，一路指指点点，与沈石说着这里宅院的点点滴滴，甚至有些地方她都会提起小时候的旧事，比如她儿时曾在那边玩耍，或是大着胆子爬过那堵破墙什么的，实在有趣。

沈石听了也觉得好玩，同时心里对钟青露又隐隐多了几分没来由的亲切，似乎这美丽女子最美好的一面，正缓缓展现在他眼前。

走着走着，两人路过前头一处大屋之外，钟青露随口道："那里是客厅大屋，平日外客过来，我爹和其他长辈就在这里会客的……"

话音未落，忽听脚步声响起，从那客厅里走出了两个人，前头一个人是看上去五十多岁的老者，身上衣服华贵，但面上气色却不好，有些干瘦，面白眼青，却是带了几分酒色过度的模样；而跟在他后头一步远的另一个男子，却是沈石所认识的，正是当初在灵药殿里见过的吉安福。

两边对上，沈石与钟青露都是停下脚步，随即沈石便听到钟青露略带意外地向那个老者开口喊了一声：

"爹，你怎么会和吉师兄在这里？"

吉安福微微一笑，脸色平静，但目光却带了几分异样，似轻蔑又似幸灾乐祸一般瞄了沈石一眼，随后对钟青露道："钟师妹，我是奉闵师姐之命，特意下山有事过来找你的。"

而站在吉安福身前，能够被钟青露开口叫爹的男人，自然便是如今的钟家家主钟连成了，只是他此刻的脸色却是有些难看，神色冷峻，随意地看了钟青露一眼，没有回应女儿，下一刻瞄向了沈石，眼神里露出几分不加掩饰的厌恶之色来。

"你是谁？"

沈石愣了一下，也是感觉到钟连成那明显的敌意，只是他自觉并没有做过什么，以往甚至都没见过这位钟家家主，根本没得罪他啊，一时间只是觉得糊涂，拱手行礼道："在下沈石，拜见钟前……"

话音未落，却只听钟连成忽然怒喝一声，打断了他，冷冷道："你算是个什么东西，也敢进我们钟家大门？给我滚！"

沈石的身子陡然一滞，僵在原地，而在他身旁的钟青露同样愕然抬头，眼中满是不解地看向自己的父亲。

第九十四章 ■ 心思

堂前的气氛似乎是在瞬间凝固了一样，一时之间没有一个人说话，沈石与钟青露这边都是错愕非常，站在台阶上的钟连成是几乎不加掩饰的厌恶，而唯一还算平静的吉安福则是站在钟连成的身后，面无表情、淡淡地看着前方的沈石。

沈石目视钟连成，看着那张青白交织、憔悴可憎的脸庞，心中涌起一阵厌恶，同时也觉得自己眼角微微抽搐了一下，甚至下意识地捏紧了拳头。

但是过了片刻后，沈石眼角余光看到了站在身旁的钟青露，深吸了一口气后，他终究还是将心头涌起的那股火气勉强压了下去，只是脸上神情已然沉了下来。往日他性子沉稳，心思缜密，但毕竟也只是二十岁的年轻人，哪可能当真完全没有棱角？更何况虽然少年时背井离乡多有苦难，但无论是在阴州西芦城里还是日后进入凌霄宗修炼，从来也没有人如此当面折辱斥骂过他。

那感觉，就像是被人当面重重扇了一记耳光。

"请问钟前辈，在下沈石可是哪里惹怒了阁下，竟然如此口出恶言？"沈石站在原地，看着前方的钟连成，语气冷淡地道。

钟连成双眉一扬，看着似乎更是恼火，但此刻站在沈石身旁的钟青露却是从惊愕之中反应了过来，一步踏上，却是走到沈石身前，看着钟连成皱眉怒道：

"爹，你在胡说什么，沈石他是我同门师兄弟，平日素来……一向与我交情不错，也帮了我许多，你好好地出口伤人，这是干什么？"

钟连成看了女儿一眼，只见钟青露此刻一张清丽脸庞上微微涨红，贝齿紧咬，对自己怒目而视，显然是气得不轻。但钟连成看到钟青露这副模样，却反而更是勃然大怒，道："混账，你这是跟爹说话的口气吗？还不给我去后院待着。还有你，沈石是吧，钟家以前与你没有瓜葛，以后也不会有，日后在金虹山上同门修炼，还请阁下多多自重。敝门寒酸，容不下阁下大驾，恕不远送了！"

说到最后，直是疾言厉色，沈石听得面沉如水，双眼微微眯起，双手微晃间几乎是隐约可见的青筋。这等被当面讽刺辱骂的遭遇，实在是一种难以忍受的屈辱，更何况钟连成话里话外，意有所指，其中不堪之处，着实令人怒气满溢。

话都说到了这种地步，自然已无任何继续待下去的必要，堂堂男子问心无愧，如何能在这里平白受辱，沈石冷哼一声，转身就走。

钟青露气极，一跺脚意图赶上去拉他，背后却传来钟连成的怒吼声："你给我站住！"

钟青露霍然回身，却是面无惧色，直视父亲，怒道："沈石他到底做了什么惹到了你，今日不过是他第一次上门拜访，你就在这里发疯？"

钟连成大怒，指着钟青露道："反了，反了，你敢说我发疯？"

钟青露看着却也是气得脸颊通红，抗声道："你不发疯会说这种话吗？"

说着却是头也不回，直接就往门口方向跑去，追着沈石去了。

钟连成只气得浑身发抖，手指颤巍巍地指着钟青露的背影，一迭声道："忤逆，忤逆啊，这不孝女，亏得老夫耗费多少心血在她身上，结果却……却……"

旁边的吉安福看着钟连成脸色不对，连忙过来一把扶住了他，将他搀扶到屋中坐下，一边轻抚他的后背，一边低声安慰道："钟前辈，息怒，息怒，莫要气坏了身子……"

钟连成气了一阵，深深呼吸了一下，道："那臭小子果然不是好人，你刚才看到了没，那厮望着我时是什么神情，当真是心胸狭窄的小人！"

吉安福默然，心里却是暗自想着：不管是谁，一上来就被你劈头盖脸骂了那么一顿，也不可能会有好脸色吧。不过心里这般想着，他嘴里当然不能这么说，还是顺着钟连成的话头帮着骂了沈石几句，道："沈石那厮平日在金虹山上就素来行为不端，坏事做了不少，并且此人心术不正，偏偏在一些美貌女弟子面前装出一副乖巧忠厚的模样，实在可恶。"

钟连成越发恼火，又骂了一阵，但忽然间像是想到了什么，回头看了吉安福一眼，皱眉问道："对了，你刚才跟我说的都是真的吧，这小子确实没什么家世背景？"

吉安福点了点头，道："前辈放心，我早前已经去探听过消息，这厮确实只是一介平民出身，也不知走了什么运道混进凌霄宗宗门，然而本性恶劣，实非良人，偏偏似乎又对钟小姐意图不轨，所以我之前看不过去，这才如实相告。"

钟连成松了口气，看起来对沈石究竟有没有后台、有没有靠山这件事很是在意，不过在从吉安福口中确认沈石确实一无所有之后，顿时又恢复了原来的厌恶之色，冷笑一声，道："癞蛤蟆想吃天鹅肉，不自量力。"

"什么是癞蛤蟆，什么是天鹅肉？"一声带着怒意的话语，从门口处猛然传了过来，两人一惊回头看去，却是钟青露一脸怒气地走了过来，看也不看吉安福，只是望着父亲，气道，"爹，你今天究竟是吃错了什么药，为何对我带回来的客人这般无礼啊！"

钟连成冷哼一声，道："我做事还轮不到你来多嘴，反正你给我听好了，那小子不是好人，你千万别上他的当，万一传出什么不雅流言，到时候我们钟家的脸往哪里放？"

钟青露呆了一下，脸颊瞬间通红，甚至都有些口吃起来，道："什……什么？"

钟连成不耐烦地道："反正事情就这样，那小子休想高攀上你，咱们跟他不是一路人。"

钟青露羞怒交集，一时间竟是已经不知道该说什么才好了。就在这时，旁边的吉安福带了几分尴尬，轻轻咳嗽了一声，算是提醒都在气头上的一对父女自己的存在。

钟青露咬了咬牙，看了吉安福一眼，冷冷道："吉师兄，你怎么会来我家里？"

吉安福对钟青露的冷淡视若无睹，脸色平静，微笑着道："钟师妹，是闵师姐让我过来给你传个话，云霓长老不日就将出关，并已传出法旨，将于一个月之后于丹堂弟子中举行炼丹盛会，审视诸人于丹道上的进境造诣。这其中的意思，想必钟师妹你是明白的吧？"

钟青露身子一震，脸上的怒意瞬间消失，取而代之的却是一股凝重，沉吟片刻后，她好看的眉头微微皱起，沉声道："这是她老人家要确认最后的收徒人选了吗？"

吉安福点了点头，道："正是如此。如今在丹堂之中，钟师妹你天资进境都是出类拔萃的，不过想必你自己也是知晓，咱们凌霄宗里最不缺的就是人才，为了这云长老那万众瞩目的门徒宝位，其他几位师兄弟可也是摩拳擦掌的。"

钟青露默然片刻，道："吉师兄，我记得往年的丹会都是在三个月之后的来年二月，为何今年却突然提前了？"

吉安福笑了笑，道："钟师妹，你忘了明年就是十年一度的四正名门大会吗？"

钟青露一怔，随即醒悟过来，点了点头，道："原来如此，明年八月就是四正大会，按例咱们宗门里要比试挑选出一批精英弟子，随掌教真人同去元始门。这么说来，云霓长老她是想在这之前先挑好自己的关门弟子了？"

吉安福笑道："便是如此了。我于丹道上天赋也就如此了，不过钟师妹你天赋异禀，若能被云霓长老收入门下，前途必定不可限量，所以闵师姐让我转告你，家里闲事都先放下，尽快返山，趁着这一段日子着力加紧磨炼，好在丹会上独占鳌头。"

钟青露缓缓点头，而站在一旁的钟连成则是一路听了下来，脸上露出大喜过望的神色，早把对沈石的怒意厌恶丢到九霄云外去了，一迭声道："好好好，那青露你快快回去，如果你还需要什么的话，就赶快说，一切都要为了你先拜入云霓长老门下为先！"

钟青露哼了一声，没有说话，吉安福则是看了他们父女一眼，识趣地告辞，在他走出门口的时候，脸上浮现出一丝得意的笑容，心道：任你小子平日猖狂，还不是被我漫不经心的一番话就坑了？不过这钟家家主看来也是不堪，难怪如今钟家败落如此了。

心里这般想着，吉安福微微摇头，既有几分自得又有几分失望，心情没来由地有些复杂，自顾自地去了。

而在客厅之中，钟青露看了父亲一眼，欲言又止，最后带着几分茫然，叹了口气，也转身走了出来。刚才她一路追到门口，却发现沈石已经走远了，追之不及，站在门口的她望着沈石的背影，一时间有片刻的恍惚，若有所失，心里又是失望，又是紧张，又有几分茫然失措。

回想起前头那一刻的心情，钟青露也不知自己究竟怎么了，心里有些五味杂陈，一会儿想着回山之后还是要去找沈石当面道歉，一会儿又有些担心沈石莫名受辱，会不会愤怒生气，或是干脆一怒之下跟自己一刀两断，连那私下的交易也从此断了。

只是她这里心中胡思乱想着如一团乱麻似的，却是一直都没意识到沈石如果断绝交易，对自己的炼丹进境会有什么损害，或者是在她心里，根本就没往这上头想吧。

她独自一人走到花园里，站在一丛花间，默默伫立，怔怔出神，一时却似痴了一般，呆立良久。

第九十五章 ■ 传言

沈石走出钟家，一路走去，心中怒火难平，多少年来还是头一次被人如此当面折辱，看钟连成刚才那模样，视自己如趋炎附势或是心怀不轨的小人，那般嘴脸，真是令人想起来便觉得胸闷。

若是素不相识没有干系的人，除非是道行绝高、远远胜过自己的大修士、大真人，那自然只能自认倒霉，不过到了那等境界的人物，又怎么可能会说出这般言语？除此之外，沈石真可能会直接动手，少年男儿，意气风发，纵有隐忍，却也不能莫名受此屈辱。

只是那钟连成是钟家家主，并不是毫无干系的人物，若单是他一人哪怕有钟家做后盾，沈石也不怎么畏惧害怕，但是如今他平日最交好的几个朋友里，钟青露、钟青竹却都是钟家的人，并且钟连成还是钟青露的父亲。

当着钟青露的面，沈石实在是做不出冲上去就大打出手的举动，所以气愤难平之下，也只有一走了之。回到大街上，他心里兀自愤愤难平，同时也是有些莫名郁闷，几番回想，自己并无得罪钟连成的地方，却不知这老头为何一上来就如此歇斯底里地发火辱骂。

被这么一件郁闷事打扰，沈石也没了心情，正好在流云城里的其他事也都做好了，他便直接出了城，径直去了沧海之滨，然后搭乘渡海仙舟，直接回金虹山去了。

翌日，清晨。

当沈石从沉眠中睁开双眼的时候，已经是在自己那座位于金虹山幽谷之中的洞府里了。平整的岩壁划出一个圆滑的弧顶，出现在他的床榻上方，沈石凝视了那穹顶一会儿，然后坐了起来。

昨日回山之后，也不知为什么，他心底竟然仍有几分难平的意气，心烦气躁，大违自己平日的性子，连沈石自己都觉得奇怪，但是在这般心情下，他却是做什么都提不起精神来，就连每日例行的修炼功课他都做得有些磕磕碰碰，到了后头，他干脆直接就闷头睡去了。

这一晚过去，伸个懒腰，重新审视自己一番，果然心情好了许多，那种莫名的烦躁之意已然退去。沈石转头看了一眼，只见小黑躺在床尾位置兀自还在呼呼大睡，那模样睡得香甜无比，也不知道是不是过往在荒郊野外的时候一直都睡得不甚安稳，只有回到这里，它才能真正放松下来，好好睡上一觉。

沈石看了小黑一会儿，见它似乎仍没有醒来的迹象，便也不打算叫醒它，随手拉过一角被子搭在这只小猪的肚皮上，然后便走出了卧室。

与往常一样，他在活动了一下身子后，开始了自己每日例行的早间功课。大厅里的书桌上，雪白的纸铺在桌面，笔走龙蛇，画出了一个又一个的阴阳五行符文，形成了一个个的符箓符阵。

石室中很是安静，没有任何的声响打扰他，沈石平静地画着，每一笔、每一画都是如此熟练，转眼十几张白纸下来，其间他竟是没有错过一次。

当画完最后一个符文时，沈石放下纸笔，揉揉手腕站了起来，满意地看了一眼这十几张画满符文符阵的白纸，点了点头，又回头看了一眼卧室，那边远远传来小黑的鼾声。沈石笑了一下，便打开洞府石门，走了出去。

天色已是明亮，看上去天气不错，虽然这山谷幽深，阳光很少照进深谷，不过水声鸟鸣远远传来，倒也另有一番意境。沈石打开双臂深吸了一口空气，然后关门向外走去，一路出了山谷，向观海台方向走去。

走在山道石阶上时，沈石心里想起昨日在流云城中神仙会里，顾灵云请托自己帮忙的那件奇怪的事，心下一阵踌躇，有些犹豫到底要不要帮她这个忙。说实话，这个请求看上去并没有太大的问题，不过是去书海那边看看古籍书卷，找找一个古人的消息记载罢了，甚至那些古时妖族的书卷，书堂那里都是公开的，除了为了保护书卷不得外借外，只要人过去就能随意观看。

但问题在于这个"古人"的身份，实在有些诡异，或许如今人族之中绝大多数人对"黄明"这个名字一无所知，但对沈石来说，这个当初在妖界里便给了他许多震撼的名字确实绝非等闲之辈。

顾灵云专门提出要找黄明这个人，显然对此人也不是一无所知，但她究竟知道多少，沈石却也不知，在这犹豫思索间，他慢慢走上了观海台，也差不多是在同时，他在心里先做了个决定，不管怎样，还是去书海那边看看，一来，听说那里古卷众多，种类繁杂，书量更是如沧海一般，到底能不能找到记载黄明的书卷也是难说；二来嘛，如果想要知晓顾灵云要找黄明的背后含义是什么，还是要先帮她一把，反正她早先也说过，这事并不算多么急切，自己每日里抽出一个时辰过去看看书就是了，权当是放松。

至少从今天开始的一个月内，沈石是不打算再出门下山了，这几个月他几乎都是在外面游历冒险，其中经历真是一言难尽，确实也要好好休息一下，同时将自己的境界道行、神通术法都好好稳固修炼一番。而等一个月之后，便是顾灵云早先对自己提过的在流云城中，神仙会举办的私密拍卖会，到时再过去看看，同时再见一次顾灵云也不迟。

心意既定，沈石便觉得身上轻松了不少，在观海台上随意走去，海风吹来，只觉得心胸为之一阔，心情也好了许多。只是走着走着，他忽然感觉到周围似乎有些目光正在看向自己。

沈石回头向周围望了一眼，初时还没什么异样，但在他接下去小心留意之后，却发现在这观海台上众多的凌霄宗弟子里，来来往往的人流中，居然有不少人不时地看向自己这边，甚至还有人望着自己指指点点，在一旁交头接耳、窃窃私语，似乎在说些什么，而看他们的神情，多是惊讶、怀疑甚至还有不少带着几分鄙视模样的。

沈石的脚步渐渐慢了下来，第一个反应是差点伸手去脸上摸一把，暗想难道是自己早起之后面上有什么脏东西吗？或是那头死猪蹭了什么东西在自己脸上？只是很快地，他就反应过来似乎情形不太对劲，而那些窥看自己的凌霄宗弟子里，有许多他平日甚至都不认识。

怪事年年有，今年特别多吗？

沈石心下一阵郁闷，正好抬头向前看去时，却看到前方一根鸿钧柱下，一男一女站在那边说话，却是孙友与钟青竹两人。

沈石怔了一下，心想这两人平日不是素来互相看不顺眼的吗，怎么今天会站在一起了？便大步走了过去，而孙友和钟青竹很快也看到了他，脸上都是露出了几分古怪的复杂表情。

沈石走到他们身旁，瞄了他们两人一眼，道："你们在干吗呢？"

钟青竹明眸凝视着沈石，眼神复杂，却没有立刻说话，倒是孙友咳嗽了一声，道："大哥，好久不见啊。"

沈石一听，便知道这小子话里有点未尽之意，瞪了他一眼，压低了声音道："前头我过来就觉得周围的人不太对劲，怎么那样看我，你知道什么吗？"

孙友干笑一声，眼神古怪地看了他一眼，道："你自己不知道？"

沈石没好气地道："我要是知道了还问你？快说！"

孙友犹豫了一下，叹了口气，道："好吧，是这样的。从昨天开始，山上这里忽然有一个关于你的流言传扬开来，而且传得颇快，到今天我看好多人都知道了啊。"

沈石一怔，道："流言，还是关于我的，是什么啊？"

孙友默然片刻，道："说是你在流云城中干了坏事，看上了钟家大小姐，然后厚颜无耻地纠缠不休、死缠烂打、动手动脚甚至追到了人家家里去，把钟青露都逼得哭了，也惹怒了钟家，最后被钟连成当众呵斥赶出了钟家……"

沈石愕然，随即只觉得似有一股热血冲上头顶，连脸颊都有些隐隐发热，怒道："胡说八道！哪有此事……"

说着，他便对二人将昨日那事的大概经过说了一遍，最后咬牙道："这传言又是哪里出来的，简直是无中生有。"

孙友正想说些什么的时候，忽然一直站在旁边默不作声的钟青竹却是凝视着沈石，踏上一步，开口道：

"我信你！"

这三个字简短却有力，斩钉截铁，没有半分犹豫，甚至连沈石自己都怔了一下，随即心头一暖，看着钟青竹那清秀美丽的脸庞，眼中露出几分感激之意，点了点头，道："多谢你，青竹。"

孙友看了钟青竹一眼，眉头微微皱起，似乎心底有什么异样的想法。

这时，沈石像是想起了什么，回头对孙友道："这事真是莫名其妙，不过当时青露她本人也在场，最是知晓这其中经过了，你们只要问她就会明白的。到时候只要她出面解释一下，这传言自然不攻自破。"

他这里说着说着，脸上的怒意倒是消散了不少，但是孙友与钟青竹两人的神情却没有什么放松的模样，而是对视了一眼，眼底都是复杂神色。

沈石发现了他俩的异状，愕然道："怎么了？你们两个怎么是这副神情？"

孙友欲言又止，钟青竹沉吟片刻，道："青露姐昨日就已经回到山上，不少人在丹堂那里都看到她了，但是从那时到现在，她……好像一直都没有再露面或是开口说些什么。"

沈石身子微微一震，随后很快沉默了下去，再也没有多说什么，或许也是不知道该说什么吧。

丹堂灵药殿中，吉安福站在大殿门口附近的阴影里，平静地看着外头阳光明媚的观海台上人来人往，看着那七根巨大的鸿钧柱屹立如山，看着那一堆堆人站在台上。

人生如戏啊……

他忽然间心底莫名地产生这么一种感叹，然后脸上露出了几分淡淡的笑意。这时，在他身后传来一阵脚步声，吉安福回头看去，见是一个女子走了过来，连忙拱手施礼，笑道：

"闵师姐。"

那女子点了点头，道："云霓长老出关在即，丹会就在眼前，一众有望丹道的弟子近日都须刻苦磨炼炼丹之术，灵药殿这里人手不免有些紧张，你多担待些。"

吉安福笑道："这有什么，不过是大家忙些罢了，不值得一提。相比之下，当然是丹会最是紧要。对了，听说钟师妹昨日回山之后，就直接去了炼丹房？"

闵师姐点了点头，带了几分期待之色，道："不错，钟师妹于丹道上天资极高，很有希望被云长老收入门下。以我的意思，在丹会之前的这一个月里，她最好抓紧所有时间用来磨炼炼丹之术，如此方可在一个月之后的丹会上一鸣惊人，或能得到云霄长老的垂青。"

吉安福拊手含笑，点头称是，道："如此才是正道，师姐只管忙去，这灵药殿里一切有我。哦，对了，虽说都是同门，但毕竟此事关系前途甚大，保不定也有其他人有什么心思，所以最好还是请师姐劝钟师妹一句，这一个月里就不要再分心外事，只抓紧炼丹，甚至都不用对外人吐露行踪，如此最好了。"

说着，他似乎目光中隐含深意，看向闵师姐。

闵师姐沉吟片刻，似乎也明白了吉安福话语中所指何事，沉吟片刻之后，道："确实应该如此，好吧，我回去自有主张，这里就拜托你了。"

说着便转身离开，吉安福微笑着目送她离去，随后目光有意无意地向外头观海台上某处瞄了一眼，却是轻轻哼了一声，露出几分不屑之色，然后向灵药殿里面走了过去。

第九十六章 ■ 风起

观海台上，鸿钧柱下。

远近路过的凌霄宗弟子不时会用异样的目光瞄来，沈石、孙友和钟青竹三人都是沉默无语，过了好一会儿之后，或许是对这有些压抑的气氛觉得难受，孙友第一个开口，干笑了一声，道："石头，我们都是信你的，而且我看你平日与钟青露关系也还不错，怎么可能会像传言中说的那样什么死缠烂打呢？不过这谣言一件件说得跟真的一样，你知道是谁在背后编派你吗？"

听到孙友说沈石与钟青露关系还不错时，钟青竹的目光微微闪动了一下，但神情并没有什么变化，而最后当孙友问沈石这谣言从何而起的时候，她也是露出倾听神色。

沈石沉吟片刻，淡淡地道："昨日在场之人只有四个，除我之外，青露没道理会说这种话，那么这谣言的源头，怕是只有钟家家主和那位灵药殿的吉安福吉师兄了。"

"吉安福？"

孙友与钟青竹同时开口说了一句，不同的是孙友是带了几分疑惑，看来并不认识此人，而钟青竹的神情则是有几分惊讶的样子，目视沈石，道："他怎么会去了钟家？"

沈石缓缓摇头，道："这我就不知道了，反正当时在场的就是这几个人。"顿了一下，他忽然眉头一皱，若有所思地道，"说起来，往日我见过几次这位吉师兄，似乎他对我的态度都不甚友善啊。"

钟青竹一怔，道："这是为何？"

沈石想了想，刚要说些什么，但看了钟青竹一眼却是欲言又止，随后摇摇头淡笑一下，道："谁知道呢，或许是我什么地方得罪了他也不一定，反正事情就这样吧，谣言终归还是谣言，止于智者，只要我不去理会，过一段日子也就平息了。"

孙友与钟青竹也是相顾默然，眼下无凭无据的确实也没什么更好的法子，只能这样处置，算是吃了一个哑巴亏吧。孙友叹了口气，愤愤地道：

"那钟青露也真是的，出来随便解释两句不就什么都清楚明白了，干吗不说话？"

沈石本来正在转身，闻言身子微微顿了一下，嘴角却是掠过一丝苦笑，倒是钟青竹一直凝视着他，迟疑片刻，走到沈石身旁，道："或许是青露姐这两天遇到什么要紧事，分不开身，并无其他意思也说不定。"

沈石对着钟青竹微微一笑，目光落在她的脸上，却是多看了她几眼。

钟青竹被他凝视着忽然觉得有些莫名紧张，脸颊没来由地红了一下，随后低声道："你这样看我做什么？"

沈石微笑道："我回山这些日子，看你比当初在青鱼岛上我们刚见面时自信矜持了许多，心里本想着你变化很大。可是现在看来，你还是跟以前我认识的那个女孩子一样，很是为其他人着想啊，特别是很照顾青露。"

钟青竹贝齿微咬红唇，随后嫣然一笑，清丽动人，没有再说什么。

接下来的日子，沈石便一直在金虹山上住着，除了每日固定的修炼与符箓功课外，他也会每日抽出一两个时辰去书堂那边翻阅一下古籍书卷，除此之外，他还一直记挂着小黑身上那些诡异而消失无踪的灵草，很是想了一些法子，琢磨着坑蒙拐骗地想从小黑那里骗一点出来。

一想到或许小黑身上藏着有十几座山岭无数的灵草，其中甚至还可能有高达五品的珍罕灵药，从小到大就在商铺里长大的沈石真是心痒得不行，抱着小黑很是下了一番功夫。

只是不知是不是得了龙族血脉馈赠的缘故，小黑看起来居然比从前聪明了不少，以前一两颗灵晶就能轻易搞定的事，如今这头猪居然一点儿都没有要上当的迹象了。任凭沈石如何软磨硬泡，小黑居然威武不屈，每日里要么呼呼大睡，要么在山谷林间撒欢玩耍，日子过得舒坦快活。

不过幸好沈石最近难得手头宽裕了，有了那枚夔纹妖丹的进项，可以说如今这段日子是沈石开始修炼以来身怀灵晶最多的时候，所以他倒也不算太过郁闷，最多就是笑骂几句小黑也就算了。

至于书堂看书那边，这一段日子下来，沈石也算是粗略了解了书堂那里的情况，只是情况却不是太好。倒不是书堂那里有所阻挡，而是书海之中的书卷古籍，甚至比他原先所预料的还多了十倍以上。

沈石这一生中，从未见过如此巨量的书卷被同时堆放在一个地方，一眼看去茫茫无边，当真便如沧海一般无边无际。而书堂在收集了如此众多书卷的同时，还担负着收存保护凌霄宗许多道法神通秘籍的任务，而这些东西显然又要比那些万年之前谁都不看的破书要紧多了。所以书堂之下绝大多数人手，都是用在了看护本门重要书卷秘籍之上，至于其他的书卷，特别是天妖王庭时代的古籍，多数是直接堆放在书架上，摆放整齐就再也无人过问了。

至于说什么分门别类仔细分辨的，那是想都不用想了，别的不说，光是天妖王庭时代的古籍书卷在书海这里便至少有三十万册，就算是修道中人博闻强记胜过凡人，但要沉下心来仔细观看这些书卷再认真分类，也是一件极消耗时间、心血与精力的烦琐之事，并且大家都是修道之人，谁有那份闲情逸致虚耗无数精力和时间来做这无用之功？

所以沈石在去了书海两三次之后，便基本上对通过这条路子找到有关黄明在万年之前一些真相的可能性绝望了，如今不过是死马当作活马医，每日里过来随便看看，也算是日后对顾灵云有个交代。

本来这种日子也算平静，看着颇有几分与世无争、静心修行的模样，只是沈石如此在金虹山上待了半个多月，却发现自己的处境居然又有几分难受起来。

原因无他，便是早先他们以为会很快平息的那个谣言，居然在这些日子里非但没有沉寂，反而是日益高涨、甚嚣尘上，越传越烈，甚至还出现了更多匪夷所思的版本。

别的不说，光是沈石听到的传闻里，居然都有人传说当日在流云城中，金虹山某沈姓弟子奸恶狡猾，垂涎钟家小姐美貌，竟然是意图逼奸，然而逼奸不遂，钟女归家，此淫徒竟然直追彼家，如此才有了后头种种呵斥驱赶的事情。

传言传到了这种地步，已经有些匪夷所思了，哪怕就是亲口告诉沈石的孙友，也是当作一个笑话一般与沈石笑着说的。只是身为当事人的沈石，却是郁闷之余，一点都笑不出来了。并且在这中间还有另一件事，就是钟青露经过这么长时间，居然还是一直不曾露面，有人说她是在炼丹，有人说她是在闭关，更有人煽风点火说是钟家大小姐心灵受创不敢见人，如此种种，却是从另一方面增长了谣言的气势。

到了最后，就连孙友都有些担心起来，偷偷对沈石说道："要不你还是下山去待一段时日再回来吧，只要你不在，这谣言无人可指，或许就会自行平息下来。"

沈石思索之后，同意了孙友的说法，只是心里这份郁闷那真是不用提了，在孙友面前很是抱怨了一阵，尤其对那位吉安福吉师兄大为恼怒。

孙友却是奇怪，道："前些日子你不是还同时怀疑钟家家主与吉安福两人吗，怎么现在就只剩他一个人了？"

沈石淡淡道："如果你是钟连成，亲生女儿被逼奸这种丢脸的事，会真的去到处宣扬，闹得满城风雨、尽人皆知吗？"

孙友恍然，点头称是。

心里为那位吉安福记上了一笔黑账，沈石便收拾行装，带上小黑，径直下山去了。

离开了金虹山，果然便觉得耳根清净了不少。算算日子，似乎也快到了当日与顾灵云约定的一月之期，那个神仙会私下组织的拍卖会沈石还是有几分兴趣的，便带着小黑直接去了流云城。

而与此同时，在流云城神仙会高高在上的三楼书房里，顾灵云坐在那张舒适宽大的椅子上，手里拿着一份卷宗，正在凝神观看。屋内除了她之外，就是巫大师坐在一旁，手上一盏清茶，正在轻轻品味着。

顾灵云将卷宗文字细细看过一遍之后，闭目沉思片刻，然后看向巫大师，道：

"这个月总堂那边拨下的高品灵材还算不错，与以往大致相当，但是妖丹数量却是少了一些啊。"

巫大师放下手中茶杯，道："这也是没法子的事，如今鸿蒙主界高阶结丹的妖兽越来越少，只有在那些荒远凶险的蛮荒绝地才有存活，或是在更偏远人迹罕至的偏僻异界里才会多些，如此自然产量稀少。"

顾灵云点了点头，又瞄了一眼手中卷宗，目光在那一条条、一行行的文字数字里掠过，忽然间她像是发现了什么，目光忽地一顿，却是看到了其中某一个条目上，随即声音中带了几分惊讶，道：

"咦？这个月总堂拨下的幻虹花居然有十朵，比之前多了一倍啊。"她秀气好看的眉头微微皱起，仔细回想了一下，却是转头对巫大师道，"我记得这幻虹花是四品灵草，功效用处都很好，但一直以来都是数量稀少，似乎在产地上也有限制，所以向来不多，为何这个月总堂那里却突然多了这么多？"

巫大师摇了摇头，表示自己也是不知。

顾灵云沉吟片刻，忽然抬头问道："巫先生，这幻虹花是哪里出产的，你可知道吗？"

巫大师这次倒是爽快地点了点头，道："知道啊，是血月界。"

第九十七章 ■ 回眸

"血月界？"顾灵云皱眉沉吟了一下，却是一时没什么印象。鸿蒙世界里界土众多，除了浩瀚广袤的鸿蒙诸界外，还有诸多异界通过神秘的上古传送法阵互相连通，其中一些适合人族居住并靠近鸿蒙主界的界土平日里还算熟悉，但那些十分偏远、人迹罕至、一年到头都几乎不可能会出现在人们视线里的边缘异界，还真是不容易让人全部记住。

不过看起来这位巫大师却似乎对血月界有些了解，当下从容地对顾灵云解释了几句，道："血月界是五层界，算是最偏远的几个界土之一，并且此界中环境恶劣，十分凶险，过往前去探险的修士多有陨落，所以向来不算有名。"

顾灵云"哦"了一声，看了巫大师一眼，微笑道："想不到巫先生倒是博闻强记，佩服。"

巫大师摆了摆手，笑道："掌柜过奖了，其实说起来也没什么，不过就是因为那血月界里环境特殊，所以出产了几种独有的特殊灵材，我这才对此界有几分了解的。"顿了一下，巫大师又道，"咱们刚刚说的幻虹花，就是血月界特有的一种灵草。"

顾灵云点了点头，想了一下，道："如果我没记错的话，以往这幻虹花的产量应该十分稀少吧？"

巫大师颔首道："确实如此。幻虹花是四品灵草，用处不小，可用于六种丹方之中，不过这种灵草天生有变幻异彩之奇效，于阵法一道中的某些幻阵天然契合，可谓神物，所以向来供不应求。只是这种灵草只长在血月界水鬼沼泽的阴湿角落里，数量又稀少，极难找到，但那沼泽之中生有一种水鬼，非人非兽，乃是一种十分诡异的异物，周身长满如腐土一般的东西，常有水草枯藤之类的植物生长于上。幻虹花天生就最爱那一层怪异腐土，所以在这些水鬼身上往往能找到一两朵幻虹花，只是水鬼凶悍，力大无穷，又天生适应沼泽，就算打不过只要往水里一潜，便与沼泽浑然一体，十分隐秘难找。多年以来，这幻虹花的产量确实很低，价格也是居高不下。"

顾灵云看了一眼手中那本记载着总堂拨下的各种珍稀灵材的卷宗，笑了一下，道："其他灵材数目都没什么变化，唯独只有这幻虹花数目突然多了一倍，巫先生，你怎么看？"

巫大师沉吟了片刻，随后道："以老夫猜测，或许是上个月在血月界那边采集幻虹花的修士突然有了什么意外收获，数目得以暴增，毕竟总堂拨付的不是只有咱们这一家分店，就算只是等级最高的一级分店，那数目加起来也是不少了。采药嘛，除了眼光、见识、阅历外，其实运气也真的很重要。"

说着，巫大师抚须微微一笑，面上露出几分缅怀之色，不知是不是想起了自己年轻时候的某些往事，过了一会儿又道："反正这个月就先看看再说，若是下个月幻虹花数目又恢复了正常，便也没什么；反之，若是下个月甚至接连几个月下来，这幻虹花的数目都像这次一样的话……"

说到这里，他似乎略微有些失神，声音低落了几分，顾灵云却是追问道："哦，那又怎样？"

巫大师面露沉思之色，道："若果然如此，便是血月界那边有了什么异常情况，有什么人发现了什么途径或是前人未知的法子，居然可以大量收集到这种四品灵草。而从总堂这里拨付的灵草数目来看，万一真是有这种事，只怕那人多半就是在咱们神仙会这一系的人马中。"

说着，他抬眼向顾灵云看去，目光闪烁，似有几分深意。

顾灵云缓缓点头，面上露出几分了然之色，淡淡地道："我明白了，若果然有人能做到这一点，不消说自然会得到总堂那边的重视，万一再有几分运气，被会里那几位老神仙看上了，只怕要一飞冲天。"

巫大师微微一笑，没有再说什么，坐着又闲聊了几句，便告辞离开了。偌大的书房里只剩下了顾灵云一人，这个娇美的女子坐在那张宽大的椅子中，若有所思，半晌过后，口中忽然低声道：

"血月界……边远异界，人迹罕至，应该不会这么凑巧吧……"

沈石下了金虹山，渡过沧海很快就来到了流云城中，繁华喧闹的大城再度出现在他眼前，那种特有的亲切感很快又包围了他，让沈石有些烦躁的心情很快平稳了下来，有那么一瞬间，沈石甚至有一种想要在这座大城里干脆买一栋小院住宅的冲动。

一个谁也不会知晓的小屋，心烦时独自一人过来，待在这喧闹城中僻静的一个角落里，或许也是别有一番滋味，也是另有一丝异样的安宁吧。

不过这种想法虽然强烈而冲动，但终究还是一闪而过，沈石只是笑了笑，便把这个看起来有些不切实际的念头抛之脑后。

如今他虽然勉强算是有了几颗灵晶，手头宽裕了些，但要败家也不是这种败家法，更何况修道一途从来都是艰难曲折的，今日看着四千颗灵晶数量庞大，搞不好明日一份灵材、一棵灵草，便能直接掏空了他。

走在流云城里逛了一圈，沈石还是很快去了神仙会，或许连他自己都没发觉，自从他如意袋中有了那颗白神珠后，几乎是下意识中他就有种买卖灵材必去神仙会的本能反应。

到了神仙会分店，他自然不是过来看那些灵材的，走到一旁，请这里的伙计代为通报一声那位顾掌柜。没过多久，顾灵云便差人下来将他再度带上了三楼那间宽阔的书房中。

平静而有些奇怪的寒暄过后，顾灵云直接询问沈石在书海那里的古籍书卷中可有找到任何有关黄明此人的线索，而沈石则是老老实实地回答：

"查无此人，或者说这些日子以来，我看过的古籍书卷里，都没见过这个名字。"

顾灵云皱了皱眉，沉吟片刻后，问道："书海里那些天妖王庭时代的古籍书卷很多？"

沈石苦笑了一下，道："多如牛毛，至少也在三十万册，而且因为人手不够，多数人都是仔细看护本门秘籍，对这些古籍书卷几乎都没有仔细分类，都是随意堆放在一排排书架上的。"

顾灵云脑海中想象了一下那场面，脸色也是微变，看起来不太好看，道：

"你……这段日子看了多少书，以后多久或能看完吗？"

沈石咳嗽了一下，道："我平日里也要修炼，也有日常功课要做的，所以一天就只能过去一两个时辰翻书查阅，也就囫囵吞枣地粗略看了一百来本吧。不过你若是问我什么时候能看完，我只能说，怕是这辈子的时间是不够了啊……"

顾灵云眉毛一挑，瞪了沈石一眼，沈石却是面露无奈之色，摊手道："我实话实说。"

顾灵云摇了摇头，伸出两根手指揉了揉眉心，沉默了片刻后，轻叹一声道："算了，反正尽人事，听天命吧，你平日有时间有心的话，就帮我多去找找，若是真有消息给我，我一定重谢。"

沈石道："多谢顾掌柜抬爱，不过我只想两年后有希望能与我爹重逢相聚，至于找书的事，我必定不会懈怠，请顾掌柜放心就是。"

顾灵云点点头，随后对他道："还有两日便是本会私密的拍卖会了，你既然来了就不要再离开流云城，干脆就在这里等两天吧，到时候，时间、地点，我自然会派人告诉你。"

沈石怔了一下，倒是没想到顾灵云这么好说话，心底暗想会不会是自己小时候对这位顾姨的第一印象实在是太过深刻了，这才会时时觉得此女子冷若冰霜、难以相交，但眼下看来，似乎顾灵云也不算太难相处啊。

顾灵云主意既定，很快就做了决断不说，随后更是展露了其大方的一面，直接替沈石在神仙会分店附近的几条街道外找了一处僻静院子，让他过去好好休息，这几天随便逛逛，就等着两天之后的拍卖会了。

当沈石离开的时候，不得不说他对这个执掌流云城神仙会分店大权的女子，印象居然开始慢慢变好了。

十二月二十一日，晴。

两天时间转眼即过，很快便到了顾灵云与沈石约定的拍卖会开始的那一天。顾灵云果然没有食言，早早就派人过来告知沈石。而沈石所需要做的，就是在这一天开始后，悠闲自在地带着小黑猪走到南宝坊那边，进入神仙会名下一处看守严密的大宅，拍卖会就在那里举行，只容许身怀神仙会白神珠以上级别的客人进入参加，至于其他修士，不管是有钱还是没钱，不管是散修还是名门子弟，一概不会知晓有这么一件事情存在。

沈石走到那座距离神仙会分店百余丈开外的屋宅外头时，甚至差一点以为自己找错了地方，门口就只站着两个守卫，虽然看着这两人精气神都是极好，但似乎并没有自己想象中那般肃然浩大的场面。

不过在验过白神珠并顺利地让他进去之后，沈石走到大门后的庭院里，这才发现这僻静的外表下，里面却是别有天地，如今熙熙攘攘的，已经来了不少客人，而在各处边缘角落围墙之下，每隔一段距离就能看到一个沉默安静的守卫，显然这里的守卫力量比外头看到的要强悍许多。

沈石在心中感叹了一番，再次暗暗心惊于神仙会的实力，这不过是流云城一座分店，看着却已是有几分不可小觑的实力，若是再想到放眼天下神仙会还有无数分店，分店之上更有神秘莫测但必定强大无比的总堂，这一份隐藏在阴影里的实力，实在是强大得令人有些惊心。

不过神仙会再强大，至少眼下看来与沈石并没有任何关系，他也只是感叹了一番，便往前走去，在拍卖会开始之前，会先有一场珍品展示，一些神仙会即将拿出来售卖拍卖的好东西，会公开展示给这些多是身家不凡的贵客。

只是往前才走了几步，沈石偶然间眼角余光掠过周围人流的某处，却是身子一顿，一个熟悉的身影从他身旁数尺之外的抄手游廊上走过。

笑意盈盈，娇媚明艳，整个人散发着一股惊心动魄的媚惑之美的女子，此刻伸手轻搭在一个与她外表截然不同、毫不相称、黑瘦矮小并且面容丑陋的男子的手臂上，相伴而行。

美与丑的对比是如此鲜明，简直到了水火不容的地步，但是她却似乎毫无感觉，一双眼眸里丝毫不见异样，只是娇媚无限地微笑着。而同样是一个不经意的回眸，她也看到了栏杆之外、庭院之中，不远处站着的那个男子。

她像是微微怔了一下，有片刻的失神，然后微微一笑，如鲜花般娇艳美丽，轻轻走了过去。

却是多日未见的凌春泥。

图书在版编目（CIP）数据

诛仙 . 3 / 萧鼎著 . — 成都：四川文艺出版社，
2019.1

ISBN 978-7-5411-4836-1

Ⅰ . ①诛⋯ Ⅱ . ①萧⋯ Ⅲ . ①长篇小说—中国—当代
Ⅳ . ① I247.5

中国版本图书馆 CIP 数据核字（2018）第 267293 号

LU XIAN SAN

诛仙【叁】

萧鼎 著

策划出品　磨铁图书
责任编辑　金炀淏　余 岚
特约监制　王传先
产品经理　欣 然 夕 阳
特约编辑　张 倩
装帧设计　VIOLET

出版发行　四川文艺出版社（成都市槐树街 2 号）
网　　址　www.scwys.com
电　　话　028-86259287（发行部）　028-86259303（编辑部）
传　　真　028-86259306

邮购地址　成都市槐树街 2 号四川文艺出版社邮购部　610031
印　　刷　天津旭丰源印刷有限公司
成品尺寸　166mm×235mm　　　　开　本　16 开
印　　张　26　　　　　　　　　　字　数　460 千
版　　次　2019 年 1 月第一版　　印　次　2019 年 1 月第一次印刷
书　　号　ISBN 978-7-5411-4836-1
定　　价　49.80 元